ammann

Bernhard Kegel

Sexy Sons

Roman

Ammann Verlag

Erste Auflage 2001
im 20./21. Jahr des Ammann Verlags

Satz: Gaby Michel, Gießen
Druck und Bindung: Bookwell, Porvoo, Finnland
ISBN 3-250-10436-1

Für Silke

»Sex ist ohne Zweifel die mit Abstand geistvollste Art der Unterhaltung zwischen Individuen seit Erfindung des Lebens.«

Adolf Heschl, *Das intelligente Genom*

»Sexualität gehorcht eben nicht dem berühmten Gebot: ›Repariere nicht, was nicht kaputt ist.‹ Sie vergrößert das Chaos.«

Matt Ridley, *Eros und Evolution*

»Es gibt keine staatliche Verschwörung zum Bösen, es gibt Kunden und Anbieter.«

Jeremy Rifkin

1

Draußen vor den dicken, meterhohen Scheiben herrschte dichtes Schneegestöber. Angetrieben von einem kräftigen Wind, jagten die Flocken von links nach rechts vorbei in Richtung Landungsbrücken. Jemand äußerte die Vermutung, sie würden aus einer gigantischen Schneekanone geschleudert, die sich außerhalb des Blickfeldes befand. ED Senft sei das ohne weiteres zuzutrauen. Im nächsten Moment wirkte die Szenerie wie eingefroren. Der Schnee tanzte über dem grauen Elbwasser auf der Stelle, als habe er plötzlich die Orientierung verloren. Einige Zuschauer hatten genug gesehen und wandten sich ab.

Es waren ohnehin nur wenige, die sich für das Geschehen draußen interessierten. Unter Palmen hatten sich die elegant gekleideten Gäste zu kleinen Gruppen zusammengefunden, saßen plaudernd und lachend in Korbmöbeln oder standen unter Sonnenschirmen an hohen Tischen. Ober im Frack trugen Tabletts mit Getränken umher, an aufwendig dekorierten Kiosken wurden Cocktails gemixt, Espressi bereitet und kubanische Zigarren angeboten. Die Gäste hielten Gläser mit Sekt oder Wein in der Hand und griffen nach den Zigaretten, die von jungen Mädchen in grauen Hosenanzügen verteilt wurden. Lippen bewegten sich im Gespräch, verzogen sich zu einem Lächeln, signalisierten Interesse oder Erstaunen. Augen wanderten unruhig umher, damit ihnen kein bekanntes Gesicht entging. Sie registrierten jeden der noch orientierungslos herumirrenden Neuankömmlinge, wiesen sich gegenseitig mit einem Kopfnicken auf den neuen Begleiter von Frau X hin, auf die vollbusige Blondine an der Seite von Herrn Y oder die extravagante Kopfbedeckung einer großen Afrikanerin, was sie alles in allem derart in Anspruch nahm, daß kaum mehr als belangloser Small talk zu vernehmen war.

Das Klirren der Gläser, das Klappern von Schüsseln und Besteck, all die Gespräche, das Lachen, das Plätschern der Springbrunnen formten in der weitläufigen Halle eine komplexe Klangwolke, fast ein Dröhnen, das mit jedem eintreffenden Gast lauter zu werden schien, darunter gemischt die rhythmischen Akzente kubanischer Musik, ein langsamer entspannter Groove, und über allem ein bläuliches Licht, das von Dutzenden von Lampen ausging, die sich unterhalb des Schwimmbeckenrandes befanden.

Es war einer dieser gesellschaftlichen Anlässe, bei denen man hinter jedem Gesicht eine bedeutende Persönlichkeit vermutet, und an diesem Abend und an diesem Ort lag man damit goldrichtig. Es war unwahrscheinlich, hier auf Menschen zu treffen, die weder geistig oder körperlich noch gesellschaftlich Herausragendes zu bieten hatten. Man konnte im Gedränge über die langen Beine einer bekannten Nachrichtensprecherin stolpern, die in Wirklichkeit viel attraktiver war als auf der heimischen Mattscheibe, oder am Handtuchspender vor dem Toilettenspiegel unvermittelt mit dem Wirtschaftsminister konkurrieren, dem man schon lange einmal sagen wollte, wie unsinnig man seine Politik fand.

In der Halle wimmelte es von Direktoren und Senatoren, von Welt- und Europameistern, von Vorsitzenden und Präsidenten, Managern und Agenten. Es gab die Chefredakteurin einer bedeutenden Frauenzeitschrift genauso wie die Umweltministerin des Bundes, diverse Verleger, Journalisten, Schauspieler und Autoren, eine Primaballerina, eine Koloratursopranistin und zwei Operntenöre, eine Pornodarstellerin, den frischgebackenen WBO-Champion im Schwergewicht, ein knappes Dutzend Models, die komplette Mannschaft der Hamburg Ice Titans mit ihren Ehefrauen und Cheerleadern, eine Gruppe von ungewöhnlich großen jungen Frauen und Männern, die die Basketballteams der Silver Baskets bildeten, sowie die vollständige Führungsriege der Hamburger Senft AG nebst Anhang. An allen strategisch wichtigen Punkten der Halle und ihres Eingangsbereichs hatten Sicherheitsleute Position bezogen, kräftige Männer mit unbeweglichen Gesichtern und Knöpfen im Ohr. Die Hände vor dem Bauch verschränkt, ließen sie ihre Blicke unablässig über die Menge schweifen. In der erst vor wenigen Tagen eröffneten Schwimmhalle am Elbufer fand das wichtigste gesellschaftliche Ereignis des Jahres statt. Kleider, Schmuck und Uhren der Anwesenden waren ein Vermögen wert, von dem Wagenpark, der draußen die Freifläche vor dem Halleneingang füllte, ganz zu schweigen. Knapp vierhundert Gäste waren geladen, mit größter Sorgfalt ausgewählt. Die Sicherheitsvorkehrungen konnten sich mit denen eines Staatsbesuches messen.

Die Medien waren durch ihre Intendanten und Chefredakteure vertreten. Reporter aller wichtigen Zeitungen hielten Augen und Ohren offen, Fotografen ließen Blitze durch die Halle zucken, an der Schmalseite des 50-Meter-Beckens und auf den Tribünen, die für die Gäste nicht zugänglich waren, standen sechs Fernsehkameras, eine hing direkt über der Beckenmitte von der Decke. Im Verlauf des Abends plante ein Privatsender mehrere Live-Schaltungen. Ein mobiles Team hatte sich unter die Leute gemischt und hielt jedem bekannten Gesicht ein Mikrofon vor die Nase. Natürlich kursierten die wildesten Gerüchte, was an diesem Abend noch geschehen würde. Niemand schien Genaues zu wissen, aber kaum einer zweifelte daran, daß ED Senft irgendeine Überraschung vorbereitet hatte.

Seinen Fünfzigsten hatte er im nagelneuen, von ihm gestifteten Raubtierhaus des Tierparks Hagenbeck gefeiert. Damals vor 10 Jahren hatten Mitte April schon sommerliche Temperaturen geherrscht, und die Hauptattraktion dieses inzwischen legendären Abends bestand in einem gewagten Drahtseilakt. Eine Artistenfamilie, bestehend aus Vater, Tochter und Sohn, marschierte mit verbundenen Augen in zehn Metern Höhe über die neue großzügige Freianlage, in der sich fünf Löwinnen, etliche ausgelassene Halbwüchsige und ein mächtiger Löwe aufhielten.

Bisher war ED nicht aufgetaucht, nur seine bildhübsche Tochter Tanja Maria hatte sich mit ihrem Mann, einem bekannten Berliner Onkologen, und ihrer kleinen Tochter unter die Gäste gemischt und sonnte sich unter den Blicken ihrer Bewunderer.

An einem der Stehtische in der Nähe des Beckenrandes hatten sich einige Sportler zusammengefunden. Ein schwarzhaariger Hüne kniete gerade neben dem Becken, wedelte mit der Hand im Wasser herum, roch dann an seinen Fingern und steckte sie in den Mund.

»Habt ihr das Wasser mal gekostet? Es ist salzig«, sagte er, als er wieder am Tisch stand. »Ist doch merkwürdig, oder? Ich meine, seit wann gibt es in Hallenbädern Salzwasser?«

»Steckst du überall deine Finger rein und kostest?« fragte eine der Basketballerinnen. »Vielleicht ist das gar keine Schwimmhalle. Ich verrat euch was: In Wirklichkeit befinden wir uns in der neuen Freianlage für Hammerhaie. Sie warten schon hinter verborgenen Stahlgittern, um endlich hineinzukönnen.«

»Und während sie im Becken hungrig ihre Kreise ziehen«, mutmaßte jemand, »versucht Rebecca Scholz darin nackt einen neuen Weltrekord über 400 Meter Brust zu schwimmen.«

»Also, ich als Hai wäre eher scharf auf ihren Hintern«, antwortete ein anderer und löste heftiges Gelächter aus. »Ich bin eindeutig für Rückenschwimmen. Außerdem hätten wir hier oben dann auch was davon.«

Daß Rebecca Scholz an diesem Abend beteiligt sein könnte, war eine häufig geäußerte Vermutung. Vielleicht, weil Sepp

Baubichler, ihr feister Agent, gesichtet wurde, wenn nicht fressend, dann selbstgefällig grinsend und wie immer auf der Pirsch nach frischem Sportlerinnenfleisch, das er vermarkten konnte.

Ein breitschultriger junger Mann warf sich eine Handvoll Erdnüsse in den Mund und wies kauend auf ein schwarz verhangenes Stahlgerüst an der Ecke des Beckens. »Und was glaubt ihr, wozu das gut sein soll?« Er hatte einen starken amerikanischen Akzent.

»Das ist ein Haikäfig.«

»Gleich vier, einer an jeder Ecke?«

»Klar. Sicher ist sicher. Der ist nämlich für die Haie, um sie vor Rebecca zu schützen.«

»Hey«, kreischte plötzlich eine exaltierte Frauenstimme. »Da ist ja die komplette erste Sturmreihe der Ice Titans versammelt.«

Das Lachen der Gruppe hatte das Fernsehteam angelockt. Eine kleine Frau drängte sich zwischen die Sportler und hielt dem Amerikaner ein Mikrofon hin. Hinter ihr folgte ein Mann mit einer Videokamera auf der Schulter, ein Dritter trug Kopfhörer und ein Aufnahmegerät, dahinter ein Pulk von Neugierigen.

»Hier haben wir Brad Huxley«, sagte die Reporterin in die Kamera, »den kanadischen Sturmstar der Titans und Torschützenkönig der letzten Saison. Sie scheinen sich ja bestens zu amüsieren, Brad.«

»Was denn sonst. Ein toller Abend.«

»Was glauben Sie, was ED Senft für heute geplant hat?«

»Keine Ahnung! Meine Nachbarin hier …«, er legte der einen halben Kopf größeren Basketballerin eine Hand auf die Schulter, »also sie vermutet, ED würde einen Schwarm Hammerheads ins Becken lassen. Äh, wie sagt man auf deutsch, Hammerhaie?«

»Hammerhaie? Um Gottes willen.« Die Reporterin strahlte

in die Kamera. »Sie sehen, liebe Zuschauer, man hält hier so ziemlich alles für möglich. Aber Hammerhaie..., das würden Sie ihm zutrauen?«

»Why not? Sind doch bloß Fische.«

Die Reporterin nickte begeistert, legte dann eine Hand ans Ohr und blickte in die Kamera.

»Oh, ich höre gerade, daß die Show jeden Moment beginnen wird. Ich gebe zu Steffen Kramer draußen im Foyer, der interessante Gesprächspartner am Mikrofon hat. Steffen, wie sieht's bei dir aus? Hier drinnen ist die Stimmung einfach super.«

Das rote Lämpchen an der Videokamera erlosch. Die Reporterin ließ das Mikrofon sinken, ihr Dauerlächeln schmolz dahin. »Ihr seid vollkommen verrückt, Jungs«, sagte sie kopfschüttelnd und griff nach einem Glas Wasser.

Dann erlosch das Licht.

»Ladies and Gentlemen!«

Ein Lichtpfeil schoß auf die 5-Meter-Plattform des Sprungturmes zu und erweckte einen Schlagzeuger zum Leben. Trommelwirbel. Neben ihm leuchtete ein Bassist auf. Die beiden fielen in einen hämmernden Rhythmus, der die Glaswände erzittern ließ.

»Sehr verehrte Damen und Herren!«

Diese Stimme! Das ist Paul! Paul Abend, von der Guten-Abend-Show!

Pfiffe. Paul-Rufe. Hände begannen den Beat mitzuklatschen.

»Im Namen von Doktor Eduard Dietrich Senft, von vielen der hier Anwesenden liebevoll ED genannt...«

Jubel. Eine soulige Rhythmusgitarre stieg ein. Basketballerinnen und Eishockeyspieler stellten sich in einer Reihe auf, stießen ihre knackigen Sportlerhintern gegeneinander und klatschten begeistert mit. Die Cheerleader der Titans postierten sich auf der anderen Beckenseite.

»Guten Aaaaabennnd!«

Jeder im Land kannte diese Begrüßung. Freudenschreie, Juchzer, Paul-Rufe.

»Ich heiße Sie herzlich willkommen. Seien Sie gegrüßt! Toll, daß Sie alle da sind!« Paul Abends Stimme schien von überall zu kommen, aber er selbst blieb unsichtbar. »ED wird später persönlich zu Ihnen sprechen. Er läßt Ihnen ausrichten: Genießen Sie diesen Abend! Er ist ein Geschenk an Sie, seine Freunde und Mitarbeiter.«

Der Bassist ließ die Seiten knallen, der Mann am Schlagzeug bearbeitete Snare und Bassdrum. Immer mehr Leute klatschten mit.

»Ladies and Gentlemen. Aus London. Live! Auf dem Sprungturm dieser grandiosen neuen Halle, die noch lange nicht alle ihre Geheimnisse offenbart hat, das verspreche ich Ihnen: *The Sexyyyyy Sonnns!*«

Beifall. Die Cheerleader kreischten: »Sexyyyyy!« Der Sprungturm leuchtete auf, eine riesige Skulptur aus Licht, Stahl und Beton, ein schlaksiger Sänger stürzte ans Mikrofon und grölte: »Hallo Hamburg! Give me the horns!« Auf der 3-Meter-Plattform traten fünf Bläser ins Licht. Sie schunkelten im Rhythmus, hoben ihre funkelnden Instrumente, die Band fiel in ein schepperndes Stakkato, Tacktacktacktack-Tacktacktacktack, und legte mit einer modernen Version von *Sex Machine* los. Auf der Plattform ganz oben, fünf Meter über der Band, erschienen, frenetisch bejubelt, drei schwarze Tänzerinnen, die wild mit den Armen fuchtelten.

»Sexyyyyy!«

Innerhalb weniger Minuten erfaßte eine Welle der Bewegung die ganze Halle. Die *Sexy Sons* spielten einige ihrer bekanntesten Hits, und nach jedem Song sprangen die Tänzerinnen laut kreischend vom Turm ins Becken und wurden durch andere ersetzt. Der Sänger schuftete, rannte von einem Ende der Bühnenplattform zur anderen, schrie und stöhnte, wälzte sich mit zuckendem Unterleib auf dem Beton. Die Halle tobte. Die Büfetts lagen verwaist, niemand interessierte sich mehr für die Kellner mit ihren Getränketabletts.

Kaum war der letzte Ton verklungen, die letzten Tänzerinnen vom Turm gesprungen, erlosch das Hallenlicht, und ein zarter Streicherklang schwebte im Raum. Die Unruhe der Menschen legte sich nur langsam. Immer noch Rufe, Pfiffe, aufgeregtes Stimmengewirr.

Mitten im Schwimmbecken glühte ein rotes Licht auf, das unmerklich größer und heller wurde. Feine Blasen perlten an die Oberfläche. Die Blasen wuchsen und stießen Nebel aus, der sich auf das Wasser legte und wie eine zähflüssige Masse auf die Beckenränder zukroch. Das Glühen wurde heller, erfaßte immer größere Teile des Beckens, es sprudelte, blubberte, kochte, Fontänen schossen in die Luft, aus den Rändern rasten Bögen aus Wasser aufeinander zu, durchdrangen sich und versprühten feinen Tropfennebel. Über dem Becken schnitten Laserstrahlen abstrakte Figuren in die Luft, flackerndes Licht, rasende Wellenbewegungen, irrwitzige Muster. Schließlich erstrahlte der Beckenrand in blendendstem Weiß, und aus der wabernden Nebeldecke wuchsen zwölf makellose Frauenbeine hervor, die sich drehten und sich zurückzogen und wieder zum Vorschein kamen. Aus dem Streicherklang wurde ein barocker Tanz, und aus zwölf Beinen wurden vierundzwanzig und im nächsten Moment zwölf nach Luft schnappende Köpfe, deren Erscheinen Begeisterungsstürme hervorrief. Der Nebel begann sich aufzulösen, und die Zuschauer erkannten erst schemenhaft, dann deutlicher zwölf Frauenkörper, die sich zu bizarren Formationen zusammenfanden und ein traumhaftes Synchron-Wasserballett aufführten.

Nach der Barockmusik folgten wummernde Bässe, zischende Becken und elektronisches Sausen, und unter den im Wasser tanzenden Frauen verwandelte sich der Beckenboden in ein tiefes Schwarz, über das konzentrische Lichtkreise rasten, die von der noch immer glühend roten Beckenmitte ausgingen. Die Leute waren überwältigt. Jede einzelne Kachel des Beckens entpuppte sich als komplexe Lichtquelle, alle zusammen schufen sie leuchtende bewegte Mosaike, Gesichter, Landschaften, Planetensysteme, rasende Kamerafahrten, immer neue abstrakte Muster, computergesteuert, entwickelt im Eduard Dietrich Senft-Institut für Zukunftstechnologien, der Halle und der Stadt gestiftet von seinem Mäzen, konzipiert als völlig neuartige Attraktion eines Schwimmbades, die Tausende zahlender Besucher in die Elbuferhalle locken sollte.

Als die Kacheln erloschen und die Lichter der Halle angingen, hingen noch Nebelschwaden über dem Wasser des Bekkens, und die Synchronschwimmerinnen waren verschwunden. Die Menschen verharrten in verblüfftem Schweigen, dann entlud sich ein Beifallsorkan. Sie trampelten und johlten und schrien: »Zugabe! Sexyyyy! ED!«

Auf der Plattform, auf der vor kurzem noch die *Sexy Sons* gespielt hatten, herrschte hektische Betriebsamkeit. Mikrofone wurden plaziert, Kabel zusammengerollt, Instrumente aus dem Weg geräumt. Im Hintergrund versammelten sich mehrere Personen und näherten sich dem Bühnenrand. Die Menge rief: »ED! ED! ED!« Und dann erschien sein Gesicht auf zwei großen Videoleinwänden rechts und links vom Sprungturm, und seine Stimme schallte durch die Halle: »Hat es Ihnen gefallen?«

»Jaaaaa!«

»Hat es Ihnen wirklich gefallen?«

Lauter: »Jaaaaaa!«

»Das war noch lange nicht alles!«

Gelächter! ED, dieses Schlitzohr. Der allgemeine Freudentaumel hatte längst gesetztere Persönlichkeiten angesteckt. Sie alle jubelten ihm zu, bereiteten ihm stehende Ovationen, und als jemand auf einem elektronischen Klavier das Lied anstimmte, sang die ganze Halle mit: »Happy birthday to you, happy birthday to you, happy birthday, lieber ED, happy birthday tooo youuuuuu!«

Jetzt hatten sie sich vorne nebeneinander aufgebaut, winkten ausgelassen in die Menge, und einer nach dem anderen erschien auf einer der Videoleinwände. Eduard Dietrich Senft, nicht sehr groß, von kräftiger Statur, gekleidet in einen eleganten schwarzen Zweireiher, neben ihm seine Tochter, die Enkelin auf dem Arm, Paul Abend im weißen Anzug, der Bürgermeister mit seiner Frau, die *Sexy Sons,* deren Erscheinen noch heftigeren Jubel aufbrausen ließ, sowie zahlreiche Personen, die verdeckt und aus der Entfernung nicht zu erkennen waren. Es herrschte ein so großes Gedränge, daß man fürchten mußte, der eine oder andere würde bald in das Sprungbecken gestoßen werden. Der Sänger der *Sexy Sons* stand unmittelbar am Rand, machte Faxen und sprang schließlich wild strampelnd ins Wasser. Die anderen Bandmitglieder folgten, und jedes Klatschen wurde mit überschwenglichem Beifall bedacht.

ED Senft hatte die Arme ausgebreitet und machte eine beruhigende Geste.

»Liebe Freunde, liebe Gäste, wer mich kennt, weiß, daß ich kein Freund großer Worte bin.« Wieder Gelächter. Man hatte ED schon so manche Rede halten hören. »Die Älteren unter Ihnen können sicher nachvollziehen, wie, ja, wie verdammt alt man sich fühlt, wenn man, wie ich heute, das sechste Lebensjahrzehnt vollendet hat.«

Protestgeheul. Buh-Rufe. »Schwindler! Du steckst sie doch alle in die Tasche!«

ED Senft lachte, in seinem dezent gebräunten Gesicht mit dem markanten Kinn blitzten die Zähne auf. Er fuhr sich durch das nach hinten gekämmte Haar. An den Schläfen war es ergraut, aber über der hohen Stirn noch immer tief schwarz.

»Trotzdem ist heute einer der schönsten und glücklichsten Tage in meinem Leben. Sie sind alle gekommen, neben mir steht meine wunderschöne Tochter...«, Pfiffe, Beifall. Er umfaßte ihre Taille, zog sie an sich und küßte sie auf die Wange. Sie lachte und winkte ins Publikum. »... meine entzückende kleine Enkeltochter Julia...« Auf den Leinwänden erschien ein blondes Mädchen, das sich verlegen die Hand vor den Mund hielt und sich an die Beine seiner Mutter schmiegte. »... und... wir feiern heute zwei ganz besondere Premieren. Eine haben Sie bereits erlebt.« Er sah sich um. »Bob, wo ist Bob? Bob, kommen Sie, hier zu mir nach vorne.« Ein schlanker Mann Mitte dreißig trat neben Senft und winkte.

»Darf ich Ihnen Robert Lerch vorstellen, den Schöpfer dieses phantastischen Spektakels, das wir gerade erlebt haben. Bob, was sagen Sie nun zu Ihrem Werk? Sind Sie zufrieden?«

Das Gesicht des Mannes füllte beide Leinwände. Er lächelte unsicher, nickte und sagte: »Es hat einwandfrei funktioniert.«

»Oh, *einwandfrei funktioniert* hat es also«, rief ED Senft und warf lachend den Kopf in den Nacken. »Das ist typisch Bob. Er ist nie zufrieden. Ich will Ihnen was sagen, Bob, es war sensationell. *Sensationell!* Hab ich recht?«

Die Gäste tobten und klatschten und ließen keinen Zweifel, daß sie mit ED übereinstimmten.

»Der Ruhm dieser Halle und Ihrer Installation wird in die ganze Welt vordringen, Bob. Die Leute werden von überall her kommen, um dieses Wunderwerk zu bestaunen. Die ersten werden die Besucher der Schwimmweltmeisterschaften sein, die in ein paar Wochen hier stattfinden. Aber, liebe Freunde, ich habe versprochen, daß wir eine zweite Premiere erleben werden, ein wirklich großes und ungewöhnliches Ereignis. Rebecca wird dabei eine wichtige Rolle spielen. Rebecca Scholz, kommen Sie!«

Robert Lerch zog sich zurück. Eine junge Frau kämpfte sich zu Senft an das Mikrofon vor und wurde lautstark begrüßt.

»Sie kennen sie alle, nicht wahr? Rebecca Scholz, unsere bezaubernde Weltmeisterin, Olympiasiegerin, ich weiß nicht, was sonst noch alles. Verraten Sie uns, wie viele Meistertitel Sie gehortet haben, Rebecca?«

»Wenn ich die nationalen mitzähle, sind es fünfundvierzig.«

»Fünfundvierzig! Kürzlich habe ich gelesen, Sie sind die erfolgreichste deutsche Schwimmerin aller Zeiten.«

»Das stimmt. Und an Ihnen ist ein echter Showmaster verlorengegangen, ED.«

»Hahaha. Rebecca, um so mehr freuen wir uns, daß Sie sich zu einem kleinen Spaß haben überreden lassen. Sind Sie aufgeregt?«

»Ih-wo«, sagte Rebecca lächelnd. Auf ihren Wangen erschienen die berühmten Grübchen, die die Nation so liebte. »Ich bin sicher, daß alles klappen wird. Und es dient ja einem guten Zweck.«

»Pssst! Nichts verraten! Natürlich wird es gutgehen, Rebecca. Wir freuen uns auf Sie.«

Er wandte sich wieder an seine Gäste in der Weite der Halle. »So! Bevor es losgehen kann, brauchen wir noch ein paar Minuten. Alles Weitere werden Sie später von Paul Abend erfahren. Viel Spaß!«

Noch einmal brauste heftiger Beifall auf, die Männer und Frauen auf dem Sprungturm winkten ein letztes Mal, dann erloschen die Scheinwerfer, erneut erklang kubanische Musik. In der Elbuferhalle stellte sich Partystimmung ein.

Natürlich war die Show das wichtigste Gesprächsthema. In vielen Gruppen wurde diskutiert, welche unsichtbare Technik hinter dem eben erlebten Spektakel gesteckt haben könnte. Das Wasser lag wieder still und klar in seinem himmelblauen Bekken, aber das Ganze war nun zu einer erstaunlichen High-Tech-Konstruktion aufgewertet worden, der man sich nur mehr vorsichtig zu nähern wagte. Skeptiker äußerten sogar Bedenken, ob die Rechnung aufgehen werde. Möglicherweise hielt sich die Begeisterung der Leute für ein Schwimmbecken in Grenzen, das innerhalb von Minuten in ein kochendes Höllenbad verwandelt werden konnte. Man stelle sich vor, der Computer versagt und das Ding geht los, mit einem Becken voller Schwimmer.

Die Jungen begeisterten sich noch immer an der Darbietung der *Sexy Sons,* und den Älteren, besonders den Herren, hatten die Synchronschwimmerinnen am besten gefallen. Die Sportler wunderten sich, wie die Schwimmerinnen ins Becken und wieder hinausgekommen waren, und suchten nach verborgenen Türen und Unterwasserzugängen. Zu laut sei es gewesen, mäkelten einige notorische Meckerer, Fans lobten den »super Sound«.

Währenddessen ging Rätselhaftes an den verhängten Stahlgerüsten vor sich. An jeder Ecke des Schwimmbeckens machten sich einige Männer an den schwarzen Stoffbahnen zu schaffen. Sie zogen sie nach oben und gaben den Blick auf vier große schwarze Metallfässer frei, die auf Hebebühnen standen und mit Seilen vertäut waren.

An der Kopfseite des Beckens wurde eine meterlange dicke Gummiwurst zu Wasser gelassen und sorgfältig an zwei Startblöcken befestigt. Sie ragte halbkreisförmig ins Becken und umschloß eine Fläche von wenigen Quadratmetern.

Wer geglaubt hatte, Sportler mit ihren durchtrainierten Körpern seien elegante Tänzer, konnte sich ein paar Meter weiter, auf der Tanzfläche zwischen Schwimm- und Sprungbecken, vom Gegenteil überzeugen. Am Rande der Tanzfläche hatte sich ein grinsender Sepp Baubichler aufgebaut und fixierte eine auffallend hübsche Synchronschwimmerin, die alleine vor sich hin tanzte.

Das nächste Stück schien ihr weniger zuzusagen. Kaum hatte sie die Tanzfläche verlassen, stand der kleine Manager neben ihr. »Sie sind eine wunderbare Tänzerin, mein Kompliment«, krähte er mit seiner hohen Fistelstimme. »Darf ich mich vorstellen? Mein Name ist Sepp Baubichler. Vielleicht haben

Sie schon von mir gehört. Ich vertrete die Interessen zahlreicher bekannter Sportler und Sportlerinnen und würde mich gerne einmal mit Ihnen unterhalten. Natürlich ganz unverbindlich.« Er griff in seine Jackentasche. »Hier, meine Karte.«

Die junge Frau musterte ihn voller Verachtung. »Danke, kein Interesse. Ich bin bestens versorgt.«

»Oh, wenn Sie sich da mal nicht täuschen.« Er wischte sich eine schwarze Strähne ins Haar, die an der Stirn klebte. »Ich weiß nicht, was man Ihnen über mich erzählt hat, aber ich kann Ihnen nur empfehlen: Vergessen Sie's! Sie und Ihre Truppe sind dreimalige Weltmeister, nicht wahr? Ich fand Ihre Darbietung übrigens exorbitant. Diese Harmonie, diese traumwandlerische Sicherheit, diese Eleganz. Menschen mit Ihrem Aussehen, Ihrer Figur und Ihren sportlichen Erfolgen steht die Welt offen, glauben Sie mir. Also, ich könnte mir vorstellen...«

Weiter kam er nicht. Ein bulliger glatzköpfiger Typ trat zwischen ihn und die Tänzerin und baute sich dicht vor ihm auf. »Na, Sepp? Hast du nicht gehört, was die Lady gesagt hat?« knurrte er. »Kein Interesse! Hat dir dein Haargel die Gehörgänge verstopft?«

»Ich wüßte nicht, was Sie das anginge, Kreuzfeld«, quiekte Baubichler. »Mischen Sie sich da nicht ein.«

»Zieh Leine, Fettsack! Ich glaube, du brauchst eine kleine Erfrischung.«

Baubichler wurde nach hinten geschleudert, ruderte hilflos mit den Armen und landete mit einem lauten Platschen im Schwimmbecken. Einige Sicherheitsleute stürzten herbei und versuchten den wütenden Glatzkopf abzudrängen, was sich als nicht ganz einfach herausstellte. Siegfried Kreuzfeld war amtierender Europameister im Hammerwerfen.

Baubichler strampelte hektisch im Wasser herum. »Sie sind ja wahnsinnig, Kreuzfeld«, prustete er, »geradezu gemeingefährlich.« Endlich bekam er den Beckenrand zu fassen, griff nach einer ausgestreckten Hand und wurde mit Schwung aus dem Wasser gezogen. In diesem Moment tönte ein lauter Gong aus den Lautsprechern.

»Was ist denn da unten los«, sagte ED Senft und machte Volker David, der neben ihm stand und mit der Garderobe von Rebecca Scholz telefonierte, auf den Tumult zwischen den beiden Becken aufmerksam.

»Der da im Wasser«, sagte David nach einem Blick durch die große getönte Scheibe des Kontrollraums, »das ist Baubichler, oder?«

»Was ist mit Rebecca?«

»Sie ist soweit.«

»Also...«, sagte Senft ungeduldig. »Worauf warten wir dann noch? Laßt uns anfangen. Ist Paul schon unten?«

»Er steht neben dem Sprungturm.«

Volker David war der Choreograph des Abends, Event-Manager und Ablaufregisseur in einem. Bei ihm liefen sämtliche organisatorischen Fäden dieses komplizierten Arrangements zusammen, und wie immer hatte er sich als Meister seines Fachs erwiesen. Er gab einem seiner Mitarbeiter ein Zeichen, und im nächsten Moment dröhnte ein Gong durch die Elbuferhalle.

Es wurde dunkel. Die Gäste versammelten sich rings um das Schwimmbecken, dessen Rand noch schwach beleuchtet war, damit niemand aus Versehen ins Wasser fiel. Von hier oben aus der Schaltzentrale, die wie eine Gondel aus der Stirnseite der Halle ragte, wirkte die Menge im Schummerlicht des Beckens ruhig, aber erwartungsvoll. Die meisten hatten nichts von der Auseinandersetzung um Baubichler mitbekommen.

ED Senft richtete sich auf, verschränkte die Arme vor der Brust und blickte auf den Sprungturm gegenüber, wo Paul Abend gerade seine Position einnahm. Paul hatte die 5-Meter-Plattform erreicht, ein Spot rückte ihn ins rechte Licht, und die Menge applaudierte. An der Turmbasis stellten sich die Cheerleader der Ice Titans auf. Sie trugen jetzt ihre kurzen Röckchen, bauchfreie T-Shirts und weiße Stiefel, johlten und schüttelten ihre Federpuschel.

ED Senft lächelte zufrieden. Es stimmte schon, er hatte ein Faible für Sportler und Sportlerinnen, besonders für Sportlerinnen. Er liebte den Kampf, den Wettbewerb, das Siegenwollen unter Einsatz aller legalen Mittel, bis zur völligen Erschöpfung, bis an die Grenze. Das Spiel der Muskeln unter der straffen jungen Haut erregte ihn, die sehnigen, durchtrainierten Körper. Er hatte es genossen, in ihre festen Schenkel zu beißen und an ihren kleinen Brüsten zu knabbern, früher, als er noch jung gewesen war und selbst über einen athletischen Körper verfügt hatte. Damals war er nicht nur mächtig, sondern auch schön gewesen. Dafür hatte er sich täglich in seinem mit allen Raffinessen ausgestatteten Fitneßraum gequält. Das tat er bis heute, leider mit einem Ergebnis, das ihn immer weniger zufriedenstellte. Heute hatte er sie nur eingeladen, damit sie mit ihrem jungen Temperament etwas Stimmung in den Laden brachten, was ihnen bis auf den kleinen Zwischenfall auch hervorragend gelang. Fast ein Drittel der Gäste waren Sportler oder deren Anhang. Mit Industriellen, Politikern und Intellektuellen konnte man keine anständige Party feiern. Die Show wurde live in Fernsehen und Internet übertragen. Da draußen schauten Millionen zu, und er wollte, daß sie alle bester Stimmung waren.

Auf einem Monitor über dem Kontrollpult sah er Rebecca Scholz in einem der Gänge unter den Tribünen stehen und auf ihren Auftritt warten. Sie hatte sich einen weißen Umhang mit Fellkragen umgelegt und sah hinreißend aus. Eine Maskenbildnerin tupfte ihr gerade das Gesicht ab. Die Kleine berechtigte wirklich zu größten Hoffnungen. Sie war aufgeweckt und frech und wußte genau, was sie wollte. Sie war erst neunzehn, hatte den schwierigen Übergang vom Kind zur Frau, sportlich gesehen die beste Zeit einer Schwimmerin, spielend gemeistert und siegte weiter. Wenn sie ihre Sache heute gut machte, und daran gab es für ihn nicht den geringsten Zweifel, dann hatte er noch viel vor mit ihr.

»Was ist mit den Ü-Wagen?« fragte David.

»Sind auf Sendung.«

»Okay. Fahrt die Filme ab!« David war hoch konzentriert. Die Spannung im Kontrollraum war mit den Händen zu greifen. Was jetzt folgen sollte, war kein Selbstläufer. Nur wenn alle Rädchen reibungslos ineinandergriffen, konnte das Vorhaben gelingen.

Eine dramatische Fanfare erklang aus den Hallenlautsprechern. Rechts und links vom Sprungturm leuchteten die Leinwände auf. Meereswellen brandeten gegen einen menschenleeren Strand. Man hörte das Donnern der Brecher, das Heulen des Windes, das Rauschen des auflaufenden Wassers, das Knistern des Schaumes, den es zurückließ. Eine kühle Brise schien durch die Halle zu wehen. Zu satten Orchesterklängen glitten Pelikane knapp über den Wellenkämmen dahin. Delphine schnellten aus dem Wasser, eine riesige Schwanzflosse hob sich aus der Gischt und tauchte ab. Unübersehbare Kolonien von Seevögeln, Papageientaucher, Trottellummen, watschelnde Pinguine, die sich kopfüber ins Wasser stürzten, Robben, die sich träge in der Sonne aalten.

»Das Meer«, rief Paul Abend und breitete die Arme aus. »Riechen Sie es? Fühlen Sie es?« Er drehte sich um seine Achse und hielt schnüffelnd die Nase in die Luft.

»Ist es nicht wunderschön? Lieben wir es nicht alle? Wer von uns sehnte sich nicht nach unberührten Stränden, nach würziger Luft, dem Geräusch der Brandung und Möwengeschrei? Wer ist nicht fasziniert von seiner unermeßlichen Weite, seiner unbezähmbaren Kraft, seinem Reichtum, den Sagen und Legenden?«

Die Kamera raste über glitzernde Wattflächen, endlose

Mangrovenwälder, azurblaue Lagunen unter atemberaubenden Sonnenuntergängen. Wolken türmten sich zu gewaltigen Gebirgen, drehten sich zu Spiralen so groß wie Kontinente. Taifune und Hurrikans peitschten das Wasser gegen Steilwände und Hafenanlagen, Eisberge brachen krachend aus haushohen Gletscherwänden, mächtige Fontänen spritzten auf.

»Die Ozeane. Klimaküche unseres Planeten. Gewalten, die unsere Vorstellungskraft übersteigen, die Tod und Verderben bringen können, aber auch den lange erwarteten Regen.«

Teufelsrochen segelten anmutig in der Strömung, dann ein grellbuntes Durcheinander von Fischen zwischen Korallenfächern und Seeanemonen, undurchschaubares Gewimmel blitzender Leiber, das majestätische Dahingleiten eines Walhais.

»Das Meer. Die Wiege des Lebens, Quelle unermeßlicher Vielfalt, geheimnisvoll, unergründlich und voller Rätsel.«

Paul trug seinen Text mit dem ganzen Pathos vor, zu dem er fähig war. ED hatte ihn gedrängt, sich keinerlei Zurückhaltung aufzuerlegen. Er sollte schwelgen, übertreiben, sich begeistern, und es fiel ihm leicht in diesem Klangbad, in das das Innere der Elbuferhalle getaucht war. Um so dramatischer würde der Bruch wirken. Jetzt.

Dunkelheit! Plötzliche Stille!

Er wartete eine Sekunde, zwei Sekunden. Noch blieb es ruhig im Publikum. Draußen auf der Elbe sah man plötzlich die Lichter eines großen Containerschiffes vorbeiziehen. Es war wie ein Zeichen, ein Menetekel. Alles an diesem Abend war bis in die kleinste Einzelheit geplant, aber das hatten auch ED und seine Leute von der Event-Agentur nicht vorhersehen können. Paul merkte, daß ihm eine Gänsehaut über den Rücken lief.

»Unvorstellbar, daß all dies aufhören könnte zu existieren, nicht wahr?« flüsterte er in die Finsternis. »Beinahe undenkbar, daß diese Quelle einmal versiegen könnte. Und doch besteht diese Gefahr. Das Leben, das seit Hunderten Millionen von

Jahren die Meere bevölkert, ist bedroht. Ernsthaft bedroht. Durch uns!«

Auf den Leinwänden erschien eine graue Masse, die träge vor sich hin schwappte. Die Lautsprecher blieben stumm. Lichtreflektionen. Etwas bewegte sich, zappelte, erstarb, zappelte wieder. Die Kamera fuhr heran. Ein Vogel, schwarz, das Gefieder verklebt. Er kämpfte verzweifelt, von Dämpfen betäubt, versuchte sich zu befreien. Vergeblich. Er war zu schwer, um aufzufliegen. Die zähe Masse hielt ihn fest. Öl!

Die Leute wurden unruhig. Eduard Dietrich Senft war Vorstandsvorsitzender und Hauptaktionär der Senft AG, einem Unternehmen, das sein Geld mit dem Transport, der Verarbeitung und Veredelung von Erdöl verdiente. Was ging hier vor?

Der Vogel rührte sich nicht mehr. Jetzt sah man Meeresufer, die durch angelandetes Öl zu Asphaltkrusten erstarrt waren, Gestein und Sand, kilometerweit mit einem schmierigen zähen Belag besudelt, Berge von Vogelkadavern, Soldaten, Fischer, Freiwillige, die, in Gummianzügen und bis zum Hals ölverschmiert, mit Schrubbern, Mistgabeln und Schippen einen aussichtslosen Kampf führten.

»Torrey Canyon, Sea Empress, Amoco Cadiz, Exxon Valdez, Pallas, Erika... Allabendlich haben sie uns mit diesen Bildern versorgt. Erinnern Sie sich? Und ob Sie sich erinnern. Ich weiß, daß Sie sich daran erinnern. Diese Namen und Bilder haben sich in unser aller Gedächtnis eingeprägt, einge*brannt*. Wir haben nämlich ein verdammt schlechtes Gewissen.«

In der Halle blieb es still. Die Menschen waren verwirrt. Eben noch herrschte ausgelassene Partystimmung. ED, ihr Gastgeber, hatte sich große Mühe gegeben, die Stimmung anzuheizen, und jetzt das. Diese Selbstanklagen, diese Bilder.

Paul holte tief Luft. »Aber keine Angst. Wir wollen Ihnen nicht die Laune verderben. Das hier ist keine Buß-Veranstaltung. Ich habe nicht vor, Ihnen eine Predigt zu halten, und wir werden auch keine Büchse schütteln und Spenden sammeln.

Bald werden Bilder wie diese ein für allemal der Vergangenheit angehören. Denn es gibt eine *Lösung.* Die Wissenschaftler der Senft AG haben sie gefunden, und dies ist der Moment und dies ist der Ort, sie der Welt zu präsentieren.«

Musik setzte ein.

Nun bewegten sich Wissenschaftler über die Leinwände, Männer und Frauen, die in weißen Kitteln geschäftig durch ein großes Labor liefen, Mikroskope, Computermonitore. Eine junge Frau saß an einem weiß beschichteten Arbeitstisch und hantierte mit Glasgefäßen. Die Kamera fuhr heran und näherte sich einer flachen Schale. Sie schien in die Flüssigkeit zu tauchen, und plötzlich waren kreisrunde Gebilde zu erkennen, die sich in Zeitraffer vermehrten.

»*Das* ist die Lösung!« rief Paul Abend. »Um ihren Namen zu lernen, werden die meisten von uns zwar eine Weile üben müssen, aber diese unscheinbare Zelle, ein Bakterium, wird ein guter Freund von uns werden, wie ihre Kollegen, die Bäcker- und die Bierhefe, wie ihre ungezählten Verwandten, die für uns unermüdlich lebenswichtige Substanzen produzieren. Ladies and Gentlemen! Eduard Dietrich Senft präsentiert: *Globacter benevolens,* das kugelrunde Bakterium, das es gut mit uns meint. Es wird uns in Zukunft vor solchen Fernsehbildern bewahren.«

Das Publikum applaudierte kräftig, aber nicht ohne Zurückhaltung. Noch war die Verwirrung nicht verdaut. Der Schock saß.

»Ich sehe es Ihnen an«, fuhr Paul Abend fort, obwohl er in Wirklichkeit außer gleißendem Scheinwerferlicht nichts sah. »Sie sind noch nicht überzeugt. Vielleicht sind Sie sogar böse und schmollen, weil wir Ihnen an einem Abend wie diesem solche Bilder zugemutet haben. Oder Sie denken: Igitt, Bakterien, dieses unsichtbare Mistzeug, von dem wir Schnupfen, Masern und Pocken kriegen. Abgesehen davon, daß diese Krankheiten durch Viren hervorgerufen werden, unter denen die Bakterien genauso zu leiden haben wie wir, tun Sie diesen kleinen Lebenskünstlern damit bitter unrecht, glauben Sie mir. Die Wissenschaftler der Senft AG haben mir versichert, daß wir den Laden auf diesem Planeten dichtmachen könnten, wenn es keine Bakterien gäbe. Schlimmer noch, wir hätten ihn niemals eröffnen können.

Andererseits... Es gibt schon verdammte Biester darunter, da haben Sie recht. Kennen Sie zum Beispiel Wolbachia? Nein? Ich kannte sie auch nicht, aber als mir ein Wissenschaftler davon erzählte, wurde mir angst und bange. Wissen Sie, was Wolbachia macht? Sie tötet nur die Männer. Sie wird von infizierten Müttern an ihre Nachkommen weitergegeben, und die männlichen sterben, bevor sie überhaupt das Licht der Welt erblicken. Ich kann Sie beruhigen, Wolbachia befällt nur Insekten, mit denen sie meinetwegen machen soll, was sie will, aber, meine Herren, der Himmel bewahre uns, daß sie einmal in die Hände radikaler Feministinnen fällt oder so etwas. Allerdings... wenn ich es mir recht überlege, hätte das auch positive Folgen. Da so wenige Männchen übrigbleiben, rotten sich die Weibchen zusammen, werben wie die Verrückten und stürzen sich auf jedes Männchen, das sich blicken läßt. Also wenn ich unter den Überlebenden wäre...« Er verzog das Gesicht zu einem breiten Grinsen.

Ungeduldige Pfiffe, vereinzeltes Lachen. Der Gag war ein Rohrkrepierer. Aber es half nichts, er mußte da durch, Zeit schinden. Ein paar Minuten.

»Noch etwas.« Er ging dicht an den Rand der Plattform und sprach im Plauderton weiter. »Wußten Sie, daß tief unter uns, viele tausend Meter tief, eine Welt existiert, von der wir bis vor kurzem keine Ahnung hatten? *The Deep Hot Biosphere* wird sie genannt. Klingt gut, nicht? Geheimnisvoll. *Deep Hot Biosphere*«, er ließ jedes Wort auf der Zunge zergehen. »Eine Welt, in der es genausoviel Leben gibt wie bei uns auf der Oberfläche. Vielleicht sogar mehr. Und in dieser Welt herrschen die Bakterien, seit Urzeiten. Es ist ihr Reich. Können Sie sich das vorstellen?

Ist das nicht...« Er hob die Arme und gab den Einsatz. Seine Fans hatten schon lange darauf gewartet. »GENIAAAL!« schrie die ganze Halle. »Also, mich hat das glatt umgehauen«, sagte er in den aufwallenden Jubel.

Na bitte, man mußte sie nur dazu bringen, sich selbst zu feiern. Dieser dämliche Spruch war zu seinem Markenzeichen geworden. Wie er das alles manchmal haßte. Er warf einen kurzen Blick auf die Hallenuhr. Jetzt konnte er zum Schluß kommen.

»Bakterien herrschen im Grunde auch hier oben«, sagte er in den abflauenden Beifall. »Da müssen wir uns nichts vormachen. Ihr Reich ist überall. Wir merken nur nichts davon, weil sie sich verdammt geschickt anstellen. Wußten Sie, daß in und an uns mehr Bakterien leben, als unser Körper Zellen besitzt? Sogar in unserem eigenen Körper sind sie uns zahlenmäßig überlegen. Sie leben in mir, in Ihnen, gnä Frau...« Er beugte sich hinunter und zeigte mit der Hand ins unruhige Publikum. Irgendwo da unten würde jemand stehen, der sich angesprochen fühlte. »Sie sind uralt, verglichen mit ihnen, ist alles, was auf der Erdoberfläche herumrennt, ein Kindergarten. Was glauben Sie, wie alt sind die ältesten Lebewesen auf Erden? Ein paar Tausend Jahre vielleicht, wie manche Bäume? Falsch. Die ältesten Lebewesen sind natürlich Bakterien. In New Mexico hat man gerade welche entdeckt, in einer Salzlake in fast sechshundert Metern Tiefe, die nicht weniger als 250 Millionen Jahre alt sind. Das kommt der Unsterblichkeit schon ziemlich nahe. Diese Zellen haben schon gelebt, bevor die ersten Dinosaurier auf der Erde herumtrampelten. Ist das nicht unfaßbar? Und sie haben einiges mitgemacht in dieser Zeit. Meteoriteneinschläge, Vulkanausbrüche, Eiszeiten, die Sintflut nicht zu vergessen. Das, was wir heute erleben, ist dagegen kaum mehr als ein laues Lüftchen.«

Er hob die Stimme, um die Pfiffe zu übertönen. Es war soweit. »Und obwohl sie eine so schwere Zeit auf Erden hatten und wir ihnen mit Antibiotika und Reinigungsmitteln und was weiß ich noch alles auf den Leib rücken, meinen es einige von ihnen wirklich gut mit uns, besonders wenn man mit etwas High-Tech nachhilft. Zum Beispiel Globacter benevolens! Liebe Freunde, liebe Gäste, liebe Zuschauer zu Hause! Eduard Dietrich Senft und die Wissenschaftler der Senft AG haben sich etwas ganz Besonderes ausgedacht. Um Ihnen die ungewöhnlichen Eigenschaften ihrer Entwicklung zu demonstrieren, werden wir ein Spiel spielen. Klingt das nicht gut? Ein riskantes Spiel, und Sie ahnen sicher schon, wer dabei die Hauptperson sein wird. Rebeccaaaaaa Schollllzzzz!«

Ein Triumphmarsch dröhnte aus den Lautsprechern. Sie trat aus einer Seitentür ins gleißende Licht der Scheinwerfer und bewegte sich winkend durch die auseinanderweichende Menge. Sie sah aus wie eine Prinzessin, groß und strahlend, ihre blonden, stundenlang frisierten Haare schimmerten über dem weißen Umhang mit Pelzkragen, ihr Gesicht mit dem siegessicheren Lächeln, den glänzenden roten Lippen und den Grübchen schwebte in Überlebensgröße auf den Leinwänden unter dem Hallendach, und mit jedem ihrer Schritte wich die Zurückhaltung aus den Gesichtern der Menge.

»Sie ist gut«, sagte Volker David oben im Kontrollraum, und ED Senft nickte. Sie war perfekt.

Rebecca hatte das Schwimmbecken erreicht und bewegte sich nun auf den Startblock zu, vor dem die Gummirolle befestigt worden war. Die Zuschauer klatschten den Marschrhythmus, und sie legte den weißen Umhang ab, entblößte ihren schlanken Körper, der in einem hautengen, hellblauen Badeanzug steckte, setzte ihren Fuß auf den Startblock, stand schließlich da, wo alle ihre beispiellosen Erfolge ihren Anfang nahmen, stellte ein Bein vor das andere, streckte beide Arme in die Höhe und nahm die Huldigungen des Publikums entgegen.

»Rebecca!« riefen die Leute.

»Sieht sie nicht phantastisch aus«, jubelte Paul oben auf dem

Sprungturm und applaudierte. Der Triumphmarsch war zu Ende, aber die Leute klatschten noch immer. »Ich will Ihnen kurz erklären, was wir vorhaben. Im Wasser dieses Schwimmbeckens wurde heute nachmittag eine Suspension aufgelöst, in der sich Millionen und Abermillionen Zellen unseres neuen Bakterienfreundes befanden. Sie schwimmen seitdem darin herum und erfreuen sich des Lebens, aber eines fehlt ihnen zu ihrem Glück: Öl.«

Scheinwerfer richteten sich auf die vier Fässer an den Ecken des Beckens. »Wir werden sie nicht darben lassen, unsere Globacter benevolens«, sagte Paul. »In diesen Fässern befindet sich ein spezielles Öl, dem man einige besonders ekelhafte Geruchsstoffe entzogen hat, damit wir hier nicht vor Gestank umkommen. Die Wissenschaftler der Senft AG haben mir aber versichert, daß die kleinen Teufelsdinger auch mit jeder Art von Rohöl spielend fertig werden.«

Volker David blickte auf die Digitaluhr an der Wand des Kontrollraumes. In wenigen Sekunden wurde es 22.27 Uhr. »Punkt halb elf beginnen wir mit der Entleerung. Alles bereit?«

ED Senft stützte sich auf die Konsole vor der großen Scheibe und blickte gespannt nach unten. Alles kam auf die Einhaltung eines sekundengenauen Zeitplans an, sonst würde das Ergebnis nur peinlich sein.

»Fahrt die Hebebühnen hoch!« sagte David.

Unten setzten sich die festgebundenen Fässer mit einem Surren in Bewegung und verharrten schließlich in extremer Schrägstellung.

»Fässer sind in Position«, sagte jemand.

»Okay. Los geht's. Hallenlicht aus. Becken an.«

Wieder wurde es dunkel, nur die Hinweise auf die Notausgänge leuchteten. Im nächsten Moment glimmten die Kacheln auf und hüllten die Menschen, die um das Becken standen, in ein gespenstisches blaues Licht.

»Achtung! Ich zähle: Fünf, vier, drei, zwei, eins, Fässer öffnen«, rief David. Er griff nach seinem Handy. »In genau elf Minuten und dreißig Sekunden. Paul zählt euch ein«, sagte er. Unten sah man einen Begleiter von Rebecca den Daumen in die Luft heben.

Man hörte ein Knacken, und an allen vier Ecken ergoß sich ein kräftiger Strahl einer dickflüssigen schwarzen Masse ins Becken. Sofort bildeten sich große dunkle Flecken, die das von unten ausgestrahlte Licht verschluckten, sich langsam vergrößerten und aufeinander zubewegten. Die Luft füllte sich mit dem Geruch eines alten Heizungskellers. Schon verschmolzen die Flecken am Rand zu einer zusammenhängenden Schicht, die immer mehr Kacheln bedeckte und ihr Licht absorbierte. In der Halle wurde es unaufhaltsam dunkler, als betätigte jemand mit aufreizender Langsamkeit einen Dimmer.

»Sie kennen Rebecca als famose Schwimmerin«, sagte Paul Abend zu den Partygästen, die sich unter ihm einen guten Platz am Beckenrand zu sichern versuchten. »Aber wußten Sie, daß sie auch eine sehr gute Streckentaucherin ist?«

Rebecca war vom Startblock geklettert und legte eine Schwimmbrille an. Jemand reichte ihr Flossen.

»Sie ist in der Lage, zweimal in Längsrichtung durch dieses Becken zu tauchen. Normalerweise kein Problem, jedenfalls nicht für Rebecca. Sie taucht wieder auf und holt Luft. Aber können Sie sich vorstellen, wie es sich anfühlt, durch eine drei Zentimeter dicke Ölschicht aufzutauchen?«

Murmeln im Publikum. Nur die Mitte des Beckens leuchtete noch in kräftigem Blau, und vor dem Startblock, von dem Rebecca ins Wasser springen würde, hatte die Ölsperre einen halbkreisförmigen Flecken freigehalten. Es stank.

»Noch zwei Minuten«, sagte jemand in Pauls Ohr.

»Erinnern Sie sich an den Vogel?« fragte Paul. »Natürlich würde Rebecca nicht sterben, aber denken Sie an diese Haare, diese Haut, dieses Gesicht, über und über besudelt mit stinkendem, klebrigem Öl, die Nase nur wenige Zentimeter über der Oberfläche. Sind Sie schon einmal am Strand in einen dieser widerlichen heimtückischen Teerklumpen getreten?«

Jetzt ließ das Öl nur noch wenige Quadratmeter unbedeckt und arbeitete sich weiter voran. Das blaue Licht wurde schwächer und schwächer, bald blieb nur noch ein kleines schrumpfendes Lichtfenster übrig, über dem ein schwacher Schimmer lag.

Die Stimme in seinem Ohr meldete sich wieder: »Noch eine Minute.« Paul schwitzte. Er sah, wie sich das Fenster in der Beckenmitte schloß, und es fühlte sich an, als verschwände mit dem Licht auch die Luft zum Atmen. Wie eine erstickende Decke hatte sich die Schwärze über das Licht, über das Leben gelegt. In der Halle herrschte atemlose Stille. Rebecca trat auf den Startblock, die einzige Lichtquelle weit und breit war das blaue Wasserfenster vor ihr.

»Rebecca? Bist du bereit?« fragte Paul. Sie machte das Siegeszeichen und nahm Startposition ein, die Knie angewinkelt, die Hände nach hinten gestreckt.

»Paul, Achtung! Zehn, neun, acht...«, sagte die Stimme in seinem Ohr, und er zählte laut mit: »Fünf, vier, drei, zwei, eins. Los!«

Rebeccas Körper schoß durch die Luft, durchstieß die Wasseroberfläche und verschwand unter der Ölschicht. Sofort begannen Helfer, die Ölsperre einzuholen. Aus dem unsichtbaren Publikum hörte man einzelne Protestrufe. Schnell schloß sich die schwarze Öldecke, verschluckte den letzten Lichtrest und überließ die Halle der vollkommenen Dunkelheit. Aus den Lautsprechern hörte man das Ticken einer Uhr.

Oben im Kontrollraum starrten Volker David, ED Senft und die anderen gebannt auf den Monitor, der die Bilder der Unterwasserkamera übertrug. Unter der Ölschicht herrschte noch immer das blaue Licht. Rebecca hielt sich dicht am Beckenboden und wedelte sich ohne Hast mit ihren Flossen voran.

Alles sah gut aus. Es war wichtig, daß sie ruhig blieb und nicht zu schnell schwamm.

»Gelb!« sagte David leise, ohne den Blick vom Bildschirm abzuwenden. Das Blau verschwand. Rebecca schwebte plötzlich über Kacheln, die die Farbe eines reifen Kornfeldes angenommen hatten.

Tick tack tick tack, machten die Lautsprecher, und in der Halle herrschte noch immer Finsternis. Man hörte einzelne Schreie, Hilferufe. Später wurde klar, daß zwei alte Damen in Ohnmacht gefallen waren und die Menschen in ihrer Umgebung verzweifelt bemüht waren, Hilfe zu holen.

»Ruhig«, schallte Pauls Stimme durch die dunkle Halle. »Bleiben Sie ruhig! Rebecca braucht etwa eine Minute für die hundert Meter. Wir werden gleich wissen, ob sie es schafft.«

Tick tack tick tack.

Unsinn, dachte Paul bei sich. Was redest du da für einen Unsinn. Die Frage war nicht so sehr, ob Rebecca die Strecke tatsächlich tauchen konnte. Es ging darum, ob dieses Bakterium das tat, was es tun sollte, und bisher sah nichts danach aus. Vor ihm herrschte immer noch Dunkelheit, nur draußen, hinter den Glaswänden, schimmerten die Lichter der Stadt. Die Sekunden zogen sich endlos in die Länge.

Tick tack tick tack.

Der Zersetzungsprozeß war extrem temperaturabhängig. Deshalb hatte man den ganzen Tag auf eine exakte Einhaltung der optimalen Temperatur geachtet, die Voraussetzung für einen sekundengenauen Ablauf. Trotzdem gab es Unwägbarkeiten. Zum Beispiel war nicht klar, inwieweit das Wasserspektakel zuvor die Verteilung der Zellen im Wasser beeinträchtigt hatte und wie gleichmäßig sich die Schichtdicke des Öls herausbilden würde.

»Da!« rief Paul plötzlich. »Sehen Sie es. Hinten in der Ecke.«

Erst war nur ein zaghaftes Schimmern zu sehen, das einsetzte und wieder verblaßte, aber dann riß der Ölvorhang auf, und in einer Ecke des Beckens leuchtete ein gelbes Licht auf. Ein Raunen ging durch das Publikum. Sie reckten die Hälse, drängelten, um einen Blick zu erhaschen. Dann geschah es überall. Löcher taten sich auf und ließen goldgelbes Licht in die Halle quellen, und mit jedem Lichtstrahl wurden mehr Menschen am Beckenrand sichtbar, die sich mit angespannten Gesichtern vorbeugten, um besser sehen zu können. Sie begannen zu applaudieren, zu lachen. Anfeuerungsrufe. Plötzlich sah Paul Abend, wie Rebecca unter einem der Löcher hindurchtauchte, und er schrie: »Da ist sie! Können Sie sie sehen? Sie hat es gleich geschafft. Sie ist gleich da!«

Im nächsten Moment sah er den großen Ölfleck unmittelbar vor Rebeccas Startblock. Überall rissen die Fäden des Ölnetzes, nur am Zielpunkt schien sich nichts zu tun. Er wollte sie warnen, wollte schreien, so laut er konnte, sie solle sich links halten, links. Sie mußte es doch sehen, brauchte nur ausweichen, einen kleinen Schwenk zur Seite, niemand würde es ihr übelnehmen, wenn sie ein wenig schummelte. Aber sie schien es nicht zu merken, schwamm direkt darauf zu, ihr Körper schnellte durch das Wasser, und plötzlich verschwand das Öl, und im nächsten Moment durchstieß sie eine makellose Oberfläche in goldgelbem Licht, riß sich die Schwimmbrille vom Gesicht und streckte triumphierend beide Hände in die Luft, wie sie es nach jedem ihrer vielen Siege getan hatte. Die Leute schrien vor Begeisterung, trampelten, umarmten einander. Der Triumphmarsch setzte ein, die Cheerleader schwangen die Beine in die Luft, und die ganze Halle wurde zu einer Orgie aus Licht und Freude und Klang.

Er schrie: »Ist das nicht...« Und die Halle fiel ein: »GENIAL!«

»Also mich hat das glatt umgehauen«, vollendete Paul, aber im allgemeinen Lärm konnte ihn niemand mehr verstehen.

Auch im Kontrollraum hoch über der Halle entlud sich die Anspannung in freudigem Geschrei. Man gratulierte sich, schlug sich anerkennend auf die Schultern, und ED Senft ließ den Korken einer Champagnerflasche knallen.

»Gute Arbeit!« sagte er und ließ den Schampus in die Gläser fließen, die auf einem Tablett bereitstanden. »Diese Bilder werden um die Welt gehen. Wir haben Geschichte geschrieben.«

Alle hoben ihre Gläser und prosteten sich zu.

»Auf Globacter!« sagte ED.

»Auf Globacter!«

Durch die dicke Glasscheibe hörten sie die Musik und das Freudenfest draußen in der Halle. Rebecca hatte wieder ihren Umhang umgelegt und kämpfte sich durch das Gewühl der Partygäste. Sie kam kaum voran, war umringt von einer dichten Menschentraube, mußte unzählige Hände schütteln und Glückwünsche entgegennehmen. Das Fernsehteam hatte schon Aufstellung genommen, um sie auf ihrem Weg zur Garderobe abzufangen. Die Reporterin redete aufgeregt in die Kamera.

Im Kontrollraum gönnte man sich keine Pause. ED und Volker David hatten sich mit ihren Gläsern in eine Ecke zurückgezogen und sahen sich die Videoaufzeichnung an. David pfiff leise durch die Zähne. »Das war verdammt knapp«, sagte er und schmunzelte. ED zuckte nur die Achseln.

Rebecca hätte keine Sekunde früher auftauchen dürfen. Die Zeitplanung war eng. Sie mußte eng sein, um die nötige Dramatik zu erzielen. Einen Probedurchlauf hatte es nicht gegeben. Rebecca war die Strecke zweimal abgetaucht, damit sie ihre Zeit stoppen konnten, aber sie hatten damit gerechnet, daß ihr Sauerstoffbedarf in der Streßsituation des Ernstfalls sehr viel höher liegen könnte und sie möglicherweise früher auftauchen mußte.

»Da unten stimmt was nicht«, sagte plötzlich einer von Davids Männern. »Ich glaube, es gibt ein Problem.«

ED und der Event-Manager stürzten zum Sichtfenster. Noch immer schallte laute Musik durch die Halle, und überall wimmelte es von Menschen. Alles sah ganz normal aus.

»Was meinst du?« fragte David.

»Dahinten, vor der Tribüne«, sagte der Mann aufgeregt und zeigte in die Richtung, in der sich die Eingänge zu den Künstlergarderoben befanden. »Irgendwas ist mit Rebecca passiert.«

Dann sahen sie es. Rebeccas weißer Umhang, ihr blauer Schwimmanzug. Sie lag auf dem Boden. Um sie herum dichtes Gedränge. Menschen wurden hin und her gestoßen. Jetzt hörten sie Schreie. Man sah Männer umherrennen, andere zeigten in verschiedene Richtungen. Das waren Dimitris Leute. Im nächsten Moment meldete sich Davids Handy.

»Was?« rief er aus. »Wie konnte das passieren? Ist sie verletzt?«

Bis auf seine mehrfach gebrochene Nase, die er einer mittlerweile überwundenen Leidenschaft für Full Contact Karate zu verdanken hatte, war Dimitri Stoikow ein Bild von einem Mann. Dunkle Augen, schwarzes lockiges Haar, volle Lippen.

Er war zwei Meter zwei groß und brachte einhundert Kilogramm wohlproportionierte Muskeln und Knochen auf die Waage, die er vorzugsweise und aus Rücksicht auf seinen Beruf in teure Maßanzüge und elegante Mäntel hüllte. Er hatte Sport studiert, mit Bestnote abgeschlossen und beherrschte mehrere asiatische Kampfsportarten. Hauptberuflich war er für die Sicherheit von Eduard Dietrich Senft zuständig, ein Job, der fürstlich bezahlt wurde, ihn aber zumeist rund um die Uhr beschäftigte, weil ED kaum Schlaf zu brauchen schien und viel unterwegs war. Nebenbei jobbte er als Model und dealte ein wenig mit Designerdrogen, wenn sich die Gelegenheit ergab. Seine Spermien, die er über eine eigene Homepage im Internet versteigern ließ, erfreuten sich großer Nachfrage und brachten ihm Jahr für Jahr zusätzlich etliche Tausender ein, so daß er sich einen chromblitzenden Sportwagen und ein Penthouse mit Blick auf die Alster leisten konnte. Er verfügte über eine schnelle Auffassungsgabe und einen untrüglichen Instinkt, wenn die Dinge irgendwo außer Kontrolle zu geraten drohten. Und als Rebecca Scholz aus dem Becken geklettert war und sich in einer dichten Menschentraube langsam in Richtung auf den Garderobentrakt zubewegte, hatten alle seine Sinne höchste Gefahrenstufe signalisiert. Es waren viel zu viele Menschen um sie herum, und sie waren völlig außer sich.

Dann hörte er den Schrei und stürzte los. Er wußte nicht, ob der Schrei von ihr gekommen war, aber ihm blieb keine Zeit für lange Überlegungen.

Unterwegs brüllte er seinen Leuten zu, sie sollten einen Korridor zum Garderobeneingang schaffen und unter allen Umständen freihalten, notfalls mit Gewalt. Er konnte Rebecca nicht sehen, aber sie mußte irgendwo inmitten dieser ausgelassenen Menschenmenge stecken. Plötzlich begann ein wildes Geschiebe und Gezerre. Menschen schrien auf, stürzten zu Boden. Er zwängte sich voran, brüllte: »Lassen Sie mich durch!«, packte einzelne Gäste an den Schultern, an den Armen und zog sie aus dem Weg. Er achtete nicht auf ihre wütenden Proteste, setzte seine Ellenbogen ein, seine Fäuste. Die Augen hatte er starr auf sein Ziel ausgerichtet, das sich hinter dieser Wand aus Menschenleibern befinden mußte. Um ihn herum kreischten die Leute, jemand rief nach einem Arzt. »Bleiben Sie ruhig!« schrie er und arbeitete sich voran. »Gehen Sie auseinander und behalten Sie die Ruhe! Bitte, seien Sie doch vernünftig!«

Unvermittelt stand er vor ihr. Sie lag auf dem Boden, und zwei Männer knieten neben ihr und hielten ihre Arme fest. Sein Herz begann wie wild zu schlagen, beruhigte sich aber, als er sah, daß sie zwar blaß, aber auf den ersten Blick unversehrt war, kein Blut.

»Ich bin vom Sicherheitsdienst. Was ist passiert?«

»Ich weiß auch nicht…«, schrie der Mann zurück. Er sah sich ängstlich um. Ein Gewirr von Kleidern, Beinen, Leibern und trampelnden Füßen. In der Nähe fiel ein Tisch um. Glas klirrte.

»Ich habe ihren Schrei gehört«, brüllte der andere Mann, der in etwas besserer Verfassung zu sein schien, »und im nächsten Moment begannen die Leute fürchterlich zu drängeln, und sie lag am Boden.«

»Alles in Ordnung mit Ihnen, Rebecca?« fragte Dimitri. Sie nickte schwach, flüsterte etwas. Sie hatte ihn erkannt, nahm seine Hand und drückte fest zu.

»Was sagen Sie?« Er hielt sein Ohr vor ihr Gesicht.

»… überfallen… diese Leute, diese Menschen…«

»Ich weiß. Ich bringe Sie hier raus. Ich werde Sie tragen, okay?«

Er griff mit einem Arm unter Rebeccas Knie, legte den anderen unter ihren Oberkörper und hob sie mühelos hoch. Sie umklammerte seinen Hals.

»Lassen Sie uns durch«, schrie er, aber an ein Vorwärtskommen war nicht zu denken. Er überragte die meisten Menschen und blickte sich schnell um. Wo waren seine Männer? Endlich sah er, wie sich jemand zu ihm durchzudrängeln versuchte.

»Gleich«, sagte er zu Rebecca, die ihre Augen geschlossen hatte. Ihr Kopf lag an seiner Schulter. »Sie sind gleich in Sicherheit.«

Plötzlich blitzte es direkt vor ihm. Dann noch einmal. Ein Fotograf. Das hatte ihm gerade noch gefehlt. »Gehen Sie aus dem Weg«, sagte er drohend. »Wenn Sie nicht sofort verschwinden, kann ich für nichts garantieren.« Noch ein paar Meter, dann würden die anderen bei ihm sein. »Sie sollen abhauen!« sagte er noch einmal, aber der Fotograf hatte schon wieder die Kamera vor dem Gesicht und betätigte den Auslöser. Dimitri kochte vor Wut, aber er zögerte. Wenn er zutrat, wäre eine schwere Prellung das mindeste, was dem Mann blühte. Wahrscheinlicher war, daß er ihm die Knochen brach. ED wäre bestimmt nicht begeistert.

Der Fotograf wurde beiseite gerissen, und dann waren sie bei ihm. Sie hakten sich unter und drängten die Menschen zurück. Eine Gasse entstand, und Dimitri lief los. Sekunden später hatte er, mit Rebecca Scholz auf dem Arm, den Gang erreicht, der zu den Künstlergarderoben führte.

»Unglaublich ist das. Ein Skandal!« kreischte Sepp Baubichler und lief gestikulierend vor der Garderobentür auf und ab, hinter der Rebecca ärztlich versorgt wurde. Er hatte sich mittlerweile umgezogen. Es war nicht ganz einfach gewesen, nach seinem unfreiwilligen Bad Kleidung in einigermaßen passender Größe aufzutreiben, und so mußte er sich vorerst mit einem viel zu großen Pullover und einer pinkfarbenen Jogginghose begnügen, deren Hosenbeine er unten mehrfach umgekrempelt hatte.

»Erst werde ich von so einem wild gewordenen Arschloch ins Wasser geworfen und jetzt das«, schimpfte er. »Wozu seid ihr Typen eigentlich da, hm?«

Die Frage richtete sich an einen von Dimitris Männern, der den Zugang zur Garderobe versperrte und strikte Order hatte, niemanden hineinzulassen.

Baubichler war außer sich. Schwimmen war zwar nicht gerade ein Quotenknüller, hatte aber den unschätzbaren Vorteil, daß seine Protagonisten halb nackt waren und über perfekte und einigermaßen normale Körper verfügten, ohne diese unnatürlich aufgeblähten Muskelpakete. Man mußte das ganz nüchtern sehen und sich zunutze machen. Rebecca war sein bestes Pferd im Stall, und er würde kämpfen wie ein Löwe, damit das auch so blieb. Es war eine Unverschämtheit, daß man ihn nicht zu ihr ließ.

»Sollte ihr irgend etwas passiert sein, wird das teuer.« Er drohte mit erhobenem Zeigefinger. »Wenn ihr auch nur ein

Haar gekrümmt wird, werde ich Senft mit einer Schadensersatzklage überziehen, die sich gewaschen hat. Wo sind wir eigentlich? Wenn ich gewußt hätte, was für eine chaotische Veranstaltung hier abläuft, hätten wir uns nie dafür hergegeben. Niemals!«

Im Gang hörte man Schritte. Er fuhr herum. Ein finster blickender ED Senft bog um die Ecke, flankiert von Volker David und Dimitri Stoikow.

»Da sind Sie ja endlich!« rief Baubichler und lief dem Trio entgegen. »ED, wie konnte das passieren? Ich...«

Senft würdigte Baubichler keines Blickes. Dimitri schob den Agenten ohne ein Wort zur Seite, der Wachmann öffnete nach einem Klopfen die Tür, und ED und seine Gefolgsleute verschwanden in der Garderobe. Baubichler war zu perplex, um etwas zu sagen. Er erhaschte einen kurzen Blick auf den Rücken einer Frau, die einen weißen Medizinerkittel trug und eine Spritze in der Hand hielt, dann wurde die Tür geschlossen, und der Wachmann nahm wieder seine Position ein.

»Sie ist verletzt«, sagte Baubichler leise. »Ich habe es geahnt. Sie ist tatsächlich verletzt.«

»Um Himmels willen, Rebecca, es tut mir so leid!« ED war außer Atem und mußte Luft holen. »Sie sehen blaß aus. Wie geht es Ihnen?« Er nahm ihre Hand.

»Ganz gut.« Sie saß in T-Shirt und Shorts auf einer beweglichen Untersuchungsliege und lächelte zaghaft. Hinter ihr stand eine Ärztin.

»Ich glaube, es ist alles in Ordnung«, sagte die Sportlerin. »Es war nur... die vielen Menschen. Sie drängelten und schubsten. Und dieser Schmerz im Nacken.«

»Soll ich Frau Scholz nun untersuchen, oder möchten Sie sich unterhalten?« fragte die Ärztin mit vor der Brust verschränkten Armen. »Sie hat einen Schock und für heute zweifellos genug Aufregung gehabt.«

ED ließ Rebeccas Hand los. »Natürlich. Tut mir leid. Machen Sie nur weiter, Doktor. Wir warten nebenan, bis Sie fertig sind.« Er deutete seinen Begleitern mit einem Kopfnicken, ihm in den Nachbarraum zu folgen. Es war eine winzige Kammer, in der nur ein Bett und ein Stuhl standen.

Sie waren nicht durch den Innenraum gekommen, sondern einen weiten umständlichen Weg, unten durch die Katakomben, durch schwere Stahltüren und Treppenhäuser. ED setzte sich auf das Bett und wischte sich den Schweiß von der Stirn. Er war verdammte sechzig Jahre alt und spürte das in jedem Knochen, jedem Gelenk. Vor einer guten Woche hatte er noch mit einer kapitalen Grippe das Bett gehütet. Sein Puls raste. Sie hatten sich beeilt, waren gerannt.

»Wie sieht's aus, Dimitri?« fragte ED leise. Die Tür zur Garderobe war nur angelehnt.

»Die Leute haben sich beruhigt. Paul hat ihnen ein paar lockere Sprüche serviert und dann beiläufig gesagt, Rebecca sei gestolpert. Viele haben ohnehin nichts mitbekommen. Sie feiern.«

»Verletzte?«

»Ein paar blaue Flecken, nichts Ernstes. Zwei alte Damen sind im Dunkeln zusammengebrochen, während Rebecca noch im Wasser war. Sie werden versorgt.«

»Was ist überhaupt passiert?«

Dimitri zuckte mit den Achseln. »Wir haben mit ein paar Leuten gesprochen, aber keiner scheint etwas gesehen zu haben. Einer hat was von einem Mann erzählt, der weggerannt sei, aber niemand konnte das bestätigen.«

»Vielleicht sollten wir die Polizei einschalten«, sagte David.

»Die Polizei?« ED legte die Stirn in Falten.

»Nun ja, ich denke, wir sollten uns den Rücken freihalten. Was ist, wenn ihr wirklich jemand ans Zeug wollte?«

ED wirkte wenig begeistert. »Dimitri?«

»Wir haben alle Ausgänge besetzt. Die Jungs sollen sich die

Leute, die hinauswollen, genau ansehen, aber mehr können wir nicht machen. Der Einsatzleiter hat schon nachgefragt, was hier los ist. Sie haben die Live-Übertragung verfolgt.«

»Hm, dann wissen sie also Bescheid.«

»Wir sollten sie hinzuziehen, ED«, sagte David eindringlich. »Bevor es jemand anderes tut.«

»Also gut! Übernehmen Sie das, Dimitri. Jetzt sofort. Aber schärfen Sie ihnen ein, daß das hier kein Mafiatreffen ist, klar? Sie sollen sich zurückhalten. Wir dürfen uns diesen Abend nicht kaputtmachen lassen.«

Dimitri nickte und verließ den Raum.

»Glauben Sie im Ernst, daß das ein Attentat war, Volker?«

»Ich habe keine Ahnung, aber zumindest sollten wir die Möglichkeit in Betracht ziehen. Wenn ja, dann läuft da draußen vielleicht ein Verrückter herum.«

»Auf unserer Gästeliste standen keine Verrückten, Volker. Das wissen Sie so gut wie ich.«

»Ich bin fertig«, sagte die Ärztin aus dem Nebenraum. »Wenn Sie wollen, können Sie jetzt mit ihr sprechen.«

ED und Volker David gingen hinüber. Rebecca wirkte müde, aber erleichtert. Die Farbe war in ihr jugendliches Gesicht zurückgekehrt.

»Wie ich schon sagte«, begann die Ärztin, während sie sich in einem Waschbecken die Hände wusch, »sie hat einen leichten Schock, und sie wird ein paar blaue Flecke bekommen. Sie ist Leistungssportlerin und in hervorragender körperlicher Verfassung, aber zwei, drei Tage Ruhe könnten ihr sicher nicht schaden. Ich habe ihr erstmal ein leichtes Beruhigungsmittel gegeben. Ansonsten kann ich nichts feststellen. Keine inneren oder äußeren Verletzungen.«

ED atmete erleichtert aus, Rebecca lächelte.

»Was den Schmerz im Nacken angeht, von dem Frau Scholz gesprochen hat, bin ich, ehrlich gesagt, etwas ratlos. Es ist jedenfalls kein muskuläres Problem.«

»Es war ein komisches Gefühl, ein Brennen«, sagte Rebecca und rieb sich die Nackenmuskulatur. »Wie man es manchmal hat, wenn einem Blut abgenommen wird.«

»Na, ich bin jedenfalls froh, daß es Ihnen soweit gutgeht«, sagte ED. »Sie waren eine Klasse für sich, Rebecca, das sollten wir hier nicht vergessen. Wir sind alle sehr beeindruckt von Ihrem Mut und Ihrer Leistung. Es wäre schade, wenn durch diesen unglücklichen Vorfall ein Schatten auf unsere Veranstaltung fallen würde.«

»Können Sie sich denn an irgend etwas Ungewöhnliches erinnern«, schaltete sich David ein, »ein Mensch, der Ihnen verdächtig vorkam? Dimitri sagten Sie etwas von einem Überfall.«

Rebecca nickte. »Ja, ich weiß. Im ersten Moment habe ich tatsächlich an so etwas gedacht. Ich spürte dieses Brennen und dachte, jetzt hat's dich erwischt. Sie müssen das verstehen. Es gibt kaum einen prominenten Sportler, der sich nicht insgeheim davor fürchtet. Aber jetzt bin ich mir nicht mehr so sicher. Wissen Sie, da waren so viele Leute. Sie wollten mich anfassen und mir gratulieren. Ich wußte gar nicht, wem ich zuerst die Hand schütteln sollte.«

»Natürlich«, David nickte. »Denken Sie noch einmal in Ruhe nach. Vielleicht fällt Ihnen später etwas ein.«

Es klopfte. Dimitri betrat die Garderobe. Ihm folgten eine Frau um die Vierzig in einem braunen Mantel und ein junger Mann. Draußen sah man kurz zwei Polizisten in Uniform.

»Frau Kommissar Martin und ein Kollege von ihr«, sagte Dimitri. »Die beiden sind von der Kripo.«

»Das ging aber schnell«, sagte ED. Er ging auf die Polizisten zu. »Das Ganze hat sich als bedauerlicher Unfall herausgestellt, aber es ist trotzdem schön, daß Sie hier sind.«

»Ich habe schon viel von Ihnen gehört, Dr. Senft«, sagte die Kommissarin und schüttelte die Hand, die ED ihr entgegenstreckte. »Herzlichen Glückwunsch übrigens!«

»Danke, aber hier geht es nicht um mich. Hat Dimitri Ihnen erzählt, was vorgefallen ist? Wie gesagt, alles sieht jetzt nach einem Unfall aus. Bei dem Gedränge und der Begeisterung in der Halle kann so etwas passieren.«

»Herr Stoikow hat uns einiges erzählt, ja. Aber wir müssen uns natürlich selbst ein Bild von der Lage machen«, sagte die Frau und wandte sich an Rebecca. »Wie geht es Ihnen, Frau Scholz?«

»Danke, mir geht es gut. Alles halb so schlimm.«

»Ich möchte Sie bitten, so dezent wie möglich aufzutreten«, sagte ED. »Ich weiß nicht, ob man Ihnen gesagt hat, wer sich alles hier in der Halle befindet, die wichtigsten Persönlichkeiten der Stadt...«

»Sie können davon ausgehen, daß wir nicht mehr Unruhe stiften werden, als unbedingt nötig, Dr. Senft. Und mit Ihnen können wir ohnehin nicht konkurrieren. Sie scheinen den Leuten ja mächtig eingeheizt zu haben.«

ED hob die Augenbrauen und musterte die Kripobeamtin. Sie war eher der burschikose Typ, mittelgroß, schlank, fast drahtig, sehr kontrolliert, aber nicht unattraktiv. Die kurzen Haare standen ihr. Wenn sie von ihm und der Umgebung beeindruckt war, dann wußte sie es gut zu verbergen. Er konnte nur hoffen, daß die Verantwortlichen jemanden geschickt hatten, der die für eine derartige Situation nötige Diskretion und Erfahrung mitbrachte.

»Wir feiern«, sagte er schließlich.

»Ja, natürlich. Wir würden jetzt gerne mit Frau Scholz alleine reden, wenn es Ihnen nichts ausmacht«, sagte sie kühl.

»Ich verstehe. Sie müssen uns jetzt ohnehin entschuldigen«, sagte ED Senft, beugte sich hinunter und drückte Rebecca einen Kuß auf jede Wange. »Ich werde veranlassen, daß Sie jemand nach Hause bringt, wenn Sie hier fertig sind. Ich danke Ihnen noch mal. Sie waren phantastisch, Rebecca. Wirklich! Vielleicht hatten Sie auch ein wenig Spaß daran, trotz des kleinen Zwischenfalls. Ach ja, draußen wartet übrigens Ihr Agent. Ich glaube, er würde gerne mit Ihnen sprechen.« Sie verdrehte die Augen und lachte.

Dimitri öffnete die Tür, vor der Baubichler auf die beiden Polizisten einredete. Er drehte seinen Kopf und starrte sie mit großen Augen an.

»Die Hose steht Ihnen übrigens hervorragend, Sepp«, sagte ED im Vorübergehen. »Mein Kompliment. Trägt man das jetzt so?«

Rebecca erzählte den beiden Kripobeamten, was in der Halle geschehen war, nachdem sie das Becken verlassen hatte. Auf Bitten der Beamten war auch die Ärztin im Raum geblieben. Sie hatte sich auf die Liege gesetzt und hörte zu.

»Sie glauben also nicht mehr, daß es sich um einen Überfall oder gar ein Attentat handelte?« fragte die Kommissarin.

»Nein, eigentlich nicht. Jetzt kommt es mir eher so vor, als ob meine Phantasie mit mir durchgegangen ist. Vermutlich hat mir mein Kreislauf einen Streich gespielt. Das Ganze war ziemlich aufregend.«

»Das kann ich mir vorstellen. Unter einer Ölschicht hindurchzutauchen, vor Millionen Fernsehzuschauern. Kam Ihnen das ganze Unternehmen nicht ziemlich ungewöhnlich vor?«

»Schon, klar, aber auch spannend. Es ging um eine gute Sache. Ehrlich gesagt ...«, sie lächelte scheu, als wundere sie sich im nachhinein selbst über ihre Unbedarftheit, »ich habe nicht lange überlegt, als ich gefragt wurde.«

»Doktor, was meinen Sie?«

»Nun ja, es gibt keinerlei Anzeichen für ein Attentat. Keine Stichwunde oder irgend etwas in der Art«, antwortete die Ärztin. Sie wirkte nachdenklich.

»Haben Sie vor, Anzeige gegen Unbekannt zu erstatten?« meldete sich erstmals der junge Begleiter der Kommissarin zu

Wort. Er schien sehr beeindruckt von der Gegenwart der berühmten Sportlerin, hatte sie aus dem Hintergrund ununterbrochen angestarrt und errötete jetzt leicht.

»Nein, nein.« Rebecca schüttelte den Kopf und lachte. »Was soll das bringen?«

»Gut, dann wären wir soweit fertig«, sagte die Kommissarin. »Vielleicht müssen wir später noch ein paar Fragen an Sie stellen, Frau Scholz. Wenn Ihnen noch etwas einfallen sollte, hier ist meine Karte. Rufen Sie mich an!«

»Das werde ich tun, danke.«

»Da wäre noch eine Kleinigkeit...«, schaltete sich die Ärztin ein.

»Ja?«

»Nun, ich weiß nicht, ob das von Bedeutung ist, aber Frau Scholz klagte doch über Schmerzen im Nacken, ein Brennen. Ich habe ihre Nacken- und Schulterpartie genau untersucht und konnte keinerlei Verletzungen oder muskuläre Probleme feststellen, nur eine winzige Hautirritation, hier«, sie faßte sich an den Nacken, »über dem rechten Trapezmuskel. Die Haut ist leicht gerötet. Man kann es fast nur mit der Lupe erkennen. Es könnte ein Einstich sein.«

»Ein Einstich?«

»Ja, mit einer feinen Nadel oder Kanüle.«

Rebecca sprang auf. »Sie meinen Gift, jemand hat mir Gift gespritzt?«

»Nein, nein, das habe ich nicht gesagt.« Die Ärztin schüttelte energisch den Kopf. »Wenn, dann müßte es ein sehr langsam wirkendes Gift sein. Ihnen geht es gut.«

»Ein Anabolikum! Jemand will mir eine Doping-Geschichte anhängen.« Rebecca war hochgradig erregt. Ihr Gesicht bekam rote Flecken. Sie begann aufgeregt im Zimmer umherzulaufen. »In ein paar Wochen beginnt die Weltmeisterschaft. Hier in dieser Halle, in meiner Heimatstadt. Haben Sie eine Ahnung, was das für mich bedeutet?«

Die Ärztin warf den beiden Kripobeamten einen hilfesuchenden Blick zu. Die Kommissarin hatte sich zur Seite gedreht, ein Handy aus der Manteltasche gezogen und telefonierte leise. Ihr Mitarbeiter machte ein betretenes Gesicht. Er beförderte einen Bonbon aus seiner Jackentasche und schob ihn sich gedankenverloren zwischen die Lippen.

»Vielleicht irre ich mich ja. Bestimmt sogar. Ich dachte nur, ich sollte es sagen!« Die Ärztin faßte Rebecca an beide Oberarme. »Kommen Sie! Setzen Sie sich. Ich werde Ihnen noch etwas zur Beruhigung geben.«

Sie versuchte sie zu dem Garderobensessel zu führen, wurde aber energisch abgeschüttelt.

»Lassen Sie mich!« fauchte die Schwimmerin. »Scheiße, so ein Mist!«

Sie boxte wütend in das Liegenpolster.

»Ich kann verstehen, daß Frau Scholz beunruhigt ist«, sagte die Kommissarin. Sie hatte ihr Telefonat beendet und wandte sich an die Ärztin, die verunsichert und hilflos dastand. »Sie sollten ihr sofort eine Blutprobe entnehmen, Doktor. Ich habe schon veranlaßt, daß sie umgehend ins Labor gebracht wird. Und Sie sollten sich zur Beobachtung in ein Krankenhaus begeben, Frau Scholz, so lange, bis wir Genaueres wissen. Wir dürfen kein Risiko eingehen. Wenn man Ihnen irgend etwas injiziert hat, werden wir das bald wissen, und die Ärzte können sofort handeln. Ist das in Ihrem Sinne?«

»In meinem Sinne? Ein Krankenhaus?« antwortete Rebecca aufgebracht.

Der Ernst der Kommissarin schien sie geschockt zu haben. Sie kämpfte mit den Tränen. Aber sie nickte. »Was bleibt mir anderes übrig?«

2

Als Didi sich durch den Schneeregen gekämpft hatte und die Kellertür des SoWhat aufriß, schlug ihm ein Schwall schwerer, feuchtwarmer Luft entgegen, gesättigt mit Qualm, Biergeruch und den Ausdünstungen von Jacken und Mänteln. Er stampfte mit den Füßen, öffnete den Reißverschluß seiner Lederjacke, schüttelte die Wollmütze aus und fuhr sich durch das stoppelkurze Haar. Aus den Lautsprechern quäkte eine alte Coltrane-Nummer. Obwohl er kaum angekommen war, noch im Eingangsbereich stand und sich den Schnee von der Kleidung klopfte, registrierte sein Gehirn reflexartig den unverwechselbaren Ton des Saxophons, und er überlegte, um welches Stück es sich handeln könnte.

Der Laden war voll. Lautes Stimmengewirr, Lachen, dazwischen Coltranes Saxophonlinien, das Zischeln der Becken. Auf der Bühne tat sich nichts. Das Schlagzeug stand verlassen in der Mitte, ein Kontrabaß lag auf der Seite.

Johannes, ein liebenswerter schmalbrüstiger Typ mit einem chaotischen Lockenkopf, tänzelte an seinem Arbeitsplatz herum, entdeckte ihn und grinste über beide Ohren. Didi nickte ihm zu und schob sich durch die dicht gedrängt stehenden Besucher zum Mischpult vor.

»Hey, Didi! Geil, du hast dein Horn dabei. Willst du einsteigen?«

»Weiß noch nicht. Mal sehen.«

Sie begrüßten sich überschwenglich, umarmten sich, klopften sich auf den Rücken.

»Was treibst du so? Du warst schon eine Ewigkeit nicht

mehr hier«, sagte Johannes und griff nach seiner Zigarettenschachtel, die zwischen Knöpfen und Schiebereglern auf dem Pult lag.

»Viel zu tun«, brummte Didi, der sich ebenfalls eine Zigarette ansteckte. »Ich war vollkommen pleite. Mußte Geld verdienen.«

Johannes nickte mitfühlend. »Is 'n Jammer, daß jemand wie du so rumkrebsen muß.«

Didi zuckte mit den Achseln. Er ließ seinen Blick über die Menge schweifen. Durchweg junges Publikum, einige hatten Instrumentenkoffer dabei. »Jemand da, den ich kenne?«

»Mark Willard hat mit seinem Quartett den Opener gemacht«, nuschelte Johannes mit der Zigarette zwischen den Lippen. »Geil, war richtig geil. Du weißt ja, wie ich auf Burkhard stehe. Er grooved wie Sau.« Er wippte mit seinem Oberkörper und zupfte an imaginären Baßsaiten. »Warte mal, wer ist noch da? Paul ist gerade rein. Die hängen alle backstage rum. Ansonsten viele neue, meist ganz junge Typen. Die anderen kommen sicher erst später, wenn überhaupt. Die Sessions sind nicht mehr das, was sie mal waren, Didi.« Für seine Verhältnisse war das eine ungewöhnlich kritische Feststellung.

Didi nahm seine Saxophontasche von der Schulter und stellte sie neben dem Pult in die Ecke. »Ich hol mir was zu trinken. Bin gleich wieder da.«

Er kannte Mark Willard. Ein Pianist, einer dieser für amerikanische Verhältnisse mittelmäßigen Musiker, die zu Hause kein Bein auf den Boden bekamen und entdeckt hatten, daß sich in Europa mit New York-Bonus ganz gut leben ließ.

Er zwängte sich zum Tresen durch und begrüßte Mario, den Barkeeper. »Wie immer, Didi? Lange nicht gesehen.«

»Klar, wie immer. Und 'n großes Bier. Ich verdurste.«

Den doppelten Wodka trank er gleich an Ort und Stelle. Er bestellte einen zweiten, kippte auch diesen hinunter und begab sich mit dem Bier in der Hand zurück zum Mischpult. Langsam begann er sich besser zu fühlen. Er hatte einige harte Tage hinter sich.

»Warst du auf Tour?« empfing ihn Johannes und trommelte mit beiden Zeigefingern auf der kunstledernen Pulteinfassung herum.

»Ja, fast einen Monat, mit einer Theatertruppe. Die letzten Tage war ich allerdings in der Elbuferhalle.«

Johannes stoppte mitten in der Bewegung. »Wow!« Er blickte ihn mit großen Augen an. Ein hastiger Griff zur Zigarettenschachtel. »Du warst in der Elbuferhalle? Bei dieser Senft-Nummer? Wow! Da wollte ich auch hin. Hätte für mein Leben gern mal die *Sons* gemixt. Hast du was von Rebecca mitbekommen und diesen komischen Bakterien?«

Didi schüttelte den Kopf. »Kaum. Wir hatten nur mit den *Sons* zu tun. Sei bloß froh, daß du zu Hause bleiben konntest. Es war eine elende Plackerei. Wir mußten alles auf den Sprungturm schleppen. Die fanden es irgendwie schick, oben auf der Plattform zu spielen, aber niemand hat daran gedacht, daß es keinen Aufzug gab.«

Ihm taten jetzt noch alle Knochen weh. Bis vor zwei Stunden hatte er abgebaut, kilometerlange Kabel aufgerollt, schwere Kisten geschleppt und in LKWs verladen.

»Und? Wie sind sie so?« fragte Johannes mit leuchtenden Augen.

Didi lachte. Eine makellose Zahnreihe und die Lachfalten, die sich um seine Augen bildeten, verwandelten sein hageres, unrasiertes Gesicht. Eine Verflossene hatte einmal gesagt, sein Lachen sei seine schärfste Waffe. Er gehörte zu den glücklichen Menschen, für die Zahnpflege ein Fremdwort war. Er ging nie zum Zahnarzt und war trotzdem mit einem Gebiß gesegnet, das jedem Angriff hungriger Kariesbazillen standhielt, eine der wenigen Eigenschaften seines Vaters, die er an sich uneingeschränkt akzeptierte. Er zündete sich eine Zigarette an. »Verrückte Typen, sag ich dir. Haben einen Joint nach dem anderen gedreht. Die müssen das Zeug pfundweise mitgeschleppt haben. Wir hatten viel Spaß in ihrer Garderobe.«

»Du bist in ihrer Garderobe gewesen?« Johannes blies geräuschvoll Luft und Qualm aus seinen Lungen. »Mannomann«, sagte er und schüttelte seinen Lockenkopf. »Die *Sexy Sons.*«

In den Vorhang hinter der Bühne kam Bewegung. Ein junger Gitarrist schlängelte sich vorsichtig an Schlagzeug und Baß vorbei zu einem Verstärker und begann, einen riesigen Koffer mit Equipment auszupacken.

»Ich geh mal nach hinten«, sagte Didi nach einer Weile. »Wir sehen uns.« Er schulterte sein Saxophon, ging noch einmal am Tresen vorbei und ließ sich von Mario ein neues Bier zapfen. Mit dem Glas in der Hand betrat er den kleinen Raum hinter der Bühne, wo großes Gedränge herrschte und inmitten dichter Rauchschwaden der Ablauf des nächsten Sets besprochen wurde. Burkhard und die anderen Bekannten begrüßten ihn mit großem Hallo, er zog an dem Joint, der gerade herumgereicht wurde, und grinste über ein paar Milchgesichter, die nervös an ihren Instrumenten herumfummelten oder wie hypnotisiert auf die Noten starrten.

»Hey, Didi«, grölte Burkhard, der kaum noch aus den Augen gucken konnte. »Worauf wartest du? Pack dein Horn aus! Bin richtig heiß drauf, mit dir zu spielen, Mann. Sieh dir das hier an.« Er wies mit einem Kopfnicken auf die jungen Musiker, mit denen er den kommenden Set bestreiten sollte.

»Vielleicht später«, sagte Didi heiser. Er suchte eine ruhige Ecke und stellte die Instrumententasche ab. Beim Bücken schwankte er. In dem übervölkerten Raum fehlte ihm von einem Moment auf den anderen die Luft zum Atmen. Das Blut sackte ihm in die Beine, eine unwiderstehliche Kraft zog ihn nach unten. Er flüchtete schnell nach draußen und stürzte sich wie ein Schiffsbrüchiger auf einen gerade frei gewordenen Barhocker. Erleichtert lehnte er sich gegen die Theke, und es dauerte nur einen Moment, bis er sich besser fühlte. Sein Mund war trocken, die Zunge klebte als zusammengerollter Brocken am Gaumen. Wo hatte er sein Glas gelassen? Er bestellte ein neues Bier und zündete sich eine Zigarette an. Es tut verdammt gut, die alten Kollegen wiederzusehen, dachte er kurz und unkonzentriert und inhalierte tief. Sein Schädel dröhnte.

Jetzt kam die ganze Band auf die Bühne, einer nach dem anderen traten sie durch den Spalt im Vorhang, angespannte junge Gesichter, Saxophone, eine ganze Batterie von Saxophonen, Didi zählte zwei Alt, zwei Tenor und einen Sopran, und die Kette schien überhaupt kein Ende zu nehmen.

Didi verfolgte fasziniert, wie jeder in der mindestens zehnköpfigen Band um seinen Platz auf der engen Bühne kämpfte, und er ahnte, daß sie gleich genauso um ihren Platz in der Musik kämpfen würden. Mit jeder Sekunde schien der Geräuschpegel anzuschwellen, die Leute quatschten und lachten und versuchten den Lärm von der Bühne zu übertönen, wo nun jeder sein Instrument kurz durch die Tonleitern jagte, und er konnte sich immer weniger vorstellen, ja, hielt es für ausgeschlossen, daß er noch sein Tenorsaxophon auspacken und sich dazugesellen würde. Kalter Schweiß stand auf seiner Stirn, die Lippen zwei blutleere Striche im bleichen Gesicht. Das Dröhnen in seinen Ohren wurde lauter und lauter, und in seinem Blut kreisten der Wodka und das Bier und das Gras und die Pillen, die er schon zu Hause eingeworfen hatte, und er knickte ein, klammerte sich an die Theke, wäre vom Hocker gefallen, wenn ihn sein Nachbar nicht kräftig am Oberarm gepackt hätte.

»Hoppla!« sagte der Typ, zog ihn wieder auf die Sitzfläche und kommentierte, an seine junge Begleiterin gewandt: »Die Band haut ihn glatt um. Dabei haben sie noch gar nicht angefangen.« Sie kicherte, und auf ihrer Brust blitzte eine bunt fluoreszierende Genecode-Brosche auf.

Didi mühte sich ein Grinsen ab, obwohl sich die ganze Welt um ihn zu drehen schien. Er lallte ein Dankeschön, suchte seine Zigarette, fand sie inmitten der feuchten Dreckschlieren auf dem Fußboden und zündete sich mit zitternder Hand eine neue an.

Dann zählte Burkhard ein, indem er die Sticks aufeinanderschlug. Er begann auf seine Felle einzudreschen, als wolle er alle anderen mit einer unwiderstehlichen Druckwelle von der Bühne fegen, jeder Schlag ein Peitschenknall, sieben Bläser hupten ein Thema, und ihre verwirrten Gesichter verrieten, wie bemüht sie waren, in dem Klangbrei die eigenen Instrumente wiederzuentdecken und gleichzeitig nicht den Anschluß zu verlieren. Didi blickte unwillkürlich zu Johannes hinüber. Er trug Kopfhörer und bediente hektisch seine Regler, um diese Geräuschexplosion in den Griff zu bekommen.

Didi nahm einen Schluck aus seinem Bierglas. Irgendwie ließ das Geschehen auf der Bühne ihn wieder zu sich kommen. Der Lärm blies den Nebel aus seinem Gehirn, und während sich die Saxophone eins nach dem anderen durch die Chorusse quälten, der Gitarrist mit kreischenden Einwürfen von seinen schwarzen Kästen Gebrauch machte und Johannes mehr und mehr die Kontrolle über das Getöse gewann, kam ihm der Gedanke, daß er möglicherweise schon am Ende angekommen war, sogar darüber hinaus, daß das ausgiebige und lustvolle Besäufnis, das dieses beschissene Wochenende abschließen sollte, bereits stattgefunden hatte, nur war es weder ausgiebig noch besonders lustvoll gewesen.

Dabei hatte er nichts vergessen können, gar nichts, alles war wieder da, die Angst und der verzehrende Haß, und er spürte plötzlich, wie hohl und leer er war, wieviel Energie er in den letzten Tagen gelassen hatte, wieviel Kraft und Nerven. Er rang mit dem Eingeständnis, daß sein Körper genug hatte von der Anspannung, die er ihm zumutete, von dem Drogencocktail, den er glaubte zu sich nehmen zu müssen, um der Aufgabe gewachsen zu sein. Er versuchte, an die wenigen angenehmen Aspekte dieses Wochenendes zu denken, an die Musik, die wilde Party in der Garderobe der *Sons,* mit der er diesen furchtbaren Tag hatte ausklingen lassen, besonders an Marilyn, eine der Tänzerinnen, ihren süßen Duft und ihren Körper mit der Elastizität einer Weidenrute, aber dann fiel ihm der Anruf ein, und alles war wieder wie weggewischt. Himmel und Hölle noch mal, er hatte den Anruf vergessen. Wie spät war es? Viertel nach elf. Konnte er jetzt noch anrufen? Er mußte telefonieren, sofort, jedenfalls nach dem nächsten Bier.

Er signalisierte Mario seine Bestellung und zündete sich eine Zigarette an. Das nächste Stück war ruhiger. Der Bassist ließ seine Saiten zum Intro schnarren, und Didi erkannte den Titel sofort: *Maiden Voyage,* die alte Herbie Hancock-Nummer, ausgelutscht bis zum Überdruß. Didi gab sich einen Ruck, rutschte von seinem Hocker. Das mußte er sich jetzt nicht antun. Er gönnte sich noch einen Schluck aus seinem Glas, bewegte sich auf den Ausgang zu und suchte in seiner Jackentasche zwischen alten Kaugummipapieren und U-Bahn-Fahrscheinen nach der Telefonnummer. Gott sei Dank, er hatte sie nicht vergessen.

Die nasse Kälte vor der Tür ließ ihn augenblicklich nüchtern werden, nüchtern genug jedenfalls, um sich daran zu erinnern, wo die Telefonzelle stand. Er schloß die Tür, steckte seine Karte in das Telefon und blies erleichtert die Luft aus seinen Wangen, als er sah, daß sie nicht leer war. Für ein Ortsgespräch reichte es noch. Er tippte die siebenstellige Nummer ein und wartete, endlos, wie ihm schien. Dann nahm jemand den Hörer ab.

»Didi hier. Tut mir leid, daß ich... ja, sorry, ich weiß, wie spät es ist. Ging nicht... Sie haben ja recht...« Er verdrehte die Augen und tippte nervös mit der Fußspitze auf den nassen Boden. »Hmm... ja, die Sache ist erledigt. Ich hab, was Sie wollen... Was? Ich soll selbst... na gut, okay, wie heißt der?... Ja, kenn ich... und das Geld?... Ich dachte, Sie würden... Okay, na gut... hmm...« Er hängte ein und kritzelte ein paar Notizen auf den Zettel mit der Telefonnummer.

»Scheiße!« fluchte er vor sich hin. »Verfluchter Mist!«

Warum konnte nicht alles ganz schnell vorbei sein? Vorbei und vergessen, und das Geld auf seinem Konto? Er verließ die Telefonzelle und trat wütend nach einem nassen Schneehaufen am Straßenrand.

Mit hängenden Schultern schlurfte er wieder zum SoWhat zurück. Ein, zwei Bierchen würden schon noch hineingehen, dachte er grimmig, mindestens. Und Burkhard würde bestimmt noch einen drehen. Plötzlich hatte er das Gefühl, daß er doch noch spielen wollte, später, wenn der Laden leerer war und die Kids endlich im Bett.

Zwei Stunden später verließen Burkhard, Mark, Hans-Werner und Didi die Bühne des SoWhat und ließen sich hinter dem Vorhang erschöpft in die klapprigen Stühle fallen. Die Session war beendet, und die letzten Besucher drängten auf die Straße hinaus.

»Boah, Mann, Didi«, sagte Burkhard und sah ihn mit einer Mischung aus Bewunderung und Entsetzen an. »Das war ... also ... ich dachte, dir platzt gleich der Schädel. So hab ich dich noch nie spielen hören.«

»Ich hab mich auch noch nie so gefühlt«, brummte Didi und zog die letzte Zigarette aus seiner Packung. »Was ist, trinken wir noch ein Bier, bevor ihr zusammenpackt?«

3

Dr. Dr. Herbert van Steeb, Facharzt für Andrologie, Reproduktionsmedizin und Reprogenetik, traute seinen Augen nicht. Hastig nahm er einen Schluck aus seinem Wasserglas und vergewisserte sich, daß er die richtige Datei geladen hatte. Hin und wieder holte er sich die Laborbefunde der vergangenen Tage auf den Bildschirm. Es kostete ihn nur ein paar Minuten, einige Ergebnisse durchzugehen, und er wollte verhindern, daß in der täglichen Praxisroutine der Schlendrian um sich griff. Als er sich zwischen zwei Operationen in sein Büro zurückzog und einen Blick auf die Labordateien warf, hatte er nichts Besonderes erwartet, schon gar nicht so etwas. Mein Gott, 45 Millionen! Wann hatte es das zuletzt gegeben?

Normalerweise fand er nie etwas Gravierendes bei seinen Kontrollen, ein paar Schreibfehler vielleicht, schlampige Eintragungen bei den Spenderdaten oder fehlende Angaben zur Krankengeschichte. Der Klinikalltag funktionierte reibungslos. Diese kleinen Entdeckungen lieferten ihm einen Anlaß, die verantwortlichen Mitarbeiter zusammenzustauchen, aber im Grunde waren sie bedeutungslos. Vier von fünf Männern – alle ohne Ausnahme überzeugt, der Oberliga ihres Geschlechts anzugehören – lieferten in der Klinik ohnehin nichts Verwertbares ab, nur trübe, tote Tropfen. Es lohnte sich nicht, ihre Kinderkrankheiten und Blutgruppen zu speichern. Das Personal mußte versuchen, sie auf möglichst rücksichtsvolle Weise loszuwerden.

Ein martialisch aussehender Pförtner versuchte Penner oder Junkies schon an der Eingangstür abzufangen. Ansonsten hatte van Steeb seine Mitarbeiter angewiesen, die Spender zuvorkommend zu behandeln, auch wenn ihr Ejakulat mager ausfiel oder vollkommen unbrauchbar war. Gerade die Stammkunden waren wichtige Multiplikatoren, lebende Werbeträger.

Van Steeb hatte allerdings den Verdacht, daß viele nur die neuesten Pornofilme anschauen oder in den Hochglanzmagazinen blättern wollten, die seine Klinik in den Spenderkabinen zur Verfügung stellte.

Er selbst hatte einmal eine Zeit durchlebt, in der kaum etwas wichtiger für ihn war, als sich allein mit einem gut gefüllten Glas Whisky vor seinen großen Fernseher zu setzen und zuzusehen, wie junge, bildhübsche Mädchen sich von muskulösen Männern mit großen, dicken Schwänzen und eckigen Kinnpartien in jeder nur erdenklichen Stellung ficken ließen. Viele schienen sogar Spaß daran zu haben. Er war damals jung gewesen, und er fand lange Zeit, fast zu lange, daß *er* einer dieser Männer hätte sein sollen. Gott sei Dank war er intelligent genug, um rechtzeitig zu erkennen, daß es für jemanden wie ihn kaum einen effektiveren Weg gab, sich in tiefste Depressionen zu stürzen. Er hatte seine umfangreiche Sammlung entsorgt.

Himmel, sie waren doch kein billiger Wichsschuppen! Sie waren eine Klinik. Sie wollten den Menschen helfen, Menschen, die Probleme hatten, die litten. Es war ihre Pflicht, diesen oft verzweifelten Patienten zu gesunden Kindern zu verhelfen und den Nachwuchs so auszustatten, wie es den Vorstellungen der Eltern entsprach.

Aber Kerstin hatte ihn vom Gegenteil überzeugt, ausgerechnet Kerstin Schrader, die gute Seele des Betriebs, in Ehren ergraut und schon zu Zeiten seines Vaters in der Klinik tätig.

Sie hatte ihn sich eindringlich zur Brust genommen, und ihm war schließlich nichts anderes übriggeblieben, als zuzustimmen. Die Blankenese-Klinik sei nicht die einzige Einrichtung ihrer Art, hatte sie gesagt, und es herrsche harter Wettbewerb. Die Geschäfte liefen mäßig, und als kleine Privatklinik könnten sie sich nicht allein gegen den Lauf der Zeit stemmen. Schlimm genug, daß sie ihn erst daran erinnern mußte. Er hatte eine große Verantwortung zu tragen, für die traditionsreiche Klinik, die bald ihr fünfzigjähriges Bestehen feiern konnte und nicht weniger als 12 327 Müttern zu gesunden Babys verholfen hatte, und für die Menschen, die hier ihren Lebensunterhalt verdienten. Die Gesetze des Marktes hatten sie fest im Griff. Ihre Kunden wollten etwas geboten bekommen, sonst gingen sie zur Konkurrenz. Ein paar Hochglanzmagazine reichten da nicht aus. Allerdings gab es eine Einschränkung: keine Perversionen, keine Brutalitäten, keine Fäkalorgien. Über die Bildschirme seiner Blankenese-Klinik flimmerte nur klinisch sauberer Sex in perfekt gestylter Umgebung, Palmen, Pools und Satinbettwäsche.

Van Steeb wußte aus eigener Erfahrung, wie sensibel Männer sein konnten. Waren ihre Samen für eine In-vitro-Fertilisation bestimmt, gab es oft gar keine andere Möglichkeit, als mit eindeutigen Bildern nachzuhelfen. Angesichts der wochenlangen Torturen, die ihre Frauen zu ertragen hatten, standen die Männer unter einem enormen Druck. Wenn sie endlich ihren kleinen Beitrag leisten sollten und die Kabinen betraten, standen alle anderen gleichsam in Wartestellung, die Frauen, die Ärzte und Laborkräfte und die zu besamenden Eizellen. Das war zuviel für eine empfindsame Männerseele. Im Gegensatz zu ihren Frauen, die zwischen Bangen und Hoffen zahllose Untersuchungen, Hormongaben, die Entnahme der Eizellen und schließlich die Einpflanzung der befruchteten Embryonen über sich ergehen lassen mußten, sollten die Männer nur das tun, was sie ohnehin jeden zweiten, dritten Tag taten, sie sollten masturbieren, aber das funktionierte nicht, nicht ohne Bilder und lautes Gestöhne.

Einige Häuser nahmen sogar die Dienste von Prostituierten in Anspruch, um Spender anzulocken und sie an sich zu binden. So weit würde van Steeb natürlich nicht gehen, aber hinter dieser Praxis steckte eine überlebenswichtige Tatsache. Samen, die bei sexuellem Verkehr gewonnen werden, sind sehr viel fruchtbarer als die Produkte verschämter, von Pornos stimulierter Masturbation. Der biologische Sinn feuchter Träume und der Selbstbefriedigung des Mannes ist es, das eigene Spermienheer zu verjüngen, sich alter, überlagerter Gameten zu entledigen, die die Hoden unaufhörlich produzieren. Solche schlappschwänzigen Fortpflanzungszellen werden vom weiblichen Körper nicht akzeptiert und schon in der Gebärmutter von Abwehrzellen attackiert und ausgemerzt.

Wenn sich herumsprach, daß ihre Samenbank von schlechter Qualität war, konnte van Steeb den Laden dichtmachen. Samen, die mit Hilfe direkter weiblicher Stimulation gewonnen wurden, waren daher in jedem Fall vorzuziehen, unabhängig davon, ob es um Spenden ging oder um eine IVF der eigenen Frau. Viele Paare waren auch der rührend altmodischen Ansicht, wenigstens die zur IVF benutzten Spermien sollten ein Produkt der Liebe sein, wenn schon alles andere von steriler Technik dominiert war. In einem Anbau stellte seine Klinik deshalb seit einiger Zeit eine breite Palette an Räumlichkeiten zur Verfügung, von der einfachen spartanischen Spenderkabine bis zur von Stardesignern eingerichteten Luxussuite mit Wasserbett und marmorgefliestem Bad, in der die Paare eine ganze Nacht verbringen konnten. Natürlich kontrollierte das Klinikpersonal nicht, wen die Herren mit auf ihre Zimmer nahmen und was sie dort miteinander anstellten. Daher war es durchaus möglich, daß auch in seiner Klinik Damen des horizontalen Gewerbes ein und aus gingen. Van Steeb hütete sich, weitergehende Praktiken konkurrierender Unternehmen anzuprangern und an die große Glocke zu hängen. Seit sie ihren Kundenservice, wie Kerstin es nannte, verbessert hatten, waren die Spenderzahlen in die Höhe gegangen.

Doch trotz ihrer Bemühungen um ein stimulierendes Ambiente lieferten die Spenden selbst nur selten Anlaß zu Aufregung. Es waren mehr geworden, aber die Qualität blieb miserabel. Spermienzählungen ergaben immer wieder das gleiche ernüchternde Bild: solange er denken konnte, nur absteigende Zahlenkolonnen, eintönig, deprimierend, ohne jede Überraschung, eine Tendenz, die lange Zeit ignoriert, ja verharmlost und bestritten wurde. Ein Ende dieser verhängnisvollen Entwicklung war nicht abzusehen. Hätte es die assistierenden Reproduktionstechniken nicht gegeben, die zivilisierte Welt steuerte einer dramatischen Fortpflanzungskrise entgegen.

Das hier war allerdings etwas anderes. Unglaublich! Daß man ihn nicht sofort benachrichtigt hatte!

45 Millionen muntere Spermien pro Milliliter, kaum bewegungsunfähige Krüppel, Zellen mit Doppel- und Trippelschwänzen, hammerförmigen Köpfen und anderen äußerlich erkennbaren Mißbildungen. Schon allein die Masse des Ejakulats war beeindruckend. Der Kerl, von dem die Probe stammte, laut Computer die Nummer S 5483, hatte ein halbes Schnapsglas gefüllt. Etwas Vergleichbares hatte er seit Jahren nicht mehr gesehen. Hoffentlich lag keine Fehleingabe vor. Er mußte eine Kontrolluntersuchung veranlassen.

Diese bemerkenswerten Zahlen waren geeignet, ihm den Glauben an eine Zukunft der männlichen Zeugungskraft zurückzugeben. Turmhoch überragte S 5483 alles, was in der Tabelle vor und nach ihm kam. Früher wäre der Mann nur Durchschnitt gewesen, und zu Zeiten seines Großvaters hätte man ihm Zeugungsunfähigkeit bescheinigt. Damals hatte ein Durchschnittsmann in einem Durchschnittsejakulat fast das Dreifache an äußerst agilen Spermien zu bieten.

Er markierte die Zahlen und ließ sich das vollständige Spermiogramm zeigen: Ejakulation vor zehn Minuten. Geruch: Kastanienblütenartig. Viskosität: 0,4 cm spinnbar. 65 % normal geformte Spermatozoen, lebhaft beweglich mit gutem Raumgewinn: 44 %, mäßig beweglich mit geringem Raumgewinn: 29 %, unbeweglich: 27 %. Perfekt!

Schon was seine Spermien betraf, war S 5483 absolut rekordverdächtig, für eine kleine Fortpflanzungsklinik bares Geld wert. Natürlich würde das Labor noch die DNS analysieren, in dieser Hinsicht mußten sie sich absichern, der Mann mußte auf Herz und Nieren untersucht werden. Van Steeb nahm sich auch vor, das Hämocytometer zu überprüfen, das sie für die Spermienzählungen benutzten, aber es gab Frauen, schöne, reiche Frauen, die für einen Mann wie S 5483 sehr viel Geld auf den Tisch legten, inoffiziell, versteht sich, und natürlich für den ganzen Mann, nicht nur für ein paar lustlos und unromantisch transferierte milchige Tropfen oder gar die Einpflanzung einer in vitro befruchteten Eizelle. Die Klinik hielt sich in solchen Fällen im Hintergrund, wurde zum Anbahnungsinstitut. Kerstin Schrader erledigte diese Aufgabe höchst diskret.

Das prickelnde Gefühl, Sex mit einem Mann zu haben, der – zumindest theoretisch und durch fachkundig durchgeführte Spermienzählungen verbrieft – auf die gute alte Weise eine Frau zu schwängern vermochte, war offenbar unvergleichlich. Wenn er noch dazu gut aussah und in der Lage war, einen zusammenhängenden Satz zu sprechen, trieb das den Preis enorm in die Höhe. Sollte er gar intelligent, charmant und gebildet sein ... Aber warum sollte so jemand in seine Klinik kommen und eine anonyme Samenspende abgeben? Für derartige Spitzenprodukte des menschlichen Fortpflanzungsroulettes gab es Agenturen und Internet-Auktionen. Was hatte ihn überhaupt hierhergelockt? Wenn sie seine Spende akzeptierten, sprangen maximal zweihundert Euro dabei heraus. Es sei denn, er machte soviel her, daß sie ihn in ihren Katalog aufnehmen konnten.

Der Computer kannte nur Datum und Zeitpunkt der Samenspende von S 5483, dazu einige Angaben zur Person. Es mußte ein Spender gewesen sein, sonst hätte er keine S-Nummer erhalten. Alter (28), Geburtsdatum (25. 11.), Familienstand (ledig), Zahl der Kinder (0) und Karenzzeit bzw. Zeit seit der letzten Ejakulation (12 Stunden, 40 Minuten).

Witzbold! Sicher war das eine Lüge, aber van Steeb spürte ein schmerzhaftes Ziehen in der Leistengegend.

Zwölf Stunden, und dann noch ein halbes Schnapsglas. Wieviel hätte der Kerl wohl zustande gebracht, wenn er nicht zwölf Stunden, sondern zwölf Tage abstinent gewesen wäre? Oder zwölf Jahre, wie Herbert van Steeb. Oder waren es schon fünfzehn? Richtigen Sex zu haben war ihm nie vergönnt gewesen, aber damals – es war ein historisches Datum seines in dieser Hinsicht absolut bedeutungslosen Lebens – hatte es zumindest noch einmal einen Versuch dazu gegeben, den letzten. Die Erwählte, eine korpulente Kontaktanzeigenbekanntschaft mit, wie sie selbst einräumte, nymphomanischen Neigungen, war nach einem Griff in seine Hose von der Couch gesprungen, als hätte sie dort drinnen etwas unsäglich Abscheuliches ertastet. Sie glotzte ihn an, als wüchsen ihm Hörner auf der Stirn, raffte hastig ihre Sachen zusammen und ließ sich nie wieder blicken. Auch wenn am Ende von immer mehr Männern nichts wirklich Befruchtendes mehr zu erwarten war, sollten sie doch wenigstens rein äußerlich so aussehen, als könnten sie es noch.

Herbert van Steeb hatte diesbezüglich kaum etwas vorzuweisen. Das, was sich in seiner Hose befand, war nicht der Rede wert, auch wenn es nicht viel in seinem Leben gab, mit dem er sich so ausgiebig beschäftigt hatte. Die Mediziner nannten es *Mikrophallus*. Er besaß den niedlichen Schniepel eines kleinen Jungen, kaum größer als eine kapitale Erdnußschale, allerdings ohne dessen Erektionsvermögen.

Es war kein genetischer Defekt, sondern eine durch Hormoneinwirkung induzierte Mißbildung. Sie entstand, als van Steeb als winziger Embryo im Bauch seiner Mutter heranwuchs, behütet und hilflos exponiert zugleich. Aus irgendeinem Grunde hatte er empfindlich auf bestimmte Stoffe reagiert, empfindlicher als die meisten anderen männlichen Föten, die es im Erwachsenenalter zu einem normal entwickelten Penis brachten, auch wenn die Qualität ihrer Spermien zu wünschen übrigließ. Diese Stoffe waren buchstäblich überall, es war unmöglich, ihnen zu entkommen, und ihre Wirkung ähnelte der des weiblichen Östrogens. Die ganze Welt stand unter schwachem, aber stetig wachsendem und höchst wirkungsvollem Hormoneinfluß, der aus Kunststoffen, Plastikfolien, Duschgelen und Pflanzenschutzmitteln unablässig ins Freie diffundierte. Es gab keinen einzigen männlichen Fötus, ob Eskimo oder australischer Ureinwohner, der ganz ohne diese Einflußnahme heranreifte, vielen Fischen, Vögeln oder Krokodilen erging es nicht besser. Sie wurden unfruchtbar, entwickelten sich zu seltsamen Intersexen oder brachten mißgebildeten Nachwuchs zur Welt. Bei den Eisbären in der Arktis traf es merkwürdigerweise die Weibchen, die einen Penisstummel ausbildeten. Die Ärzte in den Geburtsstationen sahen sich immer häufiger mit neugeborenen Babys konfrontiert, die sich nicht eindeutig als Mädchen oder Jungen ansprechen ließen. Sie mußten sich entscheiden, was aus diesen Menschen werden sollte, Männer oder Frauen, und in welcher Richtung sie das Messer ansetzen sollten. Oft genug trafen sie die falsche Entscheidung.

Trotzdem hatte er immer nur seiner armen Mutter die Schuld gegeben, mit dem Resultat, daß sie sich bis zu ihrem Tode schwere Vorwürfe gemacht hatte, was heute wiederum ihm schlaflose Nächte bereitete, weil er wußte, wie ungerecht und verletzend er damals gewesen war. Wen oder was hätte er sonst anklagen sollen? Die chemische Industrie, weil sie diese Stoffe produzierte? Die Menschheit, weil sie begeistert nach jedem vermeintlichen Fortschritt griff, ohne einen blassen Schimmer von den Folgen zu haben? Wenn es niemanden gegeben hätte, der dafür verantwortlich war, wäre sein Schicksal noch unerträglicher gewesen. Chemische Verbindungen bieten keine besonders gute Angriffsfläche. Sie hatten ihn zu einer Witzfigur gemacht, aber man konnte sie nicht anbrüllen.

Es tröstete ihn kaum, als er erfuhr, daß gesunde Gorillas noch weniger vorzuweisen haben. Der Penis eines imposanten Silberrückenmännchens erreicht selbst im erigierten Zustand kaum mehr als drei Zentimeter. Wenn die Gestalt der männlichen Gorillas das Resultat einer sexuellen Selektion durch ihre Weibchen war, dann legten zumindest Gorillafrauen keinerlei Wert auf eine besonders imposante Ausstattung ihrer Partner. Beim Menschen war das leider anders.

Immerhin besaßen Gorillamänner Muskeln im Überfluß, etwas, das van Steeb wenigstens den Blick in den Spiegel erleichtert hätte. Bei ihm gab es nur schwabbliges Bindegewebe. Alles an seinem Körper war weich und rund und nachgiebig, und sein Kampf gegen die Schwerkraft wurde mit jedem Lebensjahr aussichtsloser. Doppelkinn, Wangen, Tränensäcke und der dicke Rettungsring um seine Taille senkten sich tiefer und tiefer, bald würden sie nur noch schlaff an seinen Knochen hängen. Dazu kam eine Neigung zur Gynakomastie. Ihm wuchsen Brüste, wie sie vielen Frauen nicht gegeben waren. Jeden Morgen, bevor er durch die Alleen joggte, zwangen sie ihn zu einer demütigenden Prozedur: Er mußte einen Sport-BH anlegen, um sein schmerzhaft wippendes Brustfett ruhigzustellen. In einem Internet-Kaufhaus hatte er gleich ein ganzes Sortiment bestellt, weil er nicht wußte, welche Größe er brauchte. Einfach in einen Laden zu gehen und danach zu fragen, wagte er nicht. *Ja, natürlich, er ist für meine Frau. Aber ich könnte ihn ja mal anprobieren.* Niemals! Eher hätte er sich eine Kugel durch den Kopf gejagt.

Natürlich hätte man operieren können. Er selbst operierte ein-, zweimal die Woche, zumeist Patienten, die wesentlich schwächer betroffen waren als er und trotzdem nicht damit zurechtkamen. Die männliche Psyche war sehr labil, und wenn der Penis, das wichtigste Attribut stolzer Männlichkeit, nur die Ausmaße eines Wurmfortsatzes hatte, ergriffen die Herren der Schöpfung jede Möglichkeit, daran etwas zu ändern.

Aber der Eingriff war riskant, weil noch Jahre später Komplikationen auftreten konnten, und das Ergebnis war in seinem Fall rein kosmetisch. Es sorgte für eine Beule in der Hose, das war in fortpflanzungstechnischer Hinsicht alles. Auch operierte Prachtpimmel, die mittels eines implantierten Pumpsystems aufgerichtet wurden, konnten keine besseren Samen herstellen. Ihr Ejakulat fiel genauso üppig aus wie die Muttermilchproduktion eines Silikon-Brustimplantates, und auch mit ihrer Empfindungsfähigkeit war es nicht weit her. Diese Operationen füllten die Kassen der Ärzte – niemand wußte das besser als er –, sie stärkten das angeschlagene Selbstbewußtsein schlicht strukturierter Patienten, aber sie waren kein Beitrag zur Lösung des Fortpflanzungsproblems, dem sich die Menschheit des 21. Jahrhunderts gegenübersah, und für seines schon gar nicht. Van Steeb hatte sich die Tortur und die damit verbundene Selbsttäuschung erspart und auf die Operation verzichtet. Er begnügte sich mit einer an den entscheidenden Stellen gepolsterten Unterhose.

Außerdem hatte man ihn genug operiert. Er war das reinste chirurgische Nadelkissen, wurde zur größten medizinischen Herausforderung und zum wichtigsten Patienten seines Vaters, und es hatte schon begonnen, als er noch keine drei Jahre alt war. Die Hoden, die sich in der Nähe der Nieren gebildet hatten und von dort eigentlich über den Leistenkanal in den Hodensack wandern sollten, machten auf halbem Wege schlapp und versteckten sich irgendwo zwischen seinen Darmschlingen. Sein Vater holte sie hervor und versetzte sie ins kleinkindliche Skrotum, aber gefallen hatte es ihnen dort nicht. Weitere Operationen folgten, der Ausgang der Harnröhre mußte korrigiert werden, schließlich entwickelte er als 22jähriger einen bedrohlichen Hodenkrebs und mußte wieder unter das Messer. Damit war für ihn das Thema Sexualität endgültig vom Tisch, jedenfalls das Erleben aus eigener Anschauung. Sogar sein Vater resignierte, dessen Glauben an die Medizin so lange unerschütterlich schien und für den es nichts Wichtigeres gab, als seinem einzigen Sohn ein normales Leben zu ermöglichen.

Große Männer haben größeren reproduktiven Erfolg, war der Titel einer polnischen Studie, auf die er kürzlich gestoßen war. *Dominant aussehende männliche Teenager kopulieren früher,* ermittelten amerikanische Forscher. Er war weder groß, noch sah er besonders dominant aus. Kein Wunder, daß die kosmetische Chirurgie boomte und ihre Kunden immer jünger wurden. Innerhalb der Ärzteschaft verdienten nur die Reprogenetiker mehr, Leute wie er, die ihr Bestes versuchten, damit die Chirurgen ihr Messer gar nicht erst anzusetzen brauchten. Ein dominant wirkender Mann wurde zumeist als schön empfunden: ein kantiges Gesicht, muskulöse Kiefer, glatte Haut und ein athletischer Körperbau, nicht die plumpen Proportionen eines Schneemannes, mit denen er geschlagen war. In reproduktiver Hinsicht entschieden ein paar Gramm Muskeln oder Fett über Wohl und Wehe eines ganzen Lebens. Für Frauen galt das noch mehr. Schönen Frauen wurde Intelligenz und Erfolg unterstellt, sie wurden besser bezahlt und konnten sogar vor Gericht mit milderen Urteilen rechnen. Aber der Grad war schmal. Zwei ungleiche Brüste genügten, um rigoros herabgestuft zu werden. Überall auf der Welt, quer durch alle Kulturen und Epochen, brachte ein weibliches Taille-Hüfte-Verhältnis von 0,7 die Männer ins Schwitzen. Abweichungen nach oben oder unten ließen ihr Interesse merklich abkühlen.

Doch das Wissen um die Probleme des anderen Geschlechts half Herbert van Steeb nicht weiter. Bei den Wirbeltieren, wie auch unter den Menschen, trafen in der Regel die Weibchen die Wahl, und sie wählten die stärksten und erfolgreichsten Männchen, wen sonst? Das war beim Homo sapiens sicher komplizierter, weil seine Sozialstrukturen komplizierter waren und Erfolg auf unterschiedlichste Weise gemessen und erreicht werden konnte, folgte aber denselben Grundregeln.

Was seinen Erfolg bei Mädchen und jungen Frauen anging, beschränkte er sich auf einen einzigen zaghaften Kuß, den er als Fünfzehnjähriger einer pummeligen Klassenkameradin auf die Wange drückte, nicht, weil er es so wollte, sondern weil es ein anderer während eines dieser anzüglichen Pubertätsspielchen von ihm verlangte und beide nicht wagten, sich zu widersetzen. Der häßlichste Junge küßte das häßlichste Mädchen der Klasse. Die anderen fanden das saukomisch. Außerhalb kommerzieller Arrangements war ein Kuß wie dieser der intimste Kontakt zum anderen Geschlecht, den er je erleben durfte. Auch Anna, seine Frau, hatte er bisher nur auf die Wange geküßt. Ihre Lippen hatte er noch nie berührt.

Das Fatale war, daß er auch ohne Hoden, die seinen Körper mit Testosteron überschwemmten, sexuelles Verlangen entwickelte. Es wurde so stark, daß er meinte, sein Kopf müsse zerspringen vor aufgestauter Energie, und da ihn sein Vater in seiner Studienzeit überaus großzügig unterstützte, vermutlich weil er dachte, dem armen Jungen solle es wenigstens sonst an nichts fehlen, warf er das Geld mit vollen Händen in den Rachen einer Industrie, die auf Männer wie ihn nur gewartet hatte.

Er versuchte alles. Besessen von dem verhängnisvollen Gedanken, er müsse nur die geeigneten Stimuli herausfinden, schluckte er Pillen und Tinkturen, besuchte Peep-Shows, Stripteaselokale, Swinger-Clubs und Hardcore-Schuppen.

Natürlich versuchte er es auch mit Prostituierten. Er hatte lange gezögert, weil er sich vor ihren Reaktionen fürchtete. Zuerst betrachtete er sie nur, ließ sie tanzen, sich ausziehen, trank dabei, schließlich wurde er aktiv, begann, sie zu berühren, zu streicheln, küßte ihren Körper, wenn sie ihn ließen, studierte ihre Scham. Nichts. Keine Reaktion.

Viele der Mädchen hatten Angst vor ihm. Er spürte das, aber auch ihre Angst erregte ihn nicht. Er hatte Frauen nie gehaßt, wollte sie nicht quälen oder erniedrigen.

Dann ließ er eines Tages eine Polin kommen, ein Mädchen,

das er nicht kannte. Sie war klein und pummelig, hatte ein hübsches Gesicht und gefiel ihm. Petra war die erste, die ihn anfaßte. Bis heute war sie die einzige, die er an sich heranließ. Er hatte große Widerstände zu überwinden, bis er sich ihren Berührungen überlassen konnte, aber sie war geduldig und verständnisvoll, und es gelang ihr, seine Verkrampfung zu lösen. Auch sie konnte ihm keine Erektion verschaffen, obwohl sie sich große Mühe gab, aber sie versetzte ihn in eine Art wohlige Trance, hüllte ihn in entspannende Mattigkeit. Einmal hatten sie sein Erdnüßchen sogar hineingesteckt, weil ihm in einem letzten verzweifelten Aufbäumen der Gedanke kam, sein Penis müsse nur die feuchte Wärme einer Frau spüren, um endlich zu kapieren, was man von ihm erwartete. »Du Armer«, hatte sie danach zu ihm gesagt und seinen Kopf an ihre weiche Brust gelegt. Er brach in Tränen aus. Sie streichelte über seinen Kopf und sagte es noch einmal: »Du Armer.« Er mochte sie sehr.

Petra öffnete ihn für die lebensrettende Erkenntnis, daß er einem Phantom hinterherrannte. Endlich verstand er, daß er nie sexuelle Erregung empfinden würde, diese Wildheit, diese Ekstase, diesen Drang, zu beherrschen und beherrscht zu werden, von dem er gelesen hatte und von dem die ganze Welt besessen schien.

Genaugenommen fühlte er sogar Erregung, wenn Petra ihn liebkoste. In seinem Kopf rührte sich etwas, das man vielleicht so nennen konnte, es fand nur nicht den Weg zu seinen Genitalien. Aber je öfter er Petra traf, desto mehr hatte er den Verdacht, daß das, was er empfand, nur eine Art Simulation war, ein gnädiger Versuch seines mit Bildern und Beschreibungen vollgestopften Gehirns, das nachzubilden, was es sich unter sexueller Erregung vorstellte.

Heute sah er sich als Opfer einer allgegenwärtigen Gehirnwäsche, die Schönheit, Sex und Lust zur Religion erklärt hatte. Es war ganz einfach: Ein Einarmiger konnte keine Geige spielen und sollte es besser auch nicht versuchen. Basta. Das war der Punkt, an dem er ausstieg. Nur Petra blieb, und eine Unzahl von Fragen.

Er stürzte sich in sein Studium und entwickelte ein unbändiges Interesse an Sinn und Unsinn der Sexualität, was für die meisten Menschen genauso absurd war wie die Frage nach dem Sinn des Schlafs oder der Bedeutung des Essens. Er vertiefte sich in alle Wissenschaften, die dazu etwas zu sagen hatten, beschäftigte sich mit Ethnologie, Anthropologie, Psychologie, natürlich mit Medizin und Biologie, und ab und an traf er sich mit Petra und ließ sich von ihr verwöhnen, so gut es ging. Ziemlich bald stellte er befriedigt fest, daß die Sexualität bis heute eines der größten Rätsel der Biologie und die Frage nach ihrem Sinn daher keineswegs abwegig war.

Warum wollte er unbedingt mit einer Frau schlafen? Was hatte ihn angetrieben? Es erschien ihm, als ob sein Problem auch eine Chance in sich barg. Er konnte sich mit elementarsten Fragen beschäftigen, ohne daß ihm das mit Sex verbundene Gefühlschaos das Gehirn vernebelte und ihm vorgaukelte, diese Fragen seien lächerlich und trivial.

Es macht Spaß, es ist geil, antwortete jeder normale Mensch, aber kaum einer redete davon, daß auf diese Art Kinder gezeugt wurden. Und doch ging es nur darum. Je mehr er über Gene und Hormone, über sexuelle Selektion und Evolution erfuhr, um so deutlicher wurden Lust und Liebe und Begehren von all dem sentimentalen, romantischen und idealisierenden Quatsch befreit, der ihnen von den menschlichen Gesellschaften angedichtet und von einem äußerst wirksamen körpereigenen Glückshormoncocktail vorgegaukelt wurde. Sie verwandelten sich zu uralten und raffinierten Methoden, geeignete Partner aufeinander zuzutreiben und sie aneinander zu binden, je mehr Fürsorge der Nachwuchs benötigte, um so fester. Das alles diente nur einem Ziel: die eigenen Gene in die nächste Generation hinüberzuretten, Nachkommen zu zeugen und diesen, behütet von den Eltern, einen möglichst guten Start ins

Leben zu ermöglichen, damit sie irgendwann dasselbe tun konnten. Alle, denen das nicht gelang, verschwanden samt ihrer Gene von der Bildfläche. Heute, als Fortpflanzungsmediziner, wußte er natürlich, daß das auch anders ging, glücklicherweise.

Seine Augen blieben wieder an den Zahlen hängen. Zwölf Stunden und vierzig Minuten. Er lachte kurz auf.

»Kerstin!« rief er in das Vorzimmer hinaus. Die Tür zum Flur stand ebenfalls offen. »Könnten Sie mal nachschauen, wer Freitag vormittag Dienst in der Spenderstation hatte?«

»Ja, gleich!«

Er hörte ein Kichern draußen vom Flur und verkrampfte sich unwillkürlich. Machten sie sich über ihn lustig? Kerstin natürlich nicht, aber die anderen, die jüngeren. Ihm war aufgefallen, daß die neue Laborassistentin, die mit der blonden Löwenmähne, ihn irgendwie herablassend, ja, spöttisch musterte. Oder war es Mitleid? Wenn es um seinen Unterleib ging, war er zweifellos hochgradig paranoid. Hatten die anderen ihr etwas erzählt? Unsinn! Sie konnten nichts wissen, ausgeschlossen. Seine Mutter war tot, sein Vater ein hoffnungsloser Fall von Altersdemenz, der mit seinem Kot seltsame Schriftzeichen an die Wände seines Zimmers im Pflegeheim malte, und abgesehen von den Ärzten, die sich an ihm eine goldene Nase verdient hatten, gab es niemanden mehr, der von seiner Behinderung wußte. Selbst Anna nicht, jedenfalls wußte sie nichts Genaues, nur daß es mit dem Kinderkriegen schwierig werden könnte. Das hatte sie nicht gestört, im Gegenteil. Sie hatte ihre Agentur, ihr eigenes Bad, ihr eigenes Schlafzimmer und hatte ihn noch nie nackt gesehen. Sie schien darauf auch keinen gesteigerten Wert zu legen. Daß er einmal eine Frau finden könnte, die ihn liebte und begehrte, die zitternd vor Erregung in seinen Armen lag oder genüßlich sein Hemd aufknöpfte, schien ihm mittlerweile ein ganz und gar absurder Gedanke. Auch mit einem normalen Penis wäre er zweifellos kein Adonis gewesen. Und darum ging es doch, schön, perfekt zu sein.

Er beglückwünschte sich erneut zu seiner Heirat. Es hatte Gerüchte gegeben, das wußte er von Kerstin. Ein Arzt für Fortpflanzungsmedizin, der unverheiratet war und keine Kinder hatte, war eine seltsame Figur. Wie ein vegetarischer Fleischer. Ihre Heirat stand zwar nur auf dem Papier, genauer gesagt in einem fünfzig Seiten umfassenden Vertragswerk, und Anna ging ihre eigenen Wege, aber mit dieser für alle überraschenden Verbindung hatte er den möglicherweise gefährlichen Gerüchtesumpf auf einen Schlag trockengelegt. Und bald würde Anna schwanger sein. Schon jetzt hatte sich die Atmosphäre in der Klinik spürbar verbessert, die Fronten waren klarer, seine Autorität unangefochten. Wenn die Neue glaubte, daran etwas ändern zu können, würde sie sich eben einen anderen Job suchen müssen. Ganz einfach.

Kerstin Schraders ergrauter Kopf zeigte sich in der Tür.

»Es war Gloria, Doktor. Gloria hatte Dienst.«

Als wenn er es geahnt hätte... »Wo ist sie heute?« fragte er. »Ich müßte mal mit ihr reden.«

»Sie hatte Frühdienst. Ich glaube, sie ist schon weg. Soll ich sie zu Hause anrufen?«

»Nein, nein, das ist nicht nötig.«

»Ab morgen arbeitet sie wieder im Labor.«

»Gut.« Er nickte. »Dann weiß ich ja, wo ich sie finden kann. Danke!«

Van Steeb versuchte alle Gedanken an Gloria zu verscheuchen und sich wieder auf den Monitor zu konzentrieren. Er hätte diese Frau niemals eingestellt, und daß sie Gloria hieß, machte den Umgang mit ihr wirklich nicht leichter. Sie war nett und tüchtig, ohne Frage. Es gab absolut nichts an ihr auszusetzen, nicht einmal ihren bayerischen Zungenschlag. Sie sah immer aus, als hätte sie gerade ihr Dirndl gegen die Schwesterntracht ausgetauscht, frühmorgens noch rasch die Kühe versorgt, die Hühner und Schweine gefüttert und die Wiese gemäht und ginge nun daran, sich um die vielen menschlichen Mitglieder ihres Haushalts zu kümmern. Den Babyspeck hatte sie nie verloren. Über dem üppigen Busen glühte ihr rundes Gesicht mit den rosigen Wangen förmlich vor Mitgefühl und jugendlicher Tatkraft. Es war albern, irrational und unfair, van Steeb wußte das, aber gegen seine Abneigung war er machtlos. Frauen mit einer derart üppigen Ausstattung verunsicherten ihn bis ins Mark. Kerstin hatte vor ein paar Wochen die Bewerbungsgespräche ohne ihn führen müssen und sich für Gloria entschieden. Ihre Zeugnisse waren glänzend, ohne jeden Fehl und Tadel. Er konnte ihr schlecht wieder kündigen, nur weil ihm ihre blühende Jugend nicht gefiel.

Im übrigen wußte er genau, daß die unverwüstliche Gesundheit, die sie ausstrahlte, nicht von Dauer sein würde. Der von außen makellose rotbäckige Apfel hatte eine Made, winzig und noch ohne erkennbare Wirkung, aber sie war da. Van Steeb kannte Glorias DNS-Profil, ermittelt anhand von Speichelrückständen auf einem Wasserglas, das er ihr in seinem Büro angeboten hatte. In ihr schlummerten die Neigung zu Osteoporose und zeitiger geistiger Demenz, eine Form von Alzheimer. Es bestand eine hohe Wahrscheinlichkeit, daß sie verwelken und zum sabbernden Idioten werden würde wie sein Vater. Bis dahin würden noch einige Jahrzehnte vergehen, aber es beruhigte van Steeb in gewisser Weise, daß auch so überaus gesund wirkende Menschen wie Gloria den Keim des Verfalls in sich trugen, unausweichlich, unerbittlich.

Im Augenblick lag ihm der phänomenale S 5483 allerdings näher als Glorias vermutliche Todesart. Wenn ihr Gedächtnis nur halb so imposant war wie ihre Oberweite, konnte sie sich vielleicht an die Spender vom Freitag erinnern.

4

Stefan Schlaffke sah, daß ein Fax ankam, und benachrichtigte sofort seine Kollegin.

»Sigrid! Es ist vom Labor.«

Sie drehte sich abrupt um und funkelte ihn böse an. Er kannte das schon. Auf ihrem Schreibtisch türmten sich die graugrünen Aktendeckel. Neben ihr flimmerte der Monitor. Wenn sie Berichte zu schreiben hatte, war sie extrem dünnhäutig. Sie arbeitete verbissen, hackte auf die Tasten ein, als sei der Computer für den Papierkram verantwortlich, ließ sich aber bereitwillig von der geringsten Kleinigkeit ablenken.

»Es geht um Rebecca Scholz«, sagte er vorsichtig.

Das schien sie zu interessieren. »Und?« fragte sie.

»Kein Gift«, sagte er. »Gott sei Dank!«

Auch Sigrid Martin fiel ein Stein vom Herzen, obwohl sie mit diesem Ergebnis gerechnet hatte. Sie nahm das Fax und las es noch einmal durch. »Die Tests auf Dopingmittel sind noch nicht abgeschlossen.«

»Kein Gift«, erwiderte er. »Das ist das wichtigste. Vermutlich sind die letzten anderthalb Tage keine besonders angenehme Zeit für sie gewesen. Diese Ungewißheit geht einem bestimmt an die Nieren.«

Er ging zur Kaffeemaschine und goß sich eine Tasse ein.

»Ich nehme an, du wärst nicht unglücklich, wenn du ihr die gute Nachricht überbringen könntest«, sagte sie.

Er schreckte auf. »Ich? Rebecca Scholz?«

»Glaub ja nicht, ich hätte nicht gemerkt, wie du sie angestarrt hast.«

»Du hast recht.« Er sah sie an und schmunzelte. »Ich wäre tatsächlich nicht unglücklich.«

»Dann los. Mach, daß du wegkommst. Aber sag ihr, daß das mit den Dopingmitteln noch etwas dauern wird. Die wichtigsten Anabolika sind zwar negativ, aber für eine vollständige Entwarnung ist es zu früh. Die Ärzte haben mir gestern gesagt, daß sie eine Vergiftung praktisch ausschließen. Aber vor einem positiven Dopingtest hat sie große Angst.«

Sie hatte sich gerade wieder in ihre Unterlagen vertieft, als das Telefon klingelte.

»Senft!«

»Oh, Dr. Senft«, rief sie aus. Sie war überrascht und ärgerte sich gleichzeitig, daß sie ihre Überraschung so schlecht verbergen konnte. Es kam nicht alle Tage vor, daß jemand dieses Kalibers bei ihr anrief. ED Senft war ein gutaussehender Mann mit imponierender Ausstrahlung.

»Was kann ich für Sie tun?«

»Ich bin etwas verwundert, daß Frau Scholz, wie ich höre, noch immer im Krankenhaus ist«, sagte Senft. »Ich dachte, mit ihr sei alles in Ordnung.«

»Ist es auch. Sie wird in diesen Minuten entlassen. Es war eine reine Vorsichtsmaßnahme. Die Ärzte wollten ganz sichergehen, daß ihr Kreislauf stabil ist. Frau Scholz war einverstanden. Es besteht kein Grund zur Sorge.«

Senft wußte nichts von dem möglichen Einstich, den die Ärztin bei Rebecca entdeckt hatte, und Sigrid Martin fand, daß es keinen Grund gab, daran etwas zu ändern.

»Das freut mich zu hören«, seine Stimme klang müde. »Frau Martin, leider gibt es noch einen anderen Grund für meinen Anruf. Ich wende mich an Sie, weil wir uns schon einmal begegnet sind und Sie bei diesem peinlichen Vorfall am Sonnabend Kompetenz und Fingerspitzengefühl bewiesen haben. Das ist genau das, was wir jetzt brauchen. Ich habe soeben erfahren, daß es einen weiteren Zwischenfall gegeben hat. Ich wäre Ihnen sehr dankbar, wenn Sie zu uns in die Senft-Zentrale kommen könnten. Die Sache ist zu kompliziert, um sie am Telefon zu besprechen. Ich...« Er zögerte. »Es ist etwas gestohlen worden.«

Sie blickte erst auf den Aktenstapel und dann zum Turm des kleinen Klinkerbaus, der zur Polizeikaserne gehörte und dessen Uhr sie von ihrem Schreibtisch aus erkennen konnte. Es war kurz vor zehn, und sie hatte bisher ganze drei Sätze zu Papier gebracht. Wenn sie so weitermachte, saß sie noch um Mitternacht vor ihrem Computer. Andererseits war sie neugierig.

»Na gut«, sagte sie mit einem Seufzer. »Ich bin in einer Stunde bei Ihnen.«

Als sie das Präsidium über die breite Treppe verließ und vorsichtig durch den Schneematsch hinüber zum Parkplatz stakste, dachte sie an Rebecca.

Vermutlich war die ganze Aufregung umsonst, aber es hatte keine Alternative gegeben. Alles andere wäre leichtsinnig gewesen. Jetzt glaubte sie nicht mehr an einen Anschlag. Die Ärztin hatte sich getäuscht. Es gab keinen Einstich, keine Injektion, nur eine winzige Wunde, die tausenderlei harmlose Ursachen haben konnte. In einer Zeit, in der Sportler vor präparierten Zahnpastatuben Angst haben mußten, in der Schlägertypen angeheuert wurden, um den schärfsten Rivalen mit einer Eisenstange die Kniescheibe zu zertrümmern, neigte man zwangsläufig zu Verfolgungswahn.

Es sei denn, das, was ED Senft ihr zu erzählen hatte, ließ die Sache in neuem Licht erscheinen. Ein Diebstahl. Was könnte an diesem verrückten Abend in der Elbuferhalle gestohlen worden sein, außer Schmuck oder Geld oder die zweifellos in großer Auswahl vorhandenen High-Tech-Gerätschaften? Warum diese Geheimniskrämerei?

Sie bog rechts in die Hindenburgstraße ein und entschied

sich für den Weg durch den Stadtpark. Die Zentrale der Senft AG lag in der Nähe des Hafens auf der anderen Flußseite. Als sie an der Kreuzung Jahnring halten mußte, beobachtete sie zwei Männer, die eine große Litfaßsäule beklebten. Einer stand auf einer hohen Leiter und trug mit einem Schrubber Leim auf. Der andere reichte ihm neue Plakatbahnen hinauf. Die alte Zigarettenreklame war schon zur Hälfte überklebt, und statt der bekannten, zur Karikatur aufgetakelten alten Dame, die wochenlang auf die Menschen der Stadt herabgegrinst hatte, sah sie nun ein großes rundes Gebilde auf weißem Grund. Seine Umrandung wies kleine Beulen und Unregelmäßigkeiten auf, der Inhalt war undefinierbar. Sie erkannte nur verschwommene Umrisse, Blautöne unterschiedlicher Intensität. Darüber stand in dicken schwarzen Buchstaben: *Eine Zelle.*

Die Ampel schaltete auf Grün, und sie fuhr mit dem Verkehrsstrom in den Park hinein. Auf der anderen Seite sah sie kurz das vollständige Plakat, zwei große blaue Kugeln unter schwarzer Schrift, hatte aber keine Muße, genauer hinzuschauen, weil sie auf den Verkehr achten mußte.

Auf der Barmbeker Straßenbrücke mußte sie wieder vor einer Ampel halten, und diesmal blieb ihr genügend Zeit, das neue Plakat zu studieren. Neben dem runden Gebilde schwebte in gleicher Größe die Erde, der blaue Planet mit seinen Wolken, Kontinenten und Ozeanen. Der Spruch darüber lautete: *Eine Zelle für die Welt: Globacter.* Erst als sie weiterfuhr, entdeckte sie in der unteren rechten Ecke das Logo der Senft AG.

Samstag abend hatte sie Dienst und war irgendwo in der Stadt unterwegs, so daß sie die Live-Übertragung aus der Elbuferhalle nicht sehen konnte. Als ihr Dienst sie dann an genau diesen Ort führte, hatten die Ereignisse um Rebecca Scholz im Mittelpunkt gestanden, nicht dieses mysteriöse Bakterium. Mittlerweile wußte sie aber, wer oder was Globacter war, jeder wußte es. Am Sonntag hatte sie sich eine Aufzeichnung im Fernsehen angesehen, und die heutigen Morgenzeitungen kannten kein anderes Thema. Radiostationen und Fernsehsender brachten Stellungnahmen aus Politik und Wirtschaft, ein Experteninterview nach dem anderen und Berichte über undichte Pipelines und die Folgen der letzten großen Tankerunfälle. Sie bilanzierten die wirtschaftlichen und ökologischen Schäden und rechneten vor, wieviel Geld in Zukunft sinnvoller ausgegeben werden konnte. Sigrid hatte den Eindruck, daß Begriffe wie begeistert oder euphorisch für das Medienecho eher untertrieben waren. Sie konnte sich an keinen Fall erinnern, in dem zu ihren Lebzeiten ein technischer Fortschritt – um den handelte es sich ja wohl, auch wenn es um ein lebendes Bakterium ging – eine derartige ungetrübte Begeisterung ausgelöst hätte. Immer hatte es irgendein Haar in der Suppe gegeben, unkalkulierbare Risiken, Kritiker, die nicht verstummen wollten. Globacter aber wurde einhellig in eine Reihe mit den größten Entdeckungen und Erfindungen der Menschheit gestellt und als ein Symbol für die bevorstehende Aussöhnung von Technik und Umwelt gefeiert. Das erste kommerzielle synthetische Bakterium markiere den Beginn eines neuen Zeitalters.

Diese besondere Eigenschaft hatte Paul Abend in der Elbuferhalle gar nicht erwähnt. Globacter war keiner dieser Mikroorganismen, die mit Hilfe von einzelnen neuen Genen in die Lage versetzt wurden, bestimmte Stoffe oder Arzneimittel zu produzieren. Globacter war das Ergebnis einer maßgeschneiderten Synthese. Wie ein Mosaik wurde die Zelle im Labor aus einer Vielzahl künstlich synthetisierter Gene zusammengesetzt. Sie war eine Art lebender Roboter, dessen Programm mit den Buchstaben des Lebens von Menschen geschrieben wurde.

Rebecca tauchte in alldem nur am Rande auf. Man hielt ihren Zusammenbruch bei der Präsentation für eine Verkettung unglücklicher Umstände. Es gab Gerüchte, aber sie wurden nicht ernst genommen.

Überall auf ihrem Weg durch die Stadt sah sie die großen blauen Bälle, die über den Köpfen von Fußgängern und Autofahrern schwebten, ein Bakterium, das endlich Schluß machte mit dieser unsäglichen Ölschweinerei, und ein Globus, der Heimatgefühle und Schutzinstinkte in den Menschen weckte. Ein Konzern machte Ernst mit seinen Beteuerungen. Er bewies Verantwortungsgefühl und beseitigte seinen Dreck selbst. Sigrid gefiel das Plakat.

Eine halbe Stunde später schwebte sie außen an der Fassade der Konzernzentrale in einem gläsernen Fahrstuhl hinauf in den zwölften Stock, unter ihr der Hafen mit seinem Wirrwarr an Straßen, Kanälen, Kränen, Masten, Hallen und Entladevorrichtungen. Volker David hatte sie im Foyer in Empfang genommen, einer riesigen Halle mit Marmor, Granit, Glas und Stahl und einem Modell einer modernen Ölförderplattform, wie sie die Senft AG in der Nordsee betrieb, in der Mitte. Das Äußere des Gebäudes, durch das David sie führte, hatte keinen Schönheitspreis verdient. Es war einer dieser gesichtslosen Hochhauskästen, die versuchten, sich unsichtbar zu machen, indem sie in ihren Glasfassaden Himmel und Wolken widerspiegelten.

David war nicht unfreundlich, aber wortkarg. Ihre Konversation beschränkte sich auf floskelhafte Erkundigungen nach dem jeweiligen Befinden. Auf ihre Fragen gab er knappe Auskünfte über den Konzern und die hiesige Zentrale. Schließlich gingen sie einen langen Korridor entlang und betraten einen Konferenzraum, von dem sie im ersten Moment nur einen riesigen schwarzen Tisch wahrnahm. An seinem einen Ende saßen vier Personen, unter ihnen ED Senft, der sofort aufsprang, auf sie zukam und ihre Hand ergriff. »Schön, daß Sie da sind, Frau Martin.«

Sie erschrak fast bei seinem Anblick. Seine Wangen waren eingefallen und unter seinen Augen dunkle Schatten. Das Haar wirkte grauer, als sie es in Erinnerung hatte. Man sah ihm sein Alter an. Das war nicht der strahlende Siegertyp, als der er sich sonst in der Öffentlichkeit präsentierte. Ohne zu wissen, was vorgefallen war, ahnte sie, daß ED und die Senft AG sich diesen Tag anders vorgestellt hatten.

»Kann ich Ihnen etwas anbieten? Einen Kaffee vielleicht?«

»Gerne.«

Volker David griff zum Telefon. Sie schaute sich rasch um. Selbst an diesem trüben Tag bot die Fensterfront einen atemberaubenden Blick auf den Hafen und die Stadt. Es roch nach Leder und kaltem Zigarrenrauch. Die Wand war mit dunklem Holz getäfelt und von deckenhohen Bücherregalen unterbrochen, in denen Lexika und gebundene Zeitschriftenjahrgänge aufgereiht waren. Abgesehen von den großen Fenstern und einem riesigen Bildschirm, der in die Wand eingelassen war und vermutlich für Videokonferenzen diente, verströmte der Raum die gediegene Atmosphäre einer alten Londoner Anwaltskanzlei.

»Kommen Sie, ich stelle Ihnen meine Mitarbeiter vor.«

Am Ende des Tisches saßen drei Männer, die sich erhoben, als sie mit ED Senft und Volker David näher trat. In einem von ihnen erkannte sie den Bodyguard wieder, der sie in der Elbuferhalle in Empfang genommen hatte und der in allen Zeitungen zu sehen war, mit Rebecca auf dem Arm. Er nickte ihr mit unbewegtem Gesicht zu. Der Mann mochte keine Polizisten, das war ihr schon in der Elbuferhalle aufgefallen.

»Volker David und Dimitri Stoikow kennen Sie ja bereits. Herr David war für die Planung und Durchführung unserer Feierlichkeiten in der Elbuferhalle verantwortlich«, sagte er mit einem eisigen Seitenblick auf den Event-Manager. »Das ist Dr. Ralf Schenker, der Leiter unserer Mikrobiologischen Abteilung«, er wies auf einen Mann, dessen Alter wegen seines dunklen Vollbarts schwer zu schätzen war, »und sein Mitarbeiter Dr. Müller.«

»Freut mich«, sagte sie und schüttelte beiden die Hand.

Es klopfte. Eine junge Frau betrat den Raum, stellte eine große Thermoskanne auf den Tisch, plazierte Tassen, Zuckerdose und Milchkännchen und schenkte Kaffee ein. Sigrid nutzte die Gelegenheit, um ihr Notizbuch bereitzulegen. Dann setzte sie sich auf einen der mit dunkelgrünem Leder bezogenen Stühle, die um den Tisch standen.

»Volker!« sagte ED auffordernd, als alle am Tisch saßen. Sigrid hörte eine ungewöhnliche Schärfe in Senfts Stimme. Trotz des scheinbar höflichen Umgangstons konnte sie sich des Eindrucks nicht erwehren, daß hier noch vor wenigen Minuten die Fetzen geflogen waren.

»Ja«, sagte David und räusperte sich. »Ich weiß nicht, inwieweit Sie über unsere Veranstaltung in der Elbuferhalle informiert sind, Frau Martin. Natürlich ging es in erster Linie darum, den sechzigsten Geburtstag von Dr. Senft zu feiern, aber wir haben dort auch etwas präsentiert, eine Weltneuheit.«

»Sie meinen Globacter«, sagte sie und hatte das Gefühl, daß dieses Wort wie ein Blitz einschlug. »Die ganze Stadt hängt voller riesiger Plakate, die Medien überschlagen sich.«

David zeigte ein schwaches Lächeln. »Globacter ist unter der Leitung von Dr. Schenker von der Mikrobiologischen Abteilung der Senft AG entwickelt worden. Es stellt einen Durchbruch in der Entwicklung von Mikroorganismen dar, die zur Sanierung von kontaminierten Substraten jeder Art verwendet werden können.«

»Unser Globacter ist, was Effektivität und Geschwindigkeit des Abbaus angeht, ohne Beispiel«, schaltete sich Dr. Schenker ein. »Dieses Bakterium wird es in Zukunft möglich machen, jede Ölpest, unabhängig von der Herkunft und Beschaffenheit des Öls, schnell und nahezu rückstandslos zu beseitigen. In beliebiger Menge.«

»Das ist phantastisch, und ich bin sehr beeindruckt, meine Herren, aber...«, sie klappte ihr Notizbuch zu und blickte zu

ED Senft, der ihr gegenübersaß. Er hatte den Kopf gesenkt, die Arme vor der Brust verschränkt und hörte ohne jede Regung zu. »Dr. Senft sagte am Telefon etwas von einem Diebstahl.«

David nickte. »Genau. Leider sind zwei Behälter mit Globacter, die sich am Samstag in der Elbuferhalle befanden, nicht mehr auffindbar. Wir müssen davon ausgehen, daß sie gestohlen wurden.«

Plötzlich schien ED Senft förmlich zu explodieren. Er sprang auf und knallte mit beiden Handflächen auf die Tischplatte. Er sah beängstigend aus. Sein Kopf glühte, seine Stimme bebte vor Zorn.

»Liebe Frau Martin, um Ihnen eine kleine Vorstellung davon zu geben, wovon die Herren reden, um welche Dimensionen es hier geht: Die Entwicklung dieser Bakterien hat alles in allem etwa fünfzehn Jahre gedauert. Fünfzehn Jahre lang war ein ganzes Team von hochbezahlten Wissenschaftlern mit nichts anderem beschäftigt. Die Gesamtkosten für Forschung und Entwicklung einschließlich der dafür erforderlichen Laboreinrichtungen belaufen sich bislang auf mehrere hundert Millionen Euro. Sie werden mir zugestehen, daß das für ein Unternehmen, das sein Geld mit völlig anderen Produkten verdient, ein gewisser Luxus ist. Ich habe heute den ganzen Vormittag vergeblich damit zugebracht zu begreifen, wie es möglich war, daß ein derart wertvolles Produkt in einer besseren Besenkammer aufbewahrt wurde, deren Tür offenbar nicht einmal abgeschlossen war.«

David und Stoikow waren kreidebleich geworden. Die beiden Wissenschaftler schauten betreten in ihre Kaffeetassen. Sigrid Martin brauchte einen Moment, um die Nachricht zu verdauen.

»Moment«, sagte sie und schüttelte verwirrt den Kopf. Ein lebendes Bakterium war mit Sicherheit das ungewöhnlichste Diebesgut, von dem sie je gehört hatte. »Wir sprechen von Industriespionage, oder? Wer sollte sonst etwas mit diesen Bakterien anfangen können? Ich nehme an, Sie hatten nicht die Absicht, Globacter umsonst zu vertreiben.«

»Natürlich nicht«, sagte ED. Er hatte sich wieder gesetzt. »Wir sind kein Wohltätigkeitsunternehmen. Wir müssen Profit erwirtschaften und sind unseren Aktionären verpflichtet. Das Genom von Globacter ist natürlich patentrechtlich geschützt, weltweit. Wir sind davon ausgegangen, daß wir durch eigenen Vertrieb und Vergabe von Lizenzen beträchtliche Umsätze erzielen werden. Es geht nicht nur um die spektakulären Tankerunfälle, die in den Medien soviel Aufmerksamkeit erregen, es geht auch um die zahllosen kleinen und großen Unfälle an Land. Wo Pipelines verlaufen, gibt es auch Lecks, mutwillige Zerstörungen, in Rußland zum Beispiel, vielleicht haben Sie davon gehört. Dr. Schenker und sein Team arbeiten an Globacter-Varianten, die im Süßwasser und an Land eingesetzt werden können. Wir sprechen von einem Milliardengeschäft. Deshalb ist es ja so unverständlich, wie fahrlässig hier gehandelt wurde.«

Sein giftiger Blick traf Volker David, der in dieser Runde offenbar die Hauptlast der Verantwortung zu tragen hatte. Nachträglich verstand sie, warum er so zugeknöpft gewirkt hatte. Ein Karrieretyp, Mitte Dreißig und schon ganz oben. Jetzt fürchtete er um seinen Job.

»Gehen wir der Reihe nach vor«, sagte sie. »Sie sprachen von einer besseren Besenkammer, Dr. Senft. Wo genau wurde Globacter aufbewahrt?«

David beugte sich vor und stützte die Ellenbogen auf die Tischplatte. »Wir standen unter ungeheurem Zeitdruck«, sagte er leise. »Ich weiß nicht, ob Sie sich vorstellen können, was eine Veranstaltung dieser Größenordnung bedeutet: Der Aufbau der Büfetts und all der anderen Stände, die Installation der Musikanlage auf dem Sprungturm, der Soundcheck für die Band, die Probeläufe für Wasserspiele und Lasershow, die Überwachung der Sicherheitsvorkehrungen. Leute vom Fernsehen wuselten herum, bauten ihre Kameras auf, verlegten Kabel. Die Halle ist ja erst vor wenigen Tagen eröffnet worden, überall Kinderkrankheiten, da war nichts eingespielt, es herrschte eine furchtbare Hektik, alles dauerte länger als geplant. Wir...«

»Herr David, Sie haben die Frage nicht beantwortet«, sagte Sigrid. »Was ist mit der Besenkammer?«

»Das war keine Besenkammer«, sagte einer der Mikrobiologen. »Ich habe die Globacter-Suspension gegen siebzehn Uhr selbst ins Wasser gekippt. Es gab Probleme mit der Temperatur. Danach standen die Behälter eine Weile am Beckenrand, bis die Leute sich beschwerten. Es rannten Dutzende von Menschen herum und fluchten über alles, was ihnen im Weg stand. Wir haben dann jemand von der Halle gefragt, ob es einen Raum gäbe, wo wir die Behälter unterstellen könnten, bis sich die schlimmste Aufregung gelegt hatte. Er zeigte uns eine Kammer in der Nähe des Chlorlagers, wo Reinigungsmittel aufbewahrt wurden. Dort haben wir die Behälter abgestellt. Offenbar hat der Hallenwart dann vergessen, den Raum abzuschließen. Als wir die Behälter gestern abholen wollten, war die Tür nicht verschlossen und die Behälter verschwunden.«

»War die Tür beschädigt?« fragte Sigrid und machte sich Notizen, als der Mann verneinte. »Dann sind Sie derjenige, der die Behälter zuletzt gesehen hat? Ihr Name war Dr. Müller, nicht wahr?«

»Ja.« Müller nickte. »Vermutlich waren wir die letzten. Ich, Dr. Schenker, der Hallenwart und Herr David.«

»Warum haben Sie Dr. Senft erst heute morgen informiert?«

»Weil ich ganz sichergehen wollte«, antwortete David. »Wir haben zuerst alles auf den Kopf gestellt. Ohne Ergebnis. Dann haben wir noch einmal von vorne angefangen.«

»Haben Sie irgendeinen Verdacht, wer die Behälter an sich genommen haben könnte?« Alle vier schüttelten den Kopf.

Sie überflog ihre Notizen und versuchte, Ordnung in ihre Gedanken zu bringen. Wenn Sie gewußt hätte, was sie hier erwartete, wäre sie lieber bei ihren Berichten geblieben. »Also gut, ich brauche einen genauen Plan der Elbuferhalle, dann eine Liste aller Firmen und aller Mitarbeiter, die an diesem Wochenende in der Halle tätig waren, wenn möglich mit Adressen und Telefonnummern. Denken Sie, das läßt sich machen?«

David nickte. »Natürlich. Ich kümmere mich darum.«

»Wer wußte, daß an diesem Abend die Präsentation von Globacter geplant war?«

»Das ist schwer zu sagen. Wir haben versucht, den Kreis so klein wie möglich zu halten.«

»Denken Sie nach! Schreiben Sie alle Namen auf, die Ihnen einfallen, auch wenn Sie sich im Zweifel sind.« Sie klappte ihr Notizbuch zu und steckte es in ihre Manteltasche. »Ach ja, noch etwas, was sind das für Behälter, in denen die Bakterien aufbewahrt werden, ich meine, wie sehen sie aus?«

»Wie Thermoskannen«, sagte Dr. Schenker, der während des Gesprächs ununterbrochen an seinem Bart herumgespielt hatte. »Sie sehen aus wie große metallene Thermoskannen, etwa sechzig Zentimenter hoch. Es waren zwei. Wenn Sie wollen, kann ich ein Foto machen lassen.«

»Das wäre gut. Waren beide Behälter noch voll?«

»Nur einer.«

»Ich muß jetzt ins Präsidium zurück«, sagte sie und erhob sich. »Ich werde sehen, was ich für Sie tun kann.«

»Ich danke Ihnen, daß sie so schnell gekommen sind«, sagte ED und erhob sich ebenfalls. »Ich muß Sie bitten, den Inhalt dieses Gesprächs absolut vertraulich zu behandeln. Die Presse darf nichts davon erfahren. Ich verlasse mich auf Sie.«

Sigrid wurde unwohl in ihrer Haut. Der Fall hatte eine Größenordnung, die sie schwindlig werden ließ. Und die Erfolgsaussichten waren gleich Null, eine undankbare Aufgabe.

»Ich will Ihnen nichts vormachen, Dr. Senft. Die Chancen, daß wir den Schuldigen finden und Ihre Firma die Behälter zurückbekommt, sind unter diesen Umständen denkbar schlecht.

Es gibt keine Zeugen, massenhaft Verdächtige, die Tür des Raumes war nicht abgeschlossen. Wir müßten intensive Nachforschungen anstellen und mit sehr vielen Leuten reden. Selbst wenn wir die Gäste ausnehmen, die an den Sicherheitsleuten im Foyer der Halle vorbeimußten, bleiben wahrscheinlich Dutzende, vielleicht mehr als hundert Menschen. Durchsuchungen können wir nicht durchführen, solange keine konkreten Verdachtsmomente vorliegen. Uns müßte schon ein Augenzeuge zu Hilfe kommen, der den Dieb beobachtet hat. Ich fürchte, wenn Sie Anzeige erstatten, würden wir viel Aufsehen erregen und wenig erreichen. Und ich kann nicht ausschließen, daß irgendein Reporter davon Wind bekommt.«

»Das wäre eine Katastrophe.«

»Sie müssen sich überlegen, ob Sie dieses Risiko eingehen wollen. Wenn Sie mich fragen, ich würde mich erst mal ausgiebig von Ihrer Rechtsabteilung beraten lassen, bevor ich irgend etwas unternehme.«

ED schmunzelte. »Ich werde Ihren Rat befolgen, Frau Martin, und ich weiß es zu schätzen, wenn Menschen geradeheraus ihre Meinung sagen. Wir müssen alle Möglichkeiten ausschöpfen, auch den Sachverstand der Hamburger Polizei.«

Sie lächelte zurück. Vermutlich liefen bei den Juristen der Senft AG schon lange die Telefonleitungen heiß.

»Wir werden uns größte Mühe geben. Mehr kann ich Ihnen nicht versprechen.« Sie nickte den Anwesenden zu. »Auf Wiedersehen, meine Herren. Rufen Sie mich an, falls Sie neue Informationen erhalten sollten.«

Als sie im gläsernen Fahrstuhl nach unten glitt, fiel ihr der Spruch auf dem Plakat wieder ein: *Eine Zelle für die Welt: Globacter.* Im Lichte dessen, was sie gerade gehört hatte, bekam der Satz eine ganz neue Dimension. *Eine Zelle für die Welt.* Jemand hatte den Spruch wörtlich genommen.

5

»Darf ich fragen, ob Sie auf Empfehlung kommen?«

»Ein Kollege von mir, Raimund Sieberts, ich weiß nicht, ob Sie sich erinnern.«

Van Steeb schüttelte den Kopf. »Tut mir leid.«

»Sie haben ihm... wie soll ich sagen...«

Bäckermeister Wilhelm Schade, ein Koloß von Mann, stockte und wurde unruhig. Er saß unbequem, hockte weit vorne auf dem Stuhl, weil seine ungeheure Körpermasse nicht zwischen die Armlehnen paßte. Seine kleinen Augen wanderten ruhelos im Raum umher, zu dem Glasschrank mit den Medikamenten, dem Poster mit den Darstellungen der männlichen Urogenitalorgane, dem großen Penismodell, das man auseinandernehmen konnte, um die Lage der Schwellkörper und Nervenbahnen zu zeigen. Der Wandschmuck bestand aus einem Plakat, das in riesigen Lettern VORSORGE HILFT! versprach, und einem gerahmten Foto, das einige männliche Papuas aus Neu-Guinea mit armlangen, spitz zulaufenden Penisköchern zeigte. Penisköcher waren eine Leidenschaft van Steebs. Zu Hause in seinem Arbeitszimmer hing eine ganze Sammlung an der Wand, kostbare Stücke, die er bei einem Antiquitätenhändler in Singapur erstanden hatte. Er hatte nicht den geringsten Zweifel: Wer sich dafür interessierte, was im Kopf von Männern vor sich ging, sollte einmal einen Blick auf die Penisköcher der Papuas werfen. Sie wirkten lächerlich, aber sie waren nichts anderes als eine ungeschminkte, von jeglicher zivilisatorischer Tünche befreite Ausformung humanen Männlichkeitswahns.

Schade hatte die Papuas nur am Rande registriert. Er war voll und ganz damit beschäftigt, Worte für das zu finden, was van Steeb mit seinem Kollegen angestellt hatte. Der Moment war gekommen. Der Moment kam immer. Die Verlegenheit und Angst seiner Patienten war für van Steeb nichts Neues.

»Also ... Sie haben ihm eine Art Pumpe eingesetzt«, fuhr Schade schließlich fort und deutete unbestimmt in die Gegend zwischen seinen mächtigen Schenkeln. »Eine Erektionshilfe, Sie wissen schon. Damit er steht.«

»Sie meinen eine Penisprothese?«

»Genau.«

»Ist das auch Ihr Problem? Eine Prothese ist nur eine von vielen Möglichkeiten, wissen Sie. Erektionsprobleme können die unterschiedlichsten Ursachen haben. Wir müssen ...«

Schades riesiger Leib geriet in Bewegung. Er lachte. »Nein, nein, Sie sind auf dem falschen Dampfer, Doktor. Ich kann ganz gut meinen Mann stehen. Meine Frau hat sich jedenfalls noch nie beklagt.« Der Dicke grinste und zwinkerte ihm zu. Tatsächlich, er zwinkerte *ihm* zu. Plumpeste männliche Kumpanei.

Van Steeb senkte den Blick und nickte nur. Die Sorte kannte er. Die Taktik auch. Die meisten Männer, die allein in seine andrologische Sprechstunde kamen, gaben sich große Mühe, kerngesund zu erscheinen, auf der Höhe ihrer Leistungskraft, besonders ihrer sexuellen. Natürlich wußte er nicht, welche Statur Frau Schade hatte, aber die Vorstellung, daß es Frauen gab, die mit einem solchen Monstrum Sex hatten, brachte ihn kurzzeitig außer Fassung. 250 Millionen Männer in aller Welt litten an Erektionsproblemen, aber, nein, dieser hier natürlich nicht.

Er räusperte sich. »Das freut mich für Sie«, sagte er. »Für Sie beide, meine ich. Sie sind also verheiratet?«

»Natürlich. Wir sind dreifache Großeltern, meine Frau und ich.«

»Wunderbar. Meinen Glückwunsch!«

Van Steeb nickte, lächelte… und schwieg. Als er den Moment für gekommen hielt, stützte er die Ellenbogen auf die Schreibtischplatte, faltete die Hände, fixierte sein Gegenüber und sagte: »Was führt Sie zu mir? Irgendein Problem muß es ja geben.«

Schade zuckte zusammen. Er versuchte, sein Gewicht auf die wenigen Zentimeter der vorderen Stuhlkante zu verlagern, und blickte vor sich auf den Boden.

»Ja…, natürlich, Sie haben recht. Wissen Sie…, es fällt mir nicht leicht, darüber zu reden. Ich bin noch nie bei einem Arzt gewesen… einem wie Ihnen, meine ich.«

Van Steeb setzte ein verständnisvolles Gesicht auf. »Das geht jedem so, der zum ersten Mal hierherkommt.« Er lehnte sich entspannt zurück. Die Fronten waren klar, das Imponiergehabe überwunden. »Bitte, machen Sie sich keine Gedanken. Alles, was in diesem Raum geredet wird, bleibt natürlich streng vertraulich.«

»Ich …« Schade blickte auf. »Ist es möglich, daß ein Schwanz, ich meine, ein Penis, mit den Jahren kleiner wird, daß er sozusagen…, nun ja, *schrumpft?*« Ein Zittern lief über sein Gesicht.

»Das ist durchaus möglich, jedenfalls könnte es so erscheinen. Sie sind kürzlich achtundfünfzig geworden, sehe ich. Der Penis wird bei älteren Männern nicht notwendigerweise kleiner. Aber wenn die Erektionen seltener werden, und das ist in Ihrem Alter völlig normal, dann schrumpfen die Schwellkörper. Das kann sehr schnell gehen. Wie bei Muskeln, die man nicht benutzt. Daher sind regelmäßige Erektionen die beste Gewähr, daß alles in Form bleibt. Theoretisch bis ins hohe Alter.«

Schade nickte. Er hatte beide Hände auf seine Knie gestützt, und es hatte den Anschein, als wolle er sich erheben, als genüge ihm diese Auskunft.

»Aber um sicher zu sein, daß keine pathologischen Veränderungen vorliegen, muß ich mir natürlich selbst ein Bild machen.«

»Sie meinen...?« Bäckermeister Schade richtete sich auf wie ein riesiger männlicher See-Elefant. Der Stuhl ächzte.

»Die Untersuchung dauert nur ein paar Minuten. Danach wissen wir, daß alles in Ordnung ist.«

Van Steeb stand auf und wies auf den Paravent, hinter dem sich die Untersuchungsliege befand. »Es reicht, wenn Sie Hose und Unterhose ausziehen.«

Schade erhob sich ebenfalls. Er stand unschlüssig neben dem Besucherstuhl und sah erschreckend hilflos aus. Der Mann war im Grunde ein Leidensgenosse, auch wenn sein Fall völlig anders gelagert war. Er schämte sich, haßte seinen monströsen Körper.

Van Steeb ging hinüber zum Glasschrank. In seinem Rükken hörte er, wie Schade neben die Liege trat, den Mantel auszog und die Gürtelschnalle löste. Er öffnete die Schranktür, nahm ein paar frische Laborhandschuhe heraus und verharrte etwas länger als nötig, damit sein Patient Zeit hatte, sich auszuziehen und auf die Liege zu legen. Schließlich streifte er die Handschuhe über und drehte sich um. Der riesige Mantel und die Anzugjacke hingen am Kleiderständer, die Hose lag über dem Stuhl. Schades Füße mit den blauen Socken ragten über den Rand der Liege ins Zimmer hinein. Er holte tief Luft und trat neben seinen Patienten.

»Dann wollen wir uns das gute Stück mal ansehen.«

Schade umklammerte krampfhaft den Rand des Liegenpolsters, als erwartete er eine bestialische Tortur, die nur unter Aufbietung aller Kräfte zu ertragen war. Er blickte starr an die Decke, auf seiner Stirn bildeten sich Schweißtropfen.

»Entspannen Sie sich! Es tut nicht weh.«

Van Steeb griff nach dem Hemd und schob es über den Bauchnabel nach oben. Es fiel ihm schwer, nicht auf diese unfaßbare Ansammlung von Körperfett zu starren, die sich auf seiner Liege breitmachte und von der ein kräftiger Körpergeruch ausging. Vom Nabel abwärts zog sich ein Streifen dunkler Haare durch Hautfalten bis zu einem dichten nestartigen Gewölle aus gekringelten Schamhaaren. Wie ein seltsames nacktes, unfertiges Wesen lag dort das, was Schade Sorgen machte.

»Na, das sieht doch ganz wunderbar aus«, sagte van Steeb betont gut gelaunt. »In einem Punkt kann ich Sie schon jetzt beruhigen. Ihr Glied ist völlig normal entwickelt.«

Schade seufzte.

Es war einer dieser Momente, in denen van Steeb sich fragte, was ihn in Gottes Namen dazu getrieben hatte, Arzt zu werden, diese Art von Arzt, wie Schade sich ausdrückte. Hatte er sich mit seiner ausweglosen Situation nur abfinden können, indem er sich schonungslos mit all dem konfrontierte, was sonst noch schiefgehen konnte?

Er hatte nie eine Wahl gehabt, sein Körper war von Anfang an eine Montagsproduktion gewesen. Aber der hier? Was hatte er aus seinem phantastischen Erbe gemacht? Signalisierte ein solcher Körper etwa gesundes, hochwertiges Erbmaterial? Sahen so die *Sexy Sons* aus, von denen eine Theorie der sexuellen Selektion sprach? Weibchen sollten demnach prächtige Männchen bevorzugen, weil sich deren Attraktivität auf ihre gemeinsamen Nachkommen vererbt und somit wiederum viele Weibchen anziehen wird, die dann in den kommenden Generationen für die Verbreitung der eigenen Gene sorgen. Das Konzept der *Sexy Sons* gehörte heute zum Allgemeingut. Es gab eine bekannte Keimzellagentur, die sich so nannte, und sogar eine berühmt-berüchtigte Popband, die mit Hits wie *Sexy Suckers* Furore machte.

Schade war zweifellos erfolgreich, hatte Frau und Kinder. Beim Menschen war eben alles komplizierter. Was dem Pfau die Schwanzfeder, war dem Menschen das Gehirn. Schades Penis war guter Durchschnitt, und lange Jahre hätte van Steeb seine Seele für ein Exemplar wie dieses verkauft. Er riß sich zusammen. Er war Arzt, ein Profi, und er war stolz darauf.

»Erschrecken Sie nicht«, sagte er, griff vorsichtig nach Schades Penis, drehte ihn nach links und rechts, betrachtete ihn von allen Seiten und schob die Vorhaut zurück. Unter dem Drüsenkranz an der Basis der Eichel hatte sich ein wenig Smegma angesammelt, eine gelb-weißliche talkige Paste, die zu kleinen Würstchen gerollt war.

»Könnten Sie Ihre Beine etwas auseinandernehmen?« fragte van Steeb und tastete in den Tiefen zwischen Schades Schenkeln nach dem Hodensack.

»Sind Sie schon einmal zur Vorsorge gewesen?«

»Hmhm.« Schade schüttelte den Kopf. Seine Augen klebten noch immer an der Decke.

»Das sollten Sie aber. In Ihrem Alter. Hoden und Nebenhoden sind in Ordnung, soweit ich das fühlen kann, aber Ihre Prostata sollten wir genauer untersuchen. Wenn Sie wollen, können wir das gleich miterledigen.«

»Neiiin«, ächzte Schade. »Das geht nicht. Ich habe leider keine Zeit mehr.«

»Wie Sie wollen. Ich kann es Ihnen nur dringend empfehlen.«

Van Steeb trat zurück, zog die Handschuhe aus, warf sie in den Abfalleimer und wusch sich in dem Waschbecken in der Zimmerecke die Hände.

»Sie sind also sicher, daß bei mir alles in Ordnung ist?« fragte Schade, sichtlich erleichtert. Er schwang seine Beine von der Liege und blieb auf dem Rand sitzen.

»Was Ihren Penis angeht, können Sie ganz beruhigt sein. Machen Sie sich keine Sorgen.« Van Steeb gesellte sich zu seinem Patienten und trocknete sich die Hände ab. »Wissen Sie, es gibt ein Phänomen, das wir Koro-Syndrom nennen. Es gibt

Männer, besonders in Asien, die Angst haben, ihr Penis könnte immer kleiner werden und schließlich völlig verschwinden. Sie leiden unter Panikattacken und sitzen im schlimmsten Fall stundenlang da und halten ihr Glied umklammert, damit es sich nicht gänzlich in den Unterleib zurückzieht.«

Schade schmunzelte und schüttelte den Kopf. »So schlimm ist es bei mir noch nicht.«

»Na, sehen Sie. Dabei sollte es auch bleiben. Und wie gesagt, regelmäßige Erektionen sind die beste Gewähr dafür. Das sind doch nicht die schlechtesten Aussichten, oder? Nebenbei bemerkt...«, er warf einen kurzen Blick auf die Papuas mit ihren Penisköchern und grinste, tatsächlich, er *grinste* und fragte sich gleichzeitig, woher er die Kraft dazu nahm, »wenn es nach uns Männern ginge, könnten unsere besten Stücke gar nicht groß genug sein, hab ich recht? In Java steckten sich die Männer früher Kieselsteine unter die Penishaut. Ihr Glied wurde dadurch im wahrsten Sinne des Wortes steinhart und sah aus wie ein in Wurstpelle gestopfter Maiskolben. Ob das im Sinne der Frauen ist, wage ich zu bezweifeln.«

Schade rutschte von der Liege, sein Bauch schwappte nach unten. Er stand einen Moment da und schaute unglücklich an sich hinunter.

»Warten Sie«, sagte van Steeb, als Schade nach seiner Hose griff. Er stellte sich neben den Riesen. »Sie können Ihren Penis nicht mehr sehen, nicht wahr?«

Schade schüttelte betrübt den Kopf. »Nicht mal im Spiegel.«

Van Steeb trat einen Schritt zurück und betrachtete seinen Patienten von vorne. Im Unterbauch war so viel Fett abgelagert worden, daß er sich wie ein dicker fleischiger Vorhang vor die Genitalien gelegt hatte. Der Penis war verschwunden. Er schrumpfte nicht, er wurde förmlich überwuchert. Van Steeb stieß einen tiefen Seufzer aus und lehnte sich gegen den Schreibtisch.

»Ich nehme an, ich verrate Ihnen kein Geheimnis, wenn ich sage, daß Sie übergewichtig sind. Kommen Sie, ich zeige Ihnen was.«

Er ergriff Schades Arm und führte ihn vor einen großen Spiegel, der an der Innenseite der Zimmertür befestigt war. »Halten Sie mal Ihr Hemd hoch. So, genau. Sehen Sie!« Er kniete sich hin, packte den Fettwulst des Unterbauches, hob ihn nach oben und entblößte die darunter verborgenen Genitalien. »Das muß weg«, sagte er und schaute an seinem Patienten nach oben. »Man kann das Fett absaugen. Das ist eine Routineoperation.«

Van Steeb packte eine seltsame Erregung. Er stand auf, ging rasch zu seinem Schreibtisch und griff nach einem Kugelschreiber.

»Hier, ich schreibe Ihnen die Nummer eines Kollegen auf, eines Spezialisten auf diesem Gebiet. Er kann Ihnen bestimmt helfen. Sie werden sich danach viel besser fühlen. Das ist keine große Sache.«

Als er sich wieder umdrehte, um den Zettel auszuhändigen, sah er Schade, der nun selbst die dicke Fettrolle seines Unterbauches gepackt hatte und sie, in Hemd und Socken vor dem Spiegel stehend, hob und senkte, hob und senkte. Auf seinem Gesicht zeichnete sich ungläubiges Staunen ab. »Vielleicht haben Sie recht. Ist es sehr schmerzhaft?«

Als van Steeb den Korridor entlang zu seinem Büro im Verwaltungstrakt eilte, lief er fast in eine Menschenansammlung hinein, die den Gang in ganzer Breite blockierte. In ihrer Mitte erkannte er die blonde Lockenpracht von Gloria. Sofort fiel ihm die Samenspende wieder ein.

»In diesem Teil der Klinik«, sagte Gloria gerade, »befinden sich verschiedene Operationssäle, Behandlungsräume und die Kryostation, wo bei –196 Grad tiefgefrorene Keimzellen und Embryonen aufbewahrt werden.«

»Das würde mich interessieren«, sagte ein Mann aus der Gruppe. »Könnten wir uns das bitte ansehen? Ich habe auch schon mal Samen gespendet.«

»Ach, da gibt es nicht viel zu sehen, wissen Sie. Nur große Spezialbehälter.« Gloria lachte. »Sie sehen aus wie Milchkannen, und wenn man sie öffnet, kommt einem nur dichter Stickstoffnebel entgegen. Die Spermien befinden sich in kleinen Plastikröhrchen, einer Art Strohhalm. Sie würden enttäuscht sein.«

»Gloria«, rief van Steeb gut gelaunt dazwischen. »Schön, daß ich Sie treffe. Ich müßte dringend mit Ihnen sprechen. Sie haben zu tun, wie ich sehe, aber vielleicht könnten Sie später...« Die Köpfe der Gruppe drehten sich wie auf Kommando in seine Richtung. Plötzlich fiel ihm auf, wie merkwürdig diese Leute aussahen, daß sie Notizblocks und kleine Tonbandgeräte in der Hand hielten. Es waren Männer und Frauen, mehrheitlich junge Gesichter, und einige trugen dicke schwarze Lederjacken, Jeans und alte Lodenmäntel, alles in allem nicht die Art Klientel, die er sich für seine Klinik wünschte. Sie starrten ihn an, als sei er eine Art Marienerscheinung.

»Äh... was tun Sie hier eigentlich?«

»Das ist die Journalistengruppe«, sagte Gloria und kam aus der Mitte der Besucher strahlend auf ihn zu. »Meine Damen und Herren, darf ich Ihnen Dr. Herbert van Steeb vorstellen. Er ist der Leiter der Klinik. Sie wurde übrigens von seinem Vater gegründet. Wir werden in diesem Jahr unser fünfzigjähriges Bestehen feiern.«

»Welche Journalistengruppe?« fragte er verwirrt. Gloria stand jetzt direkt vor ihm, überragte ihn um einen halben Kopf.

»Sie kommen von der Journalistenschule. Eine Klinikführung.« Sie lächelte nachsichtig. »Sie haben sich schon vor Wochen angemeldet. Frau Schrader...«

»Ah, gut, gut...« Er machte eine unbestimmte Handbewegung. Diese Zähne, diese Haut, die Haare, die ihr rundes Gesicht wie ein Strahlenkranz umgaben. »Machen Sie nur weiter. Wir können ja später...«

»Es dauert nicht mehr lange. Ich kann Sie ja aus dem Labor anrufen, wenn ich unsere Gäste herumgeführt habe.«

»Gut, machen Sie das.« Er wandte sich an die Gruppe. »Und? Sind Sie zufrieden? Werden Sie gut betreut?«

Alle redeten durcheinander. Hochinteressant sei es. Eine Klinik wie diese hätten sie noch nie von innen gesehen. Unglaublich, welche Fortschritte die Medizin gemacht habe. Und was Gloria betreffe: Sie mache das ganz ausgezeichnet. Besonders die Männer waren des Lobes voll. Van Steeb glaubte Zeuge einer Art Arenabalz zu werden. Gloria stand errötend neben ihm, und er staunte über diese Ansammlung von Männchen, die gurrten und zwitscherten, sich plusterten und ihr Prachtgefieder präsentierten. Sie könnten sich keine bessere Betreuung wünschen, sagten sie. Bei dem Personal würde er sich glatt freiwillig für ein paar Tage ins Klinikbett legen, sagte einer, für immer, flüsterte ein anderer.

»Das freut mich«, sagte er in die Begeisterung hinein und bemühte sich, Gloria ein anerkennendes Lächeln zu schenken. »Auf qualifiziertes Personal legen wir größten Wert. Lassen Sie sich bitte nicht aufhalten. Wir sprechen uns später, Gloria.«

»Ja, Doktor.« Sie nickte verlegen und schloß sich wieder ihrer Gruppe an. »So, dann würde ich vorschlagen, wir sehen uns jetzt die Schweineställe an.«

»Was? Hier gibt es Schweineställe?«

»Folgen Sie mir bitte«, sagte sie und setzte sich mit einem koketten Hüftschwung in Bewegung. »Hier entlang. Es sind natürlich keine gewöhnlichen Schweineställe. Ich werde Ihnen das genauer erklären. Kommen Sie!«

Van Steeb blieb an Ort und Stelle und verfolgte, wie sich die Gruppe hinter Gloria sammelte, den Korridor entlangging und schließlich hinter einer Biegung verschwand.

»Es handelt sich um eine besondere Schweinerasse. Eigentlich geht es uns nur um ihre Hoden, aber wer gesunde Hoden will, muß für gesunde Schweine sorgen. Es gibt Männer, bei denen die Spermienentwicklung gestört ist. Man kann ihnen einige Spermienmutterzellen entnehmen, sogenannte Spermatogonien, und in Schweinehoden injizieren, wo sie eine vollkommen normale Entwicklung durchlaufen. Die fertigen Spermien werden dem Wirtshoden wieder entnommen und für eine In-vitro-Befruchtung verwendet. Ist das nicht erstaunlich?«

»Davon habe ich noch nie gehört. In Schweinehoden?«

»Ja. Es ist ein Verfahren, das schon Ende des zwanzigsten Jahrhunderts an Ratten und Mäusen entwickelt wurde«, erläuterte Gloria. »In Deutschland wird es bisher nur in wenigen Kliniken praktiziert, und hierzulande bevorzugt man Schweine. Typisch, nicht wahr?«

»Und es kommen keine Schweinemenschen dabei heraus?«

»Also ich würde mir diesen Samen nicht einspritzen lassen, oder wie man das macht.«

»Ich find's auch eklig. Ausgerechnet Schweine.«

Die Stimmen wurden schwächer. »Was soll daran eklig sein?« hörte er Gloria sagen. »Wären Ihnen Hunde oder Katzen lieber, oder Pferde? Ja, Hengste, das könnte Ihnen so passen. Warum nicht Nashörner? Na, Sie sind mir einer. Hahaha ... Nein, im Ernst, Sie werden sehen, daß unsere Schweine überaus gutmütig sind, und ihre Ställe werden peinlich saubergehalten. Man muß die Immunreaktion der Tiere medikamentös herabsetzen, damit sie die fremden Zellen nicht abstoßen. Das erhöht natürlich das Infektionsrisiko. Die Methode hat den großen Vorteil, daß die Männer mit Hilfe ihrer im Schweinehoden gereiften Spermien genetisch eigene Kinder haben können. Sie sind nicht auf Spendersamen und damit fremdes Erbgut angewiesen. Das ist für viele Paare sehr...«

Eine Tür wurde geschlossen, und die Stimmen waren nur

noch als fernes Raunen zu vernehmen, das bald ganz verstummte. Van Steeb stand wie angewachsen und spürte dem Vibrieren in seinem Körper nach. Er fühlte, wie seine Knie zitterten, aber er kämpfte dagegen an, kämpfte gegen das Gefühl, das sich bei ihm einstellte, wenn er Gloria über Schweinehoden reden hörte.

Eine dreiviertel Stunde später war er auf dem Weg ins Labor. Gloria hatte ihre Führung beendet und ihm über Kerstin Schrader ausrichten lassen, daß sie nun zur Verfügung stünde. Er hätte ihr seine Fragen auch telefonisch stellen können, aber er wollte das lieber persönlich erledigen. Wenn er sein Verhältnis zu Gloria normalisieren wollte, dann mußte er sich mit ihr konfrontieren. Er empfand es als eines Klinikdirektors unwürdig, wenn er in der Gegenwart einer Schwester jedesmal schwache Knie bekam.

Sie war mit einer Kollegin, deren Namen er vergessen hatte, an einem der DNS-Analysegeräte beschäftigt und bereitete Proben vor.

»Grüß Gott, Herr Doktor«, begrüßte sie ihn. »Tut mir leid wegen vorhin. Das war vielleicht ein verrückter Haufen.«

»Da muß Ihnen doch nichts leid tun, Gloria«, sagte er liebenswürdig. »Ich finde, Sie haben das hervorragend gemacht. Souverän und sachkundig. Ich habe schon zu Frau Schrader gesagt, daß sie in Zukunft wieder an Sie denken soll, wenn eine Klinikführung ansteht. Natürlich nur, wenn es Ihnen nichts ausmacht. Unsere Gäste waren begeistert von Ihnen.«

»Naja«, sagte sie und errötete. »Ich tue mein Bestes. Ich kann ganz gut mit Menschen, glaube ich.«

Mit Männern, wolltest du wohl sagen, dachte er und senkte den Blick. Dieses permanente Erröten machte ihn fertig.

»Äh ..., was ich Sie fragen wollte, können Sie sich an die Samenspender vom Freitag erinnern?«

»Du liebe Güte, vom Freitag?«

»Ja, letzte Woche. Ist Ihnen da etwas aufgefallen? Ich meine, an den Spendern.«

Sie fuhr sich mit der Hand durch das üppige Haar und blickte nachdenklich an die Decke. Am liebsten hätte er die Stopptaste gedrückt, zurückgespult und sich diese Geste wieder und wieder angesehen.

»Freitag, sagen Sie. Hmm... Ich glaube, da waren es fünf oder sechs Spender. Ganz normale Leute, drei kamen mit ihren Partnerinnen. Eher ein ruhiger Vormittag. Wieso fragen Sie? Ist etwas nicht in Ordnung?« Sie sah ihn besorgt an.

»Nein, nein! Ich habe mir die Spermiogramme angesehen, und ein Datensatz fiel völlig aus dem Rahmen. Dieser hier.« Er zeigte ihr einen Ausdruck der Datei. »Denken Sie bitte nach! Es ist sehr wichtig.«

»S 5483. Das war der letzte an dem Tag. Ich weiß nicht...«

»Kann das nicht dieser komische Typ gewesen sein?« mischte sich Glorias Kollegin ein. »Du hast mir von ihm erzählt. Erinnerst du dich nicht? Du fandest ihn irgendwie unheimlich. Außerdem hat er dich gefragt, ob du ihm nicht etwas zur Hand gehen könntest.« Sie erschrak über sich selbst und kicherte. »Entschuldigung, Herr Doktor.«

»Was war mit dem?« drängte er.

»Stimmt, du hast recht. Der muß es gewesen sein.« Jetzt mußte auch Gloria grinsen, und van Steeb verspürte kurzzeitig ein heftiges Verlangen, genau zu erfahren, warum. *Zwölf Stunden und vierzig Minuten,* fiel ihm ein, zwölf Stunden, und ein halbes Schnapsglas voll.

»Oh, das war vielleicht ein Kerl«, sagte Gloria. »Eigentlich ein gut aussehender Mann, aber schrecklich ungepflegt. Ich weiß noch, daß ich dachte, wie kann sich ein Mann nur so gehenlassen, der produziert mit Sicherheit Ausschuß.«

Sie zeigte auf van Steebs Ausdruck. Einige ihrer Haare kitzelten ihn im Gesicht. »Und von dem soll diese Spende da stammen? Das sind doch extrem hohe Werte.«

»Ja, außergewöhnliche Zahlen. Deshalb möchte ich, daß Sie die Zählung wiederholen.«

»Mach ich.«

»Und noch etwas. Wenn dieser Mann das nächste Mal hier auftaucht, möchte ich sofort benachrichtigt werden, ohne Verzögerung. Rufen Sie sofort Frau Schrader an, damit sie mich per Pieper benachrichtigen kann, wenn ich nicht in meinem Arbeitszimmer bin. Irgendwann wird er sich ja sein Geld abholen wollen und einen Termin für die Untersuchungen vereinbaren. Haben Sie schon die Sequenzierung durchgeführt?«

»Das kann ich nicht sagen. Vielleicht ist er bei diesen Proben mit dabei.«

»Wenn Sie fertig sind, will ich die Ergebnisse unverzüglich auf meinem Schreibtisch haben.«

»Wird erledigt.«

»Schön«, es gelang ihm, sie freundlich und ohne jede Zurückhaltung anzulächeln. »Ich hoffe, es gefällt Ihnen bei uns in der Klinik, Gloria. Sie machen Ihre Arbeit sehr gut.«

6

Als Eduard Dietrich Senft am Freitag morgen in seinem Büro eintraf, wartete eine unangenehme Überraschung auf ihn. Globacter war ein grandioser nationaler und internationaler Medienerfolg, das war erfreulich, andererseits das mindeste, was man bei Investitionen im dreistelligen Millionenbereich erwarten mußte. Aber von den verschwundenen Behältern gab es keine Spur. Die Kriminalpolizei war offenbar keinen Schritt weitergekommen, jedenfalls war das der Stand vom Mittwoch, als er das letzte Mal mit der Kommissarin telefoniert hatte. Die Frau machte keinen Hehl daraus, wie gering sie die Erfolgsaussichten ihrer Nachforschungen einschätzte, und langsam hatte er den Verdacht, daß diese Nachforschungen nicht nur mit der gebotenen Diskretion, sondern geradezu unmerklich durchgeführt wurden. Seit ihrem Telefonat waren zwei Tage vergangen, ohne daß es jemand für nötig hielt, sie über die aktuelle Entwicklung zu informieren.

Kaum hatte er sein geräumiges Büro betreten, den Mantel ausgezogen und die Aktentasche auf den Schreibtisch gelegt, als ein aufgeregter Volker David ins Zimmer stürzte und ihm vollends die Stimmung verdarb.

»Haben Sie schon die Zeitung gelesen?«

David hielt ihm kommentarlos ein Abendblatt hin und setzte sich in einen der Besuchersessel. »Im Lokalteil«, sagte er.

ED war unkonzentriert, suchte nach seiner Lesebrille und kniff die Augen zusammen, als eine neue Schmerzwelle durch seinen Schädel raste. Er hatte schon zwei Aspirin genommen, aber sie blieben völlig wirkungslos. Meldete sich die Grippe zurück, hatte er sich wieder angesteckt? Er brauchte eine ganze Weile, um zu finden, was David meinte, dabei war die Überschrift kaum zu übersehen.

Agent von Rebecca Scholz erwägt Klage gegen die Senft AG

Hamburg – Schwimmstar Rebecca Scholz war blendend aufgelegt, obwohl sie diesmal nicht auf dem Wasser schwamm, sondern wie ein Fisch unter einer dicken Ölschicht hindurchtauchte und nicht eher wieder an die Oberfläche kam, bis das Öl verschwunden war. So geschehen am vergangenen Samstag in der neu eröffneten Schwimmhalle am Elbufer. Die populäre Sportlerin hatte nach der aufsehenerregenden Präsentation einen Unfall und mußte mehrere Tage im Krankenhaus verbringen. Ihr Agent Sepp Baubichler, der zahlreiche deutsche Spitzensportler vertritt, wirft dem Veranstalter, der Hamburger Senft AG, und namentlich Dr. Eduard Dietrich Senft selbst schwere Versäumnisse vor.

»Darüber machen Sie sich Sorgen?« fragte ED ungehalten und blickte David über seine Lesebrille hinweg an. »Soll er doch klagen. Das ist lachhaft. Wir werden ihn fertigmachen.«

»Der nächste Absatz«, sagte David. »Lesen Sie weiter!«

Baubichler behauptet, das Sicherheitspersonal in der Elbuferhalle sei unterbesetzt und schlecht vorbereitet gewesen. Die Schwimmerin hätte nach ihrer Darbietung sofort unter Personenschutz aus dem Innenraum geleitet werden müssen, wie das bei Veranstaltungen dieser Art üblich sei. Er zitierte ihm vorliegende Augenzeugenberichte, nach denen es im Laufe des Abends zu weiteren Vorfällen gekommen sei, die seine Darstellung stützten. So seien zwei Damen mit Kreislaufzusammenbrüchen erst mit erheblicher Verzögerung ärztlich behandelt worden. Zudem wurden zwei Behälter entwendet, die das von der Senft AG entwickelte Globacter-Bakterium enthielten. Die Veranstalter seien völlig überfordert und der Situation in der Schwimmhalle zu keiner Zeit gewachsen gewesen.

»Wie kann er das wissen? Woher hat er das?« ED sprang auf, aber ein heftiges Schwindelgefühl zwang ihn wieder in seinen Sessel zurück.

David hob ratlos beide Hände. »Baubichler wird mit ein paar Scheinchen gewunken haben.«

»Wir müssen die Sache dementieren.« ED begann dieses Bakterium und alles, was damit zu tun hatte, zu verfluchen. Dabei wußte er sehr genau, daß er, er allein die Idee dazu hatte, aus Imagegründen, aus schlechtem Gewissen, aus Eitelkeit, weiß der Teufel, warum.

»Der zuständige Redakteur hat angerufen und wollte unsere Stellungnahme hören«, sagte David. »Ich habe ihm ausrichten lassen, wir säßen in einer wichtigen Besprechung und würden uns später bei ihm melden. ED, ich weiß nicht, ob es unter diesen Umständen klug wäre, das Verschwinden der Behälter zu dementieren. Es gibt offenbar zu viele Menschen, die die Wahrheit kennen.«

»Sondern?« brauste ED auf. »Haben Sie einen besseren Vorschlag?«

ED tat es leid um den jungen Mann, von dem er sehr viel gehalten hatte, jedenfalls erinnerte er sich daran, gestern noch so empfunden zu haben, als sein Gehirn sich nicht im Würgegriff dieser fürchterlichen Kopfschmerzen befand. Aber seine Nachlässigkeit war nicht zu tolerieren. Volker Davids Tage im Konzern waren gezählt. Das mußte ihm klar sein. Es war für ED unmöglich, mit einem Achselzucken zur Tagesordnung überzugehen, ohne sein Gesicht zu verlieren. Außerdem hatte er ohnehin vorgehabt, das Event-Managing in Zukunft anderen zu überlassen. Die Herausforderungen, denen er sich zu stellen hatte, waren auch so groß genug. Das Unternehmen mußte sich auf sein Kerngeschäft konzentrieren und, da das Erdölzeitalter zu Ende ging, gleichzeitig nach neuen Standbeinen im Energiesektor Ausschau halten. Der Abend in der Elbuferhalle hatte ein letztes unübersehbares Ausrufezeichen setzen sollen von seinen Visionen, seiner Brillanz.

David war die heikle Stimmung des Konzernchefs nicht entgangen. »Warum sagen wir nicht einfach folgendes«, begann er. »Ja, es stimmt, zwei Behälter sind tatsächlich unauffindbar, aber sie waren leer.«

»Hm. Und weiter?«

»Wir demonstrieren Gelassenheit. Die Behälter waren leer, sogar ausgespült und gereinigt, also bestand für uns nicht die geringste Veranlassung, etwas zu unternehmen. Ich bin ziemlich sicher, daß die, die von ihrem Verschwinden wissen, keine Ahnung haben, ob beide Behälter noch voll waren. Außer Müller und Schenker hat sie niemand in der Hand gehabt. Sollten sie tatsächlich in die Fänge der Konkurrenz gelangt sein, ist es vermutlich ohnehin zu spät.«

ED sah ihn forschend an. »Ich werde darüber nachdenken, Volker.«

7

Didi wachte auf und spürte zunächst nichts außer dumpfer, erdrückender Müdigkeit und Schmerzen. Alles tat ihm weh, sein Schädel, seine Beine, seine Arme, besonders sein linker Handrücken. Seine Lider schienen Tonnen zu wiegen.

Er rieb sich kräftig über das Gesicht, stützte sich auf die Ellenbogen und zwang sich, die Augen zu öffnen. Sonnenstrahlen drangen durch den vergilbten Vorhang, trafen auf Staubschwaden, die durch das kleine Zimmer trieben. Sein Blick irrte ziellos durch das Chaos um ihn herum, zerwühlte Laken, Zeitschriftenstapel, Wäschehaufen, Tassen und Gläser mit angetrockneten Flüssigkeitsresten, ein Pappteller mit abgeknabberten Pizzakanten, eine leere Coladose und ausgedrückte Kippen, in der Zimmerecke eine Sammlung leerer, angestaubter Flaschen. Die Schranktür stand offen, Stapel von Unterhosen, Hemden und T-Shirts, deren geradezu pedantische Schichtung inmitten der Unordnung wie ein Fremdkörper wirkte. Eine Welle von Ekel und Selbstmitleid überschwemmte ihn und zwang ihn zurück in sein Kissen. Er preßte mit aller Kraft die Augen zusammen und stöhnte.

Warum war er überhaupt aufgewacht? Der Wecker, das Telefon? Er fühlte sich, als ob er drei Tage und Nächte durchschlafen müßte. Seine Hand tastete neben dem Bett nach dem Wecker, fand aber nur eine halbvolle Zigarettenschachtel. Er drehte sich um und entdeckte ihn neben der Nachttischlampe mit der nackten Glühbirne, die er für ein paar Euro bei einem Trödler erstanden hatte und deren Glasschirm schon lange zerbrochen war. Er zeigte exakt zwölf Uhr und begann Sekunden später mit einem zaghaften Gepiepe, das immer lauter wurde. Didi nahm den kleinen schwarzen Kasten in die Hand, schaltete ihn aus und starrte verständnislos auf die Zeiger. Der Wekker hatte ihn nicht aus dem Schlaf gerissen, aber offenbar hatte er ihn gestellt. Hatte er etwas vorgehabt? Er konnte sich an nichts erinnern, der gestrige Abend, die letzten Tage waren wie ausgelöscht.

Er schlug die Bettdecke zurück, registrierte verwundert, daß er noch Socken und Unterhose trug, quälte sich aus dem Bett und schlurfte in die Küche. Jeder Schritt war eine Tortur, sein Gehirn, jeder Muskel, jedes Gelenk schien nur widerwillig die Arbeit aufzunehmen, protestierte gegen die plötzliche Inanspruchnahme mit Ziehen und Stechen und pochendem Schmerz. Im Vorbeilaufen schaltete er im Wohnzimmer den Fernseher an und setzte Wasser auf. Es dauerte einen Moment, bis er zwischen dem dreckigen Geschirr eine saubere Tasse fand. »Scheiße!« Er feuerte die leere Kaffeepackung in die Ecke. Dieses Loch verkommt immer mehr, dachte er, ich verkomme immer mehr. Er mußte dringend aufräumen, saubermachen, waschen, einkaufen, Saxophon üben, tausend Kleinigkeiten. Warum bekam er selbst die banalsten Tätigkeiten nicht mehr auf die Reihe?

Wider Erwarten fand sich im Küchenschrank doch noch eine Packung Kaffee. Er gab sich Mühe, dies als Hoffnungsschimmer, als Beweis seiner Fähigkeit zu weitsichtiger Vorratshaltung zu werten. Er riß die Packung auf, schüttete einen gehäuften Löffel des braunen Pulvers in die Tasse und begab sich ins Bad. Während er auf dem Klo saß, hörte er plötzlich Stimmen aus dem Wohnzimmer. Er bekam eine Gänsehaut, hielt die Luft an und lauschte. Bis er begriff, daß der Fernseher lief. Werbung. Eine übergeschnappte Frauenstimme pries die enorme Reinigungskraft eines neuen Waschmittels. Euphorische Bläserfanfaren. Die Erkenntnis löste Schwindelgefühle aus, deprimierte ihn zutiefst. Er war nicht einmal mehr in der

Lage, sich daran zu erinnern, was er vor zehn Minuten gemacht hatte. Er tat etwas und hatte es im nächsten Moment wieder vergessen. Sein Gedächtnis schien die Arbeit eingestellt zu haben.

Er spülte und durchwühlte seinen Toilettenschrank nach den kleinen blauen Pillen. Der Wasserkocher pfiff. Er wurde hektisch, hatte keine Ahnung, wie er an einem Morgen wie diesem in die Gänge kommen sollte ohne diese kleinen blauen Scheißdinger. Das Pfeifen in der Küche wurde dringlicher. Endlich fand er das Röhrchen, wollte sich den Inhalt hastig in die Handfläche schütten und verfolgte dann fassungslos, wie ein Großteil der Muntermacher auf dem Badezimmerboden in alle Richtungen zerstob. Die zwei, die in seiner Hand verblieben waren, spülte er mit einem Schluck Leitungswasser hinunter.

Dann viel kaltes Wasser und der Blick in den Spiegel, ein Fiasko. Der schöne Didi, das Sonnenscheinchen, der Strahlemann, beliebt, begehrt, besonders von den Frauen. Das, was ihm da hohlwangig, blaß, unrasiert und müde, unendlich müde entgegenstarrte, hielt er nicht lange aus. Ein Wrack, oder zumindest ein angerosteter, verwahrloster Seelenverkäufer auf dem besten Weg dahin. Dabei hätte ein Sieger aus ihm werden sollen, jemand, dem niemand widerstehen kann, einer, für den die ganze Welt nichts anderes als eine festlich gedeckte Tafel ist. Er hätte nur Platz nehmen und ordentlich zulangen müssen, hätte soviel wie möglich in sich hineinstopfen können, um dann den Rest seines Lebens zufrieden zu verdauen. Der Haken war nur, daß Didi nicht den geringsten Appetit entwickelte.

Es geschah nicht oft, daß er an seiner vor Jahren getroffenen Entscheidung zweifelte, aber manchmal, an einem Morgen wie diesem, wenn es für ihn kein Entkommen gab, wenn er seiner Erbärmlichkeit ungeschminkt ins Auge blicken mußte, fehlte ihm die Kraft, all das zu verdrängen, worauf er verzichtet hatte.

Endlich beendete er das Pfeifen in der Küche, goß sich seinen Kaffee auf und rührte gedankenverloren darin herum. Er setzte sich mit der dampfenden Tasse auf das alte Sofa, das noch aus Zeiten seiner Jugend stammte. Er hatte es mit seiner Mutter ausgesucht, wenige Monate vor ihrem Tod. Es war sonnenblumengelb gewesen und hatte in der Mitte des Raumes gestanden, genau zwischen den beiden großen Lautsprechern seiner Stereoanlage, auf der ununterbrochen die neuesten Jazzalben liefen. Heute war es von Brandflecken übersät, sein Polster hatte Kaffee, Wein und Bier aufgesogen, und das Sonnenblumengelb war einem undefinierbaren Graubraun gewichen. Er hatte kein Geld, um sich neue Möbel zu kaufen, keine Möbel und auch sonst nichts, was über den täglichen Bedarf an Lebens- und Rauschmitteln hinausging. Oft reichte es nicht einmal dafür.

Er nippte an seiner Tasse und starrte desinteressiert auf die Mattscheibe. Im Fernsehen lief ein Beitrag über das Klonen von Haustieren. Eine dicke Hausfrau berichtete unter Tränen, wie schwer sie der Tod ihres geliebten Fridolin getroffen hätte, erst ihr Mann und dann auch noch der Hund, und wie glücklich sie über seine Wiedergeburt sei. Ein Wunder, anders könne man es nicht bezeichnen. Sie habe nie einen anderen Hund gewollt, nein, ihren Fridolin oder keinen, sagte sie und hielt einen schneeweißen Pudel in die Kamera, der ihr hingebungsvoll das Gesicht leckte. Hunde seien so verschieden wie Menschen, wie könne sie da einfach einen neuen kaufen und den Dahingeschiedenen vergessen. Als ein Tierarzt ihr von der Möglichkeit des Klonens erzählte, hätte sie nicht lange überlegt. Als er ihr dann den kleinen Kerl übergeben habe, sei sie sofort in Tränen ausgebrochen, so ähnlich habe der ihrem Fridolin gesehen, derselbe treue Blick, dasselbe makellose Fell. Sie habe ihn sofort wiedererkannt, und obwohl ihr der Tierarzt versicherte, das sei unmöglich, hätte sie schwören können, daß es dem kleinen Hund genauso ging. Und heute, Sie sehen ja, wie gesagt, ein Wunder, wenigstens der Hund von den Toten wiederauferstanden.

Didi wandte sich angewidert ab. Warum sie ihren Alten nicht gleich mit geklont hat. Ob es nun der Kaffee war oder die Pillen oder diese sodomistische Alte im Fernsehen mit ihrem verzogenen Köter, der Nebel in seinem Kopf begann sich zu lichten.

Als er in die Küche ging, um sich einen zweiten Kaffee aufzugießen, fiel ihm ein, warum er den Wecker gestellt hatte. Er hatte tatsächlich etwas vorgehabt. Er mußte telefonieren und dann seine Lieferung abgeben. Er nannte es Lieferung, weil dieses Wort so schön neutral klang, weil jeder Gedanke daran, um was genau es sich handelte, unerträglich war. Er hielt den Kocher mit dem sprudelnden Wasser in der Hand, und plötzlich sah er die hübsche, muskulöse Schulterpartie wieder vor sich, diese junge, makellose Haut, die er viel lieber geküßt hätte, und dann das Chaos, das ausbrach. Er spürte die panische Angst, die ihn überkam und kurzzeitig zu lähmen drohte, überall die erregten Gesichter der Menschen, ihre aufgerissenen Augen, als er durch die Menge davonhetzte, gejagt von Visionen einer wütenden Lynchjustiz. Es war so verdammt knapp, um ein Haar hätten sie ihn..., wäre da nicht diese Kammer gewesen, er... o Gott.

In einem Reflex wollte er die Hände vor das Gesicht schlagen, verschüttete das Wasser und spürte, wie ihn am ganzen Körper ein Regen kochendheißer Tropfen traf. Die Tasse mit dem Kaffeepulver knallte auf den Fußboden und zersprang.

Didi schrie auf und rannte unter die Dusche. In Unterhose und Socken ließ er sich von eiskaltem Wasser berieseln, spürte, wie ihn das Brennen und die Kälte langsam zur Vernunft brachten. Die Schmerzen machten ihm nichts aus. Er würde ein paar Brandblasen bekommen. Die Schmerzen bewiesen ihm wenigstens, daß es wirklich sein Körper war, den er malträtierte. Die Narben würden ihn nur um so unverwechselbarer machen, wie die kurzgeschorenen Haare, durch die seine Kopfhaut schimmerte, obwohl er kräftiges, fast schwarzes Haar hatte, das bestens mit seinen braunen Augen harmonierte. Seine Mutter war blond und blauäugig gewesen, eine Schönheit, aber natürlich hatte er nichts von ihr, woher auch.

Es sollte seine letzte Lieferung sein, das hatte er sich geschworen, definitiv das letzte Mal. Sie würde ihn für eine Zeit sanieren, er konnte endlich seine Schulden begleichen, seinen Pillenvorrat auffüllen. Aber er war nicht dafür geschaffen, konnte sich einfach nicht daran gewöhnen, obwohl er doch geglaubt hatte, er sei hart und skrupellos, aber er war nicht einmal das. Didi hoffte, daß sein Schwur diesmal hielt. Wenigstens dieses eine Mal.

Er rasierte sich, kleidete sich an und ignorierte die Schmerzen, die der Stoff auf seiner verbrannten Haut verursachte. Er zündete sich eine Zigarette an, stellte den Fernseher leise und tippte die Nummer ein. Es war eine lange Nummer, vermutlich eine Durchwahl.

Er hatte Glück. Eine männliche Stimme meldete sich und nannte den richtigen Namen. Didi fragte nach, um ganz sicher zu sein, daß der Auftraggeber persönlich am Apparat war.

»Ich habe hier eine Lieferung für Sie«, sagte er. »... nein, nein, ich glaube kaum, daß sie für das Labor bestimmt ist. Sie ist sehr wertvoll und mit Sicherheit höchst inoffiziell. Sagt Ihnen Adams Rippe etwas?«

»Oh«, sagte der Mann am anderen Ende der Leitung, und Didi spürte, daß sein Gesprächspartner schlagartig nervös wurde. Er stotterte herum und stellte unsinnige Fragen.

»Machen Sie sich keine Sorgen! Wir wissen schon, wie wir damit umzugehen haben ... natürlich, in einwandfreiem Zustand ... ja. Wir sind keine Anfänger. Soll ich jetzt gleich kommen?«

Aus der Reaktion sprach blankes Entsetzen. Didi mußte grinsen.

»Früher geht es nicht? Also gut! Montag, neunzehn Uhr... Ja, ich weiß Bescheid. Ich werde dasein. Sorgen Sie dafür, daß ich mich nicht erst zu Ihnen durchfragen muß. Das könnte peinlich werden... Und denken Sie an das Geld!«

Er legte auf und nahm einen tiefen Zug aus der Zigarette. Das wäre erledigt. Er würde sein Geld holen und nie wieder etwas mit diesen miesen Geschäften zu tun haben. Er schloß die Augen und atmete erleichtert durch. Nur noch wenige Tage.

Er stellte den Fernseher wieder laut und ging in sein Schlafzimmer, um aufzuräumen. Sobald er den Umschlag mit dem Geld in der Hand hielt, würde er ein neues Leben beginnen, dachte er, während er den Vorhang aufzog, das Fenster öffnete und das dreckige Geschirr einsammelte. Ja, genau das würde er tun; stundenlang Saxophon üben, vielleicht sogar sein Quartett wiederbeleben und sich einen Job suchen. Vielleicht könnte er Unterricht geben.

Er zog das Bett ab und häufte die Sachen, die gewaschen werden mußten, neben dem Schrank an. Sein Blick fiel auf die ordentlichen Wäschestapel auf den Regalbrettern, und er lächelte. Keine Ahnung, warum ihm mit seinen sauberen Klamotten gelang, was ansonsten so gründlich schiefging. Wenn er in sein Leben nur halb soviel Ordnung bringen könnte wie in seinen Kleiderschrank, wäre schon viel gewonnen. Selbst ein Bruchteil wäre ein großer Fortschritt.

Plötzlich hörte er eine Stimme, die ihm augenblicklich das Blut in den Adern gefrieren ließ. Diese Stimme würde er unter Tausenden heraushören.

Er rannte ins Nebenzimmer und starrte auf den Bildschirm. Tatsächlich. Dort stand er, schier platzend vor Selbstzufriedenheit, erfolgsverwöhnt, einer, der Befehle gab, der ein ganzes Imperium leitete, allerdings alt geworden, das hatte ihn schon in der Halle überrascht, wie alt er geworden war, mit unübersehbarem Grau in den Haaren. Seltsam, daß er sie nicht färbte, eitel, wie er war.

Didi traute seinen Augen nicht. Ein Ausschnitt der Show aus der Elbuferhalle, ausgerechnet heute. Er bekam eine Gänsehaut und zündete sich hastig eine neue Zigarette an.

»Der Agent von Rebecca Scholz, Sepp Baubichler«, fuhr der Nachrichtensprecher fort, »behauptet, daß zwei Behälter mit Bakterien aus der Elbuferhalle gestohlen wurden. Die Sicherheitsvorkehrungen seien insgesamt ungenügend gewesen. Volker David, der das Spektakel in der Elbuferhalle für die Senft AG durchführte, bestätigte den Vorfall.«

Schnitt! Didi erkannte den Lackaffen wieder, der sie beim Auf- und Abbau in der Elbuferhalle zur Weißglut getrieben hatte. Es war seine Idee gewesen, alles auf dem Sprungturm aufzubauen, obwohl er wußte, daß es keinen Aufzug gab, daß Didi und seine Kollegen das ganze Equipment über die enge Treppe nach oben tragen mußten, eine Treppe, die für Schwimmer in Badeanzügen konzipiert war, nicht für klobige zentnerschwere Flightcases mit metallbeschlagenen Ecken und Kanten. Sie hätten eine Hebebühne oder etwas Ähnliches gebraucht, aber dafür waren sie zu geizig, es gab ja arme Schlucker wie ihn, Leute, die ihre Knochen hinhielten, die man einfach feuerte, wenn sie nicht taten, was man von ihnen verlangte.

»Das stimmt«, sagte David. »Zwei leere Behälter sind verschwunden, aber ich verstehe beim besten Willen nicht, warum Herr Baubichler so ein Aufhebens davon macht. Das Ganze ist eine Bagatelle. Der materielle Verlust beläuft sich auf etwa zweihundert Euro. Vermutlich freut sich jetzt irgendwo jemand über zwei moderne Thermoskannen.«

Kurz erschien ein Foto eines metallglänzenden Gefäßes. Ein Journalist fragte, ob von den Bakterien irgendeine Gefährdung der Öffentlichkeit ausgehe.

»Die Gefäße waren leer. Ausgespült und ausgewaschen. Da drinnen gab es keine Bakterien mehr. Von Gefährdung kann also keine Rede sein. Ganz abgesehen davon...«, David lächelte einnehmend, »... Globacter ist kein Bakterium, von dem irgendeine Gefahr ausgeht. Im Gegenteil. Wir haben doch in der Elbuferhalle demonstriert, was Globacter macht. Selbst wenn einige Zellen jetzt irgendwo unkontrolliert herumschwirren, das Schlimmste, was dabei herauskommen kann, sind ein paar Ölflecken weniger auf der Welt. Also…, Herr Baubichler soll die Kirche im Dorf lassen und sich um seine Sportler und Sportlerinnen kümmern.«

Der Studiomoderator erschien im Bild und leitete zum nächsten Beitrag über. Didi saß wie hypnotisiert auf dem Sofa. Er zitterte. Die Asche fiel von seiner Zigarette und landete auf dem fleckigen Stoffbezug. Sein Handrücken schmerzte. Ohne hinzuschauen, rieb er sich mit der anderen Hand und zuckte sofort zusammen. Eine mächtige feuchte Brandblase beulte sich aus seinem linken Handrücken. Er starrte sie an, blickte dann zu dem brennenden Zigarettenstummel in seiner Rechten. Er biß die Zähne zusammen, preßte die Kiefer aufeinander, bis die Muskeln seiner Kinnpartie hervortraten und zu schmerzen begannen. Die rechte Hand setzte sich in Bewegung, schwebte über dem Rücken der linken. Er spürte die Hitze, die von der Glut ausging, sah, wie sich die Haare kräuselten, roch das verschmorende Kreatin. Die Blase begann höllisch zu brennen. Didi schloß die Augen, ließ seinen Kopf nach hinten fallen und drückte zu. Sein Gesicht bebte, er knirschte mit den Zähnen. Die neue Brandblase würde direkt neben der ersten entstehen.

8

»Und was bringt Sie zu der Vermutung, jemand anders könnte der Vater sein?« Van Steeb sah seinen Besucher durchdringend an. »Sie müssen doch irgendeinen konkreten Verdacht haben.«

Der Mann machte ein sorgenvolles Gesicht. »Es ist mehr ein Gefühl.«

»Finden Sie nicht, daß das etwas zu weit geht? So schwerwiegende Anschuldigungen aufgrund eines Gefühls?«

»Ich weiß, daß sie sich mit anderen Männern getroffen hat, früher.«

»Was heißt früher?«

»Ich weiß nicht. Vor zwei, drei Jahren vielleicht.«

Jetzt reichte es van Steeb. Das Gespräch hatte ruhig angefangen. Er hatte ja Verständnis, sogar Mitgefühl. Für die Betroffenen war die Situation alles andere als einfach. Aber er haßte diese Gutachtertätigkeit, zu denen die neuen Vorschriften ihn zwangen. Es waren Verhöre, nichts anderes. Man mußte die Sache beim Namen nennen. Es war demütigend für alle Beteiligten, ein unwürdiges Gestocher im Privatleben wildfremder Menschen, die sich noch dazu am Rande der Hysterie bewegten. Mit der Tätigkeit eines Arztes hatte das nichts mehr zu tun. Wenn dann noch jemand versuchte, ihn für dumm zu verkaufen, riß ihm der Geduldsfaden.

»Also, so geht das nicht, Herr Freyer. Eine Schwangerschaft dauert immer noch maximal neun Monate. Und Ihre Frau ist, wenn ich Sie richtig verstanden habe, erst im dritten Monat. Es ist also vor zwölf Wochen passiert, nicht vor zwei oder drei Jahren. Was damals war, ist sicher sehr schmerzhaft und kränkend für Sie gewesen, aber in der jetzigen Situation sollten Sie ihr das nicht mehr vorwerfen. Sie braucht Unterstützung. Seien Sie nett zu ihr und verständnisvoll. Sie sollten ihr Mut zusprechen.«

Freyer zeigte sich uneinsichtig und schüttelte stumm den Kopf.

»Also gut. Dann frage ich noch einmal. Haben Sie Grund zu der Annahme, daß Ihre Frau kürzlich fremdgegangen ist? Nur darum geht es.«

»Ich war's jedenfalls nicht. Ich kann's nicht gewesen sein.« Freyer war eine halbe Portion, ein dürrer hohlwangiger Mann, dem van Steeb nicht die geringste erotische Verführungskunst zutraute, insofern war er geneigt, ihm zu glauben. Aber wer wußte schon, was sich in den Schlafzimmern dieser Republik wirklich abspielte. Vielleicht streifte dieser Kerl daheim irgendein grelles Latexkostüm über und wurde zum Hengst.

»Was heißt, Sie können es nicht gewesen sein?«

»Meine Frau und ich … wir haben schon lange keinen Sex mehr, keinen normalen, meine ich.«

»Sondern? Was verstehen Sie unter normal?«

»Wir… muß ich das hier sagen?« begehrte Freyer auf. »Ich verlange nur einen Vaterschaftstest, das ist mein gutes Recht.«

»Keineswegs. Nur bei begründetem Verdacht. Sie wissen, daß die Vaterschaft nur zuverlässig zu ermitteln ist, wenn auch das Kind Proben abliefert, am besten auch Ihre Frau. Um diese beiden dazu zu verpflichten, muß ein *begründeter Verdacht* vorliegen. Das haben wir hier zu klären, so schmerzhaft es ist. Aber bislang tischen Sie mir nur vage Vermutungen auf. So kann ich Ihren Antrag nicht befürworten, das sage ich Ihnen gleich. Sie behaupten, wenn ich das noch mal auf den Punkt bringen darf, daß Ihnen Ihre Frau ein Kind eines anderen Mannes unterjubeln will, das haben Sie selbst gesagt, *unterjubeln,* und zwar wissentlich, als geplanten Akt. Das ist ein schwerer Vorwurf.«

»Aber genauso ist es.«

Verheerend, dachte van Steeb. Dieses Urteil hat verheerende Auswirkungen, und es beruhigte ihn keineswegs, daß er es genau so vorhergesehen hatte. Das Gerichtsurteil erschütterte das Fundament vertrauensvoller Partnerschaft, wenn es so etwas in diesen chaotischen Zeiten überhaupt noch gab. Diese Leute in den Ministerien und Gerichten, die nur in starren Gesetzen und Paragraphen denken konnten, hatten eben keine Ahnung von Evolution, von Biologie, von der menschlichen Natur. Frauen haben ihren Männern schon immer fremde Kinder untergejubelt, wie Freyer sich ausdrückte, von Anbeginn, wissentlich und unwissentlich. Wie viele Vogel- und Säugetierweibchen im übrigen auch. Niemand konnte sagen, wie viele, aber daß es sie gab und daß es nicht wenige waren, stand außer Frage, nicht erst seit der Untersuchung der Kollegen von der Hamburger Universität, die jetzt soviel Staub aufwirbelte. Wenn man nicht bereit war, die erforderlichen Schlüsse daraus zu ziehen, wäre es besser gewesen, die Öffentlichkeit hätte nie davon erfahren.

Freyer war schon der vierte angehende Vater, der seine Vaterschaft vor van Steeb anzweifelte. Vier völlig verunsicherte Väter in zwei Tagen, und es war zu befürchten, daß auf der Anmeldungsliste noch mehr standen. Sie rannten ihm und seinen Kollegen überall im Land die Bude ein. Das Urteil und die danach hektisch erlassenen Ausführungsvorschriften waren schlicht eine Katastrophe.

Freyer schlug plötzlich einen anderen Ton an: »Nehmen wir mal an, Gudrun, meine Frau, trägt das Kind aus, und es stellt sich heraus, daß es dunkelhaarig und braunäugig ist, und wir beide haben blonde Haare und blaue Augen. Gäbe es dann eine Handhabe?«

»Natürlich, das wäre etwas anderes. Wenn Ihre Frau versichert, daß sie keine Samen- oder Eispende oder einen klonierten fremden Embryo empfangen hat – das müßte ja auch irgendwo in Klinikakten festgehalten sein –, dann können Sie auf einem Vaterschaftstest bestehen. Wir müssen abwarten, wie der Gesetzgeber das endgültig regeln wird, aber nach den jetzt geltenden Vorschriften haben Sie nach der Geburt ohnehin das Recht auf einen Test, auch ohne begründeten Verdacht. Ich lehne das ab, das sage ich Ihnen hier ganz offen, aber die Behörden gehen davon aus, daß der andere Mann ja zufällig wie Sie blonde Haare und blaue Augen gehabt haben könnte, um bei Ihrem Beispiel zu bleiben. Das Kind hätte dann gar keine äußerlichen Merkmale, an denen Sie erkennen könnten, daß Sie hintergangen worden sind.«

»Aber warum so lange warten? Dann ist das Kind doch schon da. Wenn man sie jetzt untersucht, kann man das Balg noch wegmachen...«

»Herr Freyer!« Er hatte es vorhergesehen, finsterstes Mittelalter, die reinste Hexenjagd. Der Mann war nicht ganz bei Trost. »Sie wissen ja gar nicht, was Sie da sagen. Eine Fruchtwasseruntersuchung ist keine Kleinigkeit. Es gibt Risiken, für Mutter und Kind. Und was eine mögliche Abtreibung angeht: Die einzige, die darüber zu entscheiden hat, ist Ihre Frau und niemand anders.«

Das wäre ja noch schöner, wenn gehörnte Ehemänner oder gar solche, die sich das nur einbildeten, ihre Frauen reihenweise in die Klinik schicken könnten. Van Steeb war entsetzt. Es mußte einen anderen Weg geben.

»Sie sollten sich mit Ihrer Frau gütlich einigen. Anders geht es nicht. Wenn Ihr Verdacht unbegründet ist, und ich bin nach wie vor fest davon überzeugt, dann wird sie nichts dagegenhaben, wenn wir eine Untersuchung durchführen. Sie ist ja nicht mehr die jüngste, wie Sie sagen...«

»Sie ist achtunddreißig.«

»Sehen Sie. Da müßte man ohnehin darüber nachdenken, ob eine Untersuchung angebracht wäre. Und wenn sie damit einverstanden ist, dann, und nur dann, können wir auch einen Vaterschaftstest anschließen.«

»Und wenn sie sich weigert?«

Van Steeb zuckte mit den Achseln. »Dann kann ich nach Lage der Dinge nichts für Sie tun, Herr Freyer.«

Freyer wurde blaß und schüttelte den Kopf. »Das ist ein Skandal.«

»Es bleibt Ihnen unbenommen, zu einem anderen Arzt zu gehen. Vielleicht können Sie ja einen Kollegen überzeugen. Aber bedenken Sie, daß Sie zwei unabhängige Gutachten benötigen, wohlgemerkt zwei. Und wenn Sie keine besseren Argumente vorbringen können als Gefühle und Vermutungen, prophezeie ich Ihnen, daß sie nicht einmal eines bekommen werden.«

Hoffentlich, dachte van Steeb, hoffentlich.

»Verrückt ist das, total verrückt.« Freyers Gesicht wurde zur Grimasse. »Dieses Biest...«

»Tut mir leid. Ich kann Ihnen nur eines anbieten: Wir können eine Untersuchung Ihres Ejakulats vornehmen, und wenn sich herausstellen sollte, daß seine Qualität für eine erfolgreiche Befruchtung nicht ausreicht, dann gäbe es immerhin...«

»So weit kommt es noch, daß *ich* mich untersuchen lasse.« Freyer war außer sich. »Sie ist das Problem, nicht ich, kapieren Sie das nicht?«

»Dann *reden* Sie mit ihr. Welches Interesse sollte sie daran haben, sich einer Untersuchung zu widersetzen, jetzt, nachdem Sie ihr mißtrauen. Trägt sie das Kind aus und eine genetische Untersuchung beweist, daß Sie nicht der Vater sind, sitzt sie möglicherweise erst recht in der Patsche. Es gibt dann nur noch zwei Möglichkeiten: entweder sie nennt den Namen des Vaters und versucht ihn in die Pflicht zu nehmen, oder sie weiß gar nicht, wer der Vater ist. Dann gibt es eine alleinerziehende Mutter mehr in diesem Land. Sie werden ja wohl in diesem Fall nicht mehr zur Verfügung stehen.«

»Darauf können Sie wetten«, brummte Freyer, stand auf und verließ ohne ein weiteres Wort das Behandlungszimmer.

Herbert van Steeb hockte in seinem Büro, erschöpft, die Füße auf dem Schreibtisch, und überließ sich angewidert seinem Haß auf die Welt. Es kam ihm so vor, als ob die Menschen mit ihrem Leben, ihrer Gesundheit nichts anderes anfingen, als sich zu betrügen, zu quälen, zu töten und sich zu bespringen wie die Karnickel.

Freyer hatte die Klinik schon vor zwei Stunden verlassen, aber sein Geist, sein Ansinnen hatte sich wie ein schlieriger Dreckschleier über van Steebs Wahrnehmung und Gedanken gelegt. Er hatte seine Sprechstundenhilfen sofort angewiesen, keine Männer mit Vaterschaftsproblemen mehr anzunehmen. Sollten sich die Kollegen damit herumschlagen. Zwei weitere Patienten, eine Prostata und eine junge Frau, die ein Klonbaby erwartete, erfuhren nur eine halbherzige Behandlung. Er mußte allein sein.

Die Frau, die sein Behandlungszimmer vor wenigen Minuten verlassen hatte, war gut dran, dachte er jetzt. Niemand würde ihr je vorwerfen können, sie trage das Kind eines fremden Mannes aus. Klonen hatte einen entscheidenden Vorteil. Abgesehen davon, daß bei der eklatant nachlassenden männlichen Fruchtbarkeit oft gar kein anderer Weg blieb, wenn Eltern auf genetisch verwandten Nachwuchs Wert legten, und – das erlebte van Steeb tagtäglich in seiner Klinikpraxis – die meisten legten allergrößten Wert darauf, wußten Eltern von Klonkindern genau, worauf sie sich einließen. Es gab nicht den geringsten Zweifel, was im weiblichen Uterus heranwachsen würde: Eine genetische Kopie eines Wesens, das schon einmal existiert hatte, als Erwachsener, als Kind, als Embryo. Ob eigen oder fremd, es war bewußt ausgewählt worden.

Hatte einer der Elternteile sich selbst kloniert, mußten sie nur in den Spiegel sehen. Selbst bestimmte Charaktermerkmale, Talente und Begabungen waren vorhersehbar. Man konnte sich darauf einstellen und sie fördern. Das Problem der menschlichen Unfruchtbarkeit war gelöst und das Zufallsspiel der sexuellen Fortpflanzung ausgetrickst. *Schauen Sie! Das ist unser Sohn, in zwanzig Jahren. Er wird einmal ein großer Musiker werden.*

Allerdings war das Klonen kein Massenphänomen und würde es auch nie werden. Es war viel zu teuer. Wenn genetische Optimierungsverfahren zum Einsatz kamen, entstanden weitere Kosten. Sollte das Überleben der Menschen als biologische Art von der sexuellen Fortpflanzung abhängen, bestand keinerlei Gefahr. Solange die Spermienqualität es zuließ, würde die große Masse der Menschen ihre Kinder zweifellos auch in Zukunft auf die gute alte sexuelle Weise erzeugen. Es war eine Geldelite, die die neuen Methoden nutzte, die anderen träumten nur davon. Die armen Schweine mußten weiterhin ohne die Gewißheit der Kloneltern auskommen. Sie blieben beim Chromosomenroulette passive Zuschauer.

Für viele war heute kaum noch nachvollziehbar, daß der Mensch, der ansonsten alles beherrschen und steuern wollte, es so lange dem Zufall überließ, wann es zur Befruchtung kam, welche Eizelle reifte und welches Spermium das Rennen machte. Ausgerechnet bei der wichtigsten Verrichtung ihres Lebens hatten die Menschen ihrer Kontrollwut enge Grenzen gesetzt. Seit Jahrhunderten betrieben sie eine penible Zuchtwahl, wenn es um Nutz- und Haustiere ging, aber ihre eigene Fortpflanzung reglementierten sie mit einem Wust an Verboten und ethischen Tabus, um dann ein Leben lang zu jammern, wenn sie mit dem Ergebnis unzufrieden waren: *Von wem sie wohl diese Dickköpfigkeit hat. Da, schau dir an, was dein Sohn wieder angestellt hat. Von mir hat er das jedenfalls nicht…*

Die Freyers dieser Welt konnten noch nicht einmal mit Sicherheit davon ausgehen, daß es wirklich ihr Kind war, das ihre Frau zur Welt brachte. Man wußte es seit Jahrzehnten, oder hätte es wenigstens wissen können, wenn man sich dafür interessierte, aber lange Zeit wollten die Männer nicht zur Kenntnis nehmen, daß es Zweifel an ihrer stolzen Vaterschaft geben könnte. Schon Mitte des zwanzigsten Jahrhunderts hatten Studien in England ergeben, daß nicht einmal vier von fünf Söhnen Nachkommen ihrer offiziellen Väter waren. Über zwanzig Prozent stammten von fremden Männern, ein im Tierreich weitverbreitetes Phänomen, auch bei vermeintlich monogamen Arten. Bei den Indigofinken in Nordamerika waren vierzig Prozent aller Nestlinge von fremden Vätern, unter australischen Emus sogar über fünfzig. Bei den Emus besorgen die Hähne das Brutgeschäft. Mit stoischer Ruhe und ohne jede Nahrungsaufnahme hockte also jeder zweite Emuvater 56 lange Tage auf Eiern, die nicht von ihm stammten. Auch für so kräftige Vögel wie die Emus war das eine geradezu groteske Fehlinvestition. Im neutralen Wissenschaftschinesisch sprach man lieber von *alternativen Paarungsstrategien.* Niemand außer ein paar abgedrehten Evolutionsforschern hatte davon Notiz genommen. Danke, wollen wir gar nicht wissen, war die Reaktion. Interessiert uns nicht. Und was die Vögel treiben...

Aber nach der Veröffentlichung der Hamburger Studie spielten plötzlich alle verrückt. Mit achtzehn Prozent lagen die Hamburger Forscher sogar noch unter den Engländern. Waren die braven Deutschen tatsächlich treuer? Van Steeb war sicher, daß bald eine Flut von Studien über die Welt hereinbrechen würde, die großen Magazine würden neue Hitlisten veröffentlichen, Hitlisten der Treue der Frauen (und indirekt natürlich auch der Männer), geordnet nach Ländern, Regionen und Städten. *Besuchen Sie Helsinki, die Treuehauptstadt Europas!* Und diesmal hörten die Männer zu, diesmal wollten sie es genau wissen, der Groschen war gefallen. Was hatte sich verändert?

Van Steeb wußte genau, was anders war. Es gab jetzt die Möglichkeit eines einfachen, billigen und schnellen Tests, ob man wirklich der Vater dieses schreienden Etwas war, das von nun an das eigene Leben bestimmen sollte. Früher kostete eine solche Untersuchung viel Geld. Heute ließen sich mit modernen bioMEMS-Techniken mit Hilfe eines einzigen winzigen DNS-Chips Tausende von charakteristischen Sequenzen nachweisen. Eine Speichelprobe oder Haarwurzel von Vater und Kind, ein paar Stunden Geduld, und schon wußte man, woran man war. Was noch fehlte, war das nötige Mißtrauen, das skrupellose Medien nun wie einen heimtückischen Virus in die Welt gesetzt hatten, indem sie die Hamburger Studie als sensationelle Entdeckung verkauften.

Plötzlich wurde den Männern, den Vätern klar, was diese achtzehn oder gar zwanzig Prozent bedeuteten. Jetzt begriffen sie, daß jeder fünfte Vater ein blinder, betrogener, argloser, mißbrauchter Idiot war und jede fünfte Mutter eine Betrügerin, im schlimmsten Fall eine Schlampe, die so weit ging, ein fremdes Kind bewußt als das eigene auszugeben, den Mann um die Weitergabe seiner Gene zu betrügen, die eigenen aber wohlbehütet in der nächsten Generation zu wissen, zusammen mit denen eines Fremden, oder eines guten Freundes, dessen Erbgut sie für wertvoller gehalten hatten. Für manche Männer war das vielleicht nichts Neues. Sie wußten Bescheid. Für andere aber, für die meisten...

Löwenmännchen, die ein Rudel übernehmen, beißen alle Jungtiere tot, die vor ihrer Regentschaft gezeugt wurden. Auch Schimpansen gehen sehr unfreundlich mit den Nachkommen eines fremden Clans um, mit dem sie um einen Lebensraum konkurrieren. Es kommt zu blutigen Auseinandersetzungen. Fremde Männchen werden umgebracht, die Weibchen der eigenen Gruppe einverleibt und ihre Babys kurzerhand verspeist. Vielen Männern schien das im Lichte der neuen Erkenntnisse ein verdammt schlaues Vorgehen zu sein, grausam, aber unumgänglich. Der König der Tiere und die nächsten Verwandten des Menschen wollten sicher sein, daß sie ihre Energie nicht an die Falschen verschwendeten. Um ihre Babys vor Nachstellungen durch eifersüchtige Männchen zu schützen, entwickelten sich Schimpansenweibchen zu strategisch denkenden Politikerinnen. Sie schmiedeten Allianzen, und die erfolgreichsten unter ihnen verkehrten mit vielen verschiedenen Männchen, so daß keines sicher sein konnte, wer der Vater war und ob sie nicht womöglich das eigene Kind angriffen. Also verhielten sie sich friedlich. Menschenfrauen hatten diese Technik weiter vervollkommnet, indem sie ihre fruchtbaren Tage perfekt verbargen. Bis auf den heutigen Tag hat es die Wissenschaft nicht geschafft, den Eisprung zuverlässig vorherzusagen. Die Vaterschaftsunsicherheit der Männer war keine Panne. Dahinter steckte System.

Für die Medien war das ein gefundenes Fressen. Sie brachten Titelstorys über den neuen Geschlechterkampf und kramten alte Untersuchungen hervor, für die sich jahrzehntelang kaum jemand interessiert hatte. Van Steeb schüttelte verständnislos den Kopf, als er daran dachte.

Eine englische Studie wurde überall zitiert. Sie beschäftigte sich mit dem Zusammenhang von weiblicher Orgasmusbereitschaft und Fruchtbarkeit. Bei einem frühen Orgasmus der Frau verbleibt nur sehr wenig Sperma in der Vagina, das meiste läuft heraus und versickert in den Bettlaken, der Fortpflanzungserfolg hält sich in Grenzen. Kommt die Frau aber unmittelbar vor oder bis zu fünfundvierzig Minuten später als ihr Partner, was die meisten Männer zugegebenermaßen überfordern dürfte, behält die Frau den größten Teil des Ejakulats bei sich. Die Chancen einer Befruchtung sind wesentlich höher. So weit, so gut. Richtig interessant wurde die Studie erst, als die Forscher danach fragten, wann Frauen welchen Orgasmustyp haben. Verheiratete Frauen, die Liebhaber hatten, gaben an, Orgasmen des späten, also fruchtbaren Typs wesentlich häufiger mit ihren Liebhabern zu erleben als mit ihren Ehepartnern. Selbst wenn sie viel häufiger mit ihren Ehemännern schliefen, bestand eine höhere Wahrscheinlichkeit, von den Liebhabern schwanger zu werden.

Und wie reagieren die Männer? Ganz einfach: Sie kleckern nicht, sie klotzen. Wenn sie nicht sicher sein können, was ihre Frauen den Tag über getrieben haben, versuchen sie deren Vagina förmlich zu überschwemmen, auszuspülen. Untersuchungen an freiwilligen Versuchspaaren, die das beim häuslichen Liebesspiel gewonnene Ejakulat in einem Kondom auffingen und dazu einen ausführlichen Fragebogen beantworteten, erbrachten ein überaus deutliches Resultat: Männer, die von ihren Frauen getrennt waren, ejakulieren eine weit größere Spermienmenge, als wenn sie sie von morgens bis abends unter Beobachtung hatten. Sie bringen eine erdrückende Spermienübermacht an den Start, und manche Forscher sind der Ansicht, daß ein großer Teil, vielleicht neunundneunzig Prozent dieser geschwänzten Schwimmzellen, nicht das Ziel haben, eine Eizelle zu finden. Es sind Blockierer, die fremden Spermien in den feinen Kanälchen des Cervix-Schleims den Weg verstellen sollen, und es sind Killer, sogenannte Soldaten- oder Kamikaze-Spermien. Ihre Aufgabe: *search and destroy,* fremde Samenzellen aufzuspüren, sie zu immobilisieren oder zu zerstören. Diese Gegenstrategie der Männer ist nicht schlecht und entspricht ohne Zweifel typisch männlichen Gewohnheiten, aber sie ist offenbar weit davon entfernt, perfekt zu sein.

Das, dachte van Steeb grimmig, ist unser biologisches Erbe, von dem wir uns so meilenweit entfernt glauben. An diesem Verhalten der Geschlechter war nichts gesteuert. Es mußten keine langen Gespräche geführt werden. Kein Streit, keine Tränen. Jede Auseinandersetzung war überflüssig. Alles lief völlig unbewußt ab, auf einer Ebene, die viel älter war als der Himalaya. Die männlichen Gene machten die Sache unter sich aus. Die weiblichen empfingen, wenn überhaupt, nur den Sieger, und oft war das nicht der eigene Mann.

Dann hatte jemand geklagt, und van Steeb wußte sofort, daß von nun an nichts mehr so sein würde wie früher, ganz egal, was bei dem Prozeß herauskam. Solche Vaterschaftsklagen gab es seit Jahrzehnten. Erst vor dem Hintergrund der Hamburger Studie und der dadurch entfachten Medienhysterie wurde dieser Fall zum Pulverfaß.

Es war ein Kollege von ihm, ein reicher Chefarzt, dem, wie er später der Presse sagte, das mit seinen zwei Kindern schon immer suspekt war. Als seine einundvierzigjährige Frau zum dritten Mal schwanger wurde, führte er selbst die Fruchtwasseruntersuchung durch. Das Kind war gesund, aber er konnte der Versuchung nicht widerstehen zu erfahren, ob es auch seins war. Er zapfte sich einen Tropfen Blut ab, verglich seinen genetischen Fingerabdruck mit dem des Fötus und kam zu dem befürchteten Ergebnis. Er ging sogar so weit, auch seine beiden vorhandenen, bereits schulpflichtigen Kinder zu testen, ohne daß die beiden wußten, was mit ihnen geschah, und verhängnisvollerweise stellte sich heraus, daß eines nicht von ihm sein konnte. Er ging zu einem Scheidungsanwalt, klagte und bekam, von einem ungeheuren Mediengewitter begleitet, recht. Die Freyers dieser Welt saßen jetzt eindeutig am Drücker. Aber van Steeb war sich sicher: ihre Freude würde nur von begrenzter Dauer sein. Der Staat mußte diese Krise als Chance begreifen und Vaterschaft und Kindesunterhalt völlig neu regeln, zum Vorteil aller, ansonsten standen der Gesellschaft turbulente Zeiten bevor.

Was diese Studien über die Männer aussagten, schien nur am Rande zu interessieren. Irgendwo müssen die vielen fremden Küken, die die Weibchen ihren Emuhähnen ins Nest legen, ja herkommen. Vielleicht hatte man von ihnen ohnehin nichts anderes erwartet. In einer anonymen Befragung gab jeder fünfte amerikanische Bauernjunge zu, schon einmal ein weibliches Tier penetriert zu haben. Ob Frau, Schaf oder Ziege, Herrgott, sie stecken ihr Rohr eben in jedes Loch, das sie kriegen können, legen sich gegenseitig Kuckuckseier ins Nest. Diese Umfrage war schon fast hundert Jahre alt, aber viel hatte sich nicht geändert. In den USA machte jüngst ein Tierarzt und passionierter Schafzüchter Schlagzeilen, der sich eigenhändig Spermienstammzellen eines mehrfach preisgekrönten Schafbockes in die Hoden injiziert hatte. Der Mann produzierte daraufhin nicht nur seine eigenen Spermien, sondern auch die des Schafbockes, beide fertil. Als der Bock verstarb, besorgte es der Veterinär den weiblichen Schafen seiner Herde kurzerhand selbst, und, wie die Zeugen, deren Aussagen seinem Treiben schließlich ein Ende machten, glaubhaft versicherten, er benutzte dazu keine Pipette.

Das Telefon riß van Steeb aus seinen Gedanken. Erst überlegte er, ob er es Kerstin überlassen sollte, den Anruf entgegenzunehmen, dann schwang er mißmutig seine Füße vom Schreibtisch und griff selbst zum Hörer.

»Van Steeb ... Ja, am Apparat ... Da sind Sie hier völlig falsch«, sagte er ärgerlich. »Sie wollen sicher mit dem Labor sprechen, oder... ich versuche mal, ob ich Sie weiterverbinden kann... Was?.... Oh!«

Plötzlich saß van Steeb kerzengerade in seinem Sessel, die Augen weit aufgerissen. »Ich... ich habe nicht damit gerechnet, daß es so schnell geht.« Er wischte sich über die Stirn. Kleine Schweißperlen traten ihm aus allen Poren. »Wann ist es... wo... ich meine, sind Sie sicher, daß es die Richtige war? Sie wissen hoffentlich, daß Sie die Probe kryokonservieren müssen?... Ich muß absolut sichergehen, daß sie in einwandfreiem Zustand ist, sonst ... Und Sie haben sie sofort in flüssigen Stickstoff überführt?«

Van Steeb hielt es nicht mehr auf seinem Platz. Er war aufgestanden und lief aufgeregt im Zimmer umher. Plötzlich blieb er abrupt stehen. »Was? Sind Sie verrückt? Völlig ausgeschlossen. Das hier ist eine Klinik. Vielleicht... warten Sie, ich muß überlegen...« Er hatte damit gerechnet, alles in Ruhe planen zu können, fühlte sich überfahren, war unfähig, einen klaren Gedanken zu fassen. Sein Puls raste. »Vielleicht Montag, ja, Montag, gegen Abend, neunzehn Uhr ... Sie wissen, wo Sie hinmüssen?... Natürlich... gut...«

Es knackte in der Leitung. Der Mann hatte aufgelegt. Van

Steeb stand einen Moment unschlüssig vor seinem Schreibtisch. Seine Gedanken überstürzten sich. Er hatte sich diesen Moment anders vorgestellt, feierlicher, besonnener. Plötzlich mußte alles ganz schnell gehen. Es waren Vorbereitungen zu treffen.

Er ließ sich in seinen Sessel fallen und versuchte, sich zu beruhigen, erreichte aber das Gegenteil. Er mußte komplett verrückt geworden sein, die Übergabe in der Klinik zu vollziehen. Wer weiß, was das für ein Typ war, der hier am Montag auftauchte. Ein Krimineller, soviel war klar, jemand, der auffiel, der anders aussah als die Klientel einer Privatklinik. O Gott! Er hatte noch nicht einmal eine Telefonnummer. Wenn nun etwas dazwischenkam? Überhaupt, das Telefon. Wie konnten sie so etwas am Telefon besprechen! Wenn er nun abgehört wurde? Er hatte alles falsch gemacht, war der Situation nicht gewachsen. Sich mit diesem Gesindel einzulassen, war von Anfang an eine Wahnsinnsidee gewesen.

Er stützte sein schweißnasses Gesicht in beide Hände und versuchte der Überdosis Adrenalin, die durch seine Adern jagte, etwas entgegenzusetzen. Wenn dieser Plan nicht in einer Katastrophe enden sollte, einer Katastrophe, die allein auf sein stümperhaftes Verhalten zurückzuführen war, dann mußte er sich jetzt zusammenreißen, dringend. Er hatte die Sache begonnen. Jetzt mußte er sie zu Ende führen.

Van Steeb atmete ein paarmal tief durch, um seinen Kreislauf zu beruhigen, zog dann die Schreibtischschublade auf und holte eine Stahlkassette hervor, die hinter Notizbüchern und Arzneimittelprospekten versteckt war. Er gab eine Zahlenkombination ein, klappte den Deckel auf und entnahm einen schlichten weißen Briefumschlag. Er enthielt ein Foto.

Das Bild stammte aus einer Zeitschrift und zeigte eine junge Frau im hautengen Badeanzug. Sie stand auf einem Startblock aus Metall, wie man sie in modernen Schwimmbädern verwendete, machte aber keine Anstalten, ins Wasser zu springen. Offenbar wurde sie von starken Scheinwerfern angestrahlt, denn auf ihrem himmelblauen Badeanzug und ihren goldblonden lockigen Haaren funkelten zahllose Lichtreflexe. Sie lächelte, zeigte ihre makellos weißen Zähne und winkte. Sie sah aus wie ein Filmstar oder die strahlende Siegerin eines Miß-Wettbewerbs, hatte das rechte Bein im Knie leicht angewinkelt und vor das andere gestellt wie in alten Pin-ups.

Van Steeb lehnte sich zurück, legte eine Hand in den Nakken, hielt die Aufnahme vor sich in die Luft, und nach einigen Minuten begann er zu lächeln.

9

ED Senft verbrachte das Wochenende allein in seinem Haus in Nienstedten. Noch am Freitag nachmittag hatte er seinen Arzt, Prof. Dr. Guido Manzolt, aufgesucht, einen Internisten und Endokrinologen der Hamburger Universitätsklinik, der die Familie Senft seit beinahe dreißig Jahren medizinisch betreute. Mit ED hatte Manzolt in der ganzen Zeit wenig Arbeit gehabt, aber Tanja Maria, seine Tochter, litt seit ihrer Pubertät an schweren Migräneanfällen, die sie für Tage in einem verdunkelten Zimmer ans Bett fesselten, und auch seine Frau hatte als Folge ihrer Karriere als Leistungssportlerin mit allerhand kleinen und größeren gesundheitlichen Problemen zu kämpfen. Sie hielt große Stücke auf Manzolt. Als man ihren Hirntumor entdeckte, hatte allerdings weder er noch irgendein anderer Arzt etwas ausrichten können.

So war es in all den Jahren zwischen ihm und Manzolt meist um das Befinden der beiden Frauen gegangen, weniger um das eigene, aber kaum hatte ED diesmal das Sprechzimmer betreten, sah er sich sorgenvollen Blicken des weißhaarigen Arztes ausgesetzt. Er wurde gründlich untersucht, erhielt einen Termin für Blutabnahme und EKG und mußte sich am Ende eine heftige Gardinenpredigt anhören.

Er solle nicht glauben, daß er immer so weitermachen könne, sagte Manzolt mit der ganzen väterlich professoralen Autorität, die er sich im Laufe der Jahre angeeignet hatte. Je eher er sich an diesen Gedanken gewöhne, desto besser. Obwohl momentan außer einer leichten Entzündung der Schleimhäute nichts festzustellen sei, gefalle ihm EDs Allgemeinzustand gar nicht, daher die angeordneten Untersuchungen. Er empfehle ihm dringend, einige Tage auszuruhen, und damit meine er wirklich ausruhen, also viel Schlaf und frische Luft sowie vitaminreiche Ernährung. ED müsse sich ernsthaft fragen, was in Zukunft Vorrang haben sollte: seine Gesundheit oder ein womöglich nur noch kurzes exzessives Leben als Geschäftsmann.

»ED«, sagte er streng, »Sie müssen sich doch wirklich nichts mehr beweisen. So ein Tingeltangel wie in der Elbuferhalle, haben Sie das nötig?«

ED lächelte bei alldem, aber es war kein überhebliches Lächeln. Noch vor einem Jahr hätte Manzolt sich den Mund fusselig reden können, seine Appelle wären bei ihm auf Unverständnis, ja, höhnisches Gelächter gestoßen. Er hätte sich amüsiert und sogar einen Zahn zugelegt.

Aber es ging ihm schlecht, so schlecht, daß er sich in der Schilderung seiner Beschwerden eher zurückgehalten hatte, weil Manzolts Reaktion nur allzu vorhersehbar war. Es war ein neuer, unbekannter Zustand, keine dieser vorübergehenden Schwächen, die er mit einem Kopfschütteln von sich schleuderte oder mit ein paar Tabletten unterdrückte. Auf ihm lastete eine bleierne Schwere, die, wenn er ehrlich war, nicht plötzlich aufgetreten, sondern über Wochen und Monate gewachsen war, bis es ihm unmöglich wurde, sie zu ignorieren.

Also hielt er sich diesmal an Manzolts Anweisungen, drei Tage lang. Er zog sich in sein Haus zurück, schickte das Personal ins Wochenende und ging am frühen Freitag abend ins Bett. Am Samstag frühstückte er ausgiebig, studierte Post und Tageszeitung, unternahm einen langen Spaziergang und machte dann, in dicke Decken gehüllt, auf der Liege im Wintergarten einen ausgiebigen Mittagsschlaf.

Es fiel ihm leicht, sich diesem Müßiggang hinzugeben, weil er merkte, daß es ihm guttat. Volker Davids Umgang mit der Presse gefiel ihm, das Fernsehinterview war absolut überzeugend, eine Lektion, wie man mit diesen Aasgeiern umzugehen hatte. Er gab sich wirklich Mühe, die Scharte wieder auszuwetzen. ED nahm das wohlwollend zur Kenntnis, an seinem Entschluß, sich von ihm zu trennen, änderte das jedoch nichts. Er selbst hatte mit Rebecca telefoniert, die bester Dinge war und ihm versicherte, sie fühle sich in keiner Weise mehr beeinträchtigt, habe von Baubichlers Vorgehen nichts gewußt und werde ihn zurückpfeifen.

Um Globacter hatte ED sich ohnehin wenig Sorgen gemacht. Der Patentschutz war lückenlos und umfaßte das gesamte Genom des Bakteriums. Kein ernst zu nehmender Konkurrent würde es wagen, sich unter diesen Umständen mit der Senft AG auf eine gerichtliche Auseinandersetzung einzulassen. Bei seinen autoritären Auftritten war es ihm ums Prinzip gegangen, um Image und Prestige des Unternehmens, um die Loyalität, Zuverlässigkeit und Professionalität, die er von seinen Mitarbeitern verlangte. Niemand sollte sich über sein Unternehmen lustig machen können, weil es nicht imstande war, auf seine Bakterien aufzupassen. Die Späße machte hier nur einer: Eduard Dietrich Senft.

Auch den Sonntag verbrachte er zwischen Bett und frischer Luft, und obwohl er dabei eindeutig zu Kräften kam, waren es eher deprimierende Stunden, die er in seinem Haus verlebte. Normalerweise hielt er sich hier nur zum Schlafen auf. Er war oft tagelang unterwegs, eilte von Sitzung zu Sitzung, aß auswärts mit Geschäftspartnern, Politikern oder Sportfunktionären, hatte so viele Verpflichtungen und Termine, daß er in der Regel erst spätabends mit seinem Wagen durch das elektronisch überwachte Tor rollte und kaum noch die Initiative aufbrachte, sich an der Bar einen Drink zu mixen, geschweige denn sich damit in den Salon oder die Bibliothek zu setzen. Nie war ihm aufgefallen, wie leer und tot das alles war, ein blitzblank geputztes Museum voller antiker Möbel, die niemand benutzte, Kunstwerke, die niemand betrachtete, umgeben von einem Garten, an dem sich niemand erfreute. Es fiel ihm schwer, diese Stille zu ertragen. Einmal versuchte er, seine Tochter anzurufen, erreichte aber nur den Anrufbeantworter. Weil er sie nicht beunruhigen wollte, unterbrach er die Verbindung, ohne etwas zu sagen.

Er fühlte sich besser, meinte dadurch aber um so deutlicher zu spüren, daß sich etwas Fremdes in seinen Körper eingenistet hatte, ein Parasit, der an seinen Kräften zehrte und sich dann verkroch, um irgendwann zurückzukehren, jedesmal ein wenig stärker, bedrohlicher und unübersehbarer als zuvor.

Er dachte eigentlich nicht an eine ernsthafte Krankheit, obwohl ihm hin und wieder das Bild von Margret durch den Kopf geisterte, die sich innerhalb weniger Monate von einer Schönheit, um die ihn die Welt beneidete, in ein vom nahen Tode gezeichnetes Gespenst verwandelt hatte. Er glaubte eher an einen tiefen Erschöpfungszustand, immerhin, damit war nicht zu spaßen, er mußte eben ab und an auf die Bremse treten.

Auch am Montag morgen war er noch bereit, diesem Vorsatz zu folgen, er war ausgeruht, verspürte einen Bärenhunger, und endlich war wieder etwas Leben im Haus, das Klappern der Teller in der Küche, die Worte, die er mit seiner Haushälterin wechselte, als sie ihm das Frühstück servierte und die Post brachte, der Gärtner, der draußen das Laub unter den Sträuchern zusammenharkte. Im Grunde war alles ganz einfach und, wenn er daraus die erforderlichen Schlüsse zog, eine Warnung zur rechten Zeit. Er hatte sich übernommen, nun gut, offenbar in einem Ausmaß, das er bisher nicht kannte. Vermutlich war das seinem Alter geschuldet. Aber er war jetzt entschlossen, daraus die Konsequenzen zu ziehen. Das hatte er immer getan, die Lage analysiert und dann gehandelt. Das war seine Stärke, sein bislang untrüglicher Instinkt, wann und wie er Entscheidungen zu fällen hatte. Die ersten Schritte hatte er ja schon getan.

Er rief seine Sekretärin an und sagte ihr, sie solle sämtliche

Termine dieses Tages absagen bzw. verschieben, er käme erst morgen wieder in die Firma. Dann nahm er sich die Zeitung und seine Post, ließ sich von seiner Haushälterin einen frischen Orangensaft servieren und setzte sich in den Wintergarten. Er fühlte sich gut, besser jedenfalls, nicht so kraftvoll, wie er es sich gewünscht hätte, aber stark genug, um für die depressiven Verstimmungen dieses Wochenendes nur noch ein Kopfschütteln übrig zu haben.

Im Poststapel stieß er auf einen seltsamen Brief, ohne Absender, die Adresse handschriftlich in großen Druckbuchstaben geschrieben, die den halben Umschlag bedeckten. Kurz dachte er an eine Bombe, mußte aber sogleich schmunzeln. Er setzte den Brieföffner an und entnahm dem Umschlag ein zusammengefaltetes Din-A4-Blatt. Es dauerte eine Weile, bis er begriff, was er da in der Hand hielt. Es war nur eine kurze Botschaft, aus Zeitschriften ausgeschnittene Buchstaben, die holprig zu zwei Sätzen zusammengeklebt wurden.

ICH WERDE DIR WEH TUN!
DU WEISST, DASS DIE KANNEN NICHT LEER WAREN!

ED faltete den Brief zusammen, steckte ihn in den Umschlag zurück und ließ ihn in der Tasche seines Hausmantels verschwinden. Eine Erpressung? Ein dummer Scherz? Er griff nach seinem Glas und blickte nachdenklich aus dem Fenster.

10

Erst als Didi die Klinik fast erreicht hatte, fiel ihm auf, daß er nicht zum ersten Mal hier war, daß er dieses Haus kannte, aber völlig vergessen hatte. Es war ungefähr zwei Wochen her, ein später Vormittag, die Straßen und Bäume waren schneebedeckt, und jetzt lief er durch eine naßkalte Dunkelheit, die alles fremd und unbekannt erscheinen ließ. Der Schnee war schon seit Tagen verschwunden und hatte Streusand auf den Gehwegen zurückgelassen, so daß es knirschte, als er durch die einsamen Alleestraßen schritt.

Er lief an Arztpraxen und erleuchteten Büros vorbei, in denen Menschen vor Computern und Regalen voller Aktenordnern saßen. In vielen Häusern gab es Fenster, die mit Comicfiguren und Tierbildern beklebt waren, in denen Hampelmänner und Osterhasen hingen, die Kinderstuben der reichen Spießer, in denen sie in Bergen voller Spielzeug ihre verwöhnten Gören heranzogen. Nicht weit von hier lebten die Superreichen. Er war in einem solchen Haus aufgewachsen, viel imposanter als die meisten hier. Es lag kaum einen Kilometer entfernt, auf der anderen Seite von Hirschpark und Mühlenberg, das Grundstück, so groß, daß man sich verlaufen konnte. Sein Schulweg hatte ihn früher durch ähnliche Straßen geführt. All das war lange her, ein Leben, das er weit hinter sich gelassen hatte, kaum mehr als eine vage Erinnerung, verborgen hinter den Jahren im Internat.

Die Klinik war wahrlich kein Schmuckstück, viel nackter Beton, auf dem die Feuchtigkeit von Jahrzehnten ihre Spuren hinterlassen hatte, ein nüchterner Zweckbau mit einem gläsernen Eingangsbereich, einer bogenförmigen Auffahrt und einer kleinen Rasenfläche davor. Zwischen den schmucken Villen wirkte er wie ein Fremdkörper. Vermutlich war die Klinik nach und nach erweitert worden, denn sie bestand aus mehreren dreistöckigen Gebäuden, die durch verglaste Gänge miteinander verbunden waren.

Die Fenster waren hell erleuchtet, aber im Eingangsbereich war niemand zu sehen. Er schaute auf die Uhr. Er war einige Minuten zu früh, genug Zeit, um noch eine Zigarette zu rauchen. Er wollte den Empfänger seiner Lieferung nicht unnötig in Verlegenheit bringen, indem er früher als vereinbart nach ihm fragte. Er hatte zwar nur Verachtung für ihn übrig, aber der würde er sich erst überlassen, wenn er den Umschlag mit dem Geld in der Tasche hatte.

Seltsam, daß er nicht hellhörig geworden war, als die Stimme am Telefon ihm die Adresse nannte. Er mußte grinsen, als er daran dachte, wie er hier in diesem Haus in einer fensterlosen Kammer mit einem Waschbecken an der Wand und einer Packung Kleenex auf dem Tisch vor einem Fernseher gesessen hatte, die Hosen heruntergelassen, ein Plastikgefäß in der einen Hand und in der anderen seinen Penis, der sich in dieser ungewohnten Umgebung zunächst nicht regen wollte, sich regelrecht verkroch, obwohl im Fernseher gleich zwei attraktive Frauen hingebungsvoll um einen schwarzen Riesen bemüht waren, und, mein Gott, was sie mit ihm anstellten, er hatte so etwas noch nie gesehen, Pornos hatten ihn nie interessiert. Aber draußen auf dem Gang liefen die Schwestern und Ärzte herum, und er sollte hier drinnen, in dieser Zelle, im Licht einer Leuchtstoffröhre masturbieren, sollte ihnen anschließend das Plastikgefäß mit seinem Samen aushändigen, ohne vor Scham im Boden zu versinken. Was sollte er sagen? Danke, der Film war nicht schlecht, ist sogar eine extragroße Portion zusammengekommen, zum Wohle der Menschheit und der vielen kinderlosen Paare. Wäre das nicht einen kleinen Zuschlag wert?

Was, wenn es nicht funktionierte, wenn er sich, ein leeres Glas zurücklassend, mit bedauerndem Kopfschütteln aus der Kammer schleichen müßte, der Arm ganz lahm von seinen vergeblichen Bemühungen? Die Situation war so absurd gewesen, daß er offenbar beschlossen hatte, sie aus seinem Gedächtnis zu verbannen. Er hatte sich noch nicht einmal das Geld abgeholt, dabei ging es doch nur darum, seine finanzielle Situation war, gelinde gesagt, katastrophal, obwohl er die ganze Zeit gearbeitet hatte. Er schob seinen Schuldenberg wie eine riesige Bugwelle vor sich her, mußte notgedrungen nach jedem Strohhalm greifen.

Eine Zeitungsanzeige hatte ihn auf die Idee gebracht. Blut zu spenden kam nicht in Frage, weil es natürlich getestet wurde und sein Blut vermutlich diverse zulässige Grenzwerte überschritt. Warum also kein Samen? Zwei ungewollte Schwangerschaften ehemaliger Freundinnen sprachen dafür, daß er es durchaus draufhatte, was heute ja eher die Ausnahme war, aber natürlich wußte er nicht, was dabei herausgekommen wäre, sie hatten abgetrieben, seine Chromosomen waren vielleicht ein einziges Trümmerfeld, bei all der Chemie, die er ihnen zumutete.

Dann hatte es doch noch geklappt, plötzlich und unerwartet heftig. Das Trio im Fernseher stöhnte so laut, daß man es bis auf den Gang hinaus hören mußte, ein zuckendes ineinandersteckendes Menschenknäuel ohne Gesichter. Er reduzierte die Lautstärke, schloß die Augen, und fast hätte er vergessen, das Plastikding davorzuhalten, um ein Haar hätte er alles vollgespritzt, den Fernseher auf dem Tisch und sich selbst, und wie hätte er dann dagestanden.

Didi schüttelte amüsiert den Kopf und blickte zum Klinikgebäude. Ein rundlicher Mann stand jetzt vor dem Eingang und sah in seine Richtung. Er nahm einen letzten Zug aus der Zigarette, warf sie auf den Boden und ging über die Auffahrt auf den Mann zu. Das mußte er sein, untersetzt, dunkelgrauer

Anzug, nervös. Eine Hand hatte er in die Hosentasche gesteckt, die andere fingerte unablässig an seiner Krawatte herum. Er war fett, eine Figur wie aus dem Comic, aufgedunsenes Gesicht, dünnes, enganliegendes Haar, Hängebacken, wie Didi sie noch nie gesehen hatte. Er ging mit unbeweglichem Gesicht auf ihn zu, mußte sich beherrschen, weil der Mann wirklich komisch aussah. Die Augen im Mondgesicht des anderen weiteten sich, als er näher kam.

»Sind wir vielleicht verabredet?« fragte er, als er direkt vor ihm stand. »Adams Rippe?«

»Ja.« Ein Flüstern und sofort ein nervöser Blick über die Schulter. Der Mann war fertig mit den Nerven. Didi gönnte ihm seine Qualen. Das Schwein soll in der Hölle schmoren, dachte er, ringsherum knusprig braun gebraten werden, gespickt mit Lanzen und Pfeilen. Aber erst, wenn er das Geld hatte.

Er hob die alte Aktentasche, die er dabeihatte, wollte die Schnallen öffnen. Der Dicke erzitterte. »Nicht hier!« zischte er. »Kommen Sie!«

Van Steeb benutzte nicht den Klinikeingang, sondern nahm einen Kiesweg, der rechts am Haus vorbeiführte. Plötzlich blickte er ihn mit einem gezwungen liebenswürdigen Lächeln an und sagte: »Haben Sie problemlos hergefunden?«

»Bitte?« Didi war verwirrt.

»Hören Sie, wir müssen ein wenig Theater spielen«, flüsterte van Steeb rasch und bemühte sich, sein Lächeln aufrechtzuerhalten. »Ich habe gesagt, daß ich einen jungen Wissenschaftler erwarte. Jemand könnte aus dem Fenster sehen.« Er warf einen kurzen Blick über die Schulter.

Didi nickte. »Kein Problem.«

Sie liefen um das Haus herum, sprachen tatsächlich über das Wetter und den langen Winter, der nun endlich vorbei zu sein schien. Als der Eingangsbereich aus ihrem Blickfeld verschwunden war, schien van Steeb sich etwas zu entspannen. Sie erreichten ein weiteres Gebäude, liefen auch daran entlang und traten schließlich durch eine Tür in einen Gang mit Wänden voller Kabel und Rohrleitungen. Van Steeb hatte aufgehört zu reden, eilte nur voran, durch eine Stahltür und ein weißgetünchtes Treppenhaus in den ersten Stock, einen langen, leeren Korridor entlang.

Plötzlich öffnete sich eine der vielen Türen, und eine große, blondgelockte Krankenschwester trat heraus. Van Steeb machte eine Ausweichbewegung, beschleunigte und kurvte mit gesenktem Kopf an der jungen Frau vorbei. Sie runzelte die Stirn, öffnete den Mund, als ob sie etwas sagen wollte, aber van Steeb war schon fast am Ende des Flures und machte keine Anstalten, innezuhalten oder sich umzudrehen. Didi folgte ihm, und sie errötete leicht, als er sich noch einmal umdrehte und sie angrinste. Er hatte sie sofort erkannt. Sie hatte ihn in die Kammer geführt, ihm die Bedienung des Videorecorders erläutert und dabei so entzückend gelächelt, daß er sie gebeten hatte, zu bleiben und zu helfen.

Van Steeb bog um eine Ecke, rannte nun fast, riß eine der Türen auf, und Didi folgte ihm in eine Art Behandlungszimmer. Der Dicke schloß sofort die Tür, sein Gesicht war kreidebleich.

»So, nun aber schnell. Sie hätten nie hierherkommen dürfen«, keuchte er. »Geben Sie schon her!« Er griff nach einem Papiertuch und tupfte sich über das Gesicht.

Didi zuckte mit den Achseln, stellte die Aktentasche auf der Behandlungsliege ab und entnahm ihr ein hohes Metallgefäß, das van Steeb ihm sogleich aus der Hand nahm. Didi beobachtete, wie der Mann das Gefäß auf den Tisch stellte, einen Handschuh anzog und schnell den Deckel abschraubte. Aus der Öffnung und dem träge über den Rand quellenden Stickstoffnebel zog er ein langes Röhrchen ans Licht. Er kannte sich aus.

Didi mußte dieses seltsame Gesicht anstarren, das Gesicht seines Auftraggebers, der gerade zum Schreibtisch hinüberging und eine der Schubladen aufschloß, rosa wie ein Ferkel, verschwitzt, hochgradig erregt, so daß seine Hängebacken bei jeder Bewegung zitterten, Wangen, die so schwer waren, daß sie die Mundwinkel weit nach unten zogen und seinem Gesicht einen permanenten Ausdruck tiefer Traurigkeit aufprägten. Was hatte er mit der Lieferung vor? Wollte er sie für sich? Für andere? Das hier war eine Fortpflanzungsklinik. Vielleicht war er ein Arzt, der seinerseits nur die Weisungen eines potenten Kunden ausführte, eines Mannes wie sein Vater zum Beispiel, der, ohne mit der Wimper zu zucken, Zehntausende auf den Tisch legte, damit alles haargenau so ablief, wie er es wollte.

Didi hatte nur eine vage Vorstellung davon, was mit den Lieferungen geschah, die er beschaffte. Vermutlich dienten sie irgendwelchen obskuren Forschungsvorhaben. Er wollte es gar nicht genauer wissen, bisher jedenfalls. Es waren ja nur wenige Aufträge gewesen, und weitere würde es nicht mehr geben. Gutes, schnelles Geld, er hatte nicht viel darüber nachgedacht.

Aber dieser Fall lag anders. Noch nie ging es um eine derart bekannte Persönlichkeit, um so viel Geld, noch nie hatte er dabei in so großer Gefahr geschwebt, und zum ersten Mal traf er mit einem der Menschen zusammen, die derartige Aufträge erteilten. Er war enttäuscht, kein diabolischer Wissenschaftler mit wahnsinnigen Augen auf der Suche nach den Geheimnissen des Lebens, nur ein fetter kleiner Spießer, der die Hosen gestrichen voll hatte. Sympathisch war ihm nur van Steebs offensichtliche Unprofessionalität bei der Abwicklung ihres Geschäfts. Bisher hatte Didi die Ware in einem Bahnhofschließfach hinterlegt, warum er sie diesmal selbst überbringen mußte, wußte er nicht. Immer war es um Persönlichkeiten aus dem Showbiz gegangen, irgendwelche Pop- oder Fernsehsternchen, mit denen er durch seinen Job in Kontakt kam, und alles war ganz einfach gewesen, ohne jedes Risiko. Man merkte den Einstich kaum, er hatte es mehrmals an sich ausprobiert, ein winziges Pieken, das im nächsten Augenblick vergessen war und so gut wie keine Spuren hinterließ. Es war ihm ein Rätsel, warum es in der Elbuferhalle solche Schwierigkeiten gegeben hatte, vielleicht, weil er so nervös gewesen war, die vielen Menschen, ED, vor allem ED Senft und die anderen Geldsäcke, natürlich auch, weil alles so schnell gehen mußte, weil er befürchtete, nicht mehr an sie heranzukommen, wenn sie erst einmal in ihrer Garderobe verschwunden war. Vielleicht hatte ihn jemand angestoßen, als er das Gerät ansetzte, verborgen in der hohlen Hand.

»Zehntausend jetzt. Der Rest, wenn ich die Zellen untersucht habe«, sagte van Steeb und hielt ihm einen Umschlag hin.

Didi zögerte. Dieser Teil der Abmachung war ihm neu.

»Was ist?« Van Steeb wedelte mit dem Umschlag. »Sie glauben doch wohl nicht, daß ich die volle Summe zahle, ohne sicher zu sein, daß die Zellen in Ordnung sind. Zehntausend, und keinen Cent mehr.«

»Okay«, sagte Didi, nahm den Umschlag, an den er so oft hatte denken müssen, seine Rettung. Er öffnete ihn und warf einen Blick auf die Geldscheine, alles Hunderter. »Das andere müssen Sie mit Oo-Luck abmachen.«

Allerdings. Er war raus aus dem Spiel, fünfzig Scheine in diesem Umschlag gehörten ihm, der Rest ging ihn nichts mehr an. Er steckte das Geld in seine Aktentasche und wandte sich zur Tür.

Van Steeb stürzte hinter seinem Schreibtisch hervor. »Ich bringe Sie«, stieß er hervor, öffnete vor Didi die Tür und schaute auf den Gang hinaus. »Jetzt«, flüsterte er. »Schnell!«

11

Herbert van Steeb schritt zügig aus. Mit jedem Meter, den er sich dem Ausgang näherte, fühlte er sich leichter, gelöster. Er hatte die Zellen, und in wenigen Minuten würde er allein sein, befreit von diesem Subjekt mit seinem lächerlichen bunten Käppi, dieser Lederjacke, die aussah, als stamme sie aus dem vorigen Jahrhundert, dem improvisierten Verband um die linke Hand. Der Kerl hatte seine schlimmsten Erwartungen übertroffen, ein Schläger, der Mann war brutal, das sah man sofort, diese kleinen Augen, das zynische Grinsen, jemand, der ihm durch seine ganze Erscheinung vor Augen hielt, daß er etwas Unrechtes, Kriminelles tat, etwas, wofür man im Gefängnis landen, womit man sein Leben verpfuschen konnte. Und dann mußte ihnen auch noch Gloria über den Weg laufen, ausgerechnet Gloria.

»Moment!«

Van Steeb fuhr herum. »Was ist denn noch?«

»Ich habe etwas vergessen.« Da war wieder dieses selbstgefällige Grinsen. »Ich bin vor einiger Zeit schon mal hiergewesen, in der Klinik, meine ich.«

»In dieser Klinik? Sie?« Van Steeb starrte ihn entgeistert an. Sie standen auf der Zufahrt, mitten auf dem Präsentierteller, jeder, der sich im Foyer aufhielt oder hinter den Fenstern der Vorderfront stand, konnte sie sehen.

»Ja, ich habe Samen gespendet. Ich glaube, da steht mir noch Geld zu.«

Der Kerl ist verrückt, dachte van Steeb. »Tja, also, ich weiß nicht, ich kann mir das kaum vorstellen.«

»Doch, doch, ich habe sogar irgendwo meine Spenderkarte.« Er griff in seine Jackentasche.

Van Steeb stieg das Blut zu Kopf, in seinen Ohren erklang ein bedrohliches Rauschen. Wollte der Mann ihn auf den Arm nehmen, ihn reizen, ihn erpressen? Er winkte ungeduldig ab.

»Lassen Sie! Normalerweise müßten wir in die Unterlagen schauen, wegen der genetischen Tests, aber…, ach, Unsinn…« Er sagte es mehr, um sich selbst zu beruhigen, seine in dieser Situation grotesk deplazierte bürokratische Pedanterie. Er tastete nach der Brieftasche. Gott sei Dank, sie steckte in seiner Anzugjacke. »Unsere akzeptierten Spender bekommen zweihundert Euro. Hier sind dreihundert. Und jetzt verschwinden Sie, hören Sie?« Er war kurz vor einem Nervenzusammenbruch, hielt das keine Sekunde länger aus. Wenn nun jemand zuschaute, sah, wie er dieser Gestalt *Geld* übergab. »Machen Sie, daß Sie wegkommen, verstanden«, preßte er hervor, verzweifelt, hysterisch, fast flehend. »Ich will Sie hier nie mehr sehen.«

»Okay, okay, ist in Ordnung. Bin schon unterwegs.« Der Mann griff nach den Scheinen, knüllte sie in der Hand zusammen und ließ sie in seiner Hosentasche verschwinden. Betont lässig schlenderte er zur Straße, zündete sich eine Zigarette an und verschwand kurze Zeit später hinter den immergrünen Hecken des Nachbargrundstücks.

Van Steeb wartete noch ein, zwei Minuten, rang mit seiner hilflosen Wut und wagte nicht zur Klinik zu blicken, weil er fürchtete, in einem Fenster ein Gesicht zu entdecken, Augen, die ihn vorwurfsvoll musterten, die alles beobachtet und verstanden hatten. Schließlich drehte er sich abrupt um und ging zurück in den Behandlungsraum.

Es war zu spät, um jetzt noch mit den Untersuchungen zu beginnen, die ihn Stunden und Tage beschäftigen würden. Natürlich brannte er vor Neugier, fühlte sich aber zu den einfachsten Verrichtungen außerstande, durchlebte statt dessen, während er die kostbare Ware in ein frisches Gefrierbett überführte, noch einmal die letzten Stunden, die zu den schlimmsten seines Lebens gehörten, das vergangene Wochenende, Annas wiederholte Fragen, warum er denn so nervös sei, ob es Ärger in der Klinik gegeben hätte, seine Beteuerungen, alles sei in bester Ordnung, er habe nur schlecht geschlafen, was auch stimmte, halbe Nächte hatte er wach gelegen.

Seit dem Anruf, seit er wußte, daß es heute abend geschehen würde, hatte er an nichts anderes denken können. Er war überrascht, wie schwer es ihm fiel, hätte sich für abgebrühter, entschlossener gehalten. Er wußte, was er wollte, was er sich mehr als alles andere wünschte, aber seit dessen konkrete Umsetzung in Aussicht stand, erschien ihm sein Plan plötzlich voller Fehler, überall lauerten Fallstricke, über die er in seiner kopflosen Art stolpern konnte, mit Sicherheit stolpern würde, wenn er so weitermachte. Nein, nie hatte es in seinem Leben eine Arbeit gegeben, die wichtiger war, die größere Gewissenhaftigkeit und Genauigkeit erforderte, und dazu war er im Augenblick nicht in der Lage. Es gab keinen Grund zur Eile, wohl aber tausend Gründe zu Ruhe und Besonnenheit.

Er ging in sein Arbeitszimmer, betrachtete eingehend das Foto, ihr Foto, schenkte sich einen Whisky ein und fühlte sich noch immer gehetzt, verfolgt, schwindlig, als stünde er an einem tiefen Abgrund.

Gloria hatte ihn gesehen, ihn und seinen zwielichtigen Besucher, und wer weiß, wer noch hinter den Vorhängen der Fenster gestanden hatte, neugierig, mit wem der Chef sich traf, was er mit einem solchen Menschen zu schaffen hatte.

Er nippte an seinem Glas, grimmig, dachte über Erklärungen und Rechtfertigungen nach, sagte sich, daß er der Klinikleiter war, daß er sich treffen konnte, mit wem er wollte, und daß er keinem seiner Angestellten Rechenschaft schuldig war. Sollten sie sich doch die Mäuler zerreißen über seinen zweifelhaften Umgang, sollte Gloria doch herumerzählen, mit wem er sich getroffen hatte. Wenn Oo-Luck nicht gepfuscht hatte, konnte ihm nichts passieren. Manchmal gelang es ihm, tatsächlich daran zu glauben: Ihm konnte nichts passieren. Es würde schon alles gutgehen.

Oo-Luck. Zuerst war ihm der Name aufgestoßen. Als ob das zukünftige Glück eines heranwachsenden Lebewesens nur eine Sache der Eizellen, der Oozyten, sei. Van Steeb war niemand, der mit besonderer Entschiedenheit für die Ehre der Männer focht, aber diese völlige Aussparung des männlichen Fortpflanzungsbeitrages hatte ihn doch gestört. Sie hätten sich genausogut *Sperm-Luck* nennen können. Im Grunde sprach aus der Namenswahl eine Umkehrung der alten Vorstellung vom Humunculus, eines winzigen, komplett ausgestatteten Menschleins, das in Embryonalhaltung im Kopf der Spermien hockte, die Eizelle kaum mehr als ein riesiger Euter, der der Ernährung des allein vom Mann gelieferten neuen Menschen diente.

Ein Kollege hatte ihm die Agentur empfohlen. Oo-Luck handelte mit Humangenen, deren Patente im Besitz privater, zumeist amerikanischer Firmen waren, vermittelte Eizellen und Spermien von Modells, Sportlern und Fernsehberühmtheiten, von Menschen mit überdurchschnittlicher Intelligenz, jedenfalls behauptete sie das. Van Steeb hatte Kontakt mit Oo-Luck aufgenommen, stundenlang die Kataloge gewälzt und sich ausführlich über ihr Angebot informiert, nicht, weil er schon an seinen Plan gedacht hätte, sondern weil die Klinik eine möglichst breite Palette an Spenderzellen bereithalten mußte, um die Bedürfnisse ihrer Kunden zu befriedigen. Es ging um ganz normale geschäftliche Beziehungen. Sie arbeiteten mit vielen Agenturen zusammen. Aber das Angebot von Oo-Luck war durchweg zweite Wahl, davon hatten sie schon genug, keine wirklich erstklassigen Persönlichkeiten. Die Kunden von heute, besonders die interessantesten, bei denen ein paar Tausender mehr keine Rolle spielten, verlangten nicht bloß Überdurchschnittliches, sie wollten das Beste, und davon gab es bei weitem nicht genug. Van Steeb konnte das verstehen, ihm ging es nicht anders. Warum sollten Eltern viel Geld und Zeit investieren, um ihren Kindern einen optimalen Start ins Leben zu ermöglichen, und sich ausgerechnet beim Grundlegendsten und Wichtigsten, was man einem Kind mitgeben kann, knauserig zeigen: seinen Genen. Wenn man es sich leisten konnte, war das Beste gerade gut genug.

Der Kollege hatte schon durchblicken lassen, daß Oo-Luck möglicherweise auch andere Aktivitäten entfaltete, zweifelhafte, illegale, er drückte sich sehr vage aus, möglicherweise sogar kriminelle, auch auf Nachfrage wollte er sich nicht konkreter äußern, und dann, als van Steeb in den Verhandlungen mit Oo-Luck sich skeptisch hinsichtlich einer möglichen Zusammenarbeit zeigte, fiel plötzlich der Satz: »Sollten Sie über unser Angebot hinausgehende Vorstellungen haben, könnten wir Ihnen unter Umständen weiterhelfen.« An welche Art von Vorstellungen sie dabei dächten, wollte er wissen. Nun, zum Beispiel Keimzellen von Personen, die nicht in den Katalogen aufgeführt seien, bekam er zur Antwort, Zellen, die auf normalem Wege nicht zu erhalten seien, er müsse nur sagen, was ihm vorschwebte. Nichts sei unmöglich, eine Frage des Geldes, man werde schon Mittel und Wege finden.

Damals schwebte ihm noch nichts vor, aber dieser Satz geisterte seitdem durch seine Gedanken, ein Same, der Wurzeln schlug und irgendwann als kleines, unscheinbares Pflänzchen an der Oberfläche seines Bewußtseins Gestalt annahm. Als er sich schließlich erneut an die Agentur wandte, geschah dies unter anderen Vorzeichen. Sie verabredeten ein Kennwort: Adams Rippe.

Er schreckte auf. Es hatte geklopft. Tatsächlich, er hörte es noch einmal, zaghaft, leise. Er hatte die Tür zum Vorzimmer geschlossen, Kerstin war schon lange nach Hause gegangen.

Sofort meldete sich seine Angst zurück. Wer konnte das sein? Es war kaum jemand im Haus, nur das Personal, das die stationären Patienten betreute. Etwa der Kerl, der ihm die Zellen gebracht hatte? War er allein durch die Korridore der Klinik geschlichen und... Unsinn, wie sollte er wissen, wo sich sein Büro befand, und er hätte nicht so vorsichtig geklopft, wäre einfach hereingeplatzt mit seinem zynischen Grinsen.

Van Steeb erhob sich und öffnete die Tür zu Kerstin Schraders Vorzimmer. Tatsächlich, da stand jemand im Korridor, er hörte ein Hüsteln, das Hüsteln einer Frau, und jetzt wieder ein Klopfen, diesmal energischer. Er unterdrückte die aufsteigende Panik, lief quer durch den Raum und öffnete die Tür.

»Ah, Dr. van Steeb«, sagte Gloria, »ich habe noch Licht gesehen, da dachte ich...« Sie stockte, als sie sein Gesicht sah.

»Was gibt es denn?« fragte er unwirsch. »Sie sehen doch, ich habe zu tun.«

Sie stand im Mantel im Gang, offenbar bereit, die Klinik zu verlassen. »Entschuldigung, ich wollte Sie nicht stören«, sagte sie unsicher. »Ich war gerade im Begriff zu gehen und wollte Ihnen nur rasch Bescheid sagen, weil Sie doch gesagt haben, es sei so dringend.«

»Was? Wovon reden Sie?«

»Ich habe die Zählung wiederholt, wie sie es gesagt haben. Sie wissen doch, es geht um diese außergewöhnliche Samenspende.«

Van Steeb fiel ein Stein vom Herzen. »Warum haben Sie das nicht gleich gesagt.« Die Erleichterung war so groß, daß sich sein Gesicht zu einem übertrieben breiten Grinsen verzog, das in keinem Verhältnis zu seiner vorangegangenen Schroffheit stand.

»Was hat die Zählung denn ergeben?«

»Das Hämozytometer war in Ordnung. Die Zahlen stimmen.«

»Na, großartig, und die Tests?«

»Die Ergebnisse können Sie in den nächsten Tagen auf Ihrem Rechner abrufen, einige Genloci stehen noch aus.«

»Das ist eine sehr gute Nachricht, Gloria. Danke, daß Sie mir Bescheid gesagt haben.« Er meinte es ehrlich. Wenn die Tests ebenfalls positiv ausfielen, hatte die Klinik einen guten Fang gemacht. »Entschuldigen Sie meine Unfreundlichkeit. Ich war so in meine Arbeit vertieft. Machen Sie sich einen netten Abend!«

»Danke«, sagte Gloria. »Ach, Herr Doktor, das andere hat sich wohl erledigt?«

»Was meinen Sie?«

»Na, daß ich Sie sofort benachrichtigen soll, wenn der Spender hier auftaucht.«

»Wieso?«

»Na, Sie haben doch vorhin mit ihm gesprochen.«

Ein eiskalter Windhauch berührte seinen Nacken. Er blickte sie fragend an. »Mit ihm gesprochen? Ich? Sie meinen...«

Gloria lächelte. »Er sieht doch wirklich ein bißchen merkwürdig aus, oder?«

»Merkwürdig, ja.«

In seinem Kopf überschlugen sich die Gedanken. Meinte sie etwa seinen Besucher? Dieser verkommene Kerl, ein Rekordsamenspender? Was auf ihn einstürmte, war so widersprüchlich, so unerwartet, daß er einen Moment wie paralysiert dastand, unfähig, ein Wort über die Lippen zu bringen.

»Gut, ich werde mich dann mal auf den Heimweg machen«, sagte Gloria nach einem Moment des Schweigens. »Auf Wiedersehen, Herr Doktor.«

»Ja, auf Wiedersehen«, antwortete er gedankenverloren.

Er hatte keinen Blick für ihren anmutigen Gang, das Wippen ihrer blonden Haarpracht. Er starrte nur unbeweglich den Korridor entlang, registrierte kaum, daß sie sich noch einmal umdrehte und ihm einen verwunderten Blick zuwarf. In Zeitlupe schloß er die Tür und ging wie ein Schlafwandler in sein Zimmer zurück.

Sein Gehirn weigerte sich, diese Nachricht zu verdauen, kapitulierte vor all den verwirrenden und beängstigenden Komplikationen, die sich daraus ergaben. Er hatte einen Grad an Überforderung erreicht, der es ihm unmöglich machte, an etwas anderes zu denken als an seine grenzenlose Erschöpfung. Er mußte abschalten, sich entspannen, vergessen, wenigstens für ein paar Minuten. In diesem Zustand konnte er unmöglich Anna unter die Augen treten. Sie würde ihn mit Fragen bombardieren, würde bohren und keine Ruhe geben, bis alles aus ihm herausplatzte. Die Katastrophe wäre unausweichlich.

Er griff zum Telefon und tippte eine Nummer ein. Es dauerte eine Ewigkeit, bis jemand an den Apparat ging.

»Mein Gott, bin ich froh, daß du zu Hause bist. Hast du Zeit?... Nein, jetzt gleich... bitte, Petra, du mußt. Du bist die einzige, die mir helfen kann, bitte laß mich nicht hängen. Ich... ich brauche dich.... Ja... Du weißt, was ich mir wünsche... genau...« Er schloß die Augen, atmete einmal tief durch und lächelte. »Du bist meine Rettung. Ich mache mich sofort auf den Weg.«

12

Sigrid Martin hatte es eilig. Erst wurde sie im Präsidium aufgehalten, weil sie an der polizeieigenen Tankstelle Wasserstoff nachtanken mußte. Alle anderen Wagen waren unterwegs, und so hatte sie mit einem der neuen Brennstoffzellenfahrzeuge Vorlieb nehmen müssen. Mit den seltsamen Tankstutzen hatte sie noch ihre Schwierigkeiten. Die Innenverwaltung stellte ihren gesamten Fuhrpark aus Umweltgründen und wegen der immensen Benzinkosten auf Fahrzeuge mit Brennstoffzellen um. In der Stadt gab es kaum Wasserstofftankstellen für die neuen Motoren, und es wäre nicht das erste Mal, daß jemand aus ihrer Abteilung irgendwo liegenblieb, weil er sich verschätzt hatte.

Und nun drohte ihre Zeitplanung inmitten einer Blechlawine endgültig zusammenzubrechen. Sie war einfach ins Auto gestiegen, ohne sich über die Verkehrslage zu informieren, ein schwerer Fehler. Jetzt stand sie im Stau, um sie herum ging gar nichts mehr, ob mit oder ohne Wasserstoff. Volker David erwartete sie in einer halben Stunde in der Senft-Zentrale, und es war abzusehen, daß sie sich verspäten würde. Sie trommelte ungeduldig auf dem Lenkrad herum, wollte zum Handy greifen, als sich der Wagen vor ihr plötzlich in Bewegung setzte und ein paar Meter weiterrollte.

Auch ohne Verspätung versprach das Gespräch mit David nicht sehr erfreulich zu werden. Sie wollte ihn über den Stand der Dinge unterrichten und ihm nahelegen, die Ermittlungen einzustellen. Weitere Besuche in der Halle, noch mehr Gespräche mit den Angestellten der Firmen, die dort gearbeitet hatten, waren reine Zeitverschwendung. Bislang gab es nicht den geringsten Anhaltspunkt, von einem konkreten Verdacht ganz zu schweigen. Die Ausgangslage war denkbar ungünstig gewesen. Und sie hatte sie vorgewarnt. Sie hätten eben besser aufpassen müssen.

Wieder bewegte sich die Autoschlange einige Meter voran. Das einzig Erfreuliche war Rebecca Scholz. Sämtliche Tests auf indizierte Dopingmittel waren negativ ausgefallen. Die ganze Angelegenheit hatte sich in Wohlgefallen aufgelöst, kein Gift, kein Doping, kein Überfall, nur einige verschwendete Tage im Bett eines Krankenhauses. Rebecca hatte sich längst von ihrem Schreck erholt, steckte wieder voll im Training und war, wie in einigen Interviews zu lesen war, zuversichtlich, ihre WM-Titel verteidigen zu können. Stefan schlich zwar einige Tage mit gesenktem Kopf herum, weil es für ihn nun keinen Anlaß mehr gab, mit der jungen Sportlerin zusammenzutreffen, aber Sigrid hatte ihm als Trost zwei Karten für die Schwimm-WM in der Elbuferhalle besorgt. Sie würden sich die mittlerweile berühmte Wassershow ansehen, die jeden Wettkampftag einleitete, und versuchen, Rebecca zu neuen Siegen anzufeuern.

Mittlerweile konnte sie die Ampelanlage erkennen, die etwa dreißig Meter vor ihr mehrmals von Rot auf Grün schaltete, ohne daß es voranging. Sie stieg aus und sah, daß die Kreuzung von einigen Verkehrspolizisten abgeriegelt wurde. Ein Streifenwagen hatte sich quergestellt, ein Kollege versuchte einen aufgebrachten Autofahrer zu beruhigen. Hier würde sich vorerst nichts mehr bewegen.

Sie nahm ihr Handy aus der Halterung, schloß die Wagentür und lief zwischen den wartenden Autos hindurch zur Kreuzung vor. Einige Fahrer saßen beneidenswert gelassen hinter ihren Lenkrädern, rauchten, telefonierten, hörten Radio oder lasen Zeitung, die Routiniers des Großstadtverkehrs.

Vorne an der Kreuzung hatten sich einige Schaulustige versammelt, Frauen mit Einkaufstaschen und Kinderwagen, viele Rentner. Sie ging zu einem der Verkehrspolizisten und fragte, was los sei.

Der Beamte würdigte sie kaum eines Blickes und murmelte etwas in seinen blonden Vollbart.

»Wie bitte?« fragte sie. Wenn Polizisten so mit den Bürgern umgingen, mußten sie sich nicht wundern, wenn es um ihr Ansehen nicht zum besten stand. »Es würde helfen, wenn Sie die Zähne etwas auseinander nähmen. Dann könnte ich Sie besser verstehen.«

Der Beamte drehte den Kopf und taxierte sie von unten nach oben. Er schien nicht der Hellste zu sein und war auf der Suche nach einer passenden Antwort. Als er mit seiner Inspektion auf der Höhe ihres Oberkörpers angekommen war, starrte er sichtlich geschockt auf den Dienstausweis, den sie ihm vor die Nase hielt.

»Oh, Frau Kommissar. Entschuldigung! Ich... Wir warten auf eine Demonstration. Es kann nicht mehr lange dauern. Sie müssen gleich hier sein.«

»Na, sehen Sie. Es geht doch. Und was ist das für eine Demonstration?«

»Irgendeine Frauengeschichte, glaube ich.«

Der Polizist schaute unsicher auf seine Schuhspitzen und war sichtlich erleichtert, als sich das Funkgerät des Streifenwagens meldete. »Moment!« sagte er.

Sigrid wandte sich ab, lief ein paar Meter den Bürgersteig entlang und gesellte sich zu einer Gruppe Passanten, die sich am Straßenrand versammelt hatte. Aus der Ferne hörte man Trillerpfeifen und Sprechchöre.

Einige Minuten später fuhren zwei Mannschaftswagen der Polizei vorbei. Dahinter folgten ein Lautsprecherwagen mit verzerrter Rockmusik und eine große Gruppe tanzender Frauen in Hexenkostümen. Sigrid überlegte kurz, ob das ein hanseatischer Versuch sein sollte, rheinische Karnevalskultur zu importieren, aber dann las sie das Spruchband, das einige der Hexen trugen: *Wir sind eure untreuen Ehefrauen.*

Jetzt zog ein dichter Pulk von Frauen vorbei. Viele trugen Hörner auf dem Kopf oder gräßliche Masken, lange zottelige Perücken in grellen Farben. Es waren Frauen jeden Alters darunter, aber die jüngeren überwogen. Viele hatten ihre Kinder mitgebracht. Sigrid trat einen Schritt vor und versuchte die Länge des Zuges abzuschätzen. Es waren Tausende, und ihre Transparente und Spruchbänder ließen an Deutlichkeit nichts zu wünschen übrig. Es überwogen Ironie und Sarkasmus.

Alle Frauen sind Verbrecher. Alle Männer sind Engel.
Männer brechen nur die Ehe, Frauen das Vertrauen.
Das Urteil muß weg!
Wir brauchen keine Männer, die Männer brauchen uns.
Schluß mit den Vaterschaftstests!
Gleiches Recht für alle Kinder!
Ich bin eine Hexe. Verbrennt mich!

Die Frauen im Demonstrationszug mußten sich üble Beschimpfungen anhören. Ein älterer Mann schüttelte wütend die Faust, brüllte: »Elende Schlampen! Ihr gehört alle hinter Gitter!« und erntete Beifall von umstehenden Passanten, von denen kaum einer jünger als sechzig war. Die Frauen begannen mit Sprechchören:

Männer ficken nur aus Spaß, wir ficken für das Leben.

»Huren seid ihr!« schrie der Mann. »Dreckige Nutten!«

Sigrid wandte sich angewidert ab und entdeckte einen jungen Vater, der mitten im Zug einen Kinderwagen vor sich her schob. An dem Wagen war ein großes Pappschild befestigt mit der Aufschrift: *Das ist mein Sohn!* Eine Gruppe Kinder skandierte mit ihren Müttern: *»Wir brauchen keine Tests, wir brauchen Väter! Wir brauchen keine Tests, wir brauchen Väter!«*

Sigrid lief ein paar Schritte in die Straße, in der ihr Wagen stand, stellte sich in einen Hauseingang und wollte gerade bei der Senft AG anrufen, als das Handy in ihrer Hand zu trällern begann. »Du sollst zur Senft-Raffinerie kommen«, Stefan war dran. »Eine Sekretärin von David hat angerufen. Er ist schon unterwegs dorthin. Es ist etwas passiert.«

»Was?«

»Keine Ahnung. Du sollst...«

»Wo ist das denn?« Er gab ihr eine Adresse durch, die weit außerhalb im Industriehafen lag.

»Himmel, dafür brauche ich mindestens ein Stunde. Ruf zurück und richte ihnen aus, daß ich nicht vor...« Sie blickte auf die Uhr. »... tja, nicht vor zwölf Uhr dasein kann. Ich werde mich beeilen, wenn der Spaß hier vorbei ist.«

Als sie aus dem Hauseingang trat, sah sie, daß noch immer Demonstranten vorüberzogen. Vorne an der Kreuzung redeten zwei junge Frauen heftig auf den Mann ein, der die Demonstrantinnen beschimpft hatte. Er schrie irgend etwas zurück, woraufhin eine der Frauen vor ihm auf die Straße spuckte. Eine ältere Dame bedrohte die beiden mit ihrem Stock. Autos hupten, noch immer erzeugten Sprechchöre und Trillerpfeifen einen ohrenbetäubenden Lärm. Sigrid hatte genug gesehen, genug gehört. Sie ging zu ihrem Wagen, ließ sich seufzend in den Sitz fallen und schloß die Tür.

Sie hatte das Rauchen schon vor Jahren aufgegeben, aber das war einer der Momente, wo es sie nach einer Zigarette gelüstete. Die Welt um sie herum schien plötzlich aufs Gaspedal zu treten, geriet außer Rand und Band. In ihrem Kopf herrschte Chaos. Was war geschehen? Wieso sollte sie zur Raffinerie fahren? Und dann diese wütenden Menschen...

Sie merkte, daß die Demonstration etwas in ihr aufwühlte, an das sie schon lange nicht mehr gedacht hatte. Natürlich hatte sie von der Hamburger Studie über die Vaterschaft gehört, auch das Gerichtsurteil zugunsten dieses Arztes war ihr nicht entgangen, aber all das war zu weit weg von ihrem Alltag, als daß sie lange darüber nachgedacht hätte. Von seltenen kurzen Affären abgesehen, lebte sie seit Jahren allein. Sie wurde bald neununddreißig, und gerade in den letzten Monaten war ihr der Gedanke an eigene Kinder so fern wie selten in ihrem Leben. Sie wehrte sich dagegen, wußte, daß diese Grübelei zu nichts führen würde, außer, ihr für Stunden die Stimmung zu verderben, aber plötzlich wurde ihr klar, daß schon fünfzehn Jahre vergangen waren, seit sie sich hatte sterilisieren lassen. Fünfzehn Jahre! Das war erschreckend. Die Ärzte hatten ihre Eileiter blockiert und genug Eizellen entnommen, um ein ganzes Mietshaus zu bevölkern. Sie lagerten seitdem bei Tiefsttemperaturen in der Gametenbank einer Fortpflanzungsklinik und warteten darauf, daß es in ihrem Leben einmal Platz für ein Kind gab.

Wie naiv sie doch gewesen war. Als ob sich ein solcher Freiraum von selbst einstellte. Immer hatte es irgend etwas gegeben, das wichtiger war, zuerst ihr Vergnügen, später ihre Karriere, auf deren Fortsetzung sie nun seit Jahren vergeblich wartete. Eine abgebrochene Schwangerschaft und drei frühzeitig gescheiterte Beziehungen hatten ihr gereicht. Sie allein wollte über den Zeitpunkt bestimmen, und wenn es keinen Mann gab, dann würde sie sich den Samen eben bestellen, nicht irgendeinen natürlich, sondern das Beste, was sie sich leisten konnte, von einem Mann wie..., ja, wie ED Senft zum Beispiel, warum denn nicht. Vermutlich lag diese Kategorie allerdings weit jenseits ihrer finanziellen Möglichkeiten. Sie würde eine IVF durchführen lassen und das Kind allein aufziehen, wie Hunderttausende anderer Frauen. Diese Möglichkeit existierte noch immer, versuchte sie sich zu beruhigen, viele Frauen bekamen heute ihre ersten Kinder in den Vierzigern. Fast ihr gesamter Freundeskreis bestand aus alleinstehenden Frauen, aus denen eine nach der anderen alleinerziehende Mütter wurden. Aber die Uhr in ihrem Körper tickte unaufhörlich, und diese Uhr wußte nichts von modernen Fortpflanzungstechniken und ihren Möglichkeiten. Für sie war die Zeit schon fast abgelaufen, und immer, wenn Sigrid über dieses Thema nachdachte, schlug die innere Uhr Alarm.

Einige ihrer Eizellen hatte sie gespendet, und manchmal stellte sie sich vor, daß daraus Kinder geworden waren, die jetzt in diesem Moment irgendwo spielten, Jungen und Mädchen, die ihre Kinder sein könnten, wenn sie ihre Eizellen nicht hergegeben hätte, ein Gedanke, der ihr viel weniger gefiel, als sie damals bei der Unterzeichnung der Spendererklärung gedacht hatte. Fünfzehn Jahre! Vielleicht wurde sie in ein paar Jahren Großmutter, ohne etwas davon zu wissen.

Draußen erklang lautes Geschrei. Sie riß sich aus ihren Gedanken, stieg wieder aus und ging zur Kreuzung. Anstatt im Auto zu sitzen und sich diesen fruchtlosen Gedankenspielen zu überlassen, konnte sie sich genausogut die Beine vertreten. Gerade passierte ein großer, schwarzgekleideter Lesbenblock in dicht geschlossenen Reihen. Auch hier liefen Kinder mit. Natürlich sah man ihnen nicht an, ob sie mit Hilfe von Spermien gezeugt wurden, aber Sigrid fiel auf, daß es fast ausschließlich Mädchen waren, was dafür sprach, daß es sich um gemeinsame Kinder lesbischer Paare handelte. Die Frauen versprühten natürlich Hohn und Spott. Sie zeigten den Männern am Straßenrand ihre Mittelfinger, schrien: *»Typen raus! Wir brauchen euch nicht.«*

Plötzlich hörte man wütendes Gebrüll, hysterisches Kreischen, das Splittern von Glas. Die strenge Ordnung der Demonstrantinnen geriet durcheinander. Die meisten stürmten auf die gegenüberliegende Straßenseite, andere sahen sich mit verängstigten Gesichtern um und stellten sich schützend vor ihre Kinder. Auf dem Bürgersteig bildete sich ein dichtes Menschenknäuel. Frauen und einige Männer schrien sich an, und es sah so aus, als seien sie kurz davor, aufeinander loszugehen. Mitten in der Menschenmenge stand ein Auto mit laufendem Motor, das wild hin und her geschaukelt wurde. Es mußte aus der Einfahrt eines Gewerbehofes gekommen sein. Einige junge Frauen in Schwarz waren auf Wagendach und Motorhaube geklettert und stampften mit ihren Schuhen darauf herum. Die Windschutzscheibe war zertrümmert, und aufgebrachte Demonstrantinnen versuchten zwei junge Männer herauszuziehen, die sich mit Händen und Füßen dagegen wehrten. Polizisten stürzten herbei und versuchten die tobende Menge abzudrängen. Es waren Verkehrspolizisten, keine Eingreiftruppe in Kampfmontur, und es waren viel zu wenige, um etwas ausrichten zu können. Sie wirkten verunsichert und unentschlossen. Sigrid stand einen Moment wie gelähmt, dann rannte sie los.

13

Dringend!
Anfrage des NDR wg. Teilnahme an Fernsehdiskussion.
Thema: Sexualität
Abendprogramm, hochkarätige Teilnehmer, Moderator Paul Abend (!)
Zu- oder Absage, wenn möglich noch diese Woche. K. S.

Der Zettel mit der winzigen Schrift klebte mitten auf seinem Computermonitor. Van Steeb lächelte, während er sich den Kittel auszog und sorgfältig über die Stuhllehne hängte. Kerstin Schrader war in diesen Dingen altmodisch. Trotz E-Mail und Bildtelefon benutzte sie für Mitteilungen jeder Art lieber kleine gelbe Zettel mit einem Selbstklebestreifen. Sie klebte sie überall hin.

Eine Fernsehdiskussion? Über Sexualität? Das hatte ihm gerade noch gefehlt. Die Abende der nächsten Wochen waren mit Laborarbeiten ausgefüllt. Er mußte die Zellen analysieren, die er bekommen hatte, die wichtigste Arbeit seines Lebens. Er hatte keine Zeit für Diskussionen, weder mit hochkarätigen Persönlichkeiten noch mit sonst jemandem. Wie kamen die überhaupt auf ihn? Der Name Paul Abend sagte ihm nichts, er sah nie fern, aber er konnte sich schon denken, was das Ausrufezeichen hinter seinem Namen zu bedeuten hatte. Es erübrigte sich, Kerstin zu fragen, was sie von der Sache hielt. Die Nachricht hatte noch ein Postskriptum:

Rate unbedingt zur Teilnahme! Könnte für die Klinik Gold wert sein.

Manchmal war es ihm peinlich, daß sie ihn immer wieder an

seine Pflichten als Klinikleiter erinnern mußte. Was die fachliche Seite seines Berufes anging, machte ihm niemand etwas vor, aber mit der Ökonomie stand er zweifellos auf Kriegsfuß. Er würde es sich also überlegen.

Er schaltete den Rechner an, entfernte den Zettel vom Computerbildschirm, klebte ihn auf seinen Terminkalender und machte sich eine Notiz: *Was ist das für eine Sendung? Seriös?? Was heißt hochkarätig? Wer ist Paul Abend?*

Während der Computer hochfuhr und den Bildschirm mit kleinen bunten Icons füllte, kehrten seine Gedanken zu dem Thema zurück, das ihn seit Tagen rund um die Uhr beschäftigte. Er hatte eine Gewebekultur aus einigen Zellen der Unterhaut angelegt, die sich als äußerst vital und teilungsfreudig erwiesen. Der Rest ruhte weiter in eisigem Tiefschlaf. Alle weiteren Tests und Versuche konnte er nun mit den Kulturzellen durchführen, ohne seine Reserve anzutasten.

Er überlegte, wie er Anna auf das große Ereignis einstimmen sollte. Sie waren sich einig, daß sie irgendwann ein IVF-Kind haben würden, das war Teil ihrer Abmachung. Anna hatte sogar darauf bestanden, das Kind, wenn es soweit war, selbst auszutragen, was van Steeb angesichts seiner Stellung in der Klinik nur recht war. Die Leute sollten sehen, daß er in der Lage war, eine Frau zu schwängern, ob im Bett oder im Reagenzglas, interessierte dabei nur am Rande. Aber Anna war eine vielbeschäftigte Geschäftsfrau, und ihre Absichtserklärung zu einer Zeit, da das Ziel noch in weiter Ferne lag, war eine Sache, die konkrete Aussicht auf neun Monate Schwangerschaft etwas vollkommen anderes. Es würde nicht ganz einfach sein, sie davon zu überzeugen, daß der Moment gekommen war.

Annas Lebenswandel und Konstitution waren für eine reibungslose Schwangerschaft alles andere als ideal. Sie führte eine erfolgreiche Werbeagentur und konnte ein eisenharter Verhandlungspartner sein. Zweifellos war ihr Kalender für die nächsten Wochen und Monate eine einzige lange Liste unaufschiebbarer Termine und Projekte. Er kannte das aus seiner täglichen Arbeit in der Klinik. Die Medizin hatte das Problem der menschlichen Unfruchtbarkeit gelöst, und den Fruchtbaren stellte sie eine breite Palette an Dienstleistungen zur Verfügung. Wohlhabende Karrierefrauen wie Anna mußten im Extremfall nur noch ein paar Eizellen deponieren und ansonsten nichts mehr selber machen. Aber auch dafür reichte oft die Zeit nicht.

Außerdem wollte sie die Schwangerschaft nicht delegieren. Sie lehnte eine Leihmutterschaft ab. Mutterschaft, und dazu gehörte für sie untrennbar die Schwangerschaft, waren elementare Erfahrungen im Leben einer Frau, auf die sie nicht verzichten wollte, genausowenig wie auf ihre Arbeit. Wenn er nicht höllisch aufpaßte, würde sich Anna auch mit einem wachsenden Fötus im Bauch ein enormes Arbeitspensum abverlangen. Dabei war sie ein zartes, geradezu zerbrechlich wirkendes Geschöpf. Sie mußte sich zurückhalten, sonst drohten Komplikationen und im schlimmsten Fall eine Fehlgeburt. Ohne medizinische Untersuchungen würde das alles nicht abgehen, und sie mußte sich darauf einstellen, monatelang mit einem monströsen Kugelbauch herumzulaufen. Seltsam: Kaum hatte er die Zellen und mit ihnen einen Haufen Arbeit, erschien ihm seine eigene Frau als das ungleich größere Problem. Er sah plötzlich, daß die umständliche Beschaffung seiner Wunschzellen nur das Anfangsglied in einer langen Problemkette war. Vor ihm lagen nervenaufreibende Monate.

Aus medizinischer Sicht bestand kein Grund zur Eile. Heutzutage bekamen Sechzigjährige kerngesunde Kinder. Wenn es bei den jüngeren Frauen nicht klappte, konnten Omas als Leihmütter zur Not ihre eigenen Enkel auf die Welt bringen. Anna hatte gerade erst ihren vierzigsten Geburtstag gefeiert. Er war es, der kaum noch abwarten konnte. Er hatte die Fünfzig überschritten, und er wollte mit seiner kleinen Tochter noch herumtoben und ihr einen Ball zuwerfen können, ohne sich danach tagelang mit einem Hexenschuß abzuplagen. Er mußte sich fortwährend ermahnen, daß es nun auf ein paar Wochen nicht ankam, daß Sorgfalt und optimale Vorbereitung das wichtigste waren, alles andere würde sich von selbst ergeben. Aber es half nichts. Er platzte vor Ungeduld.

Anna wußte nicht, wie intensiv er sich in den letzten Monaten mit ihrem Kinderwunsch beschäftigt hatte. Mittlerweile verfolgte er seine eigenen Pläne, und jetzt, da die Wahl getroffen und die, wie er lange glaubte, größte Hürde überwunden war, konnte er diese Pläne in die Tat umsetzen. Von nichts und niemandem würde er sich davon abbringen lassen, auch nicht von der Tatsache, daß er Anna dabei auf eine Weise hinterging, die von anderen als höchst infam empfunden werden könnte. Er hatte nicht vor, sich mit Mittelmaß zufriedenzugeben, und deshalb waren harte Entscheidungen zu treffen, Entscheidungen, die weh taten. Er hatte Annas Zellen analysiert, genauso wie seine eigenen, und er war zu dem Ergebnis gekommen, daß es Besseres gab, viel Besseres. Sie war unter anderem Trägerin eines Hochrisikogens für Brustkrebs. Es war undenkbar, dieses Risiko auch noch an ein Kind weiterzugeben. Er tat nichts anderes, als sie beide an denselben Kriterien zu messen, eine nüchterne, emotionslose Abwägung. Und sein Entschluß stand fest: Für ihr Kind würden weder seine Spermien, das sowieso nicht, noch Annas Eizellen Verwendung finden. Und sie würde nie etwas davon erfahren.

Fortpflanzung war von jeher ein im wahrsten Wortsinn eugenischer Prozeß. Niemandem, ob Tier oder Mensch, war es egal, mit wem er sich paarte. Partnerwahl war ein hochselektiver Prozeß, immer und zu jeder Zeit, sonst hätte die Entdeckung einer zweigeschlechtlichen Sexualität, die beiden Geschlechtern Wahlmöglichkeiten eröffnete, nie einen Sinn gehabt, sonst hätte das Leben auch so weitermachen können, durch einfache Zellteilung immer wieder von neuem Kopien seiner selbst in die Welt zu setzen. Jede Minute, jede Sekunde trafen Männchen und Weibchen Entscheidungen für oder gegen einen potentiellen Partner, eine Wahl, die nicht nur für sie selbst, sondern für die Zukunft ihrer Art von Bedeutung war. Man mußte diesen Gedanken nur weiterdenken, schonungslos, auch und gerade gegen sich selbst, und man mußte die große Verantwortung erkennen, die diese Entscheidung mit sich brachte.

Das war Selektion, zweifellos, schon immer, ob bei Albatros, Zebra oder beim Menschen. Früher orientierte sie sich an der Software, dem sozialen Rang, der Zugehörigkeit zu bestimmten Gruppen oder Schichten, zu Adel oder Proletariat, zu Stämmen oder Völkern, heute richtete sich der Blick mehr und mehr auf das Entscheidende, die Hardware, die Gene. Es war nicht zu befürchten, daß es bei den Menschen einmal soweit kommen würde wie bei der sehr einseitigen Selektion, die den Pferderennsport so in Verruf gebracht hatte. Dort hatten sich eine Zeitlang nur noch die Klonnachfahren eines guten Dutzends Pferdelegenden gegenübergestanden, bis der internationale Verband die Notbremse zog und das Reglement änderte. Er ließ nur noch einen Klon pro Rennen zu, damit Herakles I, II und III die Großen Preise von Paris und Hoppegarten nicht unter sich ausmachen konnten. Es kam vor, daß berühmte Stuten sich selbst, den eigenen Klon, austrugen.

Aber bei den Rennpferden hatte es nur ein Selektionskriterium gegeben, die Schnelligkeit, bei den Menschen gab es Hunderte, wenn nicht Tausende von Begabungen und Talenten und eine astronomische Zahl von Kombinationen. Es war völlig aus der Luft gegriffen, wenn manche Kritiker behaupteten, diese Entwicklung werde irgendwann *den* einen Übermenschentypus hervorbringen, der alle anderen weit hinter sich lasse. Ein lächerliches Argument. Als ob sich alle Eltern dasselbe wünschten. Immer diese Schwarzmalerei, bei jeder neuen Option, die die Fortpflanzungsmediziner anboten. Man konnte darauf warten. Wahrscheinlich war das diesem Huxley zu verdanken mit seiner *Schönen neuen Welt*. Dabei war die neue Welt auf jeden Fall schöner als die alte. Seit eine Selektion der Spermien nach Geschlecht möglich war, hatte es ja auch keine Mädchen- oder Jungenschwemme gegeben, die manche schon kommen sahen. Das Verhältnis lag im Gegenteil genau bei eins zu eins, weil neunzig Prozent aller Eltern einen Jungen und ein Mädchen haben wollten und sich diesen Wunsch nun gezielt erfüllten. Wenn die Asiaten und Afrikaner da anderer Meinung waren, war das ihr Problem.

Zuerst ging van Steeb in einige dieser Bars, wo sich der Gen-Jet-Set präsentierte. Sie hießen »Genial«, »Bar-Code«, »Perfekt« oder einfach »Gene«, servierten Cocktails und schienen als wichtigstes innenarchitektonisches Gestaltungsmoment nur Spiegel und chromblitzende Oberflächen zu kennen. Die meisten der Frauen und Männer, die diese Bars besuchten, hatten sich ihre genetische Schokoladenseite in Gestalt bunter, im UV-Licht aufleuchtender Strichcodes an die Brust geheftet, stolzierten damit durch die Gegend wie ordengeschmückte Militärs. In ihren Taschen hatten sie kleine handliche Lesegeräte, die die Strichcodes in Klartext übersetzen konnten. Er dachte, daß ihm vielleicht ein Gesicht auffallen würde, das ihm gefiel, ein Lächeln, das ihn anzog. Er dachte, Menschen aus Fleisch und Blut gegenüberzustehen würde ihm die Entscheidung erleichtern. Aber das einzige, was ihm entgegenschlug, waren eisige Arroganz und verächtliche Blicke, die ihn als monströsen Fremdkörper abstempelten. Er bestellte sich einen Kaffee, verdrückte sich in eine Ecke und beobachtete mit zunehmender Beklemmung, wie sich Paare zusammenfanden, flirteten, sich gegenseitig die Lesegeräte an die Brust hielten, um dann nach einem Blick auf das Display voneinander abzulassen oder zusammen aus der Bar zu verschwinden. Spätestens nach dem dritten Besuch war ihm klar, daß er hier keinen Schritt weiterkommen würde. Aber es gab andere Möglichkeiten.

Während Anna sich mit Geschäftspartnern aus aller Welt traf, über Kampagnen und Strategien oder die Farbe der neuen Vorhänge im Eßzimmer nachdachte, klickte er sich nächtelang durch die Kataloge von Agenturen und Auktionshäusern, die hochwertige Keim- und Klonzellen anboten. Das Angebot war, gelinde gesagt, überwältigend. Die anonyme Dutzendware hatte er schon aussortiert, aber es blieben Zehntausende von jungen Männern und Frauen, eine attraktiver als die andere, eine Unmenge an Maßen und Intelligenzquotienten, an biographischen, morphologischen, medizinischen und genetischen Details, die es abzuwägen galt.

Er sortierte die Männer aus, genauer gesagt, ihre Y-Spermien. Seine eigene Männlichkeit war für ihn mit soviel Leid und Schmerzen verbunden, daß er niemandem, schon gar nicht seinem eigenen Kind, etwas Ähnliches zumuten wollte. Die Wissenschaft verfügte bislang über keine sicheren Mittel und Wege, die seinem zukünftigen Sohn ein vergleichbares Schicksal ersparen würden. Die Wahrscheinlichkeit war gering, aber sie existierte, und dieses Risiko war ihm bereits zu groß. Außerdem, was sollte er seinem Sohn sagen, wenn er irgendwann einmal zu ihm kam und fragte, was für Wesen das seien, die Frauen, und was es denn hieße, ein Mann zu sein? Schon die Vorstellung war ihm unerträglich.

Als er sich auf ein weibliches Klonbaby festlegte, was die Auswahl auf einige Tausend reduzierte, war er des Suchens und Blätterns schon fast überdrüssig. Erstaunlich, wie viele der jungen Frauen sich im Netz präsentierten. Manchmal hatte er den Eindruck, hier ging es nicht um ein Baby, sondern um die Auswahl künftiger Gespielinnen. Die Texte sprachen von intakten und angesehenen Familien, von Schul- und Universitätsabschlüssen, von Auszeichnungen, sportlichen Erfolgen und künstlerischen Neigungen, aber die Mädchen, um die es ging, räkelten sich dazu in Bikinis am Strand oder spielten halb nackt Beachvolleyball. Besonders die Frauen, die ihre Zellen in Internet-Auktionen versteigern ließen, richteten sich mit ihrer Präsentation unverhohlen an reiche Männer. Van Steeb wurde bei dem Gedanken an die zukünftigen familiären Katastrophen, die hier schon angelegt wurden, angst und bange. Im Kleingedruckten wurde auf kosmetische Operationen und vergrößerte Brüste hingewiesen, um sich gegen spätere Reklamationen zu schützen. In den USA hatte es solche Prozesse schon gegeben. Nach Wochen der Suche resignierte van Steeb und legte eine längere Pause ein. Bis er eines Tages im Wartesaal seines Zahnarztes saß, ein Magazin durchblätterte und sein Blick auf seine unangefochtene Favoritin fiel, eine junge Ausnahmeathletin, auf Rebecca. Sie hatte gerade einen weiteren Weltrekord aufgestellt, war auf der Höhe ihres Ruhms. Die Fotos und ihr Interview verzauberten ihn, aber leider fand er keine Agentur, die ihre Keimzellen im Angebot hatte.

Mittlerweile war der Startvorgang beendet, und der Computer kündigte ihm ein Dutzend Mails an. Es fiel ihm schwer, sich wieder auf das tägliche Einerlei eines Fortpflanzungsmediziners zu konzentrieren. Endlich ging es für ihn nicht nur um die Kinder der anderen. Er würde Vater werden, er, ein Mann ohne Hoden, dessen Sexualität zeitlebens ein Fiasko war. Eine kleine Tochter, talentiert, intelligent, gesund. Es war wunderbar.

Er ging die Liste durch und blieb bei einer Hausnachricht hängen. Sie stammte von Gloria. Betreff: S 5483.

Sofort dachte er wieder an Oo-Luck, an die Übergabe, die für ihn den Tag eins einer neuen Zeitrechnung markierte. Rebecca hatte sich in dem Interview unmißverständlich geäußert, keine Spende von Eizellen, Körperzellen schon gar nicht. Rebecca Scholz werde einmalig bleiben, und ihre Kinder werde nur sie allein austragen. Ihr schwebe ein konventionelles Familienglück vor. Wenn er sich nicht an das Angebot von Oo-Luck erinnert hätte, wäre das alles unmöglich gewesen.

Das Zusammentreffen mit Gloria bewertete er heute vollkommen anders, nicht als unglücklichen Zufall, schon gar nicht als Katastrophe, sondern als glückliche Fügung. So wie die Dinge lagen, mußte Gloria den Besuch dieser zwielichtigen Gestalt ausschließlich mit dessen Samenspende in Verbindung bringen. Sie konnte gar nicht auf den Gedanken kommen, daß irgend etwas anderes dahintersteckte. Der Mann war wegen seiner Spende gekommen, keine Frage, um sein Geld abzuholen. Van Steeb hatte ihn durch Zufall abgepaßt und gleich mit in sein Behandlungszimmer genommen. Abgesehen von seinem kindischen Verhalten, mußte ihr die Situationvöllig normal erschienen sein. Van Steeb holte sich die Nachricht auf den Bildschirm.

Analysedaten und DNS-Fingerprint von S 5483
sind jetzt vollständig verfügbar. G.

Natürlich war sein Interesse an diesem Rekordsamenspender auf den absoluten Nullpunkt gesunken. Der Mann durfte die Klinik nie wieder betreten. Sie mußten auf seine Dienste verzichten. Was ihn trieb, sich die Daten trotzdem anzusehen, war pure wissenschaftliche Neugier. Immerhin ging es um eine Ausnahmeerscheinung.

Er brauchte nicht lange, um festzustellen, daß sie S 5483 unter anderen Umständen mit Freuden akzeptiert hätten. Sein Genom enthielt kein einziges der gefürchteten versteckten Krankheitsgene, keine Mukoviszidose, kein Tay-Sachs, kein Huntington und wie sie alle hießen, nur einige unspezifische Risikogene, die eine erhöhte Anfälligkeit gegenüber einer Anzahl von altersabhängigen Krankheiten bedeuten konnten, aber nicht mußten. Alters-Diabetes, verschiedene Nervenleiden und Krebserkrankungen wie Leukämie oder Melanome, all das konnte ihm ohne auslösende Umwelteinflüsse auch erspart bleiben. Das war deutlich weniger als das durchschnittliche Gesundheitsrisiko, das jeder Mensch in seinen Genen mit sich herumschleppte. S 5483 hätte eine erfreuliche Bereicherung ihres Angebots werden können, aber van Steeb weinte ihm keine Träne nach.

Er wollte die Datei und damit das Kapitel S 5483 gerade für immer schließen, als sich ein Fenster auf dem Bildschirm öffnete und ihn mit einer vollkommen unerwarteten Feststellung verblüffte.

DNS-Fingerprint bekannt.
Möchten Sie den vorliegenden Datensatz mit der Datenbank vergleichen?
Abbrechen *nein* ***ja***

Wie war das möglich? Hatte dieser Kerl schon früher einmal die Klinik besucht? Als Spender? Oder gar als Patient?

Er hatte von *einem* Besuch in der Klinik gesprochen, oder? Von einer Samenspende. Wenn er schon in ihrer Spenderkartei gestanden hätte, wären die genetischen Tests überflüssig gewesen. Er hätte nur seinen Spenderausweis zeigen müssen und wäre anschließend mit seinem Geld nach Hause gegangen. Und aus welchem Grunde hätte er als Patient in die Klinik kommen sollen, bei diesen Keimzellen? Nein, es konnte sich nur um einen Irrtum handeln. Vielleicht hatte Gloria den neuen Datensatz voreilig in die Spender- und Patientendatenbank übernommen. Er klickte auf *ja.*

Zwei Bildfenster erschienen, die aussahen wie überdimensionierte Strichcodes auf den Waren eines Supermarktes. Er wählte die Option *Vergleichen.* Ein weiteres kleines Fenster erschien. Es zeigte ein Zahlenfeld, das sich rasend schnell veränderte, und einen anfangs leeren Balken, der sich von links nach rechts füllte. Pling!, machte der Computer.

Übereinstimmung: 99,98 %

Na bitte, dachte van Steeb. Die Abweichung war gerade noch im Rahmen der Fehlertoleranz. Die beiden Fingerprints waren identisch. Gloria hatte den Datensatz irrtümlicherweise freigegeben. Das war eine dieser Schlampereien, die er auf den Tod nicht ausstehen konnte, Datenmüll, der ihre Festplatten verstopfte.

Er wollte ganz sichergehen und sah sich noch einmal die Fingerprints an. Über dem einen Fenster stand S 5483, aber…, van Steeb schüttelte verwundert den Kopf, das andere Fenster trug eine ganz andere Kennzahl, eine Patientennummer. Er klickte auf das Symbol für die Patientendaten und starrte gespannt auf den Bildschirm. Als das Suchergebnis angezeigt wurde, fiel seine rechte Hand kraftlos auf die Schreibtischplatte.

Das war unmöglich, un…

Er drückte auf die Reset-Taste. Entweder ihre Datenbank war dringend überholungsbedürftig, oder… Es konnte nur ein Fehler sein, etwas Schwerwiegendes, etwas, das zu beheben wieder einmal eine ganze Horde von Computerfachleuten erforderlich machte und den Betrieb der Klinik für Tage behinderte. Er bekam feuchte Hände.

Der Neustart des Computers schien Ewigkeiten zu dauern. Er führte einen Systemcheck durch. Wieder Minuten des Wartens, dann bekam er ein O.K. Er wußte nicht mehr, was ihm lieber war, ob er das als gutes oder schlechtes Zeichen werten sollte. Plötzlich fiel ihm ein, daß sein Grinsen ihm so seltsam bekannt vorgekommen war, immer wieder hatte er daran denken müssen. Hastig begann er die ganze Prozedur noch einmal von vorn, lud die Datensätze, ließ sich die Fingerprints zeigen und sah zu, wie sich der Balken aufbaute.

Übereinstimmung: 99,98 %

Dasselbe Resultat. Er wählte die Patientendaten.

Da stand er wieder, ein Name, der ihm Schauer über den Rücken jagte, der, wenn die Welt nicht völlig verrückt geworden war, an dieser Stelle nichts zu suchen hatte. Wenn dieser Mann jemals als Patient durch seine Hände gegangen wäre, könnte er sich mit Sicherheit daran erinnern. Ein Festtag wäre es gewesen, für ihn und für sein Haus, ein Mann, für den er einen roten Teppich ausgerollt hätte, der mit einem Handschlag Forschungsinstitute gründete, die zehnmal so groß waren wie seine mickrige Klinik. Aber van Steeb war ihm noch nie begegnet. Wie kam dieser Name in ihre Akten?

Der Datensatz trug kein Datum, keine Angaben zur Person, vermutlich Altbestand. Aber der genetische Fingerabdruck, der dazugehörte, glich dem eines verkommenen, viel jüngeren Kriminellen wie ein Ei dem anderen, ein Identitätsnachweis, der jeden Kriminalmediziner, jeden Richter zufriedengestellt hätte. Über dem zweiten Fenster thronte der Name von Dr. Eduard Dietrich Senft.

14

Der Pförtner warf ihr hin und wieder einen mißtrauischen Blick zu, während er telefonierte. Sigrid nutzte die Zeit, um sich im Rückspiegel ein wenig zurechtzumachen Die Spuren des Tumults waren unübersehbar, kein Wunder, daß der Pförtner irritiert war. Die Jacke war an der Schulter aufgerissen, und jetzt entdeckte sie Blutreste an einem Nasenflügel, Flecken auf dem Kragen ihrer Bluse. Auf dem Beifahrersitz lagen mehrere zerknüllte und blutbefleckte Taschentücher.

Sie fluchte. Bisher hatte sie kaum einen Blick auf das riesige Raffineriegelände mit seinen Tanks und Schornsteinen verschwendet. Sie stand noch ganz unter dem Eindruck dieser tobenden Menschenmenge, einer Massenhysterie, wie sie sie noch nie erlebt hatte, minutenlanges Gezerre und Geschubse, ohrenbetäubendes schrilles Geschrei, von Wut und Angst entstellte Gesichter, die wachsende Panik in den Gesichtern der beiden jungen Rambos im Auto, die offenbar provoziert hatten und nun ihre Quittung bekamen. Sie hätte sie der Meute überlassen sollen, dachte sie, als sie sich mit zitternder Hand die Lippen nachzog. Ausrichten konnte sie ohnehin nichts. Ein selten beschissener Tag.

Sie hatte einen Schlag ins Gesicht bekommen, keinen gezielten Treffer, irgendein Arm oder Ellenbogen, dem sie in diesem unübersichtlichen Chaos nicht ausweichen konnte. Sie merkte gar nicht, daß sie blutete, bis ihr einer der Polizisten ein Taschentuch reichte, nachdem er die wütende Menge mit seinen Kollegen endlich auseinandergetrieben hatte. Anstatt ihm zu danken, hatte sie ihn angebrüllt, warum es so lange dauerte, bis endlich jemand für Ordnung sorgte. Offenbar hatte man die Situation unterschätzt.

Sie befeuchtete ein weiteres Tuch und wischte sich die letzten eingetrockneten Blutreste aus dem Gesicht. Die Jacke war ruiniert, ihre Bluse ein Fall für die Reinigung. Vorsichtig betastete sie ihren Nasenrücken. Es tat weh, aber gebrochen war offenbar nichts. Ein letzter Kontrollblick in den Rückspiegel. So mußte es gehen.

Sie sah, wie sich ein Elektromobil vom Werksgelände dem Tor näherte und anhielt. Ein ihr unbekannter Mann in Arbeitskleidung stieg aus, ging zum Pförtnerhaus und kam dann auf sie zu. Er beugte sich zu ihr hinunter.

»Frau Martin? Ich soll Sie abholen. Stellen Sie Ihren Wagen am besten hier an der Seite ab, da steht er sicher.«

Sie nickte, setzte den Wagen ein paar Meter zurück und parkte an der ihr zugewiesenen Stelle. Die zerrissene Jacke ließ sie auf der Rücksitzbank zurück. Es war frühlingshaft warm, endlich, viel zu schönes Wetter für diesen mißglückten Tag. Sie griff nach ihrer Tasche, schloß den Wagen ab und folgte dem Mann zu seinem Fahrzeug.

»Bitte setzen Sie den Helm auf«, sagte er mit einem entschuldigenden Lächeln. »Vorschrift.«

Während sie an langgestreckten Flachbauten vorbeifuhren, sah sie im Hintergrund seltsam geformte metallene Türme aufragen, den Skulpturenpark eines größenwahnsinnigen Surrealisten, ein Gewirr von Rohrleitungen, Armaturen, Gestängen, Treppen und Balustraden. Vermutlich die Destillieranlage, dachte sie und mußte innerlich über sich lachen. Das einzige, was sie von einer Raffinerie wußte, war, daß das Erdöl dort in seine Bestandteile zerlegt wurde, durch Destillation. Angesichts der Ausmaße der Anlage kam ihr allerdings der Verdacht, daß sehr viel mehr dazugehörte. Es ging um gefährliche, explosive Gase und Flüssigkeiten, um deren Trennung, Lagerung und Transport, eine unvorstellbar komplexe Logistik.

Die Gedanken halfen ihr, sich zusammenzureißen, die Ereignisse der letzten zwei Stunden auszublenden und sich auf das zu konzentrieren, was sie hier erwartete. Sie hatte keine Ahnung, warum man sie zur Raffinerie bestellt hatte. Irgend etwas war geschehen, und vermutlich hatte es mit den Ereignissen in der Elbuferhalle zu tun. Aber was?

Sie bogen rechts ab und fuhren auf einer breiten Asphaltstraße an dicken, endlosen Rohrbündeln entlang. Vor ihnen lagen jetzt mehrere Dutzend von Erdwällen und Mauern umgebene Tanks, verschiedene Größen und Formen, die jeweils in Gruppen angeordnet waren, breite und schmale Zylinder, schneeweiße Kugeln auf Stelzen. Die größten hatten die Ausmaße mehrstöckiger Mietshäuser.

»Ich bin noch nie in einer Raffinerie gewesen, muß ich gestehen.«

»Das ist eine der modernsten Anlagen der Welt. Das Betriebsgelände ist gut 150 Hektar groß. Wir haben eine Rohöllagerkapazität von vier Millionen Tonnen. Das sind die dikken Tanks auf der linken Seite. Der ganze Betrieb läuft mehr oder weniger automatisch, Tag und Nacht, ohne Unterbrechung. Man sieht nichts, man riecht nichts, aber in diesen Rohren herrscht reger Verkehr, das können Sie mir glauben. Hier ist alles in Bewegung, besser gesagt, im Fluß. Überall stehen Pumpenhäuser, Misch- und Verteilerstationen. Auf dem Gelände gibt es über tausend Kilometer Rohrleitungen, etwa dreißig Kilometer Straßen und ein paar Kilometer Schienen.«

»Wirklich imposant«, sagte sie. Die gigantische Anlage war beeindruckend und erschreckend zugleich. Sie dachte an den Verlauf der Demonstration. Vielleicht waren Maschinen, auch wenn sie solche Dimensionen annahmen und mit brennbaren Flüssigkeiten hantierten, immer noch leichter zu kontrollieren als Menschen.

»Da vorn«, sagte der Fahrer. »Das sind die neuen Schwimmdachtanks. Sie sind gerade erst fertiggestellt worden. Das Modernste, was es gibt. Für Stoffe, die sehr leicht verdunsten, wissen Sie, Benzin und so etwas. Die Decken sind beweglich. Sie schwimmen auf der Flüssigkeit, so daß sich kaum gefährliche Gase bilden können.«

»Aha.« Je mehr sie von der Anlage zu sehen bekam, desto rätselhafter wurde ihr, was sie hier zu suchen hatte.

»Was ist denn eigentlich passiert?« fragte sie so beiläufig wie möglich.

»Tut mir leid, ich habe keine Ahnung. Die Herren von der Werksleitung werden Ihnen sicher alles erklären. Wir sind gleich da.«

»Ich verstehe.«

Wieder bog der Wagen ab. Die großen Rohöltanks lagen jetzt in ihrem Rücken. Sie passierten einen schlanken, rot-weiß geringelten Schornstein und hielten auf eine Gruppe von vier mittelgroßen Tanks zu, jeder von ihnen geräumig genug, um eine stattliche Villa aufzunehmen. Sie entdeckte ein halbes Dutzend Personen, die in der Nähe einer riesigen Rohrleitung standen. Als das Fahrzeug hielt, löste sich jemand aus der Gruppe und kam auf sie zu. Erst als er unmittelbar vor ihr stand, erkannte sie Volker David. Unter den Helmen sahen alle Männer gleich aus.

»Tut mir leid. Ich bin aufgehalten worden.«

David nickte. »Ihr Kollege hat uns vorgewarnt. Hoffentlich nichts Unangenehmes.«

»Doch, eigentlich schon. Sehr unangenehm sogar.«

David nickte. Sein Blick streifte die Blutflecken auf ihrem Kragen, aber er stellte keine Fragen. Er legte ihr die Hand auf den Rücken und sagte: »Kommen Sie. Dr. Senft ist auch erst vor wenigen Minuten eingetroffen. Es wird nicht lange dauern, aber möglicherweise haben wir ein echtes Problem.«

Sie folgte David zu der kleinen Gruppe neben dem Tank. ED Senft nickte ihr flüchtig zu, genau die Art von Begrüßung, die sie befürchtet hatte. Keine Spur von der einnehmenden

Herzlichkeit, mit der er sie das letzte Mal empfangen hatte. Neben ihm stand sein Bodyguard, ein Gesicht wie in Stein gemeißelt. Die anderen Männer kannte sie nicht. David stellte sie der Reihe nach vor. Es handelte sich um den Werksleiter, zwei leitende Techniker und zwei Männer vom Werkschutz. Sie entschuldigte sich noch einmal für ihre verspätete Ankunft.

»Herr Sattler«, sagte David, an den Werksleiter gewandt, »vielleicht können Sie Frau Martin erklären, was passiert ist.«

Der bullige Mann nahm seinen Helm ab und strich sich durch das Haar. »Tja, wir stehen vor einem Rätsel. Ich bin jetzt seit zehn Jahren Werksleiter dieser Raffinerie, aber so etwas habe ich noch nie erlebt. Hier in diesen Tanks sollte sich eigentlich etwas befinden, das wir Mitteldestillat nennen. Leichtes Heizöl. Es heißt so, weil es eine Fraktion des Rohöls ist, die bei mittleren Temperaturen, im Bereich von 160 bis 400 Grad, anfällt.«

Sigrid mußte grinsen. Ihre Nase schmerzte. »Bei der Destillation«, sagte sie.

»Genau.« Der Werksleiter hatte seinen Helm wieder aufgesetzt und stützte sich auf eine enorm dicke Rohrleitung, die von irgendwoher in die Tanks zu führen schien. »Die Destillation findet dort hinten statt. Auf dem Weg hierher haben Sie die Anlage vielleicht gesehen. Die unterschiedlichen Fraktionen werden dann über lange Rohrsysteme auf die jeweiligen Tanks verteilt oder zur Weiterverarbeitung in andere Werksteile geleitet. Destillation, Flüssiggasgewinnung, Hydroliner und katalytischer Reformer, das ist bei uns alles auf engstem Raum untergebracht, um Energieverluste zu minimieren.«

»Sie sagten: *sollte sich eigentlich befinden.*« Eine innere Stimme warnte sie, daß dieser Mann zu weit ausholenden Erklärungen greifen würde, und sie versuchte deshalb, geradewegs auf das Problem zuzusteuern. Sie hatte genug Zeit verloren. »Heißt das, daß sich statt dieses Mitteldestillats jetzt etwas anderes darin befindet?«

»Genau das heißt es. Tatsächlich!« Sattler sah sie erstaunt an. »Heute morgen schlugen unsere Überwachungsinstrumente plötzlich Alarm. Wir haben sofort einen Trupp Techniker losgeschickt, um die Sache zu untersuchen.«

»Moment, das mit den Instrumenten müssen Sie mir erklären.«

»Nun, die Raffinerie arbeitet kontinuierlich und weitgehend automatisiert. Zu- und Ablauf der verschiedenen Ausgangsstoffe und Destillate, Trennung oder Weiterleitung zu anderen Raffinerieprozessen, die Mischung von Endprodukten durch modernstes Inlineblending, all das wird von unserem zentralen Kontrollraum gesteuert und überwacht. Überall, in den Tanks, den Armaturen, den Rohrleitungen befinden sich Meßinstrumente, die Produktqualität, Temperatur, Durchlaufmenge und so weiter registrieren.«

»Und eines dieser Meßinstrumente schlug Alarm.«

»Ja, genauer gesagt, mehrere, aber alle gehörten sie zu diesem Tank hier.« Er deutete auf die meterhohe graue Metallwand, die hinter einem Erdwall in den Himmel ragte.

»Was meldeten denn die Instrumente?«

»Oh, ich weiß nicht, ob Sie das... das sind technische Details. Es war jedenfalls widersprüchlich, vollkommen unverständlich. Deswegen haben wir ja sofort die Techniker losgeschickt.« Er warf ED Senft, der sich stumm im Hintergrund hielt, einen scheuen Seitenblick zu. Man merkte Sattler an, wie sehr ihn der Vorfall beunruhigte. Es hatte eine Panne gegeben, Sand im ansonsten reibungslosen Getriebe seiner Raffinerie. Offenbar hatte er das Gefühl, sich rechtfertigen zu müssen.

»Und was haben Ihre Männer gefunden?« fragte sie.

»Das hier«, antwortete der Werksleiter und griff nach einem Plastikeimer, den einer der Techniker ihm reichte. Er enthielt eine trübe Flüssigkeit. Sigrid streckte ihren Kopf vor und sog die Luft über dem Eimer ein.

»Riecht nach Öl«, sagte sie.

»Hmm«, machte Sattler und stellte den Eimer vorsichtig auf den Boden. »Ist aber keins, jedenfalls nur zum geringsten Teil. Ich habe keine Ahnung, was das ist. Wir haben natürlich sofort eine Probe ins Labor geschickt, aber eine Analyse dauert seine Zeit. Ich habe so etwas noch nie gesehen. Es ist kein Raffinerieprodukt, das kann ich Ihnen versichern.«

»Und wie kommt es dann in den Tank?«

Sattler seufzte und hob ratlos die Schultern.

»War der Tank voll?« fragte sie.

»Bis oben hin.«

»Und jetzt?«

Sattler zeigte vor sich auf den Boden. »Zum großen Teil das da. Wieviel Öl noch im Tank ist, wissen wir nicht genau.«

Sie standen einen Moment schweigend um den halbgefüllten Eimer herum. Sigrid Martin verstand, daß etwas Ungewöhnliches geschehen war, aber was dieser Vorfall mit ihren Ermittlungen zu tun hatte, blieb ihr ein Rätsel. Sie wartete, daß David oder ED Senft die Initiative ergriffen, irgendeine Erklärung abgaben, warum man sie gerufen hatte. Der Konzernchef wirkte seltsam unbeteiligt. Schweigsam und in sich gekehrt lehnte er an einem der dicken Rohre und starrte vor sich hin. Plötzlich ging ein Ruck durch seinen Körper.

»Okay«, sagte er mit lauter Stimme. »Herr Sattler, ich denke, Sie sollten mit Ihren Kollegen wieder an Ihre Arbeit zurückkehren, bevor wir hier von weiteren mysteriösen Vorkommnissen überrascht werden. David und ich werden uns um Frau Martin kümmern. Ich danke Ihnen.«

Sattler machte ein betroffenes Gesicht. Er sah ED Senft mit großen Augen an, als warte er auf weitere Instruktionen, dann deutete er seinen Mitarbeitern mit einer Kopfbewegung an, ihm zu folgen. Sie gingen zu zwei Elektrofahrzeugen, die ein paar Meter entfernt auf der Straße parkten, stiegen ein und fuhren in Richtung Werkstor davon.

Als sie hinter den Tanks verschwunden waren, kam ED auf

sie zu. »Sie fragen sich sicher, was das alles mit dem Diebstahl der Globacter-Gefäße zu tun hat. Habe ich recht?«

»Bis heute wissen wir noch nicht einmal, ob es überhaupt einen Diebstahl gegeben hat«, antwortete sie. »Aber mir ging etwas Ähnliches durch den Kopf, ja.«

»Wie würden Sie es denn sonst nennen, wenn Eigentum verschwindet?«

»Ich weiß nicht. Schlechte Organisation, zum Beispiel.«

ED Senft lehnte sich wieder gegen die mächtige Rohrleitung in seinem Rücken. Seine Bewegungen wirkten langsam, fast träge.

»Ich nehme an, Ihre Ermittlungen haben weiterhin zu keinen neuen Erkenntnissen geführt«, fragte er.

»Nein, nichts. Tut mir leid. Das war zu befürchten. Uns hätte nur der Zufall zu Hilfe kommen können.«

Er nickte, zog die Augenbrauen nach oben und holte tief Luft. »Nun, ich fürchte, spätestens seit heute ist eine neue Situation entstanden. Wir müssen davon ausgehen, daß das hier«, er zeigte auf den Eimer, »das Ergebnis eines Anschlages ist.«

»Eines Anschlages?« Sigrid war verblüfft. »Was für eine Art Anschlag sollte das sein?« Plötzlich kam ihr ein Gedanke. »Sie meinen...«

»Die Werksleitung weiß noch nichts von unserem Verdacht«, schaltete sich David ein. »Aber gleich heute morgen war Dr. Schenker hier, Sie erinnern sich, der Mikrobiologe, der Globacter entwickelt hat. Ein endgültiges Urteil wollte er erst nach dem Abschluß seiner Laboruntersuchungen abgeben, aber er hielt es für sehr wahrscheinlich, daß wir es hier mit Rückständen mikrobieller Aktivität zu tun haben. Und es gibt eigentlich nur eine Mikrobe, die zu so etwas in der Lage wäre.«

»Globacter?« Die Kommissarin sah David mit großen Augen an. Er nickte. »Ich verstehe. Aber warum glauben Sie an einen Anschlag? Könnten die Bakterien nicht auf andere Weise in den Tank gelangt sein? Vielleicht ist das ganze Gelände betroffen, eine Art Infektion.«

»Dieser Gedanke ist uns auch gekommen«, erwiderte ED Senft. »Entsprechende Untersuchungen sind sofort in die Wege geleitet worden. Überall auf dem Gelände wurden Proben genommen. Sie werden im Augenblick analysiert. Falls Sie auf eine Art Betriebsunfall anspielen, kann ich Sie beruhigen. Niemand von uns wäre so verrückt, ölfressende Bakterien dieser Qualität ausgerechnet in einer Raffinerie loszulassen. Das wäre ökonomischer Selbstmord. Wie ein Bauer, der seinen Acker eigenhändig mit Kartoffelkäfern infiziert. Die Laboratorien, die mit Globacter arbeiten, liegen Kilometer von hier entfernt. Hochsicherheitslabore der Stufe 3. Daß die Zellen auf dem Luftwege hierhergelangt sind, ist ausgeschlossen. Nein, im Augenblick deutet nichts darauf hin, daß außer diesem Tank, den wir natürlich sofort isoliert haben, noch andere Teile der Raffinerie betroffen sein könnten. Sie haben ja gehört, daß hier alles überwacht wird. Wenn Schenker mit seiner Vermutung recht behält, muß dieser hier gezielt infiziert worden sein.«

»Die Handhabung Ihrer Bakterien in der Elbuferhalle gehorchte keinen besonders hohen Sicherheitsstandards«, gab Sigrid zu bedenken. Sie war keineswegs davon überzeugt, daß sie es hier mit einer Straftat zu tun hatten. »Ich habe sogar eher…«

»Ich brauche keine Belehrungen, wie wir mit unseren Produkten umzugehen haben. Hier sind wir die Experten, Frau *Kommissar.*« EDs dunkle Augen funkelten vor Zorn, aber seine Unbeherrschtheit dauerte nur Sekundenbruchteile. »Natürlich hätten wir besser aufpassen müssen, Sie haben recht. Derartige Pannen sind allerdings nicht charakteristisch für unsere Arbeit, sonst stünde die Senft AG nicht da, wo sie steht.«

Sigrid ließ sich nicht einschüchtern. Sie war selbst gereizt. »Ich stelle nur fest, daß es im Zusammenhang mit diesen Bakterien zum zweiten Mal zu einem Zwischenfall gekommen ist, unter weitgehend ungeklärten Umständen, und Sie suchen die Schuld erneut bei irgendwelchen mysteriösen Unbekannten, ohne den geringsten Beweis.«

ED starrte sie an. In seinem Gesicht arbeitete es.

»Nehmen wir einmal an, Sie haben recht«, fuhr sie fort. »Jemand ist in das Raffineriegelände eingedrungen und hat gezielt diesen Tank mit Globacter-Bakterien infiziert. Wo war der Werkschutz? Ich habe umfangreiche Sicherheitsmaßnahmen gesehen. Das ganze Gelände ist eingezäunt, Videokameras. Gibt es irgendeinen Hinweis, daß Unbefugte eingedrungen sind? Dann dieser Tank. Um ihn zu manipulieren, braucht man detaillierte Spezialkenntnisse, oder nicht? Ich hätte jedenfalls keine Ahnung, wie ich da vorgehen sollte. Man kann das Zeug doch nicht einfach irgendwo hineinschütten. Das würde bedeuten, daß wir den oder die Täter zuerst in Ihrer Belegschaft suchen müßten. Es müßte jemand sein, der Zugang zu den Bakterien in den Hochsicherheitslabors hat und sich in der Raffinerie auskennt. Ich nehme an, der betreffende Personenkreis ist nicht allzu groß. Und letztlich die wichtigste Frage: Wozu? Warum sollte jemand so etwas tun? Was hat er davon? Die einzige Konstellation, die Sinn machte, wäre eine Erpressung. Gibt es Hinweise...«

ED, der mit wachsender Erregung zugehört hatte, drehte sich abrupt um und entfernte sich. Einen kurzen Moment dachte sie, er würde sie einfach hier stehenlassen, in eins seiner umweltfreundlichen Elektromobile steigen und davonfahren. Aber dann blieb er stehen, mit gesenktem Kopf, und schien zu überlegen. Er griff in seine Jackentasche und drehte sich um.

»Ja, die gibt es«, sagte er.

»Was?« Volker David hatte sich während des Gesprächs im Hintergrund gehalten, aber jetzt lief er ein paar schnelle Schritte auf ED Senft zu. »Warum haben Sie mir...«

»Halten Sie den Mund!« fuhr ED ihn an. »Soll ich Ihnen

noch einmal erklären, wer die Verantwortung für diesen ganzen Schlamassel trägt?«

Er ließ David stehen und übergab Sigrid einen Briefumschlag. »Das hier war am Montag in meiner Post.«

Sie öffnete den Umschlag und faltete das Papier auseinander.

»Warum haben Sie mich nicht sofort benachrichtigt?«

Er preßte die Lippen aufeinander. »Ich habe es für einen dummen Scherz gehalten.«

Sie nickte. »Darf ich das behalten?«

»Machen Sie damit, was Sie wollen, aber finden Sie den Kerl.«

15

Vielleicht hatte er nur einen ungünstigen Moment abgepaßt. Vielleicht war er zu ungeschickt, zu ungestüm gewesen oder ihr Tag einfach zu anstrengend. Sie hatten auf der Sitzgruppe im Wohnzimmer gesessen, jeder in einer Ecke des großen Sofas, beide in die Zeitung vertieft und ein Glas Rotwein vor sich auf dem Couchtisch. Anna hatte die Schuhe ausgezogen und die Beine seitlich angewinkelt auf dem Polster plaziert. Es war ein Moment entspannten häuslichen Beisammenseins, und er dachte, warum nicht heute, warum nicht jetzt, wann wollte er es zur Sprache bringen, wenn nicht an einem Abend wie diesem.

Sie sprachen über die Frauendemonstration, bei der es vor einigen Tagen zu schweren Ausschreitungen gekommen war. Die Presse war voll davon, die üblichen gegenseitigen Schuldzuweisungen der Politiker. Fest stand wohl, daß die Einsatzleitung der Polizei die Brisanz der Lage völlig verkannt hatte. Aber van Steeb war der Auffassung, daß alle nur um den heißen Brei herumredeten. Es war lächerlich, sich bei einem gesellschaftlichen Problem dieser Tragweite mit einem verpatzten Polizeieinsatz aufzuhalten. Er erläuterte Anna seine Auffassung, daß eine radikale Reform des Unterhaltsrechts die einzige Möglichkeit sei, das uralte Problem der Untreue zu lösen. Der Staat müsse die Vaterschaft feststellen und die Väter rigoros zur Kasse bitten.

Und wenn sich die Väter weigerten, fragte Anna, oder gar nicht bekannt seien? Dann müsse man eben noch einen Schritt weitergehen und alle Menschen genetisch registrieren, die Kinder sofort nach der Geburt, die anderen spätestens beim nächsten Arztbesuch. Unsicherheit über die Vaterschaft gehörte der Vergangenheit an, Vergewaltiger könnten sofort identifiziert und ausgesetzte Kinder ihren Eltern zugeordnet werden, und auch für die Kriminalitätsbekämpfung ergäben sich völlig neue Möglichkeiten. Ein Blick in die staatlich geführte Gen-Datenbank genügte. Jeder Mensch würde für sein Tun zur Verantwortung gezogen werden, besonders die Männer. Den Gedanken, daß damit auch bestimmte illegale Formen der Kinderproduktion unmöglich würden, behielt er für sich.

Van Steeb äußerte seine Genugtuung darüber, daß sie beide gerade in der Kinderfrage von Anfang an klare Verhältnisse geschaffen hätten. Und da sie schon beim Thema seien: Was halte sie denn davon... er sei jetzt über fünfzig und habe in letzter Zeit oft daran denken müssen, ob... oder anders formuliert... wäre nicht jetzt, nachdem sie ihr gemeinsames Leben so reibungslos und vorteilhaft aufeinander abgestimmt hätten, ein idealer Zeitpunkt, auch diesen Teil ihrer Abmachung anzugehen?

Anna sah ihn voller Unverständnis an. Er dachte, er hätte sich unklar oder umständlich ausgedrückt, und präzisierte: »Wollen wir nicht ein Kind bekommen? Ich meine nicht sofort, aber... bald. Demnächst.«

Wenn er ihr angekündigt hätte, er werde morgen seinen Klinikjob aufgeben und in Zukunft als Country & Western-Sänger durch die Welt tingeln, ihr Gesichtsausdruck hätte kaum verblüffter sein können.

»Herbert«, sagte sie nach einer quälend langen Pause und mit einer Stimme, die Schlimmes befürchten ließ. Er wisse doch genau, was im Augenblick bei ihnen in der Agentur los sei. Die neuen Kampagnen liefen auf vollen Touren, und da dürfe man nicht lockerlassen, das ganze Team arbeite fieberhaft. Die Niederlassung in London stände kurz vor der Eröffnung, und sie müsse schon an das nächste und übernächste Jahr denken.

Zehn hochbezahlte Fachkräfte wollten beschäftigt werden, so etwas liefe nicht von selbst. Nein, das könne er sich aus dem Kopf schlagen. Wie er überhaupt auf diese Idee käme, aus heiterem Himmel, das sei nicht fair, er wisse genau, wie viel ihr die Agentur bedeute.

Sie griff zu ihrer schärfsten Waffe, bittere Tränen, die über ihr schmales Gesicht kullerten. Ein Kind, das müsse doch gut überlegt sein, schluchzte sie. Er könne sie nicht in dieser Weise überfahren, ausgerechnet an einem Abend, da sie endlich einmal Gelegenheit habe, ein paar Minuten auszuspannen. Sie hätten noch viel Zeit, das habe er selbst immer wieder betont. Natürlich wolle sie ein Kind, aber nicht jetzt, in zwei, drei Jahren, vielleicht...

»Ist in Ordnung, tut mir leid!« versuchte van Steeb sie zu besänftigen. »War ja nur eine Frage, beruhige dich!«

Da waren sie wieder, die berühmten zwei, drei Jahre, in denen alles besser, alles anders sein würde.

Der Rest des Abends verging mit stummem Zeitungsstudium. Anna war böse, vermied jeden Blickkontakt und ging früh ins Bett. In der Nacht lag er noch lange wach und überlegte, was er falsch gemacht hatte.

Als er am folgenden Tag in der Klinik erste Analyseergebnisse durchsah, spürte er trotz der vielversprechenden Resultate die dunklen Wolken einer depressiven Verstimmung nahen. Er machte sich Vorwürfe, verfluchte seine verdammte Ungeduld. Er hatte viel Geld bezahlt, sich auf eine Weise in den Besitz der Zellen gebracht, die ihn den Kopf kosten konnte, und jetzt drohte sein unüberlegtes und übereiltes Handeln alles zu gefährden. Die Zellen hielten, was er sich von ihnen versprochen hatte. Aber die Quelle positiver Energie, die ihn in den Tagen seit der Übergabe angetrieben hatte, schien erschöpft. *Wozu das alles? Es hat keinen Sinn. Wir werden nie ein Kind haben,* hämmerte es plötzlich in seinem Kopf.

Er kämpfte dagegen an. Anna war ein klassischer Fall, bei

dem man mit einer Antwort dieser Art rechnen mußte. Was hatte er erwartet? Daß sie in seine Arme fiel und ihm ein »Ja, Liebling, wie schön« ins Ohr hauchte? Lächerlich! Die Saat war ausgebracht, und jetzt mußte er seine verhängnisvolle Ungeduld zügeln und ihr Zeit geben, sich mit dem Gedanken anzufreunden. Er durfte sie auf keinen Fall bedrängen. Vielleicht saß Anna schon in diesem Moment in ihrem Büro und dachte darüber nach, gewann der Idee erste positive Aspekte ab. Was waren schon ein paar Monate.

Aber der Pessimismus, der von seinen Gedanken Besitz zu ergreifen versuchte, löste eine Kaskade viel grundsätzlicherer Zweifel aus.

Was war mit seinem Plan, den er bisher für todsicher gehalten hatte? Das Baby würde zu einem blonden, blauäugigen Mädchen heranwachsen, aus dieser Richtung drohte keine Gefahr. Van Steeb war sich einigermaßen sicher, daß Anna, ebenfalls blond und blauäugig, bei der Auswahl der Samenspende, die sie zu benötigen glaubte, auf einem entsprechenden Männertyp bestehen würde, damit das Kind ihr ähnlich sah. Bisher deutete nichts darauf hin, daß sie plötzlich zu einem schwarzhaarigen, glutäugigen Latin Lover neigen könnte. Daß jemand in dem heranwachsenden Kind eine Wiedergeburt Rebeccas erkannte, war so gut wie ausgeschlossen. In zwanzig Jahren, wenn das Kind so alt wie die heutige Rebecca sein würde, gäbe es mit Sicherheit vollkommen andere Moden. Die Menschen würden anders aussehen, andere Kleidung tragen und sich andere Frisuren schneiden lassen. Die Ähnlichkeit von Klonkindern mit ihren Klonmüttern oder -vätern war zudem geringer als die eineiiger Zwillinge, die sie genetisch betrachtet waren. Sie wuchsen in anderen Zeiten auf, in einer anderen Umgebung, sie aßen andere Nahrung und machten vollkommen andere Erfahrungen. So war es sehr unwahrscheinlich, daß aus ihrer Tochter eine Schwimmerin werden würde, wenn niemand rechtzeitig auf ihr Talent aufmerksam wurde und es förderte.

Über all das machte van Steeb sich wenig Sorgen, was aber würde geschehen, wenn ein genetischer Test durch Zufall ergab, daß das kleine blonde Mädchen weder van Steebs noch Annas Kind sein konnte?

Über seinen Sorgen vergaß er fast den Beginn seiner Sprechstunde. Er hatte diese Bedenken schon im Vorfeld hundert Mal durchgekaut und sie alle verworfen. Es war kurz vor zehn, höchste Zeit, hinüber in den Behandlungstrakt zu gehen, zu all dem Leid und Chaos, das die Fortpflanzung den Menschen aufbürdete. Irgendwo gab es sie sicherlich, junge optimistische Menschen, die einfach miteinander ins Bett stiegen und ein Kind zeugten, glückliche Familien, lachende Kinder, strahlende stolze Eltern, irgendwo hatten sie sich versteckt, aber nicht hier, nicht in seiner Klinik. Hier gab es nur Planung, Probleme, Unfruchtbarkeit, medizinisch-technische Trickserei, von langer Hand und mit großem Aufwand vorbereitete Geburten.

Er suchte in seiner Schreibtischschublade nach den Stimmungsaufhellern, milden Antidepressiva, die ihn schon durch ein halbes verkorkstes Leben begleitet hatten. Es waren kleine, sinnigerweise rosarote Pillen, ohne die er nur unter Qualen durch diesen Tag kommen würde. Er fand sie gleich neben der Kassette, die das Foto seiner zukünftigen Tochter enthielt. Er seufzte, schluckte zwei der Tabletten, redete sich ein, daß der Tag schon irgendwie vergehen werde, und machte sich auf den Weg.

Als er drei Stunden später in sein Arbeitszimmer zurückkehrte, fand er zwei große Pappkartons vor, an denen einer von Kerstins gelben Zetteln klebte.

Das ist alles, was ich an altem Aktenbestand noch gefunden habe.
Weitere Suche zwecklos! K. S.

Unter anderen Umständen hätte er die Aussicht auf stundenlanges Blättern in staubigen Aktenbergen kaum verlockend gefunden, aber heute war er für jede Ablenkung dankbar. Seine Analysen konnte er erst am Abend wieder aufnehmen, wenn das Laborpersonal gegangen war, und er bezweifelte ohnehin, daß er nach dem gestrigen Abend noch die nötige Konzentration aufbrachte. Wozu sollte er das Genom eines Kindes analysieren, das möglicherweise nie geboren werden würde? Sein Kalender sah für den Nachmittag keine Termine vor. Die kommenden Osterferien machten sich bemerkbar, und die Klinik war nur zu einem Drittel belegt. Kerstins Kisten kamen ihm gerade recht.

Er ließ sich aus der Klinikküche Kaffee und zwei belegte Brötchen bringen und schluckte noch zwei der rosaroten Pillen.

Wie Eduard Dietrich Senfts DNS-Fingerprint in ihren Computer gelangen konnte, war ihm weiterhin ein Rätsel. Und die angebliche Identität mit einem Kriminellen erst recht, geradezu absurd. Das Ganze war in höchstem Maße beunruhigend und bedurfte dringend der Klärung. Sie waren darauf angewiesen, daß ihr Computersystem verläßliche Informationen lieferte. Es operierte mit schwindelerregenden Datenmengen und hatte schon lange eine Komplexität erreicht, die ihn hoffnungslos überforderte. Ohne die Arbeit hochspezialisierter Bioinformatiker war ein moderner reprogenetischer Klinikbetrieb nicht denkbar.

Es mußte sich um einen uralten Datensatz handeln. Vor vielen Jahren hatten sie ein neues Computernetzwerk eingeführt. Einige der alten Akten aus den Zeiten seines Vaters hatten sie in die neue Datenbank übernommen, andere dem Reißwolf übergeben, ein Rest lagerte womöglich noch im Keller der Klinik. Seinen Vater konnte er nicht fragen. Er erkannte weder seinen eigenen Sohn noch die Pflegekräfte, die ihn Tag für Tag fütterten und seinen zum Skelett abgemagerten Körper wuschen. In der Belegschaft gab es nur noch zwei Personen, die schon damals in der Klinik tätig gewesen waren. Eine Gynäkologin, die sein Vater eingestellt hatte, kurz bevor er die Klinikleitung an van Steeb übergab, und Kerstin Schrader. Er hatte sie vorsichtig befragt, ob sie sich noch an einige prominente Patienten seines Vaters erinnerten, und tatsächlich fielen einige Namen, von Schauspielern, Politikern, Persönlichkeiten, die heute kaum noch jemand kannte. Eduard Dietrich Senfts Name war nicht darunter.

Kerstins Gedächtnis war ein Phänomen, zuverlässiger als jede Computerfestplatte. Sie hatte die Geburtstage der gesamten Klinikbelegschaft im Kopf und überraschte ihn hin und wieder mit Anekdoten aus dem Leben seines Vaters, an die er sich beim besten Willen nicht erinnern konnte. Wenn sie nichts von einem Klinikbesuch Senfts wußte, hatte er vermutlich auch nicht stattgefunden. Woher stammte dann aber sein genetischer Fingerabdruck?

Natürlich hatte er zunächst versucht, alle Möglichkeiten und Suchoptionen ihrer Rechner auszuschöpfen. Ohne Ergebnis. Die einzige Möglichkeit, Licht in das Dunkel zu bringen, waren die Reste alter Aktenbestände, die möglicherweise noch im Keller lagerten. Kerstin hatte sofort eine Idee, wo sie danach suchen könnte. Sie wunderte sich zwar, warum ihr vielbeschäftigter Chef seine Zeit plötzlich mit uralten Akten verschwenden wollte, stellte aber keine Fragen.

Viel war es nicht, was die Jahrzehnte überdauert hatte. Bei einer flüchtigen Durchsicht zählte van Steeb gut zwei Dutzend vergilbte Aktenordner. Einige waren mit Jahreszahlen beschriftet, andere trugen unverständliche Kürzel. Alles in allem machte diese Papieransammlung einen ziemlich willkürlichen Eindruck, kaum Patientenakten, ganze Jahrgänge fehlten, aus anderen hatte man sogar die Lieferscheine einer Reinigungsmittelfirma aufgehoben. Es grenzte an ein Wunder, wenn er in diesem Sammelsurium eine Antwort auf seine Fragen fand.

Er griff wahllos einen der Ordner heraus, setzte sich an seinen Schreibtisch und begann zu blättern. Stellenanzeigen, Reklamationen, Behördenbriefe, einige Dankesschreiben ehemaliger Patienten, die heute vermutlich uralt oder längst verstorben waren, manche sogar mit verblaßten Fotografien grinsender Babys, alles ohne erkennbares System hintereinander abgelegt, ein klarer Fall für den Papierkorb. Verrückt, daß man so etwas überhaupt aufgehoben hatte. Auch der nächste Ordner enthielt nur langweiligen Verwaltungskram.

Dann stieß er auf einen umfangreichen Schriftwechsel zwischen Klinik und Krankenkassen, der mehrere Ordner umfaßte. Bald hatte er sich festgelesen, staunte über den bürokratischen Aufwand, den man damals für eine schlichte IVF betreiben mußte, Anträge, Genehmigungen, Gutachten, Stellungnahmen, ein endloser Papierkrieg. Es war die Zeit, als die neuen Techniken nur den Unfruchtbaren zur Verfügung standen. Er hatte vergessen, wie zögerlich sich die Gesellschaft dieser Möglichkeiten bedient hatte, wieviel Hürden sie aufbaute, um die Menschen an einer Selbstverständlichkeit zu hindern, nämlich frei und ohne jede Einschränkung über Art, Zeitpunkt und Ergebnis ihrer Fortpflanzung zu entscheiden. Man schrieb den Leuten ja auch nicht vor, wann sie essen und wie sie miteinander schlafen sollten. Wenn er das las, relativierte sich vieles von dem, was sie heute noch durchzustehen hatten. Nicht einmal eine simple Präimplantationsdiagnostik war damals gestattet. Man schickte die armen Frauen lieber ins Ausland, das weniger restriktive Gesetze erlassen hatte, oder setzte ihnen Embryonen ein, um sie nach einem negativen Biopsieergebnis Monate später wieder abzutreiben. Man verweigerte den Eltern die Möglichkeit der Geschlechtsbestimmung des Embryos und zwang sie, einen Jungen auszutragen, obwohl sich beide ein Mädchen gewünscht hatten, nur weil der Zufall es so entschieden hatte. Absurd! Welche Anmaßung des Staates, sich in die intimsten Entscheidungen seiner Bürger zu mischen! War es etwa moralischer, einen Monate alten Fötus zu töten, ein Menschlein mit Gesicht und winzigen Händen und Füßen, als einen winzigen Zellhaufen zu beseitigen, der nichts Menschliches an sich hatte?

Drei Stunden später hatte er etwa die Hälfte des Aktenberges durchgesehen, ohne einen Schritt weitergekommen zu sein. Nichts davon war es wert, aufbewahrt zu werden, nur einige der schlimmsten bürokratischen Blüten hatte er aussortiert, als Erinnerungsstücke für sich selbst und für die Ausbildung des Klinikpersonals. Es konnte nicht schaden, sich ab und an vor Augen zu halten, wie mühsam alles angefangen hatte. Er überflog den Inhalt der zweiten Kiste.

Ein nur halb gefüllter Ordner mit der schlichten Aufschrift *K 1–6* weckte sein Interesse. Als er die ersten Seiten aufschlug, erkannte er sofort die Handschrift seines Vaters. Es schien eine Art Laborprotokoll zu sein, seitenlange handschriftliche Notizen, Daten, Kurven und Zahlenkolonnen. Aber der Text war verschlüsselt, jedenfalls wimmelte es von unverständlichen Zeichen und Abkürzungen, aus denen er nicht schlau wurde. Offenbar handelte es sich um sechs Fälle, die seinen Vater besonders interessiert hatten.

Er blätterte den Ordner langsam durch, aber es schien hoffnungslos. Abgesehen von einigen üblichen Angaben zu Gewebetypen und Labordaten, die er zu erkennen glaubte, hatte er nicht die geringste Idee, worum es bei alldem gehen könnte. Sein Blick fiel auf eine Seite, die offenbar die erste eines neuen Falles darstellte. Die erste Zeile lautete:

M2JDKI-(UNF)K3STAMMMOOKT1411+IM1811+G3008+

Was sollte man damit anfangen? Die Unterlagen machten nicht den Eindruck, als seien sie für eine größere Öffentlichkeit bestimmt gewesen. Es waren keine offiziellen Klinikakten. So kannte er seinen Vater gar nicht. Er war ein begeisterter Arzt und Wissenschaftler gewesen, ein Vorbild an Disziplin und Effektivität, hin und wieder mit pedantischen Zügen, er hatte aber nie einen Hang zu Heimlichtuerei verraten.

Er blätterte weiter, starrte einige Minuten auf die erste Seite des nächsten Falles. Er wollte den Ordner schon zu den anderen legen, die er durchgesehen hatte, aber er zögerte, blätterte zurück und wieder vor, nahm sich schließlich ein Blatt Papier und begann die ersten Zeilen jedes Falles untereinanderzuschreiben.

M3ETHH-(UNF)K1STAMMMOOKT0909+IM1309+G1505+
W5MMHH-(KARZ)K2STAMMSPOOKT2404+IM2804-G-
M2JDKI-(UNF)K3STAMMMOOKT1411+IM1811+G3008+
W16PSHL-(UNF)K4STAMMMOOKT2706+IM0107+G0803+
M32EDSHH+K5STAMMMOOKT1502+IM2002+G2511+
M31MBHB+K6STAMMSPOOKT2312+IM2812+G-

Im ersten Moment erkannte er nichts außer verwirrenden Folgen von Buchstaben und Zahlen. Nur langsam schälten sich wiederkehrende Muster heraus: Die durchnumerierten Fälle K1 bis K6, Buchstaben- und Zahlenkombinationen, die sich plötzlich wie von selbst zu ganzen Wörtern und Datumsangaben ergänzten. Konnte zum Beispiel KARZ für Karzinom stehen, STAMM für Stammzellen, 0909 für den 9. September?

Van Steeb saß über die Papiere gebeugt und kratzte sich nachdenklich an der Stirn. Wenn er es doch nur verstehen würde. Er wußte, daß er auf etwas Wichtiges gestoßen war. Sein Vater hatte mit Stammzellen gearbeitet. In der Anfangszeit der humanen Genomforschung erschienen diese Stammzellen vielen Ärzten als eines der vielversprechendsten Forschungsgebiete mit schier unübersehbaren Anwendungsmöglichkeiten, vor allem in der Transplantationsmedizin. Aber auf die über Jahrzehnte vollmundig angekündigte Revolution, die der Medizin ins Haus stand, wartete die Öffentlichkeit bis heute vergeblich. Nur bei wenigen Gewebearten war die Medizin über das Stadium der Grundlagenforschung hinausgekommen. Immerhin gab es heute Hautgewebe, das entstellten Brandopfern half, Drüsengewebe, das lebenswichtige Hormone produzierte. Aber bislang war in keinem Labor der Welt eine ganze Niere oder ein Herz herangewachsen. Das Gebiet schien viel komplizierter zu sein, als die Optimisten zu Zeiten seines Vaters glaubten.

Waren das die Aufzeichnungen seiner Untersuchungen, die, soweit van Steeb wußte, nie zu einem verwertbaren Ergebnis geführt hatten? Mittlerweile war in ihm ein Forscherinstinkt erwacht, der kaum noch etwas mit dem Ausgangspunkt seiner Suche zu tun hatte. Er hatte eine Seite seines Vaters entdeckt, die ihm jahrelang verborgen geblieben war. Er war hellwach, seine grauen Zellen arbeiteten auf Hochtouren, und er dachte weder an Anna noch an mysteriöse genetische Fingerabdrücke. Er war auf ein Rätsel gestoßen und wollte es lösen.

Er nahm sich ein neues Blatt Papier und schrieb die Zeichenfolgen so untereinander, daß sich ein wesentlich übersichtlicheres Bild ergab.

M3ETHH	-(UNF)	K1STAMMMOOKT0909+IM1309+G1505+
W5MMHH	-(KARZ)	K2STAMMSPOOKT2404+IM2804-G-
M2JDKI	-(UNF)	K3STAMMMOOKT1411+IM1811+G3008+
W16PSHL	-(UNF)	K4STAMMMOOKT2706+IM0107+G0803+
M32EDSHH	+	K5STAMMMOOKT1502+IM2002+G2511+
M31MBHB	+	K6STAMMSPOOKT2312+IM2812+G-

Er überlegte. Jede Zeile begann mit einem M oder W, dann folgten eine Zahl und eine Zeichenkette, die vier, in einem Fall fünf Buchstaben umfaßte. Was konnte das bedeuten? M und W könnten für männlich und weiblich stehen, die Zahlen könnten...

Plötzlich sah er nur noch den Anfang der fünften Zeile, dieses M32EDSHH. Wie eine bunte Leuchtschrift schien ihn die

Zeichenfolge anzublinken. Er überlegte fieberhaft, wie er seinen Verdacht überprüfen könnte. Mit einer entschlossenen Handbewegung hämmerte er auf die Starttaste seines Rechners.

Das Ganze war keineswegs besonders verschlüsselt, erkannte er nun, es war nur in komprimiertester Form niedergeschrieben. Warum hätte sich sein Vater die Mühe machen sollen, alles auszuschreiben? Diese Notizen waren zweifellos nur für ihn selbst bestimmt, und er wußte, was damit gemeint war.

Van Steeb rief die Spenderdatenbank auf und ließ sich die Einträge von S 5483 zeigen: Alter: 28, Geburtsdatum: 25. 11.

G2511+ stand am Ende der fünften Zeile.

Mein Gott, er hatte recht!

Dann fiel ihm ein, daß ED vor kurzem mit großem Getöse seinen sechzigsten Geburtstag gefeiert hatte. 60 minus 28 gleich 32. Auch das machte Sinn.

M32EDSHH: Männlich, 32, Eduard Dietrich Senft, Hamburg.

Plötzlich wußte er auch, was die Buchstaben vor den Datumsangaben am Ende der Zeile bedeuteten. Er hatte nicht den geringsten Zweifel. Mit STAMMMOO konnte er nichts anfangen, aber mit dem Rest: Kerntransfer (KT) am 15. Februar, Implantation (IM) am 20. Februar, Geburt (G) am 25. November.

Van Steeb überlegte einen Moment, dann griff er zum Telefon und wählte die Nummer der Auskunft.

16

»Danke, Ruth«, sagte ED, als die Haushälterin den Kaffee brachte. »Stellen Sie's einfach auf den Tisch. Ich mach das schon.«

Nachdem Sigrid Martin die Eingangshalle mit der riesigen Treppe und dem zentnerschweren Kronleuchter gesehen hatte, die Gemälde an den Wänden und das polierte dunkle Holz des Salon-Mobiliars, war sie fast enttäuscht, den Kaffee nun aus relativ klobigen weißen Porzellantassen trinken zu müssen.

»Sahne, Zucker?«

»Danke, schwarz.«

Es fiel ihr schwer, sich auf das bevorstehende Gespräch zu konzentrieren. Luxus, wie er hier zur Schau gestellt wurde, kannte sie aus dem Fernsehen oder den Einrichtungs-Zeitschriften, die sie im Wartezimmer ihres Zahnarztes durchblätterte. Schon die Anfahrt war ein Erlebnis. Das Grundstück an der Elbchaussee war von einer dicken, efeuumrankten Ziegelmauer umgeben, davor stand ein drei Meter hoher Metallzaun. Am Eingangstor schirmten riesige alte Hecken das Grundstück ab, so daß nur eine große Rasenfläche zu erahnen war. Die Dimensionen des Anwesens und das zurückgesetzte alte Haus mit seinem Eingangsportal sah man erst, wenn man um die Hecke herumfuhr.

Sie saßen in einem Salon, der größer war als ihre gesamte Wohnung. Mit dem Gegenwert des Sofas, auf dem sie saß, hätte sie sich vermutlich komplett neu einrichten können. Eine Flügeltür führte auf eine Terrasse und in einen Garten mit den Ausmaßen eines Stadtparks. Die Tür war geschlossen. Draußen war es ungemütlich und stürmisch. Kahle Baumkronen wurden hin und her geschüttelt. Unten erkannte man das graue Band der Elbe. Am gegenüberliegenden Ufer lagen die Werkshallen der Deutschen Aerospace. Neben einer Landebahn stand ein großes dickbauchiges Transportflugzeug.

»Wie kann ich Ihnen helfen, Frau Kommissar?« sagte ED, während er mit dem Löffel in seiner Tasse rührte. Sie sah ihn an. Hatte sie sich den ironischen Unterton nur eingebildet?

»Nun ...«, sie zog ihr Notizbuch hervor. Was sie zu sagen hatte, wußte sie auch ohne ihre Aufzeichnungen, aber das Büchlein half ihr, sich endlich auf ihre Arbeit zu konzentrieren. »Wir haben mit Ihrem Wachschutz und zwei Dutzend Raffineriearbeitern gesprochen. Niemand hat etwas Ungewöhnliches bemerkt, aber mein Kollege wird die Befragungen natürlich fortsetzen. Auf den Videos der Überwachungskameras, soweit sie bisher gesichtet wurden, ist nichts Verdächtiges zu erkennen. Der Brief, den Sie erhalten haben, wurde erkennungsdienstlich behandelt. Sowohl das Papier als auch der Klebstoff sind in jedem Supermarkt erhältlich. Nichts, was uns weiterhelfen könnte. Bisher gibt es keinen Beweis, daß wir es mit einer Straftat zu tun haben.«

»Sie glauben immer noch, daß wir uns den Anschlag nur eingebildet haben?«

»Das habe ich nicht gesagt. Aber ich muß auch die Möglichkeit in Betracht ziehen, daß es keinen Anschlag gegeben hat.«

»Es gibt diesen Brief.«

»Ja.«

»Und wir wissen, daß der Tank tatsächlich mit Globacter beimpft wurde.«

»Wir wissen nur, daß diese Bakterien irgendwie in den Tank gelangt sind. Wie, ist eine offene Frage.«

ED stellte seine Tasse ab. Er schüttelte den Kopf und schnaubte verächtlich. »Also, was schlagen Sie vor? Wie soll es jetzt weitergehen? Warten wir ab, bis die Täter ein zweites Mal zuschlagen?«

»Dr. Senft, ich kann Ihre Enttäuschung verstehen. Aber glauben Sie mir, wir tun alles, was in unserer Macht steht. Der Fall genießt hohe Priorität. Wir haben einen Krisenstab gebildet. Das Raffineriegelände wird von Ihren und unseren Leuten überwacht, die Videomonitore sind rund um die Uhr besetzt. Wir haben sowohl hier als auch in Ihrer Zentrale Fangschaltungen installiert, falls der Erpresser versuchen sollte, telefonisch mit Ihnen Kontakt aufzunehmen. Aber Sie wissen selbst, wie groß das Gelände ist, und was eine mögliche Erpressung angeht, ich bin mir nicht sicher...«

ED stand auf und trat vor die große Terrassentür. Er war sichtlich um Fassung bemüht. »Wofür halten Sie mich? Für einen paranoiden Spinner?« Er griff nach dem Brief, der zwischen ihnen auf dem Tisch lag, und wedelte damit herum. »Was ist das hier? Ein Glückwunschschreiben?«

»Der Brief ist eine Drohung, zweifellos. Aber er enthält keinerlei Forderungen, keinen Hinweis, wie oder ob man sich wieder mit Ihnen in Verbindung setzen wird. Es ist mehr als eine Woche vergangen, und der Absender hat nichts von sich hören lassen. Der Brief kündigt etwas an, und ich finde, er tut das auf eine sehr merkwürdige Weise.« Sie beobachtete, wie Senft umherlief und sich die Schläfen rieb, als quälten ihn Kopfschmerzen. Es fiel ihr schwer einzuschätzen, ob er ernsthaft beunruhigt war oder die ganze Angelegenheit nur als lästig empfand.

»Für mich paßt das so wenig zusammen«, fuhr sie fort. »Da ist dieser Brief, der sehr amateurhaft wirkt. Heutzutage kommen Erpresserschreiben per E-Mail, über etliche Umwege, damit man den Absender nicht lokalisieren kann, oder sie werden zumindest auf einem Laserdrucker ausgedruckt. Dieser Brief da ist wie ein Relikt aus dem vorigen Jahrhundert. Da hat sich jemand hingesetzt und stundenlang Buchstaben ausgeschnitten. Und auf der anderen Seite gibt es diesen vermeintlichen Anschlag in der Raffinerie, der nichts Amateurhaftes an sich hat, im Gegenteil. Der oder die Täter müssen bestens Bescheid gewußt haben.«

ED kehrte wieder in seinen Sessel zurück und schlug die Beine übereinander. Seine Hand, die noch immer den Brief festhielt, baumelte über die Armlehne. Er sah sie ungeduldig an. »Und? Was sagt uns das? Erklären Sie's mir.«

»Der Brief erhebt keine Forderungen. Sicher, es sind nur zwei Sätze, da sollte man sich mit Interpretationen zurückhalten, aber für mich klingt es eher nach einer Feststellung, so als hätte der Verfasser gar nicht vorgehabt, sich durch irgendeine Gegenleistung von seiner Tat abhalten zu lassen. Außerdem ist das Ganze sehr persönlich gehalten.«

»Sie meinen das Du.«

»Ja, auch. *Ich werde dir weh tun.* Das hat etwas geradezu Intimes, finden Sie nicht?«

»Hm. Jetzt fragen Sie mich sicher gleich, ob ich Feinde habe, richtig?«

»Feinde«, sagte sie nachdenklich. »Ich weiß nicht. Wer könnte so etwas geschrieben haben?«

»Mein Gott, Frau Martin, woher soll ich das wissen? Wenn ich irgendeine Idee hätte, würde ich es Ihnen sagen. Natürlich habe ich Feinde. Da draußen wimmelt es von Leuten, die ich entlassen habe, Sportler, die sich einen anderen Verein suchen mußten, Konkurrenten, denen ich das Geschäft vermasselt habe. Vermutlich gibt es zahllose Menschen, die mich verfluchen und mir alles Pech der Welt wünschen. Sehen Sie sich um! Jemand, der es sich leisten kann, so zu leben, hat automatisch Neider. Feinde zu haben ist in meiner Position keine Kunst. Fragen Sie mich lieber, ob ich Freunde habe.«

»Ich glaube, wir müssen in Ihrem engeren Umfeld suchen, Menschen, die Ihnen nahestanden. Langjährige Arbeitskollegen, Ihre Familie.«

»Machen Sie Witze? Welche Familie? Meine Frau ist seit zehn Jahren tot, meine Tochter lebt in Berlin. Sie hat einen Mann und eine kleine Tochter, verbringt ihre Zeit in Fitneßstudios und schicken Boutiquen und hat nicht den geringsten Anlaß, sich über mich zu beklagen. Sie können sie ja fragen.«

»Und sonst?«

Er schüttelte den Kopf. »Zwei, drei uralte Tanten und Onkel. Keine Geschwister. Ich bin ein verwöhntes Einzelkind, merkt man das nicht?«

Sie wich seinem Blick aus, um ihn nicht noch mehr zu reizen. Aber die nächste Frage mußte sie trotzdem stellen.

»Was ist mit ehemaligen Geliebten?«

Zum ersten Mal während des Gesprächs verzog EDs Gesicht sich zu einem Lächeln. »Möglichst mit intimen Kenntnissen der Raffinerie, was?«

»Es könnte jemand angeheuert worden sein.«

»Sie schmeicheln mir, Frau Martin. Ich weiß, was die einschlägige Presse über mich berichtet hat, und vieles davon war eher untertrieben, das kann ich Ihnen versichern, aber ich bin kürzlich sechzig geworden. Wenn Sie nachschauen, werden Sie sehen, daß all das schon lange zurückliegt.«

»Sie sind berühmt und sehr reich. Das Alter spielt da wohl nur eine untergeordnete Rolle.«

Sein Lächeln erstarb. »Ich sage Ihnen doch. Es gibt niemanden. Glauben Sie, ich hätte nicht schon selbst darüber nachgedacht? Es muß jemand aus dem Unternehmen sein, oder von der Konkurrenz. In unserem Geschäft geht es mitunter ziemlich rauh zu.«

Ein Handy klingelte. ED Senft griff in seine Jackentasche.

»Ja?«

Einen Moment hörte Sigrid nur den Wind, der draußen in die Baumkronen fuhr, und das Ticken einer alten Standuhr, die ihr bisher nicht aufgefallen war.

ED erhob sich. »Entschuldigen Sie mich einen Moment«, sagte er. »Es dauert nicht lange.«

Es war die Mailbox. ED ging hinüber in die benachbarte Bibliothek. Sattler hatte angerufen. Die Reinigung des Tanks sei abgeschlossen, Globacter nicht mehr nachzuweisen. Trotzdem habe Dr. Schenker auf ein geringes Restrisiko hingewiesen. Es könnte kleinste Bakterienmengen geben, die an unzugänglichen Stellen überlebt haben. Wenn man den Tank jetzt befülle, bestände das Risiko eines erneuten Befalls, der sich über die Rohrleitungen sogar noch ausbreiten könnte. Am besten sei es wohl, den Tank zu füllen und sofort wieder zu isolieren. Dann könne man beobachten, was passierte, ohne daß eine Ansteckungsgefahr für andere Tanks bestand. Ob er damit einverstanden sei.

Seltsam, dachte ED, als ob Tanks sich anstecken könnten. Aber es ging um Bakterien, da war dieser Begriff wohl angebracht. Ihm schienen die Vorsichtsmaßnahmen übertrieben, aber er rief Sattler an und erteilte seine Zustimmung.

Dann war da noch ein Anruf eines Arztes, der ihn in einer persönlichen Angelegenheit sprechen wollte. Eine Frauenstimme fragte, ob er sofort mit dem Anrufer verbunden werden wollte. Er überlegte kurz, dann betätigte er eine Taste. Die Kommissarin konnte sich ruhig einen Moment gedulden. Er hatte es ohnehin satt, wie sie in seinem Privatleben herumschnüffelte.

»Van Steeb«, meldete sich jemand am anderen Ende der Leitung.

»Ja, Senft hier. Sie wollten mich sprechen?«

»Wer? Oh, Dr. Senft. Entschuldigen Sie. Ich habe nicht damit gerechnet, daß Sie so schnell zurückrufen.«

»Was gibt es denn?«

»Ich bin hier in Hamburg Leiter der Blankenese-Klinik, einer Klinik für Fortpflanzungsmedizin.«

»Ja, und?«

»Nun, meine Frage wird Ihnen vielleicht etwas seltsam vorkommen. Aber … in unseren Unterlagen sind kürzlich Akten aufgetaucht, die Sie betreffen.«

»Mich?« ED runzelte die Stirn und setzte sich hinter den Schreibtisch.

»Ja. Es sind alte Akten. Sie stammen noch aus der Zeit meines Vaters, Prof. Dr. Reinhold van Steeb. Wir können diese Akten nicht recht zuordnen. Kann es sein, daß Sie vor langer Zeit einmal als Patient bei uns in der Klinik waren, oder als Kunde, vor etwa dreißig Jahren?«

»Also, wissen Sie, vor dreißig Jahren. Fragen Sie mich das im Ernst?«

»Wie gesagt, wir sind eine Fortpflanzungsklinik. Zu uns kommen die Menschen, um Eltern zu werden.«

»Ich weiß beim besten Willen nicht …«

»Dr. Senft, mir ist bewußt, daß das, was mein Vater damals getan hat, illegal war. Aber die Gesetzeslage hat sich völlig geändert, seit vielen Jahren schon. Sie haben nichts mehr zu befürchten. Die Angelegenheit bleibt unter uns. Es geht ja auch um meinen Vater. Sie können sicher sein, daß ich niemals etwas tun würde, was sein Ansehen beschädigen könnte. Es geht mir nur um Klarheit. Es wäre eine große Hilfe für uns …«

»Ich fürchte, ich kann nichts für Sie tun.«

»Es tut mir wirklich leid, daß ich Sie damit behelligen muß, aber ich frage Sie einfach ganz direkt. Ich bin absolut sicher, daß Sie den Grund Ihres Besuchs bei uns auch nach dreißig Jahren nicht vergessen haben. Sie müssen nur mit Ja oder Nein antworten, und die Sache ist erledigt. Wir werden Sie nie wieder belästigen. Also: Haben Sie sich damals von meinem Vater klonen lassen, und ist dieses Kind an einem 25. November bei uns geboren worden?«

»Sie sind ja verrückt«, rief ED und sprang auf. »Sie müssen mich verwechseln. Ich habe keinen Sohn. Ich will nie wieder etwas davon hören, haben Sie verstanden? Wagen Sie ja nicht, mich noch einmal anzurufen.«

Er unterbrach die Leitung. Sein Herz raste. Er blickte rasch zur Tür, die in den Salon führte. Konnte sie etwas gehört haben? Er hatte die Tür nur angelehnt.

Einen Moment stand er unschlüssig an dem alten Schreibtisch, den er seit Jahren nicht mehr benutzt hatte. In seinem Kopf überstürzten sich die Gedanken. Er goß sich einen Cognac ein und kippte ihn in einem Zug hinunter. In einer Glasvitrine kontrollierte er den Sitz seiner Krawatte, schloß einen Moment die Augen, um sich zu konzentrieren, und ging dann zurück in den Salon. Die Kommissarin stand vor der großen Flügeltür zur Terrasse und sah auf die Elbe hinaus. Ein großer Frachter passierte gerade in Richtung Hafen.

»Es tut mir leid«, sagte er. »Wir müssen unser Gespräch leider ein andermal fortsetzen.«

»Schlechte Nachrichten?« Sie sah ihn aufmerksam an.

»Nein, nein. Man braucht mich in der Raffinerie. Es sind einige Entscheidungen zu treffen. Wenn Sie noch Fragen haben, ich stehe Ihnen gern wieder zur Verfügung. Ich werde Ruth bitten, Sie hinauszubegleiten.«

»Danke, machen Sie sich keine Umstände. Ich finde den Weg allein. Ich muß übrigens auch zum Hafen. Ich bin mit Dr. Schenker verabredet.«

»Werden Sie ihn auch über seine Exgeliebten befragen?«

Sie zeigte keine Spur eines Lächelns. »Der Brief war an Sie gerichtet, Dr. Senft. Es tut mir leid, wenn ich Ihnen mit meinen Fragen zu nahe getreten sein sollte. Aber ich bin überzeugt, daß der Absender Sie sehr gut kennt und Sie ihn vermutlich auch.«

ED hatte Mühe, ihrem forschenden Blick standzuhalten. Plötzlich fand er sie aufdringlich, geradezu unverschämt. Diese kleine Beamtin schien vergessen zu haben, wen sie vor sich hatte.

»Was Herrn Schenker angeht, bin ich mehr an seinen Bakterien interessiert«, sagte die Kommissarin auf dem Weg zur Sitzgruppe, wo sie ihr Notizbuch verstaute und ihren Mantel anzog. »Wenn es Ihnen nichts ausmacht, sich dem Komfort eines Hamburger Kripofahrzeuges auszusetzen, könnte ich Sie mitnehmen.«

»Danke für das Angebot. Aber ich habe mich wohl mißverständlich ausgedrückt. Ich muß dazu nicht in die Raffinerie fahren. Wir erledigen das übers Internet.«

»Verstehe.« Sie lächelte kurz, wurde aber sofort wieder ernst. »Bitte informieren Sie mich, wenn Ihnen noch etwas einfällt. Sie können mich jederzeit anrufen.«

17

Eine Stunde später saß Sigrid Martin in einem fensterlosen, von einem großen Mikroskop beherrschten Raum und betrachtete zwei runde Gebilde, die von einem Strahlenkranz umgeben waren.

»Können sie sich bewegen?« fragte sie.

»Viele Bakterien haben zur Fortbewegung Geißeln. Das sind lange peitschenförmige Anhängsel«, antwortete Ralf Schenker, der neben ihr stand und auf einer Computertastatur herumtippte, um die Bildqualität zu verbessern. »Aber Globacter ist einfach nur groß und rund und schwimmt passiv im Medium. Das Besondere an dieser Zelle kann man nicht sehen. Ihre Dynamik entfaltet sie auf chemischem Gebiet. Da besitzt sie allerdings außergewöhnliche Fähigkeiten. Sie ist eine lebende petrochemische Fabrik im Miniaturformat.«

»Ich finde, sie sieht auch gut aus. Wie ein leuchtender Planet.« Ihr fiel die Kampagne der Senft AG ein, die noch immer die Werbeflächen der Stadt beherrschte. *Eine Zelle für die Welt.* Im Fernsehen lief mittlerweile eine animierte Version. Eine Art Sonde raste darin aus dem All in Richtung Sonne, passierte die äußeren Riesenplaneten und stoppte schließlich vor Globacter und der Erde, die als Planetenduo die Sonne umkreisten.

»Das Leuchten ist eine Folge der speziellen mikroskopischen Technik, die wir anwenden. Die Zellen, die Sie hier sehen, sind tot. Der Strahlenkranz entsteht durch Kontrastverstärkung.«

»Und was ist das in ihrem Innern? Sie scheinen vollkommen leer zu sein.«

»Das täuscht. In der Organismenwelt verläuft die Trennlinie nicht zwischen Pflanzen und Tieren, sondern zwischen Bakterien und allen anderen Lebensformen. Bakterien sind viel einfacher gebaut. Aber sie müssen Energie gewinnen, Stoffe synthetisieren, Fehler in der Erbsubstanz reparieren, auf chemische Reize reagieren, und sie müssen sich vermehren. All das passiert in der grauen Substanz, die Sie im Zellinnern sehen, dem Cytoplasma. Das einzige, was ihnen fehlt, sind Biomembranen, die solche Prozesse auf bestimmte Regionen des Plasmas begrenzen und die wir im Mikroskop sehen können. Bakterien besitzen zum Beispiel wie alle anderen Zellen DNS. Aber ohne eine schützende Hülle darum sieht es so aus, als hätten sie keinen Zellkern.« Er zeigte auf ein metallenes Rad an der Seite des Geräts. »Hiermit können Sie die Schärfe regeln. Wenn Sie hoch- und runterfahren, werden Sie sehen, daß Globacter eine nahezu perfekte Kugel ist.«

Langsam ließ sie die Schärfeebene durch die Zellen wandern. »Faszinierend. Wann hat man schon mal die Gelegenheit, durch ein solches Mikroskop zu schauen.«

»Ja, da haben Sie recht«, sagte Dr. Schenker und lächelte verständnisvoll. »Aber wir tappen auch mit moderner Technik ziemlich im dunkeln. Der Mikrokosmos ist bis heute weitgehend eine Terra incognita. Wie Mikroorganismen, allen voran die Bakterien, selbst die unwirtlichsten Lebensbedingungen meistern, ist für mich geradezu ehrfurchterregend. Kein anderes Lebewesen kann ihnen das nachmachen. Sie sind von entscheidender Bedeutung für das Leben auf der Erde. Hätten photosynthetisch aktive Bakterien die Atmosphäre nicht mit Sauerstoff angereichert, wäre höheres Leben, wie wir es kennen, unmöglich gewesen. Sie können extreme Kälte und Temperaturen jenseits des Siedepunktes ertragen. Viele kommen ohne Sauerstoff aus, haben sich Energiequellen erschlossen, die kein anderes Lebewesen nutzen kann, und bilden so die Grundlage für ganze Lebensgemeinschaften. Vermutlich existieren sie sogar in jeder einzelnen unserer Zellen. Vor einigen hundert Millionen Jahren gaben Bakterien ihre Selbständigkeit auf und zogen sich ins Innere anderer Bakterienarten zurück, mit denen sie bis heute in einer unauflösbaren Symbiose zusammenleben. Sie fusionierten zu Zellen einer höheren Organisationsstufe und übernahmen darin ganz bestimmte Aufgaben, zum Beispiel Photosynthese, Energiegewinnung oder die Ausbildung eines Spermienschwanzes. Das war die Geburtsstunde von Pflanzen und Tieren. Sie sind nichts anderes als kooperative Zusammenschlüsse verschiedener Bakterienarten. In unserem Genom sind Hunderte von uralten Viren- und Bakterien-Genen nachgewiesen worden.« Plötzlich wirkte er unsicher, geriet ins Stocken und rieb sich das bärtige Kinn. »Entschuldigen Sie. Bremsen Sie mich, bitte. Ich komme bei diesem Thema leicht ins Schwärmen. Ich will Sie nicht langweilen.«

»Nein, nein, wie kommen Sie denn darauf. Bitte reden Sie weiter.« Sigrid hatte sich vom Anblick der leuchtenden Bakterienzellen losgerissen und sah den Mikrobiologen aufmunternd an. Sie empfand dieses Gespräch als wohltuende Abwechslung ihres ansonsten eher deprimierenden Alltags. Keine Aktenberge, keine Verhöre, keine feindseligen Blicke, kein Wühlen im Privatleben unwilliger und mißtrauischer Gesprächspartner. Einfach nur eine Unterhaltung mit einem Mann, der begeistert von seiner Arbeit war und bereitwillig darüber Auskunft gab. Sie hatte es nicht eilig, ins Präsidium zurückzukehren. Außerdem konnte es nicht schaden, wenn sie über das Diebesgut, dem sie auf der Spur war, etwas mehr in Erfahrung brachte.

»Können zwei Zellen wie diese hier miteinander in Verbindung treten, können sie kommunizieren?«

»Natürlich, und ob sie das können.« Er nickte lebhaft. »Sie haben Sex.«

Sigrid mußte lachen. »Sie haben was?«

»Natürlich nicht in dem Sinne, wie wir das kennen.« Auch Schenker mußte grinsen. »Aber es läuft auf dasselbe hinaus. Sie tauschen Informationen aus in Gestalt von DNS. Bakterien sind wahre Meister darin. Theoretisch bilden alle Bakterien dieser Welt einen einzigen Genpool, getrennte Arten, wie wir das von Pflanzen und Tieren kennen, gibt es nicht. Jede Bakterienzelle kann jeder anderen Teile ihres Genoms übermitteln, wenn nicht direkt, dann über diverse Zwischenschritte. Bakterien in den Mägen von wildlebenden Pavianen sind resistent gegen bestimmte Antibiotika. Warum? Weil die Paviane so viele Tabletten gefressen haben? Sicher nicht. Sie übernahmen die Fähigkeit von Bakterien, die aus der Umgebung des Menschen stammten, nicht von Afrikanern – die sind nicht gerade überversorgt mit Antibiotika –, sondern von reichen Safaritouristen, deren Abfälle regelmäßig von Pavianhorden geplündert werden.«

»Wenn das stimmt, dann bilden sie sozusagen ...« Sigrid wagte fast nicht, den Gedanken auszusprechen. Sie wollte sich nicht blamieren. Es klang zu verrückt. »Naja, sie bilden das, was wir heute über uns Menschen sagen, eine Art... Informationsgesellschaft.«

»Ja, tatsächlich.« Schenker strahlte. »Das muß ich mir merken. Sie haben völlig recht. Das Wort bringt es wunderbar auf den Punkt. Bakterien bilden eine echte Informationsgesellschaft.«

Sie seufzte und ließ sich gegen die Rückenlehne ihres Stuhls sinken. »Ich fürchte, meine Vorstellung von Bakterien war bislang ziemlich naiv. Für mich waren das ausschließlich Erreger lästiger und gefährlicher Krankheiten. Gestern habe ich mir noch einmal die Aufzeichnung des Abends in der Elbuferhalle angesehen. Paul Abend sprach von einem Lebensraum tief in der Erde, in dem es möglicherweise mehr Leben gibt als auf der ganzen Erdoberfläche. Ich hielt das für Quatsch, einen seiner Scherze, aber nach allem, was Sie mir jetzt erzählt haben, bin ich mir da nicht mehr so sicher.«

»Nein, nein, ein Scherz war das nicht. Aber...« Er schaltete

Rechner und Mikroskop aus. »Sagen Sie, wollen wir nicht in mein Büro gehen? Es ist ein wenig eng hier, und ich könnte uns einen Kaffee kochen.«

Sie gingen einen langen Korridor entlang, von dem links und rechts Laborräume abgingen. »Ich hatte Herrn Abend bei einem Vorbereitungstreffen von der *Deep Hot Biosphere* erzählt«, sagte Schenker, während Sigrid versuchte, den einen oder anderen Blick in die Labors zu erhaschen. »Die Sache muß ihn so beeindruckt haben, daß er abends während der Veranstaltung davon erzählt hat. Aber letztlich ist es nur eine schöne Spekulation, schön für Mikrobiologen, meine ich.«

»Also doch. Für mich klang das nach Science-fiction, wie eine moderne Version der alten Jules-Verne-Geschichte von der *Reise zum Mittelpunkt der Erde.*«

»Der Lebensraum von Bakterien ist sicher größer, als wir dachten, aber ob die *Deep Hot Biosphere* tatsächlich existiert und solche Ausmaße hat, wie mein amerikanischer Kollege Thomas Gold sich das vorstellt, kann bis heute niemand beweisen. Es gibt Hinweise, das stimmt. Wir wissen heute, daß es in den Gesteinen der Erdkruste Leben gibt, viel tiefer, als bisher angenommen, aber die Prämissen, von denen Gold in seiner Theorie der *Deep Hot Biosphere* ausgeht, sind doch mehr als fragwürdig. Er kämpft schon seit Jahrzehnten für seine Auffassung, daß Erdöl und Erdgas, sogar Steinkohle nicht aus den Überresten von Organismen entstanden sind, und hält deshalb die Bezeichnung fossile Brennstoffe für völlig falsch. Er glaubt, daß ihre Ausgangsstoffe sozusagen zur kosmischen Mitgift unseres Planeten gehören. Es gibt einige russische Forscher, die seine Meinung teilen, aber ansonsten steht er ziemlich allein da. Seine Phantasie wird dadurch nur noch mehr angestachelt. Von denselben Ausgangsstoffen, die die Bildung des Öls speisen und deren Quelle er tief im Erdinneren vermutet, sollen auch die Bakterien seiner *Deep Hot Biosphere* leben. Deshalb hängen beide Theorien zusammen.«

»Ich wußte gar nicht, daß es über die Entstehung des Öls verschiedene Auffassungen gibt«, sagte Sigrid verblüfft.

»Wie gesagt, es ist die Meinung eines Einzelkämpfers. In unserer Zunft ist er so etwas wie der Paradiesvogel. Solche Leute scheint es überall zu geben.« Schenker lachte, öffnete eine Tür und sagte: »Wir sind da. Bitte schön!«

Sie betraten einen hellen Raum mit Blick auf den Hafen. Während er den Kaffee aufsetzte, stand Sigrid am Fenster und versuchte sich zu orientieren. Irgendwo im Westen mußte die Raffinerie liegen.

»Stammt Globacter ursprünglich auch aus dem Erdinneren?« fragte sie nach einer Weile. »Ich habe natürlich keine Ahnung, aber ich sage mir, Bakterien, die Öl fressen, müßten da leben, wo es Öl gibt. Tief in der Erde.«

Er bot ihr einen Stuhl vor seinem Schreibtisch an. »Öl gibt es durchaus auch an der Erdoberfläche, ich meine, natürlicherweise, ohne daß der Mensch dafür gesorgt hätte. Wie hätten wir sonst darauf stoßen sollen? Wir haben ja nicht auf gut Glück in die Erde gebohrt in der Hoffnung, auf irgend etwas Interessantes zu stoßen. Globacter ist allerdings kein natürlicher Organismus. Es ist sozusagen ein Nachbau, in vielerlei Hinsicht besser als seine Vorbilder. In der Natur kommt eine solche Zelle nicht vor.«

»Richtig, ich erinnere mich. Ich habe davon gelesen. Es ist synthetisch, nicht wahr? Allerdings ist mir nicht klar, was das eigentlich heißt.«

Schenker hatte an seinem Schreibtisch vor einem deckenhohen Bücherregal Platz genommen und verschränkte die Arme hinter dem Kopf. »Nun, dazu muß ich etwas weiter ausholen. Schon Ende des zwanzigsten Jahrhunderts hatte man das komplette Erbgut von gut zwei Dutzend Bakterienarten entziffert. Durch Vergleiche ihrer DNS fand man heraus, daß zur Steuerung der grundlegenden Lebensprozesse nur etwa zweihundertfünfzig Gene erforderlich sind. Heute kennen wir das Genom von ein paar hundert Bakterienarten und wissen, daß es in Wirklichkeit etwas mehr sind, knapp dreihundert. Diese Gene müssen vorhanden sein, damit die einfachste vorstellbare Bakterienzelle überhaupt funktioniert. Natürlich vorkommende Bakterienarten besitzen viel mehr Gene. Die kleinsten, die wir kennen, liegen bei etwa fünfhundert, die größten bei mehreren tausend Genen.«

»Das verstehe ich nicht. Wenn eine Zelle schon mit wenigen Genen funktioniert, wie Sie sagen, wozu braucht sie dann Tausende davon?«

»Eine solche Minimalzelle wäre in der Natur nicht lebensfähig. Der Boden, eine heiße Quelle, vulkanische Schlote auf dem Meeresboden oder der Körper eines anderen Lebewesens, jeder dieser Lebensräume stellt Anforderungen, für die diese Zellen Lösungen gefunden haben, sonst hätten sie nicht überlebt. Das können spezielle Stoffwechselwege sein, die vor schädigenden Umwelteinflüssen schützen, eine besonders robuste Ausgestaltung der Zellwand, die biochemische Auseinandersetzung mit den Wirten, zum Beispiel ihrer Immunabwehr, ein besonders harter Brocken. Jede Art hat spezifische Aufgaben zu lösen, die weit über das bloße Funktionieren des Zellapparates hinausgehen. Es wird noch lange dauern, bis wir beantworten können, wie sie das machen und welche Rolle dabei die einzelnen Gene spielen. Außerdem führt eine rein quantitative Betrachtung ohnehin nicht weit. Es gibt einfach gebaute Tiere und Pflanzen, die viel mehr Chromosomen haben als wir Menschen. Zahlen allein sagen in der Biologie wenig aus, auf das Zusammenwirken der Komponenten kommt es an. Darüber wissen wir noch viel zuwenig.«

Sigrid lächelte. »Jetzt untertreiben Sie aber. Einiges müssen Sie schon gewußt haben. Sie haben immerhin Globacter… wie sagt man, synthetisiert?«

»Natürlich. Wir sind von der Minimalausstattung ausgegangen und haben ihre Fähigkeiten Schritt für Schritt erweitert, indem wir der Natur auf die Finger schauten. Wir sprechen hier von langjähriger intensiver Forschungsarbeit, Frau Martin. Das war ein mühseliger und kostspieliger Weg. Wissen Sie, wenn es zu einer großen Ölpest kommt, sind die Medien sofort präsent, um die Welt mit möglichst schockierenden Bildern zu versorgen, aber für das wirklich Spannende, ich meine das, was sich in den Wochen und Monaten nach einem solchen Unfall abspielt, scheint sich niemand mehr zu interessieren. Wenn nämlich die Bedingungen günstig sind, wenn Wellen und starker Seegang das Öl verteilen und in kleine Tröpfen zerschlagen, können natürliche Mikroorganismen dafür sorgen, daß sich der ganze Spuk buchstäblich in Luft auflöst.«

»Die Natur reinigt sich selbst.«

»Ja, unter günstigen Umständen ist das so. Ich will Ihnen eine Geschichte erzählen, die sich vor Jahren während des Kriegs am Persischen Golf zugetragen hat. Im Januar 1991, drei Tage nach Beginn der Bombardierungen durch alliierte Flugzeuge, ließ die irakische Armee aus dem kuwaitischen Mina-Al-Ahmadi-Terminal 500 000 Tonnen Öl ins Meer laufen, dazu kamen noch einige leckgeschlagene Tanker. Alles in allem flossen fast 850 Millionen Liter in den Golf, die schlimmste Ölpest aller Zeiten, das Zwanzigfache dessen, was 1989 beim furchtbaren Unfall der *Exxon Valdez* in Alaska frei wurde. Die Weltöffentlichkeit war entsetzt. Fachleute prophezeiten dem betroffenen Gebiet die Auslöschung allen Lebens, eine Katastrophe nie dagewesenen Ausmaßes.«

»Aber sie blieb aus«, mutmaßte Sigrid.

»Sagen wir, es kam nicht so schlimm wie befürchtet. Die damals eingeleiteten Hilfsmaßnahmen waren eine einzige Katastrophe, ein kleinliches Gerangel um Zuständigkeiten. Die Saudis, obwohl am stärksten betroffen, rührten keinen Finger. Sie schützten ihre Meerwasserentsalzungsanlagen und reinigten ansonsten nur ein Küstengebiet, in dem die Mitglieder der Königshauses Jagd auf Hasen machten. Aber dann geschah etwas vollkommen Unerwartetes. Nur zwei Jahre später entdeckten Wissenschaftler auf Öllachen in der Gezeitenzone große blaugrüne schleimige Matten. Es handelte sich um komplexe Bakteriengemeinschaften, wie sie in dieser Form noch nie zuvor beobachtet wurden. Das Zentrum dieser Matten bildeten sogenannte Cyanobakterien, die wie Pflanzen Photosynthese betreiben und somit Sauerstoff erzeugen. Sie sonderten Schleim ab und bildeten mit ihren Zellfäden ein dichtes Netz. Darin eingebettet fanden die Forscher große Mengen an Bakterien, die das Öl als Energiequelle nutzten und dabei zersetzten. Erdöl ist ein sehr komplexes Gemisch, das aus Hunderten von Stoffen besteht, und eine einzelne Bakterienart ist damit überfordert. Es braucht viele verschiedene Arten, um diesen Abbau zu vollziehen. Sie arbeiten sich dabei gegenseitig zu, der Abfall der einen ist die Nahrung der anderen, sie agieren als Team. Und sie tauschen untereinander Informationen aus, wie man unter den gegebenen Umständen am besten überlebt. Die Cyanobakterien liefern Sauerstoff, und ihr Schleim verhindert, daß die Zellen bei Hochwasser ins Meer gespült werden.«

»Unglaublich. Langsam werden mir die Biester unheimlich. Eine Gemeinschaft von Bakterien, die sich gegenseitig hilft und die Arbeit teilt.«

»Genauso ist es.«

»Und wo kamen diese Bakterien her? Sie sagten, diese Matten wurden vorher nie beobachtet. Sie können doch nicht aus dem Nichts entstanden sein.«

»Nein, sie sind vorher schon dagewesen, aber nie in Erscheinung getreten. Erst die außergewöhnliche Situation nach der Ölpest hat dieses Potential geweckt. Bakterien haben eine langjährige Routine im Umgang mit Veränderungen ihrer Umwelt. Sie haben überlebt, weil sie sich schnell und effektiv auf jede neue Lage einstellen konnten, und davon gab es einige in den letzten 3000 Millionen Jahren.«

»Und Globacter ist eine Synthese aus alldem?«

Schenker nickte. »Da solche komplexen Gemeinschaften schlecht zu handhaben sind, haben wir überall in der Welt nach geeigneten Bakterienarten gesucht. Wir haben ihre Abbaumethoden studiert und aus den besten Lösungen, die die Evolution erfunden hat, ein neues künstliches bakterielles Chromosom gebaut. Es vereinigt diese Fähigkeiten nun in einer einzigen Zelle. Eben in Globacter. Sie kann zwar nicht alles, aber sie kann viel mehr als jede ihrer natürlichen Verwandten.«

»Die berühmte eierlegende Wollmilchsau also, in Bakteriengestalt.« Sigrid schüttelte ungläubig den Kopf. Langsam brummte ihr der Schädel. »Tut mir leid, aber ich werde nie begreifen, wie Sie das machen.«

Der Mikrobiologe lächelte. »Es ist keine Hexerei, glauben Sie mir, nur harte Arbeit, zu unser aller Nutzen.«

»Ich hoffe, Sie haben recht.« Sie schlug ihr Notizbuch auf und blätterte, bis sie die richtige Seite gefunden hatte. »Lassen Sie uns noch einmal auf den Vorfall in der Raffinerie zurückkommen.«

Schenker stand auf und ging zur Kaffeemaschine. »Sie auch?«

»Danke, ich bin schon von Herrn Senft verwöhnt worden.«

»Ach, Sie haben mit ED gesprochen? Gibt es denn neue Erkenntnisse?«

»Vor allem gibt es viele offene Fragen.«

»Die Zersetzung des Öls ist eindeutig von Globacter versucht worden«, sagte Schenker, während er den Kaffee eingoß und wieder seinen Platz hinter dem Schreibtisch einnahm. »Wir haben die Zellen haufenweise nachweisen können.«

»Ja, aber wie sind sie in den Tank gelangt? Und wann? Vor oder nach dem Abend in der Elbuferhalle? Können Sie sagen, wann die Zersetzung des Öls begonnen hat?«

Schenker verneinte. »Das ist völlig ausgeschlossen. Die Abbaugeschwindigkeit hängt von zu vielen Faktoren ab, von der

Beschaffenheit des Öls, der Temperatur und natürlich von der Zahl der Zellen, die in den Tank gelangten.«

»Wie viele Zellen bräuchte man denn, um den Inhalt eines so großen Tanks zu zersetzen? Hätte die in der Elbuferhalle verschwundene Menge dazu ausgereicht?«

»O ja. Je mehr Zellen, desto schneller geht das natürlich. Aber denken Sie daran, daß der Inhalt eines der verschwundenen Gefäße ausgereicht hat, um die Ölschicht im Schwimmbecken in wenigen Minuten zu beseitigen. Theoretisch reicht eine einzige Zelle.«

Sie blickte überrascht auf. »Eine einzige?«

»Natürlich. Exponentielle Vermehrung. Bei einer mittleren Generationsdauer von zwanzig Minuten und optimalen Bedingungen sind nach zehn Stunden aus einer Zelle ungefähr 500 Millionen geworden. Für ein ölfressendes Bakterium ist das Innere eines solchen Tanks das Paradies auf Erden.«

»Wieviel sind denn 500 Millionen Zellen? Ich meine, was muß man sich da vorstellen?«

»Ein winziges Häufchen, das nicht einmal ein tausendstel Gramm wiegt.«

»Ach so. Ich dachte schon...«

»Geben Sie dem Häufchen weitere zehn Stunden und genügend zu fressen, und Sie haben einen Riesenklumpen, der fünf Zentner wiegt. Nach nur vier Tagen gäbe es mehr Bakterienzellen als Atomkerne im uns bekannten Universum.«

»Mein Gott!« Sigrid bekam eine Gänsehaut. »Machen Ihnen diese Zahlen keine Angst?«

Schenker lächelte verschmitzt und kraulte seinen Vollbart. »Ich wollte Sie nicht erschrecken. Diese Zahlenspielereien sind völlig unrealistisch.«

»Was wäre denn realistisch?«

Schenker nahm einen Schluck aus der Tasse. »In der Realität sind Ressourcen begrenzt. Irgendwann ist Schluß.«

18

Er lag im Bett, mit geschlossenen Augen, sein Herz klopfte, er atmete schnell und tief und spürte dem Gefühl nach, das von seinen Genitalien in den ganzen Körper strömte. Er genoß die tiefe Entspannung, die sich einstellte, hoffte, daß er nun endlich schlafen konnte, wenigstens ein paar Stunden, draußen brach die Dämmerung an, und bald würde er im Tourbus sitzen. Er spürte die Feuchtigkeit auf seinem Bauch, die nassen Flecken in der Bettdecke, von denen jetzt eine unangenehme Kälte ausging.

Didi dachte an die Klinik, an das mit seinem Samen gefüllte Gefäß, das er in eine Durchreiche in der Wand gestellt hatte, und plötzlich kam ihm sein Verhalten wie eine gedankenlose Verschwendung vor. Mit dem, was jetzt nutzlos in seiner Bettwäsche vertrocknete, konnte man Geld verdienen, Geld, das er so dringend benötigte. Profiwichser, dachte er bitter, vielleicht wäre das etwas für ihn. Zweihundert Euro in wenigen Minuten, mit stundenlanger harter Arbeit verdiente er auch nicht mehr. Die Tausender, die er für seine Lieferung bekommen hatte, waren ihm zwischen den Fingern zerronnen. Dreitausend für seine alten Koksschulden, einige Lagen für Freunde und Kollegen, die Miete, ein paar neue Klamotten, CDs, und das Saxophon brauchte dringend eine Überholung. Nur einige armselige Hunderter waren ihm geblieben, und die Tür zu Oo-Luck hatte er unwiderruflich zugeschlagen. Sie versuchten nicht einmal, ihn zum Bleiben zu überreden.

Er richtete sich auf, griff nach den Zigaretten, die neben der Matratze auf dem Boden lagen. Seine Hand war feucht, roch pilzig nach seinem Samen. Er stellte sich eine Menschenkette vor, eine endlose Reihe von Söhnen und Töchtern, Hand in Hand, kilometerlang, Variationen des gleichen komplexen Themas, große, kleine, dumme, intelligente, verkrüppelte Improvisationen des Zufalls. Er fand die Vorstellung witzig, kicherte in der Dunkelheit seines Schlafzimmers. Wieviel Ausschuß wohl darunter war, wie viele Genies? All das ließ sich aus seinen Samen machen, alle diese Menschen würden seine Züge tragen, in allen würde er sich wiedererkennen, ihn und seine Frauen, mit denen er dieses Didi-Volk zeugen würde, was er natürlich nicht tat, kein Kind, bloß das nicht, was wäre er schon für ein Vater. Es gab ohnehin keine Frau in seinem Leben, er wollte nicht, konnte nicht, war ja immer unterwegs. In wenigen Stunden würde er wieder auf Tour gehen, vier Wochen, jeden Tag eine andere Stadt, eine andere Halle, stumpfsinnige Rockmusik, grölende Massen.

Plötzlich kam ihm ein Gedanke, so schrecklich, so niederschmetternd, daß er laut aufstöhnte und sich wie unter Schmerzen zusammenkrümmte. Angeekelt wischte er seine Finger an der Bettdecke ab, zog eine Zigarette aus der Packung und zündete sie an. Er inhalierte gierig. Alles Quatsch! Alles Mist!

Nichts war von ihm, keine Spur, kein Didi weit und breit, nicht einmal er selbst. Daß er darüber noch nie nachgedacht hatte. Die plötzliche Erkenntnis überfiel ihn wie ein Fieberanfall, trieb ihm am ganzen Körper den Schweiß aus den Poren. An Schlaf war nicht mehr zu denken.

Gene mochten ja generell egoistisch sein, wie man ab und an lesen konnte, aber wenn die Evolution darauf abzielte, diesen Genegoismus zu fördern, dann hatte sie in Gestalt seines Vaters ihr Ziel erreicht, ein Spitzenprodukt, dem niemand mehr das Wasser reichen konnte. Denn in Wahrheit wäre kein einziges der Kinder, die er zeugen könnte, unverwechselbar seins. Genetisch betrachtet, waren seine Spermien in nichts von denen seines Vaters zu unterscheiden, und demzufolge wären seine Kinder in Wirklichkeit die von ihm, also Didis Brüder und Schwestern. Er selbst, als Individuum, als einzigartiger Vertreter seiner Art, kam gar nicht vor in der endlosen Kette der Generationen, er hatte keine Chance, war eine simple Verdopplung, ein Stottern der Evolution, ein sinnloses und überflüssiges Auf-der-Stelle-Treten. Fortpflanzungstechnisch gab es ihn gar nicht, trotz der Milliarden von Spermien, die sein Körper unaufhörlich produzierte. Nicht sein Same würde mit der Eizelle seiner Partnerin verschmelzen, sondern durch ihn der seines Vaters, und also war es gar nicht Didi, der mit ihr schlief, sondern eigentlich er, der ihn als Vervielfältigungswerkzeug seiner selbst mißbrauchte, so wie er ihn von Anfang an mißbraucht hatte, um sich selbst zu spiegeln, sich an seiner eigenen Großartigkeit aufzugeilen, jeden Schritt, der zu seiner ruhmreichen Persönlichkeit geführt hatte, noch einmal nachzuvollziehen und zu wiederholen, wenn möglich sogar zu toppen. Schon als Baby war er ganz der Papa. *Oh, er ist ED wie aus dem Gesicht geschnitten, schau nur, dasselbe reizende Lächeln, und sieh dir die Augen an,* all die Sprüche, die sich jedes Kind von Verwandten und Bekannten anhören muß, Schmeicheleien für die stolzen Eltern, als gäbe es irgendeinen Zweifel an ihrer Elternschaft, die man durch das Betonen der Ähnlichkeit ausräumen müßte. Didi hatte sie gehaßt, lange bevor er die Wahrheit zu ahnen begann, die in seinem Fall dahintersteckte.

Das war unerträglich. Didi wand sich auf seinem Bett wie unter Krämpfen, wälzte sich von einer Seite auf die andere, zwanghaft, immer wieder, wie die Zootiere, die in ihren Käfigen auf- und ablaufen. Tränen traten ihm in die Augen, und im nächsten Moment heulte er hemmungslos, begann wütend auf Kissen und Decke einzuschlagen, erschlaffte schließlich, erschöpft schluchzend, ohne jede Hoffnung, daß diese Qualen einmal ein Ende haben könnten.

Sein nächtlicher Ausflug zum Hafen erschien ihm jetzt wie ein blödsinniger Jungenstreich. Er kannte sich aus in der Raffinerie, das war nicht das Problem. Er war selbst überrascht, wie gut er sich an alles erinnern konnte. Er hatte viele Wochen dort gearbeitet, in den Ferien und im ersten Jahr nach seinem Schulabschluß im Internat. Er fungierte damals als besserer Laufbursche, der Sohn des Oberchefs, der nur im Wege stand und den man ganz besonders auf dem Kieker hatte, ein Mädchen für alles, meistens für den letzten Dreck, in der Betriebshierarchie noch unter den Lehrlingen angesiedelt, die immerhin einen ordentlichen Beruf anstrebten. Sein Vater hielt es für eine gute Idee, daß Didi sein zukünftiges Betätigungsfeld von der Pike auf kennenlernte. Vermutlich war es in seinen Augen Didis letzte Bewährungsprobe. Wenn es nach ihm gegangen wäre, dann hätte er knietief im Öl waten müssen, um sinnlich zu erfahren, was für ein Stoff das war, mit dem sein Vater die Millionen verdiente. Und anfangs fand er die Idee gar nicht schlecht. Er verdiente Geld für seine CDs, kaufte sich ein edles Tenorsaxophon und finanzierte seine beginnende Drogenkarriere. Als herauskam, daß er sich mehrfach im gut sortierten Chemikalienarsenal der Labors bedient hatte, für einen Bekannten, der in einem improvisierten Kellerlabor Designerdrogen zusammenmixte, war endgültig Schluß.

Aber was nutzten all diese Kenntnisse der Raffinerie, wenn er nicht einmal wußte, ob das Zeug überhaupt funktioniert hatte. Weder die Zeitungen noch die Fernsehnachrichten hatten irgend etwas über die Raffinerie gebracht. Nichts würde dabei herauskommen, gar nichts. Es war ein lächerlicher und noch dazu gefährlicher Versuch, einen Riesen mit einer Stecknadel zu attackieren. Und nachlegen konnte er auch nicht, weil er nun wochenlang fort sein würde. Nichts als leere Drohungen hatte er ausgestoßen, heiße Luft, die wirkungslos verpuffen würde.

Die Idee war ihm nach dem Fernsehbeitrag über die aus der Elbuferhalle gestohlenen Gefäße gekommen. Er war so stolz gewesen, hatte sich beglückwünscht zu seinem Plan. Euphorisch, wie schon lange nicht mehr, dachte er, endlich etwas in der Hand zu haben, um es mit ihm aufnehmen zu können.

Er war in die Küche gegangen, dort standen sie, drei metallglänzende Behälter. Sie sahen harmlos aus, tatsächlich wie Thermoskannen. Im Grunde waren sie das auch, dickwandige, extrem gut isolierende Thermoskannen. Die kleinere enthielt seine Lieferung, und soeben hatte er erfahren, was in den beiden großen war. Er nahm die Kannen vom Kühlschrank und wog sie in der Hand. Die schwerere der beiden stellte er auf den Tisch und schraubte den Deckel auf. Sie enthielt eine trübe, muffig riechende Flüssigkeit. Vielleicht sind sie schon vergammelt, dachte er.

Sie hatten in der Kammer gestanden, in die er sich flüchtete. Das Licht in der Halle konzentrierte sich auf Rebecca, und er war, das Instrument mit der Gewebeprobe dicht an den Körper gepreßt, ins Halbdunkel gerannt, hatte hinter Kabelkisten Schutz gesucht und schließlich irgendeine Tür aufgerissen. Dort überführte er die Kanüle sofort in das Gefäß mit flüssigem Stickstoff, das er am Gürtel trug, und hockte dann eine Stunde in der Dunkelheit der kleinen Kammer, in eine Ecke hinter ein Holzregal gepreßt, weil er jederzeit damit rechnete, daß jemand die Tür aufmachte und ihm mit einer Taschenlampe ins Gesicht leuchtete. Er rätselte, was draußen wohl vor sich ging, war nur auf die Geräusche angewiesen, erwartete eigentlich, daß in der Halle alles drunter und drüber ging, daß man fieberhaft nach ihm suchte. Sie war gestürzt, vielleicht hatte es eine Panik gegeben. Minute um Minute verging, aus der Halle hörte er bald nur noch Musik und Lachen und Gejohle, aber er wartete weiter, vertrieb sich die Langeweile, indem er das Regal inspizierte. Irgendwann hielt er die Kannen in der Hand. Als er nach endlosen Minuten des Wartens die Kammer verließ, nahm er sie mit, er wußte selbst nicht warum, vielleicht, weil er kleinere Behälter dieser Art für seine Aufträge benutzte und dachte, er könnte sie gebrauchen.

Vorsichtig, Millimeter für Millimeter, öffnete er mit pochendem Herzen die Tür. Niemand war in der Nähe. Er huschte heraus, verstaute seine Lieferung und die beiden Thermogefäße rasch in einer Gerätekiste. Er konnte es kaum glauben, aber in der Halle wurde gefeiert, als ob nichts geschehen wäre. Niemand kümmerte sich um ihn. Er suchte nach seinen Kollegen. Jemand vom Hallenpersonal sagte ihm, sie seien alle in der Garderobe der *Sexy Sons*. Man begrüßte ihn dort mit lautem Hallo, bot ihm Sekt und Gras und Zuckerwürfel an, die mit irgendeinem Teufelszeug getränkt waren.

Didi durchwühlte den Küchenschrank. Er erinnerte sich dunkel, daß irgendwo ein Ölkännchen herumstehen mußte, altes Fahrradöl für die ewig rostige Kette. Als er es gefunden hatte, kippte er den Inhalt in ein Glas. Er hatte natürlich keine Ahnung von Mikrobiologie und wie man mit so etwas umging. Vielleicht brauchte man eine Art Sicherheitskleidung. Vielleicht waren diese Dinger gefährlich, auch wenn Volker David das im Fernsehen abgestritten hatte. Diese Leute stritten doch grundsätzlich alles ab. Er war also besser vorsichtig. Immerhin waren es Bakterien. Er mußte herausfinden, ob sie noch funktionierten.

Er betrachtete das Glas mit dem Öl. Wieviel von dem Zeug würde er wohl brauchen? Er zog sich Handschuhe an, nahm das Thermogefäß und füllte vorsichtig einige Tropfen in ein Schnapsglas. Er hatte zwar selbst miterlebt, was in der Elbuferhalle mit dem Öl im Pool geschehen war, aber irgendwie konnte er nicht glauben, daß es auch hier in seiner Küche passieren würde, vor seinen Augen. Er hielt die Luft an und schüttete den Inhalt des Schnapsglases zum Öl.

Nichts. Keine Reaktion. Gespannt starrte er auf das Glas, griff nach seiner Zigarettenschachtel. Nach ein paar Minuten meinte er feine Bläschen zu sehen, die am Glasrand emporperlten, aber sonst tat sich nichts. Sie sind tot, war sein erster Gedanke. Sterben Bakterien überhaupt? Oder hatte er zuwenig genommen? Vielleicht mochten sie kein Fahrradöl. Wieder öffnete er das Isoliergefäß, wollte gerade ein weiteres Mal das Schnapsglas füllen, diesmal bis zum Rand, als sein Blick auf das Öl fiel, oder vielmehr das, was davon übrig war. In dem Glas befand sich nur noch eine milchige Brühe. Er ließ sich auf den Küchenstuhl fallen und starrte ungläubig auf das Werk von Globacter. Der helle Wahnsinn, dachte er.

So hatte es angefangen. Enden würde es vermutlich wie immer, wenn er etwas anpackte.

19

Zwischen den Flußmündungen der Loire im Süden und der Seine im Norden stülpen sich zwei große Halbinseln aus dem europäischen Kontinent. Zusammen mit der Südküste Englands bilden sie den Kanal, der Nordsee und Atlantik verbindet, eine Wasserstraße mit segensreicher Wirkung, denn sie ermöglicht es dem warmen Wasser des Golfstroms, bis tief nach Mitteleuropa hinein zu wirken. Der Englische Kanal ist nichts anderes als eine breite tiefe Mulde im europäischen Festland, die bei dem hohen Meeresspiegel einer Warmzeit überflutet wird. Fiele der Wasserspiegel um etliche Meter, schlösse der Kontinent die britischen Inseln mit ein. So aber zwingt der Küstenverlauf die Schiffahrt durch ein vielbefahrenes und nach Norden hin immer enger werdendes Nadelöhr.

Am weitesten ragt die Bretagne in den Atlantik hinaus, die größere der beiden Halbinseln. Dieser Landstrich mit seinen felsigen Küsten hat deshalb Erfahrung mit Tankerunfällen und ihren Folgen. 1967 schwappten 20000 Tonnen Rohöl der *Torrey Canyon* an die bretonische Küste zwischen Lannion und Paimpol, 1976 havarierte die *Olympic Bravery,* ein glücklicherweise leerer Supertanker, aus dem 1400 Tonnen Treibstoff ins Meer liefen, noch im selben Jahr folgte der ostdeutsche Tanker *Boehlen* mit 5000 Tonnen einer besonders schweren Rohölsorte aus Venezuela.

Aber all diese Havarien waren nur ein Vorgeschmack auf das, was in der Nacht vom 16. auf den 17. März 1978 geschah. Nur 1,5 nautische Meilen vor der Küste von Portsall lief die *Amoco Cadiz* auf Grund und verlor nahezu ihre gesamte Ladung: 223 000 Tonnen leichtes arabisches Rohöl. Dreihundert Kilometer Küste mit Felsen, Stränden, Flußmündungen und Marschland wurden verseucht. In die Untersuchungen internationaler Forschergruppen, die die Auswirkungen der Ölpest auf Tier- und Pflanzenwelt studierten, platzte im wahrsten Sinne des Wortes ein weiterer Tanker und verdarb die wissenschaftlichen Statistiken, die *Tanio*.

Kurz vor der Jahrtausendwende machte die *Erika* das halbe Dutzend voll, und dieselben Stürme, die den maroden maltesischen Tanker siebzig Kilometer vor der bretonischen Küste in zwei Hälften zerbrechen ließen, zerstörten im Hinterland Tausende von Strom- und Telefonleitungen. Laut Innenminister Chevenement stand Frankreich vor »einem Unglück von noch nie dagewesenem Ausmaß«. Die staatliche Elektrizitätsgesellschaft sah sich mit »der größten Katastrophe ihrer Geschichte« konfrontiert. Verteidigungsminister Richard schickte seine Soldaten an die verseuchte Küste, und die Zeitung *L'Humanité* erschien mit einem Titelblatt ganz in Schwarz. Die *Erika* hatte Schweröl geladen, eine besonders widerliche Substanz von kaugummiartiger Konsistenz, die man erwärmen mußte, um sie überhaupt fließfähig zu machen. In klebrigen Fladen trieb das Öl im Meer, aufgrund seiner Schwere oftmals unter der Wasseroberfläche, so daß es nur mit großem technischen Aufwand zu orten war. Wieder gingen die bekannten Bilder von verendeten Seevögeln und verdreckten Stränden um die Welt. Es waren diese Bilder, die eine ganze Wissenschaftlergeneration prägten. Zu ihr gehörte auch Dr. Ralf Schenker.

Es folgten lange Jahre der Ruhe. Bis in die frühen Morgenstunden des 2. Mai.

Während Herbert van Steeb das Labor aufräumte, um die Spuren seiner nächtlichen Untersuchungen zu beseitigen, Didi in Wien mit seinen Kollegen die letzten Kisten in riesigen Sattelschleppern verstaute und dann todmüde in die Koje des Tourbusses kletterte, während ED einsam in seinem Bett lag und schnarchte und Sigrid Martin vor ihrem Computer saß und sich mit wachsender Verzweiflung durch die Angebote verschiedener Keimzellagenturen klickte, brach im Maschinenraum der *Sea Conqueror* ein Feuer aus.

Der liberianische Tanker war mit 250000 Tonnen arabischem Rohöl in schwerer See auf dem Weg nach Rotterdam. Bemühungen der philippinischen Besatzung, das Feuer unter Kontrolle zu bringen, blieben erfolglos. Als sich die *Sea Conqueror* um 3.17 Uhr mitteleuropäischer Zeit einige Meilen westlich von Brest befand, wurden der Maschinenraum und das darüberliegende Brückenhaus von einer verheerenden Explosion erschüttert. Zwei Seeleute starben, zwei weitere wurden schwer verletzt. Die *Sea Conqueror* trieb daraufhin manövrierunfähig in der tobenden See und wurde von westlichen Winden in Orkanstärke gegen die bretonische Küste gedrückt. Der vom holländischen Kapitän alarmierte Küstenschutz schickte sofort zwei Flugzeuge in die Luft. Ihr Lagebericht ließ das Schlimmste befürchten. Aus dem Brückenhaus schlügen meterhohe Flammen, berichteten die Piloten, eine Bekämpfung des Brandes sei aussichtslos. Man müsse versuchen, die Besatzung so schnell wie möglich zu evakuieren.

Spätestens als das zuständige Wasser- und Schiffahrtsamt erfuhr, daß die *Sea Conqueror* ein Tanker alter Bauart war und nur über einen einfachen Rumpf verfügte, war klar, daß der bretonischen Küste eine Ölpest drohte. Man informierte die Regierung in Paris und alarmierte Polizei, Feuerwehr, Militär und Katastrophenschutz. Nur vierzig Minuten nach dem Hilferuf der *Sea Conqueror* verließen zwei Hochseeschlepper den Hafen von Brest. Sie sollten versuchen, den Tanker aus der Gefahrenzone zu ziehen. Als die Schlepper die brennende *Sea Conqueror* erreichten, war der Tanker noch vier Meilen von der Küste entfernt. Falls es nicht gelang, das Schiff von der Küste fernzuhalten, drohte es an denselben Felsen zu stranden, die Jahrzehnte zuvor schon der *Amoco Cadiz* zum Verhängnis wurden.

Die schwere See machte den Schlepperbesatzungen zu schaffen. Mehrere Versuche, eine Verbindung mit Stahltrossen herzustellen, scheiterten. Da die Zeit drängte, beschlossen die Einsatzkräfte, es mit leichteren Kunststoffseilen zu versuchen. Gegen sechs Uhr morgens, als in den Schlafzimmern von ED Senft, Sigrid Martin und Herbert van Steeb der Wecker klingelte, gelang es tatsächlich, die *Sea Conqueror* zu vertäuen und gegen die anrollenden Brecher gut eine Meile nach Westen zu schleppen. Mitten in der aufkommenden Euphorie riß eines der armdicken Taue, das zweite hielt nur zehn Minuten länger. Seegang und Sturmböen vereitelten jeden weiteren Versuch, das Unheil aufzuhalten. Zwei Hubschraubern der französischen Marine gelang es gegen acht Uhr, die zweiundzwanzig überlebenden Besatzungsmitglieder von Bord der *Sea Conqueror* zu hieven. Es blieb keine Zeit, auch die Toten aus dem brennenden Maschinenraum zu bergen. Eine knappe Stunde später lief der Supertanker auf Grund. Wie gigantische Büchsenöffner schlitzten scharfkantige Felsen den Rumpf auf. Ein Riß von über zehn Metern Länge entstand, aus dem sofort große Mengen Öl in die wütende See liefen. Das ungeheure Gewicht des Tankers und die Macht der Wellen bewirkten, daß sich die Felsen tiefer und tiefer in den Schiffsrumpf bohrten. Wenn sich das Wetter nicht besserte, war es nur eine Frage der Zeit, bis das Schiff in zwei Teile zerbrach und weitere Millionen Liter Öl verlor.

Schon gegen sieben Uhr waren die ersten Meldungen über die Ticker der Nachrichtenagenturen gelaufen. Überall in Europa wurden schlaftrunkene Menschen von Radio- und Fernsehsendern mit derselben Nachricht in den Tag geschickt. »Vor der bretonischen Küste droht eine schwere Ölkatastrophe. Der liberianische Tanker *Sea Conqueror* ...« Das Frühstücksfernsehen brachte Archivaufnahmen der *Erika* und *Amoco Cadiz*.

»Schrecklich«, sagte Anna van Steeb, als sie im Morgenmantel in der Küche den Tee aufsetzte und die Nachricht im Radio hörte.

»Herbert«, rief sie ihrem Mann zu, der seit Tagen nur schwer aus dem Bett fand und noch nicht fertig war. »Hast du das gehört? Ein Tankerunfall! In der Bretagne!«

Sigrid Martin hörte die Nachricht im Auto auf dem Weg ins Präsidium. Obwohl sie müde und in Gedanken noch immer mit der frustrierenden Samenspendersuche der vergangenen Nacht beschäftigt war, kam auch ihr unwillkürlich dieses Wort über die Lippen: »Schrecklich!« Sie mußte sofort an ihr Gespräch mit dem Mikrobiologen denken, an die Selbstreinigungskräfte der Natur. Vielleicht gab es Hoffnung.

ED fluchte, als er die Neuigkeit erfuhr. Er dachte an den unvermeidlichen und heuchlerischen Entrüstungssturm, der nun tagelang durch Zeitungen und Fernsehsender fegen würde. Er war müde und zerschlagen aufgewacht, ohne einen Hauch seiner alten Energie und Tatkraft. Jeden Tag wuchs seine Angst, den anstrengenden Stunden, die vor ihm lagen, den Entscheidungen, Verhandlungen und Gesprächen nicht mehr gewachsen zu sein. Seltsamerweise dachte er nicht an Globacter.

Unterdessen gab es intensive Kontakte zwischen den europäischen Staaten. Eine ganze Flotte von Rettungs- und Hilfsschiffen machte sich zum Auslaufen bereit, Schlepper, Tanker, Ölbergungsschiffe. Deutschland versprach zwei moderne Doppelrumpf-Ölauffangschiffe mit integrierten Abscheidevorrichtungen zu schicken. Die Holländer wollten mit Ölbarrieren und Schöpfgerätschaften helfen, England die *Plymouth* einsetzen, den größten und kräftigsten Hochseeschlepper der Welt. Eine gigantische Maschinerie ließ die Muskeln spielen, Hunderte von Spezialkräften bereiteten sich auf ihren Einsatz vor. Hinter der Fassade fieberhafter Aktivität war allen Beteiligten bewußt, daß jeder Einsatz der Hilfsflottille, jeder Versuch, die noch nicht geborstenen Tanks der *Sea Conqueror* leer zu pumpen oder den havarierten Tanker ins offene Meer zu schleppen, zum Scheitern verurteilt war, wenn sich das Wetter nicht besserte. Aber das Wetter besserte sich nicht, im Gegenteil.

Im Verlauf des Tages wuchs die Kraft des Sturmes. Entlang der französischen Atlantikküste wurden die höchsten Windgeschwindigkeiten seit Menschengedenken registriert. Einige der bereits ausgelaufenen Hilfsschiffe mußten umdrehen und wieder in ihre Häfen zurückkehren, Dutzende von Fischerbooten und private Jachten, die trotz Sturmwarnung ausgelaufen waren, gerieten in Seenot. Bis tief ins Landesinnere, in Nantes, Tours, Limoges, in unzähligen Kleinstädten und Dörfern wurden Dächer abgedeckt, Bäume entwurzelt und Strommasten geknickt, sogar in Paris brachen Baugerüste zusammen, wurden Menschen von umherfliegenden Dachziegeln erschlagen, setzten sintflutartige Regenfälle Keller und Straßenunterführungen unter Wasser. Aus dem ganzen Land liefen beim kurzfristig eingerichteten Krisenstab in Paris Meldungen von Schlammlawinen, gefluteten Straßen und einsturzgefährdeten Brücken ein. Gegen Mittag sah sich die französische Regierung gezwungen, über die westlichen Landesteile den Katastrophenzustand zu verhängen.

Am Nachmittag erreichten die Wellen vor der bretonischen Küste Rekordhöhen. Eine von ihnen hob das Wrack der *Sea Conqueror* in die Höhe, schmetterte sie zurück auf die Felsen und zerbrach das riesige Schiff in zwei Hälften. Bei der Havarie der *Amoco Cadiz* hatte es zwei Wochen gedauert, bis die gesamte Ladung im Meer landete. Die *Sea Conqueror* leerte sich innerhalb von sechsunddreißig Stunden. Um das Wrack herum verwandelte sich das Meer in eine schwarze, stinkende, brodelnde Masse, der Wind drückte sie gegen die nahen Küsten, und die Wellen schleuderten sie an Land, trieben sie tief in die Mündungen der Flüsse, überfluteten weite Flächen Marschland.

Der Sturm wütete vierundzwanzig Stunden. Erst danach

konnten sich die Rettungsmannschaften ein Bild von der Lage machen. Selbst hartgesottenen Kämpfern an der Ölfront, die sich noch an frühere Unfälle erinnerten, traten Tränen in die Augen.

In den Tagen nach dem Unfall konnte eine fassungslose Öffentlichkeit an den Fernsehgeräten miterleben, wie hilflos die Menschen dieser Katastrophe gegenüberstanden. Etliche wissenschaftlich-technische Revolutionen, die die Welt seit den Zeiten der *Amoco Cadiz* erschüttert hatten, schienen nichts daran geändert zu haben, daß Muskelkraft, Schaufeln, Mistgabeln und Wasserschläuche die einzigen Hilfsmittel waren, die den Einsatzkräften zur Verfügung standen.

Hinter den Kulissen wurde verbissen um Strategien gerungen. Die Versäumnisse der Vergangenheit, die unentschiedenen Diskussionen, die gestrichenen Forschungsgelder, die zu früh eingestellten Projekte führten dazu, daß ein Streit um Kompetenzen und die anzuwendenden Verfahren ausbrach, der mit jedem Tag heftiger und vor den Augen der Öffentlichkeit ausgetragen wurde. Sollten Druckschläuche mit Heißwasser zum Einsatz kommen, die den Fernsehkameras schnell oberflächlich saubere Strände lieferten, obwohl bekannt war, daß sie mehr Schaden als Nutzen anrichteten? Sollte man düngen, um das Wachstum der natürlichen Mikroflora anzuregen, obwohl diese Stoffe die Umwelt zusätzlich belasteten? Jede Stimme, die meinte, etwas beitragen zu müssen, fand ein Mikrofon, vergrößerte das Chaos der Meinungen, Rezepte und Schuldzuweisungen.

Ein kleiner dicker Mann mit Schnurrbart, der Bürgermeister von Portsall, gelangte in diesen Tagen zu weltweiter Popularität. Vor laufenden Fernsehkameras wetterte er über das Chaos während der Rettungsarbeiten, über die Katastrophentouristen, die die Straßen verstopften und unmittelbar neben den verseuchten Stränden campieren wollten, die Reporter, die den bis zur Erschöpfung schuftenden Hilfskräften Kameras vor die Nase hielten.

»Nichts ist passiert, gar nichts. Wir können Menschen klonen und zum Mars fliegen, die Welt ist zum globalen Dorf geworden, aber unseren Männern hier gibt man Schaufeln in die Hand wie vor hundert Jahren«, schimpfte er auf die Frage eines Journalisten, was sich gegenüber früheren Tankerunfällen geändert habe. Damals sei man wenigstens in Übung gewesen, weil es alle paar Jahre gekracht habe. Die Leute wußten, was sie zu tun hatten. »Aber was sich heute hier abspielt..., das spottet jeder Beschreibung. Wir haben nichts dazugelernt.«

Am meisten ärgerte ihn, daß ein Tanker mit einfacher Außenwand wie die *Sea Conqueror* überhaupt noch in Dienst war. »Wissen Sie«, fragte er die Journalisten, »wann das erste eiserne Tankschiff dieser Bauart vom Stapel lief? Ich hab mich schlau gemacht. Das war Ende des 19. Jahrhunderts. Es hieß *Glückauf*, damals war man noch optimistisch. Hundert Jahre baute man nach haargenau demselben Bauprinzip immer größere Tanker und scherte sich einen Teufel um die Sicherheit. Und was taten die Regierungen? Sie verbannten diese Dinosaurier von den Meeren. Ab 2023. Können Sie sich das vorstellen?« Er tippte sich mit dem Zeigefinger an die Stirn und wiederholte: »Zweitausenddreiundzwanzig! Das war kein Verbot, das war eine Bestandsgarantie, bis diese Monster vor Rost auseinanderfallen wie damals die *Erika*. Bis sie doppelt und dreifach abgeschrieben sind und ihre Kosten wieder eingefahren haben. Bis noch mehr Katastrophen wie diese passieren. Bis unsere Küsten sterben und die Leute hier ihre Existenz verlieren. Haben wir alles schon erlebt. Fragen Sie mal herum! Es gibt viele hier, die Ihnen was darüber erzählen können. Nach der *Amoco Cadiz*-Ölpest mußten wir 6000 Tonnen Austern vernichten. Was meinen Sie, was das für die Leute bedeutet hat? Und jetzt wird es noch schlimmer kommen, viel schlimmer. Was wir jetzt hier erleben, stellt alles in den Schatten. Es ist zum

Verzweifeln. Die Rettungsmannschaften arbeiten rund um die Uhr. Sie sind erschöpft. Sie können nicht mehr. Aber von draußen kommt immer mehr Öl nach. Wir…« Seine Stimme versagte. Er senkte den Blick, wandte sich ab und brach vor einer Traube von Journalisten in Tränen aus.

Der weinende Bürgermeister von Portsall wurde zum Symbol der *Sea Conqueror*-Katastrophe. In unzähligen Sondersendungen und Nachrichtenbeiträgen flimmerten wieder und wieder diese Bilder über die Fernsehgeräte: Der Bürgermeister einer verträumten kleinen Küstenstadt, verzweifelt und am Ende seiner Kräfte, fällt schluchzend in die Arme eines Mitarbeiters.

Die französische Regierung und Premierminister Dusnet gerieten massiv unter Druck. Heftige Diskussionen entbrannten, ob diese Stürme mit ihrer enormen Zerstörungskraft eine Folge des Treibhauseffektes seien, mithin ein Resultat der Verbrennung derselben fossilen Energieträger, die nun zum wiederholten Male französische Küsten verdreckten. Im Parlament kam es zu einem heftigen Schlagabtausch mit der Opposition, die Dusnet und seinen Ministern »dilettantisches Krisenmanagement« vorwarf angesichts »der größten Katastrophe, die dieses Land je heimgesucht hat«. Die Grünen-Abgeordnete Denise Fontaine witterte ihre Chance und forderte ein entschiedenes Umdenken in der Energiepolitik. »Dies ist keine Naturkatastrophe, wie manche uns glauben machen wollen«, sagte die Politikerin. »Es kann kein Zweifel bestehen, daß dieses Unglück von Menschen zu verantworten ist, Menschen, die verhindert haben, daß Tanker wie die *Sea Conqueror* nicht schon lange verschrottet wurden, und seit Jahrzehnten einen effektiven Klimaschutz torpedieren.« Wer nach den Ereignissen der letzten Tage glaube, Nutzung und Transport fossiler Energieträger seien auch weiterhin zu verantworten, müsse in Zukunft für die Konsequenzen zur Rechenschaft gezogen werden.

Zwei Tage später verkündete die Regierung ein hektisch

zusammengeschnürtes Maßnahmenpaket. Tankern mit einfachen Außenwänden wurde darin generell das Anlaufen französischer Häfen untersagt. Die Presse begrüßte die Entscheidung, bezeichnete sie aber als längst überfällig. Dusnet und seine Ministerriege sackten in den Meinungsumfragen um mehrere Prozentpunkte nach unten.

Der erste, der Globacter ins Spiel brachte, war Dr. Michel Glovenac, der Direktor des bedeutenden Centre Océanologique de Bretagne in der Bucht von Brest. Die Äußerungen fielen in einem Fernsehinterview, das in Auszügen von vielen internationalen Sendeanstalten übernommen wurde.

»Dr. Glovenac«, begann der Moderator. »Das Centre Océanologique war federführend an der Erforschung früherer Tankerunfälle beteiligt. Vor dem Hintergrund dieser Erfahrungen, wie schätzen Sie die Folgen der *Sea Conqueror*-Katastrophe ein?«

»Jede Ölpest ist anders, aber aufgrund unserer Untersuchungen wissen wir ziemlich genau, was auf uns zukommt. Innerhalb eines Radius von einigen Kilometern um das Wrack werden alle Organismen getötet werden. Die schädigenden Einflüsse reichen aber weit über diesen Kernbereich hinaus. Während das Öl sich ausbreitet, geschieht das, was wir akute Mortalitätskrise nennen. Meine Kollegen haben damals ausgerechnet, daß dem Öl der *Amoco Cadiz* in dieser Phase etwa 260 000 Tonnen lebende Biomasse zum Opfer gefallen sind, wobei die einzelnen Pflanzen- und Tiergruppen sehr unterschiedlich reagieren. Algen zum Beispiel sind relativ robust, einige Krebse dagegen sehr empfindlich. Dem Schweröl der *Erika* fielen 300 000 Seevögel zum Opfer. Wie groß die Verluste diesmal sein werden, ist unmöglich abzuschätzen, aber wir müssen mit einem Vielfachen davon rechnen.«

»Was macht denn die jetzige Ölpest so gefährlich?«

»Obwohl es in unserer Lage fast zynisch klingt, aber es hätte noch schlimmer kommen können. Die *Sea Conqueror* hatte relativ leichtes arabisches Rohöl geladen, das große Mengen flüchtiger Substanzen enthält. Etwa dreißig Prozent des Öls dürften schon verdunstet sein. Der heftige Seegang hat diesen Prozeß beschleunigt und Teile des ausgelaufenen Öls in kleine Tröpfchen zerschlagen, die abgesunken sind oder mit der Strömung fortgetragen wurden. Aber die negativen Begleitumstände überwiegen. Der Tanker ist sehr nahe an der Küste gestrandet, und noch nie zuvor ist bei einem Tankerunglück eine so große Menge Öl in so kurzer Zeit ins Meer geflossen. Beides hat bewirkt, daß schon jetzt sehr viel Öl an die Küste gelangt ist, und es wurde von den hohen Wellen viel weiter auf das Land getragen, als wir das bisher kannten.«

»Was kann man tun? Kann man überhaupt etwas tun?«

»Wir müssen versuchen, möglichst viel Öl, das noch auf dem Meer schwimmt, aufzusammeln. Da draußen vor der Küste sind mehr als ein Dutzend Schiffe damit beschäftigt, aber das ist bei weitem nicht genug. Es müßten dreimal so viele sein. Was nicht in den Bäuchen dieser Schiffe landet, haben wir früher oder später hier an der Küste, und dann geht die ganze Arbeit von vorne los. Das Öl der *Erika* war zwei Wochen draußen auf See herumvagabundiert und hatte die gerade erst gesäuberten Küsten immer wieder neu verschmutzt. Obwohl man damals so viel Zeit hatte, gelang es nicht, das Öl auf See zu beseitigen. Es ist deprimierend, mit anzusehen, daß sich seitdem nicht viel verändert hat. Unser Instrumentarium ist noch immer dasselbe wie vor dreißig, vierzig Jahren. Ich bewundere die Rettungsmannschaften, die vielen freiwilligen Helfer, aber gegen diese Katastrophe mit Schaufeln und Mistgabeln vorgehen zu wollen ist eine frustrierende Sisyphusarbeit und ein Zeichen erschreckender Hilflosigkeit.«

»Dann sind Sie also eher pessimistisch, was den Erfolg der Aufräumungsarbeiten angeht?«

»Ja, leider. Sehr pessimistisch. In Gebieten, wo das Meer eine hohe Energie entfaltet, die Wellen und Wind exponiert sind, wird sich die Lage relativ schnell normalisieren, etwa innerhalb eines Jahres. Aber an allen anderen Küstenabschnitten werden wir mit den Folgen dieser Katastrophe noch lange zu tun haben. Die Ökologie ist tiefgreifend gestört. Das Leben wird viele Jahre brauchen, um sich davon zu erholen. Damit meine ich die Pflanzen, Tiere und die Menschen, die hier leben. Allerdings...«

Dr. Glovenac richtete sich auf. »Ich möchte die Gelegenheit nutzen, um einen Appell loszuwerden.«

»Bitte, gerne.«

»Wie Sie vielleicht wissen, wurde in Deutschland vor wenigen Wochen ein neues Mittel zur Ölbekämpfung vorgestellt, das äußerst vielversprechend ist.«

»Sie meinen dieses Bakterium?«

»Ja. Es heißt Globacter benevolens. Globacter könnte uns helfen, die Schäden in Grenzen zu halten.«

»Verstehe ich Sie richtig«, fragte der verblüffte Moderator, »Sie plädieren dafür, das Bakterium einzusetzen? Hier an der bretonischen Küste? Wäre das rechtlich überhaupt möglich?«

»Ja, ich bin für den Einsatz von Globacter. Ich bin sogar der Meinung, daß wir dazu verpflichtet sind. Uns bleibt keine andere Wahl. Wir müssen es versuchen. Allerdings, Sie haben recht, Globacter ist bis jetzt weder national noch international zugelassen. Deswegen sprach ich von einem Appell. Die noch bestehenden Hindernisse müssen unverzüglich aus dem Weg geräumt werden. Ich appelliere an die französische Regierung und die zuständigen Behörden der Europäischen Union, die fehlende Zulassung so schnell wie möglich zu erteilen. Soviel ich weiß, sind alle Voraussetzungen dafür gegeben. Jetzt ist nicht der Moment für bürokratische Erörterungen. Wir müssen handeln.«

Glovenacs Vorschlag verbreitete sich wie ein Lauffeuer. Mehrere Zeitungen nahmen seine Idee auf und diskutierten sie in Leitartikeln und Kommentaren. Das Fernsehen zeigte wiederholt Zeitrafferaufnahmen aus der Hamburger Elbuferhalle, suggestive Bilder, die ihre Wirkung nicht verfehlten. Innerhalb von Sekunden zerriß die schwarze Öldecke im Schwimmbecken und machte einer strahlend gelben Sauberkeit Platz. Es schien so einfach zu sein.

»Globacter gibt uns endlich eine überzeugende Alternative in die Hand«, schrieb der konservative *Le Figaro*. »Der aufopferungsvolle Einsatz der Hilfskräfte an unserer schwer gebeutelten Küste in allen Ehren, aber das hilflose und demütigende Schauspiel, das uns die Fernsehbilder allabendlich ins Haus liefern, muß beendet werden. Jetzt wird sich zeigen, ob die Europäische Union mit ihrer Milliarden verschlingenden Bürokratie Innovationen verhindert oder ob sie in einer außergewöhnlichen Lage zu entschlossenem und mutigem Handeln fähig ist. Dem Vertrauen der europäischen Bürger in ihre Institutionen kann das nur guttun. Glovenac hat recht. Wenn Globacter helfen kann, muß es eingesetzt werden. Je eher, desto besser.«

Die Website der Senft AG verzeichnete Rekordzugriffszahlen. Innerhalb weniger Stunden sahen sich Hunderttausende die Globacter-Informationsseiten an, luden die Videoaufnahmen aus der Elbuferhalle auf ihre Festplatten, fluchten über die langen Wartezeiten und bombardierten die Senft AG mit E-Mails und Telefonanrufen. Der Tenor war unmißverständlich und beschwörend. Die Leute hatten von den deprimierenden Bildern die Nase voll, vom Gestocher der entkräfteten Hilfsmannschaften, ihren verdreckten Gesichtern, dem Achselzucken und Wenn und Aber der überforderten Fachleute, den toten Vögeln und vergifteten Salzwiesen. Sie wollten Erfolge, sie wollten moderne Technik des 21. Jahrhunderts, sie wollten Globacter.

Nur wenige Stimmen mahnten zur Vorsicht. Die Globacter-Methode sei noch nicht ausgereift. Ein Einsatz dieser Größenordnung berge unbekannte Risiken. Der französische Umweltminister, der sich zu der Bemerkung hinreißen ließ, man habe für die Zulassung von gentechnisch veränderten Mikroorganismen nicht ohne Grund hohe Sicherheitsstandards festgelegt, und es gäbe keinen Anlaß, sie in einer Krisensituation sofort über Bord zu werfen, erntete wütende Proteste und Rücktrittsforderungen und wurde vom Regierungschef zurückgepfiffen. Premierminister Dusnet hatte schnell erkannt, daß sich hier eine Möglichkeit auftat, das angeschlagene Image seiner Regierung aufzubessern.

Eduard Dietrich Senft saß in einer Besprechung mit Abgesandten verschiedener arabischer Erdölförderländer, als ihn der Anruf erreichte. Ein Staatssekretär des deutschen Außenministeriums unterrichtete ihn, daß eine dringende Anfrage der französischen Regierung bezüglich Globacter vorliege. Die Sache dulde keinen Aufschub. Man müsse sich unverzüglich zusammensetzen. Heute nachmittag werde in Brüssel ein Treffen hochrangiger Vertreter beider Regierungen und der zuständigen EU-Kommissare stattfinden. Seine Anwesenheit sei von größter Bedeutung. Eine Maschine der Bundeswehr werde ihn und seine Begleiter in die belgische Hauptstadt bringen. ED, der sich zu diesem Zeitpunkt in Frankfurt aufhielt, informierte Dr. Schenker in Hamburg und forderte ihn auf, alle verfügbaren Materialien über Globacter zusammenzustellen und eine Kurzpräsentation vorzubereiten. Schenker reagierte zögerlich, wollte Bedenken und Einwände formulieren, wurde aber von einem kurzen Wutanfall EDs zum Schweigen gebracht.

Zum ersten Mal seit Wochen fühlte ED wieder dieses erregende Prickeln in der Magengrube. Eine mächtige Maschine wurde in Gang gesetzt, und er saß am Steuerpult. Es war seine Vision, die Schenker und sein Team umgesetzt hatten. Jetzt mußte sie sich bewähren.

Ein Hubschrauber brachte ihn zum Flughafen, wo eine Maschine der Luftwaffe schon mit laufenden Triebwerken wartete. Als er in seinem Sessel Platz genommen hatte, der einzige Passagier in einem riesigen Düsenjet, schloß er die Augen und atmete einmal tief durch. Das Fremde, das ihm die Kräfte seines Körpers streitig machte, zog sich in irgendeinen Winkel zurück und ließ ihn für einige Tage vergessen, daß es jemals existiert hatte.

Was genau in dem modernen Konferenzraum der Brüsseler EU-Kommission besprochen wurde, blieb unbekannt, genauso, wer an dem Treffen teilnahm. Ob Schenker Bedenken äußerte, wie er sie begründete und ob sie ernsthaft geprüft wurden, sollte die Öffentlichkeit nie erfahren. Gegen acht Uhr abends traten die Umweltminister Deutschlands und Frankreichs sowie Dr. Eduard Dietrich Senft vor die Fernsehkameras und kündigten an, daß es binnen achtundvierzig Stunden einen begrenzten Globacter-Einsatz an der bretonischen Nordküste geben werde. Sollte dieser Einsatz ohne Zwischenfälle verlaufen, werde man prüfen, ob die Operation in größerem Maßstab wiederholt werde. Die Vorräte an Globacter seien begrenzt, aber die Senft AG habe zugesichert, diese in Gänze zur Verfügung zu stellen. Der Einsatz werde unter strengen Sicherheitsauflagen und ständiger wissenschaftlicher Kontrolle stattfinden. Die Ausnahmegenehmigung gelte nur für diesen einen Fall und sei nicht als Vorwegnahme eines positiven Prüfbescheides mißzuverstehen. Danach werde Globacter das ganz normale Zulassungsverfahren durchlaufen.

Die drei Herren stellten sich dem Blitzlichtgewitter der Fotografen, verwiesen für Detailfragen an einen Stab von Spezialisten und Fachleuten, winkten, schüttelten sich lächelnd die Hände und verließen den Raum. Unter den Experten saß auch ein sichtlich angespannter Dr. Ralf Schenker, der sogleich mit Fragen bestürmt wurde.

»Wie werden Sie vorgehen?«

»Natürlich haben wir noch keinen fertigen Einsatzplan. Diese Entscheidung kam ja gewissermaßen... überraschend.«

»Kommen Flugzeuge oder Schiffe zum Einsatz?«

»Ich vermute Flugzeuge, aber auch das ist noch nicht endgültig geklärt. Bitte haben Sie Verständnis...«

»Wie groß wird das Testgebiet sein?«

»Ich weiß nicht. Die französischen Fachleute haben eine Bucht vorgeschlagen...«

Ein Franzose kam Schenker zu Hilfe. Man habe eine kleine Bucht ausgewählt, die relativ problemlos, soweit das eben möglich sei, isoliert werden könne. Ein deutsch-französisches Wissenschaftlerteam werde die Operation vor Ort überwachen.

»Warum machen das die Franzosen nicht allein?«

Es handele sich um eine deutsche Entwicklung, die formal noch gar nicht zugelassen sei und zum ersten Mal zum Einsatz käme. Man müsse Verständnis haben, wenn die deutsche Seite...

»Reichen die vorhandenen Bakterien überhaupt?«

»Sicher wäre es schön, wenn wir mehr hätten«, ergriff Schenker wieder das Wort. »Wir dürfen keine Wunder erwarten. Es wird seine Zeit dauern. Aber Zellen haben ja die Eigenschaft, sich von selbst zu vermehren.« Er lächelte, gewann an Sicherheit. »Das ist so, als wenn Sie eine Kompanie Helfer rausschicken würden, deren Zahl sich dann, ohne daß Sie einen Finger rühren, jede halbe Stunde verdoppelt. Das geht so lange, wie es noch etwas zu tun gibt.«

»Wo liegen die Risiken?«

»Risiken? Was meinen Sie? Welche Art von Risiken? Alle erforderlichen Tests wurden durchgeführt und verliefen völlig problemlos. Globacter hinterläßt keinerlei giftige Rückstände, und die Zellen selbst sind absolut harmlos. Der Zulassungsantrag liegt fertig auf dem Tisch, und ich kann mir nicht vorstellen, daß es Gründe geben könnte, ihn abzulehnen. Spätestens in einem halben Jahr wäre Globacter ohnehin auf dem Markt. Ich…« Er stockte, suchte nach Worten, überzeugenden Argumenten. Dann fiel es ihm ein. Er hatte Volker Davids Umgang mit der Presse schon immer bewundert. »Wissen Sie, das Schlimmste, was passieren kann, sind ein paar Ölflecken weniger auf der Welt.«

Aus den Reihen der Journalisten hörte man befreiendes Gelächter.

Jemand rief: »Das klingt ja fast zu schön, um wahr zu sein.«

»Na ja«, sagte Schenker. »Warum sollte es das nicht auch mal geben? In achtundvierzig Stunden wissen wir mehr. Ich bin sicher, daß es klappen wird.«

Die Anspannung auf dem Podium und unter den Journalisten, die stundenlang auf die Ergebnisse des Treffens gewartet hatten, löste sich, wich vorsichtiger Zuversicht und schlug gegen Ende der Pressekonferenz in Optimismus und freudige Erwartung um. *Eine Zelle für die Welt.* Alle Blicke richteten sich auf Globacter und die Senft AG.

Unter der Leitung von Ralf Schenker und Michel Glovenac vom Centre Océanologique in Brest konstituierte sich ein Expertengremium, das einen genauen Plan ausarbeiten und die Überwachung des Einsatzes koordinieren sollte. Vieles sprach dafür, aus der Luft zu operieren. Flugzeuge waren wesentlich schneller vor Ort, und wenn das ruhige Wetter anhielt, konnten sie auf kleine wendige Maschinen zurückgreifen, die in der Land- und Forstwirtschaft verwendet wurden. Sie verfügten über eine satellitengestützte Technik, die pro Flächeneinheit definierte Dosen ausbringen konnte. Es war wichtig, daß die Bakterienzellen gleichmäßig über das Öl verteilt wurden.

In Hamburg waren Mitarbeiter Schenkers damit beschäftigt, die vorhandenen Mengen an Globacter zu sichten und diese in einem eilig organisierten Großfermenter eines benachbarten Biotech-Unternehmens zu vermehren. Tatsächlich war dies Schenkers größte Sorge. Gegenüber der Presse hatte er sich zurückgehalten, aber im kleinen Kreise der Einsatzleitung machte er anschließend keinen Hehl daraus, daß die Vorräte eher bescheiden waren. Es ging um viele Quadratkilometer. Wind und Strömung hatten die Hauptmasse des ausgelaufenen Öls entlang der Küste weit nach Süden und Osten getrieben. Ein hundert Kilometer langer und etliche Kilometer breiter Ölteppich war entstanden, daneben existierten mehrere kleinere. Um das gesamte betroffene Meeresgebiet besprühen zu können, hätten sie Tonnen einer konzentrierten Bakterienlösung benötigt, vorhanden waren allenfalls ein paar Kilogramm. Mit gemischten Gefühlen dachte er an sein Gespräch mit der Kommissarin zurück. Die exponentielle Wachstumskurve, mit der er sie so beeindruckt hatte, das war die Theorie, die Praxis, vor allem im Freiland, sah leider anders aus. Bisher hatten sie keine Erfahrungen mit einer Großproduktion von Globacterzellen. Sie standen unter enormem Zeitdruck und waren zum Erfolg verdammt. Wer würde sich in Zukunft noch für Globacter interessieren, wenn sie jetzt versagten?

Die Vorräte waren nicht ihr einziges Problem. Kopfzerbrechen bereiteten Schenker auch die niedrigen Wassertemperaturen. Der Winter war gerade erst zu Ende gegangen, und Globacter brauchte Wärme, um Optimales leisten zu können. Wie würden die Zellen mit dem kalten Atlantikwasser zurechtkommen, wie auf die Konkurrenz der vorhandenen und besser angepaßten Mikroorganismen reagieren?

ED hatte ihn in einer Verhandlungspause zur Seite genommen und eindringlich auf ihn eingeredet. Jetzt sei noch Gelegenheit, die ganze Sache abzublasen. »Schenker, schaffen wir das? Schaffen wir das wirklich?« hatte er gefragt und sich immer wieder umgesehen, ob sie wirklich ungestört waren. »Ich habe keine Wahl, ich muß mich auf Ihr Urteil verlassen. Ich weiß, daß ich vorhin am Telefon etwas anderes gesagt habe, aber wir können diesen Versuch nur wagen, wenn wir hundertprozentig von seinem Erfolg überzeugt sind. Alles andere wäre unverantwortlich, der Imageverlust für das Unternehmen nicht wiedergutzumachen. Wenn wir siegen, sind wir die Größten, aber wenn nicht... Verstehen Sie mich? Wir wären weg vom Fenster.« Er faßte ihn am Arm, wirkte erregt, geradezu fiebrig und sah ihn mit weitaufgerissenen Augen an. »Schenker, Sie sind der Experte. Sagen Sie es mir, wenn Sie Bedenken haben! Sie waren so still da drinnen. Jetzt ist die letzte Chance. Sind Sie sich Ihrer Sache wirklich sicher? Glauben Sie, daß wir das hinbekommen?«

Schenker, ohnehin beeindruckt von den Dimensionen des ganzen Vorhabens, spürte, wie sich eine tonnenschwere Last auf seine Schultern legte. ED hatte seine Hand noch immer auf seinem Arm, drückte kräftiger zu, je länger er auf eine Antwort warten mußte.

Ja, er hatte Bedenken, wegen der Mengen, wegen der Wassertemperaturen, weil sie, ohne über entsprechende Erfahrung zu verfügen, sofort auf Höchstgeschwindigkeit beschleunigten. Gleichzeitig zogen die langen Jahre der Arbeit an ihm vorüber, die Mühen, die er sich und seinen Mitarbeitern abverlangt hatte, die Rückschläge, die sie zu verkraften hatten, angetrieben von der Überzeugung, daß diese Arbeit gut und wichtig war, vielleicht das Wichtigste, das er je in seinem Leben zustande bringen würde, angetrieben auch von ED mit seinem ansteckenden Enthusiasmus, seiner Energie, seiner Härte. Er konnte sich nicht erinnern, daß ED jemals etwas anderes als Zuversicht ausgestrahlt hätte, deswegen irritierte ihn auch seine momentane Verfassung, diese Zweifel, die er in seinen Augen zu erkennen glaubte, ausgerechnet jetzt, zwischen zwei entscheidenden Gesprächsrunden und nachdem er ihn am Telefon so zusammengestaucht hatte. Aber er nickte. »Wir schaffen es«, sagte er. »Globacter schafft es.« Und er glaubte daran.

ED hatte seinen Arm losgelassen, war einen Moment umhergelaufen und dann vor ihm stehengeblieben. »Gut«, sagte er, nickte ebenfalls und sah ihm ernst in die Augen. »Gut!« sagte er noch einmal, diesmal entschiedener. Dann hatte er die Hand auf seine Schulter gelegt und ihn in die letzte Verhandlungsrunde geführt.

Immer wieder kämpfte Schenker in den kommenden Stunden mit der Angst vor der eigenen Courage. Er war Mikrobiologe, die praktischen Probleme eines solchen Großeinsatzes von Menschen, Technik und Material überforderten ihn. Mehr als einmal sah er das ganze Unternehmen gefährdet, etwa, als sich herausstellte, daß der Ölteppich noch größer war als befürchtet und zwei der bereits fest eingeplanten Flugzeuge nicht über die nötige technische Ausstattung verfügten. Er schlief drei Stunden auf einer Liege in einem verlassenen Büro und flog dann am frühen Morgen mit Glovenac und dem ganzen Stab nach Brest. ED hatte in Hamburg zu tun. Er wollte versuchen, beim ersten Einsatz dabeizusein.

Gegen 16.30 Uhr des folgenden Tages, nicht einmal vierundzwanzig Stunden nach der Ankündigung durch die beiden Umweltminister, begann das Unternehmen Globacter in einer kleinen felsigen Bucht der nördlichen Bretagne. Zwei Mehrzweckschiffe aus Brest hatten sie mit einer Ölsperre abgeriegelt und dümpelten nun draußen auf der verseuchten See. In der Bucht hatte sich eine größere Menge Rohöl angesammelt, einige zehntausend Liter, schätzten die Fachleute, eine riesige giftige stinkende Lache und doch nur ein winziger Bruchteil der Menge, die draußen noch auf sie wartete. Schenker und seine Kollegen verfolgten die Operation von einem erhöhten Felsen aus. In kurzer Folge überquerten zwei Sprühflugzeuge die Bucht, drehten um und wiederholten ihren Überflug. Weißlicher Nebel legte sich auf den Ölteppich, eine geradezu lächerlich luftige Substanz angesichts der schwarzen Masse, die das Wasser bedeckte.

Schenker wandte sich ab, konnte die aussichtslos, ja, grotesk erscheinenden Kräfteverhältnisse nicht ertragen. In seinem Rücken spürte er die fragenden Blicke der anderen, ihre Skepsis.

Hatte er die Dosis richtig gewählt? Es hatte ihn Angstschweiß gekostet, die Menge festzulegen. Je mehr Globacter er jetzt verbrauchte, desto weniger blieb für die Vermehrung der Zellen übrig, ohne die an einen Angriff auf die Hauptmasse des Öls nicht zu denken war. Auf der anderen Seite, nur wenn sich jetzt im Test ein Erfolg zeigte, würde es überhaupt zu einem Großeinsatz kommen. Die Menge durfte deshalb nicht zu klein sein. Unter Qualen entschied er sich für einen Kompromißwert, den er zweimal nach oben korrigierte.

»Tja«, sagte er, als die Flugzeuge verschwunden waren. Er bemühte sich, nicht allzu unsicher zu klingen. »Jetzt müssen wir warten.«

Er verließ die Gruppe auf dem Felsen und wollte zu den Zelten hinuntergehen, die man im Laufe des Tages aufgestellt hatte. Nach ein paar Schritten blieb er stehen und drehte sich abrupt um. »Und bevor Sie mich jetzt alle fünf Minuten danach fragen: Ich weiß nicht, wie lange es dauern wird. Ich habe keinen blassen Schimmer. Ich werde versuchen, ein paar Stunden zu schlafen.« Einige folgten ihm zu den Zelten, andere, unter ihnen Glovenac, blieben oben auf dem Felsen und starrten auf das Öl hinaus.

Bald senkte sich Dunkelheit über die Bucht. Man hörte die Schreie einiger Möwen, die es geschafft hatten, sich vom Öl fernzuhalten. Draußen schwebten die Lichter der Hilfsschiffe über dem verseuchten Wasser. Träge schwappten schwarze Wellen ans Ufer. Auch wenn man das Öl nicht mehr sah, sein Geruch war allgegenwärtig und legte sich auf die Gemüter der Wartenden. Schweigend nahm die Gruppe ein improvisiertes Abendessen ein. Bis jetzt hatte sich nichts getan. Ein Laborteam nahm in stündlichem Abstand Wasser- und Ölproben, die keine Veränderung anzeigten. Die meisten der Wissenschaftler versuchten, sich auszuruhen und in den bereitstehenden Feldbetten ein wenig zu schlafen.

Als es hell wurde, war das Öl immer noch da, und die Stimmung verschlechterte sich zusehends. Nach dem gemeinsamen Frühstück zerstreute sich die Gruppe im Gelände. Schenker war mit Michel Glovenac nach oben auf die Felsen geklettert und blickte auf die unveränderte Szenerie herab. Er wußte nicht, was er erwartet hatte. Sechzehn Stunden waren vergangen, seit die Flugzeuge die Bucht überquert hatten. Er hatte auf ein winziges Zeichen gehofft, irgendeinen Beweis, daß Globacter da war und das tat, was sie von ihm erwarteten. Aber er konnte nichts entdecken.

»Ich glaube, es ist die Temperatur«, sagte er zu seinem französischen Kollegen. »Es ist zu kalt.«

Glovenac, der in eine dicke Windjacke gehüllt war, nickte nur und machte sich wieder an den Abstieg. Unten legte gerade das Boot an, das neue Proben für das Labor mitbrachte.

Die Stunden tatenlosen Wartens waren zermürbend für alle, die an der Operation beteiligt waren. Mittlerweile hatte sich zwar die Sonne blicken lassen, aber die Aussicht auf die ölverschmutzte Bucht wurde dadurch nicht erfreulicher. Nur in Ralf Schenker keimte neue Hoffnung, als er die Wärme der Sonnenstrahlen auf seinem Gesicht spürte. Er setzte sich ein Limit. Wenn sich bis zwölf Uhr mittags nichts getan hatte, wollte er einen zweiten Flugzeugeinsatz vorschlagen. Noch hatte er die von Hamburg nach Brest transportierte Menge nicht aufgebraucht. Es gab eine kleine Reserve.

Er lief allein einen Weg oberhalb des Strands entlang. Die Wellen hatten das Öl weit hinaufgetragen. Immer wieder mußte er großen schwarzen Fladen ausweichen. Bis hierher waren die Rettungsmannschaften noch nicht vorgedrungen. Sie waren allein in der Bucht. Sogar die Journalisten ließen sie in Ruhe, weil man den genauen Ort des Tests geheimgehalten hatte. An der einzigen Zufahrt hatte die Polizei eine Straßensperre aufgebaut und hielt Neugierige zurück. Bis jetzt waren sie ungestört. Nur sein Handy flötete ab und an. Es war ED, der sich wiederholt nach dem Stand der Dinge erkundigte. Die Vermehrung von Globacter war angelaufen und sah gut aus. Für einen möglichen Großeinsatz würde ihnen mehr zur Verfügung stehen, als er befürchtet hatte. Leider konnte er selbst keine guten Nachrichten überbringen. Seine Zuversicht schwand dahin.

Wenn zur vollen Stunde die Proben genommen wurden, versammelte sich die Wissenschaftlergruppe neben dem Laborzelt und fieberte den neuen Daten entgegen. Während der Nachtstunden waren die Werte konstant geblieben. Nach Sonnenaufgang deutete sich zwar eine gewisse Dynamik an, aber wie diese zu interpretieren war und ob das Bakterium etwas damit zu tun hatte, wurde zum Gegenstand hitziger Debatten. Man bestürmte Schenker mit Fragen, was diese geringfügigen Veränderungen zu bedeuten hätten. Was machte Globacter da draußen? Er wußte keine Antwort.

Kurz vor halb zwölf drang ein Schrei aus dem Laborzelt. Ein Wissenschaftler in weißem Kittel rannte aufgeregt ins Freie und alarmierte die anderen.

Die Zusammensetzung des Öls veränderte sich. Von einer Stunde auf die nächste waren plötzlich Substanzen aufgetaucht, die bisher kaum nachzuweisen waren. Man rief Schenker, der gerade oben auf den Felsen stand und mit Hamburg telefonierte. Er lief den Hang hinunter, stürzte in das Zelt und beugte sich mit den anderen über die Ausdrucke der Analysegeräte, Kurven, die wie die Umrisse wilder Gebirgsmassive aussahen, mit steilen Zacken und Ausschlägen. Er brauchte nur Sekunden, um sich zu orientieren. Ja, kein Zweifel, das waren die charakteristischen Abbauprodukte, auf die er gewartet hatte. Es ging los. Globacter war aufgewacht.

Die Spannung entlud sich in einem wahren Freudenfeuer.

Glovenac strahlte, schüttelte Schenker die Hand, umarmte ihn, lief dann ins Freie und schoß eine Leuchtkugel in den Himmel. Die Schiffe draußen vor der Bucht antworteten mit tiefen, durchdringenden Signaltönen, mit Fontänen aus ihren Löschwasserkanonen und weiteren Leuchtgeschossen. Die Experten zückten ihre Handys und informierten Institutionen und Behörden. Nach quälenden Stunden der Ungewißheit sah jetzt alles danach aus, als verliefe der Test erfolgreich.

Zwei Stunden später stand die ganze Gruppe auf ihrem Aussichtspunkt und blickte geradezu andächtig auf das Wasser der Bucht hinunter. Denn seit einer halben Stunde gab es dort wieder Wasser. Mitten in der riesigen Öllache hatte sich ein tennisfeldgroßes Fenster geöffnet, das langsam, aber unaufhörlich zu wachsen schien. Unter dem ausgelassenen Jubel der Zuschauer tat sich bald an anderer Stelle ein zweites auf. Der Ölteppich zerriß, wurde fadenscheinig, zeigte mehr und mehr Löcher.

Schenker griff in seine Jackentasche, holte sein Handy hervor und rief ED an. Er beschrieb, was sich vor seinen Augen abspielte, und spürte förmlich, wie der Chef der Senft AG in Hamburg dabei die Hand zur Faust ballte.

»Es ist ein phantastischer Anblick.« Der Mikrobiologe, der sich vor Glückwünschen kaum hatte retten können, war stolz und gerührt und rieb sich eine Freudenträne aus dem Augenwinkel. »Es ist eben keine Show. Es ist die Wirklichkeit. Als ob die Götter der Finsternis sich wieder in ihre Löcher verkriechen würden.«

»Passen Sie auf, was Sie sagen. Von wegen *Götter der Finsternis*. Das ist das Zeug, mit dem wir unser Geld verdienen«, sagte ED und lachte. »Aber alles an seinem Platz, nicht wahr?« Er seufzte. »Ach, ich wünschte, ich könnte es selbst sehen.«

»Es reicht, wenn Sie rechtzeitig zum Hauptfilm da sind.«

»Worauf Sie wetten können. Das werde ich mir unter keinen Umständen entgehen lassen. Wann, meinen Sie, kann es losgehen?«

»Sobald die Kollegen in Hamburg unsere Vorräte aufgefüllt haben. Und wir brauchen mehr Flugzeuge. Ich schätze, in zwei Tagen. Aber ich weiß nicht, ob ich das alleine schaffe.«

»Wissen Sie was? Ich komme selbst, heute noch. Und ich bringe Dr. Müller mit. Ich glaube, das ist genau das, was ich jetzt brauche. Es wird schon irgendwie gehen. Die Firma muß eben mal auf mich verzichten. Die frische Seeluft wird mir guttun.«

»Ehrlich gesagt, die Luft ist nicht besonders«, erwiderte Schenker, der nicht wußte, was er von EDs Ankündigung halten sollte. »Es stinkt nach Öl.«

»Nicht mehr lange«, sagte ED. »Wir werden das ändern.«

TEST MIT GLOBACTER ERFOLGREICH, meldete die Presse am nächsten Morgen. EXPERTEN EMPFEHLEN GROSSEINSATZ. ÖLTEPPICH IST AUF ÜBER 130 KILOMETER LÄNGE ANGEWACHSEN.

Gegen die stinkende klebrige Schicht auf den umliegenden Felsen und Stränden hatte Globacter nichts ausrichten können, aber auf dem Wasser der Bucht schwammen nur noch vereinzelte Ölklumpen herum, die sich nach und nach auflösten. Nach dem Mittagessen packte das Wissenschaftlerteam seine Sachen. Man wollte in die Bucht von Brest umziehen. Das Hauptquartier für den noch am Vorabend beschlossenen Großeinsatz sollte im Centre Océanologique aufgeschlagen werden.

ED, der im Laufe des Abends eingetroffen war, Schenker und Glovenac waren noch ein letztes Mal auf den Felsen geklettert und sahen der Arbeit der Hilfsschiffe zu, die die Ölsperre einholten. Auf dem Wasser der Bucht schwammen einige Möwen herum.

»Gestern um diese Zeit wäre das noch ihr sicherer Tod gewesen«, sagte Glovenac gut gelaunt. »Also, wenn ich nicht wüßte, was hier geschehen ist, wer dafür verantwortlich ist... ein bißchen unheimlich ist es schon, finden Sie nicht?«

Für die Bucht benötigte das Bakterium ungefähr achtundvierzig Stunden, mit der Hauptmasse des Öls wurde Globacter innerhalb von zehn Tagen fertig, zusammen mit den Tankschiffen, die unablässig ihre leeren Bäuche füllten. Die Weltöffentlichkeit reagierte mit ungebremster Euphorie und ehrfürchtigem Staunen. EIN WUNDER, titelte *Le Figaro* über einem Foto des vom Öl befreiten Ozeans, DIE HELDEN VON BREST, schrieb *Le Monde* und schmückte sein Titelblatt mit einer Gruppenaufnahme der beteiligten Wissenschaftler, über deren Köpfen leuchtende Globacterzellen schwebten. Innerhalb weniger Tage stieg der Aktienkurs der Senft AG um fünfundvierzig Prozent. In der Hamburger Zentrale begannen sich die Auftragsbücher zu füllen. Wenn Globacter seine offizielle Zulassung erhielt, war die Auslastung der Produktionsanlagen gesichert.

Einziger Wermutstropfen in der allgemeinen Freude war ein Schwächeanfall Eduard Dietrich Senfts. Mitten in einer Pressekonferenz brach der Chef der Senft AG zusammen und mußte ärztlich versorgt werden. »Nichts Ernstes, eine vorübergehende Kreislaufschwäche«, ließ der behandelnde Arzt verlauten. Die Herren hätten anstrengende Tage hinter sich.

20

»ED! Endlich! Schön, daß Sie da sind.«

Professor Manzolt riß sich die Lesebrille von der Nase, sprang auf und kam ihm entgegen. »Wie geht es Ihnen? Ich bin froh, daß Sie kommen konnten. Das waren sicher turbulente Wochen, was? So richtig nach Ihrem Geschmack.«

Er blieb vor ED stehen und legte ihm eine Hand auf die Schulter. »Lassen Sie sich mal anschauen. Sie haben zugenommen, wahrscheinlich die Luftveränderung, das französische Essen, der gute Rotwein. Und Sie haben wieder Farbe im Gesicht. Das freut mich. Was Sie und die Senft AG geleistet haben, ist wirklich unglaublich, ED. Ich habe alles verfolgt. Es ist ja kein Tag vergangen, an dem Sie nicht im Fernsehen zu bewundern waren. Sie können wirklich stolz sein. Mit Globacter haben Sie ein echtes Prachtstück in die Welt gesetzt.«

»Danke.« ED wunderte sich über diesen Wortschwall zur Begrüßung, ergriff Manzolts Hand und erwiderte lächelnd: »Wir haben es doch versprochen: Eine Zelle für die Welt.«

»Ja, das habt ihr, das habt ihr wirklich.« Der Professor gab ein übertrieben fröhliches Lachen von sich. In rascher Folge sprudelten Worte der Begeisterung aus seinem Mund, phantastisch, sensationell, überwältigend, noch nie dagewesen. Der sonst so bedächtig auftretende Mann wirkte regelrecht überdreht. Er tänzelte auf der Stelle, hielt EDs Hand umklammert und schüttelte sie ausgiebig, schien sie gar nicht wieder loslassen zu wollen. Er fand kaum die Ruhe, ED einmal gerade in die Augen zu schauen.

Als der Arzt seine Hand endlich freigegeben und ED auf

dem Patientenstuhl Platz genommen hatte, dauerte es nur Sekunden, bis seine anfängliche Irritation der üblichen rastlosen Ungeduld der letzten Wochen wich. Dreimal hatte Manzolt ihn durch seine Sekretärin telefonisch aufgefordert, in seine Praxis zu kommen. Dreimal hielten ihn dringende Verpflichtungen davon ab. Auch heute hatte er nur wenig Zeit. Sein Kopf war voller Pläne, Vertragspassagen und Verfahrenstechniken. Er wollte den Termin schnell hinter sich bringen und dann zurück in die Zentrale fahren. Ein Vertragsentwurf der russischen Gasprom sollte bis dahin auf seinem Schreibtisch liegen. Die Russen wollten Globacter. Die Engländer, die Amerikaner, die Araber, Norwegen, Iran, China, Venezuela, Nigeria, alle wollten Globacter. Wenn die sich jetzt abzeichnende Nachfrage ein Maß für die tagtäglichen Ölverschmutzungen überall in der Welt war, dann hatten ihre eher konservativen Annahmen das Problem erheblich unterschätzt. Globacter und der Senft AG standen fette Jahre ins Haus. Sein Terminkalender war für Wochen ausgebucht.

»Kann ich Ihnen etwas anbieten? Ein Wasser? Saft?«

Der Professor hatte hinter seinem Schreibtisch Platz genommen, griff nach seiner Lesebrille und ließ sie in seiner Hand hin und her baumeln.

»Danke, Professor, ich habe nicht viel Zeit.«

»Oh, das glaube ich Ihnen aufs Wort! Ich habe nichts anderes erwartet. Aber...« Plötzlich verschwand die Fröhlichkeit aus Manzolts Gesicht. »Ich fürchte, wir werden heute etwas Zeit brauchen, ED. Wir müssen reden. Dringend.«

Er setzte die Brille auf, zog die Mundwinkel nach unten und blickte auf die Akte, die vor ihm auf dem Schreibtisch lag.

EDs Gedanken schweiften ab, zu den Plänen der Verfahrenstechniker, die Schenkers Vorschläge umsetzen sollten. Sie mußten ihre Kapazitäten erheblich vergrößern, unter Umständen sogar neue Produktionsanlagen aufbauen. Er versuchte sich zu konzentrieren. Je schneller sie zur Sache kamen, desto eher war er hier raus. »Zeit? Wofür?« fragte er. »Sind die Laborergebnisse gekommen?«

Manzolt sah ihn über seine Brille hinweg an und holte tief Luft. »Zeit für Sie selbst, ED. Es gibt nichts, was Ihnen wichtiger sein sollte. Die Laborergebnisse sind schon seit Wochen da, und es wäre besser gewesen, wir hätten auch schon vor Wochen darüber gesprochen. Sie wissen, daß ich mehrmals auf ein Gespräch gedrungen habe. Ich mache mir Sorgen um Sie, ED. Große Sorgen!«

Mitten auf Manzolts Stirn hatte sich ein zerfurchtes Faltengebirge gebildet. Unter seinen buschigen Augenbrauen sah er ihn eindringlich an.

ED mußte ein Grinsen unterdrücken. Mit seiner schneeweißen gefönten Haartolle und dem ewig ermahnenden, sorgenvollen Gesichtsausdruck hatte Manzolt etwas Groteskes. Er wirkte seltsam hilflos, überfordert. Plötzlich sah er einen eitlen, senil gewordenen Professor vor sich, der stramm auf die Siebzig zuging, für den die Welt nur noch aus heimtückischen Gefahren und den entsprechenden Vorsichtsmaßnahmen bestand. Vermutlich hatte er einen detaillierten Diätplan ausgearbeitet, verschrieb ihm Vitamine und Stärkungspräparate. Vielleicht war der Mann gar nicht mehr auf dem laufenden. Vielleicht sollte er sich beizeiten nach einem jüngeren Arzt umsehen.

Aber etwas an diesem Blick irritierte ED. Er starrte zurück. An einem Flackern in Manzolts Augen meinte er plötzlich zu erkennen, daß sein langjähriger Arzt nicht einfach nur nervös war. Nein, der Professor fühlte sich unwohl in seiner Haut, stand unter Hochspannung. Er hatte Angst.

Schlagartig traten die Ereignisse der letzten Wochen in den Hintergrund. Eine vage Ahnung ließ ED aufmerksam werden, der Gedanke, daß dies kein Routinebesuch war, daß Manzolts Unsicherheit einen ganz anderen Grund haben könnte, etwas, das mit ihm zu tun hatte. Wovor sollte der Professor Angst haben? Etwa vor ihm, einem Patienten, den er ein halbes Leben lang kannte? Vor dem, was er ihm zu sagen hatte?

Ein eisiger Hauch kroch über seinen Rücken. Seit der Havarie der *Sea Conqueror* befand er sich in unaufhörlicher rasender Vorwärtsbewegung. Die Ereignisse überstürzten sich. Alle körperlichen Probleme waren weit in den Hintergrund getreten, auch den kleinen Schwächeanfall in Frankreich hatte er rasch abgehakt. Er schwamm auf einer Welle des Erfolges. Es war wie ein Rausch, neben dem alles andere verblaßte. Und dieser Blick Manzolts fühlte sich an, als ob jemand in voller Fahrt auf seine Bremse treten wollte.

Jetzt erkannte er diesen Ausdruck. Als der Professor vor Jahren die Ergebnisse der Computertomographie vom Schädel seiner Frau erklärte, hatte er genauso ausgesehen, jünger zwar, aber mit derselben Mischung aus Betroffenheit, Trauer und Strenge im Gesicht.

Er wischte sich rasch über die Stirn, schlug die Beine übereinander und verschränkte die Arme vor der Brust. »Was ist los? Raus mit der Sprache, Professor! Sie können mir alles sagen.«

»Also gut.« Manzolt nickte und griff nach dem obersten Blatt seiner Unterlagen. »Ich habe hier die Ergebnisse der Laboruntersuchung. Das Blutbild ist schlecht. Die Leukozytenwerte sind stark erhöht. Über 100 000. Das ist alarmierend, ED. Bei diesem Befund können wir unmöglich zur Tagesordnung übergehen. Wir müssen weitere Untersuchungen anschließen. So schnell wie möglich.«

»Hohe Leukozytenwerte? Das sagt mir nichts. Was hat das zu bedeuten?«

»Nun, zunächst einmal, daß etwas mit der Blutbildung nicht stimmt.«

»Und?«

»Da ist leider noch mehr, ED. Das Labor hat sogenannte Blasten nachweisen können. Das sind unreife, funktionsuntüchtige Blutzellen aus dem Knochenmark, die im Blut nichts zu suchen haben. Außerdem sind da die anderen Symptome, Ihre Gewichtsabnahme, die Müdigkeit und Abgespanntheit, eine deutliche Splenomegalie, eine Vergrößerung der Milz, die ich schon das letzte Mal festgestellt habe.«

»Guido, das sagt mir alles nichts«, drängte ED. »Was ist los mit mir?«

»Geduld, ED! Wir müssen eine Untersuchung Ihres Knochenmarks durchführen, am besten gleich morgen früh. Dann wissen wir mehr.«

»Aber Sie haben doch eine Vermutung!« rief ED. Es wird schon nicht so dramatisch sein, dachte er. Ärzte neigen zu Übertreibungen, machen aus jeder Mücke einen Elefanten. »Sie müssen es mir sagen.«

»Das ist eine ernste Sache, ED.« Manzolt verzog gequält das Gesicht. Er lehnte sich zurück, rieb sich mit der Linken über das Gesicht. »Die Wahrscheinlichkeit ist groß, daß Sie eine Form von Leukämie haben.« Er senkte rasch den Blick. »Ich wollte das... es tut mir sehr leid.«

ED hatte Manzolt verstanden, aber es ergab keinen Sinn.

»Leukämie?« flüsterte er.

»Ja, leider deutet alles darauf hin. Wir müssen den Knochenmarkausstrich abwarten, aber vermutlich ist es eine chronische Form.«

»Krebs?«

Manzolt sah ihn an und nickte. »Ja.«

ED saß stumm da und versuchte zu begreifen.

Aber es gelang ihm nicht. Krebs? Er? Ein Irrtum. Ein Fehler des Labors. Er konnte es nicht glauben. Ein wenig Unwohlsein hier und da, Kraftlosigkeit, Müdigkeit, sicher, ab und zu hatte er sich miserabel gefühlt, aber das waren Lappalien, idiotische Zipperlein eines in die Jahre kommenden, hart arbeitenden Mannes, denen man sich nicht ausliefern durfte. Manzolt war ausschließlich auf die Laborwerte fixiert, steckte nicht in seinem Körper, wußte nicht, wie es ihm wirklich ging, daß sich all diese Symptome zwar lästig, aber keineswegs existenzbedrohend anfühlten. Krebs, das war... schlimmstenfalls... tödlich. Er fühlte sich ganz und gar nicht wie ein Todkranker. Im Gegenteil, er hatte sich schon lange nicht mehr so lebendig gefühlt. Er hatte tausend wichtige, bedeutende Dinge zu tun, brauchte seine volle Konzentration, durfte sich nicht ablenken lassen von vorschnellen, absurden Diagnosen irgendeines Arztes. Wie konnte Manzolt es wagen, ihm ausgerechnet jetzt... Er wurde wütend.

Er sprang auf und schrie: »Ich hoffe, Sie wissen, was Sie da sagen, Professor. *Leukämie*...« er fuhr mit der Hand durch die Luft, »das ist doch lächerlich.«

Der Professor saß in seinem Sessel und hielt sich an seinen Akten fest. ED war außer sich.

»Sie machen eine Blutuntersuchung und knallen mir eine Krebsdiagnose um die Ohren. Verstehen Sie das unter sorgfältigem Vorgehen? Wunderbar. Sie hätten wirklich keinen besseren Zeitpunkt auswählen können. Sie kennen mich seit vielen Jahren und sollten wissen, daß ich so nicht mit mir umspringen lasse. Ich dachte, ich hätte es mit einem erfahrenen Arzt zu tun, nicht mit einem... einem Quacksalber. Margret haben Sie damals sterben lassen, nichts haben Sie...«

»Das reicht, ED. Beruhigen Sie sich!« Manzolt stand jetzt ebenfalls. »Glauben Sie im Ernst, ich würde eine solche Diagnose äußern, wenn ich mir meiner Sache nicht sicher wäre?«

»Wie sicher?«

»Was wollen Sie hören? Prozentzahlen?«

»Ich weiß nicht. Einen Beweis.«

»Den liefert die Knochenmarkuntersuchung. Aber glauben Sie mir, wir verfügen heute über hervorragende zytochemische Verfahren. Das Labor hat in den leukämischen Blastenzellen Ihres Blutes eine Chromosomenanomalie nachgewiesen, das sogenannte Philadelphia-Chromosom. Normalerweise ist das ein ziemlich sicherer Beweis.«

ED starrte ihn an, die Hände auf den Schreibtisch gestützt. Seine Augen wurden feucht. Plötzlich gab es nur Leere in seinem Kopf, Schwindelgefühl. Seine Gedanken waren von meterhohen Mauern umgeben, die ihm keinen Millimeter Raum gaben. Er war allein, allein mit dem Parasiten, den er gespürt und immer wieder verdrängt hatte. Ihn fröstelte. Es war eiskalt. Er schüttelte fassungslos den Kopf, fiel auf seinen Stuhl zurück und verbarg das Gesicht in beiden Händen. Er bebte am ganzen Körper. Manzolt ging zum Kühlschrank und entnahm eine Flasche Wasser. Er füllte ein Glas, warf eine Tablette hinein und hielt es ED hin. »Hier, trinken Sie! Das wird Ihnen guttun.«

»Es tut mir leid, Guido. Ich... ich weiß nicht...«

»Schon gut«, sagte Manzolt und blieb neben ihm stehen. Schweigend sah er zu, wie ED austrank und dann mit gesenktem Kopf dasaß, das Glas in der Hand. Ab und an schloß er die Augen, kniff sie zusammen, als bekämpfe er einen heftigen Schmerz. Sein Oberkörper hob und senkte sich.

»Geht es Ihnen besser?« fragte Manzolt nach einer Weile.

Keine Reaktion.

»ED!«

Senft nickte schwach. »Ich verstehe das nicht.« Er hob den Kopf. »Wie soll es denn jetzt weitergehen?«

»Sind Sie sicher, daß Sie das hören wollen?«

Wieder ein Nicken, diesmal entschiedener.

»Wir können das auch ein andermal...«

»Nein, nein. Jetzt. Ich muß wissen, was mich erwartet.« ED war kreidebleich. Mit zusammengepreßten Lippen sah er zu seinem Arzt hoch, wirkte aber einigermaßen gefaßt.

»Zunächst müssen wir uns Klarheit darüber verschaffen, um welche Form der Krankheit es sich handelt. Dazu brauchen wir eine Probe Ihres Knochenmarks. Das ist keine ganz angenehme Prozedur, aber unumgänglich. Dann werden wir weitersehen.«

»Wie lange bleibt mir noch?«

»Nun mal langsam. Leukämie ist eine sehr ernsthafte Erkrankung, ED, aber es ist kein Todesurteil. Wenn Sie vernünftig sind, können wir die Sache in den Griff bekommen.«

»Wie lange, Guido?«

»Jetzt fangen Sie schon wieder an, mich zu bedrängen. Hören Sie doch, was ich sage. Mit ein wenig Glück können wir die Krankheit besiegen. Ich gehe von einer chronisch-myeloischen Leukämie aus, die aus drei Phasen besteht. Aufgrund der geringen Blastenzahl in Ihrem Blut können wir mit großer Sicherheit davon ausgehen, daß Sie sich noch in der ersten, der chronischen Phase befinden. Sie kann mehrere Jahre dauern, aber leider wissen wir nicht, wann sie angefangen hat. Wenn erst die zweite Phase beginnt, wird es ernst. Wenn der sogenannte Blastenschub einsetzt, ist es zu spät. Wir haben also noch etwas Zeit, aber wir müssen sie nutzen, ED.«

»Und was heißt das? Das ganze Programm? Chemotherapie, Bestrahlung?«

»Unter Umständen ja. Aber letztlich gibt es nur eine wirkliche Rettung. Wir müssen einen geeigneten Knochenmarkspender für Sie finden.«

»Eine Knochenmarktransplantation?« ED sprach leise. Chemotherapie, Bestrahlung, Transplantation, all diese schrecklichen Worte, die er schon oft gehört hatte, ohne sie je mit der eigenen Person in Verbindung zu bringen, Worte, die furchtbare Qualen bedeuteten, schwerste Belastungen für Körper und Geist, ohne die Gewißheit einer Heilung.

»Ja. Wir werden Ihre Familie testen müssen. Ihre Tochter, Ihre Enkelin.«

»O Gott, muß das sein?«

»Es geht um die Gewebeverträglichkeit. Bei nahen Verwandten ist die Wahrscheinlichkeit größer.«

»Und mit geeignetem Knochenmark könnte man die Krankheit heilen?«

»Ja. Es ist sicher kein leichter Weg, aber Sie werden es schon schaffen, ED. Sie müssen an sich glauben. Sie sind stark, vergessen Sie das nicht. Sie besitzen Bärenkräfte. Und was uns angeht, wir werden alles in unserer Macht Stehende versuchen, darauf können Sie sich verlassen.«

»Wie sind die Chancen?«

»Wenn wir einen optimalen Spender finden, deutlich besser als fünfzig Prozent. Die Medizin hat große Fortschritte gemacht.«

»Fünfzig Prozent.« ED schüttelte den Kopf und rieb seine feuchten Handflächen aneinander. »Ich... ich kann es einfach nicht glauben«, sagte er mit brüchiger Stimme. »Krebs! Das geht nicht in meinen Kopf. Es... es kommt so plötzlich. Ich meine, vor wenigen Minuten war ich noch gesund, jedenfalls dachte ich das. Und jetzt...«

»Das scheint nur so, ED. Die Krankheit ist schon vor Monaten ausgebrochen. Sie ist tückisch und schleichend, aber unaufhaltsam, solange man sie nicht erkennt.«

»Aber wie ist das möglich?«

»Das wissen wir nicht. Wir kennen die auslösenden Faktoren nicht. Chemikalien können eine Rolle spielen, einige Gene, aber wir tappen weitgehend im dunkeln. Es kommt aus heiterem Himmel.« Manzolt seufzte. »ED, es tut mir leid, daß ich Ihnen das sagen mußte. Manchmal haßt man es, Arzt zu sein.«

»Patient zu sein ist noch beschissener.«

Manzolt schwieg und warf ED vorsichtige Blicke zu, er wartete auf den richtigen Moment. »Da fällt mir ein... was macht eigentlich Ihr Sohn? Sie haben schon ewig nichts mehr von ihm erzählt. Wie hieß er doch gleich? Ach ja, Dietrich, nicht wahr? Wo lebt er? Wie geht es ihm?«

21

Der Film war widerlich, einfach zum Kotzen, die Ausgeburt eines kranken Gehirns. Wie betäubt taumelte Didi in die regnerische Mainacht hinaus, ohne einen Blick für die Leidensgenossen, die mit ihm die Spätvorstellung in den Zeise-Kinos besucht hatten und jetzt sehen mußten, wie sie die schrecklichen Szenen wieder aus dem Kopf bekamen. Vielleicht wollten sie das gar nicht. Während des Films hatten einige gekichert, *gekichert* angesichts barbarischer Folterszenen. Vielleicht eine instinktive Form der Abwehr. Hoffentlich nur das. Es hatte ihn wahnsinnig gemacht. Er wäre gerne mitten im Film aufgestanden, hätte sich durch die Sitzreihen gedrängelt und sie gefragt, was daran komisch war, wenn ein Serienkiller Menschen die Zähne ausschlug und mit ihren blutigen zahnlosen Mundhöhlen Oralsex praktizierte. Ob er es ihnen vorführen sollte. Aber er war sitzen geblieben, wie hypnotisiert, hatte sich den Mist bis zu Ende angesehen, die panische Angst der Verfolgten, ihre Todesqualen, bestialisch, alles in einer ohrenbetäubenden Lautstärke, die einen nicht zur Ruhe kommen ließ.

Er zitterte am ganzen Leib und steckte sich eine Zigarette an. Die regennasse Straße war fast menschenleer. Einige Kinobesucher flüchteten in ihre Autos, vor dem Regen oder dem Nachhall der alptraumhaften Bilder, den Schreien der mißhandelten Opfer, dem Keuchen und Grunzen des Mörders. Wagentüren schlugen zu, Motoren wurden angelassen. Didi stellte sich unter einen Balkon und inhalierte tief. Kurze Zeit später war er allein auf der Friedensallee. Was für ein Name. Massenmörderboulevard, Gemetzelstraße, Kinderfickerweg.

Warum hatte er sich das angetan? Jede kitschige Liebesgeschichte wäre ihm lieber gewesen. Oder eine Komödie. Das hätte er sich vorher überlegen sollen. Er hatte es zu Hause nicht ausgehalten, wollte sich ablenken. Er wußte nicht, worum es ging in diesem Film, einem Thriller, *nervenzerfetzend* stand in der Kinowerbung. Normalerweise machte ihm das nichts aus. Die Videos im Tourbus waren auch nicht gerade zimperlich gewesen. Er hatte jeden Film zwei-, dreimal gesehen, kannte sie auswendig. Er erhoffte sich eine Gehirnwäsche, wollte zwei Stunden gebannt im Kinosessel sitzen, Popcorn essen und an nichts anderes denken. Er ging allein, weil sich auf die Schnelle keiner seiner Freunde aufraffen konnte. Sie waren bereits verabredet, hatten keine Lust, waren zu schlapp oder nur in Gestalt ihrer Anrufbeantworter vorhanden. Am liebsten hätte er natürlich geknutscht, wie früher, zwei Stunden im dunklen Kino gesessen und geschmust, seine Liebste und er, der Langentbehrte, nach Wochen endlich aus der Ferne zurückgekehrt, aber leider gab es niemanden, der ihn derart liebevoll empfangen hätte. Irgend etwas hielt die Leute auf Distanz. Er wußte nicht mehr, wann das angefangen hatte. Sein Lächeln, seine Aura hatten sich verflüchtigt oder verwandelt, in einen Bannkreis. Also ging er alleine. Es war ohnehin intensiver, niemand, der ihn während der Werbung mit Belanglosigkeiten vollquatschte oder sich in den spannendsten Momenten an seinem Arm festkrallte.

Intensiv war es dann auch geworden. Der Film hatte ihn tatsächlich abgelenkt, aber jetzt war er geladener als vorher. Er platzte fast vor Wut, auf sich, auf diesen Regisseur, der mit seinem ganzen Team in eine Gummizelle gehörte, auf die ganze beschissene Welt, die nur noch aus Gewaltexzessen, schlechter Musik, schweren Kisten, Regenwolken und Stumpfsinn zu bestehen schien. Er überlegte, ob er ins SoWhat gehen sollte, aber es war schon halb zwei, zu spät. Auf die üblichen Schnapsleichen, die um diese Zeit die Theke bevölkerten, hatte er keine

Lust. Ein falscher Spruch, und er würde ihnen an die Gurgel springen. Er erschrak über seinen Zorn. Sein Gehirn produzierte Gewaltphantasien ohne Ende. Er mußte etwas tun, sich abreagieren, wäre imstande, sich zu prügeln, irgend jemandem die Fresse zu polieren, zum Beispiel diesen Kicherern, aber die lagen jetzt bald in ihren Betten, auf ihren Freundinnen. Geil war er auch, er hatte schon ewig keine Frau mehr gehabt. Er hätte jetzt nicht übel Lust, sich einfach zu bedienen, zum Beispiel bei dieser Schickimicki-Tante auf der anderen Straßenseite, die vor dem Eingang der Passage stand und ihren langen Mantel zuknöpfte. Aber sie bekam Gesellschaft. Ein Mann trat durch die Glastür. Die Frau hakte sich bei ihm unter, und beide gingen die Straße entlang. Didi hörte das Klacken ihrer Absätze. Wenig später schnurrte eine große schwarze Limousine an ihm vorbei, einer dieser neuen Motoren, die nur Wasserdampf ausstießen, ein Vermögen auf Rädern. Aus dem Wageninneren drang laute Musik. Die Frau sah zu ihm hinaus und lachte.

Er trat die Zigarette aus, zog den Kragen seiner Lederjacke hoch und lief los, ohne Ziel durch den Regen, der stärker wurde. Nach Hause wollte er nicht. Er hielt es nicht aus, diesen Scherbenhaufen, der von seinen Träumen übriggeblieben war. Andere ließen sich von brennstoffzellenbetriebenen Sänften durchs Leben tragen, er hatte nur seine Füße und sein rostiges Fahrrad. Es wurde immer schlimmer mit ihm. Manchmal bekam er Angst. Er verlor den Boden unter den Füßen. Die Tour war anstrengend gewesen, noch nervtötender als sonst, viel zuwenig Schlaf, viel zuviel Alkohol und Speed. Er hatte dem letzten Konzert entgegengefiebert, aber die Heimkehr war noch unerträglicher. Er hatte sich darauf gefreut, wieder Musik zu machen, auf seine Freunde, seine Kneipen, er hatte Geld, einige Wochen würde es ihm gutgehen, aber kaum stand er in dem muffigen dunklen Loch, das er sein Zuhause nannte, war er ins Nichts gefallen. Er hatte seine Reisetasche in den Flur geworfen und die Wohnung sofort wieder verlassen.

Er bog um eine Ecke. Etwa hundert Meter vor ihm lief eine Frau, allein. Sie trug einen Regenschirm. Ihr Gang war schwungvoll, elegant, sie war jung. Ohne darüber nachzudenken, beschleunigte er. Er müßte den richtigen Moment abpassen und sie in einen Hauseingang ziehen, darauf achten, hinter ihr zu bleiben, und ihr den Mund zuhalten, damit sie nicht schreien konnte. Die Sache mit seinen Spermien, die eigentlich die seines Vaters waren, war ihm nie mehr aus dem Kopf gegangen. Zeitweilig war ihm sein ganzer Körper fremd, regelrecht zuwider, nur die Kopie eines Erfolgsmodells, nach haargenau derselben Bauanleitung angefertigt, bis in die Fußnägel identisch. Man könnte ihm das Herz aus dem Leib schneiden und seinem Vater einsetzen, es hätte sich auf der Stelle zu Hause gefühlt. Voll kompatibel.

Es war ihm schon auf der Tour eingefallen. Als er erleben mußte, daß weiterhin nichts über einen Anschlag, eine Erpressung der Senft AG, sondern eine Erfolgsmeldung nach der anderen über den Bildschirm flimmerte, ein medialer Triumphzug. ED hier, ED da, ED mit dem Bundeskanzler, ED mit dem Premierminister. Es war unerträglich, schallendes Hohngelächter auf allen Kanälen.

Ein Fernsehkrimi, in dem ein Sexualverbrecher anhand seines genetischen Fingerabdrucks identifiziert wurde, brachte ihn auf die Idee, spätabends im Tourbus. Die anderen schliefen schon. Er produzierte die Spermien eines anderen. Man müßte Kapital daraus schlagen. Wirklich fiese Gedanken gingen ihm durch den Kopf. Sein Gehirn, sein Geist oder wie immer man das nennen wollte, war doch das einzige, was ihm gehörte. Er hatte den Körper eines anderen, und doch war darin etwas Neues entstanden, er. Ich denke, also bin ich. Er war nur Software, dieselben Zellen, aber anders verschaltet. Ein Programmierfehler.

Der Zeitpunkt war günstig. Es war spät. Im Ernst, was hatte diese Frau mit dem Regenschirm, die ahnungslos vor ihm herlief, um diese Zeit allein auf der Straße zu suchen. So wurde man zur Versuchung, zum Opfer. Er fühlte sich beschissen, war Sprengstoff, der bei der geringsten Erschütterung explodieren konnte. Er dürfte ihr nicht ins Gesicht sehen. Sie müßte anonym bleiben. Vielleicht war alles ganz einfach. Sie hatte einen Rock an, Strumpfhosen. Jeans wären problematischer gewesen. Sie würde sich wehren, aber er war stark vom Kistenschleppen, müßte nur hart zupacken. Eine schnelle Nummer, in die dunkle Ecke eines Hauseinganges gepreßt, und dann nichts wie weg. Eine Vergewaltigung und später ein anonymer Hinweis an die Presse. Der große ED ein Sexualverbrecher, ein geiler alter Bock, der nachts durch die Straßen schlich. Das hätte etwas. Das würde ihm die Maske des Wohltäters vom Gesicht reißen. Der genetische Test würde ihn überführen. Er wäre fertig, bloßgestellt vor einer verblendeten Öffentlichkeit. Die Presse würde die alten Geschichten ausgraben, die junge Sprinterin, die ihn mit einem Quickie um Millionen erleichterte. Die Leute würden sich erinnern und er als das dastehen, was er war, ein Perverser, ein Egoist, der seine Frau betrogen hatte, wo er nur konnte, bis kurz vor ihrem Tod.

Didi lief schneller, holte auf, erkannte jetzt, wie ihre Haare im Rhythmus der Schritte wippten, vielleicht noch fünfzig Meter.

Die Frau drehte sich plötzlich um, entdeckte ihn, beschleunigte ebenfalls und wechselte abrupt die Straßenseite. Er verfiel in Laufschritt, wußte selbst nicht, warum, es geschah einfach, ein Automatismus, die Reaktion eines Raubtieres auf eine flüchtende Beute. Zwischen zwei Autos blieb er abrupt stehen. Das Herz schlug ihm bis zum Hals.

Als die Frau sich noch einmal umblickte, sah er in ihrem Gesicht eine panische Angst, die ihm durch Mark und Bein ging. Sie lief noch schneller und verschwand rasch hinter einer Hausecke. Er war erleichtert. Es tat ihm leid, furchtbar leid. Er fühlte sich elend, hätte heulen können. Er müßte sich entschuldigen. Er hatte nicht vorgehabt, ihr etwas zu tun, niemals. Er wollte nur sehen... ja, was? Ob er dazu fähig wäre? Wie weit er gehen würde? Es war nur ein Spiel. Hoffentlich! Scheiße, manchmal kannte er sich selbst nicht mehr. Im Suff tat er Dinge, an die er sich später nicht mehr erinnern konnte. Er entdeckte Brandblasen auf dem Handrücken, einen verschorften Schnitt und wußte nicht mehr, wie es dazu gekommen war. Aber heute hatte er nicht getrunken, und er war mit Sicherheit kein Vergewaltiger.

Er rannte zurück, vorbei an den Kinos, die Friedensallee entlang. Er rannte zwei Straßenecken weiter, spurtete, wollte den Gedankendreck aus seinem Kopf treiben. Schließlich hielt er keuchend an und stützte sich auf seine Knie. Seine Lunge schmerzte. Zu viele Zigaretten, von allem zuviel. Er fand kein Maß, keinen Rhythmus, keine Ruhe in seinem Leben. Er atmete heftig und sah an sich hinunter. Wasser tropfte ihm von Kinn und Nase. Die Jeans war vollkommen durchnäßt, er spürte das Wasser in seinen Schuhen. Er stellte sich in einen Hauseingang, wischte sich, so gut es ging, die feuchten Hände ab und zündete sich eine Zigarette an. Er lehnte sich gegen die Tür, rauchte, mußte husten. Sein Atem beruhigte sich. Er lauschte dem Rauschen des Regens. Nie wieder, dachte er. Tu so etwas nie wieder!

Die Gedanken kreisten um seinen Vater. Er konnte nichts dagegen machen. Früher hatte es Jahre gegeben, in denen er nie an ihn dachte. In der Elbuferhalle hatte es angefangen. Ein verhängnisvoller Tag. Seitdem war er regelrecht besessen von ihm. Er hätte den Job nie annehmen dürfen. Er wußte doch, daß die Gefahr bestand, ihm zu begegnen. Es war sein Geburtstag. Aber er hatte den Auftrag von Oo-Luck, und seine prekären Finanzen ließen ihm gar keine Wahl, als ihn anzunehmen. Alles an diesem Abend drehte sich um ED. Er war der strahlende Held, ein moderner Gottkaiser, der hofhielt. Und seine dumme Schwester mit diesem Lackaffen an ihrer Seite spielte Prinzessin, bis in die blonden Haarspitzen korrumpiert von seinem Geld und Luxus. Sie dackelte hinter ihm her und verteilte Kußhändchen. Dreimal hatte ED während des Nachmittags die Halle inspiziert. Er war an ihm vorbeigegangen, ohne ihn zu erkennen, hinter ihm ein nervöser Pulk von Speichelleckern, die ihm jeden Wunsch von den Lippen ablasen. Aber das war nur der Anfang. In den letzten Wochen hatte ED sein Vermögen mehr als verdoppelt. Didi hatte gelesen, daß die Aktien der Senft AG um 127 Prozentpunkte gestiegen waren. Banken und Spekulanten rieben sich die Hände. Man munkelte, das Unternehmen werde expandieren. Sie investierten in alternative Energien. Allein das Gerücht, die Senft AG werde einen führenden Hersteller von Solarzellen übernehmen, trieb dessen Aktienkurs in die Höhe. Für ED schien es keine Grenzen mehr zu geben. Jemand mußte ihn auf den Boden zurückholen.

Ihm wurde kalt. Er mußte nach Hause, sich umziehen. Und er mußte testen, ob seine kleinen Ölfresser noch lebten. Sie hatten wochenlang gehungert.

Eine Stunde später saß er in seinem alten Frotteemantel am Küchentisch, trank aus einer dampfenden Kaffeetasse und wippte mit dem Fuß zu den Klängen einer alten Charlie Parker-Scheibe. Dabei beobachtete er fasziniert, was sich in dem Glas mit dem Fahrradöl abspielte.

Sie lebten! Es war schwer zu sagen, ob es länger dauerte als beim letzten Mal, aber das Zeug war zäh, das mußte man diesen Labormenschen lassen, kaum totzukriegen. Es hatte wochenlang in einem geschlossenen Gefäß zugebracht und zeigte sich nicht im geringsten beeinträchtigt. Didi war nicht so verbittert, daß er diese Erfindung nicht anerkannte. Globacter war ohne Zweifel das Beste, was EDs Fabriken je produziert hatten.

Aber ihm gefiel der Gedanke, genau dieses Produkt dazu zu verwenden, um ihm ein wenig Ärger zu machen. Das würde reichen, ein wenig Ärger, eine Demonstration, daß nicht immer alles nach EDs Wünschen lief, insgeheim hoffte er auf mehr, viel mehr. Er würde es ein zweites Mal versuchen. Er war in der richtigen Stimmung. Aber diesmal würde er Forderungen stellen, wie es sich gehörte für eine anständige Erpressung. Es war kurz vor drei. Die Zeit war ideal. Mit dem Fahrrad würde er eine gute Stunde brauchen und wäre bei Tagesanbruch wieder zurück.

Er stand auf, ging an den Küchenschrank und nahm zwei Einwegspritzen aus einem Pappkarton. Er zog die trübe Bakterienbrühe auf, wickelte die Spritzen in ein altes Handtuch und verstaute sie vorsichtig in seinem Rucksack. Es tat ihm gut, beschäftigt zu sein. Er zögerte einen Moment, dann steckte er das ganze Thermogefäß ein. Er würde die Dosis erhöhen. Er hatte keine Ahnung, wie lange Bakterien in einem solchen Gefäß überleben konnten. Er wollte nicht darauf warten, bis sie irgendwann ganz plötzlich die Löffel abgaben und er mit leeren Händen dastand. Jetzt oder nie.

Die Straßen waren leer, und er fuhr mit großer Geschwindigkeit. Nur einmal, als er von Ferne einen Polizeiwagen entgegenkommen sah, hielt er an und wartete im Schatten einer Hauseinfahrt, bis er wieder freie Fahrt hatte. Er war entschlossen, hellwach und zweifelte keine Sekunde daran, daß es richtig war, was er tat. Er war es sich schuldig, noch einen zweiten Versuch zu wagen. Es war in jedem Fall besser, als nichts zu tun oder gar Unbeteiligten Angst einzujagen. Das Bild der Frau geisterte wieder durch seinen Kopf, die Angst in ihrem Gesicht, Angst vor ihm. Sein Puls begann zu rasen, als er daran dachte. Er wollte niemand sein, vor dem Frauen nachts Angst haben mußten. Unwillkürlich trat er fester in die Pedale. Was hatte ihn dazu getrieben? Der Film, der Frust? Globacter war in jedem Fall die bessere Alternative und die Raffinerie die richtige Adresse.

Er brauchte genau eine Stunde. Als er das Industriegebiet erreichte, schaltete er das Licht aus, fuhr langsamer und hielt schließlich an, um sein Fahrrad zwischen einigen Büschen zu verstecken. In diesen Straßen patrouillierten ab und zu Streifenwagen und privater Wachschutz. Es war besser, zu Fuß weiterzugehen. Ein einsamer Fahrradfahrer hatte hier um diese Zeit nichts verloren. Er zündete sich eine Zigarette an und lauschte. Vom Hafen waren Maschinengeräusche zu hören, metallisches Quietschen und Kreischen, dumpfes Poltern. Die Energiequelle der Stadt pulsierte. Hinter Lager- und Fabrikhallen ragten einige der beleuchteten Raffinerietürme in den Nachthimmel. Auch als ein Streifenwagen um die Ecke bog und langsam die Straße entlangschlich, blieb er ruhig und konzentriert. Er zog sich tiefer zwischen die Sträucher zurück und wartete, bis der Wagen außer Sichtweite war.

Es hatte sein Gutes, daß moderne Industriegebiete durch Bäume und Sträucher zu Industrieparks geworden waren. Er hielt sich immer in der Nähe der Vegetation, und bevor er über offene Rasenflächen rannte, wartete er, ob sich irgend etwas rührte. Zehn Minuten nach der ersten überraschte ihn die zweite Polizeistreife. Er schaffte es gerade noch, sich hinter einigen jungen Bäumen zu verstecken. Diesmal wurde er nervös, weil der Wagen in provozierender Langsamkeit an ihm vorbeifuhr. Hatten sie ihn gesehen? Wieso kamen sie so dicht hintereinander? Er wurde noch vorsichtiger, schlich an Maschendrahtzäunen und Werkstoren vorbei und hielt alle paar Schritte inne.

Gerade als er die Raffineriestraße erreicht hatte, kam der dritte Wagen, ein Wachschutzteam in einem großen Geländecruiser. Lächerlich, als ob man hier Vierradantrieb benötigte. Die hohe Frequenz der Patrouillen beunruhigte ihn. Bei seinem letzten Besuch hatte er nur einen Wagen gesehen, der an einer

Ecke gestanden hatte. Die Bullen hatten Radio gehört und geraucht und nicht besonders diensteifrig gewirkt.

Er kauerte sich neben einen steinernen Zaunpfeiler und sah über die leere Straße zur Raffinerie hinüber. Irgend etwas hatte sich verändert. Es war viel heller. Sie hatten neue Lampen installiert. Der Werkszaun war so hell beleuchtet, als handelte es sich um ein modernes Kunstwerk, das auch nachts optimal zur Geltung gebracht werden mußte. Er hörte Stimmen. Jemand rief etwas. Dann sah er einen Wachmann mit einem Schäferhund, der innerhalb des Werksgeländes, keine fünfzig Meter von ihm entfernt, am Zaun entlangging. Sie hatten Hunde! Er zog sich erschreckt zurück, schlich gebückt an einer niedrigen Mauer entlang, bis er sich weit genug entfernt glaubte, um bis zur nächsten Straßenecke zu rennen. Dort wandte er sich nach links. Er mußte zum Kanal. Sein Zugang zur Raffinerie führte über die Hafenanlage, wo die Tanker gelöscht wurden.

Er erreichte das Nachbargrundstück, auf dem sich ein riesiger Baustoffgroßhandel befand. Das Gelände lag verlassen und dunkel vor ihm, aber im Hintergrund leuchteten die Lichter der Raffinerie. Er lief bis zu der Stelle, wo er das letzte Mal den Zaun überquert hatte, sah sich um und kletterte dann den Maschendraht hoch. Kaum war er auf der anderen Seite, kam die nächste Polizeistreife. Er legte sich flach auf den Boden und hielt die Luft an. Der Wagen fuhr vorbei.

Er schaute auf die Uhr. Vier Uhr vierzig. Er müßte sich beeilen, aber er zögerte, war verunsichert. Vier Kontrollen in einer Dreiviertelstunde, die zusätzlichen Lampen, die alles taghell erleuchteten, die Hunde, die ihn am meisten beunruhigten. Was hatte das zu bedeuten?

Plötzlich fiel es ihm ein, und der Gedanke verscheuchte sämtliche Zweifel. Er war der Grund. Natürlich, so mußte es sein. Warum hätten sie sonst die Sicherheitsvorkehrungen verstärken sollen. Großer Gott, es hatte funktioniert! Sein nächtlicher Besuch in der Raffinerie hatte Erfolg gehabt. Die Flutlichtbeleuchtung, die vielen Kontrollen, die Hunde, der ganze Aufwand galt ihm, waren sein persönliches Empfangskomitee. Sie nahmen ihn ernst. Natürlich hätte er liebend gern gewußt, was genau Globacter in der Raffinerie angerichtet hatte, aber irgend etwas mußte geschehen sein, etwas, das im Verhältnis zu diesem Sicherheitsaufwand stand. Er mußte grinsen, triumphierte. Er fühlte sich phantastisch. Jetzt war er sicher, daß er es ein zweites Mal schaffte.

Er rannte los, vorbei an Palettentürmen. Fünfzig Meter nur Ziegel, dann Granitplatten, genug, um eine ganze Kleinstadt damit zu pflastern, Natursteine mit polierten Oberflächen, die zu den sterilen Fassaden der überall emporschießenden Bürotürme werden würden. Aber Didi registrierte all dies nur am Rande. Viel wichtiger war, daß der Kai leer war, das konnte er jetzt deutlich erkennen. Es hätte schwierig werden können, wenn dort ein Tankschiff gelegen hätte. Er rannte an einer riesigen mehrstöckigen Lagerhalle vorbei und roch schon das Wasser. Dahinter öffnete sich eine weite betonierte Fläche, auf der Container herumstanden, dazwischen einzelne Masten, deren Lampen ein kaltes Licht verbreiteten. Eine der Leuchtstoffröhren war kaputt und flackerte vor sich hin.

Er lehnte sich gegen die Wand der Lagerhalle und sah zum Werkszaun der Senft-Raffinerie hinüber, der keine fünfzig Meter vor ihm bis hinunter zur Kaimauer führte. Der Zaun selbst lag im Dunkeln, aber die Betonfläche dahinter war hell erleuchtet. Von Pumpstationen und Armaturen führten dicke Rohre auf das Gelände. Hier wurde das Kreislaufsystem zur Ader gelassen, wenn Schiffe mit Raffinerieprodukten befüllt wurden. Hier speisten Tanker flüssigen Nachschub ins System. Vielleicht sollte er sich einen der riesigen Rohöllagertanks vornehmen. Sie ragten gleich links in den Himmel und verstellten den Blick auf das Raffineriegelände. Niemand war zu sehen. Er lächelte. Hier hatte sich nichts verändert. Offenbar erwarteten sie, der große Unbekannte werde den Weg durch den Haupteingang wählen. Sie hatten ihren roten Teppich an der falschen Stelle ausgerollt.

Er wartete noch einen Moment, dann spurtete er zum Zaun hinüber und rannte an ihm entlang bis zur Kaimauer. Er war heiß. Er wollte endlich hinein, wollte ihnen eine Ladung Gift in die Adern jagen.

Aber seine Euphorie wurde jäh gebremst. Mist! Er hatte sich zu früh gefreut. Damals hatte er sich oben am letzten Zaunpfahl festgehalten, seine Füße auf ein paar Unebenheiten in der senkrecht abfallenden Kaimauer gestellt und sich dann vorsichtig um den Zaun herumgezwängt. Aber dieser Weg war versperrt. Sie hatten Stacheldraht angebracht, nicht zu knapp. Ein dickes Knäuel von vor Dornen starrendem Draht erstreckte sich bis knapp über die Wasseroberfläche. Kein Durchkommen.

Er fluchte. Abbrechen kam nicht in Frage. Der Gedanke, unverrichteter Dinge umzukehren, war unerträglich. Er war so dicht dran. Wenn er es jetzt nicht tat, würde er nie wieder den Mut aufbringen, das wußte er. Der Zaun war mindestens drei Meter hoch, oben ebenfalls mit Stacheldraht gesichert. Er mußte außen herum. Es gab keinen anderen Weg. Vielleicht konnte er den Draht durchschneiden, er hatte immer dieses ausklappbare Universalwerkzeug dabei, das er bei der Arbeit brauchte und das eine leidlich gute Kneifzange abgab. Allerdings war der Draht verdammt stark, und er müßte ihn auf der ganzen Höhe des Zaunes entfernen.

Didi wurde nervös. Die Zeit lief ihm davon. Hastig setzte er den Rucksack ab, zog die Zange aus der Hosentasche, klappte sie auf und versuchte den Stacheldraht durchzuknipsen, drückte zu, bis die Hand schmerzte. Er setzte die Zange ab, prüfte die Scharte, die er erzeugt hatte, und versuchte es erneut, mit beiden Händen und zusammengebissenen Zähnen. Endlich knackte es. Er nahm sich einen neuen Draht vor. Wieder benötigte er zwei Versuche. Dann den nächsten, und den übernächsten. Ihm brach der Schweiß aus. Es dauerte zu lange. Verzweifelt sah er am Zaunpfahl hoch. Es waren zu viele. Dutzende. Es hatte keinen Sinn. Seine Hand tat ihm weh. Er griff nach dem Draht, rüttelte mit aller Kraft, kratzte sich den Handrücken auf und zuckte zurück. »Scheiße!« fluchte er und leckte sich das Blut ab.

Ein Hund schlug an. Didi erstarrte. Ein Lichtbalken flammte auf, leuchtete hektisch hin und her und bewegte sich dann suchend den Zaun entlang. Im nächsten Moment war er geblendet, stand mitten im hellen Lichtkegel der Taschenlampe und kniff unwillkürlich die Augen zusammen.

»Halt«, schrie jemand. »Was machen Sie da? Bleiben Sie stehen!«

Didi versuchte seine Augen abzuschirmen, fühlte sich wie gelähmt, wie geblendetes Wild im Bann der Autoscheinwerfer, bewegungsunfähig. Er verspürte noch nicht mal Angst, sein Gehirn weigerte sich zu begreifen, zu reagieren. Plötzlich hörte er ein Geräusch, und Sekunden später prallte ein großer schwerer Körper gegen die andere Seite des Zaunes. Wütendes Gebell. Ein großer Schäferhund versuchte am Zaun emporzuspringen, prallte zurück, fiel auf den Boden, rappelte sich auf und versuchte es erneut, knurrte und bellte, außer sich, rasend. Didis Erstarrung löste sich. Er griff nach dem Rucksack und rannte aus dem Lichtstrahl, zurück zur Lagerhalle.

»Halt! Stehenbleiben! Stehenbleiben!«

Der Mann war näher gekommen, suchte mit seiner Lampe die Betonfläche ab. Er hatte ihn verloren. Der Hund hatte es aufgegeben, den Zaun erklimmen zu wollen, aber er kläffte noch immer. Didi stand schwer atmend im Schatten der Lagerhalle. Seine Gedanken überschlugen sich. Wo sollte er hin, zur Straße? Sein Fahrrad. Er mußte zu seinem Fahrrad. Jetzt sah er den Mann am Zaun, auf dem Weg zu seinem Hund, ein Wachmann in schwarzer Lederjacke. Er leuchtete zur Lagerhalle hinüber, suchte aber an der falschen Stelle. Dabei hielt er ein Funkgerät in der Hand und redete mit irgend jemandem. In wenigen

Minuten würde es hier von Sicherheitsleuten wimmeln, sie würden das ganze Gebiet abriegeln. Die Straßen waren zu gefährlich.

Didi wußte nicht, was er tun sollte, war unfähig, sich zu entscheiden. Jetzt kam die Angst, die sich rasch zur Panik steigerte. Wie vorhin bei der Frau. Die gerechte Strafe. Sie würden ihn kriegen. Er würde im Gefängnis landen. Schweiß lief in seine Augen. Er stieß ein ängstliches Wimmern aus. Der Hund machte ihn wahnsinnig. Er bellte noch immer, stemmte sich mit den Vorderbeinen gegen den Boden und bebte am ganzen Körper. Wenn sie ihn auf der anderen Seite des Zaunes erwischt hätten, wäre alles noch viel schlimmer. Dann läge er jetzt unter diesem Mistvieh und kämpfte um sein Leben. Er durfte nicht daran denken, mußte sich zusammenreißen. Er haßte diese Scheißköter. Vielleicht sollte er schwimmen, in den Kanal springen, irgend etwas tun, was sie nicht erwarteten.

Er stieß sich von der Mauer ab, rannte in Richtung Kaimauer und dann im Licht der Peitschenmasten an der Vorderfront der Lagerhalle entlang. Sie würden ihn sehen, aber das war ihm egal. Er wollte nur weg, Abstand zwischen sich und die Raffinerie bringen. Sofort wurde das Bellen lauter. Er hörte, wie das Tier wieder gegen den Zaun sprang. Irgendwann würden sie auf das Gelände kommen und ihm die Hunde hinterherhetzen.

»Bleiben Sie stehen, Mann! Wir kriegen Sie! Sie haben keine Chance!«

Didi rannte weiter. So viel wie heute war er in seinem ganzen Leben noch nicht gerannt. Er merkte, daß seine Kräfte nachließen. Vor Stunden hatte er sich noch stark genug gefühlt, um einer harmlosen Passantin Angst einzujagen. Er war ein notorischer Verlierer. Verlierer taten so etwas. Das Hundegebell wurde leiser. Der Wachmann brüllte etwas, das er nicht verstand, sein eigener keuchender Atem begann alles zu übertönen. Er hatte keine Ahnung, was nach der Lagerhalle kam, aber er rannte weiter, stolperte, fiel der Länge nach hin, schürfte sich die Hände auf und stand wieder auf, holte alles aus sich heraus, immer an der Halle entlang, die kein Ende zu nehmen schien. Vorne wurde es dunkel. Bis dorthin mußte er es schaffen, nur noch ein paar Meter.

Er bog um die Ecke, um aus ihrem Blickfeld zu kommen, und stützte sich an der Wand ab, hustete, pumpte Luft in seine schmerzenden Lungen. Vor ihm lagerten wieder Paletten, endlose Reihen, die sich irgendwo im Dunkeln verloren. Was kam dahinter? In seinem Kopf meldete sich eine Stimme, die ihn zur Aufgabe überreden wollte.

Er versuchte sich zu erinnern, was neben dem Baustofflager lag. Er schaute auf die Uhr. O Gott, halb sechs. Wann wurde es hell? Jeden Moment konnte hier der Betrieb losgehen. Er mußte weiter.

Er fiel mühsam in Trab und lief in einem breiten Gang zwischen meterhohen Palettentürmen entlang. Hinter ihm herrschte Ruhe. Nur das Dröhnen des Hafenbetriebs. Wie lange es wohl dauerte, bis sie die Verfolgung aufnahmen? Oder warteten sie einfach draußen, bis er ihnen in die Falle ging? Vielleicht sollte er sich irgendwo verstecken? Wenn erst die Leute ihre Arbeit antraten, würde es der Polizei schwerfallen, jeden zu kontrollieren. Ihm fiel die Elbuferhalle ein. Er hatte sich schon einmal versteckt. Damals waren Hunderte von Menschen um ihn herum gewesen. Er war trotzdem verschwunden und hatte dann einfach abgewartet. Vielleicht gab es hier irgendwo so etwas wie diese Kammer, die ihn gerettet hatte. Der Gedanke machte ihm Mut.

Plötzlich hörte er ein Geräusch und fuhr herum. Sein Herz schlug wie wahnsinnig. Sein Kopf glühte. Es hatte sich angehört wie das Hecheln eines Hundes. Zwischen den Paletten war es dunkel. Er konnte nichts erkennen. Der Lärm des Hafens schien anzuschwellen. Er drehte sich um und lief weiter. Rechts und links türmten sich Säcke, dann riesige Kieshaufen.

Vorne leuchtete etwas, das mit jedem Schritt heller wurde. Ein Haus, bald konnte er die oberen Stockwerke erkennen, ein Glaspalast, alles war hell erleuchtet, Menschen. Er lief schneller, trat schließlich aus dem Gang zwischen den Baustoffpaletten, gelangte auf eine kleine Rasenfläche, ein paar Bäume, dahinter ein Zaun, nur mannshoch. Zwischen ihm und dem Haus schimmerte etwas. Wasser. Ein Kanal.

Didi blieb wie angewurzelt stehen. Er war in eine Sackgasse geraten. Er lief bis zum Zaun und sah nach rechts. Es war nur ein kurzer Stichkanal. Er konnte die Mauer im Dunkeln erahnen. Vielleicht könnte er den Kanal umgehen. Aber dann fielen ihm die Hunde ein. Sie würden ihn finden, wo immer er sich zu verstecken versuchte. Er blickte auf die Wasseroberfläche, in der sich das Haus auf der anderen Seite spiegelte.

Er kletterte über den Zaun und trat dicht an die Kanalwand. Ein paar Meter entfernt entdeckte er rostige Metallsprossen, die nach unten führten. Er überlegte nur kurz, kletterte hinunter, zögerte, als seine Füße direkt über dem Hafenwasser schwebten. Es roch muffig. Er nahm seinen Rucksack vom Rücken, hielt ihn über den Kopf und ließ sich vorsichtig ins Wasser gleiten. Kalte Nässe drang unter seine Jacke und die Lederhose. Sein Körper verkrampfte sich aus Protest gegen die Kälte und den Gestank. Eine Wahnsinnsidee. Es schüttelte ihn. Er strampelte los, um nicht zum Eisblock zu erstarren. Das Schwimmen war mühsam und anstrengend, seine Bewegungsfreiheit stark eingeschränkt. Er hatte nur eine Hand, weil er den Rucksack über Wasser hielt. Bald merkte er, daß es am einfachsten ging, wenn er sich auf den Rücken legte. Aber er kam kaum von der Stelle, schien viel schwerer zu sein als sonst. Er legte den Kopf nach hinten und versuchte, seine ganze Kraft in die Stöße seiner Beine zu legen. Er dachte an sein Fahrrad. Am Himmel zogen dicke Wolken vorbei, dazwischen funkelten einige Sterne. Es wurde Tag. Er hörte das Rotorengeräusch eines Hubschraubers.

22

Das Klingeln riß Sigrid Martin aus dem Tiefschlaf. Sie stöhnte und wälzte sich unwillig auf die andere Seite. Sie war erst spät zu Bett gegangen, wie häufig in letzter Zeit. Sie hatte lange auf dem Sofa gesessen und an den kommenden Tag gedacht. Es war ein besonderer Tag, einer der wichtigsten in ihrem Leben. Sie hatte einen Termin beim Arzt. Das war auch das erste, was ihr durch den Kopf ging, als sie die Augen aufschlug. Heute ist es soweit, dachte sie. Das größte Abenteuer ihres Lebens begann. Sie hatte sich entschieden, endlich.

Sie brauchte einen Moment, um zu begreifen, daß es nicht ihr Wecker war, der klingelte. Sie machte das Licht an, blieb noch einen Moment auf der Bettkante sitzen und rieb sich mehrmals über das Gesicht. Ihr Mobiltelefon, das auf dem Fußboden neben der Schlafzimmertür in seinem Ladegerät steckte, flötete erbarmungslos. Sie schlüpfte in ihre Hausschuhe und machte dem nervtötenden Gedudel ein Ende. Es war Stefan.

»Sigrid, entschuldige! Ich weiß, es ist noch früh und du hast dir heute freigenommen, aber jemand hat versucht, in die Senft-Raffinerie einzudringen.«

»Was?«

Sie hockte verschlafen neben der Tür und war eher verärgert als überrascht. Warum heute, verdammt noch mal, ausgerechnet.

»Es war ein einzelner Mann. Einer vom Werkschutz hat ihn dabei überrascht, wie er unten am Hafen über den Zaun klettern wollte. Er ist über das Gelände eines benachbarten Baustoffgroßhändlers gekommen.«

»Und? Habt ihr ihn?«

»Nein, noch nicht.«

»Was heißt, noch nicht?«

»Naja, das ganze Programm ist angelaufen, und er kann noch nicht weit sein. An den Zufahrtsstraßen sind überall Kontrollen. Die Kollegen…«

»Wieviel Mann sind draußen?«

»Drei Streifenwagen und die Kollegen, die die Straßenkontrollen durchführen.«

»Das reicht nicht.«

»Ich habe schon Verstärkung angefordert.«

»Sie sollen die Straßen durchkämmen und hinter jedem Busch nachschauen. War er schon auf dem Gelände, ich meine, hat er dort irgendeinen Schaden angerichtet?«

»Das wissen wir im Augenblick nicht genau.«

»Aber du bist dir sicher, daß das unser Mann ist?«

Stefan schnaufte entrüstet. »Wie soll ich das wissen, Sigrid? Ich weiß nur, daß jemand in die Raffinerie eindringen wollte.«

»Natürlich, du hast recht. Ich bin noch nicht ganz wach.«

Trotz ihrer dünnen Personaldecke hatten sie die intensive Überwachung aufrechterhalten, auf dem Höhepunkt der *Sea Conqueror*-Katastrophe kurzzeitig sogar verstärkt. Es ging nicht um irgendwen. Infolge der Ereignisse vor der bretonischen Küste war die Senft AG binnen Tagen zu einem internationalen Unternehmensstar aufgestiegen. Auf Hamburger Boden war ein Global Player herangewachsen.

Eine merkwürdige Geschichte. Die Ermittlungen konzentrierten sich auf die Mitarbeiter der Senft AG, vor allem solche, die kürzlich entlassen worden waren. Unter anderem gehörte auch der mittlerweile stellungslose Volker David zum Kreis der Verdächtigen, obwohl er ein ziemlich blütenweißes Alibi hatte. Sie gingen jetzt davon aus, daß es sich tatsächlich um einen Anschlag gehandelt hatte. Nirgendwo sonst auf dem Raffineriegelände war eine Kontamination mit Globacter festgestellt worden. Die Zellen befanden sich nur in dem Tank. Warum tut jemand so etwas, um sich dann wochenlang nicht mehr zu melden? Warum dringt jemand unter hohem Risiko in die Raffinerie ein, richtet beträchtlichen Schaden an, ohne danach irgendeine Forderung zu stellen? Reine Zerstörungswut? Um eine persönliche Rechnung zu begleichen? Für die Funkstille gab es eigentlich nur eine Erklärung. Wenn die Zellen, die er verwendet hatte, aus dem gestohlenen Gefäß stammten, war der Vorrat des Täters begrenzt. Vielleicht hatte er sein Pulver verschossen. Oder die Zellen waren unbrauchbar geworden. Schenker deutete so etwas an. Trotzdem, ein skrupelloser Täter hätte wenigstens versucht zu bluffen. Sie war skeptisch, bezweifelte, daß es sich um denselben Mann handelte.

»Es gibt allerdings ein Problem.« Stefans Stimme klang hektisch. Sie hörte, wie er sich einen seiner Pfefferminzbonbons in den Mund steckte. Er war aufgeregt. Kein Wunder.

»Ein Problem?« fragte sie.

»Ja, es ist Schichtwechsel, und wo kein Schichtbetrieb ist, kommen die Leute zur Arbeit. Da wollen bald Tausende raus und rein, Sigrid. Wir können unmöglich das ganze Industriegebiet abriegeln.«

»Hmm. Was schlägst du vor?«

»Die Kollegen müssen die Augen aufhalten. Wir haben eine grobe Beschreibung des Täters. Vielleicht haben wir Glück. Mehr ist, glaube ich, nicht drin. Wenn die Leute wegen uns zu spät zur Arbeit kommen, steigen uns einige der wichtigsten Unternehmen der Stadt aufs Dach.«

»Sie sollen das Gelände von diesem Baustoffhandel durchsuchen. Vielleicht ist er noch dort, versteckt sich irgendwo. Ich komme so schnell es geht ins Präsidium.«

»Du mußt nicht herkommen, Sigrid. Du hast dir doch freigenommen. Ich wollte dir nur Bescheid sagen. Wir schaffen das schon. Ich wüßte nicht, wie du uns jetzt helfen könntest.«

»Vielen Dank«, antwortete sie. »Es ist schön, wenn man hört, wie sehr man gebraucht wird.«

»Komm! Du weißt genau, wie ich das meine. Laß dein Handy an. Ich melde mich, sobald es etwas Neues gibt. Wenn wir ihn haben oder es irgendwie brennt, kannst du immer noch kommen.«

»Habt ihr Senft informiert?«

»Noch nicht. Ich werde das gleich erledigen. Vermutlich weiß er es schon.«

»Na gut. Halte mich auf dem laufenden. Viel Glück.«

»Danke. Ich bin sicher, daß wir ihn kriegen. Er sitzt in der Falle.«

Sie beendete das Gespräch und ging in die Küche, um Tee zu kochen. Stefan hatte recht. Es war ein Routineeinsatz. Man mußte auch mal loslassen können. Wenn es ihnen gelang, den Mann festzunehmen, würde sie ins Präsidium fahren, nach ihrem Termin in der Klinik. Sie brannte zwar darauf zu erfahren, wer sich da mit der Senft AG anlegen wollte, ausgerechnet jetzt, ausgerechnet mit Hilfe von Globacter, jemand, der ED Senft *weh tun* wollte. Aber momentan gab es wichtigere Dinge in ihrem Leben.

Sie wäre an diesem besonderen Tag gerne ausgeschlafen gewesen, aber sie beschloß, sich nicht wieder ins Bett zu legen. Sie ging ins Schlafzimmer, machte ihr Bett, zog die Vorhänge auf und öffnete das Fenster. Kalte Luft strömte ins Zimmer. Über den Dächern schwebten filigrane Wolkenschleier, tief rosa gefärbt. Sie lächelte. Sogar der Himmel hatte sich für diesen Anlaß in Schale geworfen, feierte mit ihr den Tag, der ihrem Leben eine neue Richtung geben würde. Sie ging zum Kleiderschrank, legte ihr schönstes Kostüm heraus und strich mit der Hand über den weichen Stoff. Sie würde sich heute morgen etwas Gutes tun, mußte in Zukunft ohnehin viel mehr an ihre Gesundheit denken. Keine hastige Tasse Tee mehr, keinen Toast, den sie nebenbei herunterschlang, sondern frischen Obstsalat und duftende Croissants, dazu frischgepreßten Orangensaft, vielleicht sogar Kräutertee. Sie duschte ausgiebig, fönte ihr Haar, holte sich eine Tasse Tee und setzte sich im Morgenmantel auf ihre Couch.

Auf dem Tisch lagen die Unterlagen, die ihr die Klinik zugeschickt hatte. Sie zog eine Broschüre aus dem Stapel: *Was Sie über IVF wissen sollten.*

Sie lehnte sich zurück, nahm einen Schluck aus ihrer Tasse und überflog die ersten Sätze.

23

ED starrte auf die Anzeige seines Hometrainers und beschleunigte. Die letzten vier Kilometer wollte er im Spurt zurücklegen, einen Kilometer mehr als gestern, jeden Tag einen mehr, bis er wieder seinen alten Stand erreicht hatte. In den letzten Wochen hatte er die Folterkammer im Keller des Hauses kaum betreten. Aber jetzt trainierte er wieder, eisern. Seine Oberschenkel schmerzten, aber er biß die Zähne zusammen, trat in die Pedale, bis die Anzeige die Geschwindigkeit anzeigte, die er sich vorgenommen hatte. Der Schweiß rann von seinem Gesicht, tropfte auf seine Beine, auf den Lenker, lief in seine Augen, den Hals herab, vergrößerte die Flecken auf seinem T-Shirt, das völlig durchnäßt war und an seinem Oberkörper klebte wie eine zweite Haut. Er spürte, daß er nicht mehr lange durchhalten konnte. Sein Körper verkrampfte, sein Hals schwoll an, aber er trat weiter, wollte an die Grenze, darüber hinaus, wollte sehen, was er noch draufhatte, dieser alternde kranke Körper, dessen Uhr angeblich abzulaufen begann. Er ächzte, stöhnte laut, ließ nicht nach, schrie vor Schmerzen, hatte nur noch wenige hundert Meter und raste schließlich durch das imaginäre Ziel. Ein anschwellendes Tosen in seinen Ohren klang wie der Beifallssturm einer begeisterten Zuschauermenge. Völlig verausgabt sackte er über dem Lenker zusammen. Er schnappte nach Luft, ein Speichelfaden rann aus seinem Mund, sein Atem rasselte. Kurzzeitig hatte er Angst, übertrieben zu haben. Sein Herz schlug wie wild, schien seine Brust sprengen zu wollen, pumpte Blut und Sauerstoff in seine Muskeln, dieses verfluchte Blut, an dem sein Leben hing wie an einem seidenen

Faden. Minutenlang hing er restlos erschöpft über den Handgriffen und wartete, bis er wieder zu Kräften kam.

Als sich sein Atem normalisierte, richtete er sich mit geschlossenen Augen auf, legte den Kopf in den Nacken und wischte sich mit dem Handtuch über das Gesicht. Er war zufrieden. Manzolt hatte recht. Er war stark, noch immer, stärker als die meisten. Er durfte sich nicht überfordern, er wußte, daß er dazu neigte, aber es war wichtig, daß er sich an seine Stärke erinnerte, daß er sie spürte, sich vergewisserte, immer wieder, jeden Tag, jede Stunde, gerade jetzt, da die Wahrheit auf dem Tisch lag. Vor genau sechzehn Stunden hatte ihm Manzolt mitgeteilt, daß nach der Untersuchung seines Knochenmarks kein Zweifel mehr bestand. Er hatte Krebs, Blutkrebs, CML, wie Manzolt es nannte, chronisch-myeloische Leukämie. Ohne eine Knochenmarktransplantation würde er sterben.

Er hatte diese endgültige Diagnose besser verkraftet als das elende Herumgestotter Anfang der Woche. Wenn er ehrlich war, hatte er es doch geahnt. Jetzt kannte er den Feind, wußte, woran er war. Die Situation war ernst, aber nicht aussichtslos. Noch ging es ihm gut, noch konnte er die Zügel in der Hand halten. Manzolt versicherte ihm, daß dieser Zustand über Monate andauern konnte. Wenn er großes Glück hatte, blieben ihm sogar ein oder zwei Jahre, bevor es ernst wurde. Er mußte sich regelmäßig untersuchen lassen, einige Vorsichtsmaßnahmen beachten und diese Zeit nutzen.

In der Nacht hatte er kaum ein Auge zugemacht. Wie ätzende Magensäure drängte sich die Verzweiflung, der bodenlose Abgrund, auf den er zusteuerte, immer wieder in seine Gedanken. Er hatte geheult, zum ersten Mal seit vielen Jahren, seit dem Tod seiner Frau. Er war froh, daß niemand mit ansehen mußte, wie kläglich er sich gehen ließ, wie er die Beherrschung verlor und flennend die Ungerechtigkeit der Welt bejammerte. Aber er kämpfte. Er wußte, daß dies die nächsten Wochen und Monate so weitergehen würde, ein ewiges Auf und Ab, ein

Kampf, der von nun an sein Leben bestimmen würde und immer wieder neu ausgefochten und gewonnen werden mußte, bis zur Entscheidungsschlacht, der Transplantation. Er wollte alles versuchen, um dafür bereit zu sein.

Dazwischen gab es Momente, in denen er in seltsamer, fast beglückender Klarheit vor sich sah, was er zu tun hatte. Es durfte keine Tabus geben, keine Denkverbote. Fieberhaft hatte er in der Nacht Seiten voller Vorhaben und Ideen aufgeschrieben. Er versuchte, sein Denken in geordnete Bahnen zu lenken, indem er Listen und Schemata anfertigte, farbig markierte Kästen, die er mit Pfeilen einander zuordnete. Wenn wichtige Entscheidungen zu fällen waren, hatte ihm das oft weitergeholfen. Es gab so viele Dinge, die liegengeblieben waren, die er in Angriff nehmen wollte, bevor...

Das Telefon klingelte. Er schaute auf die Uhr. Es war noch nicht einmal sechs. Wer konnte das sein? Um diese Zeit. Schwerfällig kletterte er von seinem Hometrainer und trocknete sich noch einmal Hals und Gesicht ab. Ihm tat alles weh, seine Beine, die immer dünner zu werden schienen, zitterten vor Schwäche, aber es war kein unangenehmes Gefühl. Solange er in der Lage war, diese Art von Erschöpfung zu empfinden, hatte er eine Chance. Er ging zu der Massageliege, wo sein Handy lag, und sah auf das Display. Es war die Raffinerie, Sattler, der Werksleiter.

»Ja, Senft.«

»Entschuldigen Sie die frühe Störung, Dr. Senft. Also... wir hatten heute morgen wieder Besuch in der Raffinerie. Sie sagten doch, daß Sie sofort unterrichtet werden wollten, falls...«

»Ein neuer Anschlag?« fragte ED entgeistert. Er wurde bleich, schwankte und mußte sich auf die Liege stützen. Keine weiteren Katastrophen, dachte er, bitte! Jetzt nicht.

»Wir wissen natürlich nicht, was der Kerl vorhatte. Wir wissen nur, daß er nicht hineingekommen ist.« Sattler lachte kurz auf. »Er hat sich an unserem Zaun die Zähne ausgebissen.«

»Sind Sie sicher?«

»Hundertprozentig. Wir haben uns die Stelle angesehen, wo er es versucht hat, unten am Kai. Er war dabei, den neuen Stacheldraht durchzutrennen, als einer unserer Leute ihn entdeckt hat. Der Kerl hatte wohl das falsche Werkzeug eingepackt.«

Gott sei Dank, dachte ED erleichtert.

»Es hat sich bezahlt gemacht, daß wir unsere Sicherheitsvorkehrungen verbessert haben. Sie wissen ja, daß wir das ganze Gelände auf Schwachstellen...«

»Was ist mit der Polizei?« unterbrach ihn ED.

»Sie suchen ihn.«

»Rufen Sie mich an, wenn es etwas Neues gibt!«

ED beendete das Gespräch und atmete tief durch. Viel mehr als der erneute Anschlagsversuch in der Raffinerie schockierte ihn, wie schnell sein Stimmungspendel in die andere Richtung ausschlagen konnte. Eben war er noch stolz und zuversichtlich gewesen, dann ein Anruf, eine schlechte Nachricht, und er brach beinahe zusammen. Wie lange würde er das aushalten? Der Kampf hatte gerade erst begonnen. Die Situation duldete keinen Aufschub mehr. Alles mußte auf den Prüfstand, alles mußte neu überdacht werden, geschäftlich und privat.

Wieder klingelte sein Handy. Diesmal war es jemand von der Polizei. ED sagte knapp, daß er Bescheid wisse, daß sie den Kerl endlich aus dem Verkehr ziehen sollten. Die Raffinerie hätte ihren Teil erledigt, jetzt sei die Polizei am Zug. Der Mann versicherte, alles Nötige sei in die Wege geleitet, die Festnahme nur eine Frage der Zeit.

ED duschte und begab sich nach oben in sein Ankleidezimmer. Von dort rief er Dimitri an und bestellte ihn für neun Uhr zu sich. Er hatte einen Auftrag für ihn, etwas, das ganz oben auf der Liste stand, die er in der Nacht geschrieben hatte, in einem Kasten, der mit dicken roten Balken markiert war. Schon in der Nacht hatte er sich eingestehen müssen, wie sehr ihn diese Konfrontation ängstigte. Aber sie war unvermeidlich.

24

Didi hockte hinter einer Reihe von bunten Abfallcontainern und fror erbärmlich. Er schlotterte, verfluchte den ganzen Wahnsinn dieser durchwachten Nacht.

Die Container waren in einer Reihe flacher Betonbauten untergebracht, die früher vielleicht als Garagen gedient hatten. Er entdeckte sie, als er triefend die Kanalwand hochgeklettert war. Sie waren alt und häßlich und paßten überhaupt nicht zu dem funkelnden Neubau. Einige waren mit rostfleckigen Toren verschlossen, andere standen offen und enthielten Abfälle unterschiedlichster Art, Stapel von Verpackungen, Holz, Glas und diverse Kanister. Es roch nach Chemikalien und muffiger Feuchtigkeit.

Didi hatte sich in die hinterste Ecke eines der Betonkästen verkrochen. Den schweren, triefend nassen Pullover hatte er ausgezogen und in einen der Container gestopft. Die Lederjacke war zwar auch naß, aber sie spendete trotzdem ein wenig Wärme. Jetzt hockte er auf dem Boden, umklammerte seine Knie und wartete darauf, daß sie ihn fanden. In der anbrechenden Morgendämmerung hatte er gesehen, wie Polizisten und Wachleute mit Hunden und Taschenlampen am Zaun auf der anderen Kanalseite entlanggingen. Es war nur eine Frage der Zeit. Seine Stimmung schwankte zwischen grimmiger Entschlossenheit und Resignation. Ab und zu dachte er, er hätte den Rucksack mit dem Globacter-Gefäß wegwerfen, sich ergeben und dem grausamen Spiel ein Ende machen sollen. Was hatte er schon getan? Ein paar Drähte durchgeknipst.

Auch jetzt könnte er sein Versteck noch verlassen, hinaus

auf die Straße gehen und sich stellen. Aber er tat nichts dergleichen. Er war wie gelähmt, konnte sich nicht von der Stelle rühren. Er ekelte sich vor der Nässe seiner Kleidung. Er hatte das Gefühl, nach Öl und vermodernden Algen zu stinken. Er war müde, fror und hatte Durst. Hin und wieder wurde sein ganzer Körper von krampfartigem Zittern befallen. Er klapperte sogar mit den Zähnen und hatte Angst, daß ihn das Geräusch verraten könnte. Aber er blieb.

Er blickte zwischen Müllcontainern und Verpackungsstapeln auf das moderne Gebäude, das ihn angelockt hatte. Es mußte eine Art pharmazeutischer Betrieb sein oder ein Biotech-Unternehmen. Viele der Menschen, die hinter den großen Scheiben hin und her liefen, trugen weiße Kittel. Er erkannte Laboreinrichtungen, irgendwelche rätselhaften Geräte und Computerbildschirme. Vor einigen Minuten war Schichtwechsel, ein plötzliches Kommen und Gehen. Er hatte überlegt, ob er sich einfach unter die Menschen mischen sollte, aber ein Blick auf seine durchnäßte Kleidung ließ ihn den Gedanken sofort vergessen. Er wäre aufgefallen wie ein bunter Hund. Von seinem Versteck aus konnte er ein Stück der Straße einsehen. In kurzen Abständen kamen Streifenwagen vorbei, vor einigen Minuten war eine Kette von Polizisten die Straße abgelaufen. Nach ein paar Schritten wäre Endstation gewesen. Da draußen wimmelte es von Bullen, aber solange sie ihre Suche auf die Straßen beschränkten, war er hier einigermaßen sicher. Bisher war noch niemand in seine Nähe gekommen.

Er war unendlich müde, hätte für sein Leben gern eine warme Decke über sein Gesicht gezogen und geschlafen. Seine einzige Chance bestand darin, zu warten und sich dann im Schutz der Dunkelheit davonzustehlen. Wie ein geprügelter Hund. Wie ein gottverdammter Versager. Wenn er es bis zur Nacht hier aushielte, wäre er zwar mit Sicherheit krankenhausreif, aber frei. Er schwor sich, in Zukunft die Finger von solchen Unternehmungen zu lassen. Das war nichts für ihn, eine

Nummer zu groß. Wenn er aus dieser Sache heil herauskam, würde er die Globacter-Brühe ins Klo schütten. Aber noch konnte er sich nicht davon trennen. Er griff nach seinem Rucksack, der neben ihm auf dem Boden lag, und hängte ihn sich über die Schulter. Er starrte eine Weile vor sich hin, dann legte er den Kopf auf seine Knie und schloß die Augen.

Irgendwann schreckte er auf, hörte Stimmen, zwei Männer, die langsam näher kamen. Er war sofort hellwach, kroch hinter einen großen Stapel mit Pappkartons und lauschte gebannt nach draußen. Die Stimmen wurden lauter. Nein, das waren keine Polizisten. Sie hätten sich still genähert, um ihn zu überraschen. Diese beiden unterhielten sich laut und ungezwungen. Es ging um irgendeinen Transport. »...ganze Mist... weg«, schnappte er auf. »...wird abgerissen...« Er hörte die Schritte, die direkt an seinem Versteck vorbeiführten und sich dann wieder entfernten. Vorsichtig spähte er um die Ecke. Zwei Männer kehrten ihm den Rücken zu und liefen in Richtung Straße. Einer trug einen verwaschenen blauen Kittel, der andere, ein großer kräftiger Typ, einen roten Overall.

Didi schlich zurück in seine Ecke, lehnte sich in der Hocke gegen die Wand und kämpfte mit seinem Drang, eine Zigarette zu rauchen. Die Packung war völlig aufgeweicht, nichts zu machen. Er hatte sie sich dreimal angesehen, dann frustriert zusammengeknüllt und in den Container geworfen. Er mußte warten und frieren. Er schloß die Augen, döste vor sich hin, dachte noch, daß er sich ein paar seiner Muntermacher hätte einstecken sollen. Dann hörte er Musik, lauschte einem lyrischen Saxophonsolo, summte leise mit.

Plötzlich hörte er das Schlagen einer Autotür und sah sich verwirrt um. Ein paar Meter vor den Betonkästen stand jetzt ein altmodischer Pritschenwagen mit einer dreckstarrenden Plane über der Ladefläche. Aus dem Wageninneren drang leise Musik. Er hörte, wie im Nebenraum jemand herumräumte und dabei vor sich hin pfiff. Verfluchter Mist! Er war eingeschlafen.

Er mußte sich zusammenreißen, sonst stolperten sie noch über ihn. Zusammengefaltete Pappkartons flogen in sein Blickfeld, türmten sich bald zu einem großen chaotischen Haufen, dann polterten leere Kunststoffkanister über den Asphalt, Holzbretter, Teppichreste.

Didi versuchte aufzustehen. Sein rechter Fuß war eingeschlafen. Er humpelte aus seiner Ecke und versteckte sich hinter dem großen Container, der in der Mitte des Raumes stand. Sein Fuß war nahezu gefühllos, dann begann er zu prickeln, als stünde er in einem Ameisenhaufen. Wenn der Kerl auch hier ausmisten wollte, war er geliefert. Er konnte kaum laufen. Er schüttelte seinen Fuß, versuchte aufzutreten. Tausend Nadeln stachen ihm in die Fußsohle. Er biß die Zähne zusammen.

Jetzt trat der Mann ins Freie, blieb neben dem Haufen stehen und zündete sich eine Zigarette an. Didi schielte vorsichtig hinter seinem Versteck hervor und mußte schlucken. Er hätte den Kerl umbringen können. Es war der Mann im roten Overall. Er ging an dem Müllhaufen vorbei zu seinem Wagen, kletterte mit der Zigarette im Mundwinkel auf die Ladefläche und schleuderte die Plane auf das Dach. Danach sprang er hinunter und begann das Gerümpel wahllos hineinzuwerfen.

Didi zog sich zurück und wurde mit jeder Minute, in der das Poltern andauerte, nervöser. Es gab zwei Möglichkeiten. Entweder der Mann entdeckte ihn, dann konnte er nur noch fliehen, ins Freie, in die ausgebreiteten Arme seiner Verfolger. Oder er fand eine Gelegenheit, selbst in den Wagen zu schlüpfen. Er mußte aufpassen, den richtigen Moment erwischen...

Das Poltern hörte auf. Stille. Didi preßte sich mit dem Rücken gegen die Wand des Containers und hielt den Atem an. Er hörte nichts mehr. Wo war der Mann geblieben? Er mußte wissen, was draußen vor sich ging. Da! Das Geräusch eines Feuerzeugs. Er war noch da. Was tat er, außer zu rauchen?

Zentimeter für Zentimeter schob Didi sich auf die Ecke des Containers zu. Jetzt konnte er ihn sehen. Der Mann stand immer noch neben seinem Wagen, schaute in Didis Versteck und rauchte. Er warf die Zigarette weg und kam genau auf ihn zu, aber nichts in seinem Verhalten deutete darauf hin, daß er ihn gesehen hatte. Nur noch wenige Schritte, dann war alles vorbei. Didi spannte die Muskeln an, um sofort losrennen zu können, wenn der Mann ihm zu nah kam. Sein Fuß hatte sich wieder erholt.

Plötzlich schien der Mann im Overall es sich anders zu überlegen. Er blieb stehen, sah sich um und drehte sich zur Seite. Seine Hände machten sich in einer unmißverständlichen Geste an seinem Hosenschlitz zu schaffen. Im nächsten Moment war er außer Sichtweite. Didi wartete noch einige Sekunden, dann schlich er schnell zum Ausgang und spähte um die Ecke. Er sah gerade noch, wie der Mann hinter den Betonkästen verschwand. Jetzt, dachte er! Sofort!

Er zögerte einen Moment, versicherte sich, daß er den Rucksack auf dem Rücken hatte, dann rannte er los, nur wenige Meter, kletterte hastig auf die Ladefläche und versuchte sofort, über Pappkartons und alte Bretter hinweg in die hinterste Ecke des Laderaumes zu gelangen. Die Federung des alten Wagens machte ein Geräusch, Pappkartons raschelten. Er stieß mit dem Fuß gegen einen Kanister. Als er an der Rückwand angelangt war, legte er sich flach auf den Boden, griff nach einigen großen Kartons und deckte sich damit zu.

»Hallo?«

Ihm stockte das Herz. Der Kerl war schon zurück. Er hatte ihn gehört.

»Ist da jemand?« Die Stimme war jetzt ganz nah. Gleich würde der Mann auf die Ladefläche springen. Er bereitete sich darauf vor, ihm die Kartons entgegenzuschleudern, sobald er seine Gegenwart spürte.

Aber der Mann brummte nur irgend etwas Unverständliches, und im nächsten Moment hörte Didi wieder das Geräusch von Gerümpel, das auf dem Asphalt neben dem Wagen landete.

Er nutzte die Gelegenheit, um sich noch besser zu verstecken. Wenig später flogen die Sachen auf die Ladefläche. Es wurde dunkler um ihn, das Gewicht, das auf ihm lastete, wuchs. Was für ein Glück, daß der Typ sich nicht die geringste Mühe gab, das Zeug platzsparend zu verstauen. Minuten später war Didi sich sicher, daß er unentdeckt bleiben würde. Immer mehr Abfall landete auf ihm. Sein Kopf wurde vom Gewicht gegen den kalten dreckigen Metallboden gepreßt. Vorsichtig versuchte er, sich ein wenig Luft zu verschaffen, ohne den ganzen Berg zum Einsturz zu bringen. Irgendwann wurde es stockfinster, als der Mann die Plane hinunterließ. Die Musik in der Fahrerkabine wurde abrupt lauter und der Motor angelassen. Der Wagen setzte sich in Bewegung. Jetzt fährt er über das Gelände, dachte Didi, stoppt noch einmal an der Ausfahrt zur Straße. Er hörte, wie ein paar Sätze gesprochen wurden. Der Wagen änderte die Richtung und beschleunigte.

Didi konnte sein Glück kaum fassen. Er grinste unter seiner Last, spürte, wie der Wagen mehrfach die Richtung wechselte und ab und zu anhielt, vermutlich, weil er an einer Ampel warten oder eine Vorfahrt beachten mußte. Seine Lage war denkbar unbequem, irgend etwas Hartes, Kantiges bohrte sich in seinen Oberschenkel, aber noch wagte er nicht, sich zu rühren. Hoffentlich fährt er in die Stadt, dachte Didi, hoffentlich bleibt er nicht hier im Hafengebiet.

Er hatte keine Ahnung, wie lange er gefahren war, als der Wagen wieder anhielt. Er hörte Stimmen. Der Wagen schwankte, als der Fahrer aus seiner Kabine stieg. Draußen standen offenbar mehrere Personen, die miteinander redeten. Was war da los? Waren sie schon am Ziel? Didi konnte nicht verstehen, was gesprochen wurde. Jemand machte sich an der Plane zu schaffen, es wurde heller.

»Wo kommt das Zeug her?« hörte er jemanden fragen.

»Dremel Pharmaceutics.« Didi erkannte die Stimme des Fahrers. »Da müssen ’n paar olle Garagen entrümpelt werden.

Ich werd heut noch ’n paarmal durchmüssen. Was is ’n eigentlich los?«

»Routinekontrolle.«

Didi zuckte zusammen. Polizei! Sie standen in einer Polizeikontrolle. Er hatte keinen Zweifel, daß sie nach ihm suchten.

Er hörte, daß jemand versuchte, einige der Pappen beiseite zu räumen. Der Wagen schwankte heftig. Sie durchsuchten die Ladefläche!

»Mann, ist das ein Chaos«, sagte eine tiefe Männerstimme, die nur wenige Meter entfernt zu sein schien. »Das nächste Mal geben Sie sich mal ein bißchen mehr Mühe, klar?«

»Ist Ihnen beim Beladen irgend etwas Ungewöhnliches aufgefallen?« fragte ein anderer.

»Beim Beladen? Was soll einem denn da auffallen? Nö, da war nichts, rein gar nichts. Nur Kartons und der ganze Dreck. Sie sehen ja.«

Einen endlosen Moment lang geschah nichts.

»Okay, Sie können weiterfahren.«

Die Plane wurde hinuntergelassen, und Didi lag wieder in der Dunkelheit. Der Motor heulte auf, und der Wagen fuhr ruckartig an. Didi wartete noch einige Minuten, dann begann er, sich vorsichtig unter dem Haufen hervorzuarbeiten. Er brauchte lange, bis er sich befreit hatte. Wenn der Wagen langsamer fuhr oder anhielt, verhielt er sich ruhig. Sobald er wieder Fahrt aufnahm, wühlte er weiter, wurde hin und her geworfen, wenn der Fahrer flott durch eine Kurve fuhr, kroch schließlich auf allen vieren nach hinten, wo rechts und links von der Plane Licht ins Innere fiel. Er klammerte sich an einem der Stahlbügel fest und versuchte durch den Spalt nach draußen zu schauen.

Er hatte keine Ahnung, wo sie sich befanden, aber aufgrund der Fahrtzeit schätzte er, daß sie das Hafengebiet längst verlassen hatten. Er griff durch den Spalt nach draußen und versuchte, einen der Riemen zu lösen, mit denen die Plane befestigt war. Eine plötzliche Rechtskurve schleuderte ihn beinahe auf die andere Seite. Dabei wurde sein Arm so stark verdreht, daß er Mühe hatte, einen Schmerzensschrei zu unterdrücken. Bald hatte er eine zweite Schnalle gelöst, dann noch eine. Das mußte reichen.

Als der Wagen das nächste Mal hielt, zwängte er sich durch die Öffnung und sprang auf die Straße. Eine Frau, die hinter dem Steuer eines Kleinwagens saß, glotzte ihn verblüfft an. Andere Autofahrer hupten, versuchten den Fahrer auf ihn aufmerksam zu machen. Didi wartete nicht ab, bis sie Erfolg hatten.

Er schlängelte sich durch die wartenden Autos, rannte den Bürgersteig entlang, wo sich einige Leute nach ihm umdrehten, und verschwand, ohne sich umzusehen, in einer ruhigen Seitenstraße.

Seine Müdigkeit war verschwunden. Er fühlte sich wie neu geboren. Er lief locker vor sich hin, drehte sich hin und wieder ausgelassen um sich selbst und strahlte dabei, als hätte er vor wenigen Minuten die beste Nachricht seines Lebens erhalten. Was auch stimmte. Er war dem sicheren Untergang gerade noch von der Klinge gesprungen. Der Kerl im roten Overall war sein Retter, sein Engel. Wer hatte schon das Glück, einem Engel zu begegnen?

Er wechselte mehrmals die Straßenseite, bog ein paarmal ab, aber er war sich sicher, daß ihm niemand folgte. Er hatte es geschafft. Er war frei. Er hätte die ganze Welt umarmen können. Nach einer Weile – er wußte immer noch nicht, wo er gelandet war – stieß er auf eine breite Straße. Gegenüber lag eine Tankstelle. Er zögerte keine Sekunde, rannte über die Fahrbahn und kaufte sich ein Bier und Zigaretten.

Draußen, vor der automatischen Tür, zündete er sich sofort eine an, die erste Zigarette seit Stunden, die erste seit seiner Wiedergeburt. Er inhalierte tief und genüßlich. Sein Blick fiel auf ein fahrbares Metallregal, das neben dem Eingang zum Verkaufsraum stand und mit schwarzen Kunststoffkanistern gefüllt war. SUPER S, Senft Motoröl, stand darauf, in großen neongrünen Buchstaben.

Das zufriedene Lächeln verschwand aus seinem Gesicht, die Hand, die die Zigarette hielt, sank langsam herab. Senft Motoröl. SENFT. ÖL. Er tastete nach seinem Rucksack. Alles war noch da. Er konnte es fühlen. Er überlegte einen Moment, trat dann die Zigarette aus, griff einen der Kanister und lief damit zur Kasse.

25

Aus der Raffinerie gab es nichts Neues. ED hatte Sattler sicherheitshalber angewiesen, aus allen Tanks Proben zu entnehmen und an Schenkers Labor weiterzuleiten. Kurz nach acht erhielt er einen weiteren Anruf von der Pclizei. Sie hatten den Mann noch immer nicht gefaßt. Man müsse Geduld haben, hieß es. Die Polizei tue alles, was in ihrer Macht stehe. ED hatte aber keine Geduld. Zeit war für ihn noch kostbarer geworden.

Er zog sich an, frühstückte und beschloß, bis zu seinem Gespräch mit Dimitri ein wenig hinaus in den Garten zu gehen. Die Sonne schien, aber der Rasen war vom nächtlichen Regen noch nass und reflektierte glitzernd das Morgenlicht. Die Luft war klar, wie reingewaschen, und roch würzig nach feuchter Erde. In den Baumkronen zwitscherten die Vögel. ED lief mit gesenktem Kopf umher und dachte nach.

Was macht eigentlich Ihr Sohn? Wo lebt er? Wie geht es ihm?

Als Hausarzt der Familie kannte Manzolt Dietrich natürlich, besser gesagt, den lebhaften lockenköpfigen kleinen Jungen, der er einmal war. Bevor er in die Höhe schoß, sich veränderte, bevor er aufsässig wurde und sich mit Drogenhändlern einließ, seinen Vater übel beschimpfte, ihn sogar tätlich angriff. Außer ihm war Manzolt die einzige lebende Person, die wußte, daß Dietrich kein gewöhnliches Kind war. Das dachte er jedenfalls. Er konnte dem Professor schlecht antworten, er habe keinen Sohn, wie diesem Klinikarzt, offenbar ein Nachfahre des alten van Steeb.

ED hatte sich einen Sohn gewünscht, der einmal in seine Fußstapfen treten sollte. Was in vielen anderen bedeutenden

Familien des öffentlichen Lebens seit Generationen funktionierte, die Weitergabe von Wissen, Einfluß und Besitz innerhalb der eigenen Familie, ihm war es restlos mißglückt. Die unangenehmen Maßnahmen, die er nachts aufgelistet hatte und die auf nichts anderes als die Zerstückelung seines Lebenswerkes hinausliefen, verdankte er der Tatsache, daß es in seiner Familie niemanden gab, der an seine Stelle treten könnte. Er mußte Manzolt gestehen, daß er Dietrich seit Jahren weder gesehen noch gesprochen hatte, daß er nicht wußte, wo er sich aufhielt oder wie es ihm ging. Und daß es ihn, ehrlich gesagt, bis vor wenigen Minuten auch nicht interessiert habe. Er war fertig mit dem Jungen. Jedenfalls hatte er das gedacht. Er hatte ihn hinausgeworfen, gelöscht aus seiner Erinnerung, abgebucht als größte Fehlinvestition seines Lebens.

Es fiel ihm schwer, sich mit diesen quälenden Erinnerungen auseinanderzusetzen, die plötzlich aus den Tiefen seines Unterbewußtseins emporkrochen, als hätten sie nur auf einen Moment der Schwäche gelauert, als ob die bloße Nennung eines Namens sie wie ein Zauberspruch zum Leben erweckte.

Er war auf dem Höhepunkt seines Schaffens brutal ausgebremst worden. Man hatte ihm offenbart, daß er an einer lebensbedrohlichen Krankheit litt. Er würde sterben ohne einen geeigneten Knochenmarkspender. Reichte das nicht? Mußte nun auch noch dieser Bodensatz seiner familiären Katastrophe aufgewühlt werden, Margrets Tod zum Beispiel, der Dietrich endgültig gegen ihn aufbrachte, weil er ihm die Schuld gab, die Schuld an dem Hirntumor einer knapp Vierzigjährigen, den sein Sohn, wenn ED ihn richtig verstanden hatte, als das Resultat seiner systematischen Betrügereien ansah, als eine Art physischen Ausdruck ihres von ihm zu verantwortenden Unglücks. Es war ein groteskes Konstrukt, was sich der Junge mit seinen damals sechzehn oder siebzehn Jahren zusammengereimt hatte, und es war wie in Zement gegossen. Margret hatte diese absurden Vorwürfe nie erhoben. Sie hatten sich geliebt, trotz aller Meinungsverschiedenheiten. Sie versuchte ihr Bestes, aber auch ihr gelang es nicht, Dietrich zu überzeugen, obwohl die beiden in all den Jahren ein Herz und eine Seele waren. Schon von ihrer furchtbaren Krankheit gezeichnet, hatte es sie schwer getroffen, das sich anbahnende Zerwürfnis von Vater und Sohn hilflos mit ansehen zu müssen. ED dachte wieder an die kräftezehrenden Auseinandersetzungen, die Vorwürfe, den erschreckenden Haß, der ihm entgegenschlug. Dietrich hatte ihn mit einem Messer bedroht. Sein eigener Sohn. Es war nicht fair, daß all das jetzt plötzlich wieder eine Rolle spielen sollte, eine, die möglicherweise über sein weiteres Leben entschied.

Natürlich hatten sie sich gestritten. Margret war eine temperamentvolle Frau gewesen, sie konnte explodieren, sich wahnsinnig aufregen, in der Liebe und im Streit. Sie waren beide starke Charaktere, da flogen schon mal die Fetzen. Meistens hatte es mit seiner Arbeit zu tun, weil er zuwenig Zeit mit der Familie verbrachte, weil er sich »freikaufte«, wie sie sich ausdrückte, mit Kindermädchen, teuren Geburtstagspartys und kostbaren Geschenken, um in aller Welt seinen Geschäften nachgehen zu können, und natürlich seinen Affären. Es kränkte sie, wenn irgendein Paparazzo Fotos in einer Diskothek geschossen hatte, die ihn mit einer jungen Blondine im Arm zeigten, und die einschlägigen Blätter sich ihre üblichen Storys von heißen Nächten und wilden Partys zusammenphantasierten. Mein Gott, wenn die Leute gewußt hätten, wie normal ihr Leben im Grunde verlaufen war. Das seine bestand in erster Linie aus Arbeit, Arbeit und einem Minimum an wohlverdienter Zerstreuung. Vieles war nur Inszenierung.

Die deutsche Hochsprungkönigin und der Erbe des Senft-Imperiums, sie waren das Hochzeitspaar des Jahres, die Lieblinge der Medien. Ihr Leben fand unter den Augen einer entzückten Öffentlichkeit statt, jeder ihrer Auftritte wurde zum Ereignis. Beide waren sich darüber im klaren, was das bedeutete, beide hatten sie es genossen und gefördert, und in den ersten Jahren war es nicht selten Margret gewesen, die der Presse Nahrung für pikante Spekulationen lieferte. Mit einer Serie von freizügigen Nacktaufnahmen sorgte sie für einen Skandal, und da er oft im Ausland zu tun hatte, sah man sie bei den verschiedensten Anlässen allein oder in Begleitung von zumeist männlichen Freunden und Bekannten. All das gehörte zu einem Spiel, das sich auszahlte. Allein für die ersten Exklusivaufnahmen des kleinen Dietrich kassierten sie eine Million. Sie waren Stars. Aber es war ein gefährliches Spiel. Als Margret sich nach der Geburt der beiden Kinder mehr und mehr aus dem öffentlichen Leben zurückzog, geriet das ihre aus der Balance.

Genau in diese Zeit platzte die Samenraubgeschichte, über die sie nie hinwegkam, obwohl er eher Opfer als Täter war. Frauen hatten gut reden. Wann hörte man schon davon, daß weibliche Filmstars von ihren Verehrern belästigt wurden. Klassefrauen wurden von einem Pulk muskelbepackter Bodyguards abgeschirmt und suchten sich ihre Liebhaber aus. Sie waren reich und schön, und normale Männer, die über kein millionenschweres Konto verfügten, trauten sich nicht an sie heran. Sie hielten sie für unerreichbar, wußten sehr genau, daß sie in einer anderen Liga spielten und jeder Versuch nur mit einer Demütigung enden konnte.

Bei männlichen Stars war das anders. Manche Frauen schienen zu glauben, daß für die Herren der Schöpfung Ruhm und Bankkonto völlig unwichtig waren, solange nur ihr Aussehen und die Oberweite stimmten. Das schlimme war, daß sie damit vermutlich recht hatten. Es war verdammt schwer, sich zurückzuhalten, wenn man von süßen Versuchungen gleichsam umzingelt war, bildhübsche junge Dinger, die alles daransetzten, in seine Nähe zu kommen, und sich unverhohlen anboten, überall, wo er auftauchte. Nachdem er Margret geheiratet hatte, war er solide geworden, schäkerte mitunter ein wenig herum, ließ es aber nur selten zum Äußersten kommen. Er sagte zehnmal nein, aber irgendwann erwischten sie ihn in einem Moment der Schwäche. Er war weit weg von zu Hause, bei einer Sportgala, hatte getrunken, und diese tschechische Sprinterin mit ihren endlos langen Beinen war wirklich eine Sünde wert. Sie hatte ihn so lange scharf gemacht, bis er nicht mehr anders konnte, als mit ihr hinter der nächstbesten Tür zu verschwinden und sie nach ein paar wilden Küssen tun zu lassen, was ihr ein so gottverdammt dringendes Bedürfnis zu sein schien. Lächerliche fünf Minuten Lust, die sich später zu einer wochenlangen Katastrophe auswuchsen, Dutzende von schmutzigen Artikeln zur Folge hatten, schließlich sogar eine Gerichtsverhandlung. Margret stand am Rande eines Nervenzusammenbruchs und forderte ihn kategorisch auf, der Schlammschlacht ein Ende zu machen. Also erkannte er die Vaterschaft an und zahlte Millionen für ein Kind, das er nicht gezeugt hatte, obwohl er damit ein öffentliches Schuldgeständnis ablegte. Die Botschaft war klar: Wer zahlte, hatte Dreck am Stecken. Dabei war er im Recht: Es hatte keinen Geschlechtsverkehr gegeben, und von einer Fellatio wurde man nicht schwanger. Es war ein Komplott, von Anfang an geplant, aber es gelang ihm nicht, es zu beweisen. Das Miststück steckte mit einem Arzt unter einer Decke, der ihr per Spermieninjektion mit seinem Samen ein Kind machte. Ein Tropfen hatte genügt, ja, ein einziges Spermium. Es gab keine Zeugen, das Kind war unzweifelhaft von ihm. Was hätte er tun sollen? Weiterkämpfen, weiterversuchen, Recht zu bekommen, und vor einer nach pikanten Einzelheiten gierenden Öffentlichkeit beteuern, daß sie ihm nur einen geblasen hatte?

Das alles hatte Margret zutiefst verletzt. Sie traute ihm nicht mehr über den Weg, wurde eifersüchtig, giftig, machte ihm Vorhaltungen, er sei sexsüchtig, würde nie erwachsen werden, müsse sich beweisen wie ein Schuljunge. Wenn er es dreimal am Tag brauche, solle er irgendeine Edelnutte engagieren.

Sie hatte in vielem recht, leider. Er hätte damals zurückstecken müssen, wie oft hatte er sich das gesagt, sein Platz wäre an ihrer Seite gewesen. Aber es ging nicht, er war eben kein Familienmensch. Er floh vor der häuslichen Idylle. Woher hätte er wissen sollen, daß er mit Kleinkindern nichts anfangen konnte, ob Klon oder nicht. Das Geplärre machte ihn wahnsinnig. Er fand es deprimierend und langweilig, ihren wackligen Gehversuchen zuzuschauen, den ewigen Wiederholungen ihrer Spielchen. Die Kinder begannen ihn erst zu interessieren, als sie älter wurden und er sich mit ihnen unterhalten konnte. Tanja Maria hatte das nicht gestört, aber im Fall von Dietrich kam dieses Interesse zu spät. Er gehörte wohl zu den Männern, die besser nie Väter geworden wären.

ED war langsam um das Haus herum gelaufen und stand nun neben der Terrasse, vor der das Gelände in Treppen zum Elbufer abfiel. Er blieb stehen und sah zur Flugzeugwerft hinüber, die ein großes Areal auf der gegenüberliegenden Elbseite einnahm. Gleich daneben hatte es früher ein Vogelschutzgebiet gegeben. ED konnte sich noch gut daran erinnern. Irgendwie absurd, ein Vogelschutzgebiet inmitten von Industrieanlagen. Man hatte die Bucht nach langen Querelen zugeschüttet und mit weiteren Hallen und Gebäuden bebaut. Die Flugzeugwerft verfügte über eine eigene Start- und Landebahn. Ein riesiges Transportflugzeug, das wie aufgepumpt wirkte, stand neben einer der großen Montagehallen, in der Airbusse zusammengesetzt wurden. Hamburg hatte damals lange kämpfen müssen, um die Montage in die Stadt zu bekommen. EDs Anwesen war dadurch nicht ruhiger geworden. Als Anwohner war er von den Erweiterungsplänen nicht gerade begeistert, aber als einer der wichtigsten Wirtschaftsbosse der Stadt hatte er sich unmöglich einer von Latzhosenträgern, besorgten Kinderladenmüttern und bärtigen Vogelliebhabern dominierten Bürgerinitiative anschließen können. Jetzt testeten sie dort drüben seit Jahren die Triebwerke. Die Zahl der Starts und Landungen hatte stark zugenommen. Alle ärgerten sich über den Lärm. Nur Dietrich nicht. Dietrich liebte Flugzeuge.

Als er noch klein war, versetzte ihn jedes Flugzeug in Aufregung, und er rief ein Wort, das wie *Nuktuk* klang oder so ähnlich. Sobald von drüben das Geräusch eines Triebwerks zu hören war, ließ er alles stehen und liegen, sein Spielzeug, sein Essen, sogar seine Spielkameraden, deutete mit ernstem Gesicht zur Werft und sagte dann dieses Wort. Nuktuk. Immer wieder, bis man ihm zustimmte. Ja, du hast recht, das ist ein Flugzeug, mußte man sagen. Dann war er zufrieden. Seine Schwester, Tanja Maria, hatte nicht einmal aufgeblickt. Wie hieß das Wort doch gleich? ED versuchte sich zu erinnern.

Zum ersten Mal bedauerte er, daß auch vieles Schöne hinter dieser Mauer des Vergessens verschwunden war. Vielleicht könnte das eine Hilfe sein, dachte er plötzlich, auch und vor allem an das Schöne zu denken, vielleicht machte es das Erinnern erträglicher. Was genau hatte Dietrich gesagt? Er war ein reizender kleiner Kerl gewesen. Aus dem Jungen wird einmal ein Pilot, hatten sie gescherzt, ein Astronaut oder ein Ingenieur. Jetzt hatte er das Wort vergessen. War es Nuktuk, oder Nukteuk, irgend etwas mit Nuk. Komisch, daß ihm das jetzt einfiel.

Manchmal hatte er sich mit Margret über Erziehungsfragen gestritten, was untrennbar damit zusammenhing, daß Dietrich nicht einfach sein Sohn, sondern ein mit dreißigjähriger Verzögerung geborener Zwilling war. Immer häufiger kritisierte sie die ihrer Meinung nach überzogenen Forderungen und Erwartungen, die er an den Jungen stellte.

Das war etwas, was ihn ärgerte. Am Anfang hatte sie Dietrichs außergewöhnliche Herkunft nicht gestört, im Gegenteil. Margret fand die Vorstellung, einen zweiten ED aufzuziehen, erregend, war begeistert. Es war illegal, herrlich subversiv, und es war ihr gemeinsames Geheimnis. Es schweißte sie zusammen. Sie fand es romantisch. Sie war damals jung, eine kleine Sportstudentin, die auf internationalem Parkett erste große Erfolge feierte, und sie war sehr verliebt. Sie vergötterte ihn, war empfänglich für den Glanz und Glamour, der sie an seiner Seite umgab, teilte und bestärkte seinen Hochmut, ja, Hochmut. Wenn Macht und Jugend zusammenkommen, ist der Hochmut nicht weit. Das Ergebnis kann gefährlich berauschend sein, und beide gaben sie sich diesem Rausch bedenkenlos hin, akzeptierten keine Grenzen und Verbote und machten sich nie wirklich Gedanken, was es bedeutete, ein Klonkind zu bekommen, für sie als Eltern, für ihn als Klonvater und für das Kind. Niemand hatte sie auf diese Herausforderung vorbereitet, und es gab auch niemanden, den sie fragen konnten. Sie waren Pioniere. Das war es, was er dem alten van Steeb vorwarf, daß er sie nahezu blind in eine Falle stolpern ließ, die sie sich selbst gestellt hatten. Margret hatte den Ernst der Lage irgendwann begriffen, ihn hatte es nur überfordert. Bis zum endgültigen Zerwürfnis hatte er sich als unfähig erwiesen, in Dietrich...

»Dr. Senft!«

ED erwachte wie aus einem Traum. Er drehte sich suchend um. Dimitri stand in der geöffneten Terrassentür und winkte ihm zu.

»Ach, Dimitri. Ist es schon neun? Ich komme.«

Er sah noch einmal zur Elbe hinunter und atmete tief die frische Morgenluft ein. Er liebte den Fluß. Schließlich ging er langsam, dann schneller werdend über die Terrasse ins Haus.

»Guten Morgen«, sagte Dimitri, als ED vor ihm stand. Er sah wie immer aus, als hätte er sich für ein Modemagazin ausstaffiert, perfekt rasiert, seine Haare glänzten, frischer Anzug. Manchmal nervte ED diese Präzision. Er wußte, was es hieß, eitel zu sein, aber Dimitri übertrieb mitunter. Seine Augen hatten allerdings nichts von dem Schlafzimmerblick mancher Models. Sie wirkten hellwach und erwartungsvoll, kühl. Dimitri war ein guter Leibwächter. Der beste, den er je hatte.

»Morgen«, sagte ED und legte ihm im Vorübergehen eine Hand auf die Schulter. »Kommen Sie, setzen wir uns rein!«

Er führte Dimitri zu einem Sofa und setzte sich selbst in den gegenüberstehenden Sessel.

»Wir hatten heute morgen wieder Besuch in der Raffinerie«, begann er.

»Ein Anschlag?«

»Offenbar nur der Versuch. Sattler meint, er ist gar nicht hineingekommen. Die Polizei hat den Kerl entwischen lassen, jedenfalls vermute ich das langsam. Es ist heute morgen gegen fünf passiert, vor mehr als vier Stunden.«

»Hm«, brummte Dimitri und schüttelte den Kopf.

»Tja. Die Hamburger Polizei.« ED griff in die Innentasche seiner Jacke und zog ein Foto heraus, das er sich einen Moment ansah. »Aber... das war es nicht, was ich mit Ihnen besprechen wollte, Dimitri. Ich möchte, daß Sie etwas für mich erledigen. Daß Sie jemanden für mich finden.«

Dimitri zog die Augenbrauen nach oben.

»Hier, das ist der Mann.«

ED reichte seinem Leibwächter das Foto und lehnte sich zurück.

Dimitri betrachtete es stumm. »Er sieht Ihnen sehr ähnlich«, sagte er nach einer Weile und warf ihm einen raschen Blick zu.

»Es ist mein Sohn.«

Für einen kurzen Moment gerieten Dimitris Gesichtszüge in Unordnung.

»Sie wußten nicht, daß ich einen Sohn habe, nicht wahr? Tja, aber so ist es.« ED stieß ein heiseres Lachen aus. »Und wie Sie sagen, er sieht mir sehr ähnlich. Ich möchte, daß Sie ihn suchen.«

»Sie wissen nicht, wo er sich aufhält?« fragte Dimitri.

»Nein. Ich habe ihn seit vielen Jahren nicht mehr gesehen, etwa seit der Zeit, in der dieses Foto entstanden ist. Das ist ungefähr zehn Jahre her.«

»Zehn Jahre«, wiederholte Dimitri. »Ein aktuelleres...«

»Nein. Er sieht heute sicher anders aus, wenn er überhaupt

noch lebt. Er hatte mit Drogen zu tun. Vielleicht ist er auch in irgendeinem tibetanischen Kloster gelandet, was weiß ich…«

»Sie glauben nicht, daß er noch in Hamburg ist?«

»Ich habe keine Ahnung. Er kann theoretisch überall sein. Aber ich würde in Hamburg anfangen, ihn zu suchen.«

»Wie heißt er?«

»Genauso wie ich.« ED senkte den Blick. Plötzlich war es ihm peinlich. Eduard Dietrich Senft Junior. Wie konnten sie nur. Er brachte den vollständigen Namen nicht über die Lippen. »Er heißt Dietrich Senft. Manche seiner Freunde nannten ihn Didi. Ich habe das immer gehaßt. So heißen Kleinkriminelle.«

»Wissen Sie, wo er zuletzt gewohnt hat?«

»Nein. Ich weiß auch nicht, was er macht und womit er sein Geld verdient. Ich weiß nur, daß ich ihn finden muß. Er hat hier seine Abschiedsvorstellung gegeben und ist verschwunden. Wie Sie an der langen Zeitspanne sehen, die seitdem vergangen ist, haben wir uns beide nicht sehr vermißt.«

ED sah, daß Dimitri unruhig wurde. Die Sache war ihm nicht geheuer, zu privat. Er lehnte sich in seinem Sessel nach vorne, faßte Dimitri am Unterarm und sagte: »Es ist sehr wichtig für mich, Dimitri. Sie müssen ihn finden.«

»Was soll ich tun, wenn ich ihn gefunden habe?«

»Versuchen Sie, seine Adresse herauszufinden, seine Telefonnummer, wo er sich regelmäßig aufhält. Dann sagen Sie ihm, daß ich ihn sprechen möchte. Seien Sie nett zu ihm. Keine Gewalt. Auf keinen Fall. Sie dürfen ihn nicht verschrecken. Er ist sehr empfindlich. Ich vermute, er wird nicht begeistert sein, wenn er hört, daß Sie von mir kommen. Vielleicht ist aber auch alles ganz unproblematisch, wir müssen das auf uns zukommen lassen. Versuchen Sie ihn zu überzeugen. Wenn Sie den Eindruck haben, daß es schwierig werden könnte, lassen Sie ihn in Ruhe. Ich werde dann selbst versuchen, mit ihm Kontakt aufzunehmen. Es geht um etwas… Persönliches. Ich will nur mit ihm reden.« Und sein Knochenmark, dachte ED, sein gesundes Knochenmark. Plötzlich war er überzeugt, daß Dietrich ihm seine Hilfe nicht verweigern würde. Er war sein Vater und Zwillingsbruder. Näher können sich zwei Menschen nicht sein. Es ging nicht um eine Niere, nur um ein paar lumpige Zellen, einen kurzen ambulanten Eingriff.

Er riß sich zusammen, ließ Dimitris Arm los und zog sich in seinen Sessel zurück. »Auf der Rückseite des Fotos habe ich einige Adressen aufgeschrieben. Seine Schule, sein Sportverein, leider nur wenige Freunde, hier aus der Gegend. Ich glaube eigentlich nicht, daß er noch Kontakt zu ihnen hat. Aber vielleicht weiß einer von denen, wo er abgeblieben ist.«

»Ich werd's versuchen«, sagte Dimitri ohne jede Begeisterung. »Aber ... meine Qualitäten als Privatdetektiv sind nicht...«

»Sie finden ihn, Dimitri. Machen Sie sich keine Sorgen. Es ist ja nicht so, daß er sich bewußt versteckt hält. Wir gehen uns nur aus dem Weg. Das ist alles. Ach ja, da fällt mir noch etwas ein. Er war Jazzfan, spielte Saxophon. Er war völlig verrückt danach. Vielleicht treibt er sich in der Musikszene herum, ich kenne mich da nicht aus, irgendwelche Klubs.«

Nachdem Dimitri gegangen war, rief ED seine Sekretärin an und sagte ihr, sie solle sämtliche Anrufe in sein Haus umleiten. Er würde heute in Nienstedten bleiben. Er fragte seine E-Mails ab, ging seine Post durch und erledigte einige Telefonate.

Er war zuversichtlich, natürlich, was sonst. Zuversicht und positives Denken waren das einzige, was einen weiterbrachte. Er hoffte, daß er sich auch daran erinnerte, wenn es ihm schlechterging. Er hatte Vertrauen zu Dimitri. Er würde Dietrich finden, irgendwo. Er begann sich eine Strategie zurechtzulegen, wie er sich dem Jungen nähern wollte. Hoffentlich hatte er sich nicht völlig zugrunde gerichtet. Dietrich war labil.

ED versuchte sich vorzustellen, wie er sich damals an seiner Stelle verhalten hätte. Schließlich waren sie künstliche Zwillinge. Er hatte gelesen, daß es zwischen getrennt aufwachsenden eineiigen Zwillingen seltsame Parallelen gab, daß sie völlig unabhängig voneinander dieselben Interessen, denselben Geschmack entwickelten. Vielleicht könnte er sich auf diese Weise an Dietrichs Innenleben herantasten, das ihm bis heute ein einziges Rätsel geblieben war.

Der Gedanke erregte ihn. Er griff nach einem Block und wollte sich damit in den Garten setzen, um sich einige Notizen zu machen.

Als er die Flügeltür öffnete und nach draußen sah, entdeckte er einen schwarzen Gegenstand, der mitten auf der Terrasse stand. Zuerst dachte er, der Gärtner hätte vielleicht etwas stehengelassen. Dann erinnerte er sich, daß die Terrasse vorhin leer gewesen war. Er ging hinaus und erkannte beim Näherkommen, daß es sich um einen Ölkanister handelte. Senft Motoröl. Super S. Ihre beste Sorte.

Er blickte sich um, aber im Garten war niemand zu sehen. Er wurde nervös, hatte plötzlich ein ungutes, bedrohliches Gefühl, ging schneller und umkreiste den Ölkanister. An einer Seite war ein Blatt Papier befestigt. Diesmal hatte sich der Absender nicht die Mühe gemacht, Buchstaben auszuschneiden. Der Text war mit der Hand geschrieben, mit einem dicken roten Filzschreiber.

HAST DU GEDACHT, ES IST VORBEI?
ES FÄNGT GERADE ERST AN!
WAS PASSIERT WOHL, WENN DER INHALT DIESES
KANISTERS IN EINEN MOTOR GELANGT?
DIESMAL GEHT ES UM EINE MILLION!
ICH MELDE MICH.

ED wurde schwarz vor Augen. Er wankte, suchte nach Halt, griff ins Leere und ließ sich dann einfach auf die kalten Steinfliesen der Terrasse fallen. Mit einer Hand stützte er sich ab, die andere, die den Brief hielt, zitterte. Er starrte auf die großen roten Buchstaben, und seine Augen wurden feucht.

Es war weniger die Erkenntnis, daß der Erpresser vor wenigen Minuten und am hellichten Tage hier auf seinem Grundstück herumspaziert war, trotz Alarmanlage, trotz modernster Videoüberwachung. Es war auch nicht die Erpressung, die ihn beunruhigte, die ihm von einem Moment auf den anderen den Boden unter den Füßen wegzog. Die Zusammenhänge waren vollkommen undurchschaubar, aber er mußte an das Gespräch mit der Kommissarin denken.

Ich werde dir weh tun. Das hat etwas sehr Intimes, finden Sie nicht?

Plötzlich glaubte er zu wissen, wer der Absender des Briefes war.

26

An diesem Tag saß Herbert van Steeb früh hinter seinem Schreibtisch und sah sich die Anmeldungen für die heutige Sprechstunde an. Er hatte kurz überlegt, ob er sie ganz absagen sollte, aber jetzt sah er, daß sich nur drei Frauen angemeldet hatten. Wunderbar! Verunsicherte Väter blieben ihm heute erspart. Begann die Welle männlichen Mißtrauens abzuebben? Geriet die Hamburger Studie schon in Vergessenheit? Man hörte kaum noch etwas darüber. Die Medien hatten sich auf andere Themen gestürzt, die sie für wichtiger hielten, Globacter zum Beispiel oder die Schwimmweltmeisterschaft, die in wenigen Tagen in der Elbuferhalle beginnen sollte, mit Rebecca Scholz als eine der Top-Favoritinnen. Vermutlich würden sie in der Talkshow über die Studie reden. Er hatte gehört, daß auch eine der Autorinnen anwesend sein würde.

Egal. Er war derart guter Stimmung, daß ihn eine ganze Kompanie wütender Ehemänner nicht gestört hätte, und bis zu seinem Fernsehauftritt, vor dem er sich graute, hatte er noch einige Tage Zeit. Er pfiff leise vor sich hin, leistete schwungvoll ein paar Unterschriften und trank dann mit kleinen, genußvollen Schlucken seinen Tee aus. Er vibrierte vor Erregung, genoß es, seine Vorfreude, dieses Prickeln im ganzen Körper auszukosten und sich auf den großen Moment vorzubereiten. Er konnte sich nicht erinnern, jemals einen so andauernden Zustand uneingeschränkter Euphorie durchlebt zu haben. Es war einmalig, ein unvergleichliches Hochgefühl, genau das, was er sich erhofft hatte, ein, wenn nicht *der* Höhepunkt seines Lebens. Und das Schönste war: Er stand noch ganz am Anfang.

Er schaute lächelnd in den sonnendurchfluteten Morgen hinaus. Erstaunlich, wie ein Ereignis die Wahrnehmung verändern kann. So ähnlich mußte es Verliebten gehen, die berühmte rosarote Brille, die er nur vom Hörensagen kannte. Wie oft hatte er an schönen Tagen wie diesem hier in seinem Sessel gesessen und Trübsal geblasen. Alles war ihm nur öde und deprimierend vorgekommen, der ganze lange Tag mit seinen ewig gleichen Routineverrichtungen hatte sich vor ihm aufgetürmt wie ein unbezwingbares schroffes Bergmassiv, immer wieder dieselben Gesichter, dieselben Räumlichkeiten, dieselben Probleme. Nichts schien diesen ermüdenden Trott verändern zu können. Dabei war es so einfach. Heute würde ein prachtvoller Tag werden, in jeder Hinsicht, der Beginn eines neuen Lebensabschnitts.

Eigentlich hatte es schon vor einigen Tagen begonnen, am Ende eines ganz normalen anstrengenden Arbeitstages, und es traf ihn vollkommen unvorbereitet. Er saß abends gegen elf zu Hause auf dem Sofa, blätterte in einer Ärztezeitschrift, war müde und konnte sich dennoch nicht aufraffen, ins Bett zu gehen. Anna war mit einer Freundin Essen gegangen und würde jeden Moment zurückkommen. Er hatte ihre Abwesenheit genutzt, um direkt von der Klinik zu Petra zu gehen, sich erleichtert auf ihr Bett zu werfen und für eine Stunde ihren geübten Händen zu überlassen. Daher war er einigermaßen entspannt und tendierte dazu, diesen Tag und das Gefühl, das Petra in seinem Körper hinterlassen hatte, allein und ohne störende Einflüsse in seinem Bett ausklingen zu lassen. Seit er verheiratet war, marterte ihn ein schlechtes Gewissen, wenn er Petra aufsuchte, und er vermied es möglichst, seiner Frau danach über den Weg zu laufen. Er hatte nicht das Gefühl, etwas Unrechtes zu tun, aber große Angst, Anna könnte irgendwann mißtrauisch werden, einen fremden Geruch, ein ungewöhnliches Verhalten bemerken und ihn zur Rede stellen. Ein Alptraum.

Dann war es plötzlich zu spät. Er hörte, wie die Haustür ins Schloß fiel, zuckte zusammen und ärgerte sich, nicht rechtzeitig den Absprung geschafft zu haben. Es hatte keinen Sinn, jetzt noch schnell in sein Schlafzimmer zu flüchten. Anna hatte sicher gesehen, daß im Haus noch Licht brannte. Er versuchte also, rechtzeitig seinen Panzer anzulegen, der im wesentlichen darin bestand, sich als außergewöhnlich erschöpft und überarbeitet zu präsentieren, als sie auch schon in ungewohnter Eile ins Zimmer spazierte und sofort neben ihm auf dem Sofa Platz nahm: »Herbert, ich muß dir was sagen. Ich hab's mir überlegt. Ich bin einverstanden.«

Um seinen baldigen Rückzug vorzubereiten, tat er so, als tauche er aus den Tiefen einer kaum noch beherrschbaren Schläfrigkeit auf. »Entschuldige, ich glaube, ich bin eingenickt.« Er rieb sich mit den Händen über das Gesicht. Es gelang ihm zu gähnen. »Du bist einverstanden? Womit?«

»Mit dem Baby. Ich will das Kind. So bald wie möglich.«

Sie sah ihn mit ihren blauen Augen erwartungsvoll an.

Nichts, kein Wort, keine Andeutung, kein Lächeln hatte in den vergangenen Tagen und Wochen darauf hingedeutet, daß Anna ihre Meinung geändert haben könnte, im Gegenteil. Nach seinem Vorstoß strafte sie ihn tagelang mit Mißachtung, als hätte er sich einer furchtbaren Entgleisung schuldig gemacht, als sei sein Vorschlag eine unerträgliche Zumutung für sie gewesen. Das Thema wurde nie wieder angeschnitten. Wie hätte er wissen, woran hätte er erkennen sollen, daß Anna sich ernsthaft mit dem Gedanken an ein Kind auseinandersetzte? Er hatte es gehofft, natürlich. Was blieb ihm denn anderes übrig als zu hoffen, inbrünstig, hilflos und schließlich von Tag zu Tag verzweifelter. Obwohl es ihm schwerfiel, hatte er konsequent an seiner Strategie festgehalten, sie nicht unter Druck zu setzen. Aber wer wußte schon, was Frauen in einer solchen Situation wollten. Ein ums andere Mal überkamen ihn Zweifel, ob er nicht viel mehr auf sie einwirken sollte. Andere Männer würden das tun, zweifellos. Sie würden für ihre Interessen kämpfen. Ihm fehlte der Mut. Er hatte Angst, alles kaputtzumachen. Und jetzt das. Er war konsterniert, konnte nicht glauben, was er hörte.

»Moment.« Er setzte sich aufrecht hin. »Du willst *was?*«

»Nun komm, Herbert, tu nicht so! Du hast doch die ganze Zeit auf eine Antwort gewartet. Glaubst du, ich hätte das nicht gemerkt? Ich will ein Baby«, sagte sie mit Nachdruck. »Du hast es selbst vorgeschlagen.«

»Natürlich, ich weiß, aber... ein Baby. Das ist... das ist ja... wunderbar«, stammelte er.

Sie sahen sich einen Moment still in die Augen. Tief in seinem Inneren braute sich etwas zusammen, ein nie gekanntes, befreiendes Glücksgefühl, das ihn jede Zurückhaltung vergessen ließ, und im nächsten Augenblick fielen sie sich in die Arme. Er klammerte sich an Annas Körper, preßte sein Gesicht, seine Lippen in ihr Haar, küßte ihre Halsbeuge, bis sie ihn lachend aufforderte, sie nicht zu zerdrücken.

»Ich weiß gar nicht, was ich sagen soll, Anna. Ich bin ganz durcheinander. Es kommt so überraschend. Ich dachte ... ich hatte schon befürchtet...«

»Daß ich gar kein Kind mehr wollte?« fragte sie und ordnete Frisur und Bluse. »Nein, nein. Ich brauchte nur Zeit. Ist das so schwer zu verstehen? Ich mußte darüber nachdenken.«

»Und jetzt bist du dir wirklich sicher?«

»Ja, absolut.« Sie lächelte. »So sicher, wie man nur sein kann. Ein Mädchen, Herbert, ich möchte ein Mädchen. Sie soll Rosalinde heißen.«

»O ja«, schluchzte van Steeb, der seine Tränen nicht mehr zurückhalten konnte. »Du wirst deine Rosalinde bekommen. Wir werden sie bekommen. Unser kleines Mädchen.«

Schon am nächsten Tag begann er mit den Vorbereitungen. Er verspürte eine ungeheure Energie und war stolz auf sich, weil er sich so zurückgehalten hatte. Er hatte alles richtig gemacht, von Anfang an. Er, ein Mann, der noch nie Sex mit einer Frau hatte, würde Vater seines Wunschkindes werden. Ein Wunder.

Die letzten Laboranalysen, zu denen er sich in den Tagen und Wochen zuvor hatte zwingen müssen, gingen ihm nun leicht von der Hand. Bald lagen die Ergebnisse auf dem Tisch, und er war zufrieden – nicht begeistert, aber zufrieden. Erbgesunde Menschen gab es nicht. Jeder schleppte in seinem Genom etliche defekte Gene mit sich herum, die Frage war nur, welche und ob die Krankheiten zum Ausbruch kamen. Auch Rebeccas Erbanlagen bargen Merkmale von zweifelhafter Qualität. Zum Beispiel fand er heraus, daß sie vermutlich Kontaktlinsenträgerin war. Auf einem Chromosom stieß er auf eine Genvariation, die in den meisten Fällen schon in jungen Jahren starke Kurzsichtigkeit zur Folge hatte. Ansonsten nichts Ernsthaftes. Er hatte mit Gensonden nach einigen Hundert Erbkrankheiten gesucht, aber nichts gefunden. Ihren SNPs nach zu urteilen, war sie tatsächlich eine überdurchschnittlich begabte Person, aber er gab nicht allzuviel auf diese Angaben, die er auf der Basis seiner DNS-Sequenzanalysen aus riesigen Datenbanken abgerufen hatte. Man mußte Rebecca nur ansehen, um zu wissen, daß sie etwas Besonderes war.

Diese genetischen Unterschiede zwischen Individuen, die sogenannten SNPs, machten nur etwa ein Promille der gesamten menschlichen Erbinformation aus, aber diese Winzigkeit reichte aus, um einen Menschen, zusammen mit den Einflüssen von Erziehung, Kultur und Umwelt, zu einem unverwechselbaren Unikat zu formen. Was die Wissenschaft darüber herausgefunden hatte, klang oft vage und wenig hilfreich. Eine absolute Sicherheit gab es ohnehin nicht, konnte es nicht geben, weil der Evolutionsprozeß weiterging und immer wieder neue genetische Varianten hervorbrachte. Die noch zu Zeiten seines Vaters großspurig verkündete Zukunftsvision, nach der die Ergebnisse des Humangenom-Projekts und der darauf basierenden Forschung zur Ausrottung aller Erbleiden führen würden, erfolgte voreilig und wider besseres Wissen. Die genetischen Ursachen vieler Erbkrankheiten zu kennen hieß noch lange nicht, sie auch heilen zu können. Die Therapie bestand darin, derart vorbelastete Menschen gar nicht erst zu gebären. Risikoembryonen wurden vor der Implantation ausgesondert. Aber anstelle der alten traten neue, nicht minder ernste Probleme auf, spontane Mutationen, schwere Entwicklungsstörungen. Trotz aller Vorsichtsmaßnahmen mußten auch in der Blankenese-Klinik immer wieder Schwangerschaften abgebrochen werden, weil Föten schwerste Mißbildungen und Behinderungen aufwiesen. Wenn die Menschen nicht grundsätzlich jeden Embryo in der Petrischale zeugten und vor dem Transfer in die Mutter genetisch untersuchten, würde das für alle Zeiten so weitergehen.

Außerdem drängte Anna. Das war typisch für sie. Er hätte es eigentlich wissen müssen. Sie hatte sich entschieden, und nun konnte es gar nicht schnell genug gehen. Er hatte keine Zeit mehr für gründlichere Untersuchungen oder gar aufwendige und riskante genetische Korrekturen. Sie bestand darauf, schon morgen zur Ultraschalluntersuchung in die Klinik zu kommen. Ihr Eisprung stände unmittelbar bevor. Außerdem müsse sie sich ja einen Samenspender aussuchen. Damit könne sie nicht früh genug anfangen. Es wäre ja möglich, daß in den Katalogen der Klinik nichts Passendes zu finden sei. Er hatte Mühe gehabt, ihren Elan zu bremsen.

Van Steeb lächelte, als er an Annas Ungeduld dachte. Irgendwie interessierte es ihn schon, welchen Typ Mann sie sich als Samenspender aussuchen würde, aber er hatte sich vorgenommen, sie auch in diesem Punkt möglichst wenig zu beeinflussen. Es war wichtig für ihre innere Einstellung, daß sie diese Entscheidung mit vollster Überzeugung traf. Außerdem war ihre Wahl ohnehin bedeutungslos. Sie wußte es zwar nicht, aber er hatte schon lange entschieden, welche Eigenschaften und welches Aussehen ihre Tochter haben würde.

Er stellte die leere Teetasse auf den Schreibtisch, schlug sich mit beiden Händen auf die Schenkel. »Okay«, sagte er zu sich, stand auf, überlegte kurz, ob er noch etwas vergessen hatte, öffnete dann die Tür und ging durch das Vorzimmer, wo Kerstin Schrader an ihrem Computer saß und tippte.

»Kerstin, ich bin im IVF-Labor. Aber ich möchte bis zur Sprechstunde nicht gestört werden. Von niemandem.«

Er lief über den Korridor zum Aufzug und betätigte die Abwärts-Taste. Die Tür öffnete sich. Gloria stand in der Kabine, und dicht, sehr dicht neben ihr ein junger Mann, den van Steeb noch nie gesehen hatte. Die beiden wichen auseinander, machten ihm Platz und wirkten dabei seltsam nervös.

»Guten Morgen, Gloria«, sagte van Steeb. »Wir haben uns ja schon lange nicht mehr gesehen. Wie geht es Ihnen?«

»Sehr gut, danke«, erwiderte Gloria und warf ihm einen unsicheren Blick zu. »Übrigens, ähm, Herr Doktor... Das ist Martin, Martin Rathenau, mein Freund. Wir werden bald heiraten.«

»Nein«, rief van Steeb aus. »So eine Überraschung. Herzlichen Glückwunsch!« Er streckte dem jungen Mann die Hand hin. »Sie sind also der Auserwählte. Freut mich, Sie kennenzulernen. Gloria ist der Sonnenschein unserer Klinik. Sie sind wirklich zu beneiden.«

»Ich weiß«, sagte Glorias Zukünftiger, ein athletisch gebauter großer Mann mit kantigem Gesicht. Er grinste und schüttelte van Steeb die Hand.

Der Fahrstuhl hielt im ersten Stock. Alle drei traten auf den Gang hinaus und blieben vor dem Aufzug stehen.

»Aber Sie haben doch hoffentlich nicht vor, uns zu verlassen, Gloria? Das wäre ein großer Verlust für unser Haus.«

Sie lachte. »Nein, bestimmt nicht. Ich fühle mich ja sehr wohl hier. Alle sind sehr nett. Vielleicht nehme ich allerdings eine kleine Auszeit.«

»Eine Auszeit?«

»Ja.« Sie warf ihrem Freund einen bedeutungsvollen Blick zu. »Wir waren nämlich gerade bei Frau Dr. Samel und...«

»Bei Frau Samel?« Plötzlich ging van Steeb ein Licht auf. Gabriele Samel war eine der Gynäkologinnen der Klinik. Warum war sie nicht zu ihm gekommen? Obwohl ihn ein seltsames, fast schmerzliches Gefühl überkam, schlug er übermütig die Hände zusammen. »Jetzt verstehe ich. Sie bekommen ein Baby.«

»Ja.« Sie strahlte über das ganze Gesicht. »Es ist ein Junge. Wir haben es eben auf dem Ultraschall gesehen.«

»Ein Junge. Das ist ja phantastisch. Na, dann werden wir Sie wohl für ein paar Wochen entbehren müssen, wenn es soweit ist. Ich freue mich für Sie.«

Sie verabschiedeten sich und liefen in entgegengesetzte Richtungen auseinander. Van Steeb drehte sich noch einmal um und sah, wie der Mann seine Hand auf Glorias Hintern legte und sie in den Po kniff. Sie kicherte, versuchte sich zu entziehen und warf van Steeb dabei einen kurzen Blick über die Schulter zu. Ihre Augen trafen sich. Er sah schnell geradeaus, eilte weiter zum IVF-Labor und schloß hinter sich die Tür.

Typisch, dachte er, daß sie auf einen solchen Typen hereinfiel. Ein Gesicht wie ein Nußknacker. Wahrscheinlich ein Kfz-Mechaniker oder Gerüstbauer oder so etwas. Und dieses alberne Besitzgehabe. Der Kerl mußte sofort demonstrieren, wer hier exklusive Zugangsrechte besaß. Als ob er in irgendeiner Weise eine Bedrohung für ihn darstellte. Wenn ein Vogelmännchen beobachtet, daß seine Partnerin von einem anderen Männchen begattet wird, fliegt es sofort herbei, vertreibt den Rivalen und besteigt anschließend das untreu gewordene Weibchen. Männliche Ratten und Affen machen es genauso. Um ihre Spermienarmee so früh wie möglich im Körper des Weibchens gegen die des Gegenspielers in Stellung zu bringen. Um dem Rivalen nicht kampflos das Feld zu überlassen und die eigenen Fortpflanzungschancen zu sichern. Untersuchungen an Ratten hatten gezeigt, daß es dabei tatsächlich auf Minuten ankommt. Bei eifersüchtigen und gewalttätigen Männern reicht schon ein Blick oder ein Lächeln der Partnerin für den falschen Mann, um ihre Begierde gefährlich anzustacheln. Wieviel Brutalität, wieviel Vergewaltigungen in der Ehe gingen auf das Konto dieser uralten Mechanismen. Mein Gott, er war nicht geschaffen für diesen Hahnenkampf.

Van Steeb setzte sich auf den Stuhl vor dem großen IVF-Mikroskop und schaltete die Apparaturen an. Hinter ihm summten die Brutschränke. Er brauchte einige Minuten, um diese unerwartete Begegnung zu verdauen. Nicht daß sie ihn wirklich mitgenommen hätte. Es ging ihm zu gut. Aber er konnte nicht darüber hinwegsehen, daß er beeindruckt war, sogar heute, sogar an diesem besonderen Tag. Er erschrak fast bei dem Gedanken, wie er sich wohl vor einer Woche gefühlt hätte, in der Zeit, bevor Anna ihm ihre Entscheidung mitgeteilt hatte. Er kannte sich. Er wäre vor Eifersucht geplatzt, hätte gelitten unter der Vorstellung, was die beiden miteinander trieben, wenn sie allein waren, unter der Gewißheit, daß er nie eine Frau wie Gloria haben würde.

Eine Viertelstunde später hatte er den Vorfall vergessen. Er war konzentriert bei der Arbeit, hatte alles bereitgestellt, Mikroskop und Monitor einjustiert und brachte nun die Mikropipetten in Stellung.

Unter dem Mikroskop befand sich eine flache Glasschale. Er fokussierte auf ein rundliches Gebilde, das in der Nährlösung schwamm. Es war eine von Annas Eizellen, die er schon vor zwei Tagen aus ihrer eisigen Umgebung befreit und für den Kerntransfer vorbereitet hatte. Mit dem Joystick steuerte er eine Mikropipette von links direkt neben die Eizelle. Sie hatte eine abgerundete Spitze und diente dazu, die Zelle während der Manipulation festzuhalten. Er erzeugte in dem haarfeinen

Glasröhrchen einen leichten Unterdruck und verfolgte auf dem Monitor, wie sich die große runde Zelle in Bewegung setzte und an der stumpfen Pipettenspitze fixiert wurde. Anschließend manövrierte er von rechts eine zweite Pipette heran.

Bis zu diesem Moment hatte er kaum Skrupel bei dem, was er tat. Aber jetzt, da er kurz davor stand, in Annas Eizelle einzudringen, war ihm plötzlich unwohl zumute. Er zögerte.

Über Jahrmillionen waren es ausschließlich die Weibchen, die ihren Partnern fremden Nachwuchs unterschoben. Er war im Begriff und in der Lage, dieses Verhältnis umzudrehen. Er verstand sich nicht als Rächer des männlichen Geschlechts, und nichts lag ihm ferner, als ausgerechnet Anna unter einer solchen unsinnigen Rache leiden zu lassen. Die Männer und all ihre tierischen Pendants konnten ihm gestohlen bleiben. Er mochte Anna, gerade jetzt, da er sich mit ihrer Hilfe seinen größten Wunsch erfüllen konnte.

Es ging ihm ausschließlich darum, unter den gegebenen Umständen das Optimale herauszuholen. Und Annas genetischer Beitrag wäre eben nicht optimal. Warum hatte sie sich wohl mit einem Mann wie ihm zufriedengegeben, einem Krüppel? Ganz abgesehen von dem hohen Brustkrebsrisiko, das sie in sich trug und von dem nur er wußte, war offenbar weder ihr Charakter noch ihre äußere Erscheinung für andere Männer attraktiv gewesen. Sie vermied Berührungen, schien keinerlei sexuelles Verlangen zu haben und sprach nie über frühere Beziehungen. Manchmal dachte er darüber nach, ob es eine männliche Petra in ihrem Leben gab, jemand, von dem er nichts wußte. Vielleicht war sie auch eine Lesbe, die nie ihr Coming-out erlebte. Alles sah jedenfalls danach aus, daß Anna und ihre ganze Abstammungslinie in einer fortpflanzungsbiologischen Sackgasse steckengeblieben wäre, wenn sie sich nicht mit ihm zu ihrem komplizierten ehelichen Arrangement zusammengefunden hätte. Einem Kind, das ihrer beider Gene in sich trug, drohte das gleiche Schicksal.

Ihre Tochter würde und mußte ganz anders sein, kein sexy son, aber eine sexy daughter. Natürlich wäre ein Sohn unter Kosten-Nutzen-Erwägungen eine sinnvollere Investition gewesen, da er ihnen viel mehr Enkelkinder schenken könnte. Seine Entscheidung für eine Tochter war irrational und daher inkonsequent, da er sich ansonsten von streng wissenschaftlichen Erwägungen leiten ließ. Ob männlich oder weiblich, von einem in jeder Hinsicht gelungenen Kind würden alle profitieren, ihre Tochter, weil ihr durch ihre Begabungen und Attraktivität die Welt offenstand, und sie als Eltern, weil ihre Rosalinde beste Chancen hatte, alle Herausforderungen des Lebens problemlos zu meistern.

Er starrte auf den Bildschirm. Die Entfernung des Eizellkerns war der unerfreulichste Teil der Arbeit. Eigentlich hatte er Spenderzellen verwenden wollen. Das hätte ihm auch erspart, Annas genetischen Beitrag anschließend eigenhändig in den Ausguß zu kippen. Ein anonymes fremdes Genom entsorgen zu müssen, kostete zweifellos weniger Überwindung. Aber er hatte sich doch entschlossen, mit Annas Eizellen zu arbeiten, und das nicht nur, weil er sich auf diese Weise einreden konnte, seiner Frau ein wenn auch kleines Zugeständnis gemacht zu haben.

Ausschlaggebend war etwas anderes. Die Wissenschaft bezeichnete es ein wenig ratlos und unpräzise als *maternal effects,* mütterliche Effekte. Dazu gehörten eine große Zahl von Substanzen, die im Zellplasma der Eizelle steckten und über deren genaue Funktion und Bedeutung man wenig wußte. Er griff auf Annas Eizellen zurück, weil er Komplikationen befürchtete, wenn er fremde Oozyten verwendete, subtile Unverträglichkeiten und Kommunikationsprobleme. Spätestens seit bekannt war, daß der Mensch nur über gut 30 000 Gene verfügte, war klar, daß wichtige Regulations- und Steuerungsprozesse oberhalb der genetischen Ebene austariert wurden. Zwischen den Molekülen herrschte ein ungeheuer kompliziertes und bislang weitgehend unverstandenes Durcheinander von Wechselwirkungen und Beeinflussungen. Er wollte jedes unnötige Risiko vermeiden. Das ganze Vorhaben war ohnehin kein Selbstläufer. Mit jeder Sekunde, die er zögerte, wurde ihm schmerzhaft bewußt, wie viele Fehlerquellen es gab. Er hatte die Handgriffe zwar viele Male an tierischen Zellen geübt und eigenhändig Dutzende von Klonkindern gezeugt. Aber diesmal ging es um sein eigenes.

Noch immer hielt seine Hand den Joystick umklammert. Drohend, wie ein riesiger Speer, schwebte die Pipettenspitze neben der Eizelle. Er bewegte sie noch näher heran, sah, wie sich die Membran nach innen beulte, aber noch standhielt. Das Ganze war diffiziles Handwerk, und es fiel ihm viel schwerer als erwartet. Es gab keinen anderen Weg. Er mußte Annas Eizellen verletzen, aufspießen, durchbohren, und er hatte Angst zu versagen, als Arzt, als Vater, als Ehemann und als Mensch, vor all dem, was diese Handgriffe noch nach sich ziehen würden. Er kam sich schäbig vor, und der Betrug, den er an Anna beging, erschien ihm unerträglich, eine Tat, die ein Leben lang auf ihm lasten würde, auf ihm allein. Er mußte abbrechen.

Es war nicht das erste Mal, daß ihm Gedanken wie diese durch den Kopf gingen, aber noch nie waren sie so mächtig, so lähmend gewesen. Er stand auf und rieb sich mit einem Handtuch sein Gesicht und die feuchten Hände ab. Natürlich konnte er sein Vorhaben auch abbrechen. Er könnte Annas Eizellen einfach mit den von ihr ausgewählten Spermien besamen und eine normale IVF durchführen. Aber alles wäre dann vergebens gewesen, die Arbeit von Wochen und Monaten, das Geld. Nein, kein Rückzug. Er durfte nicht aufgeben. Er mußte sich jetzt zusammenreißen, weitermachen. Er wollte sich nicht sein Leben lang vorwerfen müssen, diese eine Gelegenheit verpaßt zu haben, aus Feigheit, wegen moralischer Bedenken, die noch nie etwas mit Fortpflanzung zu tun hatten.

Aber es hatte keinen Sinn. Er war blockiert, mußte einen

neuen Anlauf nehmen. Er ging zu einem der Brutschränke und entnahm ihm eine zweite Glasschale. Rebeccas Zellen hatten in den letzten Tagen einen komplizierten Prozeß durchlaufen, der ihre innere Uhr umprogrammierte und auf Null stellte. Er hatte sie hungern lassen und einem Cocktail an chemischen Signalstoffen ausgesetzt. Sie waren bereit. Das Gefühl, diese Zellen in der Hand zu halten, machte ihm Mut.

Er mußte an seinen Vater denken. Es hatte ihn seltsam berührt zu erfahren, daß auch er Klonkinder gezeugt hatte, vor dreißig Jahren schon. Auch wenn ED Senft ihm eine rüde Abfuhr erteilt hatte, van Steeb war sich da absolut sicher. Angesichts der heutigen Situation hatte der Mann grotesk überreagiert. Das Klonen von Menschen war seit Jahren erlaubt, aber vermutlich mußte jemand von EDs Popularität stets rücksichtslose Attacken der Presse befürchten und hielt sich deshalb bedeckt. Reinhold van Steeb war ein überaus korrekter, geradezu penibler Mann gewesen, Mitglied etlicher akademischer Vereinigungen und Träger zweier Ehrendoktorwürden. Und doch hatte er sich über geltende Gesetze hinweggesetzt. Damals gab es noch nicht einmal eine sichere ausgereifte Methode. Es war in jeder Beziehung ein ungeheures Wagnis, seiner Zeit um Jahre voraus, und er behielt es bis zu seinem Tod für sich. Van Steeb hätte gern gewußt, was ihn dazu bewogen hatte, ob es Patienten gab, die ihn bedrängten, Leute vom Schlage eines ED Senft, oder ob er selbst die Initiative ergriffen hatte. Es war wie eine Bestätigung, ein aufmunterndes Schulterklopfen. Van Steeb zog daraus die Lehre, daß man seinen Überzeugungen folgen und sich über Konventionen und moralische Tabus hinwegsetzen mußte.

Er nahm wieder seinen Platz vor dem Mikroskop ein, stellte die Glasschale auf die Arbeitsplatte und griff nach dem Joystick, der die Pipette steuerte.

Er mußte es tun, jetzt oder nie. Es ging nur um eine minimale Bewegung der Fingerkuppe. Er durchstieß die Eihülle und bohrte die Glasspitze vorsichtig in die Zelle hinein. Er kam sich vor wie ein Priester, der einen Nagel in eine Voodoo-Puppe jagte. Irgendwo in seinem Innern meinte er einen Schrei zu hören, schmerzerfüllt und voller Traurigkeit, Annas Schrei. Mein Gott, er hatte nicht damit gerechnet, daß sich ihm ausgerechnet jetzt all diese Zweifel in den Weg stellen würden, in einem Moment, der größte Konzentration und Sorgfalt erforderte. Mach weiter, sagte er sich, halte durch, nicht aufhören, bloß nicht aufhören, gleich ist es überstanden. Du hast nur diese eine Chance.

Er hielt die Luft an, bewegte die Glasspitze tiefer hinein in Richtung Zellkern – und betätigte die Taste. Auf dem Monitor verfolgte er, wie der Unterdruck in der Pipette am Kernmaterial zerrte, wie sich erste Bruchstücke lösten, Annas DNS. Sie wurde in die Glaskapillare gesaugt und zerstört.

Jetzt löste sich ein größeres Stück. Sein Gesicht verzerrte sich, seine Zungenspitze leckte nervös über die Lippen, bohrte sich in den Mundwinkel, der halbe Kern verschwand, und er machte weiter, bewegte die Pipette tiefer hinein und entfernte den Rest. Dann ging alles ganz schnell. Er zog die Pipette mit den Überresten von Annas Eizellkern zurück, ließ den Joystick los, löste die Pipette aus der Halterung und warf sie in einen Abfalleimer. Hastig griff er nach dem Handtuch und preßte es vor sein schweißnasses Gesicht. Er hatte es getan, die Brücke war überschritten. Er hätte nie gedacht, daß es ihn so viel Überwindung kosten würde. Das Schlimmste hatte er hinter sich.

Als er sich einigermaßen beruhigt hatte, griff er nach der zweiten Schale, suchte unter einem kleineren Mikroskop eine von Rebeccas Zellen heraus und pipettierte sie an seinen Arbeitsplatz. Er steckte eine frische Pipette in den Mikromanipulator und wiederholte die Prozedur, diesmal mit größter Vorsicht, denn er mußte den Spenderkern vollständig und ohne Beschädigung entnehmen. Jetzt ging ihm die Arbeit leichter von der Hand. Zwei Versuche, dann steckte der Kern in der

Pipettenspitze. Er suchte Annas entkernte Eizelle, die noch immer an der stumpfen Pipettenspitze klebte, steuerte die zweite Mikropipette heran und injizierte Rebeccas Zellkern in die leere Plasmahülle. Bereitwillig glitt das rundliche Gebilde in seine neue Umgebung. Er leitete die Elektrofusion ein, indem er einen kurzen Stromstoß durch die Glasschale jagte. Ein Zittern lief über das zusammengesetzte Zellgebilde.

Erschöpft lehnte er sich zurück und blies geräuschvoll die Luft aus seinen Lungen. Er spürte, wie angespannt und verkrampft er gewesen war. Seltsam, dachte er, wie zu Frankensteins Zeiten, ein Stromstoß setzt das Startsignal. Als er die neue Zelle auf dem Monitor betrachtete, glitt ein zufriedenes Lächeln über sein Gesicht. Sie wirkte ganz unversehrt, schlafend, aber er wußte, daß in ihrem Inneren zahllose biochemische Reaktionsketten anliefen. Es herrschte Hochbetrieb. Sie reparierte die Schäden, die er angerichtet hatte, und bereitete sich auf die erste Zellteilung vor.

Er hatte es geschafft. Die erste Zelle seiner Tochter lebte. Aber er brauchte mehr, mindestens fünf. Er sah auf die Uhr und stellte fest, daß er sich keine Pause gönnen durfte. Er saugte die nächste von Annas Eizellen an und wußte, daß der Bann gebrochen war.

27

Sigrid Martin sah ungeduldig auf die Uhr. Sie wartete jetzt schon zwanzig Minuten. Der Doktor werde sich einige Minuten verspäten, hatte die Schwester gesagt. Sie bitte um Verständnis.

Sie kontrollierte noch einmal, ob ihr Handy ausgeschaltet war. Sie wollte jetzt nicht gestört werden, schon gar nicht mit schlechten Nachrichten. Insgeheim rechnete sie damit, daß der Täter entkommen war. Sie griff wieder nach einer Illustrierten und blätterte sie ohne Interesse rasch durch.

Die Tür des Wartezimmers wurde aufgerissen. Ein korpulenter Mann in einem schneeweißen Arztkittel stürzte herein.

»Entschuldigen Sie, es tut mir schrecklich leid.« Er stand mitten im Zimmer und streckte theatralisch die Arme in den Raum. Offenbar war er gerannt. Er war außer Atem, und sein ganzer Auftritt verriet große Eile. »Ich hoffe, Sie können mir verzeihen. Ich wurde aufgehalten. Ich bin Dr. van Steeb.«

Sigrid hatte sich erhoben und schüttelte seine unangenehm feuchte Hand. Er öffnete die Tür zum Behandlungszimmer. »Kommen Sie! Hier herein, bitte.«

Sigrid ging an ihm vorbei in den Nachbarraum und stellte beruhigt fest, daß er keinen gynäkologischen Stuhl enthielt. Er schloß hinter ihr die Tür.

»Bitte, nehmen Sie Platz. Es ist normalerweise nicht meine Art, Patienten warten zu lassen, aber manchmal...« Er umkreiste den Schreibtisch und setzte sich auf einen modernen Drehstuhl. »Manchmal ist es eben wie verhext. Aber kommen wir zu Ihnen.« Er warf eine kurzen Blick auf die Patientenakte, die er in der Hand hielt. »Frau Martin, nicht wahr? Wir kennen uns noch nicht. Was kann ich für Sie tun?«

Sigrid betrachtete ihr Gegenüber und fragte sich, ob dies wirklich der Mensch war, mit dem sie ihr Vorhaben besprechen wollte. Etwas, das ihr so viel bedeutete. Vor Jahren, als sie ihre Eizellen in der Blankenese-Klinik deponiert hatte, war sie von einer sympathischen jungen Frau betreut worden. Diesmal hatte sie sich beim Chef angemeldet, den sie nicht kannte. Sie war enttäuscht. Der Mann wirkte nicht gerade vertrauenswürdig und unterschritt ihre ästhetischen Mindeststandards um Längen. Er schwitzte und sah aus wie ein Choleriker, der unter Bluthochdruck litt.

»Nun ja«, sagte sie, noch immer unschlüssig, ob sie ihr Anliegen überhaupt vorbringen sollte. »Ich habe mir vor Jahren bei Ihnen in der Klinik Eizellen entnehmen lassen.«

»In Zusammenhang mit einer medizinischen Indikation?«

»Sie meinen, einer Krankheit? Nein... einfach so.«

»Ich verstehe.«

»Ich stand damals unter großer beruflicher Belastung und...«

»Um Himmels willen, Frau Martin, entschuldigen Sie, wenn ich Sie unterbreche, aber Sie müssen sich vor mir nicht rechtfertigen. Sie haben bei uns Ihre Eizellen deponiert. Dazu sind wir da. Das tun viele Frauen. Die Gründe, die Sie dazu bewogen haben, gehen uns nichts an. Ich habe nur gefragt, weil es ja sehr unerfreuliche Anlässe für eine solche Entscheidung geben kann, eine Krebserkrankung zum Beispiel, Gründe, die eine spätere Verwendung der Eizellen erschweren könnten. Ich vermute doch richtig?« Er lächelte sie an. »Sie tragen sich mit dem Gedanken, ein Baby zu bekommen?«

Sigrid war verblüfft und konnte nicht anders, als das Lächeln zu erwidern. Sah man ihr das irgendwie an?

»Sie haben recht, ja. Deshalb bin ich hier. Ich möchte ein Kind.«

»Das ist schön. Das freut mich«, sagte er, und es klang verblüffend spontan für einen Reproduktionsmediziner, der diesen Satz zweifellos schon unzählige Male gehört hatte. Er schien sich wirklich zu freuen. Sein rundes Gesicht signalisierte eine geradezu ansteckende Heiterkeit. Er lehnte sich zurück.

»Wissen Sie, was mich immer wieder deprimiert«, sagte er. »Ab und an durchforsten wir unsere Datenbanken, und häufig stellen wir dabei fest, daß Frauen bei uns ihre Eizellen deponieren und dann nie wiederkommen. Ich bin sicher, all diese Frauen wollten irgendwann ein Kind, fanden später aber nie eine Gelegenheit oder die innere Bereitschaft, sich diesen Wunsch zu erfüllen. Das ist doch erschreckend, auch angesichts des Kindermangels in diesem Land. Deshalb bin ich immer sehr froh, wenn jemand wie Sie zu uns kommt. Wir bieten diesen Service ja nicht an, um unsere Kryogefäße zu füllen. Aus Eizellen sollen Kinder werden. Das ist unsere Aufgabe. Wir wollen Frauen helfen, ihr Leben besser zu planen. Aber den entscheidenden Schritt müssen sie selbst machen.«

Sie sagte nichts und nickte nur. Vermutlich hatte er recht. Um ein Haar wäre es ihr genauso gegangen. Fünfzehn Jahre hatte sie gebraucht, um zu merken, daß sich das nötige Gefühl, die innere Bereitschaft, wie er es nannte, nicht einfach von selbst einstellte.

Er drehte sich zu einem Computer, der rechts neben ihm auf dem Schreibtisch stand. »Wenn Sie gestatten, schaue ich mir rasch mal Ihre Unterlagen an.«

Sigrid hätte mit ihren Eizellen zu einem anderen Arzt gehen können, aber van Steeb und seine Klinik hatten einen guten Ruf, sie hatte sich erkundigt. Im Internet gab es zahlreiche unabhängige Einrichtungen und Vereine, die die Blankenese-Klinik uneingeschränkt empfahlen. Der erste Eindruck war zwar vernichtend, aber mittlerweile fand sie den Mann sogar amüsant. Es kam darauf an, daß er ein guter Arzt war. Alles andere war zweitrangig. Er sollte ja nicht der Vater ihres Kindes werden, Gott behüte! Nach allem, was sie über die Prozedur, die ihr bevorstand, in Erfahrung gebracht hatte, würde er sie dabei kaum berühren müssen. Damit hätte sie ihre Schwierigkeiten gehabt.

»Ah, ich sehe, Sie haben einige Ihrer Eizellen gespendet.«

»Ja, ich dachte, ich könnte vielleicht jemandem helfen.«

»Das haben Sie ohne Zweifel. Ich darf Ihnen darüber natürlich keine Auskunft geben, aber Sie können mit großer Sicherheit davon ausgehen, daß Sie mit Ihrer Eizellspende mindestens einer Frau zur Mutterschaft verholfen haben.«

»Ich weiß«, sagte Sigrid und fügte in einer für sie selbst überraschenden Aufrichtigkeit hinzu: »Manchmal bin ich mir allerdings nicht so sicher, ob ich mich darüber freuen soll.«

Sein Gesicht wurde ernst. »Ja, das höre ich leider nicht zum ersten Mal. Aber dieses Gefühl wird verschwinden, wenn Sie selbst ein Kind haben, glauben Sie mir.«

»Das hoffe ich.«

»Ganz sicher. Ja, Frau Martin, was Ihre Eizellen angeht, scheint soweit alles in Ordnung zu sein. Möchten Sie das Kind selbst austragen?«

»Unbedingt.«

»Und dachten Sie an eine In-vitro-Fertilisation?«

»Ja, natürlich. Gibt es denn noch andere Möglichkeiten?«

»Es gäbe das, was wir GIFT nennen, den intrafallopischen Gametentransfer.«

»Davon habe ich noch nie gehört.«

»Es wird heute auch nur noch selten praktiziert. Eizellen und Spermien werden dabei gemeinsam in den Eileiter transferiert. Auf diese Weise kann die Befruchtung im Körper der Frau, in der natürlichen Umgebung des Eileiters stattfinden.«

Sie sah ihn verständnislos an.

»Strenggläubige Katholiken bevorzugen diese Methode, weil der Vatikan, für den ja alles, was wir tun, des Teufels ist, sich damit am ehesten anfreunden konnte. Die Erfolgsquote ist allerdings deutlich geringer als bei der In-vitro-Fertilisation.«

»Ich glaube, ich bleibe bei der normalen IVF.«

Van Steeb nickte und erklärte ihr dann, was die nächsten Schritte sein würden. Er machte keinen Hehl daraus, daß ihr schwierige, unter Umständen außerordentlich belastende Wochen bevorstanden und daß eine erfolgreiche Schwangerschaft trotz aller Fortschritte der Medizin nicht garantiert war. Die Quote läge heute knapp unter sechzig Prozent, mit einem gegenüber früher deutlich reduzierten Anteil an Mehrlingsgeburten. Ganz ließe sich diese Gefahr allerdings nicht vermeiden, da mehrere Embryonen in die Gebärmutter eingebracht werden müßten. Es gefiel ihr, wie offen er über die Risiken sprach. Sie hatte vieles über die In-vitro-Fertilisation gelesen und wußte, was auf sie zukam. Eine geschönte Darstellung hätte sie nur mißtrauisch gemacht. Van Steeb schlug vor, zunächst einen Embryotransfer innerhalb ihres natürlichen Zyklus zu versuchen, weil es ihr die Einnahme von Hormonpräparaten ersparte. Darauf könne man zurückgreifen, wenn die konservative Methode nicht zum Erfolg führte. Möglicherweise würde es mehrere Versuche geben müssen, was mit einer großen seelischen Belastung verbunden war. Sie versicherte, daß ihr die Risiken bekannt seien. Sie wisse, daß ihr kein Spaziergang bevorstünde.

»Vielleicht geht ja alles ganz problemlos«, sagte van Steeb. »Bei vielen Frauen führt gleich der erste Versuch zur Schwangerschaft. Es ist schrecklich, daß im Zusammenhang mit einem freudigen Ereignis anfangs soviel von Gefahren und Risiken die Rede sein muß. Aber ich darf Sie darüber nicht im unklaren lassen. Es ist außerordentlich wichtig, daß Sie wissen, was auf Sie zukommt. Ihre Mitarbeit ist entscheidend. Machen Sie sich keine unnötigen Sorgen. Das beste ist, Sie versuchen, voller Zuversicht und Optimismus an die Sache heranzugehen. Sie sind hier in guten Händen. Unsere Mitarbeiter verfügen über jahrelange Erfahrung. Wir werden alles tun, damit Sie ein gesundes Kind bekommen, das verspreche ich Ihnen.«

Sie lächelte. Die Vorstellung trieb ihr die Tränen in die Augen. Ein gesundes Kind.

»Dann bliebe da noch die Frage des Spendersamens zu klären. Haben Sie einen Partner, oder möchten Sie auf unsere Samenbank zurückgreifen?«

»Ich ...« Sie dachte an die vielen nächtlichen Stunden vor dem Bildschirm, die Qual der Wahl, ihre Unfähigkeit, sich zu entscheiden. »Wissen Sie, mir ist das etwas unangenehm, aber ich habe mich im Internet stundenlang durch die Spenderkataloge geklickt. Ich habe jemanden gesucht, der zu mir paßt, einen Mann, der mir als möglicher Partner und Vater gefallen hätte, aber...«

»Sie konnten sich nicht entscheiden.« Es klang mehr wie eine Feststellung als eine Frage.

Sie schüttelte den Kopf. »Je mehr ich gesehen habe, desto schlimmer wurde es.«

Er lachte, aber es war ein verständnisvolles, sympathisches Lachen. »Liebe Frau Martin, glauben Sie ja nicht, daß Sie damit alleine stehen. Jede zweite Frau reagiert wie Sie. Diese Entscheidung erscheint so überaus bedeutsam, das Leben eines Menschen hängt davon ab, jemand, der einem so nahestehen wird wie kein anderer. Man will ihm einen optimalen Start ins Leben ermöglichen und fürchtet sich davor, einen Fehler zu machen, der nie wiedergutzumachen ist.«

»Ja. Ich hatte Angst, daß ich alles, was später schiefgeht, auf diese eine Fehlentscheidung zurückführen könnte. Daß ich mir Vorwürfe mache, nicht lange genug gesucht zu haben.«

»Sie unterschätzen sich, unterschätzen den alles überragenden Einfluß einer Mutter. Die Samenqualität ist zweifellos von Bedeutung, von großer Bedeutung sogar, aber viel wichtiger ist doch, was sie dem Kind als Mutter mitgeben, zunächst Ihre Eizelle, und später dann ihre Liebe und Zuwendung. Machen Sie nicht den heute weitverbreiteten Fehler, alles an den Genen festzumachen. Es kommt ganz selten vor, daß Mütter ihre Entscheidung für einen Samenspender im nachhinein bereuen. Die Präsenz des Kindes läßt das später nahezu bedeutungslos erscheinen. Unterhalten Sie sich doch einfach mal mit Frauen, die Spendersamen eines seriösen Anbieters verwendet haben. Ich versichere Ihnen, neun von zehn haben ihre Entscheidung nicht bereut. Sie haben nicht einmal einen Gedanken daran verschwendet.«

28

Van Steeb fragte sich, was er da eigentlich faselte, warum er selbst einen immensen Aufwand betrieb, wenn alles so einfach war. Er hatte gerade Stunden damit zugebracht, um speziell präparierte Zellkerne in fünf Eizellen seiner Frau zu transferieren, und er hatte sich sogar krimineller Methoden bedient, weil er das Schicksal des Kindes gerade nicht allein dem alles überragenden Einfluß seiner Mutter überlassen wollte. Er selbst bevorzugte es doch, mit Spitzenprodukten zu arbeiten.

Der scheinbar so irrationalen Partnersuche lagen uralte Mechanismen der gegenseitigen Überprüfung zugrunde. Beide Partner reagierten unbewußt auf Signale, die Aufschluß über Gesundheit, Status und Eignung eines möglichen Partners lieferten. Die Körper brauchten dazu keine Datenbanken oder Spenderkarteien. Sie taten das ganz von allein, und im Falle eines positiven Ergebnisses überschwemmten sie das Gehirn mit einem Cocktail an Glückshormonen. Sie registrierten und taxierten die Proportionen, besonders die Symmetrie von Körper und Gesicht, den Zustand von Haut und Muskulatur, suchten nach Zeichen für Intelligenz und Verläßlichkeit und zogen auf diese Weise Rückschlüsse auf die Qualität des Genmaterials. Bestimmte Sexualpraktiken wie der orale Sex waren im Tierreich weit verbreitet und nichts anderes als Geschmacks- und Geruchstests potentieller Fortpflanzungspartner. Da beide Partner versuchten, sich gegenseitig zu täuschen und ein möglichst positives Bild zu vermitteln, gab es natürlich eine hohe Fehlerquote. Die Qualität eines Genoms machte sich nicht zuletzt daran fest, wie gut es seinem Träger gelang, zu einer realistischen und zutreffenden Einschätzung potentieller Partner zu gelangen und diese Fähigkeit an seine Nachkommen weiterzugeben. Jeder lebende Organismus stammte von Vorfahren ab, die diese Entscheidungen einmal getroffen und erfolgreich umgesetzt hatten. Alle anderen waren ausgestorben. Vor diesem evolutionären Hintergrund war es kein Wunder, daß die Menschen, seit sie direkten Zugriff auf die genetischen Informationen hatten, diese auch nutzten, obwohl es die nötigen Entscheidungen nicht gerade leichter machte.

Er betrachtete die verunsicherte Frau, die ihm gegenübersaß. Hier ging es nicht um einen Grundkurs in sexueller Selektion. Das hier war ein Verkaufsgespräch.

»Sehen Sie, am leichtesten haben es natürlich die, die schon eine Person im Auge haben, sagen wir einen Sportler, Künstler oder Nobelpreisträger. Wenn Spendersamen dieser Personen am Markt erhältlich sind, verschwenden sie überhaupt keinen Gedanken an mögliche Alternativen. Es gibt heute Prominente, vor allem unter Sportlern und Schauspielern, die es durch Verkauf ihrer Samen auf Hunderte von Kindern in der ganzen Welt gebracht haben. Manche prahlen sogar damit.«

»Ehrlich gesagt, ich…«

Sie senkte den Blick und errötete. Erstaunlich, dachte van Steeb. Wer hätte das gedacht. Diese Frau war Polizistin. Er hatte es gerade in den Patientenakten gelesen. Sie war bestimmt ein harter Knochen.

»Frau Martin, alles, was in diesem Raum besprochen wird, bleibt selbstverständlich unter uns. Diskretion ist in unserem Geschäft oberstes Gebot. Sie können ganz offen reden.«

»Ich komme mir vollkommen idiotisch vor, wie ein dummes kleines Mädchen, das seine Teenie-Idole anhimmelt.«

»Also, ich bitte Sie. Wir haben alle unsere kleinen Vorlieben.«

»Nun ja… ich hatte zunächst auch an eine bestimmte Person gedacht, aber auf dem *Markt,* wie Sie sagen, ist dieser Mann nicht zu haben.«

»Wen meinen Sie denn, wenn ich fragen darf? Vielleicht kann ich Ihnen weiterhelfen. Wir haben gute Beziehungen zu sehr exklusiven Agenturen. Sie würden staunen, wer da alles auftaucht. Allerdings, ähm… natürlich kenne ich Ihre finanziellen Verhältnisse nicht, aber wenn es sich um einen Prominenten handelt, müssen Sie mit hohen Kosten rechnen. Da kommen schnell fünf, sogar sechsstellige Summen zusammen.«

Er sah, wie es in ihr arbeitete. Er hatte das schon oft erlebt und gab ihr einen Moment Zeit. Merkwürdigerweise fiel es vielen Frauen schwer, ihren Männergeschmack derart unverblümt zu offenbaren. Man könnte denken, daß bei der Auswahl eines Keimzellspenders nur die wirklich wichtigen Merkmale im Vordergrund standen: Gesundheit und Intelligenz. Bestimmte, ansonsten entscheidende Kriterien sollten eigentlich keine große Rolle spielen. Man partizipierte nicht an Vermögen und sozialer Stellung des Partners, profitierte bei der Aufzucht der Kinder nicht von seiner Zuverlässigkeit und Treue, hatte nichts von seiner glatten Haut, einem wohlproportionierten Körper, dem schönen Gesicht. Und doch war all dies bei der Spenderwahl von größter Bedeutung. So leicht ließ sich das alte Erbe nicht abschütteln. Es ging darum, sexy kids in die Welt zu setzen.

»Es ist…«, sagte Sigrid Martin schließlich, ohne ihn anzusehen, »ED Senft.«

»Oh!« Der Name brachte ihn kurzzeitig aus dem Konzept. »Ich verstehe. Das ist ein… attraktiver Mann.«

Sie schüttelte energisch den Kopf. »Ach, Unsinn«, sagte sie ärgerlich. »Vergessen Sie's, bitte. Ich weiß gar nicht, warum ich überhaupt davon angefangen habe. Ich hatte mich nach all der Sucherei ganz anders entschieden. Tun Sie mir den Gefallen und vergessen Sie's einfach, ja?« Sie rieb sich nervös mit der Hand über die Stirn, rang sichtlich um Fassung.

»Wofür hatten Sie sich denn entschieden?« fragte er leise.

»Eine anonyme Samenspende. Ich dachte, letztlich ist einer so gut wie der andere.«

Das war eher der Ton, den er von dieser Frau erwartet hatte. Sie wirkte ein wenig verbittert, vom Leben und von den Männern enttäuscht, eine Frau, die hart gearbeitet hatte und gerade noch die Kurve bekam, bevor es zu spät war.

»Als Mann kann ich mich Ihrer letzten Bemerkung natürlich nicht anschließen, haha, aber Scherz beiseite: Wenn Sie sich tatsächlich dazu entschließen könnten, wäre das eine sehr kluge Entscheidung. Unsere Spender werden auf Herz und Nieren überprüft. Es sind ausnahmslos junge gesunde Männer mit höherem Schulabschluß. Sie müssen ein polizeiliches Führungszeugnis vorlegen und sich genauesten genetischen, medizinischen und psychologischen Tests unterziehen. Wir akzeptieren nur Spermien von höchster Qualität.«

Sie war noch immer verstört, blickte aus dem Fenster. »Ich würde allerdings gerne einige Merkmale vorgeben...«

»Selbstverständlich.«

Er drehte sich wieder zu seinem Rechner und rief das erforderliche Formular auf. Sie gab an, daß der Spender braune Augen und schwarzes Haar haben sollte. Mitteleuropäer, Hochschulabschluß, muskulös, sportlich, nicht größer als eins neunzig. Es klang, als beschriebe sie ED Senft in jungen Jahren.

Als er die Merkmale eintippte, kam ihm ein verwegener Gedanke, eine Idee, die ihn sogleich in prickelnde Erregung versetzte. Vielleicht konnte er der Frau helfen.

»Gut, Frau Martin, ich habe Ihre Wünsche eingegeben. In unserer Samenbank sind 268 Spender verzeichnet, die ihren Vorstellungen entsprechen.«

»Nehmen Sie einfach irgendeinen davon.«

»Sie können eine Zahl nennen.«

Sie schüttelte ungeduldig den Kopf. »Irgendeinen.«

»Dann laß ich den Zufall entscheiden. Sie sind wirklich alle erstklassig. Sie können sich darauf verlassen.«

Er bewegte den Cursor in die Zeile für die Spenderbezeichnung und wählte die Option »Anonyme Spende aus eigener Samenbank«. Dann gab er S 5483 ein und wartete ab.

Hoffentlich ließ sich sein Plan überhaupt verwirklichen. Er war sich nicht sicher, ob der Datensatz nicht schon lange gelöscht worden war. Im nächsten Moment kam die Bestätigung. S 5483 war noch immer gespeichert. Irgendwo mußte also auch seine Samenspende noch zu finden sein. Eine Schlamperei, aber in diesem Fall eine, die er bereitwillig verzieh.

Er nickte ihr lächelnd zu, und sie lächelte zaghaft zurück. Die Frau würde nie etwas davon erfahren, wie nah sie dem Ziel ihrer Wünsche gekommen war. Sie hatte Glück, daß sie zu ihm und gerade heute gekommen war. Außer ED und seinem Sohn war er der einzige Mensch auf der Welt, der ihren Wunsch erfüllen konnte. Auch wenn er momentan nicht gut auf die Familie Senft zu sprechen war, er hatte größtes Verständnis dafür, daß diese sympathische Frau sich einen ganz bestimmten Vater für ihr Kind ausgesucht hatte. Über Geschmack ließ sich bekanntlich nicht streiten. Sie würde ihren Wunschvater bekommen.

29

»Ich werd verrückt!«

Stefan Schlaffke starrte mit offenem Mund auf seinen Monitor, griff in die Hosentasche und steckte sich einen Pfefferminzbonbon zwischen die Lippen.

Sigrid machte eine ärgerliche Handbewegung und deutete ihm, er solle den Mund halten. Sie ermittelte in einer mysteriösen Einbruchserie und telefonierte gerade mit der Ärztekammer. Zum dritten Mal innerhalb einer Woche war in einer großen Arztpraxis eingebrochen worden. Die Täter hatten die Einrichtung verwüstet und zahlreiche Geräte gestohlen.

Stefan deutete aufgeregt auf den Bildschirm und formulierte mit seinem Mund stumm Worte, die sie nicht entziffern konnte.

»Entschuldigen Sie, Professor Siewert, einen Moment, bitte.« Sie hielt die Hand vor den Hörer und herrschte ihren Kollegen an. »Sag mal, ich telefoniere gerade mit dem Präsidenten der Ärztekammer. Kannst du bitte...« Sie hielt sich den Zeigefinger an die Lippen.

Ihr Kollege ließ sich nicht beeindrucken. »Das mußt du dir ansehen, Sigrid. Was ich hier habe, ist ein Hammer. Wußtest du, daß unser Dr. Senft einen Sohn hat?«

»Wie bitte?«

Sie überlegte kurz, dann sprach sie wieder in das Telefon. »Herr Siewert? Hier ist gerade ein Problem aufgetaucht. Kann ich Sie in einer halben Stunde noch einmal anrufen? Ja? Wunderbar. Bis dann.«

Sie legte den Hörer auf und wandte sich an ihren Kollegen.

»Kannst du das bitte wiederholen? ED Senft hat einen Sohn?«

»Schau's dir an. Ich bin im Web und stöbere in Zeitungsarchiven. Ich dachte, vielleicht stoße ich auf irgend etwas, das uns weiterbringt. Mittlerweile bin ich bei zwanzig Jahre alten Ausgaben gelandet, und plötzlich...«

Sigrid sprang auf, lief um die beiden Schreibtische herum und sah auf Stefans Bildschirm. Er zeigte unverkennbar ein Foto vom jungen ED Senft mit seiner Frau und, sie traute ihren Augen kaum, *zwei* Kindern. Neben ED stand ein kleines Mädchen, das mit einer großen Zahnlücke in die Kamera grinste. Das mußte Tanja Maria sein, die Tochter. Seine Frau hatte ihre Hand auf die Schulter eines etwa zehnjährigen Jungen gelegt, der mit ernstem Gesicht in die Kamera schaute. Die Bildunterschrift lautete: *Auch Familie Senft gab sich zur Einweihung des neuen Eisstadions die Ehre. Unser Bild zeigt Eduard Dietrich Senft mit seiner Frau Margret und seinen beiden Kindern Dietrich (11) und Tanja Maria (6).*

»Na, habe ich zuviel versprochen?«

»Dietrich...«, sagte Sigrid und versuchte, das Gesicht des Jungen zu erkennen. »Damals war er elf. Dann müßte er heute um die dreißig sein. Ich glaube es einfach nicht. Kann man das irgendwie vergrößern? Der Junge sieht ihm sehr ähnlich, oder täusche ich mich?«

»Wie aus dem Gesicht geschnitten.« Stefan gab ein schmatzendes Geräusch von sich. »Das ist ein Ding!«

»Du bist ein Genie. Kannst du es ausdrucken?«

»Klar. Moment.«

Sigrid ging nachdenklich auf ihren Platz zurück. »Das will nicht in meinen Kopf. Wieso sollte er uns anlügen? Warum verschweigt er, daß er einen Sohn hat? Wir haben über seine Familie gesprochen, ich habe ihn natürlich danach gefragt, aber er hat nur von seiner Tochter gesprochen.«

»Vielleicht ein Familienzwist? Oder der Sohn ist tot, ein

Unfall, eine Krankheit, und er will nicht daran erinnert werden.«

Sie versuchte nachzudenken, aber in ihrem Kopf überstürzten sich die Gedanken. Vor allem machte sie sich Vorwürfe, weil sie EDs Angaben nicht überprüft hatte. Beckmann, ihr Chef, würde ausrasten. Er hatte ihnen schon eine Standpauke gehalten, weil sie den Mann nicht festnehmen konnten, der nächtens in die Raffinerie eindringen wollte. Er hatte sie auf dem Kieker, war unzufrieden mit den seit Wochen stagnierenden Ermittlungen. Wer war das nicht? Irgend jemand, vermutlich ED selbst, machte im Hintergrund Druck. Und es stimmte. Sie hätten sich vergewissern müssen, auch wenn der Gedanke, daß ein Vater seinen eigenen Sohn verschweigt, nicht gerade auf der Hand lag. Es ging hier nicht um irgendeine asoziale Familie, die im Suff den Überblick verlor. Es ging um eine der bekanntesten Persönlichkeiten der Stadt.

»Meinst du etwa, das könnte unser Mann sein?« fragte Stefan. »Sein eigener Sohn?«

»Woher soll ich das wissen? Die Sache ist mehr als merkwürdig. Sieh zu, daß du noch mehr herausbekommst. Vielleicht hast du recht, und der Junge ist tot. Darüber müßte sich doch irgend etwas finden lassen. Ich werde mir mal das Melderegister vornehmen.«

»Glaubst du, er lebt noch in Hamburg?«

»Mein Gott, was stellst du für Fragen.« Plötzlich war sie gereizt. »Ich weiß genausoviel wie du. Vielleicht bringt uns das weiter, vielleicht auch nicht. Du bist der Internet-Experte. Also, an die Arbeit.«

Er streckte ihr beruhigend beide Handflächen entgegen. »War ja nur ne Frage.«

Sie wandte sich ab und hörte, wie Stefan in ihrem Rücken die Tastatur bediente. Sie legte eine Hand flach auf ihren Bauch, schloß für einen Moment die Augen und streichelte sich mit kleinen, kreisförmigen Bewegungen. Es war ihr egal, ob Stefan ihr Verhalten bemerkte und was er sich dabei dachte. Sie mußte an das Kind denken. Sie durfte sich nicht aufregen, mußte versuchen, ruhig zu bleiben, gelassen. Sie war nicht mehr nur für sich selbst verantwortlich. Streß war das wirksamste Verhütungsmittel, hatte sie gelesen. Vielleicht würde sich der Embryo nicht einnisten, oder ihre Gebärmutter stieß den winzigen Zellhaufen ab, weil ihr Körper signalisierte, daß der Zeitpunkt wieder einmal denkbar ungünstig war, daß er jetzt Wichtigeres zu tun hatte, als sich um einen hungrigen Embryo zu kümmern. »Sie sollten sich schonen«, hatte van Steeb nach dem Embryotransfer gesagt. »Am besten, Sie nehmen sich ein paar Tage Urlaub.« Aber leider war das unmöglich. Solange sie nicht sicher wußte, daß sie schwanger war und das Kind auch behalten würde, wollte sie ihre Pläne für sich behalten. Die Kollegen würden sich noch früh genug die Mäuler zerreißen.

Sie beugte sich über die Tastatur und logte sich ins Melderegister ein. Es war nicht zu fassen, wie einfach es ging. Es dauerte keine Viertelstunde, dann wußte sie, daß in Hamburg zwei Männer mit Namen Eduard Dietrich Senft gemeldet waren. Das konnte kein Zufall sein. Der eine, ED, lebte an der Elbchaussee. Der andere in Ottensen. Er hatte sich dort vor etwa zwei Jahren angemeldet und vorher häufig die Wohnung gewechselt.

Sie schüttelte den Kopf. Wie konnte das passieren? Wie hatten sie nur so nachlässig sein und sich ausschließlich auf eine lange Liste von Raffinerieangestellten konzentrieren können? Die Insiderkenntnisse des Täters waren das ausschlaggebende Argument gewesen. Sie hatte von Anfang an ein ungutes Gefühl dabei, aber niemand war etwas Besseres eingefallen. Eine Routineanfrage hätte die Sache in wenigen Minuten geklärt.

»Verrückt«, sagte Stefan und kaute lautstark auf einem neuen Bonbon herum. »Eduard Dietrich Senft. Wenn das sein Sohn ist, dann hat er ihm seinen eigenen Namen gegeben. Und er ist quicklebendig.«

Minuten später pfiff er leise durch die Zähne. »Guck dir das an! Es wird immer interessanter. Der Sohnemann ist kein unbeschriebenes Blatt.«

Es ging um kleinere Drogendelikte, Haschisch, Kokain, verschiedene Designerdrogen. Man hatte ihn mehrmals vor Diskotheken und Klubs aufgegriffen und zweimal zu Jugendstrafen auf Bewährung verurteilt. Eduard Dietrich Senft der Jüngere schien eine ziemlich wilde Jugend durchgemacht zu haben. Danach hatte er sich offenbar beruhigt. Seine letzte Festnahme lag fast zehn Jahre zurück.

»Das sieht nicht nach Papas Liebling aus.«

Sigrid schüttelte den Kopf. »Nein, absolut nicht. Aber er ist es. Sieh dir das Bild an! Das ist EDs Sohn, ohne Zweifel.«

»Ja, allerdings hat er sich fast eine Glatze rasiert.«

Auch in den Pressearchiven fanden sie keinen Anhaltspunkt, daß der junge Senft inzwischen verstorben sein könnte. Seine Drogenkarriere war der Regenbogenpresse nicht verborgen geblieben, aber es handelte sich durchweg um knappe sachliche Meldungen, eine geradezu verdächtige Zurückhaltung. Vielleicht hatte ED seinen Einfluß spielen lassen und Schlimmeres verhindert. In einem Artikel zum Tod von Margret Senft standen ein paar Sätze über ein angeblich tiefes Zerwürfnis zwischen Vater und Sohn, das der kranken Frau schwer zugesetzt haben soll. In einem bekannten Gourmetrestaurant mußte es einmal zu einer handfesten Auseinandersetzung zwischen beiden gekommen sein. Unter der Überschrift *Krach im Hause Senft* war im Abendblatt von einer »schallenden Ohrfeige« die Rede, die ED seinem Sohn verpaßt haben soll. Dietrich Senft habe daraufhin wütend das Lokal verlassen. Auch dieser Vorfall lag schon lange zurück. In den Jahren danach interessierte sich die Presse fast nur noch für EDs überaus erfolgreiche Tätigkeit als Unternehmer, Mäzen und Chef von Sportvereinen. Die Spekulationen über sein Privatleben wurden weniger. Sein Sohn wurde mit keinem Wort mehr erwähnt.

»Vielleicht ist er wirklich unser Mann«, sagte Sigrid schließlich. »Ich bin mir fast sicher.«

Sie hätte auf ihre Intuition hören sollen. *Ich werde dir weh tun.* Dieser intime Ton. Das waren nicht die Worte eines Erpressers, der es nur auf das Geld abgesehen hatte, zumal nie irgendwelche Forderungen gestellt wurden. Hier ging es um mehr, um Emotionen, eine alte Rechnung. Von Anfang an hatte sie vermutet, daß zwischen ED und dem Erpresser eine enge Verbindung bestand, aber sie vertraute nicht auf ihre innere Stimme und suchte nur nach ehemaligen Geschäftskollegen und entlassenen Mitarbeitern.

»Paß auf! Ich gehe zu Beckmann und versuche ihn zu überzeugen, daß wir eine Telefonüberwachung brauchen. So schnell wie möglich. Du versuchst, diesen Wachmann aufzutreiben, der den Täter neulich nacht überrascht hat. Er ist der einzige, der ihn gesehen hat. Frag ihn, ob er ihn identifizieren könnte.«

»Es war dunkel«, gab Stefan zu bedenken.

»Ich weiß, aber wir müssen es versuchen. Er ist unser einziger Zeuge. Dann fährst du nach Ottensen und baust dich vor seinem Haus auf. Sobald ich hier fertig bin, komme ich nach.«

Zwei Stunden später saßen Sigrid Martin, Stefan Schlaffke und der Wachmann zusammen im Auto vor einem heruntergekommenen Haus in Ottensen und warteten. EDs Sohn wohnte im Hinterhof. Im Hausflur roch es nach Urin. Die Wände waren mit Sprüchen und Graffitis vollgekritzelt, die Briefkästen zerbeult und teilweise aufgebrochen. An der Wohnungstür stand nur *Senft.* Bisher hatte sich nichts gerührt. Der Wachmann, ein junger bulliger Kerl, den Stefan aus dem Schlaf geholt hatte, fing an zu murren. Er könne hier nicht den ganzen Tag zubringen. Wie lange sie noch warten wollten. Dann, gegen Mittag, trat ein Mann aus dem Hauseingang, zündete sich eine Zigarette an und lief in Richtung Bahnhof Altona. Auf seinem Rücken trug er eine schwarze Instrumententasche.

»Sieh mal, der da«, rief Stefan. »Das könnte er sein.«

»Das ist er«, sagte Sigrid, die durch einen Fotoapparat mit Teleobjektiv schaute. Sie drehte sich zu dem Wachmann um, der auf dem Rücksitz saß. »Der Mann mit dem Instrumentenkoffer. Erkennen Sie ihn?«

»Ich habe Ihnen doch gesagt. Es war dunkel. Der Typ trug eine schwarze Lederjacke und so ein enganliegendes Käppi auf dem Kopf. Sein Gesicht habe ich kaum gesehen.«

»Aber die Größe, die Bewegungen. Schauen Sie genau hin!«

Der Wachmann sah angestrengt aus dem Wagenfenster. »Das könnte er sein, vielleicht. Die ganze Erscheinung, das haut schon hin, aber...« Er verzog das Gesicht und schüttelte den Kopf. »... ich bin mir nicht sicher.«

»Fahr los«, sagte Sigrid, nachdem sie ein paar Fotos gemacht hatte. »Fahr ihm hinterher! Wir müssen näher ran.«

Sie fuhren ein Stück in dieselbe Richtung, in die der Mann ging, überholten ihn und wendeten. Auf dem Rückweg taten sie so, als suchten sie einen Parkplatz, und fuhren noch einmal langsam an ihm vorbei. Der Wachmann wiederholte, was er gesagt hatte. Die Statur stimmte, aber er könne ihn nicht mit letzter Sicherheit identifizieren. Sigrid sah Dietrich Senft nur wenige Sekunden aus der Nähe, aber diese kurze Zeitspanne reichte, um eine gespenstische Ähnlichkeit wahrzunehmen und ihr einen Schauer über den Rücken zu jagen. Der Sohn sah aus wie eine Art Zerrbild des schillernden Lebemannes, besaß aber in keiner Weise dessen Ausstrahlung, nicht die geringste Spur von EDs Eleganz, Energie und Lebenslust. Er war blaß und hager. Der kurzgeschorene Schädel verlieh seinem Gesicht eine abweisende Härte. Insgesamt wirkte er ein wenig verwahrlost, ganz und gar nicht wie der Sohn eines der reichsten Männer der Stadt. Nichts, weder das Haus, in dem er wohnte, noch seine Kleidung deuteten darauf hin, daß er am Reichtum seines Vaters teilhatte.

Ein paar Meter weiter stieg Stefan aus und übernahm zu

Fuß die Verfolgung. Sigrid versprach, ihn später ablösen zu lassen. Sie wollte, daß der Mann rund um die Uhr überwacht wurde. Sie brachte den Wachmann in seine Firma zurück und fuhr anschließend ins Präsidium.

Das Ziffernblatt auf dem Uhrenturm gegenüber zeigte kurz vor eins, als sie ihr Büro betrat. Sie setzte sich an ihren Schreibtisch und dachte an Beckmann. Ihm sei nicht wohl dabei, hatte er zu ihr gesagt, nachdem der Rauch eines moderaten Wutausbruchs verflogen war und sie vorschlug, das Telefon von EDs Sohn abhören zu lassen. »Menschenskind, Martin, mit so einem Antrag brauchen wir gar nicht erst beim Richter zu erscheinen. Der haut uns das Ding um die Ohren. Beschaffen Sie endlich Beweise. Wir haben nichts in der Hand. Aber seien Sie bloß vorsichtig. Wenn Ihr Verdacht zutrifft, dann ist das eine verdammt heikle Geschichte.«

Ihr Blick fiel auf die Titelseite der heutigen Zeitung, die an der Ecke auf dem Schreibtisch lag. *Schwimmweltmeisterschaften in der Elbuferhalle eröffnet.* In ein paar Tagen würden sie und Stefan selbst zu den Besuchern gehören. Sie dachte an den Abend, als sie ED Senft dort zum ersten Mal persönlich begegnet war. Es war um Rebecca gegangen, nicht um Globacter. Es war nicht ganz klar, wann die Gefäße verschwunden waren, vermutlich im Laufe des Abends oder der Nacht. Wenn sie recht hatte mit ihrer Vermutung, dann mußte auch EDs Sohn in der Halle gewesen sein. Nachdem sie ihn heute gesehen hatte, bezweifelte sie allerdings, daß er als Gast geladen war. Er hatte auch nicht auf dem Sprungturm gestanden, neben der Schwester, ihrer kleinen Tochter und seinem Vater, die sich feiern ließen. Sie hatte das Bild noch genau vor Augen.

Plötzlich schoß ihr eine Idee durch den Kopf, die sie augenblicklich elektrisierte. Sie stand auf und begann zu suchen. Irgendwo mußte es eine Liste der Firmen und Mitarbeiter geben, die an jenem Abend in der Elbuferhalle beschäftigt waren. Sie hatte das Papier schon lange nicht mehr gesehen, wollte schon zum Telefon greifen, um Stefan zu fragen, der in ihrem ausufernden Papierkram eine beneidenswerte Übersicht bewahrte, aber dann fand sie es in einem Aktenordner auf seinem Schreibtisch. Die Liste umfaßte etwa ein Dutzend Firmen und weit über hundert Personen. Langsam fuhr sie mit dem Finger an den Namen entlang. Unter den Arbeitern der Firma, die die Tonanlage bereitgestellt hatte, entdeckte sie, was sie suchte.

Senft, Dietrich.

Wo waren sie nur mit ihren Gedanken? Wie hatten sie das übersehen können? Diesen Namen.

Sie rief sofort Beckmann an und teilte ihm ihre Entdeckung mit. Wenig später rief er zurück, um ihr zu sagen, daß er den Abhörantrag befürwortet und als dringlich weitergeleitet habe. Der Richter werde vermutlich schon morgen früh über den Antrag entscheiden.

Sie dachte wieder an ihr Kind. Eine innere Stimme sagte ihr, daß sie nicht mehr allein war, daß sich der Embryo trotz der Aufregung der letzten Stunden eingenistet hatte und zu ihrem Sohn heranwuchs. Vielleicht geschah es jetzt, in diesen Minuten. Einnistung war eigentlich ein schreckliches Wort. Was ging da genau vor sich? Wie lange dauerte es? Sie nahm sich vor, den Arzt danach zu fragen. Morgen mußte sie zur Kontrolluntersuchung. Sie wünschte es sich so sehr. Sie strich sich über den Bauch und lächelte. Im Grunde war sie ganz froh, daß es ihr nicht gelungen war, an EDs Samen heranzukommen. Sie hatte ja jetzt gesehen, was aus seinem Sohn geworden war.

30

ED brauchte Tage, um sich von dem Schock zu erholen. Die Vorstellung, von seinem eigenen Sohn erpreßt zu werden, stürzte ihn in tiefste Verzweiflung, und er mußte sich für einige Zeit völlig aus der Firma zurückziehen. Es war eine Katastrophe, daß er ausgerechnet jetzt ausfiel. Sein Unternehmen stand vor wichtigen Zukunftsentscheidungen. Aber es hatte keinen Sinn. Er war außerstande, sich auf seine Arbeit zu konzentrieren, und dem täglichen Streß, dem Tempo nicht gewachsen. Seine Gedanken kreisten ausschließlich um sein nun unweigerlich nahendes Ende. Er hatte sich informiert. Es war nicht leicht, optimale Spender zu finden. Wenn er von Dietrich erpreßt wurde, war jede Hoffnung, daß ausgerechnet sein Sohn ihm mit einer Knochenmarkspende helfen könnte, illusorisch. Dimitri konnte seine Suche genausogut einstellen. Eine Heilung rückte damit in weite Ferne.

Er fragte sich, ob er seine Tochter informieren sollte. Kurzzeitig klammerte er sich an die Hoffnung, sie habe, ohne daß er es wußte, Kontakt zu ihrem Bruder gehalten und könnte vielleicht versuchen, auf ihn einzuwirken. Aber dann verwarf er den Gedanken. Die beiden hatten nie viel miteinander anfangen können. Als sich die Auseinandersetzungen in der Familie zuspitzten, hatte sie sich meist heulend in ihr Zimmer zurückgezogen, unter höhnischem Gelächter ihres aufsässigen Bruders, der ihr nur »dumme Gans« oder »Modepüppchen« hinterherschrie.

Sie würde noch früh genug erfahren, was mit ihm los war, spätestens wenn er sie bat, sich einer Gewebeuntersuchung zu unterziehen. Ihr Kontakt erschöpfte sich seit Jahren im Austausch von Allgemeinplätzen. Sie sahen sich ein-, zweimal im Jahr, meistens zu Geburtstagen oder Weihnachten, telefonierten höchstens einmal im Monat und wußten eigentlich schon nach zwei Minuten nicht mehr, was sie sich erzählen sollten. Ihr Leben bot kaum Berührungspunkte. Sie interessierte sich nicht für seine Arbeit, gratulierte ihm nicht einmal, als er mit Globacter weltweit Erfolge feierte, und hatte es sich in ihrem rundum vergoldeten Käfig bequem gemacht. Sie merkte nicht, wie perfekt ihr arroganter und eifersüchtiger Gockel von Ehemann dieses Gefängnis für sie zurechtgezimmert hatte. Sie war noch nie die hellste gewesen. Nein, er glaubte nicht, daß sie ihm helfen konnte.

Der einzige Mensch, dem er sich anvertraute, war Guido Manzolt, aber auch der war keine große Hilfe. Er erzählte ihm von den Vorfällen in der Raffinerie und seinem Verdacht, und der Professor zeigte sich schockiert. Er gab sich zwar Mühe, seine Enttäuschung zu verbergen, aber ED wußte, wie er die verkrampfte Zuversicht zu deuten hatte, die Manzolt danach zu verbreiten versuchte. Im Vergleich zu Dietrich wären eben alle anderen nur zweite Wahl. Ein Klonsohn war als Knochenmarkspender die Idealbesetzung, an dieser Tatsache konnten weder EDs Bankkonto noch Manzolts Beteuerungen etwas ändern, daß man irgendwo einen anderen Spender auftreiben werde.

Natürlich gab es viele Gründe, an Dietrich als Erpresser zu zweifeln. Es existierte nicht der geringste Beweis. Wie hätte er überhaupt in den Besitz der Globacter-Gefäße gelangen sollen? Es war kaum vorstellbar, daß er sich an dem Abend seines sechzigsten Geburtstages irgendwie unter die Gäste in der Elbuferhalle gemischt haben könnte. Der seltsam vertrauliche Ton der Erpresserbriefe führte möglicherweise in die Irre. Es könnte sich um irgendeinen Dreckskerl handeln, der sich auf der sicheren Seite wähnte und ein perverses Vergnügen dabei empfand, ihn auf dieser Ebene zu provozieren. Es gab Momente, in denen es ihm gelang, an diese Version zu glauben, und Manzolt versuchte eindringlich, ihn darin zu bestärken, aber diese Phasen waren nur von kurzer Dauer und wurden regelmäßig von einem tiefen Sturz in lähmende Depressionen abgelöst.

Denn auch ohne Beweise war er im Innersten davon überzeugt, daß nur sein Sohn als Täter in Frage kam. Daran, die Polizei zu informieren, dachte er nicht. Er hatte keine bessere Begründung für diesen Verdacht als sein Gefühl. Dies nach allem, was vorgefallen war, als väterlichen Instinkt zu bezeichnen wäre lächerlich. Vielleicht war es nur das verhängnisvolle Zusammentreffen von Krankheit und Erpressung, das es ihm unmöglich machte, nicht an irgendeinen Zusammenhang zu glauben. Ihn quälten Schuldgefühle, die seine Gedanken in manischer Weise immer wieder um sich selbst kreisen ließen. Er hatte nur eine Richtung gekannt, vorwärts, und sich so gut wie nie veranlaßt gesehen, einen Gedanken an die Trümmer zu verschwenden, die er rechts und links auf seinem Weg zurückließ. Jetzt war er zu einem hilflosen Wrack geworden, das morgens vor seinem eigenen Spiegelbild zurückschreckte, vor dieser schlaffen fahlen Haut, den Falten, die das Selbstmitleid immer tiefer in sein Gesicht grub. Er hörte auf zu trainieren, lag stundenlang auf seinem Bett oder saß in einem Sessel im Salon und starrte finster vor sich hin, grübelte, zermarterte sich das Gehirn, wie es nur soweit hatte kommen können. Nie hätte er es für möglich gehalten, daß er sich einmal so gehenlassen könnte.

Was ihn am meisten erschütterte, war die kriminelle Energie, mit der Dietrich zu Werke ging. Er mußte alles von langer Hand geplant haben, hatte sich Zugang zur Elbuferhalle verschafft und spulte nun eiskalt seinen Rachefeldzug ab. Erschreckend war auch, daß er ihm ein solches Verhalten zutraute. Er mußte sich nur zurückerinnern, wie er in Dietrichs Alter mit seinen Widersachern und Konkurrenten umgesprungen war. Wenn in ihm nur ein Funken seiner eigenen Kraft und Zielstrebigkeit steckte, dann hatte er dem in seiner augenblicklichen Verfassung nichts entgegenzusetzen. Was hatte er eigentlich gedacht? Daß Dietrich irgendwann zur Vernunft kommen werde, daß er eines Tages vor seiner Tür stehen würde, um sich zu entschuldigen und einen Schlußstrich unter ihre Fehde zu ziehen? Nein, nicht einmal das. Er hatte überhaupt nicht nachgedacht, kaum einen Gedanken an ihn verschwendet, niemals gehofft, sich mit ihm zu versöhnen. Er hatte sich in seinen beruflichen Erfolgen gesonnt und den Jungen mit seinen spätpubertären Wahnvorstellungen allein gelassen. Dietrich hatte seine Hoffnungen nicht erfüllt, und jetzt kam es ihm so vor, als hätte er ihn genauso aus seinem Leben entlassen wie die Mitarbeiter seiner Firmen, die nicht die geforderten Leistungen brachten.

Natürlich hatte er erwartet, daß aus Dietrich etwas Besonderes würde, eine außergewöhnliche Persönlichkeit. Was sonst? Wozu der ganze medizintechnische Aufwand, wenn nicht für dieses Ziel? Er wußte ja, was in ihm steckte, wußte es besser als jeder andere. Sollte er das einfach vergessen, so tun, als sei der Junge ein normales Kind, ein unbeschriebenes Blatt? Er war eben viel mehr als das, ging weit über das hinaus, was normale Menschen ihr eigen Fleisch und Blut nennen. Er war ein Teil von ihm, eine Zelle seines Körpers, die die Chance bekam, noch einmal von vorne anzufangen, ein verjüngter, ein wiedergeborener ED.

Was ihm wieder auf die Beine half, war ein Zufall. Er hatte im Internet nach allem gesucht, was seine Krankheit betraf. Er wollte genau wissen, was auf ihn zukam, wie das Ende aussehen würde, auf welche Stadien des Verfalls er sich einzustellen hatte, ob es nicht doch einen Hoffnungsschimmer gab, eine neue Therapie, einen Geniestreich der Biotechnologen, der es möglich machte, das Verhängnis aus seinem Körper herauszuschneiden. Und als er wieder einmal vor seinem Rechner in der Bibliothek saß, hatte er wie so oft an Dietrich gedacht und dann, einer plötzlichen Eingebung folgend, den Suchbegriff »Klon« eingegeben.

Er stieß auf die mit Babybildern geschmückten Web-Seiten einer Selbsthilfegruppe: ART-OF-CLONING.COM. Sie hatte sich unter dem Dach einer großen Elternorganisation formiert. ART stand dabei nicht für Kunst, sondern war die Abkürzung für *assisted reproductive technologies,* assistierende Reproduktionstechnologien. Die Idee war offenbar in den USA entstanden, die auf größere Erfahrung mit Klonkindern zurückblicken konnten, aber mittlerweile hatten sich in den meisten Industrienationen eigene Gruppen gebildet. Sie boten Rat und Hilfe für alle, die sich mit dem Gedanken an ein Klonkind beschäftigten, vermittelten Kontakte zu Ärzten und Kliniken und boten eine umfangreiche Link-Liste zu Agenturen an, die Zellen vermittelten.

All das war für ED von keinem besonderen Interesse, bis er auf den deutschen Seiten unter der Rubrik »Probleme und Risiken« auf den Artikel eines Psychologen stieß. Er enthielt Sätze, die ihn wie ein Keulenschlag trafen.

Mittlerweile raten zahlreiche Psychologen und Repromediziner Eltern davon ab, sich selbst klonen zu lassen. In vielen Fällen hat sich gezeigt, daß diese Konstellation zu außergewöhnlichen Belastungen von Eltern und Kindern führen kann, die eine intensive psychologische Betreuung dieser Familien erforderlich machen. Genaue Statistiken sind schwer zu ermitteln, da Selbstklonierungen in der Regel von den Eltern geheimgehalten werden. Die bisher durchgeführten Untersuchungen deuten aber darauf hin, daß die Selbstmordrate unter Jugendlichen, die Klone eines ihrer Elternteile sind, weit über dem Altersdurchschnitt liegt. Gerade bei Heranwachsenden wurden vielfältige *Narzißtische Persönlichkeitsstörungen* beobachtet, die sich unter anderem in

- selbstverletzendem Verhalten (Selbstbeschädigung und Selbstverstümmelung, Einspritzung schädlicher Substanzen),
- einer hohen Suchtgefährdung (Alkoholabusus, in etwa 40 % der Fälle Polytoxikomanie),
- Phobien (Soziallängste, Ängste vor dem Alleinsein) und
- schweren Störungen des Körperbildes (Eß- und Gewichtsstörungen, Bulimie) äußern.

Diese Symptome werden fast immer von ausgeprägten Arbeits- und Beziehungsstörungen begleitet. Vor diesem Hintergrund fordern Experten, Selbstklonierungen generell wieder von vorangehender intensiver Beratung, psychologischer Begutachtung der Eltern und einer Zustimmung der zuständigen Ethikkommissionen abhängig zu machen.

Er klickte sich durch einige Fallbeispiele. Väter, Mütter und einige Klonkinder erzählten darin von ihrem Schicksal, von ihren Schwierigkeiten, miteinander zu leben und voneinander zu lassen. Beim Lesen empfand er eine ungeheure Erleichterung. Er las ein ausführliches Interview mit einem verzweifelten Vater, dessen Sohn im Alter von achtzehn Jahren Selbstmord begangen hatte, und es kam ihm vor, als seien es seine eigenen Worte.

Ich habe es nie geschafft, in ihm einen eigenständigen Menschen zu sehen. Ich weiß nicht einmal, ob ich es überhaupt ernsthaft versucht habe. Alles, was er tat oder sagte, habe ich in Beziehung zu meinem eigenen Leben gesehen.

Können Sie das an einem Beispiel erläutern?

Ach, es gäbe tausend Beispiele, oft ganz banale Dinge. Ich spiele Gitarre, wissen Sie, und als er mich einmal sehr aufmerksam dabei beobachtete, habe ich gedacht, jetzt ist der Moment da. Ich habe ihm eine kleine Gitarre gekauft, und er hat Unterricht bekommen.

Wie alt war Ihr Sohn damals?

Vielleicht sieben oder acht. Es hat ihm keinen besonderen Spaß gemacht, seine Hände waren vielleicht noch zu klein, ich habe ja selbst kurze, dicke Finger *(zeigt seine Hand),* aber ich habe darauf bestanden, daß er in die Musikschule geht. Ich habe stundenlang mit ihm zusammen geübt und war sehr ungeduldig. Als er älter wurde, hat er immer wieder geweint und protestiert. Das ging jahrelang so.

Warum wollten Sie denn unbedingt, daß er Gitarre spielt?

Naja, ich habe es immer bedauert, daß ich nicht besser spielen kann. Ich dachte, wenn er früher als ich damit beginnt, könnte vielleicht etwas daraus werden. Ich wäre sehr gern Musiker geworden. Aber mein Sohn wollte nicht. Irgendwann hat er die Gitarre genommen und wütend auf den Boden geschmettert.

Wie haben Sie darauf reagiert?

Oh, ich hätte ihn umbringen können, ehrlich. Ich war außer mir. Ich habe ihn verprügelt. Ich habe ihm gesagt, er solle gehorchen. Ich wüßte schon, was gut für ihn ist.

Was denken Sie heute darüber?

Ich denke, was für ein beschissenes egoistisches Arschloch ich doch gewesen bin *(weint).*

Meinen Sie nicht, daß das mit jedem normalen Kind genauso hätte passieren können?

Vielleicht, ich habe mich das schon oft gefragt. Ich glaube es nicht. Ich glaube, ich wäre bei einem normalen Kind offener gewesen. Ich hätte einfach versucht, das zu fördern, was kommt. So habe ich immer nur darauf gewartet, daß er dieselbe Richtung einschlägt wie ich. Was ihn von mir unterschied, habe ich ignoriert oder sogar bekämpft.

In seiner Jugend war ED ein hervorragender Leichtathlet gewesen. Mit etwas mehr Training und Ausdauer hätte er vielleicht selbst die Trophäen und Rekorde gewinnen können, die er von den bei ihm unter Vertrag stehenden Sportlern forderte. Also steckte er den kleinen Dietrich in einen Sportverein und engagierte einen hochqualifizierten Jugendtrainer. Er wisse genau, daß sein Sohn die besten Voraussetzungen mitbringe, sagte er dem Trainer. Er solle ihn ruhig hart rannehmen. Systematische Talentförderung sei genau das, was ihm in seiner Jugend gefehlt habe.

Anfangs lief alles problemlos. Der Junge gewann sogar einige Titel bei den Hamburger Jugendmeisterschaften. ED stand mit Margret stolz an der Tartanbahn und feuerte ihn an. Aber als Dietrich älter wurde, verlor er das Interesse. Seine Leistungen ließen nach, und irgendwann erfuhr ED, daß sein Sohn schon seit Wochen nicht mehr beim Training erschienen war. Er verhängte Hausarrest, kürzte das Taschengeld, und als all das nicht half und Dietrich begann, offen Widerstand zu leisten, schlug er ihn in einem Anfall von Jähzorn, ja – bei dem Gedanken daran verkrampfte er sich –, er schlug Dietrich so heftig, daß seine Nase blutete, einen Zwölf- oder Dreizehnjährigen, mit voller Kraft. Er hätte ihm den Kiefer brechen können.

Als Margret wenig später, von Dietrichs Geschrei alarmiert, in seinem Zimmer auftauchte, entwickelte sich ein wütender Streit. Sie drohte zum ersten Mal, ihn zu verlassen, verlangte, daß er sich bei dem Jungen entschuldigte, der heulend in der Zimmerecke hockte. Was er nicht tat. Natürlich bedauerte er, daß er so kräftig zugeschlagen hatte. Es war einfach über ihn gekommen, er konnte sich nicht mehr bremsen. Aber er glaubte damals, es sei höchste Zeit, ein Exempel zu statuieren. Es war ja nicht das erste Mal, daß er unzufrieden mit der Entwicklung seines Sohnes war.

Mein Gott, dachte ED, warum war er nicht schon viel früher auf die Idee gekommen, daß es anderen Menschen genauso gehen könnte wie ihm. Wenn er vor Jahren gewußt hätte, was hier auf den Seiten von ART-OF-CLONING.COM zu lesen war, wäre vielleicht vieles anders gekommen. Zum ersten Mal dämmerte ihm, was er nicht nur sich und seiner Frau, sondern vor allem seinem Sohn angetan hatte. Margret hatte es irgendwann geahnt. Aber bei ihr war das etwas anderes. Sie war jünger, und vor allem war es nicht ihr Doppelgänger, der da heranwuchs.

Ein anderer Vater erzählte in erstaunlicher Offenheit von den Neid- und Eifersuchtsproblemen, mit denen er sich herumgeschlagen hatte. Auch das kam ED bekannt vor. Niemand hatte ihn darauf vorbereitet, was es hieß, Tag für Tag seinem eigenen jüngeren Ebenbild ins Gesicht zu blicken, dieser aufblühenden männlichen Schönheit und Kraft, und das zu einer Zeit, als es mit ihm bergabzugehen begann.

Dietrich war ein Frühentwickler. Mit dreizehn war er schon groß und kräftig und steckte mitten in der Pubertät, mit achtzehn sah er aus wie fünfundzwanzig. Er entwickelte früh einen kräftigen Bartwuchs und begann sich für Mädchen zu interessieren, besser gesagt, die Mädchen interessierten sich für ihn. Dietrich war ein verdammt hübscher Junge. Obwohl er mit dem Sport aufgehört hatte und nichts für sich tat, hatte er einen kräftigen muskulösen Körper, war groß und schlank und überragte seinen Vater. Was sein Aussehen anbetraf, war er unzweifelhaft EDs Sohn. Auf diesem Sektor gelang ihm, was sonst auf ganzer Linie zu scheitern drohte. Er schickte sich an, seinen Vater zu übertreffen, wuchs ihm buchstäblich über den Kopf.

Er konnte sich nicht erinnern, wann Dietrich die ersten Freundinnen mit nach Hause brachte. Manchmal, wenn er überhaupt zu Hause war und etwas davon mitbekam, hatte er mit Margret im Salon gesessen und sich darüber amüsiert, wie Dietrich mit dem Mädchen sofort in seinem Zimmer verschwand, Musik anmachte und bald darauf das Licht löschte. Natürlich scherzte er nicht vor dem Jungen, sondern allein mit seiner Frau, und auch das nur, wenn sie sich gut verstanden, was schon damals nicht mehr allzu häufig der Fall war. Aber es gab sie hin und wieder, diese schönen Momente, in denen sie gemeinsam lachten, sich an ihre eigene Jugend erinnerten und rätselten, was oben in Dietrichs Zimmer vorging. Dietrichs Aufklärung hatte Margret übernommen. ED konnte sich nicht erinnern, jemals mit seinem Sohn über das Thema Frauen gesprochen zu haben.

Zu dieser Zeit hatte ED noch keinen Grund, sich über mangelnde sexuelle Betätigung zu klagen. Was er mit Margret nicht mehr erleben konnte, holte er sich an anderer Stelle. Aber das änderte sich, als er auf die Fünfzig zuging. Sein Körper geriet außer Form, er bekam einen Bauch, sein Haar wurde grau, das Gesicht faltig, die Haut schlaff. Was für seinen Sohn von Vorteil war, nämlich reifer zu wirken, als es seinem Alter entsprach, begann für ihn zu einem echten Problem zu werden. Damals unterzog er sich seiner ersten Schönheitsoperation, ließ sich das Gesicht straffen, tat etwas gegen sein Doppelkinn und die Tränensäcke. Er trainierte, wann immer er dazu Gelegenheit hatte, aber seine alten Höchstleistungen blieben für ihn unerreichbar. Ihn plagten Rückenprobleme und eine alte Fußgelenkverletzung. Er brauchte eine Lesebrille und schnarchte. Er wurde alt.

Manchmal, wenn er von längeren Reisen nach Hause zurückkehrte, war Dietrichs Anblick für ihn ein Schock. Die Geschwindigkeit, mit der sein Sohn erwachsen wurde, war erschreckend. Was ihm verlorenging, seine Kraft, seine Energie, seine Jugend, schien in seinem Sohn wieder zum Leben zu erwachen. Er wurde von Tag zu Tag stärker, selbstbewußter, männlicher und sah abgesehen von seinen modischen Klamotten genauso aus, wie ED sich selbst in Erinnerung hatte. Es war gespenstisch, ein Blick in Margrets alte Fotoalben ließ ihm das Blut gefrieren. Natürlich war das Ganze ein langsamer, fast unmerklicher Prozeß, der sich über Jahre hinzog, zahllose winzige Schritte, die sich nach der Pubertät beschleunigten, aber sie summierten sich zu einem für ED deprimierenden Ergebnis.

Wenn er müde und erschöpft war, gab es Momente, in denen er sich an Vampirgeschichten oder den Roman von Oscar Wilde erinnert fühlte, das geheimnisvolle Bild, das anstelle seines Besitzers alterte.

Wenn er ein besseres Verhältnis zu seinem Sohn gehabt hätte, hätten sie beide das alles vielleicht als beglückende Erfahrung erleben können. Im Internet gab es auch solche Stimmen. Wenn er sich überhaupt irgend etwas bei seiner Entscheidung für einen Klonsohn gedacht hatte, dann doch wohl, daß es eine Form von Glück bedeutete, die eigene Lebensspanne auf diese Weise zu verdoppeln, mitzuerleben und mitzugestalten, wie sich eine andere Version seines Selbst entwickelte, während der eigene Körper verfiel. Im Grunde war diese Entwicklung alles andere als überraschend, im Gegenteil. Ein echter Grund zur Beunruhigung hätte nur bestanden, wenn Dietrich nicht aufgeblüht und ED nicht immer ähnlicher geworden wäre.

Aber ihr Verhältnis wurde schlechter. Es war nie gut. Er war viel zu selten im Hause, hatte seit frühester Kindheit nie ein wirkliches Vertrauensverhältnis zu Dietrich aufbauen können, platzte nur immer wieder als autoritärer Poltergeist in die häusliche Idylle hinein, die Margret in seiner Abwesenheit aufrechtzuerhalten versuchte. Als Dietrich erwachsen wurde, war es für einen Neuanfang schon lange zu spät. Auch seinem Sohn entging nicht, daß sich die Kräfteverhältnisse zu seinen Gunsten verschoben.

Spätestens als Dietrich nach seinem mäßigen Internatsabitur für zwei schreckliche Jahre nach Hause zurückkehrte, hatte er jeglichen Einfluß auf seinen Sohn verloren. Margret war verstorben, und das Zusammenleben wurde mehr und mehr zu einem Machtkampf. Mittlerweile brachte Dietrich keine kleinen Mädchen mit nach Hause, sondern rassige junge Frauen, die ED selbst gern in seinem Bett gehabt hätte. Wenn er einer von ihnen begegnete, musterten sie ihn interessiert, weil er reich und berühmt war, gleichzeitig meinte er aber zu spüren, daß sie ihn für viel zu alt hielten, um noch als Partner in Frage zu kommen. Ab und an hörte er ihr Lachen und Stöhnen. Einmal, als er spätabends noch in den Pool im Keller steigen wollte, überraschte er Dietrich gleich mit zwei jungen Damen. Sie tummelten sich nackt im Wasser, küßten und liebkosten sich. Er versteckte sich ein paar Minuten hinter einem Pfeiler und sah ihnen zu. Eine der Frauen entdeckte ihn. Er stammelte eine Entschuldigung und zog sich in sein Schlafzimmer zurück. Im Bett liegend, meinte er noch, ihr schallendes Gelächter zu hören.

In diesen Tagen, als er sich mühsam aus seinem tiefen Loch wieder ans Licht arbeitete, rechnete er jederzeit mit einem Anruf des Erpressers. Er ging davon aus, daß dieser Erpresser sein Sohn war, aber er hatte neue Hoffnung geschöpft, glaubte, ihn besser zu verstehen als je zuvor. Vielleicht gelang es ihm, Dietrich in ein Gespräch zu verwickeln. Er war auch bereit, ihm Geld zu geben. Genug, um vorerst ein sorgenfreies Leben zu führen. Wenn Dietrich sich bereit erklärte, ihm zu helfen.

Als ihn der Anruf dann erreichte, als er diese schreckliche Stimme hörte, die aus einem Computer oder einem anderen Universum zu kommen schien, stürzte seine Strategie wie ein Kartenhaus in sich zusammen. Das konnte unmöglich sein Sohn sein. Er war sich sicher, daß er Dietrich erkannt hätte.

»Haben Sie den Kanister gefunden?«

Es war eine tiefe Stimme, nein, ein ganzer Chor, der in einem riesigen Gewölbe zu stehen schien. Und die Stimmen siezten ihn.

»Ja.«

»Ich will eine Million, in kleinen gebrauchten Scheinen.«

ED fiel ein, daß er sich nie den Inhalt des Ölkanisters angesehen hatte. Ihm war sofort klargewesen, worauf die Sache hinauslief. Vielleicht hätte er sich wenigstens vergewissern sollen, daß der Erpresser in der Lage war, seine Drohung wahr zu machen.

»Was ist, wenn ich mich weigere?«

»Dann haben Sie bald eine Horde von erbosten Autofahrern am Hals. Die Präparation der Kanister ist kinderleicht. Und Globacter ist fleißig.«

Es mußte irgendein technischer Trick sein. Die Stimmen klangen mal hoch, mal tief. Sie waren übereinandergeschichtet. Eine der vielen Stimmen mußte das Original sein, aber er war sich nicht einmal sicher, ob es die Stimme eines Mannes war.

»Bis wann?« fragte er.

»Morgen abend!«

»Völlig ausgeschlossen. Bis morgen kann ich unmöglich eine solche Summe auftreiben.«

Ein furchtbares Lachen zwang ihn, den Hörer wegzuhalten.

»Soll das ein Witz sein? Versuchen Sie nicht, mich zu verscheißern.«

Plötzlich hatte er eine Idee. »Was? Ich verstehe Sie so schlecht«, sagte ED. »Vielleicht sollten Sie diesen technischen Schnickschnack abstellen.«

»Das könnte Ihnen so passen. Sie verstehen mich sehr gut.«

»Wie bitte? Schalten Sie das Ding ab. Ich verstehe Sie nicht. Oder haben Sie Angst, daß ich Ihre Stimme erkennen könnte?«

Aus dem Telefon kam ein Geräusch, das sich wie das Grunzen einer Schweineherde anhörte. Dann wieder ein Lachen.

»Eine Million. Morgen abend.«

ED zögerte. Er hatte Angst, der Anrufer könnte auflegen. Vielleicht war es Dietrich, vielleicht auch nicht. Unter diesen Umständen, mit einem akustischen Monstrum am Apparat, konnte er das Gespräch unmöglich in die Richtung lenken, die er sich vorgenommen hatte. Er müßte ihm persönlich gegenüberstehen, müßte in seine Augen sehen können. Er beschloß, auf die Forderung einzugehen.

»Geben Sie mir Zeit bis Montag. Vorher komme ich an das Geld nicht heran.«

Sekundenlang hörte er nichts außer einem sphärischen Rauschen.

»Hallo? Sind Sie noch da?«

»Also gut. Montag abend. Packen Sie das Geld in einen Koffer und gehen Sie damit um zehn in den Hirschpark. Leiten Sie Ihre Anrufe auf Ihr Handy um und vergessen Sie nicht, es mitzunehmen. Ich werde mich bei Ihnen melden und sagen, was Sie tun sollen. Und kommen Sie allein. Wir werden Sie beobachten. Wenn wir Polizei sehen oder irgend jemanden, der uns nicht gefällt, stehen am Dienstag im ganzen Land Dutzende von präparierten Kanistern in den Regalen. Versuchen Sie nicht, uns reinzulegen!«

Er sprach von *wir* und *uns*. Er war nicht allein.

»Wie kann ich sicher sein, daß Sie mich danach in Ruhe lassen? Was ist mit den Globacter-Gefäßen?«

»Sie bekommen die Gefäße zurück.«

Es entstand eine kurze Pause. Wieder dieses an- und abschwellende Rauschen wie in uralten Radiogeräten.

»Ich glaube kaum, daß Sie damit durchkommen werden«, sagte er.

»Lassen Sie das unsere Sorge sein. Montag abend, zehn Uhr. Allein.«

»Ich werde dasein.«

ED stand der Schweiß auf der Stirn. Das Gespräch stand kurz vor seinem Ende, und er war keinen Schritt weitergekommen. Er wußte nicht, wer dieser Mann war. Er wurde panisch. Die Frage, die ihm seit Tagen ununterbrochen durch den Kopf ging, ließ sich nicht mehr zurückhalten, platzte aus ihm heraus.

»Dietrich ...«, fragte er mit einem dicken Kloß im Hals. »Bist du das?«

Nichts außer Rauschen. Ein Knacken. Die Leitung war unterbrochen. ED schlug die Hände vor sein Gesicht. Die Spannung, die sich seit Tagen aufgeladen hatte, entlud sich in einem Weinkrampf.

31

Didis Hand zitterte, als er das Mikrofon auf den Tisch legte. Er zündete sich eine Zigarette an und führte das halbvolle Wodkaglas zum Mund. Neben ihm blinkten die roten und grünen Lämpchen eines halben Dutzends flacher schwarzer Metallquader. Er schaltete sie nacheinander aus, Harmonizer, Hallgerät, Chorus und die anderen elektronischen Zauberkästen, die er sich in der Firma ausgeliehen hatte. Um Aufnahmen zu machen, hatte er gesagt. Displays und Dioden erloschen. Das leise Rauschen des Lautsprechers erstarb.

Dietrich… bist du das?

Wie war er darauf gekommen? Wie konnte er seine Stimme erkennen? Er mußte ihn an der Stimme erkannt haben, es gab keine andere Erklärung. Als er den Kanister auf die Terrasse stellte, hatte ihn niemand gesehen, und wenn die Polizei auf seine Spur gekommen wäre, säße er schon lange hinter Gittern. Es mußte die Stimme gewesen sein. Dabei hatte er stundenlang herumprobiert, sie verfremdet, durch Filter gejagt, in Oktaven und schrägen Intervallen übereinandergeschichtet, zu einem ganzen Chor aufgetürmt und so lange in die verschiedensten Hallräume gestellt, bis sie sich anhörte wie der Teufel in manchen Horrorfilmen. Er dachte, es sei unmöglich, in diesem akustischen Spiegelkabinett das Original zu erkennen. Offenbar hatte er sich getäuscht.

Neben ihm lag der Zettel mit den Sätzen, die er sich aufgeschrieben hatte. Wie für ein Theaterstück hatte er geprobt, den Text vorformuliert, immer wieder verbessert und korrigiert, aus Angst, er könnte etwas Wichtiges vergessen oder sich durch ein überflüssiges Wort verraten. Zum ersten Mal seit vielen Jahren mußte er mit seinem Vater sprechen. Er hatte keine Ahnung, wie er darauf reagieren würde, auf den Klang seiner Stimme, diesen befehlsgewohnten Ton. Er mußte cool bleiben, professionell klingen, entschlossen.

Er trank einen großen Schluck Wodka und ging das Gespräch in Gedanken noch einmal durch. Natürlich hatte er sich nur zum Teil an seinen Text gehalten. War ihm irgendeine Bemerkung herausgerutscht, die ED mißtrauisch gemacht haben könnte? Ihm fiel nichts ein. Er verstand das nicht. Er zog gierig an seiner Zigarette und trank noch einen Schluck. Es war schon sein drittes Glas. Er hatte sich Mut antrinken müssen, seit Tagen tat er nichts anderes, als an den elektronischen Geräten herumzuspielen und sich Mut anzutrinken, um vorbereitet zu sein. Monatelang plätscherte sein Leben ereignislos dahin, doch jetzt hatte er es irgendwie geschafft, diese beiden für ihn entscheidenden Ereignisse auf ein und dasselbe Wochenende zu legen: Das Konzert und den Anruf. Eine organisatorische Glanzleistung. Er hätte bis nach dem Konzert warten können, aber je länger er den Anruf aufschob, desto größer wurde seine Angst. Es war kaum noch auszuhalten. Er mußte es endlich hinter sich bringen. Mehrmals hatte er den Hörer schon in der Hand gehalten, die Nummer eingegeben und dann doch wieder abgebrochen. Sein Plan für die Geldübergabe schien ihm plötzlich lächerlich. Warum brachte er sich immer wieder in solche Situationen? Warum hörte er nicht einfach auf? Was, wenn ED nicht auf seine Forderung einging? Wenn er die Polizei einschaltete?

Er trank das Glas aus und schenkte sich sofort nach. Der Wodka schwappte über den Rand und verdunstete kühl auf seiner Hand. Vielleicht hatte er sich EDs Frage nur eingebildet, eine Art akustische Halluzination, ein spontanes Synapsengewitter, eine Ausgeburt seiner Angst, seines benebelten Gehirns. Die Stimme, die die Frage gestellt hatte, klang nicht nach dem selbstsicheren Bariton seines Vaters. Sie war schwach, regelrecht unsicher, sie klang unverkennbar nach seiner eigenen Angst, einer klassischen Projektion. Er war sich wirklich unsicher, ob er die Frage gehört oder in seinem Gehirn selbst produziert hatte. Er hätte das Gespräch aufzeichnen sollen.

Aber er würde in den Hirschpark gehen. Es gab kein Zurück mehr. Er mußte die Sache zu einem Abschluß bringen, versuchen, sich das Geld zu holen. Er wollte, daß es aufhörte. Seit er diese Bakterien hatte, war er einer Sucht verfallen, gegen die er nicht ankam, die ihn zu immer neuen Verrücktheiten trieb. Was nach Montag abend geschah, war ihm egal, jedenfalls redete er sich das ein. Bisher hatte er Glück gehabt. Er war ihnen entwischt. Warum sollte es nicht so weitergehen? Es würde einen Knall geben, so oder so, eine radikale Veränderung. Vielleicht würde er in eine andere Stadt gehen, vielleicht zog man ihn für Jahre aus dem Verkehr, vielleicht geschahen Dinge, die er sich jetzt noch gar nicht vorstellen konnte. Jedenfalls würde nichts mehr so sein wie vorher. Das war das wichtigste. Und daß es ihm einmal gelang, ED von seinem hohen Roß zu holen, daß er ihn zwang nachzugeben.

Didi starrte auf das Telefon, das vor einem der Lautsprecher stand. ED hatte seltsam geklungen. Er hätte nicht sagen können, was ihn störte, er wußte nur, daß er sich ganz anders fühlte als erwartet. Er hatte große Angst gehabt vor dieser Stimme, befürchtete, sie allein könnte ausreichen, um ihn in alte Streitmuster zurückfallen zu lassen, die ihn sofort verraten hätten. Aber am Telefon hatte ED nichts von dieser autoritären Entschiedenheit spüren lassen, die ihn früher innerhalb kürzester Zeit auf die Palme brachte, diesen Ton, der jeden Widerspruch zu ersticken versuchte und ihn zum Vollidioten abstempelte, bevor er überhaupt den Mund aufmachte. Er hatte seinem Vater nie etwas recht machen können. Nur einmal blitzte dieser ED auf, als er versuchte, ihn dazu zu bringen, die Geräte abzuschalten. Ansonsten schwang in seiner Stimme im Gegenteil eine irritierende Verletzlichkeit mit, die ihn völlig überraschte, etwas Leidendes, Wehleidiges. Schon wie er sich gemeldet hatte, vorsichtig, geradezu ängstlich. War das eine neue Masche? Fuhr er jetzt die Mitleidstour? Der ED, den er kannte, hätte keine Angst vor einem kleinen Erpresser gehabt.

Allerdings war er mittlerweile zu betrunken, um seinen Eindrücken zu trauen. Er hörte Stimmen, die nur in seinem Kopf existierten und Fragen stellten, vor denen er sich fürchtete. Vermutlich hatte er sich auch alles andere nur eingebildet. Vielleicht war ED nur erschrocken, als er die verfremdete Stimme hörte, vielleicht war er eingenickt. Es gab viele Erklärungen. Was wußte er über das Leben seines Vaters, außer daß er mehr Geld denn je scheffelte und die Welt mit ölfressenden Bakterien überschwemmte. Er hatte sich schon in der Elbuferhalle gewundert, wie alt und schmal er geworden war. Nicht oben auf dem Turm oder auf den Bildschirmen, wo er den üblichen Strahlemann spielte, sondern als er nur wenige Meter entfernt an ihm vorbeiging. Als sei er geschrumpft. Zehn Jahre waren eine lange Zeit.

Didi trank weiter und fiel in eine Schwermut, eine unbestimmte Traurigkeit, die er schon lange nicht mehr empfunden hatte. Er dachte an seine Familie, an das, was daraus geworden war, daß er niemanden hatte, sich von Woche zu Woche einsamer fühlte. Warum war ihr Leben so schrecklich schiefgelaufen? Seine Mutter war die einzige, die alles zusammenhielt. Zu ihr hätte er sicher noch Kontakt. Nach ihrem Tod waren nur noch Trümmer geblieben. Aber sie hatte mitgemacht, das durfte er nicht vergessen. Ohne ihr Einverständnis hätte es keinen Klonsohn gegeben. Das hatte er ihr auch gesagt, und sie hatte den Kopf gesenkt und sich entschuldigt. Sie seien jung und hoffnungslos überfordert gewesen, hätten sich zuwenig Gedanken gemacht. Leider ließe sich das nicht mehr rückgängig machen. Er solle nicht zu streng mit seinem Vater sein. Er sei auch nur ein Mensch. Es täte ihr furchtbar leid, beteuerte sie. Wenigstens das. ED hätte so etwas nie über die Lippen gebracht.

Er mußte an den Tag denken, als er die Bilder fand. Vielleicht wäre alles ganz anders gekommen, wenn er sie nicht entdeckt, wenn er nie erfahren hätte, was mit ihm los war. Sie lagen in einer Kommode im Schlafzimmer seiner Eltern, in einer Schublade, die von Fotografien überquoll, inmitten der privaten Bildausbeute der Familie Senft. Viele Fotos steckten noch in den Taschen der Entwicklungslabors, andere in Briefumschlägen, kleinen Fotoalben. Die meisten lagen lose durcheinander.

Als Kind sah er sich gerne diese Bilder an. Sie wurden ihm nicht direkt verheimlicht, aber natürlich wußte er, daß er in Abwesenheit seiner Eltern nichts in ihrem Schlafzimmer zu suchen hatte. Er hütete sich, sie auf die Fotos anzusprechen und damit zu verraten, daß er mit dem ansonsten enttäuschenden Inhalt ihrer Schränke bestens vertraut war. Die Schublade kannte er schon lange.

Im Salon standen einige dicke, ledergebundene Alben, die die offizielle Auswahl enthielten, das, was Freunden und Verwandten präsentiert wurde, von seiner Mutter persönlich zusammengestellt, die selbst viel fotografierte. Er hatte es geliebt, dicht aneinandergekuschelt mit ihr auf dem Sofa zu sitzen, durch die Alben zu blättern und in gemeinsamen Erinnerungen zu schwelgen. Warum es die Fotos in der Schublade nicht in die dicken Folianten geschafft hatten, wußte er nicht. An ihnen war nichts Geheimnisvolles. Es waren Urlaubsfotos, Bilder aus dem Garten, von Kindergeburtstagen und anderen Festivitäten, in den Augen seiner Mutter vermutlich die zweite Wahl, aber viele gefielen ihm besser, weil er sie nicht so gut kannte.

Am liebsten mochte er die Urlaubsbilder, die unbeschwerten Stunden am Strand, die sie dokumentierten, die einzigen Wochen im Jahr, die die Familie zusammen verbracht hatte, auch wenn sein Vater oft telefonierte oder an der einen oder anderen Videokonferenz teilnehmen mußte. Die Fotos von seinen Kindergeburtstagen interessierten ihn weniger. Er hatte Ende November Geburtstag. Die Feste mußten im Haus stattfinden, und es waren minutiös geplante Inszenierungen mit Clowns, Puppentheater und Animateuren und einer Menge meist erwachsener Gäste, die bestaunen durften, was ED für seinen kleinen Sohn alles auf die Beine stellte.

An diesem Tag hatte er sich gelangweilt und wieder an die Bilder gedacht. Er hatte die Schublade schon lange nicht mehr aufgezogen. Er war damals dreizehn Jahre alt, die Familienidylle, die auf den Aufnahmen zu sehen war, zeigte erste Risse, und er fand Kinderbilder mittlerweile ziemlich öde. Aber da ihm nichts Besseres einfiel, schlich er über den Flur ins elterliche Schlafzimmer und schloß hinter sich die Tür. Er zog die Schublade ganz heraus, stellte sie neben sich auf den Teppich und lehnte sich mit dem Rücken an die Kommode. Er hatte Zeit. Niemand würde ihn stören. Es war Freitag abend, seine Mutter war auf einer Party, ED schwirrte irgendwo im Nahen Osten herum, und seine Schwester und das Kindermädchen schliefen schon. Auf der Suche nach Fotos, die er noch nicht kannte, ging er diesmal entschiedener vor als früher. Er arbeitete sich bis auf den Schubladenboden vor.

Ganz unten stieß er auf einen Briefumschlag, der ein Dutzend verblaßte Strandbilder enthielt. Er trug seine schwarze Badehose und buddelte vor einer seltsamen Felsenkulisse im Sand, planschte mit Taucherbrille und Schnorchel im Wasser, strahlte vergnügt in die Kamera. Schnappschüsse, wie sie zu Dutzenden die Schublade füllten.

Etwas an den Bildern machte ihn stutzig. Er überlegte, in welchem Urlaub sie entstanden waren. Er konnte sich nicht an den Ort erinnern. Auf den Fotos war er vielleicht sechs oder sieben, so genau konnte er das nicht einschätzen, jedenfalls ein kleiner Junge am Meer, irgendwo, wo es warm war. Im Hintergrund ragten zwei Palmwedel über die Felsen. Er sah sich andere Bilder an, um zu sehen, ob er sie einordnen konnte. Kein Problem. Er wußte sofort, wann und wo sie entstanden waren, Sylt, Teneriffa, Usedom, Hiddensee, Karibik, Malediven. Aber die Bilder aus dem Umschlag kannte er nicht, er konnte sich nicht erinnern, nicht an diese Felsen, die rund und glatt waren wie Schildkrötenrücken, auch nicht an das Motorboot, an dessen Steuerrad er auf einer Aufnahme begeistert herumkurbelte.

Er ging die Fotos einzeln durch. Auf einem Bild sah man ihn zusammen mit einem Erwachsenen beim Bau einer Strandburg. Das mußte sein Vater sein, aber er war von hinten aufgenommen. Sein Gesicht war nicht zu erkennen. Er kniete vornübergebeugt im Sand und vertiefte offenbar den Burggraben.

Als er das letzte Bild der Serie betrachtete, überkam ihn ein beunruhigendes Gefühl, ein Kribbeln, das er nur aus Filmen kannte, in denen die Helden geheimnisvolle Türen öffneten, mit Fackeln durch dunkle, unbekannte Gänge irrten oder fremde Planeten betraten. Er stand darauf neben dem Mann, der seinen Arm auf seine Schulter gelegt hatte. Beide grinsten sie stolz in die Kamera und präsentierten ihr Werk. In den Sandwall vor dem Burggraben hatten sie mit Kieselsteinen und Muschelschalen zwei Worte geschrieben: BURG SENFT.

Didi wußte genau, daß er nie in seinem Leben eine *Burg Senft* gebaut hatte, weder mit seinem Vater noch mit irgend jemand anderem. So etwas hätte er nicht vergessen. Er konnte sich an jeden einzelnen Urlaub erinnern. Sein Vater hatte nie irgend etwas für ihn gebaut, geschweige denn, sich die Zeit genommen, es mit ihm zusammen zu tun. Und der Mann auf dem Foto war auch nicht sein Vater. Dieser Mann war wesentlich dicker, seine Haare waren kürzer, und er trug einen Oberlippenbart. Er erinnerte ihn vage an…

Er begann in dem Fotostapel zu wühlen, und bald fand er, was er suchte: Eine Aufnahme, die ihn im Garten in Nienstedten zusammen mit seinem Großvater zeigte. Er verglich die beiden Fotografien. Tatsächlich, der Mann, der mit ihm neben der Sandburg stand, könnte sein Großvater sein. Er war vor einigen Jahren gestorben. Er kannte ihn nicht mit Schnurrbart, aber der Mann auf dem Foto war relativ jung. Ein so junger Großvater kam in seiner Erinnerung nicht vor. Seine Aufmerksamkeit konzentrierte sich auf den Jungen. Wenn der Mann nicht sein Vater war und er niemals eine solche Burg gebaut hatte, wer war dann das Kind, das aussah wie er?

Didi schauderte und versank tief in den Polstern seines Sofas, als er an diesen Moment zurückdachte. Was wäre geschehen, wenn er an diesem Tag ferngesehen oder sich mit Freunden verabredet hätte? Wäre er heute Arzt oder Flugzeugingenieur oder ein Abteilungsleiter der Senft AG, der im Anzug und mit Schlips und Kragen herumlief? Ausgeschlossen. Irgendwie hätte er es auch ohne die Bilder herausbekommen. Es konnte nicht sein, daß der Verlauf eines ganzen Lebens, sein Denken und Fühlen, von der Entdeckung eines lächerlichen Urlaubsfotos abhing, daß seine Persönlichkeit, sein Anderssein nur das Produkt von Langeweile und Zufall war.

Die Erkenntnis hatte ihn wie ein Blitz getroffen: Dieser Junge, in dem er sofort ohne den geringsten Vorbehalt sich selbst erkannte, war nicht er. Um den nächsten Schritt zu vollziehen, brauchte er länger. Es gab Widerstände in seinem Kopf, die er überwinden mußte. Der Mann war sein Großvater, und das Kind sah ihm sehr ähnlich, beide machten zusammen Urlaub am Strand, standen sich nahe, also... konnte dieser Junge niemand anderes sein als sein Vater.

Von einem Moment auf den anderen schlug seine Wahrnehmung um. Es war, als ob ein eisiger Windhauch durch das Schlafzimmer seiner Eltern wehte, unheimlich, bedrohlich, etwas Böses, Unsichtbares, das ihm immer näher rückte. Er begann sich unbehaglich zu fühlen, stand auf, öffnete die Tür und lauschte in den dunklen Flur hinaus. Nichts rührte sich. Rasch kehrte er auf seinen Platz zurück und nahm sich wieder das Foto vor.

Er mußte daran denken, daß er noch nie Kinderbilder seines Vaters gesehen hatte. Dieser Junge auf dem Bild, der kleine ED, sah haargenauso aus wie er, wie eine Kopie. Er verglich die Bilder mit Aufnahmen, die ihn als Kind in ähnlichen Situationen zeigten, am Strand von Hiddensee, mit seiner Mutter, die lesend im Strandkorb saß. Auf den Fotos, zwischen denen Jahrzehnte lagen, spielte dasselbe Kind. ED oder Didi, Didi oder ED. Er konnte nicht den geringsten Unterschied erkennen. Er suchte weiter, fand unten in der Schublade Jugendbilder seiner Mutter und mehr Aufnahmen dieses anderen Ich, das nicht seine Kleidung trug, nicht mit seinem Spielzeug und in seiner Schulmannschaft spielte, das sich mit fremden Menschen an fremden Orten fotografieren ließ, Freunde hatte, die er nicht kannte – aber seine Statur, sein Gesicht, sein Lachen, seine lokkigen Haare. Es war unendlich verwirrend, beängstigend. Die Fotos zeigten ihn, Eduard Dietrich Senft, aber in Situationen, die er nie erlebt hatte.

Irgendwann tauchten Bilder auf, die den anderen in einem Alter zeigten, das er noch gar nicht erreicht hatte, auf dem Sportplatz, beim Tanzstundenball, er trug Schlips und Kragen, ein hübsches blondes Mädchen hatte sich bei ihm untergehakt. Er sah sich älter werden, Dinge tun, die er noch nie getan hatte, Moped fahren, ein Mädchen küssen, Golf spielen, rauchend am Steuer eines Wagens sitzen, den Ellenbogen lässig auf dem Türrahmen. Er sah, daß er kräftiger wurde, breite Schultern und muskulöse Oberarme bekam, die er gerne zur Schau stellte, wie er mit Bart aussah, mit Haaren, die bis auf seine Schultern hingen, wie das andere Ich Schritt für Schritt zu einem jungen Mann wurde, zu ED. Die jüngsten Bilder stammten wohl aus dem Anfang seiner Studienzeit.

Das Foto mit der Sandburg hatte er eingesteckt. Er besaß es noch heute, in irgendeiner Kiste im Keller, wo sich auch einige seiner Kinder- und Jugendfotos befanden. Natürlich verstand er in diesem Moment nicht die Tragweite seiner Entdeckung. Sie stürzte ihn nur in eine tiefe Verwirrung, die er lange mit niemandem teilen konnte. Daß Kinder ihren Eltern ähnelten, war ja an sich nichts Besonderes, aber was er in den Kinderbildern erkannte, ging weit über eine bloße Ähnlichkeit hinaus. Es sah aus, als seien sie als Kinder ein und dieselbe Person gewesen, nur zu unterschiedlichen Zeiten.

Zunächst war er nur verstört, zog sich häufig in sein Zimmer zurück und versuchte, soviel Zeit wie möglich außer Haus mit seinen Freunden zu verbringen. Er sprach mit niemandem über seine Entdeckung. Seine Mutter begann sich Sorgen zu machen, fragte ihn, was mit ihm los sei. Er wurde still und unzugänglich, besonders für seinen Vater, den er mit Argusaugen beobachtete, wenn er sich einmal blicken ließ. Er suchte nach Spuren des Jungen auf den Fotos. Nachdem sie als Kind kaum auseinanderzuhalten waren, fragte er sich, ob das auch für die Zukunft galt, ob er in EDs Alter so aussehen, so sein würde wie er jetzt. Und je länger er darüber nachdachte, desto sicherer wurde er, daß ihm das nicht gefiel, daß er anders sein wollte, freundlicher, liebe- und verständnisvoller, auch seiner Mutter gegenüber.

Vieles erschien jetzt in neuem Licht, die ewigen Kommentare von Bekannten und Verwandten, wie sehr er doch seinem Vater ähnelte, besonders EDs Moralpredigten, wenn wieder einmal etwas anders gekommen war, als er sich das vorstellte. *Ich habe damals … In deinem Alter … Du hättest mich mal sehen sollen …* Wie oft hatte er sich diese Sprüche anhören müssen. ED hatte ihn auf seinen Namen getauft, und wenn alles so weiterlief, würde er auch sein Leben führen. Irgendwann sollte er den Staffelstab übernehmen. Niemand hatte je einen Hehl daraus gemacht, daß das so beabsichtigt war. Bisher hatte er nicht viel darüber nachgedacht und schon gar keine Notwendigkeit gesehen, an diesem Lauf der Dinge etwas zu ändern. Die Aussicht, vielleicht ein berühmter Mann zu werden wie sein Vater, gefiel ihm. Ihr Verhältnis war nicht besonders innig, er wünschte sich, sein Vater hätte mehr Zeit für ihn, aber natürlich war er immer stolz darauf gewesen, der Sohn von Eduard Dietrich Senft zu sein und seinen Namen zu tragen, ein Name, der im Fernsehen genannt wurde und in den Zeitungen stand, auf den die Leute interessierter reagierten als auf andere Namen. Sie spitzten die Ohren, wurden aufmerksam und tuschelten. Seit er die Fotografien kannte, hatte sich die Situation verändert. Er vermutete hinter alldem ein Geheimnis, ohne zu ahnen, was das sein könnte. Er fühlte sich hintergangen und betrogen.

Irgendwann hielt er es nicht mehr aus. Er wollte mehr wissen. Er nahm sich vor, einen geeigneten Moment abzupassen und seine Mutter zu fragen. Viele Wochen, nachdem er es gefunden hatte, legte er kommentarlos das Foto auf den Eßtisch und fragte seine Mutter, was das für ein Bild sei.

»Das ist Großvater, mit ED, als er klein war«, sagte sie und nahm das Foto in die Hand. »Nettes Bild. Wo hast du das her?«

Sie war nicht böse, nur überrascht, dachte offenbar nicht daran, daß er das Foto in der Schublade gefunden haben könnte. Er überging ihre Frage.

»Papa sieht genauso aus wie ich«, stellte er fest.

»Ja.« Sie lachte. »Das stimmt. Ihr seid euch beide sehr ähnlich.«

Seine Mutter merkte, daß er ernst blieb und irgend etwas auf dem Herzen hatte. Sie sah ihn aufmunternd an.

»Warum habt ihr mir eigentlich nie Kinderbilder von Papa gezeigt?«

»Natürlich kennst du seine Kinderbilder. Du hast bestimmt schon welche gesehen. Du hast es nur vergessen.«

»Nein, hab ich nicht.« Es klang schärfer, als er es beabsichtigte.

»Was ist mit dir, Dietrich? Ich merke doch, daß dich etwas

beschäftigt, seit Wochen schon. Komm mal her! Willst du's mir nicht erzählen?«

Er ignorierte ihre ausgestreckte Hand und sah stur geradeaus auf die glänzende Tischplatte. Es fiel ihm schwer, darüber zu reden. »Ich will wissen, warum Papa und ich uns so ähnlich sehen«, sagte er.

»Alle Kinder ähneln ihren Eltern.«

»Aber nicht so.«

»Naja, ich weiß auch nicht...« Sie fuhr sich durch die Haare und schaute zur Seite. Sie suchte nach einer Erklärung. »Das ist Zufall, nehme ich an. Einfach Zufall. Manche Kinder gleichen ihren Eltern eben mehr als andere. Das ändert sich auch im Laufe des Lebens.«

»Aber ich gleiche nur ihm. Warum sehe ich nicht aus wie du? Wenigstens ein bißchen.«

»Du bist ein Junge. Jungen ähneln ihren Vätern.«

Das stimmte nicht, jedenfalls nicht immer. Er wußte nicht warum, aber seine Fragen verwirrten sie, er spürte es genau. Ihre offenkundige Hilflosigkeit reizte ihn. Sie wollte ihn nur abwimmeln und behandelte ihn wie ein kleines Kind. Er hatte viel darüber nachgedacht und sich umgesehen, in den Familien seiner Schulfreunde, auf der Straße, in Kaufhäusern. Plötzlich hatte es ihn brennend interessiert, die Gesichter von Eltern mit denen ihrer Kinder zu vergleichen und nach Ähnlichkeiten zu suchen. Es gab eindeutig Jungen, die mehr nach ihren Müttern kamen, und auch solche, die keinem ihrer Elternteile ähnelten. Es schien das ganze Spektrum zu geben, aber er hatte niemanden gesehen, bei dem die Verwandtschaft so ins Auge sprang wie bei ihm und seinem Vater.

»Und was ist mit Tanja Maria?«

»Tanja hat von uns beiden etwas, von Papa und mir.«

»Eben, von euch beiden.«

»Ich verstehe nicht, worauf du hinauswillst, Dietrich. Wie Kinder einmal aussehen werden, das kann niemand vorherbestimmen. Das ist wie beim Würfeln oder Lotto. Der Zufall entscheidet. Keiner von uns konnte sich aussuchen, ob wir lieber unseren Müttern oder unseren Vätern ähnlich sehen. Wir alle müssen es so nehmen, wie es kommt.«

»Aber ich glaube nicht, daß es nur Zufall ist«, sagte er.

»Was soll es denn sonst sein?«

»Das weiß ich nicht.«

»Was ist so schlimm daran? Papa ist ein sehr schöner und erfolgreicher Mann. Alle Welt bewundert ihn. Andere Kinder wären froh...«

»Ich aber nicht«, rief er wütend. »Ihr habt mir sogar seinen Namen gegeben. Ich soll genauso werden wie er.« Er riß ihr das Foto aus der Hand und rannte aus dem Zimmer.

»Dietrich!« rief sie ihm hinterher, aber er eilte schon die Treppe hinauf und verschwand in seinem Zimmer.

Er war bitter enttäuscht, hatte so gehofft, sie könnte es ihm erklären, einen einfachen Grund nennen, auf den er nicht gekommen war. Statt dessen war sie mit jeder Frage nervöser geworden. Irgend etwas stimmte nicht mit ihm. Er war jetzt noch mißtrauischer als vorher.

Seine Mutter ließ ihn ein paar Stunden in Ruhe und kam abends mit einem Teller und ein paar belegten Broten in sein Zimmer. Sie setzte sich neben ihn auf sein Bett, während er irgendeine Science-fiction-Serie im Fernseher sah. Vielleicht hatte sie mit ED telefoniert und beraten, wie und ob sie auf seine Fragen reagieren sollten. Jedenfalls kam sie auf das Gespräch zurück und gab ihm plötzlich recht. Sie sprach in umständlichen, stockenden Sätzen und versicherte ihm, daß er etwas Besonderes sei. Er sähe ED tatsächlich ähnlicher als andere Jungen ihren Vätern. Sie wisse nicht, wie sie es erklären solle, aber er sei so eine Art Zwilling seines Vaters, nur zeitversetzt, ein Bruder, der erst viele Jahre später zur Welt kam. Das sei nichts, über das er sich Sorgen machen müsse. Er solle sich im Gegenteil darüber freuen, seinem Vater so nah zu sein, über alle seine Talente und Anlagen zu verfügen. Als EDs Sohn stehe ihm die ganze Welt offen. Er dürfe sich gegen dieses Erbe nicht wehren, müsse es als einmalige Chance begreifen, von der die meisten Jungs nur träumen könnten. Während sie auf ihn einredete, starrte er auf den Fernseher und weigerte sich, den Mund aufzumachen, bis sie ihm einen Kuß auf die Wange drückte und mit traurigem Gesicht das Zimmer verließ.

Einige Tage später ließ er sich von einer Freundin die schwarze Haarpracht abschneiden. Er hatte keine Lust mehr, wie ED auszusehen. Seine Mutter war entsetzt, beruhigte sich aber schnell wieder. Vermutlich ahnte sie, warum er das getan hatte. Sein Vater bekam ihn erst Tage später zu Gesicht und tobte. Didi wußte nicht, ob seine Mutter ihm etwas erzählt hatte. ED sagte jedenfalls kein Wort zu dem Bild und den Fragen, die er an seine Mutter gestellt hatte. Er sagte nur, nein, er brüllte, wenn Didi glaube, wie ein dämlicher Bauernjunge aussehen zu müssen, dann solle er ruhig so rumlaufen. Er werde schon sehen, was er davon habe. Didi zitterte dabei vor Angst und ohnmächtiger Wut. Er nahm sich vor, seinem Vater in Zukunft aus dem Weg zu gehen.

32

In der seit Wochen ausverkauften Elbuferhalle herrschte plötzlich gespannte Stille. Einzelne Stimmen wurden unterscheidbar. Die Leute riefen die Namen ihrer persönlichen Favoritinnen. »Sherryl! Paola! Rebecca! Rebeccaaaa!«

Ein Brummton, und acht schlanke Frauenkörper schnellten von den Startblöcken ins Wasser. Sofort explodierte die Zuschauermasse in ohrenbetäubendem Lärm. Sechstausend Menschen schrien und fuchtelten mit ihren Armen. Fahnen wurden geschwungen, Fanfaren geblasen, Rasseln und Schnarren in Bewegung gesetzt. Irgendwo drosch jemand auf eine Trommel ein.

Stefan beugte sich zu seiner Nachbarin und brüllte: »Neben ihr auf Bahn vier, das ist die Australierin, Sherryl Maddener. Nach den Vorlaufzeiten ist sie Rebeccas schärfste Konkurrentin.«

»Sie hatte einen Superstart«, schrie Sigrid. »Ich glaube, sie führt.«

»Ja, aber keine Bange. Rebeccas Stärke liegt auf den letzten fünfzig Metern.«

»RE-BEC-CA!« Links neben Stefan hielt es drei junge Mädchen nicht mehr auf ihren Sitzen. Vielleicht waren sie selbst Schwimmerinnen, in jedem Fall glühende Fans mit schwarz-rot-gelb bemalten Gesichtern, die aufgeregt herumsprangen und sich die Seele aus dem Leib schrien. »RE-BEC-CA! Los! Zeig's ihnen!«

An der ersten Wende lag sie knapp vorn. Aber die Chinesin auf Bahn sechs war überraschend stark. Sie hatte zu der Australierin aufgeschlossen und bedrängte jetzt die führende Rebecca, die rechts neben ihr schwamm.

Von ihren Plätzen war die Perspektive verzerrt, aber auf der riesigen Anzeigentafel war zu verfolgen, wie die Chinesin mit jedem Armschlag näher kam. Auf der Hälfte der Strecke waren sie gleich auf, an der dritten Wende hatte sie die Deutsche überholt. Eine halbe Armlänge. Konnte Rebecca noch zulegen? Oder war der Druck doch zu groß? Alles wartete auf ihren berühmten Endspurt. Die Australierin war abgeschlagen, mußte sogar um ihren dritten Platz kämpfen, weil eine der Amerikanerinnen stärker wurde. Vorn lagen Rebecca und die Chinesin auf Weltrekordkurs. Die Entscheidung über Gold oder Silber fiel zwischen diesen beiden.

»Rebecca!« schrie Sigrid, zusammen mit Tausenden in der Halle.

Sie war zum ersten Mal bei einer Sportveranstaltung dieser Größenordnung, mit Trommelgruppen und buntgeschminkten Fans aus aller Welt. Sie mochte Menschenmassen nicht besonders, aber der Stimmung in der Elbuferhalle konnte sie sich nicht entziehen. Sie hatte die Hände zu Fäusten geballt, drückte die Daumen und wippte mit dem Oberkörper auf und ab. Das Getöse der Zuschauer schwoll an, die Fans neben ihnen, die sahen, daß es knapp wurde, kreischten.

»RE-BEC-CA! RE-BEC-CA!«

Sie kam näher. Sie kämpfte, aber auch die Chinesin hatte noch Kraft und konterte. Sie atmete zur linken Seite und konnte nicht sehen, daß die Deutsche unter dem ekstatischen Beifall der Zuschauer Zentimeter um Zentimeter aufholte. Noch zehn Meter. Ein Kopf-an-Kopf-Rennen. Nicht die erwartete klare Überlegenheit, sondern ein sensationelles Finale. Ein Wimpernschlag würde entscheiden. Beide Kontrahentinnen peitschten mit ihren Armen auf das Wasser ein, trieben sich mit kräftigen Fußschlägen voran, holten das Letzte aus sich heraus. Nur noch wenige Meter.

Anschlag! Zwei Hundertstel zeigte die Anzeigentafel, nur zwei Hundertstel Vorsprung. Rebecca hatte es geschafft. Sie war Weltmeisterin, Titelverteidigerin und hatte ihren eigenen Weltrekord unterboten. Aus den Lautsprechern hallten Triumphfanfaren durch die Halle.

Sigrid und ihr Kollege fielen sich spontan in die Arme und jubelten. Eine Fabelzeit! Auch die Chinesin war unter der alten Bestmarke geblieben. Das schnellste Zweihundert-Meter-Finale aller Zeiten. Rebecca reckte triumphierend die Faust in die Luft und nahm die Glückwünsche ihrer unterlegenen Konkurrentinnen entgegen. Die Anzeigentafel zeigte in Großaufnahme, wie schwer sie atmete. Auch die Chinesin hing über der schwimmenden Bahnbegrenzung und rang nach Luft. Das Publikum tobte. Es feierte seine Heldin. Rebeccas erster Finalauftritt glich einem Paukenschlag: Gold.

Sigrid hatte sich wieder hingesetzt, verschränkte die Hände vor dem Bauch und sah sich lächelnd um. Stefan stand neben ihr und klatschte begeistert. Überall jubelten die Zuschauer, sprangen ausgelassen in die Luft und freuten sich, Spruchbänder und Fahnen wurden geschwungen. Die Atmosphäre war phantastisch, das ganze Rennen eine gelungene Inszenierung, der Höhepunkt des Abends.

Es dauerte Minuten, bis sich die Begeisterung gelegt hatte. Sie brauste erneut auf, als Rebecca nach den Fernsehinterviews am Beckenrand gut gelaunt in die Menge winkte und verschwand. Sie hatte sich über die Videowand beim Publikum für die »tolle Unterstützung« bedankt. Und keinen Zweifel daran gelassen, daß dieser Sieg für sie erst der Anfang war. Sie habe sich viel vorgenommen.

Im allgemeinen Freudentaumel dauerte es eine Weile, bis Sigrid das Vibrieren in ihrer Jackentasche bemerkte. Sie nahm das Handy heraus und sah auf das Display.

»Läßt du mich mal durch«, schrie sie. »Ein Anruf aus dem Präsidium. Hier drin versteht man ja sein eigenes Wort nicht.«

Stefan, der sich mittlerweile gesetzt hatte, kippte seine Oberschenkel zur Seite. Sie zwängte sich an ihm und den Mädchen, die sich gerade eine Erholungspause gönnten, vorbei, verließ über eine Treppe den Innenraum und ging ein paar Schritte in den breiten Gang hinaus, der hinter den Tribünen um die ganze Halle führte. Er war fast menschenleer, nur vor der Damentoilette hatte sich eine kleine Warteschlange gebildet. Die Verkäufer in den Getränkekiosken rüsteten sich für den Ansturm, der gleich zu erwarten war. Hinter den Glaswänden und dem dunklen Flußwasser funkelten die Lichter der Hamburger Innenstadt.

»Können Sie mir das Gespräch auf mein Handy geben? Nein? Na gut, wir machen uns sofort auf den Weg. Ja, Schlaffke ist auch hier. Wir sind momentan in der Elbuferhalle … Genau, bei den Weltmeisterschaften … Und ob, Rebecca hat gerade das Finale über zweihundert Meter Freistil gewonnen … Natürlich, Weltrekord, aber fragen Sie mich nicht, in welcher Zeit … Gut. Bereiten Sie alles vor, damit wir das Band sofort anhören können.«

Als sie wieder in Richtung Innenraum eilte, kam Stefan ihr in einer Menschenmenge entgegen. Sie ergriff seinen Arm und ging mit ihm zum Ausgang.

Eine Stunde später saßen sie mit zwei Kollegen im Büro und lauschten in atemloser Spannung. Sie hatten sich nicht einmal die Jacken ausgezogen.

»Dietrich … bist du das?«

Schweigen. Man hörte, wie jemand das Gespräch beendete. Stefan betätigte die Stopptaste. Er sah seine Kollegin an und blies geräuschvoll die Luft aus.

»Mein Gott«, sagte Sigrid leise. Das Gespräch hatte sie mitgenommen, vor allem EDs Tonfall, als er die Frage stellte, das nur mühsam beherrschte Zittern in seiner Stimme. Es klang, als kämpfte er mit den Tränen.

Dietrich ... bist du das?

Die Frage hing unbeantwortet im Raum, aber sie wußten, wie die Antwort lautete. Wußte er es auch? Wenn ja, wie lange schon? War es der Verdacht, von seinem eigenen Sohn erpreßt zu werden, der ihm so zu schaffen machte? Die Frage nach der Identität des Erpressers war beantwortet, aber dafür stellten sich eine Fülle neuer Fragen.

»Wann hat er angerufen?« fragte sie.

»Ziemlich genau um 22 Uhr«, antwortete einer der beiden Beamten. »Er hat es davor schon einmal versucht, aber Dr. Senft meldete sich nicht.«

»Und was hat er mit seiner Stimme gemacht?«

»Keine Ahnung«, sagte der Beamte. »Mal was Neues, irgendeine elektronische Verfremdung. Wir werden es analysieren.«

»Aber Sie sind sicher, daß er selbst telefoniert hat? Es könnte ja auch jemand anders gewesen sein, der seinen Apparat benutzt hat.«

»Nein, nein. Wir haben ein Sonogramm angefertigt und mit früheren Telefonaten verglichen. Es gibt Abweichungen, die auf die Verfremdung zurückgehen, aber ich habe keinen Zweifel, daß er selbst der Anrufer war.«

»Also, ich kapiere das nicht«, platzte es aus Stefan heraus. »Es ging gar nicht um die Raffinerie oder den manipulierten Tank. Und was soll diese Geschichte mit den Kanistern? Meint er die gestohlenen Globacter-Gefäße?«

»Nein.« Sigrid schüttelte nachdenklich den Kopf. »Ich glaube nicht. Da steckt etwas anderes dahinter. Es hat offenbar Kontakte gegeben, von denen wir nichts wissen.«

»Eine zweite Erpressung? Das muß dann aber schon länger zurückliegen, in der Zeit vor unserer Überwachung.«

»Warum nicht? Auch das letzte Mal hat ED uns erst informiert, als das Kind schon in den Brunnen gefallen war. Dietrich fragte nicht nur nach einem Kanister, sondern auch nach einem Brief. Irgendwann muß es eine Geldforderung gegeben haben.«

»Allerdings, und zwar nicht zu knapp. Eine Million.«

»Was hat er eigentlich so getrieben die letzten Tage?« fragte Sigrid. »Irgend etwas Ungewöhnliches?«

»Nein, eigentlich nicht.« Stefan schlug einen Block auf, der auf seinem Schreibtisch lag. »Tagsüber hat er sich mehrmals mit drei anderen Musikern getroffen. Sie bereiten sich offenbar auf ein Konzert vor. Abends hängt er bis spät in die Nacht in Kneipen herum. Man scheint ihn dort zu kennen, aber er sitzt oft allein am Tresen und starrt vor sich hin. Er trinkt viel, Bier, aber auch harte Sachen. Ein Kollege hat geschrieben, ihm komme der Mann ziemlich depressiv vor. Ein Alkoholiker.«

Stefan blickte von den Notizen auf und sah seine Kollegin an. »Wir könnten seine Wohnung durchsuchen. Wenn wir die Globacter-Gefäße finden, ist er dran.«

»Und was ist, wenn er sie nicht zu Hause aufbewahrt? Nein, das ist zu riskant. Ich muß mit Beckmann sprechen, aber ich denke, wir sollten erst bei der Geldübergabe zuschlagen. Wir haben drei Tage Zeit. Die müssen wir nutzen. Kennt jemand diesen Park?«

Die beiden Beamten schüttelten den Kopf. »Brauchen Sie uns noch?« fragte einer.

»Nein, Sie können gehen. Vielen Dank. Aber lassen Sie uns bitte das Band da. Vielleicht möchte ich noch einmal hineinhören.«

Als die beiden den Raum verlassen hatten, sagte Stefan, daß er hin und wieder am Elbufer spazierengehen würde. »Der Park liegt an den Elbhängen, zwischen Blankenese und Nienstedten. Da ist ein schickes Café, ein Wildgehege, ein paar Tennisplätze, aber sonst...« Er zuckte mit den Achseln.

»Das ist bei ED um die Ecke. Dietrich hat dort seine Kindheit verbracht und kennt sich vermutlich gut aus. Wir brauchen genaue Pläne von der Gegend.«

Stefan seufzte. »Ich sehe schon, unser Wochenende können wir vergessen.«

»Ein kleiner Spaziergang hat noch niemandem geschadet. Wir sollten uns den Park morgen mal ansehen und uns dann verdammt gut vorbereiten. Ich habe kein gutes Gefühl.«

»Ich weiß, was du meinst«, erwiderte Stefan. »ED klang ziemlich mitgenommen.«

»Ja, schrecklich. Ich werde das Gefühl nicht los, daß hinter der Sache viel mehr steckt, als wir ahnen.«

Einen Moment saßen sie einander schweigend gegenüber.

»Sag mal, Sigrid, hast du Bauchschmerzen oder so was?«

Sie zuckte zusammen. »Wieso?«

»Ach, nichts weiter. Mir ist nur aufgefallen, daß du dir in letzter Zeit oft an den Bauch faßt.«

In einem Reflex zog sie beide Hände zurück, die sich, ohne daß sie es bemerkt hätte, schützend vor ihren Unterleib gelegt hatten. Sie spürte, daß ihr das Blut in den Kopf stieg, und schüttelte lachend den Kopf.

»Nein, nein, ich habe keine Schmerzen. Aber es ist nett, daß du fragst.«

33

Didi schob den Vorhang zur Seite und trat in das Scheinwerferlicht hinaus. In seinem Inneren vibrierte es vor Erregung. Zum ersten Mal seit Jahren stand er wieder als Bandleader eines eigenen Quartetts auf der Bühne. Sie machten zwar nur den Opener der sonntäglichen Session, aber der erste Set gehörte ihnen. Sie hatten ein paar Mal geprobt und dann beschlossen, sein Konzept vor Publikum zu testen, bevor sie ein abendfüllendes Programm erarbeiteten und sich um Auftritte bemühten.

Hinter Didi schlüpften Burkhard und Hans-Werner durch den Vorhang. Pawel, der junge Pianist, folgte als letzter. Hans-Werner hatte ihn angeschleppt. Er kam aus Berlin und war erst ein paar Monate in der Stadt. Er spielte gut, aber Didi war mit ihm noch nicht richtig warmgeworden.

Das SoWhat war nur mäßig gefüllt, aber das würde sich im Laufe des Abends ändern. Die Scheinwerfer blendeten. Er schirmte seine Augen ab und nickte in Richtung Mischpult. Johannes winkte zurück. Neben dem Pult stand ein riesiger Kerl, dessen Kopf fast an die Decke zu stoßen schien. Die einzigen, die er klar und deutlich erkennen konnte, waren einige japanische Touristen, die sich an die Tische direkt vor der Bühne gesetzt hatten. Sie warteten schon seit über einer Stunde und begannen vor etwa zwanzig Minuten zu gähnen. Burkhard hatte es durch den Vorhang gesehen, und sie rissen Witze darüber. Vermutlich wußten Japaner nicht, daß *Beginn 21 Uhr* im SoWhat bedeutete, daß sich gegen zehn jemand auf der Bühne blicken ließ.

Er hörte, daß Johannes die Musik ausgemacht hatte. Die Gespräche der Besucher verstummten. Ihre Aufmerksamkeit konzentrierte sich jetzt auf die Bühne. Auf ihn und sein Quartett.

Didi nahm das Saxophon aus dem Ständer, hakte es in das Lederband ein, das er um den Hals trug, und befeuchtete das Mundstück. Er existierte nur für diesen Moment, dachte ausschließlich an die ersten Töne, die er zu blasen hatte, an die Improvisationen und Strukturen, die sie sich vorgenommen hatten.

Er beobachtete, wie Burkhard hinter dem Schlagzeug Platz nahm, aus seiner umfangreichen Kollektion zwei Sticks auswählte und sie ein wenig auf- und abfedern ließ. Hans-Werner hielt den Baß in der Linken und stellte seinen Verstärker ein. Der Pianist lockerte seine Finger und signalisierte, daß er fertig war.

Didi drehte sich zum Publikum, konzentrierte sich und begann eine getragene Melodie zu spielen, tiefe Töne mit viel Nebenluft, damit das Saxophon klang wie eine Stimme nach etlichen Whiskeys und Zigaretten. Ein Tenor mußte so klingen, rauh, erdig und abgehangen. Aber er konnte auch anders. Nach einer Weile legte er den Kopf in den Nacken, hob sein Horn und gab mit einer schnellen Abwärtsbewegung das Zeichen zum Einsatz.

Hinter ihm explodierte Burkhard und wirbelte seine Sticks in rasender Geschwindigkeit über Becken und Toms. Der Baß gab ein tiefes Grummeln von sich, das in schnelle swingende Läufe überging. Der Pianist bearbeitete seine Tasten erst mit der flachen Hand und erzeugte dann mit beiden Unterarmen dröhnende rhythmische Cluster. Didis Finger rasten dazu über die Klappen des Saxophons. Er ließ es quietschen und kreischen, jagte es von den tiefsten Tönen in die höchsten Lagen hinauf und bewegte dabei seinen Oberkörper ruhig auf und ab, als sei dieser ekstatische Lärm eine Art Meditation. Er empfand es auch so: Innere Ruhe durch höchste Intensität. Eine Art kathartischer Prozeß, für ihn, für die Band und für alle, die sich darauf einlassen wollten.

Sie steigerten sich in eine minutenlange wilde Improvisation, die erst auf ein neues Zeichen von Didi in sich zusammenbrach. Nur der Baß blieb übrig. Hans-Werner hatte zum Bogen gegriffen und entlockte den Seiten schnarrende Geräusche. Im Publikum klatschten einige Leute Beifall, Pfiffe. Aus den Augenwinkeln registrierte er, daß er sich in den Japanern getäuscht hatte. Ihre Müdigkeit schien verflogen. Sie grinsten von einem Ohr zum anderen, nickten sich begeistert zu und wippten mit den Köpfen, als Burkhard wieder einsetzte.

Dimitri Stoikow hatte das SoWhat schon betreten, bevor die Musiker auf die Bühne kamen. Draußen warf er noch einmal kurz einen Blick auf das Foto, damit er Dietrich erkennen konnte. Es beunruhigte ihn nicht, daß er jetzt im Schummerlicht des Jazzkellers nicht zu sehen war. Er wußte, daß er ihn heute hier treffen würde.

Er hatte sich umsonst Sorgen gemacht. Die Suche nach EDs verschollenem Sohn war viel einfacher als befürchtet. ED selbst hatte ihm mit seiner Bemerkung über die musikalischen Aktivitäten seines Sohnes den entscheidenden Hinweis geliefert. Alles weitere war ein Kinderspiel. Er kaufte sich ein Programmagazin, ging die Veranstaltungshinweise durch und wurde schon nach wenigen Seiten fündig. Die Sonntags-Jamsession im SoWhat mit dem Didi Senft-Quartett. Er hatte es fast nicht glauben können und sich telefonisch noch einmal vergewissert. Ja, gab man ihm im SoWhat zur Antwort, Didi Senft sei ein Saxophonist und eröffne diesen Sonntag mit seinem neuen Quartett die Session. Eine Platzreservierung sei nicht möglich. Er solle rechtzeitig kommen, um zehn. Der Club fülle sich erfahrungsgemäß erst gegen elf. Er gab vor, an einem Engagement der Band interessiert zu sein, und ließ sich Didis Adresse und Telefonnummer geben.

Er stand ganz hinten im Raum und sah sich um. Zigarettenqualm zog schon jetzt in dichten Schwaden durch den Kellerraum mit der niedrigen Decke und brannte in seinen Augen. Die Luft grenzte an Körperverletzung. Vorsichtshalber hatte er Kaschmirmantel und Maßanzug im Schrank hängenlassen, auf seine Genecode-Brosche verzichtet, sich statt dessen in eine alte Bluejeans gezwängt und eine schon lange ausrangierte Lederjacke reaktiviert.

Trotz der Enge und der schlechten Luft schienen die Leute sich wohl zu fühlen. Ihr lautes Stimmengewirr konkurrierte mit einer schrägen Musik, die diese Bezeichnung kaum verdiente. Viel junges Volk, Studenten in Jeans und bedruckten T-Shirts, aber auch ältere ungepflegte Gestalten mit zottligen Bärten, über die die Zeit hinweggerast war. Linksliberales Volk, das sich vermutlich als kulturelle Avantgarde begriff. Große Klappen, intellektuelles Gelaber, kein Stil, keine Klasse, kein Geld. Nachtschwärmer, Säufer, Kiffer, Leute ohne Perspektive, ohne Rückgrat, ohne Disziplin. Es war ihm zuwider.

Ein junger Mann trat durch den Vorhang. Dimitri erkannte ihn sofort und brauchte nur Sekunden, um zu wissen, daß er Dietrich Senft nicht mochte. In seinen Augen war dieser Mann, der gerade mit dem Rücken zum Publikum an seinem Saxophon herumnuckelte, ein kompletter Idiot. Den Vorteil, als Sohn eines ED Senft ins Leben zu starten, warf man nicht einfach weg. Es war ihm unbegreiflich, wie jemand ein Leben in den luftigen Höhen der gesellschaftlichen Elite gegen diesen stinkenden Keller eintauschen konnte. Und mehr noch. Er nannte sich nicht nur Didi, er sah auch so aus. Was hatte ED gesagt? *So heißen Kleinkriminelle.* Warum hatte er, dem die Abstammung von einem ungewöhnlich attraktiven Elternpaar noch anzusehen war, sich in einen schlampigen Penner verwandelt? Was wollte er damit beweisen? Für Dimitri war es eine Sünde, das eigene Erbe derart zu verschleudern, eine Beleidigung für jeden Menschen, der um wesentlich geringfügigere Privilegien, als sie diesem hier in die Wiege gelegt waren, hart kämpfen mußte.

Didi hatte das Publikum kaum eines Blickes gewürdigt und begann allein eine Melodie zu spielen, melancholisch und überraschend zart. Er lullte das Publikum ein, um das SoWhat Sekunden später auf sein Zeichen hin in ein akustisches Tollhaus zu verwandeln. Auf der Bühne formierte sich eine unbeschreibliche Lärmwand, raste über das Publikum hinweg und traf Dimitri vollkommen unvorbereitet. Unwillkürlich hielt er sich mit beiden Händen die Ohren zu. Neben ihm hantierte ein kettenrauchender Lockenkopf hektisch an einem Mischpult herum. Dimitri hätte ihn am liebsten gepackt und kopfüber in einen der Lautsprecher gesteckt, die von der Decke hingen. Das einzige, was die vier Typen auf der Bühne zu verbinden schien, war das Bestreben, gemeinsam unerträgliche Dissonanzen in einer möglichst großen Lautstärke zu produzieren. Es machte ihn aggressiv, erzeugte innerhalb kürzester Zeit eine unbändige Lust, diesen ganzen Laden samt seiner Besucher aufzumischen. Er kämpfte einige Minuten dagegen an, dann drehte er sich abrupt um, riß die Tür auf und verließ das SoWhat. Als die schwere Stahltür hinter ihm ins Schloß fiel, hatte er das Gefühl, einem Irrenhaus entkommen zu sein. Niemand konnte von ihm verlangen, sich diesem Chaos auszusetzen. Seine Ohren fühlten sich an, als seien sie mit dicken Wattepfropfen verstopft. Er würde draußen warten.

Der Beifall war zurückhaltend. Nur die Japaner waren begeistert.

Didi zündete sich eine Zigarette an, legte sie auf den Aschenbecher und trocknete sich mit einem Handtuch das verschwitzte Gesicht ab. Sie wußten, daß sie am Publikum vorbeigespielt hatten. Die meisten da draußen waren wegen der Session gekommen und froh, daß sie den ersten Teil überstanden hatten. Didi und seine Kollegen hatten sich angelächelt, auf die Schultern geklopft, aber noch hatte im rumpligen Backstage-Bereich des SoWhat keiner ein Wort gesagt. Draußen setzte die Pausenmusik ein. Johannes hatte etwas Beruhigendes herausgesucht.

»Also, ich weiß nicht«, brach Hans-Werner das Schweigen. »Ich glaube, den Leuten war das zu hoch.«

Didi zuckte mit den Achseln. »Sessionpublikum«, sagte er geringschätzig.

»Ich fand's geil«, bemerkte Burkhard und leerte sein Bierglas. »Fürs erste Mal okay.«

Hans-Werner schüttelte den Kopf. »So einfach können wir uns das nicht machen. Wir sollten schon mal darüber nachdenken, ob das Konzept stimmt.«

»Wieso?« Didi wurde hellhörig. »Was hat das denn damit zu tun?«

»Die Mischung stimmt nicht«, sagte Pawel, der junge Pianist. »Du mußt den Leuten hin und wieder eine Pause gönnen. Täte uns vielleicht auch ganz gut. Wir können nicht die ganze Zeit mit Vollgas fahren.«

»Warum nicht?«

»Weil die Leute das nicht mitmachen. Du siehst es doch.«

»Scheiße!« fluchte Didi. »Wenn sie schunkeln wollen, sollen sie ins Bierzelt gehen.«

Burkhard machte eine beschwichtigende Geste. »Hey, Freunde, beruhigt euch! Fehlte noch, daß wir uns jetzt streiten. Die Leute kommen zur Session, um Bier zu trinken und mit Freunden zu quatschen. Die wollen nicht durch eine musikalische Selbsterfahrung gejagt werden. Das wußten wir doch vorher. Wir müssen uns unser Publikum erst erspielen.«

»Sag das mal unserem Schlaumeier hier.« Didi deutete mit dem Kopf auf den Pianisten.

Hans-Werner fühlte sich provoziert. Er hatte Pawel in die Band gebracht.

»Komm, Didi. Hör auf, auf Pawel rumzuhacken. Er hat super gespielt. An ihm hat's nicht gelegen. Ich finde, er hat recht.

Wir brauchen noch ein paar entspannte Nummern. Ich will ja nicht das ganze Projekt kippen, aber…«

Didi sprang auf. »Ich hör wohl nicht richtig. Ihr spielt einmal vor Publikum, das damit nichts anfangen kann, und schon wollt ihr das ganze Konzept umschmeißen. Ich will nicht irgendeine Entspannungsscheiße spielen, verstehst du? Ich will Intensität. Ich will, daß die Leute sich fühlen, als seien sie durch einen Orkan gelaufen. Wenn ihr euch entspannen wollt, dann spielt doch mit denen da…« Er deutete auf zwei junge Musiker, die gerade mit ihren Instrumententaschen den Raum betreten wollten. »Das ist bestimmt super entspannend.«

Er hörte, wie Hans-Werner protestierte, drängte sich aber schon an den beiden Sessionmusikern vorbei in den Club hinaus. Er brauchte Platz und etwas zu trinken.

Er wußte, daß Hans-Werner recht hatte, aber noch war er nicht bereit, sich das einzugestehen. Er haßte diese destruktive Kritik, kaum daß der letzte Ton verklungen war. Sie würden sich die Bänder anhören, die Johannes mitgeschnitten hatte, und dann weiterarbeiten. Vielleicht waren sie ein wenig über das Ziel hinausgeschossen. Aber das war besser, als es völlig zu verfehlen.

Im SoWhat war es mittlerweile eng geworden. Er schob sich bis zur Theke voran und gab Mario ein Zeichen. Aus dem Blick, den er erntete, sprach keine große Begeisterung. Er kannte Mario seit vielen Jahren und wußte seine Blicke zu deuten. Was Mario dachte, war ihm wichtig. Er war eine Instanz. Und heute zeigte sein Daumen eindeutig nach unten.

Didi nickte stumm. Vielleicht war sein Kopf einfach nicht frei genug. Er hatte es zu sehr mit der Brechstange versucht, wollte mit Gewalt gegen seine innere Verkrampfung anspielen. Er war nicht unzufrieden, aber es hätte schöner sein können, konzentrierter, überzeugender. Das nächste Mal. Wenn er alles andere hinter sich hatte.

Mario gab ihm sein Bier und nickte ihm aufmunternd zu.

Halb so schlimm. Didi lächelte dankbar zurück und trank einen großen Schluck. Er legte seinen Ellenbogen auf die Theke und drehte sich um, so daß er in den Raum sehen konnte. Die Leute wichen seinen Blicken aus. Plötzlich kam einer der Japaner auf ihn zu, ein kleiner drahtiger Mann, der sich grinsend vor ihm aufbaute und sich verbeugte. Dann streckte er ihm einen Stift und einen Reiseführer hin und sagte: »Bitte!«

Zunächst verstand er nicht, was der Mann wollte, bis dieser mit dem Stift Schreibbewegungen vollführte.

Didi zeigte auf seine Brust. »Ich? Schreiben? Was denn?«

Der Japaner deutete auf ihn und wiederholte die Schreibbewegung.

»Ich verstehe nicht. I don't understand.«

»Er will ein Autogramm.« Die Worte kamen von einem riesigen Typen, der plötzlich links von ihm auftauchte. »Ist doch klar. Ein Autogramm vom Künstler des Abends.« Das Lächeln war Didi unsympathisch.

»Ein Autogramm? Stimmt das? Sie möchten ein Autogramm?« Didi zeigte auf sich und kritzelte etwas in die Luft. Der Japaner nickte lebhaft.

»Okay. Warum nicht?« Didi fühlte sich geschmeichelt und grinste. Er nahm das Buch und den Stift und deutete auf die aufgeschlagene Seite. Sie zeigte eine Ansicht der Speicherstadt. »Hier?« Wieder ein schnelles Nicken.

Didi legte das Buch auf den Tresen und schrieb das erste Autogramm seines Lebens.

»Hier, bitte!«

Der Japaner sagte irgend etwas, machte mehrere schnelle Verbeugungen und ging dann zu seinen Landsleuten zurück, die sich sofort um ihn scharten und lachend auf Didis Unterschrift zeigten. Er winkte ihnen zu. Na bitte, einigen hatte es offenbar gefallen. Vielleicht sollte er nach Kyoto übersiedeln, oder nach San Francisco oder New York. Bald würde vieles möglich sein.

Er wandte sich wieder seinem Bier zu und steckte sich eine Zigarette zwischen die Lippen. Im nächsten Moment hatte er eine Faust mit einem brennenden Feuerzeug vor dem Gesicht.

»Danke!« Er inhalierte und blies den Rauch in die andere Richtung.

»Sie sind Dietrich Senft, nicht wahr?« Es war der Riese.

»Kennen wir uns?«

»Nein.«

Didi sah sich den Hünen etwas genauer an. Er kam ihm bekannt vor. Er hatte ein ebenmäßiges, gebräuntes Gesicht, in dem als Fremdkörper eine geknickte Boxernase prangte, eine seltsame Mischung aus Dressman und Mafia-Schläger.

»Ich kenne Ihren Vater.«

»Meinen Vater?« Er fuhr herum.

»Ja. ED.«

»Schön für Sie.«

»Dr. Senft ist ein bedeutender Mann.«

Didi gab ein verächtliches Schnauben von sich. »Wenn Sie das sagen. Und? Was habe ich damit zu tun?«

»Er möchte sich gerne mit Ihnen unterhalten.«

Plötzlich wußte Didi, daß er diesem Mann schon einmal begegnet war. In der Elbuferhalle. Damals hatte er einen Anzug getragen und war ED nicht von der Seite gewichen. Ein Gorilla! Er ließ seinen Arm langsam von der Theke rutschen und richtete sich auf.

»Ich habe mit meinem Vater nichts zu schaffen.«

»Er möchte nur mit Ihnen reden, nichts weiter. Es ist sehr wichtig.«

»Für mich nicht.«

Dietrich… bist du das?

Hatte er ihn wirklich erkannt? Wie war das möglich? Didi blickte sich rasch um. Es war zu voll, um fliehen zu können. Außerdem konnte er nicht einfach abhauen. Das hier war sein Abend.

»Sie brauchen keine Angst zu haben«, sagte der Gorilla.

»Ich habe keine Angst. Wieso sollte ich?«

»Eben.« Der Mann hatte ein arrogantes Grinsen aufgesetzt. Er nahm ihn nicht für voll, betrachtete ihn nicht als ebenbürtigen Gegner.

Didi versuchte fieberhaft, einen klaren Gedanken zu fassen. Wenn ED ihn am Telefon erkannt hatte, warum hetzte er ihm nicht gleich die Polizei auf den Hals? Er hätte deswegen keine Skrupel gehabt, nein, nicht sein Vater. Warum schickte er statt dessen einen seiner Bodyguards? Was steckte dahinter? ED tat nie etwas ohne Hintergedanken. Wollte er ihn fertigmachen? Dafür war die Situation im SoWhat denkbar ungeeignet. Er war nicht allein, hatte viele Freunde hier. Es wäre viel einfacher gewesen, ihn irgendwo auf der Straße abzupassen. Er hätte keine Chance gehabt. Wenn dieser Kerl den Auftrag hatte, ihm eine Lektion zu erteilen, warum sprach er ihn dann hier drinnen an und tat so, als wolle er ihm nur eine Botschaft seines Vaters übermitteln? Irgend etwas stimmte hier nicht.

»Worüber will er denn mit mir sprechen?«

»Das kann ich Ihnen nicht sagen. Ich weiß es nicht. Aber es gibt einen einfachen Weg, es herauszufinden. Steigen Sie mit mir in meinen Wagen, und ich bringe Sie zu ihm.«

Also doch. Er wollte ihn vor die Tür locken.

Didi schüttelte entschieden den Kopf. »Keine Chance. Sagen Sie ihm, ich will nicht mit ihm reden. Nein, sagen Sie ihm, er kann mich am Arsch lecken.«

»Sie sollten den Bogen nicht überspannen, Didi.«

Er mußte sich beherrschen. Der Kerl wollte ihn provozieren. Wahrscheinlich wartete er nur darauf, daß er ihm einen Anlaß lieferte, um endlich zuschlagen zu können.

»Ich wüßte nicht, was Sie das anginge.«

»Er ist Ihr Vater.«

»Na und? Was heißt das schon. Sie haben ja keine Ahnung.

Stecken Sie Ihre schiefe Nase gefälligst in Ihre eigenen Angelegenheiten.«

Das Grinsen verschwand. Aus den dunklen Augen des Mannes schlug ihm unvermittelt blanker Haß entgegen. Er trat näher, so daß sich ihre Körper fast berührten.

»Du miese kleine Ratte«, knurrte er. »Wenn du mich noch einmal beleidigst, breche ich dir alle Knochen.«

»Hier?«

»Warum nicht. Es geht ganz schnell.«

Ohne daß er die Bewegung kommen sah, packte der Mann seine rechte Hand und drückte sofort zu. Der Schmerz trieb Didi augenblicklich das Wasser in die Augen. Seine Hand! Für einen Musiker gab es nichts Wichtigeres. Er versuchte dem Druck auszuweichen, knickte zur Seite.

»Hey, Didi.« Mit einem leeren Bierglas in der Hand kam Johannes durch die Menge auf ihn zu. »Du hast den Leuten ja mächtig eingeheizt. Bei dir hat sich ganz schön was aufgestaut, was?«

Der Druck auf Didis Hand ließ augenblicklich nach, der Schraubstock löste sich.

»ED wartet auf dich. Hier«, der Mann steckte ihm eine Visitenkarte hinter den Gürtel. »Falls du seine Telefonnummer vergessen hast. Wenn du dich nicht meldest, komme ich wieder.« Er warf ihm einen drohenden Blick zu, drehte ab und verschwand.

»Wer war 'n das?« Johannes stand mittlerweile neben ihm und machte ein verwirrtes Gesicht. »Alles okay mit dir?«

»Keine Ahnung«, antwortete Didi und rieb seine schmerzende Hand.

34

Schon der Trailer, der seit Tagen für die neue Sendung warb, machte deutlich, daß keine der üblichen Krawall-Talk-Shows zu erwarten war. Auf dem Bildschirm verliefen abstrakte Farbschlieren. Celli, Bässe und Becken malten fragile Klanggebilde. In *Sonntag Abend,* das war schon nach wenigen Sekunden unübersehbar, sollte es um Kultur gehen, um Wissenschaft, um ernsthafte Gespräche zwischen gebildeten zivilisierten Menschen. Um 23 Uhr nach den Tagesthemen war das Verlangen des Volkes nach Action, Blut und Sex gestillt. Jetzt konnte der Geist zu seinem Recht kommen. Ganz ohne Sex ging es allerdings auch in dieser illustren Runde nicht ab. Im Gegenteil. Sexualität war das Thema des Abends.

Paul Abend war nervös. Er war ein alter Fernsehhase, aber heute würde sich entscheiden, ob es ihm gelang, noch vor seinem fünfzigsten Geburtstag den Absprung zu schaffen, weg vom Klamauk und bloßen Entertainment, hin zu ernsthafteren Sendeformaten. Irgendwann kam für jeden Fernsehmacher der Zeitpunkt, wo man sich als Berufsjugendlicher lächerlich machte. Es gab viele Leute, die ihm einen solchen Imagewechsel nicht zutrauten, obwohl er, irgendwann in grauer Vorzeit, einmal Germanistik und Philosophie studiert hatte. Die Presse lästerte schon im Vorfeld. *Paul Abend hat es glatt umgehauen* lautete die Überschrift im Feuilleton einer großen überregionalen Tageszeitung. Der Autor machte sich Gedanken, wie Paul die versammelten Doktoren und Professoren dazu bringen werde, auf sein *Ist das nicht...* ein überzeugendes *genial!* ins leere Studio zu schmettern. Vor allem das Thema der ersten Sendung war Anlaß zu Häme und beißendem Spott. Sex passe in diese Sendung wie die berühmte Faust aufs Auge. Wer gleich zu Anfang zu solchen Inhalten greife, traue weder seinem eigenen Konzept noch dem Moderator. Nach allem, was Paul Abend in der Vorbereitung auf die heutige Sendung gelesen hatte, sprach aus diesen Vorwürfen vor allem eines: die ignorante Arroganz der Feuilletonisten gegenüber Naturwissenschaften im allgemeinen und der Biologie im besonderen. Er würde es ihnen zeigen.

Seine Zuversicht begann zu bröckeln, als er vor einer Stunde zum ersten Mal mit den Teilnehmern seiner Diskussionsrunde zusammentraf. Jetzt, kurz vor Sendebeginn, hatten sie rechts und links neben ihm Platz genommen. Techniker waren damit beschäftigt, ihnen Mikrofone anzustecken, Gläser wurden plaziert und mit den gewünschten Getränken gefüllt. Paul sah besorgt zu dem Dicken rechts außen, der vor Aufregung seinen Begrüßungssekt verschüttet hatte und nun versuchte, den dunklen Fleck auf seinem rechten Jackenärmel zu verbergen. Glücklicherweise hatte er sich das Zeug nicht in den Schritt gekippt. Eine seriöse Gesprächsrunde mit einem womöglich inkontinenten Fortpflanzungsmediziner war quotentechnisch mit Sicherheit ein Renner. Der Mann saß steif in seinem Sessel, schwitzte und verfolgte das aufgeregte Treiben um ihn herum mit sichtbarem Unbehagen. Schon dreimal mußte eine Maskenbildnerin seine Stirn abtupfen. Wer war nur auf die Idee gekommen, eine solche Trauergestalt einzuladen? In der Maske hatte er sich schon mit der Anthropologin gestritten, die jetzt links neben Paul saß, eine hochnäsige Ziege mit Haaren auf den vorstehenden Zähnen. Die beiden machten Paul am meisten Sorgen. Er konnte sich nicht um alles kümmern, mußte die Auswahl der Gäste der Redaktion überlassen. Er würde ein ernstes Wort mit ihnen reden müssen. Wollte man ihn auflaufen lassen?

»Noch zwei Minuten«, hallte die Stimme des Aufnahmeleiters durch das Sendestudio. Als die Gäste in der Maske saßen, hatte Paul ihn kurz zur Seite genommen, auf den unförmigen Mediziner gezeigt und gedroht, dieses Gesicht in Großaufnahme sei eine Zumutung. Er mochte ja fachlich einiges auf dem Kasten haben, aber leider sah er aus wie eine depressive Bulldogge, schlichtweg fernsehuntauglich. Die Leute würden in Scharen zur Konkurrenz zappen.

Die Digitaluhr zählte unerbittlich den Sendebeginn ein. Paul blickte noch einmal auf seinen Zettel, damit er sich nicht schon bei der Vorstellung seiner Gesprächspartner verhaspelte. Von rechts nach links: Van Steeb, Schenker, Rautenbach, Schnur. Van Steeb, Schenker, Rautenbach, Schnur. Mit dem Professor, der relativ gelassen wirkte, würde er anfangen. Dann kam Schenker an die Reihe, den er schon aus der Elbuferhalle kannte.

Der Trailer lief. Paul blickte kurz in die Runde. Jeder der Gäste versuchte auf seine Art mit der Anfangsnervosität fertig zu werden. Der Arzt fummelte zum wiederholten Mal an Krawatte und Hemdkragen herum, der so eng war, daß man unwillkürlich Probleme mit der Blutzufuhr befürchtete. Schenker, der über die größte Fernseherfahrung verfügte, strich sich bedächtig den dunklen Bart glatt. Die Frau kämpfte mit einer vorwitzigen Haarsträhne, die ihr immer wieder ins Gesicht fiel, weil sie sich nervös umsah und dabei wie ein Huhn ruckartig den Kopf bewegte. Der Professor mit den buschigen Augenbrauen hatte die Augen geschlossen und sah aus, als hätte ihn ein Nickerchen übermannt.

Jetzt!

»Meine sehr verehrten Zuschauer.« Paul blickte lächelnd in die Kamera. Er hatte beschlossen, gleich zu Anfang ein Zeichen zu setzen und auf das arg vorbelastete »Guten Abend« zu verzichten. »Ich begrüße Sie ganz herzlich zu Sonntag Abend, der neuen Sendereihe des NDR. Einmal im Monat werde ich mich an dieser Stelle mit ausgewählten Fachleuten über aktuelle Themen aus Wissenschaft, Kultur, Philosophie und Politik unterhalten. Wir wollen kein elitärer Gesprächszirkel sein, sondern versuchen, schwierige und komplexe Sachverhalte in eine verständliche Sprache zu übersetzen. Für heute haben wir uns ein Thema vorgenommen, das auf den ersten Blick gar nicht in eine solche Runde paßt: die Sexualität. Nichts scheint uns Menschen mehr zu beschäftigen. Medien, Literatur, Werbung, Film und Fernsehen sind voll davon, für manche bis zum Überdruß, wie etwa die wachsende Keuschheitsbewegung zeigt. Wir leben in einer Zeit der befreiten Sexualität? Alles kann gesagt, alles kann gezeigt werden, und doch bleibt vieles im unklaren. Denn obwohl keine Art soviel Aufhebens darum macht wie wir, ist Sexualität ein sehr altes Phänomen, das nicht auf den Menschen beschränkt ist. Es ist eine der elementarsten Eigenschaften des Lebens auf der Erde. Warum? Was ist so wichtig daran? Warum gibt es kaum Lebewesen, die darauf verzichten? Bevor ich Ihnen meine Gäste vorstelle, wollen wir uns zur Einstimmung einen kurzen Beitrag ansehen. Bilder, zumeist ohne Worte.«

Auf dem Bildschirm erschien ein junges Paar. Es waren zwei berühmte Hollywoodschauspieler, das Ganze ein Ausschnitt aus einem der skandalträchtigsten Filme der letzten Jahre. Die beiden redeten erregt aufeinander ein. Plötzlich packte der Mann die Frau, wirbelte sie herum und drückte ihren Oberkörper nach unten über die Lehne eines Sofas. Sie schrie: »Nein! Nicht, bitte nicht!«, aber er hatte schon den Rock hochgeschoben und riß ihr den Slip vom Leib. Während er sie weiter gegen das Sofa preßte, nestelte er an seinem Hosenschlitz und drang in sie ein, stieß ein paar Mal brutal und kräftig zu. Schnitt. Eine Schimpansin begibt sich in die Nähe eines Männchens und dreht ihm ihr rotgeschwollenes Hinterteil entgegen. Der Schimpanse erhebt sich, tritt hinter das Weibchen, schaut desinteressiert in die Gegend und kopuliert. Ein Nashornmännchen versucht sich auf den Rücken eines Weibchens zu wuchten. Löwin und Löwe, beide mit gebleckten Zähnen. Ein Esel bespringt eine Eselin, ein Frosch klammert sich um seine Partnerin, ein dritter Frosch kommt hinzu und klammert sich ebenfalls fest, Schnecken kriechen übereinander, zu viert, zu sechst bilden sie eine Schneckenpyramide, eine Wespe, die versucht, eine Orchidee zu begatten, deren Blüte das Hinterteil eines Weibchens nachahmt, zwei Tintenfische, die ihre Haut durch ein Wechselspiel der Farben und Muster jagen, der Hochzeitsflug der Roten Waldameise, ein Weinbergschneckenpaar, das sich gegenseitig fingernagellange Liebespfeile ins Fleisch jagt, zwei längliche Zellen nebeneinander, dazwischen eine Verbindung wie eine Hängebrücke, ein großes H, zum Schluß eine große runde Eizelle, die von einer Korona aus schwänzelnden Spermien umgeben ist.

»Prof. Dr. Peter Schnur ist Evolutionsbiologe an der Universität Tübingen«, ergriff Paul das Wort. »Professor Schnur, vielleicht könnten Sie uns als Einstieg in unser Gespräch erklären, was das eigentlich ist, Sexualität.«

»Zunächst muß ich meinem Befremden Ausdruck geben.« Der Biologe sah ihn streng an. »Das menschliche Sexualverhalten ausgerechnet anhand einer Vergewaltigung darzustellen, finde ich außerordentlich geschmacklos.«

Paul nickte ergeben. Schnur hatte ja recht, aber nicht die geringste Vorstellung vom Quotenterror des Fernsehgeschäfts. Man mußte den Leuten signalisieren, daß es sich lohnte dranzubleiben.

»Zu Ihrer Frage. Es ist tatsächlich außerordentlich wichtig, daß wir uns zunächst über den Inhalt dieses Begriffes Klarheit verschaffen. Denn in der Alltagssprache meint man mit Sex oder Sexualität etwas vollkommen anderes als in der Biologie. Der Laie versteht darunter die Kopulation der Geschlechtspartner, das Vorspiel, die Stimulationen, die schließlich in den Geschlechtsakt münden, und vielleicht auch Dinge wie Masturbation, die Darstellung nackter Körper oder Pornographie.

Für Biologen ist die Kopulation der unwichtigste Vorgang innerhalb des Phänomens Sexualität, nämlich die quasi mechanische Übertragung der männlichen Keimzellen, der Spermien, in den Körper der Frau oder eines Weibchens, etwas, was wir Begattung oder Besamung nennen würden. Bei vielen Tierarten gibt es gar keine Kopulation, zum Beispiel bei Fischen oder Seesternen. Sie geben ihre Keimzellen einfach ins Wasser ab, wo es dann extrakorporal, also außerhalb des Körpers, zur Befruchtung kommt. Trotzdem besitzen diese Tierarten Sexualität.«

Paul stellte befriedigt fest, daß der Professor sich beruhigt hatte. »Wenn das, wovon wir Menschen regelrecht besessen scheinen, nur simple Mechanik ist, wie Sie sagen, wo und wann spielt sich denn das Eigentliche ab?«

»In jedem einzelnen von uns, lange bevor es zur Kopulation kommt, in den Keimdrüsen oder Gonaden, dort, wo Eizellen und Spermien gebildet werden. Der Schlüsselvorgang, der sich dabei abspielt, ist eine besondere Form der Zellteilung. Wir haben alle in der Schule davon gehört, aber es kann sicher nicht schaden, sich diese Tatsachen in Erinnerung zu rufen. Ich will es am Beispiel des Menschen erklären, dieser Vorgang ist jedoch bei allen Organismen mit sexueller Fortpflanzung gleich. Unsere Körperzellen enthalten einen doppelten Chromosomensatz, je dreiundzwanzig von der Mutter und vom Vater. Für jedes Chromosom der Mutter gibt es eine väterliche Entsprechung. Diesen Zustand der Zellen oder Zellkerne nennen wir diploid. Wenn nun die Keimzellen genauso ausgestattet wären wie Körperzellen, hätte die Eizelle nach der Verschmelzung mit dem Spermium einen vierfachen Chromosomensatz, die nächste Generation einen achtfachen und so weiter. Der Chromosomensatz muß also irgendwann vor der Verschmelzung halbiert werden. Dies geschieht bei der Reduktionsteilung, der sogenannten Meiose. Aus diploiden Vorläufern macht die Meiose haploide Keimzellen, die im Körper der Frau wieder zu einer diploiden Zelle verschmelzen, der ersten Zelle eines neuen Menschen. Dieser Wechsel vom diploiden zum haploiden und wieder zum diploiden Zustand sowie eine Aufteilung dieses Vorganges auf zwei unterschiedliche Geschlechter ist das Wesen von Sexualität.«

Der Professor war wohl doch eher behäbig als gelassen. Er verwechselte die Gesprächsrunde mit einer einstündigen Einführungsvorlesung und verhedderte sich in Einzelheiten.

Paul beschloß, ihn ein wenig zu provozieren.

»Ich muß gestehen, ich bin etwas enttäuscht«, sagte er. »Eine Halbierung und anschließende Verdopplung der Chromosomenzahl soll das Wesen der Sexualität sein? Die Kopulation erscheint mir da doch wesentlich spektakulärer.«

Professor Schnur schmunzelte. »Im subjektiven Empfinden ist das sicher auch so, aber wir sprechen hier nicht über Gefühle. Etwas Entscheidendes fehlt noch in meiner Schilderung. Bei der Reduktionsteilung kommt es zu einer zufälligen Neukombination des genetischen Materials. Es würde zu weit führen, das hier im einzelnen auszuführen, aber das Ergebnis ist folgendes: Jedes einzelne der Milliarden Spermien, die im Hoden des Mannes produziert werden, und jede der Eizellen, die im Eierstock der Frau heranreifen, ist genetisch betrachtet ein einzigartiges Individuum. Darin liegt das Besondere der sexuellen Fortpflanzung: Sie erzeugt, außer im Falle von eineiigen Zwillingen, einzig und allein durch das Wirken des Zufalls echte Novitäten, Individuen, die es in dieser Merkmalskombination noch nie gab und auch nie wieder geben wird. Ungeschlechtliche Fortpflanzung, etwa die einfache Zellteilung eines Einzellers, kann das nicht leisten. Sie erzeugt nur identische Kopien.«

»Gut, das leuchtet mir ein. Bliebe natürlich noch die Frage zu klären, was so wichtig daran ist, immer wieder neuartige Individuen zu erzeugen. Aber dazu kommen wir später. Zu meiner Rechten sitzt Dr. Ralf Schenker. Er ist Leiter der Mikrobiologischen Forschungsabteilung der Senft AG hier in Hamburg. Dr. Schenker ist vor allem als, ich sage mal etwas salopp, *Vater* von Globacter zu internationaler Berühmtheit gelangt. Vor wenigen Wochen erst hat dieses ölfressende Bakterium bei der Tankerkatastrophe in der Bretagne glänzende Arbeit geleistet. Dr. Schenker, hat auch ein Mikrobiologe mit Sexualität zu tun?«

»Natürlich, soviel wie jeder andere Mensch auch. Ich bin Vater einer absolut einzigartigen Tochter, wenn Sie das meinen.« Schenker lachte, und die anderen Gesprächsteilnehmer stimmten mit ein. Selbst die Kameraleute grinsten.

»Die Frage bezog sich eher auf Ihr Arbeitsgebiet«, sagte Paul. Die mißverständliche Formulierung war ihm peinlich, gleichzeitig freute er sich über die kleine Auflockerung.

Schenker wurde ernst. »Wir müssen natürlich sehen, daß der Begriff Mikroorganismus sehr unterschiedliche Lebensformen zusammenfaßt. Es gibt pflanzliche und tierische Einzeller, etwa Pantoffeltierchen oder Amöben, für die im Grunde das gilt, was Herr Schnur eben erläutert hat. Pantoffeltierchen erzeugen keine Eizellen und Spermien, sondern sie legen sich nebeneinander, ihre Zellkerne durchlaufen eine Reduktionsteilung und werden über eine Plasmabrücke ausgetauscht. Man hat das eben auch im Film gesehen. Danach fusioniert in beiden Zellen das fremde mit dem eigenen genetischen Material. Im Prinzip haben wir es also mit demselben Phänomen zu tun. Einzeller praktizieren Sexualität allerdings nur gelegentlich, vor allem bei Überbevölkerung und wenn die Nahrung knapp wird. Es geht dabei übrigens nicht um Vermehrung, das ist bei Mikroorganismen besonders augenfällig. Zwei Zellen tun sich zusammen, vermischen ihr genetisches Material und trennen sich wieder. Sie haben sich dabei verändert, aber es sind nicht mehr geworden. Sexuelle Fortpflanzung und Vermehrung sind zwei verschiedene Dinge, die miteinander gekoppelt sein können, aber nicht müssen. Einzeller vermehren sich durch einfache Verdopplung, durch Zellteilung, die nichts mit Sexualität zu tun hat. Das Besondere an der sexuellen Fortpflanzung ist, daß sie neu- und einzigartige Individuen hervorbringt.«

»Sie sind Bakteriologe. Haben auch Bakterien Sex?«

»Das ist eine Frage der Definition. Auch Bakterien können Teile ihres genetischen Materials austauschen. Sie tun das sogar sehr effektiv und quer über Artgrenzen hinweg. Nehmen Sie das Beispiel der Antibiotikaresistenz, die uns große Sorgen bereitet. Die Fähigkeit, Penicillin unschädlich zu machen, entstand vermutlich in Bodenbakterien. Sie wurde von Zelle zu Zelle weitergegeben, vielleicht ohne je benötigt zu werden, und landete irgendwann in den Staphylokokken unserer Krankenhäuser. Diese Weitergabe kann ähnlich wie bei Pantoffeltierchen über eine Plasmabrücke geschehen oder mit Hilfe von Viren, die DNS von einer Bakterienzelle zur nächsten tragen. Bakterien können fremde DNS auch direkt aus der Umgebung aufnehmen. Es gibt allerdings keine Reduktionsteilung, keine Männchen und Weibchen, und in der Regel werden nur Fragmente der DNS ausgetauscht, nicht das gesamte Genom. Man kann Sexualität sehr viel allgemeiner definieren, als es Herr Schnur eben getan hat, nämlich einfach als Austausch von genetischer Information zwischen verschiedenen Individuen. In diesem Sinne besitzen auch Bakterien Sexualität.«

»Was macht die Bakterienzelle mit den neuen Genen?«

»Die Zellen können sie in ihre DNS einbauen, müssen es aber nicht. Sehen Sie, wir haben eben gehört, daß es bei Wesen wie uns nur einmal im Leben zu einer Neukombination des genetischen Materials kommt: bei der Bildung der Keimzellen und deren Verschmelzung. Danach, bis zu unserem Tode, könnte man uns mit der phantastischsten DNS vollstopfen, wir wären nicht in der Lage, den geringsten Nutzen daraus zu ziehen. Unsere Nahrung enthält große Mengen fremder DNS, aber wir verwerten nicht die Information, die sie enthält, sondern ihre chemischen Bestandteile, als Baumaterial für unseren eigenen Körper. Mit der Befruchtung werden wir gleichsam in eine unveränderliche genetische Form gegossen, mit der wir ein Leben lang auskommen müssen, es sei denn, wir unterziehen uns einer Gentherapie, die aber nie die Keimzellen betrifft, also nicht weitergegeben wird. Ganz anders die Bakterien. Auch bei ihnen ist der Genaustausch kein gerichteter Prozeß, sondern erfolgt zufällig, aber sie können jederzeit genetische Infos erhalten und, was noch wichtiger ist, sie können sie umsetzen und weitergeben, an ihre Nachkommen oder an andere Bakterien, sogar an solche, mit denen sie nur weitläufig verwandt sind. Wenn man diese Fähigkeit auf uns Menschen übertragen würde, hieße das, wir könnten uns Federn oder einen dicken Pelz wachsen lassen, indem wir ein paar Gene mit Vögeln oder Bären austauschen, oder nach Blumen duften, indem wir uns mit Rosen einlassen.«

»Eine seltsame Vorstellung«, sagte Paul und lächelte. Schenker war in Ordnung. Jetzt kamen die problematischeren Fälle. Er wandte sich seiner Nachbarin zur Linken zu. »Von den Bakterien zum Menschen. Auch Frau Dr. Ulrike Rautenbach kommt aus Hamburg. Sie ist Sozialwissenschaftlerin und Anthropologin an der hiesigen Universität und eine der Mitautorinnen der berühmten Treuestudie, die vor kurzem großes Aufsehen erregt hat. Hat Sie diese heftige Reaktion der Öffentlichkeit überrascht?«

»Eigentlich schon, denn wir haben ja nichts prinzipiell Neues herausgefunden«, antwortet die Anthropologin und wischte sich eine Haarsträhne aus dem Gesicht. »Vergleichbare Studien mit ähnlichen Ergebnissen liegen bereits seit Jahrzehnten vor, sind aber nie auf großes Interesse bei den Medien gestoßen. Neu war vor allem unsere Methode.«

»Es hat ja im Zusammenhang mit Ihren Untersuchungen eine Menge Mißverständnisse gegeben. Vielleicht könnten Sie kurz zusammenfassen, wie Sie vorgegangen sind und was dabei am Ende herauskam.«

»Wie ich schon sagte, das Besondere unserer Untersuchung bestand nicht in der Fragestellung oder dem Ergebnis, sondern in der Methodik. Frühere Studien stützten sich auf Blutgruppenvergleiche von Eltern und Kindern. Dabei gibt es eine ganze Reihe von Fehlerquellen. Zum Beispiel kann der Mann eines Paares dieselbe Blutgruppe haben wie der Liebhaber der Frau, so daß sich nicht entscheiden läßt, wer der Vater eines Kindes ist. Wir haben erstmals mit DNS-Fingerprints gearbeitet, die eine Vaterschaft mit nahezu hundertprozentiger Sicherheit ausschließen oder bestätigen können. Unsere Ergebnisse sind daher wesentlich zuverlässiger. Da wir parallel auch die Blutgruppen überprüft haben, können wir sagen, daß wir ohne DNS-Fingerprints das tatsächliche Ausmaß außerpartnerschaftlicher Vaterschaft in der Größenordnung von etwa fünf Prozent unterschätzt hätten. Vermutlich läßt sich das auf die alten Blutgruppenstudien übertragen.«

»Was waren das für Familien, die Sie untersucht haben? Wie sind Sie an die Leute herangekommen?«

»Die sogenannte Treuestudie ist ja nur ein Nebenprodukt einer viel breiter angelegten Untersuchung gewesen, in der es um die Häufigkeit bestimmter Allele, also Genvarianten, in der Bevölkerung ging. Überall in der Welt versucht man in der Nachfolge des Humangenom-Projekts die individuellen genetischen Unterschiede der Menschen zu erfassen. Es war kein Problem, für diese Untersuchungen Freiwillige zu finden, wobei wir uns auf ein bestimmtes Wohngebiet mit hohem Arbeiteranteil konzentriert haben. Als wir uns später entschlossen, die Vaterschaft zu überprüfen, haben wir alle Beteiligten noch einmal gefragt, ob sie einverstanden wären, wenn wir unsere Daten auch für eine Verwandtschaftsanalyse nutzen. Etwa die Hälfte hat zugestimmt, insgesamt ungefähr 350 Paare mit ein bis fünf Kindern, von denen wir nach einem Zufallsschlüssel 250 ausgewählt haben. Die Daten sind unter strengster Beachtung des Datenschutzes anonymisiert worden. Nachdem die

Presse ausführlich über unsere Veröffentlichung berichtet hat, gab es einige Anfragen aus dem Kreis der getesteten Personen, aber wir haben natürlich jede Auskunft verweigert. Keine der Testfamilien kann sicher sein, daß ihre Daten überhaupt in unsere Auswertung eingeflossen sind. Wir kannten nur die Zahl der Personen pro Haushalt sowie Alter und Geschlecht. Da selbst mit diesen Daten Mißbrauch möglich wäre, stehen alle Datensätze heute unter strenger notarieller Aufsicht. Selbst wenn wir es wollten, könnten wir den Menschen keine Antwort mehr geben.«

»Hat Sie das Ausmaß an Untreue überrascht, auf das Sie gestoßen sind?«

»Nein. Wir müssen davon ausgehen, daß ein gewisses Maß an Untreue offenbar zu unserer menschlichen Natur gehört, wobei wir nicht vergessen sollten, daß etwa achtzig Prozent aller Kinder tatsächlich genetische Nachkommen ihrer beiden Elternteile sind. Bisher haben alle Studien ein gewisses Ausmaß an außerpartnerschaftlicher Vaterschaft ergeben, die etwa 10 bis 15 Prozent aller Kinder betrifft. Wir glauben, daß 15 bis 20 Prozent realistischer sind. Möglicherweise gibt es kulturelle und soziale Unterschiede, aber die Zahl der Untersuchungen ist viel zu gering, um das mit Sicherheit sagen zu können. Bei den südafrikanischen !Kung-Buschmenschen waren nur zwei Prozent der Kinder von fremden Vätern. In Michigan gab es erhebliche Unterschiede zwischen weißer und schwarzer Bevölkerung. In England hat man in ländlichen Gegenden geringe Zahlen, in großen städtischen Wohnblocks dagegen außergewöhnlich hohe Anteile von bis zu 30 Prozent ermittelt.«

Paul nickte. »Kommen wir zu unserem letzten Gast.«

Van Steeb wußte nicht, welche Eingangsfrage Paul Abend an ihn stellen würde, aber er hatte von Anfang an gespürt, daß der Moderator ihn nicht mochte. Deshalb rechnete er mit einer Attacke, irgendeiner Stichelei und versuchte, gewappnet zu sein, um möglichst sachlich antworten zu können. Vor Aufregung hatte er die Ausführungen der Anthropologin nur zur Hälfte mitbekommen und wartete, während der Moderator ihn vorstellte, gespannt auf seine Frage.

»Dr. Herbert van Steeb ist Fortpflanzungsmediziner und Androloge und leitet in Hamburg-Blankenese eine eigene Privatklinik. Dr. van Steeb, Sie und Ihre Kollegen greifen massiv ein in das natürliche Sexualgeschehen beim Menschen.« Paul Abend sah ihn aufmunternd an. Offenbar glaubte er, daß er das nötig hatte. Die Frage, wo blieb die Frage? »Früher halfen Sie nur den Unfruchtbaren, den Männern und Frauen, die auf normalem Wege keine Kinder bekommen konnten. Heute kann jeder Ihre Dienste in Anspruch nehmen, natürlich nur, wenn das nötige Kleingeld vorhanden ist. Im letzten Jahr wurden zwölf Prozent aller geborenen Kinder im Reagenzglas gezeugt, und die Tendenz ist stark steigend. Was sagen Sie zu der häufig geäußerten Feststellung, daß die moderne Reproduktionsmedizin menschliche Sexualität und Fortpflanzung immer weiter voneinander abkoppelt?«

Van Steeb war erleichtert. Das Niveau des Gesprächs hatte ihn bisher angenehm überrascht, und auch diese Frage machte Sinn.

»Nun«, sagte er, räusperte sich und schlug die Beine übereinander. »Das ist wohl weniger eine Feststellung, hinter der sich oft ein Vorwurf versteckt, als vielmehr ein weitverbreitetes Mißverständnis. Wir haben ja gehört, daß Sexualität im wissenschaftlichen Sinne nicht nur den Vorgang der Besamung meint, sondern die Durchmischung von mütterlichem und väterlichem Erbgut nach vorangegangener Reduktionsteilung. Ob die Befruchtung in der Gebärmutter der Frau oder im Reagenzglas stattfindet, ist ohne Belang. Auch eine In-vitro-Fertilisation ist ein Sexualvorgang. Nur beim Klonen wird Sexualität völlig umgangen. Es ist im Grunde eine Form der ungeschlechtlichen Vermehrung, vergleichbar mit einer einfachen Zellteilung.«

»Wenn wir klonen, begeben wir uns damit sozusagen auf das Fortpflanzungsniveau von Einzellern«, warf Paul Abend ein.

Van Steeb stimmte widerwillig zu: »Wenn Sie so wollen...« Das Kind, das in Annas Bauch heranwuchs, würde eindeutig ein Mensch werden, die Art und Weise, wie es zustande kam, war dabei zweitrangig. Mit Einzellern und niederem Getier hatte das nicht das geringste zu tun. »Aber ich wollte noch etwas zu Ihrer Frage sagen. Das Mißverständnis besteht auch darin, daß Fortpflanzung und Sexualität beim Menschen noch nie besonders fest miteinander gekoppelt waren. Auf etwa fünfhundert Besamungen einer Frau kommt eine Kindeszeugung. Bevor ein Schimpansenmädchen das erste Mal schwanger wird, hat es etwa dreitausendsechshundert Mal mit verschiedenen Männchen kopuliert. Bei derartigen Zahlenverhältnissen kann man wohl kaum davon sprechen, daß Sexualität nur dem Ziel diene, Kinder zu zeugen. Wenn doch, dann wäre es eine ziemlich ineffektive Methode. Nein, es ist geradezu charakteristisch für den Menschen und einige seiner nächsten Verwandten, daß sexuelles Verhalten eben nicht nur der Zeugung von Kindern dient, sondern in einer Vielzahl von Funktionszusammenhängen eine Rolle spielt. Dabei geht es vor allem um Partnerbindung und soziale Beziehungsnetze, die indirekt natürlich wieder mit dem Fortpflanzungserfolg verknüpft sind.«

Paul Abend musterte ihn mit einer Mischung aus Erstaunen und Erleichterung. »Inwiefern? Das müssen Sie uns erklären.«

»Wir wissen, daß bei sozial lebenden Menschenaffen, zum Beispiel Schimpansen, der Rang der Weibchen in der Gruppe einer der wichtigsten Faktoren ist, der darüber entscheidet, wie viele Kinder ein Weibchen erfolgreich großziehen kann. Wenn man den Reproduktionserfolg eines Individuums daran mißt, wieviel Kinder und Enkelkinder es hat, dann kann es für Schimpansen wie Menschen nicht nur darum gehen, möglichst viele Babys in die Welt zu setzen. Genauso wichtig ist es, die Kinder in ein soziales Beziehungsgefüge einzuführen, damit es überhaupt gelingt, sie aufzuziehen und ihrerseits zu erfolgreichen Eltern zu machen. Mütter brauchen dazu die Unterstützung der Gruppe oder eines Partners. Ein Ziel sexuellen Verhaltens ist es, sich diese Unterstützung zu sichern. Vor allem bei den Bonobos oder Zwergschimpansen dient sexuelles Verhalten auch zur Aggressionsvermeidung und Beschwichtigung.«

»Das soll es ja auch unter Menschen geben. Begriffe wie Lust oder Liebe kamen in Ihrer Beschreibung nicht vor.«

»Lustgefühle sind das Resultat von Hormonausschüttungen. Die Evolution hat unsere Körper mit einem raffinierten Selbstbelohnungssystem ausgestattet. Ein Verhalten, das der Erhaltung der eigenen Art dient, und die Fortpflanzung ist in diesem Zusammenhang das Wichtigste, was ein Organismus überhaupt tun kann, und wird mit einer besonders großzügigen Ausschüttung von Glückshormonen belohnt. Gerade beim Menschen, der sich auf vielfältige Weise Lustgefühle verschaffen kann, erfordert die Aufzucht von Nachwuchs derart immense Investitionen, daß diese irgendwie versüßt werden müssen, um überhaupt als verlockende Option empfunden zu werden. Liebe ist sicher ein ungleich komplexeres Gefühl, hat aber sehr viel mit Partnerbindung zu tun und ist somit ohne Zweifel ebenfalls in diesem Funktionszusammenhang anzusiedeln.«

Die Anthropologin war im Verlaufe von van Steebs Ausführungen immer unruhiger geworden. »Da bin ich ja beruhigt, daß Sie der Liebe wenigstens zubilligen, ein komplexes Gefühl zu sein«, sagte sie, als van Steeb eine kurze Pause einlegte. »Funktionszusammenhänge, Investitionen, Fortpflanzungserfolg. Wenn man Ihnen zuhört, hat man das Gefühl, Menschen sind nichts anderes als biologische Roboter, die wie

Seegurken irgendein Programm abspulen, als ginge es vor allem für die Mütter ununterbrochen um Kosten-Nutzen-Abwägungen, um Gewinn-und-Verlust-Rechnungen wie an der Börse.«

Er hatte gewußt, daß er mit dieser Frau aneinandergeraten würde, und versuchte, ruhig zu bleiben. Anna hatte es ihm zu Hause mehrfach eingeschärft. Bleib ruhig, egal, was passiert. Denk an unser Kind, das hier heranwächst, hatte sie gesagt und seine Hand auf ihren Bauch gelegt. Eine ungewohnte Geste. Vielleicht hilft dir das. Es half.

»Wenn Ihnen die evolutionäre Sicht so wenig zusagt, bin ich gespannt, wie Sie die Ergebnisse Ihrer Studie interpretieren wollen«, sagte er.

»Ach wissen Sie«, das spitze Gesicht der Anthropologin zuckte einmal kurz zur Seite. »Für menschliches Verhalten kann es tausend Gründe geben. Sie wischen all das aus dem Weg und kommen statt dessen mit der einen ultimativen Erklärung: der Evolution. Irgend etwas in mir, meine Gene, soll ununterbrochen damit beschäftigt sein, potentielle Fortpflanzungspartner zu taxieren, um meinen Fortpflanzungserfolg zu maximieren. Daran glaube ich nicht. Davon merke ich nichts. Diese modische evolutions-psychologische Motivsucherei hat den Vorteil, daß man alles behaupten kann, weil sich nichts belegen läßt. Frauen – um die dreht es sich ja meistens – haben in diesem Land ganz andere Sorgen, vor allem, wenn sie Mütter sind. Es ist schwer genug, ein einziges Kind aufzuziehen, von einer Maximierung des Fortpflanzungserfolgs kann keine Rede sein. Die von uns ermittelte Zahl von etwa 18 Prozent bedeutet, daß in unserer Stichprobe etwa 50 Paare von außerpartnerschaftlicher Vaterschaft betroffen sind. Tatsächlich sind es sogar weniger, weil in einigen Familien mehrere Kinder von anderen Vätern stammen. Mit darin enthalten sind auch Frauen mit Kindern, die jetzt mit einem neuen Mann zusammenleben. Oder Adoptivkinder. Es könnten auch Prostituierte darunter sein, Vergewaltigungsopfer. Vielen der Frauen geht es wirtschaftlich schlecht. Hier geht es um Schicksale von Menschen. Wir wissen nichts darüber, wie diese Frauen an ihre Kinder gekommen sind, deshalb verwende ich die von der Presse erfundene Bezeichnung Treuestudie äußerst ungern. Manche Biologen machen es sich sehr einfach. Für sie ist das alles Strategie, ein ehernes Gesetz der Evolution und letztlich ein fieser Trick der Frauen, ihren Männern fremde Kinder eines vermeintlich besseren Genotyps unterzuschieben. Ein Großteil der Aufregung rührt doch daher, daß hier Teile der Männerwelt uralte, offenbar unausrottbare Vorurteile über das Wesen der Frauen bestätigt sehen.«

Van Steeb protestierte. »Den Ausdruck fieser Trick habe ich nicht verwendet und würde es auch nie tun. Es geht hier nicht um Wertungen.«

»Frau Rautenbach«, schaltete sich Professor Schnur ein. »Niemand bestreitet, daß es hier um Individuen geht und daß es für alle Entscheidungen für oder gegen ein Kind individuelle Gründe geben kann. Viele der Frauen werden vielleicht selbst gar nicht wissen, daß ihr Kind nicht von ihrem Partner stammt. Aber das muß nicht heißen, daß im Ergebnis nicht doch so etwas wie ein evolutionär bedeutsamer Trend daraus ablesbar wäre. Sie haben selbst gesagt, daß es andere Untersuchungen gibt, aus England, den USA, Frankreich, mit ähnlichen Ergebnissen. Anstatt für jeden einzelnen Fall nach individuellen Gründen zu suchen, liegt es doch viel näher, das Phänomen der, ich nenne es, Polyandrie in seinem Gesamtzusammenhang zu sehen. Wir stehen damit ja nicht allein auf weiter Flur, sondern wissen seit Jahren, daß es quer durch das gesamte Tierreich weit verbreitet ist, auch und gerade unter unseren nächsten Verwandten. Primatenforscher haben sich sehr lange mit etwas beschäftigt, das sie respektlos *counting cops* nannten. Sie haben Kopulationen gezählt. Auf diese Weise haben sie herausgefunden, daß eine Schimpansin durchschnittlich 138mal mit dreizehn verschiedenen Männchen kopuliert, um ein Kind zur Welt zu bringen. Als 1997 die ersten genetischen Vaterschaftstests durchgeführt wurden, zeigte sich, daß Counting cops nur ein sehr unvollkommenes Bild der Realität liefert. Daß Schimpansen nicht in Einehe leben, war klar, aber nun stellte sich heraus, daß 7 von 13 Schimpansenkindern von Männchen stammten, die gar nicht zur untersuchten Gruppe gehörten. Die Forscher hatten sie nie mit den Müttern zusammen gesehen. Daß Männer untreu sind, wußten wir schon lange. Jetzt wissen wir, die Frauen sind es auch, und sie stellen sich dabei sehr geschickt an. Ein berühmter Kollege hat mal gesagt, Fortpflanzung sei alles andere als kooperativ. Es ist ein heikler, oft instabiler Kompromiß zwischen zwei Parteien mit sehr unterschiedlichen Interessen. Konflikte sind unvermeidlich. Nichts anderes läßt sich daraus ableiten.«

Van Steeb brummte zustimmend. Der Mann hatte hundertprozentig recht. Natürlich wollte die Anthropologin, deren Gesicht von nervösen Flecken übersät war, widersprechen, aber Paul Abend schaltete sich rasch ein und lenkte das Gespräch in eine andere Richtung.

»Das ist eine sehr interessante Diskussion, aber leider entfernt sie sich von unserem Thema. Verzeihen Sie also, wenn ich hier eingreife und Dr. Schenker frage: Wir haben gehört, was Sexualität ist, daß sie immer wieder neue, einzigartige Individuen hervorbringt und viele Probleme, etwa das der Untreue. Aber wozu das Ganze? Was ist so wichtig daran, in jeder Generation vom Zufall neue Merkmalskombinationen auswürfeln zu lassen?«

»Wenn Sie diese Frage vor einigen Jahren gestellt hätten, wäre die Antwort ganz einfach gewesen. Die einzigen genetischen Varianten, die bei ungeschlechtlicher Fortpflanzung entstehen können, sind seltene Mutationen, von denen 99 Prozent ungünstig sind und sehr schnell wieder verschwinden. Sexualität, das war die Lehrmeinung, erhöht die Evolutionsgeschwindigkeit enorm, indem sie immer wieder neue Eigenschaften und Eigenschaftskombinationen testet und von der natürlichen und sexuellen Selektion begutachten läßt. Das war eine Art Dogma, das Sie in jedem Biologiebuch lesen konnten. Zwischenzeitlich war diese Sicherheit komplett verschwunden, und in Fachkreisen herrschte Ratlosigkeit. Der Sinn der Sexualität wurde zum größten Rätsel der Evolutionsbiologie, und, um es klar zu sagen, bis heute gibt es keine allgemein akzeptierte Theorie. Denn eine zweigeschlechtliche Sexualität hat gravierende Nachteile, die immer mehr Beachtung fanden, und plötzlich erschien es nicht mehr sicher, ob die bekannten Vorteile der Sexualität diese Nachteile überhaupt aufwiegen können. Zum Beispiel fällt die Hälfte einer Population als Produzent von Nachwuchs aus, die Männchen. Gegenüber Arten ohne Sexualität, bei denen jedes Individuum Nachwuchs hervorbringen kann, ist das ein entscheidendes Manko. Für eine Art als Gesamtheit mag Sexualität von Vorteil sein, aber für das Individuum, und das ist die Ebene, auf der Selektion wirkt, macht sie die Fortpflanzung viel komplizierter. Anstatt einfach loszulegen, muß es erst viel Energie aufwenden, um einen Partner zu finden. Es muß tanzen, werben, sich schmücken und macht sich so zur leichten Beute seiner Feinde. Möglicherweise muß es kämpfen, riskiert dabei Verletzungen, und wenn es endlich Erfolg hat, sind ihm die asexuellen Konkurrenten bereits über den Kopf gewachsen. Es gibt weitverbreitete und erfolgreiche Arten, die sich ohne erkennbare Beeinträchtigungen ausschließlich asexuell vermehren, etwa der Löwenzahn. Und zu guter Letzt: Wenn die sexuelle Fortpflanzung einmal ein besonders geglücktes und erfolgreiches Individuum hervorgebracht hat, einen Einstein oder eine Marilyn Monroe, dann bleibt sie nicht etwa dabei oder bringt nur geringfügige Korrekturen an, sondern sie würfelt in der nächsten Generation wieder von neuem und reißt diese einmalige Genkombination auseinander. Ziel der Sexualität kann also nicht oder nicht nur die beschleunigte Weiterentwicklung oder Verbesserung sein, sondern es sieht fast so aus, als erzeuge sie Vielfalt und Neuerung zum Selbstzweck. Mathematische Modellrechnungen haben gezeigt, daß Arten mit sexueller Fortpflanzung nur unter ganz bestimmten Bedingungen im Vorteil sind.«

»Es gab sogar Stimmen«, meldete sich Professor Schnur zu Wort, »die meinten, Sexualität sei eine Art Relikt aus alten Zeiten, etwas, das früher einmal Sinn machte und das wir heute nicht wieder loswerden. Manche Dinge sind zufällig so, wie sie sind, etwa die rote Farbe des Blutes, die sich aus der chemischen Struktur des Hämoglobins ergibt, ohne selber einen Anpassungswert zu haben. Dann gab es verschiedene akademische Schulen, die in der Sexualität eine Art Absicherungssystem gegen fehlerhafte Gene sahen. Wenn zelluläre Reparaturmechanismen Fehler in der DNS reparieren sollen, dann brauchen sie dafür als Vorbild eine fehlerlose Kopie. Sexualität hilft dabei, indem sie eine Originalversion vom Partner zur Verfügung stellt, denn es ist unwahrscheinlich, daß zwei Individuen dieselben Fehler an denselben Stellen aufweisen. Andere glaubten, daß Sexualität dazu dient, schädliche Mutationen loszuwerden. Ihr Sinn sollte nicht darin bestehen, vorteilhafte Mutationen, die sehr selten sind, zusammenzuführen, sondern die viel häufigeren schlechten, die sich noch dazu im Laufe des Lebens anhäufen, zu eliminieren. All das mag bei der Sexualität eine Rolle spielen, aber nichts davon hat sich als allgemein akzeptierte Theorie durchsetzen können, weil es zu viele Gegenbeispiele gibt.«

»Jetzt sehen Sie mich völlig ratlos«, sagte Paul Abend kopfschüttelnd. »Kinder könnten wir offenbar auch auf andere Weise bekommen, ungeschlechtlich, ohne all den Beziehungsstreß. Und daß Verliebte Dinge tun, die anderen völlig verrückt erscheinen, ist ebenfalls nichts Neues. Aber daß nun alles, die wichtigste Nebensache der Welt, völlig sinnlos sein soll, schokkiert mich. So etwas wie die Brustwarzen der Männer, zu nichts gut, aber verschwinden tun sie auch nicht. Dr. van Steeb, Sie sind Arzt. Können Sie uns weiterhelfen?«

»Ich verstehe, worauf Sie anspielen, aber zunächst müssen wir uns noch über eines klarwerden.«

Van Steeb war jetzt vollkommen entspannt. Die Anthropologin machte seit einigen Minuten einen eher gelangweilten Eindruck und wirkte nicht sehr kampfeslustig. Er hatte vergessen, daß Fernsehkameras sein Gesicht und seine Worte ins ganze Land transportierten. Mittlerweile machte es ihm Spaß.

»Lebewesen existieren nicht im luftleeren Raum«, fuhr er fort. »Sie müssen sich mit einer ständig wechselnden Umwelt arrangieren, sie haben Feinde, und es gibt eine unübersehbare Zahl an Krankheitserregern und Parasiten, mit denen sie sich herumschlagen müssen. In der Auseinandersetzung mit diesen drei bedeutenden Einflußfaktoren könnte der Sinn der Sexualität zu finden sein, und das ist auch mehrfach vorgeschlagen worden. Nehmen wir die ständig im Wandel begriffene Umwelt. Es könnte von Vorteil sein, wenn die sexuell erzeugten Nachkommen eines Individuums alle etwas voneinander verschieden sind, um für alle Eventualitäten gerüstet zu sein. Solche Veränderungen, etwa des Klimas, erfolgen aber in der Regel über sehr lange Zeiträume, und bis es schließlich ans Eingemachte geht, könnte die viel höhere Nachkommenzahl asexueller Arten das Rennen schon lange entschieden haben. Bleiben also Räuber und vor allem die Parasiten, die uns attackieren, mit Hilfe eines ungeheuren, auch sexuellen Vermehrungspotentials und sehr kurzen Generationszeiten. Herr Schenker hat ja vorhin darauf hingewiesen, wie raffiniert Bakterien ihre genetischen Ressourcen zu nutzen wissen. Es gibt keine Organismenart auf der Erde, die sich nicht in einem permanenten Rüstungswettlauf mit seinen Parasiten befände. Hier kommt der Arzt ins Spiel, den Sie vorhin angesprochen haben. Der wichtigste Arzt eines Menschen ist zunächst sein eigener Körper. Nur wenn der versagt, wenn die Abwehr des Parasitenangriffs nicht gelingt, werden wir Mediziner auf den Plan gerufen. Sexualität ist unser wichtigstes Mittel gegen die Übermacht der Krankheitskeime, denn sie gibt ihnen von Generation zu Generation neue Nüsse zu knacken.«

»Sex wäre also so etwas wie ein Stärkungsmittel für die kommende Generation«, sagte Paul und sah die Anthropologin fragend an. Da sie keine Anstalten machte zu antworten, sprang Ralf Schenker ein.

»Man kann das so sagen. Sehen Sie, Bakterien und Viren müssen in unsere Gewebe und Zellen eindringen, und dazu müssen sie biochemische Türen öffnen. Sexualität sorgt dafür, daß in der Gesamtpopulation sehr viele verschiedene Varianten von Türschlössern bereitgehalten werden, und die Angreifer müssen bei jedem Individuum aufs neue versuchen, dafür die richtigen Schlüssel zu finden. Irgendwann finden sie sie, mit Hilfe ihrer ungeheuren Zahl, der kurzen Generationenfolge und ihrer Fähigkeit zum Genaustausch. Deshalb muß die nächste Wirtsgeneration möglichst über andere Schlösser verfügen, und je länger ein Organismus lebt, desto größer muß die Veränderung sein, weil der Parasit mit seiner raschen Generationenfolge sonst immer der Schnellere ist. Deshalb sind es auch die kleinen, kurzlebigen Arten, die am ehesten auf Sex verzichten können. Es gibt für dieses Wettrennen das schöne Sinnbild der Roten Königin aus Lewis Carolls *Alice im Wunderland.* Sie muß immer in Bewegung sein, nur um auf der Stelle zu bleiben, weil sich alles andere auch bewegt. Wenn die Rote Königin vorwärtskommen will, muß sie doppelt so schnell laufen, um sofort wieder eingeholt zu werden, wenn ihre Kräfte nachlassen. Sie können es mit einem Computersystem vergleichen, das ununterbrochen von Hackern angegriffen wird. Sind die Sicherheitssysteme geknackt, muß in der nächsten Version ein neuer Code, ein neues Kennwort verabredet werden, bis auch das erraten wird. Es gibt keinen Stillstand, weil jedes Innehalten den sicheren Untergang bedeutet, sowohl für den Wirt als auch für seine Parasiten. Es gibt keine Atempause. Wir müssen immer weiterrennen. Dr. van Steeb hat das ganz richtig gesagt, Sexualität ist unser wichtigstes Verteidigungsmittel. Sie ist der Energiespender der Roten Königin, damit ihr nicht irgendwann alles andere davonläuft.«

»Leider nähert sich unsere Sendezeit dem Ende«, sagte Paul Abend. »Vielleicht noch eine letzte Frage an Herrn van Steeb und Frau Rautenbach mit der Bitte um eine kurze Antwort. Wir sprachen vorhin über das Klonen. Wenn das, was Herr Schenker eben gesagt hat, stimmt, ist das Klonen dann nicht ein riskantes Unterfangen? Berauben wir uns da nicht eines lebenswichtigen Schutzschildes?«

»Wenn Klonen ein Massenphänomen wäre, müßte man sich darüber sicher Gedanken machen«, sagte van Steeb. »Beim Menschen sind wir allerdings weit davon entfernt. Die Kosten sind sehr hoch, und im Augenblick sind es in Deutschland nur wenige hundert Menschen im Jahr, die sich oder andere klonen lassen. Aber im Prinzip haben Sie natürlich Recht. In der Massentierhaltung oder beim Drug-farming ist das Klonen sehr viel verbreiteter. Viele dieser Tiere sind tatsächlich anfällig und müssen unter beinahe sterilen Bedingungen gehalten werden. Beim Menschen ist das nicht zu befürchten.«

»Frau Rautenbach?«

»Ich bin kein Freund des Klonens, schon gar nicht beim Menschen. Soviel ich weiß, sind die dabei bisher beobachteten Probleme eher psychologischer Natur. Ich wünschte mir, wir würden nicht soviel Energie und Mittel darauf verschwenden, immer neue Fortpflanzungsoptionen zu erfinden, als uns um die Familien, die Mütter und Kinder zu kümmern, die es schon gibt, egal, woher sie kommen und wie sie entstanden sind.«

»Das ist ein schönes Schlußwort«, sagte Paul Abend, blickte zufrieden einmal in die Runde und dann geradeaus in die Kamera. »Liebe Zuschauer, ich hoffe, Sie haben unser Gespräch mit Interesse verfolgt und diskutieren zu Hause weiter. Alles in allem können wir doch ein sehr erfreuliches Fazit ziehen: Sex ist gesund, und zwar in einer Weise, die weit über die Botschaft der Lifestyle-Magazine hinausgeht. In diesem Sinne danke ich meinen Gästen hier im Studio und wünsche Ihnen eine gute und liebevolle Nacht.«

35

Didi drehte sich vorsichtig um und versuchte darauf zu achten, daß dabei nicht der ganze Busch in Bewegung geriet. Sein Versteck war eng und niedrig, ein kaum hundehüttengroßer Hohlraum unter einem Dach frischbelaubter Sträucher. Gestrüpp schrammte über seine Lederjacke. Er kniete sich auf den Boden und beseitigte einige Steine und kleine Äste. Seine Fußgelenke schmerzten, und von der erzwungen krummen Haltung tat ihm der Rücken weh. Er hielt es nicht aus, die ganze Zeit in der Hocke zu sitzen, aber unter den Sträuchern war die Erde feucht. Seit seinem nächtlichen Bad im Hafenbecken war er kälteempfindlich geworden. Er legte ein Plastiksitzkissen des FC St. Pauli auf den Boden und versuchte, es sich einigermaßen bequem zu machen.

Die Minuten krochen dahin. Er schaute auf die Uhr. Noch eine Viertelstunde. Unter den Bäumen des Hirschparks war es mittlerweile stockfinster geworden. In der Ferne hörte man das Dröhnen des Containerhafens auf der anderen Elbseite. Im Park wetteiferten mehrere Nachtigallen, eine sang ganz in seiner Nähe. Unter anderen Umständen hätte er sicher seine Freude daran gehabt, wie sie sich gesanglich die Bälle zuwarfen, an ihren überraschenden Tonfolgen und Crescendi. Aber jetzt nahm er sie kaum wahr. Er tastete nach dem Rekorder und plazierte ihn direkt neben sich. Zum wiederholten Mal kontrollierte er, ob die Kassette zurückgespult und der Lautstärkeregler korrekt eingestellt war.

Die Konstruktion mit seinem alten, klapprigen Kassettenrekorder war schlichtweg abenteuerlich. Jeder Profi hätte sich totgelacht. Es war primitiv, umständlich und riskant, aber er hatte lange überlegt, und eine bessere Lösung war ihm nicht eingefallen. Er durfte sich ED nicht zu erkennen geben, unter keinen Umständen. Es reichte nicht, einfach nur die Stimme zu verstellen, wenn sein Vater tatsächlich einen Verdacht gegen ihn hegte, schon gar nicht. Er hatte es aufgegeben, darüber nachzudenken, ob er sich die Frage nur eingebildet hatte. Jetzt war es ohnehin zu spät. In wenigen Minuten würde sich alles entscheiden. Seine Erregung wuchs. Er tastete seine Jacke ab, vergewisserte sich, daß Taschenlampe und Handy noch an Ort und Stelle waren.

Zu Hause hatte er eine großzügig bemessene Dosis Muntermacher eingenommen, für die Konzentration. Ein dummer Fehler. Sein ganzer Körper war jetzt in Aufruhr. Seit Einbruch der Dunkelheit reagierte er auf jedes Geräusch wie ein schreckhaftes Kaninchen, und in seinen Muskeln kribbelte und zuckte es. Am liebsten hätte er dieses ganze Wäldchen zu kleinen handlichen Holzscheiten zerhackt, aber er mußte sich ruhig verhalten. Immerhin war er nüchtern geblieben, und bisher hatte er sich auch das Rauchen verkniffen. Er hockte jetzt seit über zwei Stunden in diesem Gebüsch. Er dachte, wenn jemand den Park überwachte, wäre es besser, sich möglichst früh in sein Versteck zu begeben, er fiele weniger auf, solange noch Spaziergänger unterwegs waren. Seit EDs Gorilla aufgetaucht war, vermutete er ihn plötzlich hinter jeder Ecke, jedem Baum. Er hatte sein Bestes getan, um unbeobachtet aus dem Haus zu gelangen, war auf dem Hinterhof über den Zaun zum Nachbargrundstück geklettert und hatte dann einen riesigen Umweg in Kauf genommen. Trotzdem fühlte er sich auf dem ganzen Weg auf Schritt und Tritt beobachtet und verfolgt.

Sein Gehirn, sein ganzer Körper schrie nach Nikotin. Scheiß drauf! Er kramte eine zerbeulte Packung aus seinem Rucksack, zündete sich eine Zigarette an, inhalierte tief und schirmte dabei die Glut mit der Hand ab. Die Kippe würde er einstecken. In der Zeitung hatte er gelesen, daß die Polizei Täter anhand von DNS-Spuren auf Zigarettenfiltern überführen konnte. Er hatte keine Ahnung, wie dieses Abenteuer enden würde, aber er wollte sich nicht durch derart idiotische Fehler ans Messer liefern. Es reichte, daß seine Sucht ihn jetzt dazu trieb, verräterische Rauchsignale in den Himmel zu schicken. Wer den Weg entlangging und eine empfindliche Nase hatte, würde es riechen. In der Dunkelheit benutzten allerdings nur wenige Spaziergänger diesen Weg. Er war ihnen wohl zu unheimlich und abgelegen.

Von seinem Versteck aus konnte er die Bank gerade noch erahnen. Sie schmiegte sich in einer Ausbuchtung des Weges an die alten Rhododendron-Büsche auf der anderen Seite. Er kannte diese Bank schon seit seiner Jugend. Seit damals hatte sich nichts geändert. Er war früher manchmal hierhergekommen, um mit einer Freundin zu knutschen oder wenn er genug von zu Hause hatte und allein sein wollte.

Er hörte ein Geräusch. Ein regelmäßiges Knirschen. Schritte! Er fluchte leise, drückte hastig die Zigarette aus und ließ die Kippe in seiner Jackentasche verschwinden. Typisch, seit mindestens zwanzig Minuten hatte sich kein Mensch mehr blicken lassen, aber sobald er sich eine Zigarette anzündete...

Angestrengt spähte er zwischen den Ästen in die Finsternis hinaus. Er konnte kaum etwas erkennen, in beide Richtungen wurde der Weg nach wenigen Metern von der Dunkelheit verschluckt. Aber da war jemand, der Kiesbelag knirschte laut genug. Es waren langsame Schritte, die von rechts näher kamen. Hoffentlich kein Köter, dachte er. Er hatte gestaunt, wie viele Menschen noch bis kurz vor Einbruch der Dunkelheit durch den Park spazierten, Menschen jeden Alters, allein oder zu zweit, und mindestens jeder dritte hatte einen Hund dabei. Daran hatte er nicht gedacht. Von Scheißkötern hatte er genug, und jedesmal schlug ihm das Herz bis zum Hals. Die Bilder des Schäferhundes, der sich wütend mit seinem ganzen Gewicht gegen den Raffineriezaun warf, verfolgten ihn, diese Zähne, die sich in den Maschendraht verbissen, der widerliche Geifer, der dem rasenden Tier aus dem Maul tropfte. Aber weder die Hunde noch die Menschen hatten ihn bemerkt. Nur ein großer Bernhardiner blieb stehen, glotzte in seine Richtung und schnüffelte, wandte sich dann aber wieder ab. Im Park herrschte glücklicherweise Leinenzwang.

Jetzt konnte er den dunklen Umriß einer einzelnen Gestalt erkennen, die in Zeitlupentempo näher kam. Es war ein Mann. Er trug einen Hut und mußte alt und gebrechlich sein, denn er schien kaum noch die Kraft zu haben, seine Füße zu heben. Seltsam, daß sich so jemand um diese Zeit in den Park wagte. In kleinen Schritten schlurfte er heran, blieb stehen und ließ sich mit einem Ächzen auf die Bank fallen.

Didi hielt die Luft an und rührte sich nicht. Immer die Alten, überall wimmelte es von Rentnern und senilen Beinaheleichen. Wollte der alte Sack sich hier niederlassen? Den Nachtigallen lauschen? Sein Gefühl sagte ihm, daß es jetzt kurz vor zehn war, aber er wagte nicht, auf die Uhr zu schauen. Es wurde langsam Zeit...

Im nächsten Moment begann wenige Meter vor ihm ein Hund zu bellen. Das Geräusch kam unvermittelt und war so laut, daß es Didi zu Tode erschreckte. Er hatte das Mistvieh nicht gesehen, sah es immer noch nicht, aber er hörte sein Gekläffe, einen schrillen, nervtötenden Diskant, der genau aus der Richtung der Bank kam. Er fühlte sich ertappt, als säße er plötzlich in grellem Scheinwerferlicht, als zeigten Dutzende von Fingern auf ihn, auf einen erwachsenen Mann, der ohne erfindlichen Grund im Dunkeln in einem Gefängnis aus frischbelaubten Büschen hockte und vor Angst schlotterte. Sein Magen verkrampfte sich. Er mußte seine ganze Kraft aufwenden, still sitzen zu bleiben und nicht kopflos aus dem Unterholz zu brechen, um dem Köter das Maul zu stopfen. Dem Gebell nach war es ein kleiner Hund, vielleicht ein Dackel. Er machte ein Höllenspektakel, aber er war keine Gefahr. Das sagte er sich immer wieder: Bleib sitzen! Keine Gefahr. Rühr dich bloß nicht von der Stelle! Der Alte tat nichts, brummte nur vor sich hin, während sein verdammter Köter die ganze Nachbarschaft alarmierte. Ausgerechnet jetzt. ED wartete, war vielleicht schon unterwegs. Er mußte ihn anrufen, zu seinem Versteck lotsen.

Der Köter schien kaum noch Luft zu bekommen, aber er dachte gar nicht daran aufzuhören. Er hatte etwas entdeckt und wollte die ganze Welt darauf aufmerksam machen. Der Mann sprach mit ihm, wurde energischer: »Was hast du denn? Sei still!« Ohne hörbaren Erfolg. Schließlich reichte es ihm. Er stand auf, setzte schlurfend seinen Weg fort, aber der Hund kläffte weiter. Er schien an der Leine zu zerren, wollte zu ihm ins Gebüsch. Der Arm des Mannes zuckte, als ob er den Hund zurückhalten müßte. Es schien endlos zu dauern, bis der Alte außer Sichtweite war und sein Hund endlich Ruhe gab.

Didis Nerven waren bis zum äußersten gespannt. Die Stille, die nun herrschte, hatte nichts Friedliches mehr. Sie wirkte trügerisch und bedrohlich. Sogar die Vögel hielten verschreckt ihre Schnäbel, warteten ab, ob das Inferno von neuem begann.

Die grünlich schimmernde Digitalanzeige seiner Uhr zeigte sieben Minuten nach zehn. Er mußte anrufen, sofort. Hastig kontrollierte er den Kassettenrekorder, auf dem er seine Anweisungen aufgezeichnet hatte. Hoffentlich machte er keinen Fehler. Er zitterte vor Aufregung und biß sich auf die Lippen. Sein Mund war ausgetrocknet. Er hatte kein Wasser mitgenommen, weil er den Rucksack nicht zu voll stopfen wollte. Vielleicht mußte er rennen. Er lauschte noch einmal in die Dunkelheit, zog das Handy aus der Tasche, wählte EDs Nummer und wartete, den Finger auf der Starttaste des Rekorders. Sein Herz klang wie eine große Trommel, die für den einsetzenden Gesang der Nachtigallen den Takt schlug.

ED hatte kurz vor zehn das Haus verlassen und war dann auf der Elbchaussee in Richtung Blankenese gelaufen. Er hatte sich an die Anweisungen des Erpressers gehalten. In dem Koffer, den er bei sich trug, befand sich eine Million Euro in kleinen Scheinen, und er hatte nicht die Polizei informiert. Er war allein. Nur Dimitri hielt sich bereit. Die Anrufe des Erpressers wurden auf sein Handy umgeleitet.

Punkt zehn erreichte ED den Mühlenberg. Er wartete, ging ein paar Schritte auf und ab und kontrollierte, ob sein Telefon eingeschaltet war. Drei Minuten nach zehn war noch immer nichts passiert. Er wurde unruhig. Weitere Minuten vergingen, ohne daß jemand anrief. Er wußte nicht, was er tun sollte, stand unschlüssig, mit einer Million in der Hand, auf dem Bürgersteig und wartete. Auf der Chaussee herrschte noch reger Verkehr. Der Eingang zum Hirschpark lag einige hundert Meter weiter, am anderen Ende der großen Grünanlage, in der es auch Wildgehege und Tennisplätze gab. Er entschloß sich weiterzugehen.

Natürlich war es idiotisch, von einem Kriminellen Pünktlichkeit zu erwarten. Aber wenn er nun nicht anrief? Wenn er ihn mit seiner Frage verschreckt hatte? Das spräche dann dafür, daß es tatsächlich Dietrich war. So ging das seit Tagen. Ununterbrochen suchte er nach Anhaltspunkten und Argumenten für die eine oder die andere Version. Er wußte einfach nicht, worauf er sich einstellen mußte, versuchte, auf alles vorbereitet zu sein. So, wie sich die Dinge entwickelt hatten, konnte er nur noch hoffen, daß es sein eigener Sohn war, der ihn erpreßte. Eine groteskere Situation war kaum denkbar. Es war vielleicht seine einzige Chance, sich seinem Sohn zu nähern. Hätte es diese Hoffnung nicht gegeben, wäre er niemals auf die Forderungen eingegangen. Ein paar verseuchte Ölkanister hätten ihn nicht dazu gebracht, weiß Gott nicht. Er hätte Himmel und Hölle in Bewegung gesetzt, um die Laus, die ihm auf den Pelz rückte, zu zerquetschen. Aber nicht, solange die Möglichkeit bestand, daß diese Laus sein Sohn sein könnte, nicht nach allem, was er in den letzten Tagen und Wochen erfahren und mitgemacht hatte.

Plötzlich spürte er, wie es in seiner Manteltasche zu vibrieren begann. Er blickte sich um und vergewisserte sich, daß er allein war. Dann nahm er das Telefon in die Hand, versuchte sich zu konzentrieren und hielt es an sein Ohr.

»Ja?«

Er hörte ein lautes Krachen, leise seltsame Geräusche, ein Kratzen und Knistern. Was war das im Hintergrund? Vögel? Ja, Vogelgezwitscher.

»Haben Sie das Geld?«

Es war dieselbe monströse Stimme, die ihn bis in seine Träume verfolgt hatte, nur leiser als beim letzten Mal, blechern, weniger voluminös, schlecht zu verstehen. Er schluckte. Wie machte er das? Wo war er? Es war ein Mann. Er war sicher, daß es ein Mann war.

»Ja«, flüsterte er.

»Haben Sie das Geld?«

»Ja«, wiederholte er, etwas lauter. Er blickte sich um. Noch immer war er allein auf der Straße.

»Haben Sie das Geld?«

»Ja doch, verdammt noch mal!« Er bekam eine Gänsehaut. Was sollte das? Funktionierte die Verbindung nicht? Konnte er ihn nicht verstehen?

»Gehen Sie bis zum Ende des Parks. Bis zum Café. Gehen Sie in den Park hinein und warten Sie dort auf weitere Anweisungen.«

»Ich bin schon fast da«, antwortete ED.

Der Anrufer hatte nicht aufgelegt. ED wartete ab, ob er noch etwas sagen wollte. Wieder hörte er diese merkwürdigen Geräusche, ein leises Brummen wie von einem Motor, und im Hintergrund sangen Vögel.

»Gehen Sie bis zum Ende des Parks. Bis zum Café. Gehen

Sie in den Park hinein und warten Sie dort auf weitere Anweisungen.«

»Ja, das habe ich verstanden. Aber die Verbindung ist schlecht. Können Sie mich denn verstehen?«

Keine Antwort. Er meinte, ein leises Atmen zu hören.

»Hallo? Ich sagte, ich bin gleich da. Es sind nur noch ein paar...«

»Gehen Sie bis zum Ende des Parks«, unterbrach ihn die Stimme. »Bis zum Café. Gehen Sie in den Park hinein und wart...« Ein lautes Knacken ließ die Stimme mitten im Wort abbrechen. Dann wurde die Verbindung beendet.

Irritiert blieb er stehen. Was hatte das zu bedeuten? Plötzlich verstand er. Die Wiederholungen, das Knacken, die Tatsache, daß er nicht auf seine Fragen antwortete. Der Erpresser konnte gar nicht direkt mit ihm in Verbindung treten. Oder er wollte es nicht. Es war dieselbe entstellte Stimme, aber diesmal hatte er die Anweisungen vorfabriziert, vielleicht auf ein Band aufgenommen, und mehrmals wiederholt, weil er auf Nachfragen nicht antworten wollte oder konnte. Warum? Warum machte er es nicht wie beim letzten Mal? Eines war jedenfalls sicher: Der Kerl wollte unter allen Umständen vermeiden, ihm seine Stimme zu offenbaren. Vielleicht aus Angst, er könnte sie später identifizieren. Oder weil er wußte, daß er ihn sofort erkennen würde. Er fühlte sich bestätigt. Es mußte jemand sein, den er gut kannte. Die Erkenntnis erregte ihn, gab ihm neue Kraft. Vielleicht...

Er lief die letzten Meter bis zum Eingang. Der Park lag dunkel und bedrohlich vor ihm. Es war still, bis auf die Nachtigallen, die sich die Seele aus dem Leib trällerten. Manchmal waren sie nachts so laut, daß er das Fenster schließen mußte, um schlafen zu können. Er stutzte, dachte an den Anruf und die seltsamen Geräusche im Hintergrund. Dann fiel es ihm wie Schuppen von den Augen. Die Vögel! Er hatte sie auch durch das Telefon gehört. Es waren die Nachtigallen im Park. Der Mann hielt sich hier irgendwo in der Nähe auf. Vielleicht beobachtete er ihn.

Er überlegte fieberhaft, verspürte keine Angst mehr. Sein Verstand arbeitete konzentriert und präzise. Er ging Punkt für Punkt durch und kam zu einem logischen Ergebnis. Jemand wartete im Park auf ihn, um an das Geld zu kommen. Das war zu erwarten. Er hatte ein Tonbandgerät oder etwas Ähnliches dabei, von dem er seine vorher aufgenommenen Anweisungen abspielte. Das konnte nur heißen, daß dieser Jemand im Park alles allein machen mußte. Es gab keine zweite Person, die von einem sicheren Versteck irgendwo in der Stadt anrief, um ihn zum Ort der Geldübergabe zu leiten, während ein Komplize das Geld in Empfang nahm. So wären Profis vorgegangen. Also hatte er es mit einem Einzeltäter zu tun, einem Amateur, vermutlich demselben, der nachts in die Raffinerie eindringen wollte. Und dieser Mann kannte ihn gut, betrieb einen großen Aufwand, um seine Stimme vor ihm zu verbergen. ED sah in den dunklen Park hinein. Er war sich jetzt sicher. Irgendwo da drinnen hockte sein Sohn und wartete auf ihn.

Dimitri hatte mitgehört. Vielleicht war es ihm auch aufgefallen. Aber es war besser, sich abzustimmen, ihm Bescheid zu sagen. Wenn Dietrich ihn beobachtete und sah, daß er telefonierte, wäre er allerdings gewarnt. Trotzdem, er mußte es riskieren. Er hatte von Erpressungen gehört, bei denen die Geldübergabe viele Male gescheitert war, sich über Wochen hinzog. Das würde er nicht durchhalten. Es mußte heute geschehen, diese Nacht. Es gab nur diese eine Gelegenheit, und er brauchte Dimitris Hilfe.

Er tat so, als müsse er pinkeln, trat zwischen einige dichte Sträucher und gab schnell die Nummer ein.

»Dimitri, er ist hier, im Park«, flüsterte er aufgeregt. »Haben Sie die Vögel gehört? Er hat sich hier irgendwo versteckt. Ich glaube, er spielt seine Anweisungen von einem Band ab. Er ist also allein, hat keinen Komplizen.« Er hörte ein Piepen. Mist!

Jemand versuchte, ihn anzurufen. »Ich muß Schluß machen. Beeilen Sie sich!«

Sekunden später begann der Apparat erneut zu vibrieren.

Didi hatte alle Vorsicht fahrenlassen. Er rauchte hemmungslos und versuchte einen klaren Gedanken zu fassen. Die Methode mit dem Rekorder war Irrsinn. War das Band wirklich so schlecht zu verstehen? Er könnte es etwas lauter stellen, aber damit stieg das Risiko, entdeckt zu werden. Er bewegte den Drehknopf einen Millimeter nach rechts und spulte bis zur nächsten Ansage ein Stück vor. Dann rief er wieder an.

Besetzt!

Er starrte ungläubig auf das Display. Das konnte doch nicht wahr sein. Das Schwein telefonierte. Er rief die Polizei an oder irgendwelche Schläger, die ihn fertigmachen sollten, seinen Leibwächter. Mit wem sollte er sonst sprechen, jetzt, in dieser Situation? Wie konnte er es wagen...

Er unterbrach die Leitung und zog an seiner Zigarette. Eine bittere, kaum zu kontrollierende Wut stieg in ihm auf. Dieser Mistkerl versuchte ihn reinzulegen, natürlich. Wie hatte er nur daran zweifeln können.

Plötzlich meldete sich eine andere, nüchterne Stimme in seinem Kopf. Er hatte ED gesagt, er solle seine Gespräche auf das Handy umleiten. Vielleicht hatte er irgendeinen anderen Anruf erhalten, jemand, der ihn zum Essen einlud, oder etwas Geschäftliches. Bei ED ging es immer ums Geschäft, Tag und Nacht. Er durfte nicht vorschnell die falschen Schlüsse ziehen, sich nicht unnötig in Panik versetzen lassen. Er verfluchte den Rekorder. Sollte er es einfach seinlassen und direkt mit ihm reden? Dann könnte er fragen, mit wem er telefoniert habe, könnte ihm drohen, seine ganze beschissene Raffinerie in gräuliche Pampe zu verwandeln, wenn er nicht spurte.

Er versuchte es erneut. Diesmal war die Leitung frei.

»Ja?«

Er wollte schon den Mund aufmachen, ihn als arroganten hintertriebenen Schweinehund beschimpfen, aber es ging nicht. Er konnte es nicht. EDs Stimme schnürte ihm die Kehle zu. Statt dessen hielt er das Handy wieder vor den Lautsprecher und drückte auf die Play-Taste.

»Gehen Sie den Hauptweg entlang bis zur ersten Kreuzung«, plärrte die Stimme in die nächtliche Stille. Es war laut, viel zu laut. »Dort gehen Sie nach links.« Schnell hielt er sich das Handy ans Ohr, um EDs Antwort mitzubekommen.

»Verstanden.«

Er hörte das Knirschen des Kiesbelages durch die Leitung.

»Gehen Sie den Hauptweg entlang bis zur ersten Kreuzung. Dort gehen Sie nach links.«

Didi fuhr der Schreck in die Glieder. Er hatte vergessen, das Handy wieder vor den Lautsprecher zu halten. Aber ED schien das nicht zu stören. Er sagte nichts. Man hörte nur seine Schritte.

»Gehen Sie den Hauptweg entlang bis zur ersten Kreuzung. Dort gehen Sie nach links.«

»Ich bin jetzt an der Kreuzung.«

Beinahe wäre Didi ein »Gut!« herausgerutscht. Dieses Hin und Her zwischen Rekorder und Ohr machte ihn irre, verleitete zu Fehlern. Er wurde konfus. Er mußte auf viel zuviel gleichzeitig achten und schwitzte dabei, obwohl ihm eher kalt war. Er durfte jetzt nicht durchdrehen. Nur noch ein paar Minuten, dann war es überstanden.

»Gehen Sie über die nächste Wegkreuzung hinweg, und biegen Sie an der übernächsten rechts ab.«

Plötzlich hatte er eine Idee, wie er sein Vorgehen vereinfachen könnte. ED hörte ihn offenbar gut, hatte es aufgegeben, an der Verständigung herumzumäkeln. Die Wiederholungen waren unnötig, versetzten ihn nur in Unruhe. Er ließ das Band einfach laufen und drehte den Lautstärkeregler ganz nach links. Die Pegelausschläge zeigten ihm, wann seine Ansagen kamen.

Nach der zweiten Wiederholung drückte er die Pausentaste. Eine Welle der Euphorie raste durch seinen Körper. Die Idee begeisterte ihn. Er war kein Sklave seiner mangelhaften Vorbereitung. Er konnte spontan reagieren und seine Fehler korrigieren. Das war befreiend, beruhigte ihn ungemein. Er mußte grinsen. Er würde auch die nächsten Schritte bewältigen, heil aus der Sache herauskommen. Und reich. Durch das Telefon hörte er, daß sein väterlicher Zwilling mit dem Geld auf dem Weg zu ihm war. Es lief wie am Schnürchen. Plötzlich machte es Spaß, ihn wie eine ferngesteuerte Marionette kreuz und quer durch die Nacht zu scheuchen, bergab und wieder bergauf, mal rechts, mal links herum. Er hörte ihn keuchen, wenn er den Hang nach oben laufen mußte. Mit seiner Kondition schien es nicht zum besten zu stehen. Am liebsten hätte er ihm befohlen, die ganze Strecke im Laufschritt zu bewältigen.

Da war nur dieser Anruf. Mit wem hatte ED gesprochen?

Die Anweisungen kamen jetzt nur noch einmal. Irgend etwas hatte er verändert. ED hatte das Gefühl, im Kreise herumgeführt zu werden, wahrscheinlich eine Art Verwirrungstaktik, aber er sagte nichts, sondern folgte nur den Wegbeschreibungen. Er begegnete keinem Menschen, und während er lief, dachte er an Dimitri. Hoffentlich war er schon unterwegs, bekam mit, wann er welchen Abzweig zu nehmen hatte. Es war dunkel und die Parkanlage ziemlich verwirrend. ED wagte nicht, sich umzudrehen. Wenn Dimitri den Anschluß verlor, war alles vergebens.

Manchmal hörte er ein Schnaufen durch das Telefon, undefinierbare unterdrückte Laute, die sein Herz schneller schlagen ließen, weil sie die ersten unverfälschten Lebenszeichen des Erpressers waren. Er horchte aufmerksam, um sie identifizieren zu können. Jetzt gab es keine Verfremdungsmaschinerie mehr, die zwischen ihnen stand. Er hörte die Atemzüge eines Menschen. Noch immer hatte er Zweifel. Er überlegte, ob er versuchen sollte, ihn aus dem Konzept zu bringen. Er müßte eine Situation herbeiführen, die ihn zwang, von seinem Plan abzuweichen und zu antworten, den Mund aufzumachen. Es war riskant. Vielleicht verlor er den Kopf und brach das ganze Unternehmen ab.

»Gehen Sie an der nächsten Abzweigung nach links. Der Weg führt nach wenigen Metern in ein kleines Wäldchen. Dort stoßen Sie auf eine Bank.«

Didi hielt die Luft an und lauschte. Ja, da war er, ganz nah. Er konnte ihn hören, seine Schritte. Er war allein. Didi hatte in den vergangenen Stunden genug Zeit gehabt, um sich mit Schrittgeräuschen vertraut zu machen. Er hörte jemand kommen und riet, um sich die Zeit zu vertreiben, wie viele Menschen sich näherten. Er hatte fast immer richtiggelegen. ED mußte jetzt an der letzten Abzweigung angelangt sein, war vielleicht fünfzehn, zwanzig Meter von seinem Versteck entfernt. Gleich müßte er ihn sehen können, wie den alten Mann eine halbe Stunde zuvor. Er reduzierte die Lautstärke des Rekorders und wartete. Aber ED kam nicht. Das kaum wahrnehmbare Knirschen seiner Schritte war verstummt.

ED stand genau an der Kreuzung. Vor ihm verschwand der Weg zwischen mannshohen Sträuchern. Sein Gefühl sagte ihm, daß er kurz vor dem Ziel war. Hier irgendwo würde es geschehen.

Ihm war eingefallen, was er tun mußte, um Dietrich aus der Reserve zu locken. Es war ganz einfach. Er mußte nur behaupten, daß an dieser Kreuzung zwei Wege nach links abgingen und daß er nicht wüßte, welchen er nehmen sollte.

Dietrich war nicht wie er. Man konnte ihn relativ leicht provozieren und verunsichern, mußte nur lange und entschieden genug auf einem Standpunkt beharren, um ihn in einen Wutanfall oder resignierten Rückzug zu treiben. Er könnte sich das zunutze machen. Er hatte diese immer offensichtlicher werdende Schwäche seines Sohnes damals verachtet, sich maßlos darüber geärgert, daß ausgerechnet sein Sohn zu einem »willenlosen Scheißer« heranwuchs, der keiner Versuchung widerstehen konnte und lieber bequem auf der faulen Haut lag, als etwas zu tun. ED wußte mittlerweile, daß er entscheidend daran mitgewirkt hatte.

Noch immer stand er vor dem Abzweig und kam zu keinem Ergebnis, war hin- und hergerissen zwischen dem Wunsch, alles möglichst schnell und reibungslos hinter sich zu bringen, und seinem brennenden Bedürfnis nach Gewißheit.

Was geschehen würde, war klar. Irgendwann würde er ihn auffordern, den Koffer abzustellen und zu verschwinden. Von diesem Moment an war er aus dem Spiel, mußte den Rückzug antreten, ohne irgend etwas erfahren zu haben. Alles hing dann von Dimitri ab, von seiner Schnelligkeit und Kraft. Und wenn Dimitri versagte, war die Chance unwiderruflich vertan. Es würde ihm leichter fallen, wenn er wenigstens einmal seine Stimme gehört hätte.

»Gehen Sie an der nächsten Abzweigung nach links«, kam es unvermittelt aus seinem Handy, viel leiser als zuvor. »Der Weg führt nach wenigen Metern in ein kleines Wäldchen. Dort stoßen Sie auf eine Bank.«

Aha. Er hatte die Verzögerung bemerkt, drängte, forderte ihn auf weiterzugehen. ED blickte sich um. Niemand war zu sehen. Die Nachtigallen hatten eine Ruhepause eingelegt. Wo war Dimitri? Er mußte Zeit gewinnen.

Was tat er da, um Himmels willen? Worauf wartete er? Oder auf wen?

Nichts war zu hören außer dem immerwährenden ruhelosen Treiben des Hafens. Als ob der ganze Park, alles, was darin lebte, innehielt und die Ohren spitzte.

Das Gefühl völliger Ohnmacht war niederschmetternd.

Didi war wie gelähmt. Eben hatte er die Situation noch genossen, glaubte, die Fäden in der Hand zu halten. Um so unerträglicher war jetzt das Erwachen. Er konnte nichts tun, saß in der Falle. Er sah nichts, hörte nichts, konnte sein Versteck nicht verlassen, nur wieder und wieder diese Sätze abspielen, obwohl sogar das riskant war, weil die Tasten seines Rekorders in der nächtlichen Stille so laut zu krachen schienen, daß er fürchtete, man könnte sie bis nach Blankenese hören. Was er hier tat, war ein miserabler Witz. Die geringste Schwierigkeit schleuderte ihn aus der Bahn. Nicht er war es, der hier die Kontrolle hatte. Wenn ED sich schlicht weigerte, seinen Anweisungen zu folgen, war er machtlos.

Nur wenn er jetzt abhaute und seine Drohung wahr machte, gab es eine zweite Chance, wäre er glaubwürdig, ein ernst zu nehmender Gegner. Aber das wollte und konnte er nicht. Es war undenkbar, lag jenseits seiner Vorstellungskraft. Das Spiel war definitiv zu Ende. Er hatte die Zellen beseitigt, ins Klo gekippt. Aus. Es reichte. Das hier war der Punkt, bis zu dem er gehen würde, und keinen Schritt weiter. Es gab nur diesen einen Versuch, und er war fast soweit, ihn abzubrechen. Wenn er sich jetzt, ohne das Geld, aus dem Staub machte, wie ein begossener Pudel davonschlich, hatte er nichts mehr in der Hand.

Plötzlich, angesichts seiner Ohnmacht, erschien es ihm seltsam, daß ED bis zu diesem Moment so bereitwillig mitspielte. Er hatte kaum Widerstand geleistet. Das paßte nicht zu diesem Machtmenschen. Da war der seltsame Ton in seiner Stimme. Was war los mit ihm? Warum war er überhaupt im Park erschienen, allein? Was hatte er vor? Warum stellte er sich ihm nicht mit seiner ganzen überlegenen Macht entgegen?

»Was ist mit den Gefäßen?«

Didi war so erstarrt und mit sich selbst beschäftigt, daß er die Frage nicht verstand.

»Ich habe gefragt, was mit den Gefäßen ist? Sie bekommen nichts, wenn ich nicht weiß, wo sie sind!«

Das war es also. Darum ging es. Fast hätte er laut aufgelacht. Er hatte vergessen, daß hier ein Handel abgewickelt wurde, ein Geschäft. Ware gegen Bezahlung. Sie waren Partner.

Es gab nur ein Problem. Er hatte keine Ware mehr. Nur zwei große, ausgespülte Thermoskannen, die er idiotischerweise noch immer nicht weggeworfen, sondern als unübersehbaren Beweis auf seinem Kühlschrank plaziert hatte.

Und er hatte keine Antwort auf diese Frage, jedenfalls nicht auf Band. Als er die Aufnahmen machte, hatte er nicht daran gedacht, daß ED diese Frage stellen würde, stellen mußte. Jedes Opfer einer Erpressung stellte diese Frage. Ware gegen Bezahlung.

Sie waren sich jetzt so nah, daß sie sich ohne weiteres ohne ihre Handys unterhalten könnten. Trotzdem flüsterte er seine Antwort ins Handy. Es war ihm egal, alles war ihm egal. Er spielte das Spiel jetzt bis zum Ende.

»Erst das Geld. Sie haben zwei Minuten.«

EDs Augen weiteten sich, sein Oberkörper füllte sich mit Luft.

Mein Gott! Der Mann hatte gesprochen, geflüstert zwar, leise, aber er hatte es verstanden. Nur...

Es kam so plötzlich. Er war nicht vorbereitet. Obwohl er darauf gewartet, es provoziert hatte. Es ging zu schnell. Er müßte mehr hören. Er wollte nachfragen, aber die verfremdete Stimme kam ihm zuvor. Im Kontrast zum Original klang sie nun noch entstellter, unmenschlicher.

»Gehen Sie an der nächsten Abzweigung nach links. Der Weg führt nach wenigen Metern in ein kleines Wäldchen. Dort stoßen Sie auf eine Bank.«

ED war geschockt. Nichts hatte sich in ihm geregt, keine Erinnerung, nicht das geringste Erkennen. Er war sich so sicher gewesen, aber diese Stimme sagte ihm nichts. Wie hatte sie sich angehört? Er versuchte sich zu erinnern, es in Worte zu fassen, aber es war unmöglich. Die Worte hatten nur den Bruchteil einer Sekunde gedauert, jedenfalls kam es ihm so vor. Wie ein Fingerschnippen. Wie ein Tier, das um die Ecke huscht, und man Minuten später schon daran zweifelt, ob es überhaupt da war. Ihm wurde klar, daß er gar nicht mehr wußte, wie die Stimme seines Sohnes klang.

»Gehen Sie an der nächsten Abzweigung nach links. Der Weg führt nach wenigen Metern in ein kleines Wäldchen. Dort stoßen Sie auf eine Bank.«

Seine Füße setzten sich widerstrebend in Bewegung. Zwischen den Sträuchern wurde es noch dunkler. Über ihm traten die Baumkronen zu einem geschlossenen Blätterdach zusammen, das leise rauschte. Es roch modrig. Nach ein paar zögernden Schritten tauchten vor einem meterhohen, dichten Gebüsch die Umrisse der Bank auf. Davor blieb er stehen.

»Tun Sie das Geld in den Papierkorb und verschwinden Sie«, befahl die Stimme.

Er rührte sich nicht von der Stelle, sah auf den Koffer in seiner Hand. Er enthielt eine Million in bar. Eine Menge Geld, aber bezogen auf sein Gesamtvermögen lag das im Promille-Bereich.

»Tun Sie das Geld in den Papierkorb und verschwinden Sie!«

ED trat einen Schritt vor, hob den Koffer und steckte ihn in den von Holzlatten eingefaßten Abfalleimer. Der große blaue Müllsack darin war leer. Dann schaltete er das Handy aus. Er wollte diese Stimme nie wieder hören. Er drehte sich um und lief den Weg zurück, den er gekommen war.

36

Dimitri hatte nach EDs Anruf das Haus verlassen und wartete in seinem Wagen, der auf halber Strecke zwischen Haus und Hirschpark am Straßenrand stand. Auf seinem Schoß hatte er eine detaillierte Karte des Mühlenbergs ausgebreitet, die ED über das Gartenbauamt besorgt hatte. Sie zeigte jeden Baum, jede Wegbiegung. Das Gespräch zwischen ED und seinem Erpresser verfolgte er über sein Headset, dessen Mikrofon er ausgeschaltet hatte, damit der Erpresser nicht mißtrauisch wurde. Er hatte keine Probleme, den Weg zu verfolgen und die Anweisungen in die Karte zu übertragen. Mittlerweile führte eine verschlungene rote Linie vom Eingang kreuz und quer durch die Parkanlage. Die permanenten Richtungswechsel hatten mehrere Schlaufen entstehen lassen. Er sah sich in seinem Verdacht bestätigt. Es wäre viel zu gefährlich gewesen, ED sofort zu folgen, wie er es verlangt hatte. Nach einer dieser Schleifen wären sie unweigerlich ineinandergerannt. Er wartete auf einen Anhaltspunkt, auf irgendein Zeichen, daß die Geldübergabe unmittelbar bevorstand.

ED war von der fixen Idee besessen, von seinem Sohn erpreßt zu werden, obwohl er nicht den geringsten Beweis dafür hatte. Diese Gestalt, der Dimitri im SoWhat begegnet war, war doch nicht ernst zu nehmen. Es mußte mehr dahinterstecken, viel mehr. Er spürte es. Anders war EDs Verhalten nicht zu erklären, seine Nervosität, dieser ungewohnte Blick, mit dem er ihn eher um Hilfe bat, als klare unmißverständliche Anweisungen zu erteilen. Er war überzeugt, daß ED ihn nicht wegen dieses Verdachts auf seinen Sohn angesetzt hatte.

Er hatte versucht, ED davon zu überzeugen, daß Dietrich niemals zu einer solchen Tat in der Lage wäre. Immerhin hatte er mit ihm geredet, ihn sich genau angesehen, seine flatterhaften Augen, das graue, ungepflegte Gesicht. Der Kerl stank wie ein Schnapsladen. Das war ein Schwächling, ein Loser, der sich mit Alkohol und Nikotin vollpumpte und meinte, er müsse die Welt mit seinem überflüssigen Krach belästigen. Er kannte diese Typen.

In seinem Headset war es eine Weile still gewesen, aber als ED dann nach den Globacter-Gefäßen fragte, wußte er, daß die heiße Phase unmittelbar bevorstand. Er mußte sich jetzt im unteren Teil des Parks befinden, auf der Karte war sogar die Bank eingezeichnet. Er prägte sich den Weg ein und steckte die Karte und sein Handy in die Jackentasche. Anschließend kontrollierte er seine Waffe und das Nachtsichtgerät, das er sich besorgt hatte. Als er die Wagentür abschloß, sah er rechts von sich einen Mann und eine Frau, die sich eingehakt hatten und langsam in seine Richtung liefen. Er wandte sich nach links und fiel im Schutz der Bäume in einen lockeren Laufschritt. Dabei lauschte er auf das, was ihm sein Handy über das Geschehen im Park übermittelte. Daß der Erpresser plötzlich mit eigener Stimme redete, nahm er nur am Rande zur Kenntnis. ED war offenbar stehengeblieben.

Im Vorbeilaufen fiel ihm am Straßenrand ein Wagen auf, in dem zwei Männer saßen. Einer telefonierte. Sie gaben sich Mühe, in eine andere Richtung zu schauen, aber er war sich sicher, daß es Polizisten waren. Was taten sie hier? Eine Zivilstreife auf Routinetour?

Er setzte seinen Weg fort und erreichte wenig später den Parkeingang. In den letzten Tagen war er mehrmals hiergewesen, hatte jeden Teil des Parks erkundet. Er wußte genau, wohin er sich wenden mußte, hielt sich nicht an die Wege, die ihn schon lange im voraus angekündigt hätten, sondern rannte quer über die offenen Rasenflächen hangabwärts. An einer großen alten Eiche blieb er stehen und setzte das Nachtsichtgerät auf, um sich zu orientieren. ED schien sich noch immer nicht bewegt zu haben, aber er mußte sich beeilen, weiter den Hang hinunter und sich leicht links halten.

Gerade als er die klobige Brille wieder absetzen wollte, nahm er eine flüchtige Bewegung wahr, einen hellen Schimmer, das Infrarotbild eines Warmblüters. Er sah genauer hin. Tatsächlich. In etwa hundert Meter Entfernung stand jemand hinter einem Baum, kein Tier, sondern ein Mensch. Dann entdeckte er wenige Meter dahinter eine weitere Person. Er mußte an die beiden Polizisten oben im Wagen denken. Er sah sich rasch um. Da waren noch zwei.

»Gehen Sie an der nächsten Abzweigung nach links«, quäkte es in diesem Moment zum zweiten Mal in seinem Ohr. »Der Weg führt nach wenigen Metern in ein kleines Wäldchen. Dort stoßen Sie auf eine Bank.« Jetzt hörte er Schritte. ED hatte sich wieder in Bewegung gesetzt.

Dimitri zögerte, wußte nicht, was er tun sollte. Das hier war eindeutig eine Falle. Im Park wimmelte es von Bullen. Wahrscheinlich hatten sie ED überwacht oder sein Telefon abgehört. Ihr Plan war undurchführbar geworden. Andererseits konnte er ihn da unten unmöglich alleine lassen. Vermutlich ahnten weder der Erpresser noch ED etwas vom Ernst der Lage. Er war EDs Leibwächter, war für seine Sicherheit verantwortlich. Er hatte einen Waffenschein und war auch befugt, die Waffe in Notsituationen einzusetzen. Er tat nichts Illegales, wenn er versuchte, seinen Arbeitgeber zu schützen, egal, wie dieser Abend endete. Der Aufmarsch ringsum galt nicht ihm.

Er setzte die Brille ab, behielt sie aber in der Hand und rannte weiter. So schnell er konnte, hastete er zu dem Wäldchen hinunter.

»Tun Sie das Geld in den Papierkorb und verschwinden Sie!«

Er achtete nicht mehr darauf, sich möglichst geräuschlos zu

bewegen, lief knirschend über Wege und schrammte an Sträuchern vorbei, auf direktestem Wege seinem Ziel entgegen.

»Tun Sie das Geld in den Papierkorb und verschwinden Sie!«

Jetzt hatte er die Baumgruppe, in dem sich die Bank mit dem Papierkorb befinden mußte, unmittelbar vor sich. Als er noch dreißig Meter entfernt war, sah er, wie ED auf dem Weg zwischen den Sträuchern ins Freie trat. Er lief ein paar Schritte auf ihn zu, um ihn zu warnen. Er wollte ihm sagen, daß sie von ihrem Plan Abstand nehmen müßten, daß es nur noch darum gehen könne, das Geld zu retten. Aber ED hatte ihn entdeckt und deutete energisch auf das Wäldchen, aus dem er gekommen war. Wenige Meter vor ED blieb er stehen, sah sein Gesicht, seinen flehenden Blick, der müde, aber auch voller Hoffnung war, eine Hoffnung, die ihm galt, seinem Bodyguard, auf den er große Stücke hielt. Wieder deutete ED erregt auf die Bäume, formte mit seinen Lippen stumm: Da drinnen. Los! Worauf warten Sie?

Dimitri ließ sich auf den Rasen fallen, setzte das Nachtsichtgerät auf und robbte sich vorsichtig voran. Er war außer Atem, pumpte Luft in seine Lungen und versuchte gleichzeitig, möglichst keinen Laut von sich zu geben. Hinter sich hörte er, wie ED davonlief. Er würde versuchen, ihn nicht zu enttäuschen.

Didi hielt es kaum noch aus in seinem beengten Versteck. Innerlich jubelte er. Er hatte es geschafft, und rückblickend erschien es ihm überraschend einfach. Gleichzeitig war ihm klar, daß noch nichts entschieden war, gar nichts. Vielleicht war der Koffer leer, oder er enthielt alte Zeitungen. Alles hing davon ab, wie sehr er seinen Vater eingeschüchtert hatte, aber er sah sich außerstande, das einzuschätzen. Vieles erschien ihm nur noch rätselhaft und unverständlich, warum ED ihm erst seinen Leibwächter auf den Hals hetzte, dann aber zur Geldübergabe allein erschien, wieso sein Plan bis zu diesem Zeitpunkt überhaupt funktioniert hatte. Es wäre so einfach gewesen, ihn auffliegen zu lassen. Der Koffer lag nur wenige Meter vor ihm in dem Papierkorb, zum Greifen nahe. Er zog ihn magisch an. Trotzdem wartete er noch. Auf ein paar Minuten mehr oder weniger kam es jetzt nicht an. ED hatte sein Handy ausgeschaltet. Er wollte ohnehin nicht mit ihm sprechen. Das Tonband war bis zum Ende durchgelaufen. Er hatte ihm nichts mehr zu sagen.

Zum Schluß war es überraschend schnell gegangen. ED hatte den Koffer deponiert und war sofort verschwunden, ohne sich umzusehen, ohne noch einmal nach den Gefäßen zu fragen. Er verschwand aus seinem Blickfeld, und danach hörte Didi, wie er sich weiter entfernte, nach Hause lief.

Außer EDs Schritten hatte er noch mehr Geräusche gehört, ein undefinierbares Rascheln und Kratzen, das er weder orten noch deuten konnte. Seine Ohren waren müde von der stundenlangen gespannten Aufmerksamkeit, die er ihnen abverlangt hatte. Seine ganze Konzentration galt jetzt ohnehin dem Papierkorb. Er mußte sich den Koffer holen und dann so schnell wie möglich verschwinden.

Nach ein paar Minuten begann er, seine Sachen vorsichtig im Rucksack zu verstauen.

So leise wie möglich kroch er aus seinem Versteck, in dem er fast drei Stunden ausgeharrt hatte. Bevor er aus dem Gebüsch heraustrat, lauschte er noch einmal in die Dunkelheit. Die Nachtigallen jubilierten, als wäre nichts geschehen. Als er sich auf dem Weg erstmals wieder strecken konnte, tat ihm alles weh. Seine Gelenke waren wie versteinert, die Wirbelsäule zu einem Eisenrohr erstarrt. Auf Zehenspitzen schlich er steif zu dem Papierkorb und zog den Koffer heraus. Es war ein schwarzer Aktenkoffer, und er war schwerer, als er erwartet hatte. Eigentlich glaubte er nicht daran, daß er Geld enthielt. Wieviel wiegt eine Million? fragte er sich.

Er legte den Koffer auf der Sitzfläche der Bank ab, setzte

sich daneben und ließ die Schnallen aufschnappen. Er lüftete den Deckel nur kurz, nur, um zu sehen, ob er den Park als kompletter Idiot oder als reicher Mann verlassen würde, und... ihm stockte der Atem ... Geld, stapelweise Scheine. Der Anblick trieb ihm die Tränen in die Augen, war fast zuviel. Er kniff die Lider zusammen und sah noch einmal hin. Es war nicht zu fassen. Schnell klappte er den Deckel wieder zu, preßte den Koffer, seine Zukunft, gegen die Brust und richtete sich wieder auf.

Plötzlich hörte er ein Geräusch. Er fuhr herum, sah einen Schatten auf sich zufliegen, wurde im nächsten Moment von den Beinen geschleudert und erhielt einen harten Schlag gegen sein Genick. Jemand preßte seinen Kopf mit aller Gewalt in den Kies des Weges. Er schmeckte Dreck und Staub, war benommen. Sein rechter Arm wurde brutal auf den Rücken gedreht. Von der Schulter schossen unerträgliche Schmerzen in seinen Körper. Er spürte, wie er an der Jacke gepackt und nach oben gerissen wurde. Um seine Kehle schloß sich eine mörderische Schraubzwinge.

»Na? Das hast du dir so gedacht, was«, flüsterte jemand an seinem Ohr. »Ich bin überrascht, dich hier zu sehen. So viel Initiative hätte ich dir nicht zugetraut.«

Er bekam keine Luft, stieß einige klägliche Laute aus, aber der Mann drückte weiter zu, biß ihn so heftig in seine Ohrmuschel, daß er vor Schmerz laut aufschrie.

»Du hast keine Chance. Das hier«, er spürte, wie sich etwas Hartes in seinen Rücken bohrte, »ist eine entsicherte Pistole. Wenn du aufmuckst, schieß ich dir ein Loch in den Bauch, verstanden?«

Er versuchte zu nicken, aber er konnte den Kopf nicht bewegen. Er hatte Angst, der Kerl könnte ihm das Genick brechen. Es war der Hüne aus dem SoWhat, EDs Leibwächter, der ihm fast die Hand zerquetscht hatte. Diese Stimme würde er nie vergessen. Es war aus, vorbei. Er gab auf, erschlaffte.

»So ist es gut. Du gehst jetzt ganz artig mit mir hier raus, okay? Du hast Glück, daß du's nicht mit mir allein zu tun hast. Da ist jemand, der sich liebend gerne mit dir unterhalten möchte. Rate mal!«

Der Mann schob ihn voran, gab ihm einen Stoß, der ihn fast wieder in den Dreck befördert hätte. Er stolperte, fing sich und blickte sich um.

Ja, es war der Leibwächter. Er grinste. In der Linken hatte er den Koffer. Die Rechte mit der Waffe zeigte in seine Richtung.

»Los«, sagte er und wischte kurz mit der Pistole durch die Luft. »Vorwärts!«

Didi drehte sich um und lief los. Der Gorilla folgte dicht hinter ihm.

Nach zehn Metern machte der Weg eine Linkskurve und führte aus den Rhododendron-Büschen in die offene Parklandschaft hinaus. Kaum hatte er die Sträucher hinter sich gelassen, flammte vor ihm eine gleißendhelle Lichterkette auf. Er lief wie gegen eine Wand.

»Polizei. Werfen Sie sofort Ihre Waffe weg!« rief eine Frauenstimme.

Das Licht schien seine Augen zu durchstechen und direkt in sein Gehirn vorzudringen. Seine Pupillen boten keinerlei Widerstand, waren seit Stunden an die Dunkelheit gewöhnt. Er war hilflos, vollkommen geblendet, kniff die Augen zusammen und versuchte sein Gesicht mit der Rechten abzuschirmen, aber diese Bewegung jagte einen furchtbaren Schmerz durch seine Schulter. In der Linken baumelte sein Rucksack. EDs Leibwächter trat neben ihn. Er wirkte nicht besonders beeindruckt und hielt weiterhin die Waffe auf ihn gerichtet.

»Tun Sie, was sie sagt, Dimitri! Sie wissen Bescheid. Es ist vorbei.«

Das war EDs Stimme. Was meinte er damit? Was gab es da Bescheid zu wissen? Er und die Polizei hatten doch sicher zusammengearbeitet. Didi verstand nicht, was hier passierte. Der Boden unter seinen Füßen begann zu schwanken. Ihm wurde schwindlig. Er wischte sich über das Gesicht und sein schmerzendes Ohr. Es fühlte sich warm und feucht an. Blut. Es brannte, als er die Wunde berührte. Das Schwein hatte ihn gebissen. Die Polizei war in Kompaniestärke angetreten. Warum hatten sie ihn nicht selbst herausgeholt? Warum hatten sie das diesem gewalttätigen Monster überlassen?

Dimitri nickte, ließ die Waffe sinken und entspannte sich.

Es war keine Sache der Überlegung, nicht, daß er irgendeinem Plan folgte und sich eine realistische Chance ausrechnete. Es war ein Reflex, ein wütendes Aufbäumen. Plötzlich fühlte er das Gewicht in der linken Hand, das schwere Mikrofon, das er unnötigerweise mitgeschleppt hatte, den alten, kantigen Kassettenrekorder. Er nahm seine ganze Kraft zusammen, machte eine blitzschnelle Drehung und schleuderte seinen Rucksack mit großer Kraft gegen Dimitris Hinterkopf. Es schepperte. Ein entsetzliches Geräusch. Der Gorilla machte ein erstauntes Gesicht und sackte dann lautlos zusammen wie eine Puppe. Didi sah, wie die Waffe neben ihm ins Gras fiel. Die Polizisten schrien irgend etwas. Er machte eine Sprung nach vorne, griff sich die Pistole und hielt sie dem regungslosen Leibwächter an den Kopf.

»Bleiben Sie weg! Bleiben Sie bloß weg«, kreischte er mit sich überschlagender Stimme. »Kommen Sie mir keinen Schritt zu nah.«

»Lassen Sie die Waffe fallen, Senft! Das hat doch keinen Sinn.«

»Ich knall ihn ab. Ich knall ihn ab.«

»Bleiben Sie ruhig!« rief die Frauenstimme. »Sie machen alles nur noch schlimmer. Werfen Sie die Waffe weg, und kommen Sie mit erhobenen Händen hierher!«

»Den Teufel werde ich tun, gar nichts. Sie verschwinden jetzt von hier, alle, sofort! Sonst puste ich ihm den Kopf weg.«

»Ich komme jetzt zu Ihnen, alleine, und Sie geben mir die Pistole.«

»Sie bleiben, wo Sie sind«, schrie Didi.

Er richtete die Pistole in die Luft und drückte den Abzug durch. Er hatte noch nie eine Waffe in der Hand gehalten, geschweige denn einen Schuß abgegeben. Der Knall war ohrenbetäubend. Er erschreckte sich über seine eigene Entschlossenheit. Die Lichtbalken gerieten in hektische Bewegung. Aufgeregte Rufe.

»Hier sind mindestens zehn Scharfschützen, die Sie im Visier haben«, rief die Frau. »Zum letzten Mal: Werfen Sie die Waffe weg!«

»Bitte, Dietrich.« Das war ED. »Gib auf! Es ist zu Ende.« Seine Stimme kam aus derselben Richtung wie die der Frau. Er konnte nichts erkennen, außer den grellen Lichtern, die ihn in einem weiten Halbkreis umstellt hatten.

»Halt den Mund«, brüllte Didi. »Ich will nichts von dir hören.«

»Was willst du denn erreichen? Du kommst hier nicht raus. Der ganze Park ist abgeriegelt.«

»Das werden wir ja sehen. Sag ihnen, sie sollen verschwinden.« Er packte Dimitris Haare. Sie waren naß und glitten ihm beim ersten Mal aus der Hand. Er griff fester zu, zog den Kopf nach oben und setzte die Waffe an. »Sonst kannst du dir einen neuen Gorilla suchen.«

Er würde es tun, er würde es wirklich tun. Er hatte nichts mehr zu verlieren.

»Um Gottes willen, Dietrich. Hör auf! Wir müssen reden. Ich brauche dich. Ich brauche deine Hilfe. Ich werde dafür sorgen, daß dir nichts geschieht. Zusammen schaffen wir das. Du mußt jetzt aufgeben. Wir regeln das. Ich verspreche es.«

»Da gibt's nichts zu regeln.«

Sein Blick fiel auf Dimitris Gesicht. Augen und Mund standen offen. An beiden Wangen lief Blut herab. Der Hinterkopf war eingedrückt, zerschmettert, eine widerliche Ansammlung von Knochen, Haaren, einer weißlichen Masse und Blut, Unmengen von Blut. Er hatte ihm den Schädel eingeschlagen. Der Mann war tot. Entsetzt ließ er ihn los. Der Kopf plumpste mit einem dumpfen Laut ins Gras. Seine Hand war rot von frischem Blut.

»Ich komme jetzt zu dir, Dietrich. Ich bitte dich. Ich flehe dich an. Laß uns reden!«

Didi starrte fassungslos auf den Toten zu seinen Füßen. Als er aufblickte, sah er, wie sich eine Silhouette aus dem Licht löste und auf ihn zukam.

Er hatte getötet. Er war ein Mörder. ED kam näher. Bald konnte er das Gesicht erkennen. Sein Vater sah aus wie früher, das volle dunkle Haar perfekt gekämmt, nur die Schläfen waren jetzt grau meliert. Er trug einen langen schwarzen Mantel und einen seiner fünfundzwanzig Maßanzüge. Er streckte die Hand aus und schien zu lächeln. Natürlich, er triumphierte, hatte gesiegt, wie immer. Er war nur noch wenige Meter entfernt, und was nun geschah, konnte Didi auf seinem Gesicht ablesen wie in einem Spiegel. Als er die Waffe auf sich richtete, weiteten sich EDs Augen. Sein Gesicht verzog sich zu einem Ausdruck blanken Entsetzens, als er den Lauf an seine Schläfe setzte. Der Mund öffnete sich zu einem Schrei, als er den Finger krümmte. Er hörte noch, wie er seinen Namen rief, seinen eigenen Namen.

»Dietrich! Tu das nicht! Nein!«

ED fiel auf die Knie, schlug die Hände vors Gesicht und wurde von einem heftigen Schluchzen geschüttelt. Er sah nicht, wie die Polizisten von allen Seiten zu den beiden leblosen Körpern rannten, die vor ihm im Gras lagen, die wilden Muster, die ihre Taschenlampen auf die Bäume und Sträucher des Hirschparks malten. Er hörte nur zahllose Stimmen, die durcheinanderbrüllten.

Er kam erst wieder zur Besinnung, als jemand schrie: »Er lebt!«

Es dauerte zehn Minuten, bis eine Bahre organisiert war und vier Beamte ihn vorsichtig nach oben zur Elbchaussee tragen konnten, wo mehrere Rettungswagen bereitstanden. Für Dimitri kam jede Hilfe zu spät.

ED bestand darauf, seinen Sohn ins Krankenhaus zu begleiten. Die Kommissarin überlegte einen Moment, beriet sich telefonisch mit ihren Vorgesetzten und stimmte dann zu. Die Stunden der Notoperation verbrachte er wartend auf einem tristen Krankenhausgang, telefonierte mit seiner Tochter und mit Prof. Guido Manzolt, setzte sich danach an sein Bett und war dabei, als Dietrich, ohne aus seinem Koma erwacht zu sein, gegen fünf Uhr morgens starb. Es sei besser so, sagte der leitende Arzt, das Gehirn sei zu schwer geschädigt worden. Er hätte das Krankenhaus nie wieder verlassen können.

Noch im Sterbebett und bevor die Kriminalpolizei die Leiche sperren konnte, nahm der Arzt, ein Bekannter Manzolts, die Punktion vor. Das entnommene Rückenmarksgewebe wurde sofort weggeschafft und für die spätere Verwendung aufbewahrt.

37

Bis 1974 war die Bundesrepublik Deutschland der wichtigste Erdölproduzent – in Westeuropa. Noch 1970 förderte das Land auf seinem Territorium mit 7,5 Millionen Tonnen mehr als doppelt soviel Öl wie die Türkei, die damalige Nummer zwei, und fast dreimal soviel wie die in der Rangliste folgenden Länder Österreich und Frankreich.

Die Norweger waren damals arm, lebten von Holzwirtschaft und Fischerei und stöhnten über die hohen Steuern auf Tabak und Alkohol. Auch die Engländer waren nicht gerade auf Rosen gebettet. Das änderte sich dramatisch, als 1967 in der Nordsee Öl entdeckt wurde und einige Jahre später, im Juli 1971, das erste Off-shore-Ölfeld Ekofisk seine Förderung aufnahm. Es lag ziemlich genau in der Mitte der Nordsee, auf halber Strecke zwischen dem schottischen Edinburgh und der dänischen Küste, fiel aber gerade noch in die äußerste Südwestspitze des norwegischen Sektors. Vier Jahre später hatte Norwegen Deutschland überholt, wurde aber seinerseits bald von den Briten übertroffen. Am 18. Juni 1975 legte Energieminister Anthony Wedgwood Benn auf einem Tanker in der Themsemündung feierlich selbst Hand an einen Hahn, der das erste britische Nordseeöl direkt in eine Raffinerie sprudeln ließ. Premierminister Harold Wilson freute sich so sehr, daß er später gut gelaunt verkündete, als Führer einer aufstrebenden Ölmacht hoffe er darauf, im Jahre 1980 Vorsitzender der OPEC zu werden.

Gerade rechtzeitig, um den Schock der ersten dramatischen Ölkrise zu lindern, wurden Anfang der siebziger Jahre in rascher Folge neue Vorkommen entdeckt: Die Felder Forties, Brent, Piper, Ninian, Magnus, Statfjord und viele andere. Mit jeder Neuentdeckung wurde deutlicher, daß die Erdöllagerstätten der Nordsee auf einem etwa hundert Kilometer breiten Gürtel verstreut lagen, der südöstlich des Feldes Ekofisk begann und sich genau in der Mitte zwischen Norwegen und Großbritannien nach Norden bis in den Atlantik erstreckte. Die beiden Länder hatten sich erst 1965 über die Aufteilung ihrer Hoheitsgebiete in der Nordsee geeinigt. Als wenige Jahre später ein Bohrteam nach dem anderen fündig wurde, gab es viele, die sich im nachhinein wünschten, ihre Regierung hätte damals härter verhandelt. Mitunter waren es nur wenige Kilometer, die darüber entschieden, ob sich die Norweger oder die Briten die Hände reiben konnten.

Die anderen Nordseeanrainer hatten weniger Glück. Die Niederländer entdeckten wenigstens ihre großen Erdgasfelder, aber Dänemark bekam ein deutlich kleineres Stück vom Kuchen. Deutschland blieben nur einige klägliche Ölquellen im Süden. Ihre Reserven wurden Ende des zwanzigsten Jahrhunderts auf etwa 20 Millionen Tonnen geschätzt. Großbritannien besaß fünfzig mal soviel, in norwegischen Gewässern wartete gar die hundertfache Menge auf zahlungskräftige Abnehmer. Das skandinavische Land konnte es sich sogar leisten, der freundlich winkenden EU die kalte Schulter zu zeigen, da es mit seinen guten Ölgeschäften zu einem der größten Nettozahler der Gemeinschaft geworden wäre. Natürlich war das alles lächerlich im Vergleich zu den Vorkommen im Nahen Osten, wo allein ein Wüstenflecken wie Abu Dhabi über ein Vielfaches an Ölvorräten verfügte, aber für einige Jahrzehnte reduzierte das Nordseeöl die Abhängigkeit der Europäer von der Preispolitik der OPEC und den Importen aus Amerika und den GUS-Staaten.

Der Ölboom in der Nordsee begann also erst spät, in den siebziger Jahren des zwanzigsten Jahrhunderts. Er dauerte nur fünfzig Jahre und endete im Jahr nach Didis Tod, genau gesagt an einem 16. Januar, nur daß es zunächst niemand bemerkte. Bis die ganze Tragweite der Ereignisse auf der Hermes Alpha erkennbar wurde, vergingen Monate.

Die Förderplattform, die in der flachen See auf einem festen Stahlunterbau ruhte, wurde von einem Tochterunternehmen der Hamburger Senft AG betrieben. Das relativ kleine Ölfeld Hermes war aufgrund seismischer Messungen schon länger bekannt, aber eine Exploration und Ausbeutung lohnte sich erst, seit die Vorräte in der Nordsee knapp zu werden begannen. In vielen Feldern war die Entölung bereits weit fortgeschritten. Anstatt durch den Lagerstättendruck von selbst an die Oberfläche zu sprudeln, mußte das Öl vielerorts durch Einpumpen von großen Meerwassermengen oder heißem Wasserdampf dazu gezwungen werden, was die Kosten in die Höhe trieb.

In Zeiten knapper werdenden Nachschubs hatte man sich an den brachliegenden Vorrat erinnert, und im Frühsommer war ein deutsches Explorationsteam im Feld Hermes auf Öl gestoßen. Die Hermes Alpha wurde daraufhin von einem stillgelegten Feld weiter im Norden an ihre neue Position geschleppt und sollte nun eine Reihe von Förderbrunnen einrichten. Die geologischen Gegebenheiten waren kompliziert. Der direkte Weg nach unten wurde von wilden Verwerfungen im Gestein versperrt. Um das Risiko für das Bohrgestänge und die Brunnen so gering wie möglich zu halten, erreichte der Meißel sein Ziel daher auf verschlungenen Pfaden, die vorher in einem Ölfeldsimulator minutiös geplant wurden. Wie riesige Erdwürmer sollten sich diese abgelenkten Bohrungen in den europäischen Festlandsockel fressen.

Das Unglück geschah in den frühen Morgenstunden, bei eisiger Kälte und einem starken Wind. Die Tagschicht quälte sich gerade aus den Etagenbetten, und die Roughnecks der Nachtschicht begannen von warmen Duschen zu träumen und sich zu fragen, welche Filme heute im Kinosaal gezeigt wurden. Am Vortag hatte die erste Bohrung ihr Zielgebiet erreicht. Die Arbeiter waren damit beschäftigt, das tonnenschwere Gestänge zu ziehen und für die nächste Bohrung vorzubereiten.

Gegen fünf Uhr dreißig registrierten die Sensoren einen plötzlichen und dramatischen Druckanstieg im Bohrloch. Sirenen heulten auf, die letzten Schläfer wurden aus ihren Träumen gerissen. Trotz des sofortigen Alarms blieb den auf dem Bohrdeck arbeitenden Roughnecks keine Zeit, sich in Sicherheit zu bringen. Begleitet von einem tiefen Grollen, das aus der Tiefe zu kommen schien, begann der stählerne Bohrturm zu zittern, und im nächsten Moment schoß in einer haushohen, bestialisch stinkenden Schlammfontäne mit Urgewalt das Gestänge in die Luft. Es richtete an den Aufbauten der Hermes Alpha verheerende Zerstörungen an, verwüstete die wichtigsten Installationen, unter anderem die Separatoren, die das geförderte Öl von Wasser und Gas trennen sollten. Zwei heftige Explosionen entfachten Brände, die noch 24 Stunden später nicht gelöscht waren. Sieben Arbeiter wurden getötet, fünf weitere verletzt.

Der Blow-out auf der Hermes Alpha war die schwerste Katastrophe in der europäischen Erdölindustrie seit der Explosion der Piper Alpha im Jahre 1988, bei der 165 Menschen ums Leben kamen. Die Presse rief in den nächsten Tagen ins allgemeine Gedächtnis, daß die Förderung von Öl in der tückischen Nordsee ein für Mensch und Umwelt riskantes Unternehmen sei. Die europäischen Ölpioniere hätten damals vor völlig neuartigen technischen Herausforderungen gestanden, die nur mit einem enormen Aufwand an Geld und Material gemeistert werden konnten. Bis auf den heutigen Tag müßten die Bohrteams mit erheblichen Gefahren leben, und auch bei Beachtung aller Sicherheitsvorkehrungen bliebe ein Restrisiko. Die Sicherung der Energieversorgung habe wieder einmal einen blutigen Tribut gefordert. Man könne letztlich von Glück reden, daß der Nordsee und den deutschen Küsten eine verheerende Umweltkatastrophe wie kürzlich in der Bretagne erspart blieb. Nirgends war davon die Rede, daß die Ereignisse auf der Hermes Alpha mehr sein könnten als ein schrecklicher Unfall.

Der Ölfeldsimulator im vierten Stock der Hamburger Senft-Zentrale war einer der modernsten seiner Art. Er übersetzte eine ungeheure Anzahl von Bohrlochmessungen sowie geologische und seismische Daten in dreidimensionale Computerlandschaften. Sie hatten nichts mehr mit den meterlangen Papierbahnen gemein, mit denen Geologen früherer Zeiten aus Unmengen sanft geriffelter Linien die Schichtenfolge des Gesteins und die Lage möglicher Ölfelder ableiteten.

In den Tagen nach dem Unfall auf der Hermes Alpha untersuchte hier ein Team von Spezialisten, wie es dazu kommen konnte. Der Blow-out war eine wirtschaftliche Katastrophe, von den Menschenleben, die er gekostet hatte, ganz zu schweigen. Allein die Explorationsbohrung und die seismischen Messungen eines Spezialschiffes im Vorfeld hatten mehr als zwanzig Millionen Euro verschlungen, dazu kamen die immensen Schäden auf der Plattform und die Verzögerung des Förderungsbeginns. Das ganze Vorhaben stand auf der Kippe. Die Senft AG würde nur dann weiteres Geld investieren, wenn es gelang, die Ursachen der Katastrophe restlos aufzuklären. Mit 3D-Brillen bewaffnet, standen Geologen, Geophysiker und Bohringenieure Stunde um Stunde vor einer zehn Meter langen gewölbten Leinwand, auf die der Simulationscomputer ein buntes Bild der Gesteinsabfolgen projizierte. Das Innere der Erdkruste wurde auf diese Weise transparent und begehbar, beliebige Ausschnitte ließen sich herausschneiden und vergrößern, und wie mit einem virtuellen Fahrstuhl konnten die Wissenschaftler in verschiedene Tiefen des Gesteins reisen. Farben markierten den Verlauf der Sandstein-, Granit- und Tonschichten, und mitten im Raum schwebte eine schwarze Amöbe mit wild verzweigten Ausläufern: die Lagerstätte, das

Feld Hermes. Geschätzte Kapazität: etwa drei Millionen Tonnen, eine Menge, für die in der zweiten Hälfte des zwanzigsten Jahrhunderts niemand einen Finger gerührt hätte.

Man darf sich ein Ölfeld nicht wie eine gigantische unterirdische Höhle vorstellen, in der es überall von Wänden und Decken tropft, hinunter in einen tiefen friedlichen Ölsee, in den man nur einen Schlauch versenken muß, um das kostbare schwarze Gold abzupumpen. Nach gängiger Auffassung ist Erdöl ein Meeresprodukt und findet sich deshalb in marinen Sedimentgesteinen, die in langen Ablagerungszeiträumen entstanden sind. Über Jahrtausende sanken Ton, Sand und andere Mineralien auf den Meeresboden, wurden dort mehr und mehr verdichtet und zu porösem Gestein. Mittendrin befanden sich die Überreste von zumeist kleinen Pflanzen und Tieren, die unter Sauerstoffabschluß zu Erdöl wurden. Irgendwann geriet dieses Öl in Bewegung, wanderte in Richtung Oberfläche und sammelte sich an Stellen, wo dichtes Gestein ein Weiterkommen verhinderte, den sogenannten Ölfallen. Die wertvolle Substanz lagert also in winzigen Tropfen in den Poren des Speichergesteins, und ein Bohrmeißel, der sein Ziel erreicht, hängt nicht plötzlich frei in einem Hohlraum, sondern steckt fest im ölgesättigten Fels.

Tagelang gingen die Experten der Senft AG noch einmal das gesamte Hermes-Datenmaterial durch, prüften Porosität, Leitfähigkeit und Radioaktivität des Speichergesteins, diskutierten die Ergebnisse der Explorationsbohrung und standen letztlich vor einem Rätsel. Die erste Förderbohrung war exakt nach Plan verlaufen. Eine dunkelrote Linie zeigte den Bohrpfad, der erst senkrecht nach unten verlief, um in einem weiten Bogen nach links abgelenkt zu werden und schließlich von der Seite, beinahe parallel zur Oberfläche, in einen vielversprechenden Ausläufer des Feldes hineinzuführen. Sie hatten den Bohrweg in diesem Simulator festgelegt, das Team auf der Hermes Alpha hatte sich exakt daran gehalten, und doch endete das

Ganze in einer Katastrophe. Wie war das möglich? Woher kam plötzlich diese ungeheure Kraft, der selbst der Blow-out-Preventer nicht standhalten konnte? Hatten sie die Energie der Lagerstätte, die aus ihrem Druck und der Menge der im Öl gelösten Gase resultierte, falsch berechnet?

Vier Wochen später lud die Senft AG zu ihrer halbjährlichen Bilanzpressekonferenz. Normalerweise interessierten sich nur Fondsmanager, Bankanalysten und die Redakteure von Wirtschaftsmagazinen für das trockene Zahlenwerk. Aber diesmal platzte der Saal aus allen Nähten. Es lag nicht an der Hermes Alpha. Mittlerweile waren Flugzeuge abgestürzt, ein Erdbeben hatte Griechenland erschüttert, sintflutartige Regenfälle setzten halb Portugal unter Wasser, eine Massenkarambolage auf der A9 bei Ingolstadt hatte ein Dutzend Tote und Schwerverletzte gefordert, und erst vor wenigen Tagen waren neue schokkierende Fakten über die Zahl der Creutzfeldt-Jakob-Todesfälle in Großbritannien bekannt geworden. Der Blow-out war aus den Schlagzeilen.

Die Wirtschaftsfachleute interessierten sich nicht so sehr für die Zahlen des vergangenen Halbjahres, die zweifellos ordentlich, aber nicht sensationell ausgefallen waren. Sie erhofften sich vor allem Ausblicke auf die Zukunft, auf das neue Geschäftsjahr. Denn seit dem 1. Januar war Globacter zugelassen und versprach glänzende Gewinne. Nun mußte sich zeigen, ob die Phantasie mit den Börsianern durchgegangen war oder ob die Kursgewinne der Senft-Aktie gerechtfertigt waren.

Für die Anwesenheit der meisten Reporter und Fotografen gab es aber einen anderen Grund, der nichts mit Gewinnen und Verlusten zu tun hatte. Es kursierten Gerüchte, daß der Konzernchef selbst erscheinen werde, zum ersten Mal seit Monaten. Die Zeitungen hatten nachgerechnet. Es war jetzt ziemlich genau neun Monate her, daß ED zum letzten Mal in der Öffentlichkeit aufgetreten war. Und tatsächlich. Oben auf dem

Podium, auf einem langen Tisch zwischen Gläsern, Getränkeflaschen und Mikrofonen, stand ein Schild mit seinem Namen.

Mitte letzten Jahres hatte das Unternehmen eine knappe Erklärung veröffentlicht. Dr. Eduard Dietrich Senft, Vorstandsvorsitzender der Senft AG, sei erkrankt und müsse sich in medizinische Behandlung begeben. Seitdem war ED wie vom Erdboden verschluckt. Die Neugierde war groß. Was war los mit einer der schillerndsten Persönlichkeiten der Hansestadt?

Als ED schließlich das Podium betrat, ging ein Raunen durch den Saal. Das war Eduard Dietrich Senft, zweifellos, er war zurückgekehrt und elegant gekleidet wie immer, aber der Mann, der zusammen mit Dr. Ralf Schenker und den Herren des Vorstandes an der Stuhlreihe entlang zu seinem Platz ging, war gegenüber früher kaum wiederzuerkennen. Er hatte mindestens zehn Kilo abgenommen, seine bleiche Gesichtshaut spannte sich über Kiefer und Wangenknochen, und von seiner Haarpracht war nur mehr ein dünner, grauweißer Flaum geblieben. Er schien um Jahre gealtert. ED ignorierte die Unruhe im Saal, nahm auf dem Stuhl hinter seinem Namensschild Platz und sah mit einem kleinen Lächeln auf den Lippen ins Publikum. Vor ihm balgten zwei Dutzend Fotografen um den besten Standort. Das Blitzlichtgewitter ließ er ungerührt über sich ergehen und vertiefte sich dann in seine Unterlagen.

Bald trat ein etwa fünfzigjähriger Mann ans Rednerpult, Dr. Georg Manteufel, ein langjähriges Mitglied des Vorstandes, der in EDs Abwesenheit seine Amtsgeschäfte geführt hatte. Im Saal herrschte gespannte Erwartung.

»Ich freue mich außerordentlich«, sagte Manteufel, nachdem er die Anwesenden begrüßt hatte, »daß pünktlich zur ersten Pressekonferenz im neuen Jahr jemand wieder hier mit uns auf dem Podium sitzt, den wir alle schmerzlich vermißt haben. ED«, er drehte sich um und wandte sich direkt an den Konzernchef, »ich kann dir gar nicht sagen, wie froh wir sind, daß du wieder da bist.«

Im Saal brandete kräftiger Beifall auf. Die Vorstandsmitglieder auf dem Podium erhoben sich von ihren Sitzen und klatschten ebenfalls. ED blieb sitzen, nickte lächelnd und machte eine abwiegelnde Geste.

»Dr. Eduard Dietrich Senft hat seit einigen Tagen wieder seine Arbeit aufgenommen und wird später selbst zu Ihnen sprechen. Doch nun zu...«

Manteufel hielt ein etwa halbstündiges Referat, das die Geduld seiner Zuhörer auf eine harte Probe stellte. Die Zahlen, Tabellen und Grafiken, die er präsentierte, lagen am unteren Rand der Erwartungen. Wer genau hinsah, erkannte, daß die Unternehmensgewinne wesentlich üppiger ausgefallen wären, wenn nicht außergewöhnlich hohe Aufwendungen für Investitionen und Neuakquisitionen angefallen wären. Alles wartete auf den Auftritt von ED Senft.

Nach Manteufel trat ein sichtlich nervöser Ralf Schenker ans Mikrofon. Er stellte sich als Leiter des neuen Unternehmensteils Biotechnologie vor, der sich im wesentlichen um die Produktion, den Vertrieb und die Weiterentwicklung von Globacter kümmern werde. Anschließend präsentierte er die Zahlen, auf die die meisten der Anwesenden gewartet hatten. Die Produktion des Bakteriums sei bereits Anfang des Jahres angelaufen, die Auslieferung habe begonnen. Er legte Zahlen zum Auftragseingang vor, die Kenner der Szene mit der Zunge schnalzen ließen. Da die vorhandenen Produktionsstätten bereits für die kommenden drei Jahre restlos ausgelastet seien, denke das Unternehmen über die Vergabe von Lizenzen nach und plane den Aufbau zusätzlicher eigener Kapazitäten. Man sei bereits mit den zuständigen Stellen im Gespräch.

Im Publikum sah man einzelne Personen aufstehen und mit dem Handy am Ohr aus dem Raum stürzen. Innerhalb der nächsten halben Stunde schnellte der Aktienkurs der Senft AG um weitere acht Prozentpunkte in die Höhe.

Dann war ED an der Reihe. Das Auditorium schien vor

Spannung die Luft anzuhalten, als er sich aus seinem Stuhl erhob und mit dem zusammengerollten Redemanuskript in der Hand zum Mikrofon ging. Was hatte er zu sagen? Würde er eine Erklärung zu seiner monatelangen Abwesenheit abgeben? Daß der Mann eine schwere Krankheit hinter sich hatte, sah man ihm an. War er hundertprozentig wiederhergestellt? Für manche, die ihn von früher kannten, war sein Anblick nur schwer zu ertragen. Kein Zweifel: Den alten ED, den Haudegen und Lebemann, gab es nicht mehr.

ED sagte nichts zu alldem, kein Wort. Er sprach mit fester, klarer Stimme und kam ohne Umschweife zur Sache. Mit wenigen nüchternen Sätzen ließ er eine Bombe platzen. Die Senft AG, sagte er, werde sich aus dem Ölgeschäft zurückziehen. Alle Unternehmensbereiche, die sich mit dem Auffinden, der Förderung und dem Transport von Erdöl beschäftigten, würden verkauft. Die Verhandlungen mit einem großen internationalen Mineralölkonzern stünden kurz vor dem Abschluß. Auch das Tankstellennetz werde veräußert. Die Raffinerien werde man weiterbetreiben, bis auch dafür ein potenter Partner gefunden sei.

»Sicher ist Ihnen aufgefallen, daß im Berichtszeitraum hohe Ausgaben für Investitionen und Zukäufe angefallen sind«, fuhr ED fort, ohne sich um das aufgeregte Gemurmel im Publikum zu kümmern. »Die Senft AG wird auch weiterhin im Energiesektor tätig sein, aber sie wird sich auf zukunftsträchtige Technologien konzentrieren. Ich nenne hier nur Einrichtung und Betrieb von Off-shore-Windparks, Solar- und Photovoltaikanlagen sowie die Brennstoffzellentechnologie. In diesen Bereichen haben wir uns im Verlauf des letzten Jahres durch Firmenbeteiligungen und Übernahme von jungen innovativen Unternehmen bereits eine hervorragende Marktposition gesichert, die wir weiter ausbauen werden. Globacter und die damit verbundenen erfreulichen Perspektiven, die Ihnen Dr. Schenker soeben vorgestellt hat, werden uns dabei helfen.

Die Zukunft nicht nur der Senft AG, sondern der ganzen Menschheit liegt nicht im Öl, schon gar nicht im Nordseeöl, wo ein mittelgroßes Unternehmen wie wir kaum noch rentabel arbeiten kann. Die Vorräte vor unserer Haustür werden bald erschöpft sein. Aber nicht nur das. Weltweit und seit vielen Jahren klafft die Schere zwischen Förderung beziehungsweise Verbrauch und der Entdeckung neuer Ölreserven immer weiter auseinander. Wir kennen heute etwa 45 000 Felder, aber nur 300 davon enthalten 75% des gesamten Weltvorrats. Alle diese großen Felder sind Mitte des zwanzigsten Jahrhunderts gefunden worden, das letzte 1977. Seitdem ist nichts Vergleichbares mehr hinzugekommen. Wir leben seit Jahrzehnten von der Substanz. Die USA haben ihr Produktionsmaximum schon 1970 erreicht, seitdem sinkt die geförderte Menge Jahr für Jahr um zwei bis drei Prozent. Die Staaten der GUS und des Nahen Ostens haben ihren Zenit kurz nach der Jahrtausendwende überschritten.

Bei der Angabe der vorhandenen Reserven werden zumeist die Maximalschätzwerte zugrunde gelegt. Bis heute gelingt es aber in der Regel nicht, mehr als vierzig Prozent des in einer Lagerstätte vorhandenen Öls zu fördern, und dies auch nur, wenn kostspielige sekundäre und tertiäre Verfahren zum Einsatz kommen. Die tatsächlich verfügbaren Reserven sind also wesentlich geringer anzusetzen. Wir werden zukünftig gezwungen sein, auch auf unkonventionelle Vorkommen wie Ölsande und Ölschiefer zurückzugreifen. Die dafür erforderlichen Investitionen sind enorm und werden nur noch von einer kleinen Zahl an weltweit operierenden Unternehmen zu leisten sein. Die Senft AG kann und wird nicht dazugehören. Gerade hat der Benzinpreis die Schwelle von drei Euro überschritten und stößt damit in Bereiche vor, die den Betrieb von Verbrennungsmotoren zum Luxus werden läßt. Wir befinden uns mitten in einer neuen, diesmal entscheidenden Ölkrise und können es uns buchstäblich nicht mehr leisten, diesen kostbaren Rohstoff einfach durch den Schornstein oder Auspuff zu jagen, von den immer deutlicher werdenden katastrophalen Folgen für unser Weltklima ganz zu schweigen.

Die Senft AG hat sich entschlossen, diesen Überlegungen Rechnung zu tragen, und wird zu ihrer Hauptversammlung im April einen detaillierten Umstrukturierungsplan vorlegen. Wir werden uns konsequent und mit aller Kraft um eine neue, eine saubere Energiezukunft kümmern und sind überzeugt, daß unsere Aktionäre, Geschäftspartner und die Verbraucher uns dabei folgen und unterstützen werden. Ich danke Ihnen für Ihre Aufmerksamkeit.«

Als ED auf seinen Platz inmitten der anderen Vorstandsmitglieder zurückkehrte, verschwendete er keinen Blick auf den Tumult, der im Zuschauerraum ausgebrochen war. Er setzte sich auf seinen Stuhl und nahm die Glückwünsche seiner Nachbarn entgegen. Fotografen drängelten und schubsten, um weitere Fotos zu schießen, Journalisten waren aufgesprungen und schrien durcheinander. Manteufel trat an das Rednerpult und versuchte die Menge zu beruhigen.

»Sie können jetzt Ihre Fragen stellen, aber bitte einer nach dem anderen, und haben Sie Verständnis, daß wir zu den eben von Dr. Senft angekündigten Maßnahmen keine weiteren Erklärungen abgeben werden.«

Wieder schrien die Pressevertreter durcheinander. Manteufel machte eine beruhigende Geste. Die ersten Fragen, die auf Einzelheiten der geplanten Umstrukturierung abzielten, wies er zurück.

»Steht der Rückzug aus dem Ölgeschäft in Zusammenhang mit dem Unfall auf der Hermes Alpha?«

»Nein. Unser Haus beobachtet die Entwicklung auf dem Ölmarkt seit langem mit großer Sorge. Wenn Sie sich unsere Firmenpolitik der letzten zwei Jahre ansehen, werden Sie erkennen, daß wir uns schon vor den bedauerlichen Vorfällen auf der Hermes Alpha in die von Dr. Senft skizzierte Richtung bewegten. Der Vorstand ist mit ihm einhellig der Meinung, daß wir den Interessen unserer Aktionäre am besten dienen, wenn wir rechtzeitig und konsequent ein auf Nachhaltigkeit ausgerichtetes langfristiges Konzept verfolgen. Dies ist nur möglich, wenn wir unsere Anstrengungen auf regenerative Energiequellen konzentrieren.«

»Was geschieht mit der Hermes Alpha?«

»Die Senft AG wird im Feld Hermes kein Öl fördern. Was die Plattform selbst angeht, prüfen wir derzeit verschiedene Optionen. Vermutlich wird sie zusammen mit den anderen Fördereinrichtungen verkauft oder demontiert und verschrottet. Eine Reparatur wäre für uns wirtschaftlich nicht mehr zu vertreten. Das Bohrloch ist vorsorglich verschlossen worden.«

»Mit wem führt die Senft AG Verkaufsverhandlungen?«

»Kein Kommentar.«

»Was sagt Dr. Senft zu den Gerüchten um eine angebliche Aids-Erkrankung?«

»Kein Kommentar.«

ED, der rechts hinter Manteufel am Vorstandstisch saß, schüttelte schmunzelnd den Kopf und trank einen Schluck Mineralwasser.

»Wird Dr. Senft seine Arbeit wieder in vollem Umfang aufnehmen können?«

»Das hat er bereits. Die Tatsache, daß nicht er, sondern ich vor Ihnen stehe, hat einzig und allein damit zu tun, daß ich ihn für den größten Teil des Berichtszeitraumes, um den es heute geht, vertreten habe. Das ist alles, was ich zu diesem Thema zu sagen habe. Weitere Fragen sind zwecklos. Bitte!«

»Glauben Sie, daß die Entscheidung der Senft AG andere Unternehmen dazu veranlassen könnte, sich gleichfalls aus der Erdölwirtschaft zurückzuziehen?«

»Das müssen Sie die Konkurrenz fragen. Wir sind einzig und allein dem Unternehmen und seinen Aktionären verpflichtet. Jeder, erst recht ein Wirtschaftsunternehmen, muß sich fragen, wie er auf die Herausforderungen der Zukunft reagieren will.«

»Ich höre gerade …«, sagte ein Journalist, der ein Headset auf dem Kopf trug, »… daß der Kurs der Senft-Aktie stark fällt, in der letzten Viertelstunde um zwölf Prozentpunkte. Was sagen Sie dazu?«

»Das wird nicht so bleiben. Nächste Frage!«

»Was sagen Sie zu Behauptungen, nach denen die Senft AG bislang nicht die volle Wahrheit über den Unfall auf der Hermes Alpha veröffentlicht hat?«

»Das ist völlig aus der Luft gegriffen. Ich kenne diese Behauptungen nicht. Wer sagt das?«

»Es gibt da ein paar Ungereimtheiten.«

»Ungereimtheiten?«

»Ja, zum Beispiel die Frage, warum so wenig Öl ausgetreten ist. Es gab keine Ölpest, selbst in der unmittelbaren Umgebung der Plattform nicht. Die Brände wurden nicht durch austretendes Öl verursacht, sondern durch auf der Bohrinsel gelagerte Vorräte an Dieselkraftstoff.«

Viele der Besucher auf den vorderen Sitzreihen wandten sich jetzt um, um zu sehen, von wem die Fragen kamen. Es war eine junge Frau um die dreißig, die aufgestanden war und ein Klemmbrett und einen Stift in der Hand hielt.

»Ich verstehe nicht, worauf Sie hinauswollen.«

Die Frau bückte sich und hielt dann einen Papierstapel in die Höhe. »Ich habe hier ein internes Papier der Senft AG, das uns über Umwege zugespielt wurde. Danach ist im Feld Hermes kein Öl ausgetreten, sondern Schlamm und vor allem eine tödliche Gaswolke. Schwefelwasserstoff. Zwei der Toten sind an Atemlähmung gestorben und …«

»Ich kenne dieses Papier nicht und muß diese Darstellung aufs schärfste zurückweisen. Die Senft AG hat einen detaillierten Bericht vorgelegt, der Ihnen allen bekannt ist und von staatlichen Stellen und unabhängigen Gutachtern bestätigt wurde. Was Sie da sagen, ist Unsinn.«

»Warum gab es keinen Ölaustritt? Die Hermes Alpha sollte Förderbohrungen durchführen. Sie erwarteten keinen Schwefelwasserstoff, sondern Öl.«

Manteufel blickte sich um und suchte Blickkontakt zu ED Senft. Der Firmenchef hob ratlos die Schultern, die Blitze der Fotografen zuckten auf, dann deutete er mit einer raschen Kopfbewegung an, daß Manteufel die Pressekonferenz beenden solle.

Die Frau blieb hartnäckig. »Ich habe hier weiterhin ein Gutachten der Universität Kiel, das von Greenpeace Deutschland in Auftrag gegeben wurde. Es beruht auf einer Schlammprobe, die von der Hermes Alpha stammt. Die Wissenschaftler kommen zu dem Ergebnis, daß es sich um Bohrschlämme und Rückstände anaerober mikrobieller Abbauprozesse...«

»Ich weiß wirklich nicht, was das mit dem Thema dieser Pressekonferenz zu tun hat.«

»Dazu paßt auch der Gasausstoß. Wenn Mikroorganismen...«

»Kein Kommentar«, sagte Manteufel abrupt. Wieder ein rascher Blick auf seinen Vorstandschef.

Es folgten belanglose Fragen einiger Wirtschaftjournalisten. Manteufel beantwortete sie ausführlich, präsentierte weitere Kurven und Zahlenkolonnen und kam nach einer Viertelstunde zum Schluß.

»Wenn Sie keine weiteren Fragen haben«, sagte er und ignorierte den erhobenen Arm der jungen Frau, »ist die Pressekonferenz hiermit beendet. Ich danke Ihnen.«

Die Herren des Vorstandes waren sehr erbost über die unglückliche Wendung, die die Konferenz genommen hatte. Plötzlich warf die Hermes-Katastrophe, die man längst für überstanden hielt, einen langen dunklen Schatten auf das Unternehmen. Sogar EDs Ausstiegsankündigung geriet in ein schiefes Licht, wenn die Presse sie mit dieser peinlichen Panne in Zusammenhang brachte.

Ralf Schenker war nachdenklich geworden. Bis vor wenigen Minuten hatte er den Hermes-Blow-out wie die meisten Menschen für einen tragischen Unfall gehalten, eine Verkettung unglücklicher Umstände, wie sie bei Unternehmungen dieser Größenordnung nie restlos auszuschließen war. Mit den Details hatte er sich nicht beschäftigt. Bohrtechnik und Lagerstättenphysik waren für ihn böhmische Dörfer. Er war Mikrobiologe. Gerade deshalb hatten ihn die Andeutungen der jungen Frau hellhörig gemacht. Sie sprach von anaeroben mikrobiellen Abbauprozessen. Das war sein Gebiet. Damit kannte er sich aus.

Er versuchte ED oder eines der anderen Vorstandsmitglieder darauf anzusprechen, aber alle hatten es sehr eilig, an ihre Schreibtische zurückzukehren. ED, an dessen erschütternde Veränderung er sich noch immer nicht gewöhnt hatte, legte ihm kurz die Hand auf die Schulter und sagte: »Machen Sie sich keine Sorgen. Sie wissen doch, was man von diesen Umweltaktivisten zu erwarten hat. Das sind notorische Miesmacher.«

Ralf Schenker wollte es genauer wissen. Irgendeine Saite in ihm war in Schwingung geraten, und er fuhr zurück in sein altes Büro – das neue im Glaspalast der Zentrale war ihm noch fremd –, setzte sich hinter seinen Rechner, loggte sich ins interne Netz der Senft AG ein und suchte nach Unterlagen über die Hermes Alpha. Er fand allerhand, Konstruktionspläne, Personalunterlagen, den offiziellen Bericht, der über den Unfall veröffentlicht wurde, aber kein internes Geheimpapier.

Er überlegte einen Moment und rief dann die Greenpeace-Homepage auf. Die Umweltschützer hatten Auszüge beider Dokumente ins Internet gestellt, sowohl das angebliche Senft-Papier als auch das Gutachten der Kieler Universität. Er stellte fest, daß er die Verfasser kannte. Sie kamen aus der Arbeitsgruppe von Alexander Breugel, einem alten Studienkollegen von ihm, der an der Christian-Albrecht-Universität in Kiel einen Lehrstuhl für Ökologische Mikrobiologie innehatte. Die Gemeinde der deutschen Mikrobiologen von Bedeutung war recht übersichtlich.

Zuerst überflog er den Bericht, der aus dem eigenen Hause stammen sollte, und fand darin die Behauptungen wieder, die die Frau auf der Pressekonferenz geäußert hatte: Kein Ölaustritt, statt dessen Bohrschlamm und eine große Menge hochgiftigen Schwefelwasserstoffs, der bei zwei Arbeitern, die sich in unmittelbarer Nähe des Bohrkopfs aufhielten, zu einer tödlichen Atemlähmung führte. Zum Schluß die Empfehlung, das Feld Hermes aufzugeben. Das Papier wurde unter einer abstrakten Zahlen- und Buchstabenkombination geführt, die keinerlei Rückschlüsse auf den Inhalt erlaubte. In der Kopfzeile stand: GEHEIM! Beschränkter Zugriff.

Er schrieb sich die Zeichenfolge auf, suchte erneut im Firmennetz der Senft AG und stieß tatsächlich auf eine Datei gleichen Namens. Als er sie zu öffnen versuchte, gab sein Computer einen unschönen Warnton von sich und meldete:

Zugriff verweigert.
Geben Sie das Codewort ein!

Er tippte seinen Code ein. Wiederum ertönte das Warnsignal, und der Computer wiederholte seine Aufforderung. Er begann den Vorgang noch einmal von vorn, mit demselben Ergebnis.

Schenker lehnte sich zurück und kraulte nachdenklich seinen Bart. Er ärgerte sich. Das Papier existierte, aber man verweigerte ihm die Einsicht. Warum?

Er nahm sich das Gutachten vor. Wie gelangte eine Probe von der Hermes Alpha überhaupt in die Hände Kieler Wissenschaftler? Nicht einmal er hatte das Zeug zu Gesicht bekommen. Warum hatte die Senft AG keine entsprechenden Untersuchungen durchgeführt? Der Konzern hätte doch ein

Interesse daran haben müssen, die Ursachen des Unglücks aufzuklären. Die ganze Angelegenheit kam ihm immer mysteriöser vor, und er fand die Lektüre des Gutachtens alles andere als erbaulich. Es enthielt zwar keine Details der durchgeführten Analysen, der Text wimmelte von einschränkenden und vorsichtigen Formulierungen, aber die Tendenz war klar und äußerst beunruhigend. Die Kieler Kollegen behaupteten, bei dem aus der Tiefe emporgeschleuderten Material könnte es sich unter anderem um Abbauprodukte bislang unbekannter Archaebakterien handeln. Auch die großen Mengen an Schwefelwasserstoff deuteten in diese Richtung. Schwefelwasserstoff sei ein typisches Produkt des Abbaus schwefelhaltiger Kohlenwasserstoffe unter Sauerstoffausschluß.

Dann kamen einige Sätze, die Ralf Schenker durch Mark und Bein gingen. Es wäre zu prüfen, schrieben die Kieler Mikrobiologen, ob dies nicht die Folge einer Kontamination der Lagerstätte durch eingepumptes Meerwasser oder einen verunreinigten Bohrmeißel sein könnte. Auch in anderen Ölfeldern habe man den hohen Schwefelwasserstoffgehalt des Öls mit der ungewollten Einschleppung von Oberflächenbakterien in Verbindung gebracht. Vieles spreche dafür, daß die Kontamination schon länger zurückliege, denn die Exploration des Hermes-Ölfeldes erfolgte erst vor einem halben Jahr, und Abbauprozesse in dieser Geschwindigkeit und Größenordnung seien bislang unbekannt.

Eine Kontamination. Mit Bakterien der Erdoberfläche. Womöglich gar mit...

Schenker stockte der Atem. Er wagte es nicht, seinen Gedanken zu Ende zu denken. Der Verdacht war ungeheuerlich, beängstigend.

Ihm fiel die Explorationsbohrung ein. Natürlich, es mußte Unterlagen über die Ergebnisse geben. Wenn man dort auf Öl gestoßen war, dann hatte man sicher seine Beschaffenheit untersucht. Wieder loggte er sich ins interne Netz ein und suchte nach den Hermes-Laboranalysen. Es dauerte lange, bis er sich zu den Ergebnissen durchgekämpft hatte, aber dann füllten sie seinen Bildschirm. So gut wie kein Schwefelwasserstoff, eine klare, goldfarbene Flüssigkeit. Nicht zu fassen: Noch vor neun Monaten hätte Hermes sauberes Öl geliefert. Und heute?

Er starrte auf sein Telefon. Was konnte er tun? In Kiel anrufen, seinen alten Bekannten um die Labordaten bitten? Er mußte Genaueres erfahren, viel mehr über die chemische Zusammensetzung der Abbauprodukte wissen, die Mengenverhältnisse, ob sie Kulturen angelegt hatten.

Er rieb sich nervös über das Gesicht. Die vertraute Aussicht aus dem Fenster erschien ihm plötzlich unwirklich, wie ein Blick zurück in eine unbeschwerte Vergangenheit, die nicht mehr existierte. Es ging um große Politik, um die Interessen ganzer Staaten. Er schüttelte energisch den Kopf. Nein, bevor er sich von diesem Strudel mitreißen ließ, mußte er sich Gewißheit verschaffen.

Er ließ sich über die Auskunft mit der Christian-Albrecht-Universität verbinden, aber die Durchwahl der Mikrobiologen war ununterbrochen besetzt. Er versuchte es immer wieder, mit wachsender Nervosität, weil er fürchtete, bald niemanden mehr zu erreichen. Es war schon nach sechs.

Endlich ertönte ein Freizeichen. Er mußte lange klingeln lassen, bis jemand an den Apparat ging, eine Doktorandin oder Laborkraft, die ihn erst durchstellte, nachdem er mehrfach versichert hatte, kein Journalist, sondern Wissenschaftler zu sein, ein alter Studienkollege.

»Ralf Schenker, das ist ja eine Überraschung«, begrüßte ihn Professor Breugel. »Du glaubst nicht, was heute hier los ist. Wir befinden uns in einer Art Belagerungszustand.«

Es ging natürlich um das Gutachten. Die Presse fragte nach Hintergründen, Interpretationen und Konsequenzen. Offenbar war er nicht der einzige, den die Konferenz der Senft AG in Aufregung versetzt hatte. Er hatte Alexander Breugel seit

Jahren nicht gesehen, aber es fiel ihm schwer, zunächst die üblichen Floskeln auszutauschen, bevor er zur Sache kam.

»Ehrlich gesagt, Alex, ich rufe auch wegen des Gutachtens an.«

»Du wirst lachen, aber das habe ich mir fast gedacht. Unsere Ergebnisse sind für euch keine Überraschung, nehme ich an. Die Senft AG hat doch sicher eigene Untersuchungen durchgeführt.« Breugel wußte natürlich, daß er für das Hamburger Unternehmen arbeitete. Im Bewußtsein der wissenschaftlichen Öffentlichkeit war der Name Schenker untrennbar mit Globacter verbunden. Er war zu einem Star seines Faches aufgestiegen. Das war ja das Problem. Wenn er fiel, würde er sich das Genick brechen.

»Mir ist nichts darüber bekannt.«

»Das soll ich dir glauben?«

»Tut mir leid, aber so ist es. Ich habe erst vor wenigen Stunden von dem Gutachten erfahren.«

»Aber ihr müßt doch eigenes Material haben. Willst du mir weismachen, die Senft AG interessiere sich nicht dafür, was ihr da auf der Hermes Alpha um die Ohren geflogen ist?«

»Nein, natürlich nicht. Aber du überschätzt meine Position hier im Unternehmen. Man hat es nicht für nötig gehalten, mich zu informieren, weder über die genauen Umstände der Ereignisse auf der Plattform noch über die Untersuchungen, die danach durchgeführt wurden. Es ist mir furchtbar peinlich, daß ich dich darum bitten muß, aber... kannst du mir eure Analysedaten schicken?«

»Hm...« Das klang nicht besonders kooperativ.

»Habt ihr Zellen isolieren und Kulturen anlegen können?«

»Haben wir.«

»Und?«

»Nun...« Breugel war mißtrauisch. »Es sind verschiedene Archaebakterien, mit ziemlich ungewöhnlichen Eigenschaften.«

»Habt ihr sie sequenziert?«

»Ja.«

»Und? Bitte, du mußt es mir sagen.«

»Machst du dir Sorgen?«

»Ja«, antwortete er ohne Umschweife.

Breugel schien zu überlegen. Einige Sekunden herrschte Stille, ein Schweigen, das für Ralf Schenker mehr auszusagen schien als alle Laborprotokolle.

»Bitte, Alex«, drängte er.

»Also gut«, gab Breugel nach. »Paß auf, Ralf, ich sage dir jetzt etwas, aber du mußt es für dich behalten, unter allen Umständen.« Es schien ihm sehr ernst damit zu sein. Er hatte die Stimme gesenkt und sprach fast im Flüsterton.

»Sicher, natürlich. Du kannst dich auf mich verlassen.«

»Deine Sorgen könnten berechtigt sein, und du bist nicht der einzige, der sich Gedanken macht. Wir hatten heute nachmittag Besuch. Sie haben alles mitgenommen, die Proben, sämtliche Labordaten. Ein paar Computerspezialisten haben unsere Datenträger gelöscht. Wir wurden zu absolutem Stillschweigen verpflichtet. Hast du verstanden? Man hat uns gedroht.«

»Mein Gott.«

»Ich kann dir nicht helfen.«

Nach dem Gespräch saß er minutenlang wie gelähmt auf seinem Platz und starrte aus dem Fenster. Sein Gehirn kapitulierte vor den Ereignissen, die er auf sich und seine Familie zurollen sah. In diesen Minuten hatte er das Gefühl, der einsamste Mensch auf Erden zu sein. Wann würden sie an seine Tür klopfen? Und wer waren *sie?* Wer kümmerte sich um so etwas, um den Zusammenbruch einer Weltordnung? Wer konnte in ein Universitätsinstitut marschieren und Unterlagen und Computer beschlagnahmen? Der Staatsschutz, Geheimdienste?

Er wußte nicht, wie lange er so dagesessen hatte, als plötzlich das Telefon klingelte. Er schreckte auf. Das Geräusch hörte sich an wie eine Alarmsirene. Er versuchte den Anruf zu ignorieren, sah dann aber auf dem Display, daß es nur seine Frau war. Wann er nach Hause komme, fragte sie, und warum er nicht in seinem neuen Büro sitze, sie habe stundenlang versucht, ihn dort zu erreichen. Zu Hause, in seinem Arbeitszimmer, klingle ununterbrochen das Telefon. Er mußte sich zusammenreißen, um nicht in Tränen auszubrechen. Er hatte keine Ahnung, wie es weitergehen sollte. Mit ihm, mit seiner Familie, seiner Arbeit, mit allem. Er sah auf die Uhr. Kurz vor halb neun. Er werde bald aufbrechen, sagte er, aber sie solle nicht auf ihn warten.

Das Haus, seit Jahren sein zweites Zuhause, war menschenleer. Langsam und ziellos lief er die vertrauten Korridore entlang. Er wußte nicht, worauf er wartete, aber er konnte noch nicht nach Hause gehen. Im Augenblick fehlte ihm die Kraft, sich vorzustellen, daß er jemals wieder für irgend etwas bereit sein könnte. Hinter diesen Türen war Globacter entstanden, eine Hoffnung auf eine saubere Zukunft, gefeiert als Beginn eines neuen Zeitalters. Die Senft AG, die Wissenschaftler, die Kommentatoren der Presse, sie alle hatten sich getäuscht. Globacter war ein Wolf im Schafspelz. Möglicherweise markierte das erste synthetische Bakterium nicht den Beginn, sondern das Ende einer Epoche.

Er blieb vor einem großen Wandbild stehen. Es zeigte die Nordsee mit ihren Anrainerstaaten, allerdings ohne das Wasser, so daß das eintönige Bodenrelief des Meeres erkennbar wurde. Darin leuchtete eine lange Kette von roten und weißen Lämpchen, die aktiven Erdöl- und Gasfelder. Unwillkürlich suchte er nach Hermes. Es war eines der südlichsten Felder, seine Lampe war dunkel. Vielleicht tausend Kilometer südwestlich lag die Bretagne, der Ort seines größten Triumphes. Nur ein paar hundert Seemeilen und etwas mehr als neun Monate trennten Sieg und vernichtende Niederlage. Seltsam, dachte er, neun Monate, wie eine Schwangerschaft. Irgendwie war es ja tatsächlich vergleichbar. Mutter Erde hatte tief drinnen in ihrem steinernen Schoß neues Leben ausgebrütet. Vor seinem inneren Auge sah er, wie ein Ölfeld-Lämpchen nach dem anderen erst flackerte, dann erlosch, von Süden nach Norden, als würden sie nacheinander ausgepustet wie die Kerzen auf einer riesigen Geburtstagstorte, von ihm, von seiner Arbeit.

Die anderen sollten sich nicht zu sicher fühlen. Wie lange dauerte es, bis ein Tropfen Wasser um die Erde gereist war? Auch der Golf von Mexiko war Teil des weltumspannenden Ozeans, oder die Gewässer vor der afrikanischen Westküste. Selbst der Nahe Osten mit dem Persischen Golf. Außerdem lieferten sie Globacter seit Januar aus. Es gab keinerlei Beschränkungen.

Eine Zelle für die Welt.

Er fuhr im Wagen nach Hause. Als er sah, daß in seiner Wohnung noch Licht brannte, ging er nicht hinauf, sondern lief eine Weile durch die Straßen, vorbei an hellerleuchteten Schaufenstern, in denen sich die Luxusgüter stapelten, Dinge, die sich in ein paar Wochen oder Monaten vielleicht niemand mehr leisten konnte. Was passierte, wenn das Schmiermittel der Zivilisation versiegte, wenn ganze Wirtschaftszweige mangels Rohstoffen zusammenbrachen? Er mußte allein sein, sich wappnen für den kommenden Tag. Wenn er morgen in der Zentrale erschien, würde alles über ihn hereinbrechen.

Er versuchte sich Mut zu machen. Nicht er allein trug die Verantwortung. Globacter hatte einen komplizierten Genehmigungsprozeß durchlaufen. Und es war unwahrscheinlich, daß es überall geschah. Vielleicht brannten einige Lichter unbeeindruckt weiter. Die einzelnen Ölfelder waren durch kilometerdicke Gesteinslagen isoliert, sie konnten sich nicht gegenseitig infizieren. Die Bohrteams mußten in Zukunft steril arbeiten und das Einpumpen von unbehandeltem Meerwasser unterlassen. Die Menschheit fand immer Mittel und Wege, aber sie würden Geld kosten, viel Geld.

Als er wieder vor seinem Haus ankam, war es dunkel in der großen Altbauwohnung im vierten Stock. Er ging nach oben, schlich am Schlafzimmer vorbei, holte sich eine Flasche Bier aus dem Kühlschrank und begab sich in sein Arbeitszimmer. Auf dem Anrufbeantworter blinkte die Zahl achtzehn, ein Vorgeschmack auf das, was ihn morgen erwartete.

Er schaltete den Computer an und sah seine elektronische Post durch. Die Adressen lasen sich wie ein *Who's who* der deutschen Medienlandschaft, Zeitungen, Magazine, Fernsehsender. Mittendrin entdeckte er eine E-Mail, die aus einem Internet-Café in Kiel kam. Es dauerte lange, bis er sie heruntergeladen hatte. Sie umfaßte über zwanzig Megabyte. Die eigentliche Mitteilung war kurz:

Bilde dir selbst ein Urteil. Du mußt diese Mail danach sofort löschen. Viel Glück! A.

Offenbar hatte sich Breugel die Butter nicht ganz vom Brot nehmen lassen und Kopien seiner Daten gezogen. Die Nachricht ließ in Schenker die vage Hoffnung aufkeimen, die Unterlagen könnten seine Befürchtungen widerlegen.

Er brauchte drei Stunden, bis er sich durch den umfangreichen Anhang gearbeitet hatte. Dann war es mit seiner Hoffnung vorbei.

Wie hatte es die Kommissarin genannt? Richtig, Informationsgesellschaft. Er fand das damals so amüsant. Bakterien bildeten eine einzige große Informationsgesellschaft. Sie hatte wieder einmal bestens funktioniert, wie schon seit drei Milliarden Jahren. Die kugelrunden Globacter-Zellen, die die Strömung aus den bretonischen Küstengewässern nach Norden und der Mensch in die Tiefe der Erdkruste befördert hatte, waren redselig, ja, schwatzhaft, konnten nichts für sich behalten. Das hätte er ihnen austreiben müssen. Damals bei der Talk-Show hatte er noch große Vorträge gehalten, vor laufenden Kameras über den bemerkenswerten Informationsfluß in der Welt der Bakterien doziert, über ihre Fähigkeit, diese neuen Informationen zu nutzen. Er schüttelte verzweifelt den Kopf.

Globacter konnte dort unten nicht existieren, Tausende von Metern tief im Gestein der Lagerstätte, ohne Sauerstoff, bei Temperaturen weit über dem Siedepunkt. Aber sie konnten ihre Fähigkeiten an jemanden weitergeben, der dazu in der Lage war, an ihre Verwandtschaft, die seit Urzeiten tief in der Erdkruste lebte und mitten im Öl schwamm.

Er wußte nicht, wie sie es gemacht hatten, ob sie eine Plasmabrücke, einen Sexualpilus, ausbildeten und ihre Gene direkt an die urtümlichen Archaebakterien weitergaben. Er hielt es für unwahrscheinlich. Was ihre Sexualpartner anging, waren Bakterien zwar ziemlich anspruchslos, aber der Abstand zwischen dem synthetischen Globacter und diesen uralten Lebensformen war vermutlich unüberbrückbar. Es gab andere Möglichkeiten, zum Beispiel die Aufnahme freier DNS, die Verwertung von leblosen Zelltrümmern. Auch in völlig zerstörter Form konnte Globacter seiner Verwandtschaft noch von Nutzen sein.

Ob auch Globacter durch diese Begegnung dazugelernt hatte? Zum Beispiel, wie man bei einem Druck von Hunderten Atmosphären und mit Schwefel als Energiequelle überlebte? Eine spannende Frage. Wenn man ihn noch ließe, würde er das gerne untersuchen.

38

In Blankenese lief zur selben Zeit ein Mann in einem Klinikflur auf und ab. Herbert van Steeb hatte das Haus seit mehr als vierundzwanzig Stunden nicht verlassen. Er wußte nicht, was außerhalb der Klinik vor sich ging, daß in diesen Minuten intensive Konsultationen zwischen den europäischen Staaten anliefen, der Energierat, ein Expertengremium der Bundesregierung, zu einer außerplanmäßigen und geheimen Sitzung zusammengerufen wurde und Eilanweisungen an alle Offshore-Plattformen in der Nordsee ergingen, die das Einpumpen von Meerwasser in die Lagerstätten mit sofortiger Wirkung untersagten.

Er hätte gar nichts davon wissen wollen. Seine ganze Aufmerksamkeit galt dem, was im Kreißsaal vor sich ging. Seit Stunden quälte sie sich. Ihr zarter Körper mit dem grotesk riesigen Bauch bäumte sich auf unter den Krämpfen, die das Kind aus ihrem Leib treiben wollten, aber noch rührte es sich nicht von der Stelle. Der Muttermund öffnete sich nur langsam, widerstrebend, bei einer Frau ihres Alters nichts Ungewöhnliches. Warum waren Geburten nur mit soviel Schmerzen verbunden? Man müßte die Frauen davon erlösen, auch diesen letzten Schritt gehen, zu einer gläsernen künstlichen Gebärmutter, die man täglich besuchen könnte, um zu sehen, wie das Kind heranwuchs. Er hatte es nicht mehr ertragen, wie sie litt. Er war am Ende seiner Kräfte und mußte sich erholen, wenigstens ein paar Minuten. Geburten waren seine Sache nicht, und selbst wenn er Gynäkologe gewesen wäre, hätte er ihrem Kind nicht eigenhändig ans Licht der Welt verhelfen wollen.

Er lief den Gang entlang und kam an der Tür vorbei, hinter der die Polizistin gerade ihre Zwillinge zur Welt brachte. Er lauschte. Kein Laut war zu hören. Ein Kaiserschnitt. Wenn sich nicht bald etwas tat, würden die Ärzte auch bei seiner Frau mit dem Messer nachhelfen müssen. Vielleicht wäre es besser so, ein Ende der Quälerei. Er war froh, daß Anna keine Mehrlingsgeburt durchzustehen hatte. Die Polizistin trug es mit Fassung, als er ihr sagte, daß sich zwei Embryonen eingenistet hätten. Sie hatte es ihm gegenüber ohnehin nicht ausgeschlossen, daß sie irgendwann noch ein zweites Kind wollte, und jetzt bekam sie sie eben auf einmal, einen Jungen und ein Mädchen, die Wunschkombination, von S 5483.

Er setzte sich auf eine Bank und sah auf die Uhr. Es dauerte jetzt schon achtzehn Stunden. Wie Anna das nur aushielt, achtzehn Stunden Krämpfe und Schmerzen, als ob es ihr den Leib zerriß. Er hatte großen Respekt davor, wie tapfer sie sich hielt. Sie schrie ihre Schmerzen heraus, aber sie jammerte nicht. Sie würde es schaffen.

Er streckte sich auf der Sitzfläche aus, wollte nur kurz die Augen schließen und sich entspannen, um ihr danach wieder beizustehen, ihre Hand zu halten und ihr den Schweiß von der Stirn zu wischen. Er dachte daran, wie es wohl sein würde, wenn alles überstanden war und Anna mit dem Kind nach Hause kam, wenn sie es das erste Mal in das vorbereitete Bettchen legten und seine winzigen Füße küßten. Es dauerte nur wenige Minuten, bis er tief und fest eingeschlafen war.

»Dr. van Steeb«, sagte eine Frauenstimme. Dann noch einmal, mit mehr Nachdruck: »Dr. van Steeb!«

Er schlug die Augen auf und blinzelte desorientiert in die Neonröhren an der Flurdecke.

»Dr. van Steeb. Es ist vorbei.«

»Was?« Er rieb sich die Augen, richtete sich auf und sah jetzt die Schwester, die neben ihm stand. Er rieb sich über das Gesicht und folgte ihr dann durch die Tür in den Kreißsaal. Kerstin Schrader kam ihm strahlend entgegen. Sie trug etwas. Ein Kind.

»Es ist ein süßes Mädchen«, sagte sie, als sie ihm das kleine Bündel Mensch vorsichtig in die Arme legte, seine Tochter. »Schauen Sie nur, Doktor. Sie ist Ihnen wie aus dem Gesicht geschnitten.«